第三卷 上册
隋唐五代道教文学

张振谦 著

中国宗教文学史

吴光正 主编

北方文艺出版社
哈尔滨

**图书在版编目（CIP）数据**

隋唐五代道教文学 / 张振谦著. -- 哈尔滨：北方文艺出版社，2019.12（2023.8 重印）
ISBN 978-7-5317-4661-4

Ⅰ. ①隋… Ⅱ. ①张… Ⅲ. ①道教－宗教文学－古典文学研究－中国－隋唐时代②道教－宗教文学－古典文学研究－中国－五代（907－960）Ⅳ. ①I207.99

中国版本图书馆 CIP 数据核字（2019）第 221947 号

**隋唐五代道教文学**
SUI－TANG－WUDAI DAOJIAO WENXUE

| | |
|---|---|
| 作　　者／张振谦 | |
| 责任编辑／侯文妍　丛慧颖 | 封面设计／琥珀视觉 |
| 出版发行／北方文艺出版社 | 邮　　编／150080 |
| 发行电话／（0451）86825533 | 经　　销／新华书店 |
| 地　　址／哈尔滨市南岗区宣庆小区 1 号楼 | 网　　址／www.bfwy.com |
| 印　　刷／哈尔滨久利印刷有限公司 | 开　　本／787mm×1092mm　1/16 |
| 字　　数／286 千 | 印　　张／26.5 |
| 版　　次／2019 年 12 月第 1 版 | 印　　次／2023 年 8 月第 2 次印刷 |
| 书　　号／ISBN 978-7-5317-4661-4 | 定　　价／79.00 元 |

项目来源：国家社科基金重大项目《中国宗教文学史》（15ZDB069）

**学术顾问**：宇文所安　孙昌武　李丰楙
　　　　　　陈允吉　　郑阿财　项　楚
　　　　　　高田时雄

**丛书主编**：吴光正

**本册作者**：张振谦

# 《中国宗教文学史》导论

吴光正

《中国宗教文学史》包括中国道教文学史、中国佛教文学史、中国基督教文学史、中国伊斯兰教文学史四大板块，是一部涵盖汉语、藏语、蒙古语等语种的大中华宗教文学史。经过多次会议①，无数次探讨②，我们以为，编撰这样一部大中华宗教文学史，编撰者需要探索如下理论问题。

---

① 《中国宗教文学史》编撰学术研讨会（2012年8月28—30日，黄梅）、宗教实践与文学创作暨《中国宗教文学史》编撰国际学术研讨会（2014年1月10—14日，高雄）、宗教实践与星云法师文学创作学术研讨会（2014年9月12—16日，宜兴）、第三届佛教文献与佛教文学国际学术研讨会（2014年10月17—21日，武汉、黄梅）、宗教生命关怀国际学术研讨会（2015年12月18—19日，高雄）、第三届宗教实践与文学创作暨《中国宗教文学史》编撰国际学术研讨会（2016年12月16—18日，武汉）、从文学到理论——星云法师文学创作学术研讨会（2017年11月18—19日，武汉）、《中国宗教文学史》审稿会（2018年1月10—11日，武汉）、"古代中国的族群、文化、文学与图像国际学术研讨会"（2019年6月22—23日，武汉）、中国文学史编撰研讨暨国家社会科学基金重大项目"中国宗教文学史"结项鉴定会（2021年12月4日，武汉）。参见李松《〈中国宗教文学史〉编撰研讨会召开》，《长江学术》2013年第2期；张海翔《宗教和文学联袂携手，弘法与创作结伴同行——宗教实践与文学创作暨〈中国宗教文学史〉编撰国际学术研讨会综述》，《哈尔滨工业大学学报》2014年第3期；《第三届宗教实践与文学创作暨〈中国宗教文学史〉编撰国际学术研讨会成功举办》，《长江学术》2017年第2期；《〈中国宗教文学史〉审稿会成功举行》，《长江学术》2018年第2期；孙文歌《"古代中国的族群、文化、文学与图像国际学术研讨会"召开》，《文学遗产》2019年第5期；《中国文学史编撰研讨会在武汉大学召开，"中国宗教文学史"结项鉴定会同期举办》，《长江学术》2022年第2期。

② 吴光正、何坤翁：《坚守民族本位 走向宗教诗学》，《武汉大学学报》2009年

## 一、宗教文学的定义

宗教文学即宗教实践（修持、弘传、济世）中产生的文学。它包含三个层面的内涵。

---

第3期；吴光正：《"宗教文学与宗教文献"开栏辞》，《江西师范大学学报》2010年2期；吴光正：《中国宗教文学史研究（专题讨论）》，《哈尔滨工业大学》2012年第3期；吴光正：《宗教文学史：宗教徒创作的文学的历史》，《武汉大学学报》2012年第2期；吴光正：《扩大中国文学地图，建构中国佛教诗学——〈中国佛教文学史〉刍议》，《哈尔滨工业大学学报》2012年第3期；吴光正：《"宗教实践与文学创作"开栏弁言》，《贵州社会科学》2013年第6期；吴光正：《佛教实践、佛教语言与佛教文学创作》，《学术交流》2013年第2期；吴光正：《宗教文学研究主持人语》，《学术交流》2014年第8期；吴光正：《民族本位、宗教本位、文体本位与历史本位——〈中国道教文学史〉导论》，《贵州社会科学》2014年第5期；吴光正：《宗教实践与近现代中国宗教文学研究（笔谈）》，《哈尔滨工业大学学报》2015年第5期；吴光正：《〈中国宗教文学史〉导论》，《学术交流》2015年第9期；刘湘兰：《先秦两汉宗教文学论略》，《哈尔滨工业大学学报》2012年第3期；李小荣：《论中国佛教文学史编撰的原则》，《学术交流》2014年第8期；李小荣：《汉译佛典文学研究的回顾与展望》，《武汉大学学报》2012年第2期；李小荣：《疑伪经与中国古代文学关系之检讨》，《哈尔滨工业大学学报》2012年第6期；赵益：《宗教文学·中国宗教文学史·魏晋南北朝道教文学史》，《哈尔滨工业大学学报》2012年第3期；高文强：《魏晋南北朝佛教文学之差异性》，《武汉大学学报》2012年第2期；王一帆：《21世纪中国宗教文学研究动向之一——新世纪中国宗教文学史研究综述》，《文艺评论》2015年第10期；罗争鸣：《宋代道教文学概况及若干思考》，《哈尔滨工业大学学报》2012年第3期；张培锋：《宋代佛教文学的基本情况和若干思考》，《武汉大学学报》2012年第2期；张培锋：《论宋代文艺思想与佛教》，《哈尔滨工业大学学报》2014年第3期；李舜臣：《中国佛教文学：研究对象·内在理路·评价标准》，《学术交流》2014年第8期；李舜臣：《〈明代佛教文学史〉编撰刍议》，《学术交流》2012年第5期；李舜臣：《〈辽金元佛教文学史〉研究刍论》，《武汉大学学报》2012年第2期；余来明：《明代道教文学研究的几个问题》，《云南大学学报》2013年第4期；鲁小俊：《清代佛教文学的文献情况与文学史编写的体例问题——〈清代佛教文学史〉编撰笔谈》，《哈尔滨工业大学学报》2015年第5期；贾国宝：《中国现代佛教文学研究的回顾与展望》，《贵州社会科学》2016年第8期；索南才让、张安礼：《藏传佛教文学论略》，《江西师范大学学报》2013年第5期；树林：《蒙古族佛教文学研究回顾与前瞻》，《蒙古学研究年鉴（2017年卷）》，2019年5月；宋莉华：《基督教汉文文学的发展轨迹》，《武汉大学学报》2012年第2期；荣光启：《现当代汉语基督教文学史漫谈》，《武汉大学学报》2012年第2期；马梅萍：《中国汉语伊斯兰教文学史的时空脉络与精神流变》，《武汉大学学报》2013年6期；马梅萍：《中国汉语伊斯兰教文学述略》，《中国宗教文学史编撰研讨会论文集》，哈尔滨：北方文艺出版社，2015年。我们的讨论也获得了学术界的支持和呼应：张子开、李慧：《隋唐五代佛教文学研究之回顾与思考》，《哈尔滨工业大学学报》2012年第3期；吴真：《唐代道教文学史刍议》，《哈尔滨工业大学学报》2012年第3期；李松：《中国现当代道教文学史研究的回顾与省思》，《学术交流》2013年第2期；郑阿财：《论敦煌文献对中国佛教文学研究的拓展与面向》，《长江学术》2014年第4期。

一是宗教徒创作的文学。宗教徒身份的确定，应依据春秋名从主人之义（自我认定）、时间之长短等原则来处理。据此，还俗的贾岛、临死前出家的刘勰、遁迹禅林却批判佛教之遗民屈大均等不得列为宗教作家；政权鼎革之际投身方外者，其与世俗之关系，当以宗教身份来要求，不当以政治身份来要求；早期宗教史上的一些作家可以适当放宽界线。

宗教徒文学具有神圣品格与世俗品格。前者关注的是人与神、此岸与彼岸的超越关系，彰显的是宗教家的神秘体验和内在超越；后者关注的是宗教家与民众及现实的内在关联，无论其内容如何世俗乃至绮语连篇，当从宗教作家的宗教身份意识来加以考察，无常观想也罢，在欲行禅也罢，弘法济世也罢，要做出符合宗教维度的界说。那些违背宗教精神的作品，不列入《中国宗教文学史》的研究范围。

二是虽非宗教徒创作，但出于宗教目的、用于宗教场合的文学。这类作品包括如下两个层面：

宗教神话、宗教圣传、宗教灵验记等神圣叙事类作品。其著作权性质可以分为编辑、记录、整理和创作。编辑、记录、整理的作品，其特征是口头叙事、神圣叙事的案头化；创作的作品，则融进了创作者个人的宗教理念和信仰诉求。

用于仪式场合，展示人神互动、表达宗教信仰、激发宗教情感的仪式性作品。这类作品有不少是文人创作的，具有演艺性、程式性、音乐性等特征。许多作品在宗教实践中传承演变，至今依然是宗教仪式中的经典，有的作品甚至保留了几百年、上千年前的原貌，称得上是名符其实的活化石。

三是文人参与宗教实践、因有所感触而创作的表达宗教信仰、宗教体验的作品。在这个层面上，"宗教实践"可作为弹性概念，"宗教信仰"和"宗教体验"应该作为刚性概念。文人创作与宗教有关的作品，有的当作一种信仰，有的当作一种生活方式，有的当作一种文化资源，有的当作一种文化批判，其宗教性差异非常大，要做仔细辨别。只有与宗教信仰和宗教体验有关的作品才可以纳入宗教文学的范畴。因此，充斥于历代文学总集、选集、别集中的，与宗教信仰和宗教体验关系不大的唱和诗、游寺诗这类作品不纳入宗教文学的范畴。

本部分仅仅包括文人创作的"文"类作品，不包括文人创作的碑记、序跋等"笔"类作品。文人创作的"笔"类作品可以作为宗教徒创作的背景材料和阐述材料。

尽管教内的认可度宽延尺度不一，文人创作的宗教性仍要参考教内的认可度。有的文人被纳入宗教派别的法嗣，有的文人被写入教内创作的宗教传记如《居士传》等。这是很好的参考标准。

梳理这部分作品时，应从现象入手，将有关文人的作品纳入相关章节，并进行理论概括。理由如下：几乎所有古代文人都会写有关宗教的作品，其宗教性程度不等，甚至有大量反宗教的作品，所以需要从上述层面进行严格限定；几乎所有古代文人所写的与宗教相关的作品都只是其创作中的一个小景观，《中国宗教文学史》不宜设过多章节来介绍某一世俗作家及其作品，否则，中国宗教文学史就成了一般文学史。

这三部分之间的关系，应该遵循如下原则：宗教徒创作的文学是中国宗教文学史的"主体"，用于宗教场合的非宗教徒创作的作品是中国宗教文学史的"补充"，文人参与宗教实践而创作的表达宗教信仰、宗教体验的作品是中国宗教文学史的"延伸"。编撰

《中国宗教文学史》时，要用清理"主体"和"补充"部分所确立起来的理论视野对"延伸"部分进行界定和阐释，"延伸"部分所占比例要比其他部分小。这样，就可避免宗教文学内涵与外延的无限扩大。

我们对宗教文学的界说，是在总结百年中国宗教文学研究、中国宗教研究经验和教训的基础上展开的。

百年中国宗教文学研究关注的主要是"宗教与文学"这个领域，① 事实层面、文献层面的清理成就斐然，但阐释层面存在不少隔靴搔痒的现象，其关键在于对宗教实践和宗教徒文学的研究相对匮乏。我们甚至可以认为，不了解宗教实践与宗教徒的文学创作，我们就无法对"宗教与文学"做出比较到位的阐释。纵观百年中国宗教文学研究史，在"宗教与文学"层面做出卓越贡献的学者对宗教实践、宗教思维的体会往往很深刻，因此对宗教文学文献的释读也很到位。从宗教徒的角度来说，宗教实践是触发其文学创作的唯一途径。宗教徒创作的文学作品，有的是出于宣教的功利目的，有的是出于感悟与体验的审美目的，有的是出于个人的宗教情怀，有的是出于教派的宗教使命，但无一不与其宗教实践的方式和特性密切相关，无一不与其所属宗教或教派的宗教理念和思维方式密切相关。从"宗教实践"的角度来界说宗教文学，目的在于切除关系论、影响论下的文学作品，纯化论述对象，

---

① 参见吴光正：《二十世纪大陆地区"道教与古代文学"研究述评》，台湾《文与哲》第9期，2006年；吴光正：《二十世纪"道教与文学"研究的历史进程》，《文学评论丛刊》第9卷第2辑，2007年；何坤翁、吴光正：《二十世纪"佛教与古代文学"研究述评》，《世界宗教研究》2013年3期；吴光正：《域外中国道教文学研究述评》，《中国文哲研究通讯》（台湾）第31卷第2期，2021年。

把握宗教文学的本质。任何界说，作为一种设定，都具有其合理性和局限性。本设定作为《中国宗教文学史》论述对象的理论界定，需要贯彻到具体的章节设计之中。

百年中国宗教研究，从业人员以哲学界人士占主导地位，哲学模式的宗教研究成果无比丰硕，从业人员不多的史学界在这个领域也留下了经典论著。国内近几十年的宗教研究一直是哲学模式一统天下，有力地推进了中国宗教研究的历史进程。但是，宗教是一个复杂的精神现象和社会现象，需要多维度、多学科加以观照。在目前的研究态势下，更需要强化史学、社会学、政治学、民族学、人类学、文学、心理学等学科的观照，辨析复杂、多元的宗教史实，还原宗教实践场景。有学者指出，目前出版的所有《中国道教史》居然没有一本介绍过道教实践中最为关键的一环——受箓，因此，倡导多元的研究维度还是必要的。在阅读中国宗教研究著作时，学者们常常会反思：唐代以后，大规模的宗教经典创作和翻译工作已经结束，不再产生新宗教教派或新宗教教派不以理论建构见长，哲学模式主导的宗教研究遂视唐以后的宗教彻底走向衰败，结果导致宋元明清宗教史一直被学术界忽视，连基本事实的清理都未能完成，宗教实践的具体情形更是无从谈起。近些年来，宗教学界已经注意到这个问题，并陆续出版了不少精彩的论著。笔者在这里想强调的是，如果能从宗教实践的立场来研究这段历史，结论一定会很精彩。近一百年来，中国宗教史研究所使用的材料主要是经典、经论、史籍和碑刻，对反映宗教实践的宗教徒文学创作关注不够，导致许多研究无法深入。比如，王重阳用两年六个月的时间在山东半岛收了七大弟子后即羽化，他创建的全真教因何能够发展壮大，最后占了道教的半壁江山？史籍和碑刻资料很难回答这个问题，王重阳和全真七子的文学创作却能够回答这个问题。① 明末清初的佛教其实非常繁荣，但是通过史籍和经论很难说清楚，不过，中国台湾学者廖肇亨的研究却很好地解决了这个问题，② 原因就在于他能够读僧诗、解僧诗。从宗教实践的角度来看，就是被哲学模式研究得非常深入的唐宋禅学，也有重新审视的必要。哲学擅长的是思辨，强调概念和推理，而禅学偏偏否定概念和推理，甚至否定经典和文字，讲究的是"悟"，参禅、教禅强调的是不立文字、不离文字，即绕路说禅，具有很强的诗学意味。因此，从宗教实践的角度来看，唐宋禅学研究应该是语言学界和文学研究界擅长的领域。③

可见，无论是从宗教史还是从文学史的立场，宗教实践都是一个最为关键的切入点。

**二、宗教文学经典与宗教文学文献**

从宗教实践的角度将宗教徒的文学创作确立为宗教文学的主体，需要解决的问题是如何认定宗教文学经典、如何收集宗教文学文献。在课题组组织的会议上，我们都面临着这样的问题：宗教徒的文学创作有经典吗？对此，我们的回答是：宗教文学从来不缺经典，缺的是经典的发现和经典的阐释。

关于宗教文学经典的认定，我们觉得应该从如下层面加以展

---

① 吴光正：《金代全真教掌教马丹阳的诗词创作及其文学史意义》，《世界宗教研究》2019年第1期；吴光正：《试论马丹阳的诗词创作及其宗教史意义》，《宗教学研究》2021年第1期。

② 廖肇亨：《中边·诗禅·梦戏：明末清初佛教文化论述的呈现与开展》，台北：允晨文化实业股份有限公司，2008年版。

③ 周裕锴：《禅宗语言》，复旦大学出版社，2017年版；周裕锴：《法眼与诗心：宋代佛禅语境下的诗学话语建构》，中国社会科学出版社，2014年版。

开。一是要从宗教实践的立场审视宗教文学作品的功能，对宗教文学的"文"类、"笔"类作品之优劣加以评估，确立其经典性。二是要强调宗教性和审美性的统一。具备召唤能力和点化能力的作品才是好作品，能激发宗教情感的作品才是好作品，美感和了悟兼具的作品才是好作品。三是要凸显杰出宗教徒在文学创作中的核心地位。俗话说："诗僧未必皆高，凡高僧必有诗。""诗僧"产出区域与"高僧"产出区域往往并不重叠。因此，各宗教创始人、各教派创始人、各教派发展史上的杰出人物的创作比一般的宗教徒创作更具经典性。因此，《真诰》《祖堂集》中的诗歌比一般的宗教徒如齐己的别集更具有经典性。四是要从宗教传播中确立经典。很多作品在教内广泛流传，甚至被奉为学习、参悟之典范，甚至被固定到相关的仪式中而千年流转。流行丛林之《牧牛图颂》《拨棹歌》《十二时歌》《渔父词》一类作品应该作为丛林之经典；在宗教仪式中永恒之赞美诗、仙歌道曲应该是教内之经典；被丛林奉为典范之《寒山诗》《石门文字禅》应该是教内之经典。最后需要指出的是，在终极关怀和生命意识的呈现上，一个优秀的宗教作家完全等同于具有诗人情怀的世俗作家。高僧与诗人，高道与诗人，曹雪芹和空空道人，贾宝玉和文妙真人，本质上是同一的，具备这种同一性的作家和作品，可谓达到了宗教文学的极致！总之，宗教文学经典的确立应从教内出发而不应从世俗出发，而最为经典的宗教文学作品和最为经典的世俗文学作品，其精神世界是相通的。

有了这样的认识，我们才能从浩瀚无边的文献中清理宗教文学作品并筛选宗教文学经典。清理宗教文学文献时，我们拟采取如下步骤和措施。

各大宗教内部编撰的大型经书和丛书应该是《中国宗教文学史》首先关注的文献。《道藏》、《藏外道书》、《道藏辑要》、《大藏经》（包括藏文、蒙古文大藏经《甘珠尔》《丹珠尔》）、汉译《圣经》、汉译《古兰经》中的文献，需要全面排查。经典应该首先从这些文献中确立。《大藏经》中的佛经文学以及《圣经》《古兰经》的历次汉译本要视为各大宗教文学的首要经典和翻译文学的典范加以论述，《道藏》中的道经文学要奉为道教文学的首要经典加以阐释。《道藏》文献很杂，一些不符合宗教文学定义的文献需要剔除，一些文学作品夹杂在有关集子中，需要析出。《大藏经》不收外学著作，其内学著作尤其是本土著述，有的全本是宗教文学著作，有的只有一部分，有的只存在于具体篇章中，需要通读全书加以清理。

各大宗教家文学别集的编撰、著录、存佚、典藏情况需要进行全面清理，要在目录学著作、志书、丛书、传记、序跋、碑刻和评论文章中进行爬梳。

宗教文学选集与总集的编著、著录、传播、典藏情况要从文献学和选本学的角度加以清理，归入相关选本、总集出现的时代。因此，元明清各段的文学史要设置相关的章节。这是从宗教实践、宗教传播视野确立经典的一个维度。

《中国佛寺志丛刊》《中国道观志丛刊》和地方志等文献中存在大量著述信息，需要加以考量。

方内文人编撰的断代、通代选集和总集中的"方外"部分也需要从选本学、文献学的立场进行清理，归入相关选本、总集出现的时代。这类文献提供了方外创作的面貌，保留了大量文献，但其选择依据是方内的，和方外选本有差距。这类选集和总集数量非常庞大，如果不能穷尽，则需要选择典范选本加以介绍。需要特别指出的是，近百年来编撰的各类文学总集往往以"全集"命名，但由于文学观念和资料的限制，"全集"并不全。比如，《全元诗》秉持纯文学观念，对大量宗教说理诗视而不见，甚至整本诗集如《西斋净土诗》也完全弃之不顾。在佛教界内部，《西斋净土诗》被奉为净土文学的典范。中国台湾的星云法师是当代非常擅长文学弘法的高僧，他在宜兰念佛会上举办各种活动时就不断从《西斋净土诗》中抽取相关诗句来吸引信徒。因此，收集宗教文学文献时，我们一定要秉持宗教文学观，不要轻易相信世俗总集之"全"，而要上穷碧落下黄泉式地搜寻资料。

藏族佛教文学、蒙古族佛教文学、南传佛教文学、中国基督教文学和中国伊斯兰教文学的基本文献均未得到有效整理，基本上尘封于全国乃至全世界的图书馆、宗教场所中，尘封于报刊中，需要研究者花时间和精力去探寻。近些年来，一些大型史料性丛书得以出版。如钟鸣旦、杜鼎克、黄一农、祝平一主编《徐家汇藏书楼明清天主教文献》，钟鸣旦等主编《耶稣会罗马档案馆明清天主教文献》，王秀美、任延黎主编《东传福音》，曾庆豹主编《汉语基督教经典文库集成》，周振鹤主编《明清之际西方传教士汉籍丛刊》《徐家汇藏书楼明清天主教文献续编》，张美兰所著《美国哈佛大学哈佛燕京图书馆藏晚清民国间新教传教士中文译著目录提要》，周燮藩主编《清真大典》，王建平主编《中国伊斯兰教典籍选》，吴海鹰主编《回族典藏全书》等。从这些文献中爬梳宗教文学作品，也是一份艰辛的工作。

总之，《中国宗教文学史》各段要设专章对本段宗教文学文献进行全面清理，为后来的研究提供文献指南。不少专著和专文已经做了初步的研究，可以全面参考。这是最见功力、最耗时间的一章，也是最好写的一章，更是造福士林、造福教界的一章。

**三、宗教文学文体与宗教诗学**

近百年来，西方的纯文学观念彰显的是符合西方观念的作品，一定程度上遮蔽了中国自身的文学传统，并且制造了不少伪命题。作为一种学术反思，学术界的本土化理论建构已经在探究"传统文学"的"民族传统"。在这种学术潮流中，诸多学者的研究已经产生重大反响，比如，罗宗强的文学思想研究，刘敬圻的还原批评，张锦池的文献文本文化研究，陈洪、蒋述卓、孙逊、尚永亮的文学与文化研究，吴承学倡导的文体研究，陈文新秉持的辨体研究，等等，均深获学界赞许。这一研究路径应该引起宗教文学研究者的重视，《中国宗教文学史》应该继承和发扬这一研究范式，因为，宗教文学是最具民族特色的文学，而文体作为一种把握世界的方式，是最具民族特性的。

对中国宗教文学展开辨体研究，就意味着要抛弃西方纯文学观念，不再纠缠"文学"之纯与杂，而是从宗教实践的立场对历史上的各大"文"类、"笔"类作品进行清理，对其经典作品进行理论阐述。因此，我们特别注重如下三个方面的论述：第一，我们强调，研究最具民族性的传统文学——宗教文学时，要奉行宗教本位、民族本位、历史本位、文体本位，清理各个时期宗教实践中产生的各类文体，对文体进行界说，对文体的功能、题材、程式、风格、使用场合进行辨析，也即对各大文体、文类下定义，简洁、明晰、到位之定义，足以垂范后学之定义。如，魏晋南北朝时期的经表之文、仙真之传、神仙之说、仙灵之诗，其文体在道教文学史上具有典范意义，我们在撰述过程中应该对其文体进行准确界说。第二，我们强调，各文体中出现的各大类别也要进行界说，并揭示其宗教本质和文学特质。如佛教山居诗，要对山居诗下定义，并揭示山居诗的关注中心并非山水，而是山水中的僧人——俯视众生、超越世俗、自由自在、法喜无边的僧人。第三，我们强调，宗教文学文体是应宗教实践而产生的，有教内自身的特定文体，也有借自世俗之文体，其使用频率彰显了宗教实践的特色和宗教发展之轨迹。

在分析各体文学的具体作品时，我们不仅要尊重"文各有体，得体为佳"的创作规律，而且要建立起一套阐释宗教文学的话语体系和诗学理论。

用抒情言志这类传统的文人诗学话语和西方纯文学的诗学话语解读中国宗教文学作品时，往往无法准确揭示中国宗教文学的本质，甚至过分否定其价值。比如，关于僧诗，唐代还能以"清丽"加以正面评价，从宋人开始就完全以"蔬笋气"、"酸馅味"加以一概否定了。中国古代宗教文学作品，无论是道教文学还是佛教文学，能得到肯定的只是那部分"情景交融"的作品，这类作品在研究者眼里已经"文人化"，因而备受关注和肯定。这是一种完全不考虑宗教实践的外在切入视野。如学术界一直否定王重阳和丘处机的实用主义文学创作，却认定丘处机的山居诗情景交融，是"文人化"的体现，是难得一见的好作品。殊不知，丘处机的山居诗是其苦修——斗闲思维的产物。为了斗闲，丘处机在磻溪和龙门山居十三年，长期的苦修导致他一生文学创作的焦点均是山居风物，呈现的是一种放旷、悠闲、自由的境界。西方纯文学观念引进中国后，宗教徒文学在相当长的一段时间内基本上淡出学者的学术视野，在百年中国文学史书写中销声匿迹。大陆晚近三十来年的宗教文学研究主要在文献和事实清理层面上成绩突出，理论层面虽有所建树，但需要探索、解决的问题依然很多。因此，需要从宗教实践的立场探索一套解读、阐释宗教文学的话语系统和诗学理论。

因此，我们强调，宗教观念决定了宗教的传播方式和语言观，也就决定了宗教文学的创作特性。不同的宗教有不同的传播策略、不同的语言观，从而影响了佛教、道教、基督教和伊斯兰教的经典撰述和翻译，也影响了宗教家对待文学创作的态度，更影响了宗教家的作品风貌。佛典汉译遵循了通俗易懂原则、随机应变原则，这是受佛经语言观影响形成的翻译原则，导致汉译经典介于文白和雅俗之间，对佛教文学创作产生了重要影响。① 葛兆光甚至认为，佛教"不立文字"和道教"神授天书"的语言观和传播方式决定了佛教文学和道教文学的风格特征。② 基督教和伊斯兰教的语言观和传播方式不仅决定了经典的翻译特色，而且决定了基督教文学和伊斯兰教文学的创作风貌。伊斯兰教强调《古兰经》是圣典，不可翻译，因此，中国伊斯兰教徒一直用波斯语和阿拉伯语诵读《古兰经》，大量伊斯兰教徒的汉语文学创作难觅伊斯兰教踪影，直到明王朝强迫伊斯兰教徒汉化才形成回族，才有汉语教育，才有《古兰经》的汉语译本，才有伊斯兰教汉语文学。巴别塔神话实际上就是基督教的语言观和传播方式的一个象征，这一象征决定了中国基督教文学的特色。为了宣传教义，传教士翻译了大量西方世俗文学作品和基督教文学作品，李奭学的《译述：

---

① 李小荣：《汉译佛典文学研究的回顾与展望》，《武汉大学学报》2012年第2期。

② 葛兆光：《"神授天书"与"不立文字"——佛教与道教语言传统及其对中国古典诗歌的影响》，《文学遗产》1998年第1期。

明末耶稣会翻译文学论》《中国晚明与欧洲文学——明末耶稣会古典证道故事考诠》[①]已经成功地论证了晚明传教士在这方面的努力。与此同时,传教士不仅不断翻译、改写《圣经》来传播福音,而且利用方言和白话创作了大量文学作品,并借助现代传媒——报纸、杂志、电台进行传播,其目的就是为了适应中国国情而进行宗教宣传,其通俗化、艺文化和现代化策略极为高超,客观上对中国现代文学产生了重要影响。

因此,我们强调,中国宗教文学自身具有一些和传统士大夫文学、传统民间文学截然不同的表达传统。中国史传文学发达,神话和史诗不发达,这是一般文学史的看法。如果考察宗教文学就会发现,这样的表述是不准确的。民族史诗、佛教和道教的神话、传记在这方面有很显著的表现,形成了一种独特的叙事诗学,并对中国小说、戏剧产生了重要的影响。[②] 中国抒情诗发达,叙事诗和说理诗不发达,这是一般文学史的定论。但是,宗教文学的目的在于劝信说理,宗教文学最为注重的就是说理和叙事,并追求说理、叙事、抒情兼善的表达风格,其叙事目的在于说理劝信,其抒情除了在人与人、人与自然之间展开外,更多在人与神、宗师与信众之间展开。这是一种迥异于世俗文学的表达传统,传统诗学和西方诗学或视而不见,或做出不公的评价,因此,需要确立新的阐释话语。

《中国宗教文学史》的目的在于通过宗教文学史史实、宗教文

---

[①] 李奭学:《译述:明末耶稣会翻译文学论》,香港:香港中文大学出版社,2012年版;李奭学:《中国晚明与欧洲文学——明末耶稣会古典证道故事考诠》,台北:"中央研究院"及联经出版公司联合出版,2005年版。

[②] 参见吴光正:《神道设教——明清章回小说叙事的民族传统》,武汉:武汉大学出版社,2012年版。

学经典、宗教文学批评史实的清理，建构中国宗教诗学。本领域需要发凡起例，垂范后学。即使论述暂时无法深入，但一定要说到，写到，要周全，要周延。这是一种挑战，更是一种诱惑。编撰者学术个性应该在这个层面凸显。宗教诗学的建构任重而道远，虽不能一蹴而就，而心向往焉。

**四、中国宗教文学史与民族认同、文化认同**

《中国宗教文学史》将拓展中国文学史的疆域和诗学范畴，一个长期被忽视的疆域，一个崇尚说理、叙事的疆域，一个面对神灵抒情的疆域，一个迥异文人创作、民间创作的表达传统和美学风貌。《中国宗教文学史》魅力无限，宗教徒文学魅力无限，只有在宗教徒文学的历史进程、表达方式、内在思想、生命意识得到清理之后，我们才能更好地把握纯文学视野无法放下的苏轼和白居易们。

《中国宗教文学史》需要跨学科的视野，其影响力不仅仅在文学领域，更可能在宗教和文化领域，也即《中国宗教文学史》不仅仅是文学史，而且还应该是宗教史和文化史。

宗教文学史是宗教实践演变史的一个层面，教派的创建与分合、教派经典的创立与诵读、教派信仰体系和关怀体系的差异、教派修持方式和宗教仪式上的特点、教派神灵谱系和教徒师承风貌、宗教之间的冲突与融汇均对宗教文学创作产生了重要的影响，有时甚至就是这些特性的文学呈现。在这个层面上，我们特别强调教派史和文学史的内在关联。并不是所有的作品均呈现出教派归宿，不少宗教徒作家出入各大教派之间，有的甚至教派不明，但教派史乃至宗门史视野一定能够发现太多的宗教文学现象，并加深研究者对作品的阅读和阐释，深化研究者对宗教史的认识。

《中国宗教文学史》的编撰一定能催生一种新的宗教史研究模式，并对学术史上的一些观点进行补说。宗教信仰是一种神圣性、神秘性、体验性、个人性的心灵活动，其宗教实践和概念、体系关系不大。可是，以往的中国宗教史研究对这一点重视不够。宋前的概念史是否真的就反映了历史的真实？宋后没有新教派、新体系、新概念就真的衰弱了吗？《中国宗教文学史》需要反思这一研究模式，对宗教文学史、宗教史做出新的描述和阐释。宗教文学最能反映宗教信仰的神圣性、神秘性、体验性、个人性，清理这些特性一定能别开生面。《中国宗教文学史》的断代和分期应该与宗教发展史相关，和朝代更替关系不大，和世俗文学史的分期更不相关。目前采取朝代分期，是权宜之计。如何分期，需要各段完成写作之后才能知道。因为，目前的研究还不足以展开分期讨论。我们坚信，对中国宗教文学史的深入研究足以引发学界对宗教发展史分期和特点的探讨。其实，先秦宗教重在实践，理论表述不多；汉唐宗教实践也没有西方、日本式的发展形态和理论形态；道教符箓派本质上是一个实践性的宗教，理论表述并不是其关注焦点；中国宗教在唐代以后高度社会化，其宗教实践渗透到民众生活的各个层面。目前关于明末清初佛教文学的研究已经表明，明清佛教并不像学术界所说的那样"彻底衰败"。通过对清代三百余种僧人别集的解读，我们相信，这种"彻底衰败说"需要修正。我们梳理清代道教文学创作后发现，清代道教徒的文化素养、艺文素养其实并不低，清代道教其实在向社会化和现代化转变。

宗教实践的演变和一定时代的文化氛围密切相关，冲突也罢，借鉴也罢，融合也罢，总会呈现出各个时代的风貌。玄佛合流、三教争衡、三教合一、以儒释耶、以儒释经（伊斯兰教经典）、政教互动、圣俗互动、族群互动、对外文化交流、宗教本土化等文化现象，僧官制度、道官制度、系账制度、试经制度、度牒制度、道举制度等文化制度均对宗教文学的创作产生了重要影响。例如，金元道教出现了迥异于以往的发展面貌，从而形成了一些颇具特色的文学创作现象：苦行、试炼与全真教的文学创作；弘法、济世与玄教领袖的文学创作；远游、代祀与道教文学家的创作视野；遗民情怀与江南道教文学创作；雅集、宴游、艺术品鉴与江南道教文学创作；宗教认同与金元道教传记创作；道人居室题咏；文人游仙诗创作；道教实践、道教风物之同题集咏；道士游方与送序、行卷；北方全真教的"头陀"印记与南方符箓派的"玄儒""儒仙"印记，国家祭祀与族群文化认同。这些文学现象，是金元道教发展史上的独特现象，也是金元王朝二元政治环境下的产物，更是元王朝辽阔疆域在道教文学中的折射。这些文学现象，不仅是文学史、宗教史上的经典个案，更是文化史上的经典个案，值得我们深入探究。

文学史和宗教史向文化史靠拢，就意味着文化交流，就意味着族群互动与文化认同。中国历史上的两次南北朝时期，就是通过文化认同和民族认同熔铸了中华民族的精神谱系。其中，道教，尤其是佛教所起的作用颇为重要，可惜这一贡献在百年来的文化建设和学术研究中得不到足够的重视。其实，只要我们认真清理这两个时期留下的宗教文学作品，我们就能体会到宗教认同与文化认同、民族认同之间的密切联系。近现代以来，西方文明在列强的枪炮声中席卷全中国，包括宗教在内的传统文化被强烈批判乃至抛弃，给今天的文化建设带来了巨大的困扰。但太虚法师倡导的人间佛教在台湾取得丰硕成果，不仅成为台湾精神生活的奇迹，而且以中华文明的形式在全球开花结果。以佛光山、法鼓山、中台禅寺、慈济功德会为代表的台湾人间佛教，如今借助慈善、禅修、文化、教育和文学，不仅在中国台湾，而且在全球弘扬中国传统文化，提升中国文化软实力。星云法师、圣严法师的文学创作，不仅建构了自身的人间佛教理念，而且强化了自身的教派认同，不仅在台湾岛内培育了强大的僧团和信众组织，而且在全球吸纳徒众和信众，其文学创作所取得的宗教认同、文化认同和民族认同，非同凡响，值得我们深思。这也提醒我们，编撰《中国宗教文学史》不仅是在编撰文学史、宗教史、文化史，而且是在进行一种国家文化战略的思考。

# 目 录

**第一章 绪论·001**

　　第一节　唐代道教的"国教"地位和"重玄"内核·001

　　第二节　隋唐五代道经的普及和道教知识背景·005

　　第三节　隋唐五代"洞天福地"与道教文学的空间
　　　　　　分布·009

　　第四节　道教文体与俗世文体的会通互融·013

　　第五节　隋唐五代道教文学的创作业绩·016

**第二章 隋唐五代道教实践语境与特征·019**

　　第一节　隋唐五代帝王与道教·019

　　第二节　隋唐五代道教的主要特征·032

**第三章 隋唐五代道经的传播及对文人的影响·043**

　　第一节　隋唐五代道经的广泛传播·043

第二节 道经对隋唐五代文人的影响·052

**第四章 吴筠的文学创作·067**

第一节 吴筠的生平思想和交游·067

第二节 吴筠的诗歌创作·074

第三节 吴筠的论体文与赋作·084

**第五章 施肩吾的文学创作·097**

第一节 施肩吾的生平事迹·097

第二节 施肩吾诗歌的内在意蕴·102

第三节 施肩吾诗歌的艺术特征·112

**第六章 杜光庭的文学创作·121**

第一节 杜光庭的生平及著述·121

第二节 杜光庭的神仙传记·130

第三节 杜光庭的道教灵验记·137

第四节 杜光庭的诗歌创作·144

第五节 杜光庭的斋醮科仪文学·151

**第七章 吕洞宾的文学创作·175**

第一节 吕洞宾的生平与著述·175

第二节 吕洞宾的诗歌创作·180

第三节 吕洞宾的词作·191

**第八章 唐代女冠的文学创作·199**

第一节 唐代女冠现象概述·199

第二节　李冶的诗歌创作·205

第三节　鱼玄机的诗歌创作·212

第四节　其他女道士的诗歌创作·220

## 第九章　唐代文人入道及其文学创作·227

第一节　李白的道教文学创作·227

第二节　顾况及其他道隐茅山的文人·244

第三节　道教与李商隐的诗歌创作·256

## 第十章　唐五代文人游仙诗与步虚词·275

第一节　唐五代文人游仙诗·275

第二节　唐五代文人步虚词·297

## 第十一章　唐五代敦煌道教文学·313

第一节　唐五代敦煌道教诗词·314

第二节　唐五代敦煌道教叙事文学·326

## 第十二章　道教与唐人小说、辞赋·339

第一节　道教与唐人小说的故事类型·342

第二节　道教与唐人小说的人物形象·356

第三节　道教与唐人小说的时空建构·362

第四节　道教与唐五代文人仙道辞赋·370

**参考文献·381**

**后记·395**

# 第一章 绪 论

在中国文学史的编写史中，几乎看不到道教文学的踪迹。隋唐五代虽然是道教发展的黄金时期，与此对应的道教文学成果丰硕，但仍长期缺席于文学发展史。隋唐五代道教文学史正是在道教文学一直被百年来的文学史家漠视的背景下诞生的，属于"中国宗教文学史"的一个组成部分。"中国宗教文学史"将创作主体限定为宗教徒，是对以往以"宗教与文学关系"为主的研究模式的补充、修正和革新，其文学史意义不言自明。这种站在"宗教主体性"的角度去梳理文人、作品、文体的呈现和流变的思路，需要在全面而准确了解相关宗教发展历史及其阶段特征的基础上，对其文学性进行深度挖掘，从而探寻和发现宗教文学经典，建构宗教诗学。沿着这一编撰原则，《隋唐五代道教文学》的撰写主要以隋唐五代道教的时代特征及其与文学的关联为中心，重点探讨这一时期道教徒的文学创作、入道文人的创作。

## 第一节 唐代道教的"国教"地位和"重玄"内核

道教经过东汉的创立、魏晋南北朝的改造和发展，至唐代已趋于完备和成熟。任继愈《中国道教史》曾经指出："唐代在近三百年的统治中，道教始终得到唐皇朝的扶植和崇奉，当时道教宫观遍布全国，道教信徒众多，道教理论、道教科仪、道教艺术以及炼养术等各个方面均得到全面的发展,道教进入空前繁荣的时期。"① 道教作为一种宗教信仰,渗透到唐代文化生活的各个方面,成为大唐文明的重要内容。

在君权神授观念的作用下,李唐王朝的统治者宣称并尊奉老子为始祖,老子及其《道德经》得到了前所未有的尊崇。高祖在位的九年间,不仅多次拜谒老子庙,而且于武德七年(624)下令,将道教的入门经典从《三皇文》改为《老子》,并于次年亲自召集儒、道、释三教代表讨论三者的先后问题,当众宣布:"今可老先,次孔,末后释宗。"② 乾封元年(666),唐高宗亲临老子故里凭吊,封老子为"太上玄元皇帝",并下《追尊老子号玄元皇帝诏》,且在《追尊玄元皇帝制》中申明此举的目的是重申老君乃"朕之本系"。上元元年(674),高宗又命令王公以下、内外百官,皆习老子《道德经》;仪凤三年(678),又重申:"自今已后,《道德经》并为上经,贡举人皆须兼通。"③ 这在以儒家经学为主导的唐代科举考试中尚属首例,为道举制度之先声。道举制度以玄宗开元二十九年(741)设立崇玄学为正式确立的标志。此后,崇玄学与道举,成为唐代文人士子进入仕途的途径之一。"以道举入仕者,岁岁有之"④;除了开创道举制度外,唐玄宗还采取了很多措施提高老子地位,如开元三年(715)亲自作《玄元皇帝赞》:"万教之祖,号曰玄元,东训尼父,西画金仙。"指出道教在儒、佛、道三教中的领先地位。唐玄宗还三次给老子追加封号:"大圣祖玄元

---

① 任继愈:《中国道教史》(增订本),中国社会科学出版社,2001年,第279页。
② (唐)释道宣:《集古今佛道论衡》卷丙,载《中华大藏经》(汉文部分)第60册,中华书局,1993年,第806页。
③ (后晋)刘昫:《旧唐书》卷24,中华书局,1975年,第918页。
④ (唐)高彦休:《唐阙史》卷下,《唐五代笔记小说大观》,上海古籍出版社,2000年,第1361页。

皇帝"（天宝二年）、"大圣祖大道玄元皇帝"（天宝八年）、"大圣祖大道金阙玄元皇帝"（天宝十三年），将其捧到无以复加的尊贵地位。开元二十一年（733），唐玄宗亲注《道德经》，撰成《唐玄宗御注道德真经》四卷，内阐修身之术，外明理国之方，并将之颁布全国，下诏要求"士庶家藏一本，乃劝令习读，使知指要"①。

　　道教在国家制度支持下，迎来了前所未有的发展良机。唐代道士在皇室将老子尊崇为"本宗"的文化背景下，兴起了注老疏庄的热潮。② 唐初《老子》诠释学受魏晋南北朝玄学影响，主旨转到"玄之又玄，众妙之门"所生发的重玄学思辨上来，初唐著名道教学者成玄英通过对《老子》《庄子》的注疏，完成了重玄学理论体系的建构。成玄英的理想是将老庄思想融入道教义理，后经李荣、王玄览等重玄学者努力，直至盛唐，这一理想最终通过道教心性论而实现，其标志是司马承祯《坐忘论》的完成和吴筠向唐玄宗进献《玄纲论》。司马承祯《坐忘论》依托老庄思想，是重玄方法与道教传统相结合的产物。它的问世在唐代道教发展史上具有重要意义："如果说唐初年道士讲老庄哲学是开花，那么司马承祯融通老庄之学与宗教实践则是蓓蕾，至内丹道性命兼修为硕果。"③ 天宝十三年（754），吴筠进献《玄纲论》，实现了老庄思想与仙道理论的真正融合。老庄之学不但是修养心性的典则，而

---

　　① （唐）李隆基、（宋）韩望等撰：《龙角山记·唐明皇诏下庆唐观》，《道藏》第19册，文物出版社，1988年，第694页。
　　② 《隋书·经籍志》著录道家典籍七十八部，其中《老子》诠释文献四十七种；《旧唐书·经籍志》著录道家典籍一百二十五部，其中《老子》诠释文献六十种，《庄子》诠释文献十七；《新唐书·艺文志》著录道家典籍一百七十四部，其中《老子》诠释文献六十八种。参董恩林：《唐代〈老子〉诠释文献研究》，齐鲁书社，2003年，第10—11页。
　　③ 卢国龙：《中国重玄学——理想与现实的殊途同归》，人民中国出版社，1993年，第368页。

且是神仙长生之术的理论依据。这种将老庄思想与神仙之学结合起来的理论，是在魏晋六朝时期葛洪、陶弘景等仙学理论基础上新的尝试，有力地推动了道教的发展。

唐五代道教在重玄学的文化背景下日益发展，理论水平大大提高，并在与佛教的数次论争中不断丰富完善，其理论体系趋于完整，修道思想出现重要转型。一方面，道教与统治思想关系密切，政治化取向明显。无论是李唐立国时带有浓重道教色彩的预言，唐代诸帝向道士询问治国之道，还是以唐玄宗御注《道德经》、杜光庭《道德真经广圣义》为代表的《老子》诠释文献中提倡的理身治国思想，都强化道教经世致用的功能。另一方面，重玄学体系下的道教更重视"炼心"，除司马承祯、吴筠之外，杜光庭所谓"道果所极，皆起于炼心"[①] 正是唐五代道教思想理论的内核。他们对道教心性论的标举引起了炼养方式和修行观念上的重大变革，由初盛唐风靡整个社会的外丹服食转向中唐以后渐渐归于内心的精气神养护。这一变化是唐代由盛转衰历史演变的写照，也是时代精神由外放到内敛的宗教呈现，对世人心态及其文学艺术创作均产生了重要影响。

唐代道教外丹术颇为发达，服饵长生之说在整个社会广为蔓延，一时成为全国性风气。在现存的文史材料中，上至帝王，下至文人士大夫信仰外丹服食者屡见不鲜。随着中晚唐文人和道教内部对金丹大药之方的批判，晚唐以后，外丹术虽然仍有一定影响，但其地位已远远不及内丹术了。始于晋代的上清派以老庄思想作为精神寄托，修炼方法上注重调意和养神，其道经教理上同时拥有"重玄"和"内炼"双重特征。因此，上清派自然成为唐

---

① （唐）杜光庭：《道德真经广圣义》卷49，《道藏》第14册，第561页。

代道教最为重要的宗派,所谓"道门华阳亦儒门洙泗"① 就是其地位的标识。华阳即茅山华阳洞,早期上清派主要以茅山为活动中心,故又称茅山宗。颜真卿曾云:"茅山为天下道学之所宗。"② 司马承祯和吴筠均为道教上清派高道,且都颇善文辞,与文学之士多有交往,使茅山宗在文人墨客中扩大了影响,如李白加入道教时所受道法即属于茅山一系。他们不仅是道教在形神双修的基础上进一步提倡性命双修这一发展过程中的关键人物,而且在道教炼养方式由外丹转向内丹的过程中起了承上启下的作用,见证了道教的修仙思想由度己向度世、度人的转变。他们在理论上的建树,克服了王远知、潘师正这两代宗师述而不作的弊病,为茅山宗在理论上的发展做出了重要贡献,成为道教思想发展史上颇有影响力的人物。

## 第二节 隋唐五代道经的普及和道教知识背景

随着道教理论的深入,道经数量越来越多。一般认为,现存文献中,道经的首次著录出现于葛洪《抱朴子内篇·遐览》。隋唐时期,佛藏、道藏成为独立浩大的典籍体系,成为专门的知识部类。编于唐初的《隋书·经籍志》在经、史、子、集四部分类之后,又附加了道经、佛经,关注到佛、道经典书籍的规模数量和独立地位。

唐代空前的崇道国策大大促进了道经的编纂和整理。唐高宗时期编纂的《玉纬经目》,著录道经七千三百卷;武则天时期整理了《一切道经》;唐玄宗时期编写了《一切道经音义》和《一切道

---

① (唐)柳识:《唐茅山紫阳观玄静先生碑》,载(元)刘大彬:《茅山志》卷23,《道藏》第5册,第645页。

② (清)董诰等:《全唐文》卷340,中华书局,1983年,第3446页。

经目》；唐玄宗在开元年间敕命搜访天下道经，亲自校刊道经，并汇编成《开元道藏》（原御赐名《琼纲经目》），成为中国历史上的第一部道藏。此后，杜光庭等人也曾整理编修道藏，但历经战乱劫火，唐代道藏均已失传。目前已发现八百多件敦煌道经及相关文书抄本，考定或拟定的经名约有一百七十种，二百三十余卷，其中超过一半的道经不见于明编《正统道藏》。[1] 因此，敦煌道经对研究隋唐五代道教文学具有极其重要的文献价值。[2]

针对魏晋时期道教典籍卷帙杂乱、真伪难辨的现象，南朝道教领袖陆修静开始着手分类整理编纂道教典籍。他按照灵宝、上清、三皇三个系统"总括三洞"（洞真、洞玄、洞神），分门别类地编写成《三洞经书目录》，将道教产生以来的道经分为"三洞四辅十二类"，"四辅"为"太清""太平""太玄""正一"四部，是对三洞经书的解说和补充说明，含有辅助道教主经之意。这一分类方法对后世道经和《道藏》的编修体例产生了重要影响。南宋金允中《上清灵宝大法序》曾云："宋简寂先生陆君修静，分三洞之源，列四辅之目，述科定制，渐见端绪。"[3] 经陆修静等人的编修，隋唐时期已整合为"三洞四辅"的道经书目分类体系，并形成相应的授箓位阶制度。对于唐代存在的融合了所有道教传统的道经位阶体系，海外道教研究学者施舟人、小林正美等对此有深入而周详的研究。[4] 唐代道教在形成正一箓、灵宝箓、上清箓逐次上升的授箓位阶制度后，上清、灵宝和天师道的经典被分配到

---

[1] 王卡：《敦煌道教文献研究》，中国社会科学出版社，2004年，第26页。
[2] 敦煌卷子中包含的道教文学作品，包括诗歌、词曲、变文等。可参看龙晦：《论敦煌道教文学》，载《世界宗教研究》1985年第3期；李小荣：《敦煌道教文学研究》，巴蜀书社，2009年。
[3] 《道藏》第31册，第345页。
[4] （日）小林正美：《唐代的道教与天师道》，王皓月、李之美译，齐鲁书社，2013年。

这个授箓位阶体系中，成了每个教派的道士都必读的经典。吴筠《玄纲论》云："道虽无方，学则有序。故始于正一，次于洞神，栖于灵宝，息于洞真。"① 可见，在唐代道教的受箓体系中，"正一箓"最低，"上清箓"最高，而我们熟知的李白正是接受的上清箓，这从一个侧面反映了李白道教修行的水平和诗歌中常用上清派词汇的缘由。② 又据《唐会要》卷五十记载，长庆二年（822）穆宗下敕："诸色人中有情愿入道者，但能暗记《老子经》及《度人经》，灼然精熟者，即任入道。其《度人经》情愿以《黄庭经》代之者，亦听。"③ 由此可知，精熟这些不属于同一派别的道教基本经典是唐代士民加入道籍的必要条件。

　　隋唐五代时期，最为盛行的上清派经典具有一定的文学性，《真诰》《黄庭经》《大洞真经》等无不如此，造经的道士在撰写上清经文时非常重视文学技巧的使用。这不仅缘于韵文、骈文的书写形式，而且表现在其语言隐晦、朦胧和含蓄的特征，以及对道教存思和道教隐语的强调和运用。这些上清经系道典呈现出的意象词汇、故事情节、思维方式、修辞手法、艺术境界等均对这一时期的道教文学创作产生了重要影响。④ 如李白诗歌中的道教词

---

① 《道藏》第 23 册，第 677 页。
② （日）土屋昌明：《李白之创作与道士及上清经》，载《四川大学学报》（哲学社会科学版）2006 年第 5 期；李小荣、王镇宝：《取象与存思：李白诗歌与上清派关系略探》，载《福建师范大学学报》（哲学社会科学版）2007 年第 2 期；房本文：《李白"紫绮裘"考》，载《西北大学学报》（哲学社会科学版）2008 年第 6 期。
③ （宋）王溥：《唐会要》卷 50，上海古籍出版社，2006 年，第 1016 页。
④ （日）深泽一幸：《李商隐与真诰》，载吉川忠夫：《六朝道教の研究》，春秋社，1998 年；赵益：《〈真诰〉与唐诗》，载《中华文史论丛》2007 年第 2 期；陈伟强：《意象飞翔：〈上清大洞真经〉中所述之存思修炼》，载《中国文化研究所学报》2011 年第 53 期；张振谦：《唐宋文人对〈黄庭经〉的接受》，载《暨南学报》（哲学社会科学版）2012 年第 3 期；李静：《〈真诰〉对唐诗发生影响之时间再议》，载《中华文史论丛》2017 年第 3 期。

汇（如紫霞篇、鸣天鼓、流霞、玉京）多来自上清经典，其游仙诗的浪漫色彩和想象思维与上清派提倡的存思想神、冥想道法有密切关系。浓重的文学色彩是文人喜欢它们的重要原因，晚唐诗人徐凝读了道士施肩吾诗集《西山集》后，作《回施先辈见寄新诗二首》，其一云："九幽仙子西山卷，读了绦绳系又开。此卷玉清宫里少，曾寻《真诰》读诗来。"① 甚至唐代诗僧这个群体也对上清派经典《黄庭经》《真诰》等非常熟悉，并实践其中的存思等道术。② 当然，其他非上清派的道典也往往作为道教意象出现在唐诗创作之中，如源于灵宝经系《度人经》的"碧落"一词③，来自《抱朴子内篇》的"方瞳""猿鹤沙虫"等。

唐代道经的普及离不开李唐政府的明令推广，尤其是道举制度的实行。唐代国家制度支持之下的道教经典，其诵读和书写逐渐被广大受众当作日常精神活动加以践行，作为知识背景存在于文人士大夫的文学创作之中。流行于唐代的道教经典不仅有《老子》《庄子》等"重玄学"所依附的道经，而且包括《黄庭经》《真诰》《度人经》《抱朴子内篇》《洞渊神咒经》《周易参同契》《阴符经》等解决宗教需求的普及型道经。葛兆光曾指出："中晚唐文人中极流行的道教典籍是《黄庭经》《真诰》《度人经》《列仙传》《汉武内传》《五岳真形图》等，这些典籍里的故事和词汇是他们必备的材料，特别是在需要'点缀'和'铺张'的时候，没有这

---

① （清）彭定求编，陈尚君补辑：《全唐诗》（增订本）卷474，中华书局，1999年，第5421页。

② 李乃龙：《中晚唐诗僧与道教上清派》，载《陕西师范大学学报》（哲学社会科学版）2000年第4期。

③ 葛兆光：《青铜鼎与错金壶——道教语词在中晚唐诗歌中的使用》，原载《华学》第1辑，中山大学出版社，1995年，第25—40页；后收入葛兆光：《中国宗教与文学论集》，清华大学出版社，1998年，第64—92页；柏夷：《道教与文学："碧落"考》，载《华中师范大学学报》（人文社会科学版）2014年第3期。

些材料是无法完成的。"① 英国道教学者巴瑞特（T. H. Barrett）在对唐朝道教思想的研究中也说："许多证据表明，到公元九世纪时，即使只对道教思想略懂皮毛的人也在广泛阅读全本《黄庭内景经》。"②

　　无论是道士还是世俗文人，对道经的涉猎和理解是他们接受道教的重要方式，隋唐五代作为道教发展的兴盛期，为道经的普及和大众接受道教知识提供了充足的条件和制度保障。道门内部刚刚建立起来的道经位阶体系为学道者列出了较为规范而准确的道教文本，政府层面又在崇道氛围的营造中通过政令形式促进道经的传播和流行。在这一文化背景下，道经必然通过文人影响文学创作和审美观念的建立。

## 第三节　隋唐五代"洞天福地"与道教文学的空间分布

　　道教"洞天福地"观念大约形成于东晋以前③，唐代道教体系将之更加精确化，构成了道教地上仙境的主体部分。唐代道士司马承祯作《天地宫府图》，不但把所有洞天福地绘了图，而且还列

---

　　① 葛兆光：《青铜鼎与错金壶——道教语词在中晚唐诗歌中的使用》，原载《华学》第 1 辑，第 25—40 页；后收入葛兆光：《中国宗教与文学论集》，第 64—92 页。
　　② T. H. Barrett. *Taoism under the T'ang: Religion and Empire during the Golden Age of Chinese History*, london: Wellsweep press, 1996, p. 82.
　　③ 洞天福地的观念在道藏经籍中最早见于《太上洞玄灵宝五符序经》。刘师培《读道藏记》认为此经出自汉代，陈国符赞同此论的同时，指出亦有后人增益之处。（陈国符：《道藏源流考》，中华书局，1963 年，第 64 页）此外，编集上清派仙人本业的《道迹经》《真语》均已提及"十大洞天""地中洞天三十六所"，《道迹经》还称引道书《福地志》和《孔丘福地》。《抱朴子内篇·金丹》也列出名山二十八座、海中福岛六所。

出了领治仙人的名字；杜光庭的道教地理著作《洞天福地岳渎名山记》则辑录了天上、海中、山里的各种神话传说。两本书均标举十大洞天、三十六小洞天、七十二福地之说，最终确立了洞天福地的人间仙境思想。道士多往其间建宫立观，相关的道教文化由宫观展示和传播开来，共同织成了体系化的仙山地理，这可谓唐五代道教的重要特征之一，这一特征为我们探讨这一时期道教文学的空间分布情况提供了绝佳的视角。

这些仙境名胜大多依傍灵山异水，不仅环境清幽，而且道教活动活跃，仙迹留存较多。这些自然山水和人文景观除供道士和信徒悟道修行之外，还滋养和哺育着当地的文人，濡染着他们的文学作品。蜀地多名山，青城山、峨眉山等均是道教圣地，具有神秘色彩的蜀地灵山无疑对生长于斯的陈子昂、李白等文人产生了重要影响，如李白《登峨眉山》诗句"倘逢骑羊子，携手凌白日"就植入了《列仙传》中仙人葛由刻木羊骑以入蜀的传说。上清派根据地茅山被称为道教第一福地、第八洞天，与唐代文人、文学关系更加密切[①]，除茅山高道王远知、潘师正、司马承祯、吴筠等与朝廷和文人交往频繁外，籍贯或仕宦地在茅山周围的文人及其作品也带有较深的道教地域文化烙印。如储光羲家乡润州延陵（今江苏丹阳）就在茅山附近，自幼受到道教文化的熏陶，正如其诗《游茅山五首》其二中所言："家近华阳洞，早年深此情。"[②] 其诗歌受道教影响，"多龙虎铅汞之气"[③]。"新乐府运动"

---

① （瑞典）王罗杰：《茅山道教和唐宋文人》，载《道家文化研究》第16辑，生活·读书·新知三联书店，1999年，第367—387页；孙昌武：《走上茅山——唐代诗人与茅山道教》，载孙昌武：《诗苑仙踪：诗歌与神仙信仰》，南开大学出版社，2005年，第256—318页。

② （清）彭定求编，陈尚君补辑：《全唐诗》（增订本）卷136，第1378页。

③ （清）王士禛：《带经堂诗话》，人民文学出版社，1982年，第40页。

先驱顾况早年在茅山元阳观读书十年,其《题元阳观旧读书房赠李范》云:"此观十年游,此房千里宿。还来旧窗下,更取君书读。"① 后因仕途失意,又在茅山接受了道箓。

另一方面,因为唐代道教赋予洞天福地许多神仙事迹,仙真只会在此示现,帝王、当地官员以及世俗人士唯有到名山洞府去朝圣,甚至到山中结庐修行,才有可能寻访、感遇仙人,得获神授,从而得道成仙。因此,从政治层面而言,唐代颇为重视"投龙寄简",杜光庭《天坛王屋山圣迹序》云:"国家保安宗社,金箓籍文,设罗天之醮,投金龙玉简于天下名山洞府。"② 投简文往往由学士院撰文,带有强烈的格式化和应用性。道教斋醮中的投龙仪式,在唐代诗文中不乏描写和记录。③ 就世人来说,他们往往为了求仙学道之目的,前往仙山漫游,如果画出李白一生的游览地图,我们会发现重要的洞天福地几乎囊括其中。这些文人漫游过程中,以道教名山及著名道士为中心形成了一些文人群体,如以终南山为中心的"仙宗十友"、以天台山为中心的"方外十友"、以茅山为中心的中唐文人圈子等。

建造在洞天福地的道教宫观留下了不少历史文物和神话传说。仙山的道教文化往往是由宫观这一道教建筑来承载和赋予的。唐代遍布全国的宫观网络不仅是道教文化的载体,也是了解道教文学空间分布的重要窗口。唐王朝建立以后,曾多次下令在全国范围内普建道教宫观,如唐高宗乾封元年(666)、永淳二年(683)、中宗神龙元年(705)、玄宗开元十年(722)等均下诏天下诸州并

---

① (清)彭定求编,陈尚君补辑:《全唐诗》(增订本)卷267,第2951页。
② (清)董诰等:《全唐文》卷931,第9703页。
③ 如收入陈垣《道家金石略·唐》之《金台观主马元贞投龙记》《中岳投金简文》,元稹《春分投简阳明洞天作》、刘禹锡《和令狐相公送赵长盈炼师与中贵人同拜岳及天台投龙毕却赴京》、赵居贞《云门山投龙诗》。

置道观至少一所。至于唐代道教宫观的数量当然不止史料中所言的一千余所①，这些仅为国立的"官道观"，没有记录的"私立道观"大量存在。这些宫观一般建于道教所谓的"洞天福地"，依傍灵山异水，环境十分清幽，俨然一派人间仙境。作为道教信仰的产物，宫观自然地产生和展示道教文化，反映道教兴衰。宫观及其中进行的道教活动，也是壁画、诗文、书法、雕塑等文学艺术产生和传播的现场。在崇奉道教的唐代社会，文人士大夫或参加道教斋醮活动，或寻访道友、旅游观光，道教宫观留下了他们的许多诗文作品和文化逸事，由此产生了唐代数量庞大的游观诗和宫观记。宫观作为道教历史文化的产物，作为道教最重要的人文景观，必然保留着大量的神仙传说和遗迹，游观诗文也就必然将这些具有地域特色的传说和遗迹写入其中。透过这些作品，一方面可以反映出道教文化与文人士大夫文化的交融；另一方面，也可以呈现出唐代道教文学的空间分布和前后传承。唐代出现的大量游观诗文说明此时的宫观已具有道教文化和世俗文化交流的公共功能，不同于六朝时期只限于道教徒内部的"道治"。世俗人士到宫观参加道教科仪活动，亲身感受宗教氛围，会有最为直观的宗教体验，这一群体的文人将所见所闻及宗教体验抒写出来的作品当然属于道教文学，并且具有自己的特色。唐代道士处在相对安定的社会环境和极其发达的文化氛围中，也常常借助诗文描述自己施行科仪时的存想飞升体验，以此加深对于道法的认知。这些发生在道教建筑中的作品带有浓厚的道教和文学双重特性，是道教文学值得探讨和研究的重要组成部分。

---

① （宋）欧阳修，宋祁：《新唐书》卷48《百官志三》《唐六典》卷4《祠部郎中》均载"天下观一千六百八十七所"，杜光庭《历代崇道记》云："从国初以来，所造宫观一千九百余所。"

唐代宫观星罗棋布，不仅遍布名山大川，而且广泛出现在都市附近，甚至城市之中。仅长安和洛阳的宫观数量就分别达到四十八所和十八所。①东、西二都的这些宫观除了拥有其他宫观的宗教文化功能外，往往还承担朝廷祭祀、入道公主居住等附加功能，具有浓重的皇室色彩。因此，在某种意义上说，它们除了承载道教活动外，还是城市的社会文化权力网络中心点，与政治和文人均有密切关系。如李白、王维、高适、储光羲等盛唐诗人曾经到过的长安附近的玉真公主山庄（别馆）就带有宫观性质。而玉真观、灵都观、华阳观则专为玉真公主、华阳公主修道而敕建，白居易、张籍、李群玉等诗歌中均有提及。

## 第四节　道教文体与俗世文体的会通互融

南朝刘宋道士陆修静首次将道经分为"三洞四辅十二类"，"十二类"即道经文体的十二个种类，包括本文、神符、玉诀、灵图、谱录、戒律、威仪、方法、众术、记传、赞颂、表奏。这一经籍体系和分类方法被后世所沿用，直至明《正统道藏》仍然依此编排。其中，赞颂类（如步虚词）、表奏类（如青词）、记传类（如神仙传记）的文学色彩相对较强。从现存文献来看，有些文体被佛、道二教共用，如斋文、忏文、散花词等。当然，道教也拥有专有文体，如步虚、青词、醮联等。随着道教的兴盛和文学的繁荣，道教文体与俗世文体往往发生会通互融的现象，一方面，道教利用传统诗文体裁来宣扬经文教理；另一方面，世俗文人由于受道教文化的熏染，介入和涉猎道教文体的创作。

步虚词作为道教文体，起源甚早，至迟在三国时期已经出现

---

① 王永平：《道教与唐代社会》，首都师范大学出版社，2002年，第187—192页。

五言形式的步虚词。现存步虚词出现在东晋，往往以十首五言组诗形式在道门内部吟咏。文人拟作步虚词的首倡者是庾信。唐宋时期，文人创作步虚词颇为流行，步虚词的内容题材、体式特征、创作目的也发生了较大变化。孙昌武曾言："由道教科仪的步虚声演化为文人创作的步虚词，是道教促进文学发展的又一典型事例。"① 步虚词在唐代较为流行②，中唐诗人王建《赠王处士》诗中云："道士写将行气法，家童授与步虚词。"③《全唐诗》中仅以《步虚词》或《步虚引》等为题的就达六十余首，其中韦渠牟十九首、吴筠十首、徐铉五首。唐中宗曾召李行言进宫，在两仪殿唱《步虚歌》。④ 唐玄宗亲制《霓裳羽衣曲》《降真召仙之曲》《紫微送仙之曲》等，并教道士步虚声韵。在写作功用上，步虚词本用于道教斋醮仪式，至唐代则频繁出现在酬唱赠答、行旅吟唱等日常生活行为中，成为众多诗歌体式的一种，其宗教文体的神圣光芒逐渐褪去。这与步虚声韵在唐代官方和民间盛行的情况是相一致的。⑤

青词，有时也称"清词"或"绿章"，是道教文学中重要的文体之一，产生于唐代。青词是道教举行斋醮时献给天神的奏章表文，既有着与祝文类似的外在形态，也带有道教上章的浓厚宗教色彩，是祭祀之文与科仪文书结合的产物。"青词"之称最早见于天宝四年（745）的唐玄宗敕令："自今以后，每太清宫行礼官，

---

① 孙昌武：《道教的仙歌及其文学价值》，载《文学遗产》2012年第6期。
② （日）深泽一幸：《步虚词考》，载吉川忠夫：《中国古道教史研究》，同朋舍，1992年，第363—416页。
③ （清）彭定求编，陈尚君补辑：《全唐诗》（增订本）卷300，第3403页。
④ （宋）尤袤：《全唐诗话》卷1，载何文焕：《历代诗话》，中华书局，1981年，第69页。
⑤ 李程：《唐代文人的步虚词创作》，载《武汉大学学报》（人文科学版）2013年第6期。

宜改用朝服，兼停祝版，改为清词于纸上。"① 唐人李肇《翰林志》也称："凡太清宫道观荐告词文，用青藤纸朱字，谓之'青词'。"② 青词可能早期专用于太清宫。唐杨钜《翰林学士院旧规》中有《道门青词例》，规定了这种文体的格式。唐代斋醮科仪的发展使青词有了广阔的书写空间。白居易、杜光庭等人创作的青词，虽然仍未脱离玄门实用文体的局限，但已初步显露出辞藻华美的特点。语言形象生动的典雅化趋势，具备了文学的美感与情感因素，从而成为唐代道教文学不可忽视的一部分。③

具有浓重道教色彩的游仙诗作为古诗体类之一，自先秦产生以来④，历代不绝。曹植最早以"游仙"作为诗题，东晋郭璞则是文学史上第一位以游仙诗名世的诗人，随后萧统《文选》正式将"游仙"列为诗体种类。游仙诗沿至唐代而蔚为大观，无论在数量上还是在质量上都远超魏晋南北朝，出现了李白、吴筠、李贺、李商隐、曹唐等杰出的游仙诗诗人。尤其是李白将自己视为"谪仙"，进而以一种自信、乐观的态度来写作游仙诗，曹唐则通过"游仙——恋情"的路径，将"游"的趣味安置在新的神话世界中，把"仙"的特征转化为美丽多情的女子，让人与仙的接遇关系具有了世俗情趣和道教的宗教体验。他们从不同角度赋予了游仙诗新的生命，树立了游仙诗新的典范。

吴光正认为："道教文学的文体包括道经文体和俗世文体两个

---

① （唐）杜佑：《通典》卷53《老君祠》，中华书局，1984年，第305页。
② （唐）李肇：《翰林志》，《文渊阁四库全书》第595册，台湾商务印书馆，1986年，第298页。
③ 张海鸥、张振谦：《唐宋青词的文体形态和文学性》，载《文学遗产》2009年第2期。
④ （清）朱乾：《乐府正义》卷12："屈子《远游》乃后世游仙之祖。"鲁迅称《仙真人诗》为"后世游仙诗之祖"，《汉文学史纲要》，《鲁迅全集》第9卷，人民文学出版社，1981年，第383页。

类别,是道教徒在信仰实践和仪式践履过程中因不同的宗教目的而产生的文体,其目的决定了文体的题材选择、美学风格和价值取向。"① 唐人权德舆就大致言及吴筠在其文集中不同的文体选择:"观其《自古王化诗》与《大雅吟》《步虚词》《游仙》《杂感》之作,或遐想理古,以哀世道,或磅礴万象,用冥环枢,稽性命之纪,达人事之变,大率以啬神挫锐为本。至于奇采逸响,琅琅然若戛云璈而凌倒景,崑阆松乔森然在目。近古游方外而言六义者,先生实主盟焉。至若总论谷神之妙,则有《玄纲》;哀蓬心蒿目之远于道也,则有《神仙可学论》;疏瀹澡雪,使无落吾事,则有《洗心赋》《岩栖赋》;修胸中之诚而休乎天均,则有《心目论》《契形神颂》。其他操章寓书,赞美序别,非道不言,言而可行。泊然以微妙,卓尔而昭旷。合为四百五十篇,博大真人之言,尽在是矣。"② 一般来说,道经本文及颂赞类多采用韵文形式书写,有利于传播和诵唱;建斋设醮时上呈天帝的章表或富有情节的传记则往往采用散体文,以便陈述与论理。

## 第五节 隋唐五代道教文学的创作业绩

宗教文学史既是宗教徒创作的文学的历史,也是宗教实践活动中产生的文学的历史。③ 隋唐五代道教文学史的创作主体自然是道士。据《全隋诗》《全隋文》(含《补遗》)、《全唐诗》(含《补编》和《外编》)、《全唐文》(含《补遗》和《补编》)、《全唐五代词》、《全五代诗》、《全唐五代诗》等不完全统计,隋唐五

---

① 吴光正:《民族本位、宗教本位、文体本位与历史本位——〈中国道教文学史〉导论》,载《贵州社会科学》2014年第5期。
② (唐)权德舆:《宗玄先生文集序》,《道藏》第23册,第653页。
③ 吴光正:《宗教文学史:宗教徒创作的文学的历史》,载《武汉大学学报》(人文科学版)2012年第2期。

代时期，道士文人有八十余位，这些道士文人大致分为三类：其一，早年出家并一直在道门的正式道士，如司马承祯、叶法善、张果、吴筠等；其二，成年后入道并以道士身份终老，如施肩吾、杜光庭、张贲、郑遨等；其三，曾有短暂入道经历但以文人身份名世的，如贺知章、李白、顾况、韦渠牟、李商隐、曹唐，李冶、鱼玄机等女冠诗人，以及"大历十才子"中的戴叔伦、吉中孚等。

　　隋唐五代对道教的推崇使得社会上下对道士阶层青眼相加，孟浩然《梅道士水亭》诗中所谓"名流即道流"① 即是道士在当时尊崇地位的生动写照。在这一社会文化背景下，他们成为俗世文人乐于交往的对象，如初盛唐著名道士司马承祯有一次离开长安回天台山，公卿百官、文人学士三百多人送别，在场文士，无不属和，赋诗百余首，时任散骑常侍的徐洪（字彦伯）撮其美者三十一首，编为《白云集》，见传于代。张说、张九龄、宋之问、沈佺期、陈子昂、李峤、崔湜等著名诗人均有寄赠给他的诗篇。司马承祯还与陈子昂、卢藏用、宋之问、王适、毕构、李白、孟浩然、王维、贺知章结为"仙宗十友"。再如盛唐道士吴筠，除与李白关系甚密外，"在剡与越中文士为诗酒之会"②，曾先后参与浙东会稽严维组织的联唱和浙西颜真卿组织的湖州诗会，当时参加唱和的包括官员、文人、道士、僧侣共计二三十人。再如中晚唐道士毛仙翁，据杜光庭《毛仙翁传》载，中晚唐政府中，当时著名文人士大夫裴度、牛僧孺、令狐楚、李程、李宗闵、李绅、杨嗣复、杨於陵、王起、元稹、白居易、崔郾、郑尉澣、李益、张仲方、沈传师、崔元略、刘禹锡、柳公绰、韩愈、李翱等，均爱戴道

---

① （清）彭定求编，陈尚君补辑：《全唐诗》（增订本）卷160，第1650页。
② （后晋）刘昫：《旧唐书》卷192，第5129页。

士毛仙翁,"或师以奉之,或兄以事之"①。又如女冠诗人与中晚唐文人交往频繁,李冶与刘长卿、皎然,鱼玄机与温庭筠、李郢,薛涛与元稹、白居易、杜牧之间的关系在他们的作品和相关史料中记载颇多。即使没有留下诗篇的道士也与当时文人交游密切,如潘师正与陈子昂,李含光与颜真卿,嵩山女道士焦炼师与李白、王昌龄、李颀、钱起等。文人与道徒的交往,对文人的生活、心态及其创作均会产生一定的影响,是他们道教兴趣和宗教体验的触发者,以及他们诗兴文思引发的媒介,从这个意义上说,这些道士也间接地参与了这一时期道教文学的创造。

总之,隋唐五代是道教发展的鼎盛期,在帝王的扶植下,形成了全国范围内的宫观网络,道士人数剧增,道经得到了系统的整理、编纂和较为广泛的传播,道教理论和修炼方术均有重大发展。道士的文学素养显著提高,文学作品数量和质量相当可观,道教文体与俗世文体会通交融,神仙、鬼怪题材成为重要的文学类别②,道教文学创作取得了较大的艺术成就,呈现出与其他时期不同的特征和独特的艺术魅力。

---

① (清)董诰等:《全唐文》卷944,第9813页。
② (唐)齐己《风骚旨格》将唐诗题材分为四十门类,列神仙、鬼怪题材为第三十门和三十三门。见丁福保:《历代诗话续编》,中华书局,1983年,第110页。

# 第二章　隋唐五代道教实践语境与特征

隋唐五代是道教发展的黄金时期。这些朝代的统治者大多能够以开放的心态接纳多种宗教在中国的传播，道教作为我国的本土宗教，也在不同程度上得到了历代帝王的关心和支持。又因为唐皇室姓李，与道教教主老子攀上了亲缘关系，因此，唐代皇帝对道教思想推崇备至，使道教的发展具备了前所未有的实践语境，最终达到极盛，甚至有国教之称。同时，道教的炼养实践和理论体系也发生了重要变化，表现出鲜明的时代特征。

## 第一节　隋唐五代帝王与道教

隋朝推行佛、道二教并重的宗教政策："佛法深妙，道教虚融，咸降大慈，济度群品，凡在含识，皆蒙复护。所以雕铸灵相，图写真形，率土瞻仰，用申诚敬。"① 隋文帝杨坚出于政治需要，对道教采取了利用和扶持的政策，这对道教的发展起了促进作用。他即位后的开国年号"开皇"即带有深刻的道教印记："道经者，云有元始天尊……授以秘道，谓之开劫度人。然其开劫，非一度矣，故有延康、赤明、龙汉、开皇，是其年号。"②《三洞珠囊》卷八称"似元皇君号开皇元年，隋家亦象号开皇元年是也"③。"开

---

① （唐）魏征：《隋书》卷2，第1册，中华书局，1973年，第45页。
② （唐）魏征：《隋书》卷35，第4册，第1091页。
③ 《道藏》第25册，第351页。

皇"为道教的一劫之始，表明一个新的历史纪元的出现，杨坚取为年号，试图象征刚刚建立的新王朝合乎天意，乃天命所在。隋文帝于开皇元年（581）下诏："法无内外，万善同归，教有浅深，殊途共致。朕伏膺道化，念存清静，慕释氏不二之门，贵老生得一之义，总齐区有，思至无为，若能高蹈清虚，勤求出世，咸可奖劝，贻训垂范。"① 在隋文帝大兴道教的指导思想下，道观和道士数量均有一定增长。开皇三年（583），"隋高祖文皇帝迁都于龙首原，号大兴城，乃于都下畿内造观三十六所，名曰玄坛，度道士二千人"②。道教徒也得到了上层统治集团的优待，据《唐会要》卷五〇"观"条载："开皇八年（588），为道士焦子顺能役鬼神，告隋文受命之符。及立，隋授子顺开府柱国，辞不受。常咨谋军国，帝恐其往来疲困，每遣近官置观，以'五通'为名，旌其神异也，号焦天师。"③

隋炀帝即位后，在执行宗教政策上，既笃信佛教，同时也积极地对道教加以扶植和利用。杨广"尝言及文帝受命之符，因问鬼神之事，敕善心与崔祖浚撰《灵异记》十卷"④。大业年间，隋炀帝更加广泛地征召道士，正如《隋书·经籍志》所云："大业中，道士以术进者甚众……其术业优者，行诸符禁，往往神验。而金丹玉液长生之事，历代糜费，不可胜纪。"⑤ 隋炀帝在召道士徐则的手书中极力夸赞道教："夫道得众妙，法体自然，包涵二仪，混成万物，人能弘道，道不虚行。"当时诏见的高道，除徐则

---

① （清）严可均辑：《全隋文》卷1《五岳各置僧寺诏》，商务印书馆，1999年，第4页。
② （唐）杜光庭：《历代崇道记》，《道藏》第11册，第1页。
③ （宋）王溥：《唐会要》卷50，上海古籍出版社，2006年，第1026页。
④ 李延寿撰：《北史·许善心传》，第9册，中华书局，1974年，第2803页。
⑤ （唐）魏征：《隋书》卷35，第4册，第1094页。

外，还有"建安宋玉泉、会稽孔道茂、丹阳王远知等，亦行辟谷，以松水自给，皆为炀帝所重"①。隋炀帝也曾建造道观和度道士。据《历代崇道记》载："炀帝迁都洛阳，复于城内及畿甸造观二十四所，度道士一千一百人。"②炀帝为了能够长生不死，甚至不惜花费巨资请道士为他炼丹。"初，嵩高道士潘诞自言三百岁，为帝合炼金丹。帝为之作嵩阳观，华屋数百间，以童男童女各一百二十人充给使，位视三品；常役数千人，所费巨万。"③

隋代末年，社会混乱，各大政治集团都尽力争取道教力量，特别是利用道教善于制谶作符的特色为本集团做政治宣传，扩大自己的政治影响。其中，李渊集团最为高明，社会上出现的关于李氏当兴的谶语及歌谣大多源于道教，出自道士之口。大业七年（611），隋炀帝亲驾征辽，楼观道士岐晖对弟子说："天道将改，吾犹及见之，不过数岁矣。"有弟子问："不知来者若何？"岐答："当有老君子孙治世，此后吾教大兴，但恐微躯不能久保耳！"④又"大业十三年（617）丁丑，老君降于终南山，语山人李淳风曰：'唐公当受天命'"⑤。淳风父李播，"隋高唐尉，以秩卑不得志，弃官而为道士，颇有文学，自号黄冠子"⑥。可见，李淳风出自道教家庭，所谓老君语唐公当受天命，恐乃李淳风自编自演的一出神话剧。

隋朝统治者出于政治上的需要，借道教为其统治做各种舆论宣传，对道教进行大力倡导和积极扶植，道教获得了很大的发展。

---

① （唐）魏征：《隋书》卷77，第1758—1760页。
② （唐）杜光庭：《历代崇道记》，《道藏》第11册，第1—2页。
③ （宋）司马光：《资治通鉴》卷181，中华书局，1956年，第5658页。
④ （宋）谢守灏：《混元圣纪》卷8，《道藏》第17册，第854页。
⑤ （宋）谢守灏：《混元圣纪》卷8，《道藏》第17册，第854页。
⑥ （后晋）刘昫：《旧唐书》卷79《李淳风传》，第2717页。

卿希泰曾指出："隋代道教正处于一个转折点，为唐以后道教的兴盛与教理大发展做了准备。"① 隋朝统治者对道教所采取的措施，具有承前启后、继往开来的作用，从而为唐代道教的兴盛奠定了基础。

李渊建唐与道教的关系正如隋代二帝，是一种双方互相利用的关系。李唐王朝与道教真正发生关联始于羊角山神话。《唐会要》卷五〇《尊崇道教》载："武德三年（620）五月，晋州人吉善行于羊角山，见一老叟，乘白马朱鬣，仪容甚伟，曰：'谓吾语唐天子，吾汝祖也。今年平贼后，子孙享国千岁。'高祖异之，乃立庙于其地。"② 这一神话标志着道教教主老子作为李氏皇室的先祖身份的确立，正如宋人范祖禹所言："唐之出于老子，由妖人之言而谄谀者附会之，高祖启其原。"③ 唐皇室追认老子为先祖，为王权披上了一层神圣的外衣，而道教攀附国家政权，在唐代儒、释、道三教鼎足而立、互相斗争的思想格局中有着特殊的政治意义，为其在唐代的兴盛迈出了扎实的一步。武德八年（625），唐高祖下诏安排儒、释、道三者的先后位次："老教、孔教，此土先宗；释教后兴，宜崇客礼。令老先，次孔，末后释。"④

随着唐王朝的统治在全国范围内的逐步确立，秦王李世民与太子李建成之间争夺皇位的斗争日趋白热化，李世民以编造神话为政治手段来为自己继承王位制造舆论。"武德八年，（世民）拜中书令，尝夜于嘉猷门侧，见一神人，长数丈，素衣冠，呼太宗

---

① 卿希泰：《中国道教史》第二卷，四川人民出版社，1996年，第2页。
② （宋）王溥：《唐会要》卷50，第1013页。
③ （宋）范祖禹：《唐鉴》卷1，上海古籍出版社，1984年，第13页。
④ 《唐文拾遗》卷1《先老后释诏》，载董诰等编《全唐文》，1983年，第10373页。

进而言曰：'我当令汝作天子。'太宗再拜，忽因不见。"① 此与羊角山神话如出一辙。不仅如此，诸如王远知、薛颐等道士还频繁出入秦王府，甚至李世民的主要谋士房玄龄、杜如晦也曾化装成道士与李世民密谋。《旧唐书·房玄龄传》载："隐太子将有变也，太宗令长孙无忌召玄龄及如晦，令衣道士服，潜引入阁计事。"② 唐太宗登基后，针对由于战乱而元气大伤的社会局面，吸取了隋朝灭亡的教训，采纳了道士魏征的建议，实行老子清静无为的治国思想。《贞观政要》卷一云："贞观初，人皆异论，云当今必不可行帝道、王道，惟魏征劝我。既从其言，不过数载，遂得华夏安宁，远戎宾服。"③ 这一政策符合唐初的历史发展，无为而治，与民休息，最终促成了"贞观之治"的出现。唐太宗为了进一步神化皇权，于贞观十一年（637）颁布《令道士在僧前诏》云："朕之本系，出于柱史。今鼎祚克昌，既凭上德之庆；天下大定，亦赖无为之功。宜有改张，阐兹元化。自今以后，斋供行立，至于称谓，其道士女冠，可在僧尼之前。"④ 当然，唐太宗对道教的倡导和扶植既促进了道教的发展，也有利于唐王朝的统治。

唐高宗统治时期，不断采取崇道措施，道教更加兴盛。显庆二年（657），唐高宗召见道士万振，问以治国养生之道，万振答曰："无思无为，清静以为天下正，治国犹治身也。"清静无为作为《老子》中反复强调的思想，为当时的国家发展再一次指明了方向，故"帝尊待之如师友"⑤。高宗的崇道活动还有制造老君

---

① （宋）王钦若等：《册府元龟》卷21《帝王部·征应类》，中华书局，1960年，第226页。
② （后晋）刘昫《旧唐书》卷66，第2461页。
③ （唐）吴兢：《贞观政要》卷1，上海古籍出版社，1978年，第18页。
④ （清）董诰等：《全唐文》卷6，第73页。
⑤ （元）赵道一：《历世真仙体道通鉴》卷31，《道藏》第5册，第279页。

"显圣"的神话。龙朔二年（662），高宗驾幸东都，忽然有感，即令在洛阳北邙山老君庙建斋醮祭，"忽白光遍殿，照耀阶坛，老君现于光中，二真人夹侍，良久方隐"①。唐高宗甚至于乾封元年（666）亲临老子故里亳州凭吊老君庙，封老子为"太上玄元皇帝"，并在《追尊玄元皇帝制》中申明此举的目的是重申老君乃"朕之本系"。②上元元年（674），"伏以圣绪出自玄元，五千之文，实惟圣教。望请王公以下，内外百官，皆习老子《道德经》，其明经咸令习读，一准《孝经》《论语》，所司临时策试"③。次年，正式下令："加试贡士《老子》策，明经二条，进士三条。"④仪凤三年（678），又重申："自今已后，《道德经》并为上经，贡举人皆须兼通。"⑤这一举措无疑会促进唐代社会对《老子》的研习之风，从而进一步加速道教的发展。此外，唐高宗还制定了一系列崇道政策，如仪凤四年（679），下诏"道士、女冠宜隶宗正寺"⑥，将道士、女冠由鸿胪寺改隶宗正寺，也就是依照天子族亲属籍管理，进一步抬高了道士的政治地位和社会地位。弘道元年（683）改年号为"弘道"，下诏令天下诸州置道士观，上州三所，中州二所，下州一所。⑦嗣圣元年（684）至天授元年（690），是武则天从临朝称制到逐渐公开称帝的时期，她曾利用佛典《大云经》作为登基的理论依据，因此出于改革李唐以道教为国教的政治目的，武则天曾大力扶植佛教，而对道教则采取贬抑政策。如

---

① （宋）谢守灏：《混元圣记》，《道藏》第17册，第857页。
② （宋）宋敏求：《唐大诏令集》卷78，商务印书馆，1959年，第442页。
③ （宋）王溥：《唐会要》卷75，第1626—1627页。
④ （宋）欧阳修、宋祁：《新唐书》卷44《选举志》，中华书局，1975年，第1163页。
⑤ （后晋）刘昫：《旧唐书》卷24，第918页。
⑥ （宋）王溥：《唐会要》卷49，第1006页。
⑦ （宋）宋敏求：《唐大诏令集》卷3，第15页。

天授二年（691），下令"释教开革命之阶，升于道教之上"①。长寿二年（693），停贡举人习《老子》。②

中宗、睿宗在位时间不长，但仍力图恢复道教在唐代政治生活中的特殊地位。刘肃《大唐新语》卷一〇载："睿宗雅尚道教，稍加尊异，（司马）承祯方赴召。睿宗尝问阴阳术数之事，承祯对曰：'《经》云："损之又损，以至于无为。"且心目一览，知每损之尚未能已，岂复攻乎异端而增智虑哉！'睿宗曰：'理身无为，则清高矣；理国无为，如之何？'对曰：'国犹身也，《老子》曰："游心于澹，合气于漠，顺物自然，而无私焉，而天下理。"《易》曰："圣人者，与天地合其德。"是知天不言而信，不为而成。无为之旨，理国之要也。'睿宗深加赏异。"③渐渐地，睿宗在政治上采取了"无为而治"政策，逐步交出政权，退居太上皇之位时仍宣布"朕将高居无为"④，还政于太子李隆基。

唐玄宗统治时期迎来了唐代道教的鼎盛局面。唐玄宗采取了一系列崇道措施，大力推行扶植道教的政策，首先是提高道教始祖老子的地位。开元三年（715）作《玄元皇帝赞》："万教之祖，号曰玄元，东训尼父，西化金仙。"⑤指出道教在儒、佛、道三教中的领先地位。开元十年（722），诏"两京及诸州各置玄元皇帝庙一所"⑥。为了与一般道观相区别，玄宗还下令更改老君庙的名称：天宝初年，"两京玄元庙改为太上玄元皇帝宫，天下准此"，"改西京玄元庙为太清宫，东京为太微宫，天下诸郡为紫极宫"。⑦

---

① （宋）司马光：《资治通鉴》卷204，第6473页。
② （宋）司马光：《资治通鉴》卷205，第6490页。
③ （唐）刘肃：《大唐新语》卷10，中华书局，1984年，第158页。
④ （后晋）刘昫：《旧唐书》卷7《睿宗纪》，第162页。
⑤ （宋）谢守灏：《混元圣纪》卷8，《道藏》第17册，第860页。
⑥ （宋）王钦若等：《册府元龟》卷53《帝王部·尚黄老》，第589页。
⑦ （后晋）刘昫：《旧唐书》卷9《玄宗纪下》，第216页。

唐玄宗还在天宝二年（743）、天宝八年（749）、天宝十三年（754）三次给老子追加封号，分别为"大圣祖玄元皇帝""大圣祖大道玄元皇帝""大圣祖大道金阙玄元皇帝"。不仅如此，道家的其他代表人物也被追尊称号，玄宗于天宝元年（742）下诏追尊庄子为南华真人、文子为通玄真人、列子为冲虚真人、庚桑子为洞虚真人。① 开元二十一年（733），唐玄宗《御注道德真经》，颁布全国，下诏要求士庶家藏一本，劝令习读。玄宗崇道有其政治目的，试图通过道教清静无为的政治主张来巩固唐王朝的封建统治。唐玄宗曾说："道者玄妙之宗，德为教化之本，讲讽微旨，稽详秘文，庶无为而政成，不宰而物应。"认为治国理政"必先正其心，深思速于遐迩，务惟齐俗，亦欲申于兆庶，必若同归清净，共守玄默"②。天宝元年（742），下诏："载弘道教，崇清净之化，畅玄元之风。"③

其次，开创了道举制度。道举制度是唐代科举制度中常科科目之一，它的出现反映了唐代道教备受尊崇的一个侧面。道举制度以开元二十九年（741）设立崇玄学为正式确立的标志。《新唐书·选举志》："（开元）二十九年，始置崇玄学，习《老子》《庄子》《文子》《列子》，亦曰道举。"④ 在道举独立成科以前，唐代科举制度的主要内容偏重于儒家经典的研习。这一通过修习道家经典选拔官员的制度在中国古代社会的官吏选拔史上颇为独特。《唐会要》卷七七亦载："开元二十九年正月十五日，于玄元皇帝庙置崇玄学，令习《道德经》《庄子》《文子》《列子》，待习成后，每年随举人例，送名至省，准明经考试。通者准及第人处分。

---

① （后晋）刘昫：《旧唐书》卷9《玄宗纪下》，第215页。
② （宋）王钦若等：《册府元龟》，第590页。
③ （宋）宋敏求：《唐大诏令集》卷67《天宝元年南郊制》，第377页。
④ （宋）欧阳修，宋祁：《新唐书》卷44，第1164页。

其博士置一员。"① 这样就形成了一套有专门学校、专门经典、专门人才参加考试而取得做官资格的道举制度。道举制度的核心机构就是崇玄学。崇玄学在两京及诸州的设置及其生徒的相关记载可据杜佑《通典》卷十五《选举三·历代制下》:"玄宗方弘道化,至二十九年,始于京师置崇玄馆,诸州置道学,生徒有差。京都各百人,诸州无常员。习《老》《庄》《文》《列》,谓之四子。荫第与国子监同。谓之'道举'。举送、课试与明经同。"② 崇玄学是兼具教育与研究双重功能的宗教性机构,代表着道家和道教正式纳入了官学教育体制之中。道举科的考试评定与命官秩品,与明经科基本相同,即考试成绩分为上上、上中、上下、中上四等;其官秩品级依次为从八品下、正九品上、正九品下、从九品上。天宝二年(743),改崇玄学为崇玄馆,改天下崇玄学为通道学。两京崇玄学设立博士、助教各一人,诸州设博士一人,教授道家经典。同年又改博士曰学士,助教曰直学士,置大学士一人,以宰相为之,领两京玄元宫及道院。这种学士名称的改变,以及以宰相管理道院的制度,反映了唐玄宗对道举制度的重视。③ 道举作为常科,在天宝年间是每年都举行的。天宝七年(748),玄宗再次下诏宣称:"道教之设,风俗之源,必在弘阐,以敦风俗,须列四经之科,冠九流之首……天下诸色人中,有通明《道德经》及《南华》等四经,任于所在自举,各委长官考试申送。"④ 道举为文人仕进增加了一条途径,一些文人士大夫由此而走向仕途,晚唐

---

① (宋)王溥:《唐会要》卷77,第1404页。
② (唐)杜佑:《通典》卷15,中华书局,1984年,第83页。
③ 汪桂平:《唐代的道举制度》,载《世界宗教文化》1999年第3期;王永平:《论唐代道举》,载《人文杂志》2000年第2期;林西朗:《唐代道举制度述略》,载《宗教学研究》2004年第3期。
④ (宋)宋敏求:《唐大诏令集》卷9《天宝七载册尊号敕》,第53页。

人高彦休《唐阙史》卷下"太清宫玉石像条"记载："明皇朝，崇尚玄元圣主之教，故以道举入仕者，岁岁有之。"① 例如："天宝初，玄宗崇奉道教，下诏求明《庄》《老》《文》《列》四子之学者。（元）载策入高科，授邠州新平尉。"② 后权倾朝野、煊赫一时。独孤及"天宝末，以道举高第补华阴尉，辟江淮都统李峘府，掌书记"③，后成为中唐古文运动的先驱人物。道举对唐代尊老崇道活动的开展起了推波助澜的作用，而其最终目的还是巩固唐王朝的封建统治。开元二十九年（741），唐玄宗亲临兴庆门策试，问策曰："朕听政之暇，常读《道德经》《文》《列》《庄子》，其书文约而义精，词高而旨远，可以理国，可以保身，朕敦崇其教以左右人也。"④ 由此可见，玄宗开设道举制度之目的。道举制度的设立，一方面抬高了道教的社会地位，有利于道教自身的发展；另一方面，唐王朝也加强了对道教的控制，使道教更好地为王权服务。

再次，大肆制作玄元皇帝图像，颁示天下。据《唐会要》卷五十《尊崇道教》载，开元二十九年（741）"五月，上梦玄元告以休期，因令图写真容，分布天下"⑤。范祖禹《唐鉴》卷五《玄宗下》详述其事云："（开元）二十九年正月，帝梦玄元皇帝告云：'吾有像在京城西南百余里，汝遣人求之，吾当与汝兴庆宫相见。'帝遣使求得于盩厔楼观山间，闰四月，迎置兴庆宫，五月，命画玄元真容，分置诸州开元观。"⑥ 并下《令写玄元皇帝真容分送诸

---

① （唐）高彦休：《唐阙史》卷下，第1361页。
② （后晋）刘昫：《旧唐书》卷118《元载传》，第3409页。
③ （宋）欧阳修，宋祁：《新唐书》卷162《独孤及》，第4990—4991页。
④ （宋）谢守灏：《混元圣纪》，《道藏》第17册，第865页。
⑤ （宋）王溥：《唐会要》卷50，第1013页。
⑥ （宋）范祖禹：《唐鉴》卷5，第125页。

道并推恩诏》："朕纂承宝业，重阐玄猷，自临御以来，罔不夙夜，每涤虑凝想，斋心服形，礼谒于尊容（玄元皇帝之真容），未明而毕事，将三十载矣。盖为天下苍生，以祈多福，不谓微诚上达，睿祖垂鉴，顷因假寐，忽梦真容，既觉之后，昭焉以观，瞻奉逾时，殊相自然，与梦相协，诚谓密降仙府，永镇人寰。告我以无疆之休，德音在听；表我以非常之庆，灵贶有期。乃昊穹幽赞，宗社储休，岂朕虚薄，能致兹事。若使寝之，乃乖祗敬，宜令所司，即写真容，分送诸道采访使，令当道州转送开元观安置。所在道士女冠等，皆具威仪法事迎候，像到，七日夜设斋行道。仍各赐钱，用充斋庆之费。"① 不久以后，玄宗又下诏扩大安置玄元皇帝真容的宫观数量："诸道真容，近令每州于开元观安置，其当州及京兆、河南、太原等诸府有观处，亦各令本州府写貌，分送安置。"②

至德二年（757），已经是太上皇的唐玄宗仍对玄元皇帝图像制赞并序："我大圣祖诞敷众妙，光宅上清，贻厥孙谋，屡彰幽赞。画现殊相，空浮瑞色。七耀五明之服，玉童金媛之仪。道释人天，作礼瞻奉。昔真诰传于羊角，宝祚无疆；今宸仪炳于龙岩，妖氛将殄。岂惟历代师授，前王得一；斯乃宗社降祥，后昆惟万。申命藻绘，示诸郡国。若对寥阳之宇，如临太极之庭。赞曰：猗我烈祖，阐教乘时。理身理国，曰希曰夷。上开仙洞，俯视灵姿。昭融至道，叶赞无为。岩谷增丽，丹青罔追。神光烁烁，淑景迟迟。当朝称庆，列郡来斯。福祚流衍，千龄在兹。"③

唐玄宗在位的近半个世纪内，道教色彩十分浓重，正如《旧

---

① （清）董诰等：《全唐文》卷31，第350—351页。
② （宋）王溥：《唐会要》卷50，第1030页。
③ （唐）唐玄宗：《玄元皇帝像赞（并序）》，《全唐文》卷41，第450页。

唐书·礼仪志》所言："玄宗御极多年，尚长生轻举之术。于大同殿立真仙之像，每中夜夙兴，焚香顶礼。天下名山，令道士、中官合炼醮祭，相继于路。投龙奠玉，造精舍，采药饵，真诀仙踪，滋于岁月。"①

唐玄宗前期借鉴道家"无为而治"的方略治国，扶植和利用道教，使唐代社会出现了"开元盛世"的繁荣局面，后期沉溺于道教方术和对长生不老的追求而不能自拔，最终导致"安史之乱"的爆发。

"安史之乱"后，中晚唐诸帝对道教仍然崇奉。肃宗同样借助道教神化他的统治。他梦见谒见玄元皇帝："见混元须发皆黑。及明，宣下两街，访诸瑞像于务本坊光天观圣祖院，果获黑髭老君之像。图写以进，帝见大悦，一如梦中所睹。乃出帝真容，令侍立于混元之后，仍颁示于天下，普令供养。"②肃宗将自己的画像立于玄元皇帝之后，暗示他是"大圣祖"选定的继承人。而将御容画像送至道教宫观以供尊奉，则成为肃宗强化其统治地位的重要手段之一："四月丁未，内出皇帝写真图，自光顺门送太清宫，诸观道士、都人，皆以棚车幡花鼓乐迎送。"③肃宗还爱好斋醮祈禳："初，肃宗重阴阳祠祝之说，用妖人王玙为宰相，或命巫媪乘驿行郡县以为厌胜。凡有所兴造功役，动牵禁忌。而黎干用左道位至尹京，尝内集众工，编刺珠绣为御衣，既成而焚之，以为禳襘，且无虚月。"④唐代宗即位不久，便下诏："道、释二教，用存善诱，至于像设，必在尊崇。"⑤代宗也继承了其父崇信道教巫术

---

① （后晋）刘昫：《旧唐书》卷24，第934页。
② （唐）杜光庭：《历代崇道记》，《道藏》第11册，第4页。
③ （宋）王钦若：《册府元龟》卷54《帝王部·尚黄老》，第605页。
④ （后晋）刘昫：《旧唐书》卷130《李泌传》，第3623页。
⑤ （宋）王钦若：《册府元龟》卷52《帝王部·崇释氏》，第576页。

的特征,"肃宗、代宗皆喜阴阳鬼神,事无大小,必谋之卜祝"①,宫廷及上层社会巫祝色彩的泛滥,使中唐政治日益走上衰败之路。此后的宪宗、穆宗、敬宗、文宗、武宗、宣宗等对道教仍采取扶植政策,如宪宗"晚节好神仙,招天下求方士"②,宣宗"晚节颇好神仙,遣中使迎道士轩辕集于罗浮山"③。其中,武宗会昌灭佛可谓中晚唐崇道高潮的再度掀起。武宗"帝在藩时,颇好道术修摄之事"④,并在会昌五年(845)发动了"毁佛"事件,其原因应追溯到佛、道二教之间的冲突和矛盾。⑤直至唐朝末年,逃难蜀中的唐僖宗仍然没有放弃崇道活动,命令乐龟朋撰《西川青羊宫铭》立于宫中,颁示天下,"以表皇家承神仙之苗裔,感太上之灵贶,实万代之无穷也"⑥。

五代十国时期,战乱频繁,道教更遭劫难,"五季之衰,道教微弱,星弁霓襟,逃难解散,经籍亡逸,宫宇摧颓"⑦,战争对宫观的影响也不容忽视。后唐天成二年(927),左辅阙赵明吉上言曰:"窃见天下宫观久失崇修,盖自朱温篡逆以来,例多毁废。请下诸道,应本朝旧置宫观,近经毁折者,皆勒修增,以奉祖宗,以弘孝治。光陛下中兴之业,显国家大道之源。复我真宗,贞兹永世。"⑧修葺宫观工作尽管在五代各个地方政权的主持下屡有实行,但效果不甚显著,对整个道教发展而言作用有限。由于战争,这一时期形成了以成都、洛阳、扬州为中心的三大道教区域,并

---

① (宋)司马光:《资治通鉴》卷226,第7272页。
② (宋)司马光:《资治通鉴》卷240,第7754页。
③ (宋)司马光:《资治通鉴》卷24,第8065页。
④ (后晋)刘昫:《旧唐书》卷18《武宗纪》,第585页。
⑤ 静贤:《"会昌毁佛"原因与反思》,载《世界宗教研究》2013年第5期。
⑥ (唐)杜光庭:《历代崇道记》,《道藏》第11册,第7页。
⑦ (宋)孙夷中:《三洞修道仪》,《道藏》第32册,第166页。
⑧ (宋)王钦若:《册府元龟》卷54,第608页。

向周围地区辐射和传播，推动道教缓慢向前发展。

## 第二节　隋唐五代道教的主要特征

隋唐五代是道教的兴盛和繁荣时期。政权极力崇奉和扶持道教，尊奉道教为国教，老子崇拜成为道教发展的主流，"重玄"思潮推动道教义理的深化。道教攀附上层统治者，并吸取了儒学的经验，突出其"治国理身"的主题。道教学者辈出，教团严整，礼仪完备，斋醮仪式趋于完备，外丹术的发展达到极致，又促使金丹术由外丹转向内丹，道教的宗教形态真正成熟。道教理论建构的空前繁荣，使得教理教义获得了极大提高，出现了一系列的理论体系。就社会影响而言，道教的社会地位大大提高，道士人数急剧增多，道教宫观遍布全国，道教经典流传广泛，道教文化渗透到社会的各个方面。三教文化在冲突、融合的趋势下，初步形成了"以佛修心、以道养身、以儒治世"的三教融合模式。

第一，重玄学的崛起与勃兴。

"重玄"一词是对《老子》第一章"玄之又玄"的简练概括。"重玄"思想，是玄学注释《老子》的支流之一，是继魏晋玄学之后兴起的道家哲学。重玄学是道教中以重玄思想注解《老子》而闻名于世的一个学派。隋唐重玄学的基础是魏晋玄学，在一定程度上可以看作是玄学注释《老子》的余波。"重玄"也可视为解说《老子》的一种思想方法，是对玄学贵无、崇有二论的扬弃，是玄学理论的深化与发展，同时受到了佛教"非有非无"中观学的影响，是继玄学思潮之后新的道家文化思潮。在这个意义上，隋唐重玄学可以视为继先秦道家、秦汉黄老之学、魏晋玄学之后道家哲学发展的第四种理论形态，它从义理层面、思想方法等方面把道家哲学推向了新的高度，具有更强烈的思辨性和更完备的思想体系,因而被称为"超越魏晋玄学的道家哲学"①。

重玄学的发展史可划分为四个阶段:第一阶段是南北朝时期,主要是经教体系的建立;第二阶段是隋及唐初,重点在于重玄的精神超越;第三阶段是高宗武周朝,由精神超越转变为道性论和心性修养;第四阶段是盛唐时期,重玄学由体道修性复归于修仙,开唐宋内丹道之风气。②依此爬梳,我们不难寻找重玄学的演进历程。"重玄"思想孕育于先秦老庄道家思想,由西晋末年的玄学家郭象在其《庄子注》中第一次提出这种思想的"双遣""三翻"的典型表述,从而形成以"双遣""三翻"为特征的重玄理论,实际已具备重玄学之要义。李大华认为道教"重玄"哲学的源头,就"时间次序来说,孙登为先"。③东晋孙登认为《老子》的根趣在于"重玄",首次自觉地以"重玄"为宗注解《老子》,南朝刘宋上清派道士顾欢作《老子义疏》,运用重玄学理论申言不滞于有无的《老子》本义。此后,南朝道士孟景翼、孟智周、臧矜、宋文明等本着重玄的理论原则注解《老子》,阐发道教义理。至隋唐时期形成"重玄"思潮。唐初,成玄英对"重玄"进行了明确定义,阐发了"重玄"的内涵。此后,李荣阐发了"道理论",王玄览阐发了"道体论",重玄学逐渐完成了对玄学和佛教中观论思想的超越,构成了相对完整的道家哲学理论。盛唐时期,重玄学由本体论转向心性论,司马承祯、唐玄宗、吴筠等成为这一时期重玄学的代表人物。晚唐五代,杜光庭对"重玄"思想进行了总结,最早对重玄学做了界定。杜光庭历览六十余家《道德经》论疏笺注后,在其《道德真经广圣义》卷五中云:"隋朝道士刘进喜,唐

---

① 汤一介:《论魏晋玄学到初唐重玄学》,《道家文化研究》第19辑,三联书店,2002年,第1—22页。
② 卢国龙:《中国重玄学·绪论》,第3—4页。
③ 李大华:《道教重玄哲学论》,载《哲学研究》1994年第9期。

朝道士成玄英、蔡子晃、黄玄赜、李荣、车玄弼、张惠超、黎元兴，皆明重玄之道……诸家禀学立宗不同，严君平以虚玄为宗，顾欢以无为为宗，孟智周、臧玄静以道德为宗，梁武帝以非有非无为宗，孙登以重玄为宗，宗旨之中，孙氏为妙矣。"①

隋唐时期，道士在"重玄"理论的指导下，写就了许多道经来宣扬和体现"重玄"思想。如隋道士刘进喜造、李仲卿续成的《本际经》、隋唐之际佚名道士《洞玄灵宝玄门大义》、唐道士孟安排《道教义枢》、唐代益州道士黎兴和澧州道士方长合撰的《海空经》等。在隋唐重玄学家们看来，理解老子之"道"的本质，关键就在"玄之又玄"。唐初重玄学派的代表人物成玄英把《老子》置于道经的中心地位和最高地位，并由此对道教义理展开论说，认为唯有重玄与无为才是《老子》的中心思想，说"言教虽广，宗之者重玄"②。他将"玄"视为"道"："玄者，深远之义，亦是不滞之名。有无二心，徼妙两观，源乎一道，同出异名，异名一道，谓之深远。深远之玄，理归无滞，既不滞有，亦不滞无，二俱不滞，故谓之玄也。""有欲之人，唯滞于有；无欲之士，又滞于无，故说一玄以遣双执，又恐学者滞于此玄，今说又玄，更祛后病。既而非但不滞，亦乃不滞于不滞，此则遣之又遣，故曰玄之又玄。"③ 在唐初，通过对"玄"与"又玄"的阐释来揭示"重玄"内涵的，还有重玄学家李荣。李荣也有类似说法："道德杳冥，理超于言象；真宗虚湛，事绝于有无，寄言象之外，记有无之表，以通幽路，故曰'玄之'。犹恐迷方者胶柱，失理者守株，

---

① 《道藏》第14册，第340—341页。
② （唐）成玄英：《道德真经义疏》，引自强思齐：《道德真经玄德纂疏》卷18，《道藏》第13册，第518页。
③ （唐）成玄英：《道德真经义疏》，引自强思齐：《道德真经玄德纂疏》卷1，《道藏》第13册，第361页。

即滞此玄，以为真道，故极言之，非有无之表，定名曰'玄'，借'玄'以遣有无，有无既遣，'玄'亦自丧，故曰'又玄'。"① 他们一致把"玄"视为"有""无"的统一而又超越"有"和"无"的"道"，"不滞"是其主要特征。他们以重玄去滞的精神在对道本体的解读过程中完成了对魏晋玄学道体论的超越，他们都肯定了"重玄"最高本体的存在，并认为"重玄"思想所要达到的最高境界是一切无所滞的境界，一切应当听凭自然，不要刻意为之。可以说，"重玄"最为显著的特征就是自然而然。正如成玄英所言："自然者，重玄之极道也。"②

"重玄"理论的产生必然有其背景和原因。从唐前玄学发展史可推测重玄学的发展历程：魏晋玄学家何晏、王弼等崇"无"，将老子之道理解为"无"，认为"无能生有"；玄学家郭象等又将老子之道理解为"有"，认为"无不能生有"；而佛学三论宗的中道观则崇信"非有非无"，将老子之道解释为"有无双遣"。道家道教理论若不再向前推进，就会落后于佛学。在东晋直至隋唐屡次佛道论争中，佛教也一再嘲讽道教理论贫乏，因此，隋唐道士和道教学者在魏晋玄学的基础上发展出重玄思想，将"有""无""非有非无"统统视为"执滞"，主张"不滞"，一任自然。其实，所谓"重玄之道"，实质就是"自然而然"。

隋唐是历经四百余年离乱后建立起来的统一且相对安定的朝代，他们深刻地吸取魏晋南北朝因战争而导致长期分裂的教训，其帝王大都崇信老子南面之术的政治学说，以道教为承传老子学说的宗脉，尤其是唐代皇帝由于李姓的缘故，对道教有着特殊的

---

① （唐）李荣：《道德真经注》卷1，《道藏》第14册，第39页。
② （唐）成玄英：《道德真经义疏》，引自强思齐：《道德真经玄德纂疏》卷7，《道藏》第13册，第412页。

感情，以老子为远祖，极力扶植和崇奉老学和道教，甚至以国教对待，政治上提倡无为而治，这是重玄学勃兴于隋唐时期的社会、政治与时代背景。

第二，从外丹到内丹的转变。

道教一般将炼丹术分为外丹和内丹两大类，所谓外丹，指主要通过服食丹药而达到长生不老的目的，内丹则主要通过对身体内部精、气、神的保养以至延年长生。正如道经《通幽诀》所云："气能存生，内丹也；药能固形，外丹也。服饵长生，莫过于内外丹。"① 唐代是道教外丹术发展的黄金时期。炼丹术士之众，外丹经诀之多，产生的社会影响之大，可谓空前绝后。外丹术在唐代达到鼎盛，是道教史发展的必然结果。自晋代葛洪力倡金丹服食后，其炼丹术思想在南北朝时期占据着道教外丹实践的主流。但在南北朝时期，服食而轻举飞升的外丹术经过实践后也遇到了信仰危机，如北魏道武帝置仙人博士官，而令死囚试服炼成的仙药；道士孙道胤炼成药而自己不服；著名道士陶弘景也对炼丹术信仰怀疑起来："世中岂复有白日升天人？""于是乃不试。"② 但这种危机并不能使流传久远的神仙方术信仰立即破灭。炼丹术士们在实践中碰壁后，开始转向理论性思考，寻找炼丹术的义理基础。③

隋朝道士苏玄朗最早对炼丹术进行义理化阐释。据《罗浮山志》载："（苏玄朗）隋开皇中来居罗浮……居青霞谷修炼大丹，自号青霞子，作《太清石壁记》及所授'茅君歌'。又发明太易丹道，为《宝藏论》。"④ 苏玄朗"发明太易丹道"主要是指其采用

---

① 《道藏》第19册，第155页。
② （唐）贾嵩：《华阳陶隐居内传》卷中，《道藏》第5册，第508页。
③ 任继愈：《中国道教史》（增订本），第470页。
④ （明）陈琏：《罗浮山志》，引自《古今图书集成·神异典·苏元朗传》第51册，第62217页，中华书局，1985年。

易学阴阳及五行之说解释金丹黄白之术，这一阐释是对道经《周易参同契》的重新重视，该经以易学和道家道教思想为基础，托易象而论丹理。该书虽为道典，但带有显著的易学特征，加之其"词韵皆古，奥雅难通"①，因此魏晋南北朝时期，为其作注的多为儒生，他们往往以为该书是讲阴阳术数的。正如东晋葛洪《神仙传》所言："伯阳作《参同契》《五相类》，凡二卷。其说如似解释《周易》，其实假借爻象，以论作丹之意。而儒者不知神仙之事，多作阴阳注之，殊失其奥旨矣。"②这使它在这一时期未受到道门的足够重视，对魏晋六朝道教发展的影响十分有限。唐前正史中也从未著录该书。因此可以说，《周易参同契》自东汉问世以来相当长的时期内尚不流行于世。③苏玄朗大力推崇这部丹经的丹道学说，是面临困境的道教炼丹术在新方向上的探索。自苏玄朗倡导后，《周易参同契》的学说逐渐在唐代炼丹术中盛行起来。不少人潜心研究这本书，为它作注。尤其是后蜀人彭晓著《周易参同契分章通真义》"使埋没了八百年之久的《周易参同契》"又"流传于世"。④《周易参同契》在唐代被公认为炼丹术的经典著作，几乎成了道教金丹术的代名词。可以说，《周易参同契》对于唐代外丹术的兴盛，发挥了重要作用。唐人对《周易参同契》的推崇，直接推动了道教炼丹术的义理化热潮，促进了自然还丹之说、临炉炼丹火候掌握的直符理论、关于药物配合的相类学说等理论成果的生成和流行。唐代名目繁多的丹道流派大致可分为三

---

① （宋）黄瑞节附录、朱熹注：《周易参同契》卷下，《道藏》第20册，第131页。

② （宋）张君房：《云笈七签》卷109，中华书局，2003年，第2365—2366页。

③ 唐前诗歌中提及《参同契》者仅有一例，即江淹《赠炼丹法和殷长史》："方验《参同契》，金灶炼神丹。"

④ 任继愈：《中国道教史》（增订本），第612页。

大派别：主张金砂服食的传统派、主张铅汞为至宝大药的时兴派和主张硫汞转炼合成的晚起派。①

道教外丹术在经历了初盛唐时期的膨胀性辉煌以后，在道教内部受到"内丹"思潮的强大挑战，其精神阵地日渐萎缩。道教外丹术衰落的原因，目前学界最为流行的观点应为"中毒说"。唐代道教外丹术的兴盛导致大量服食丹药的人中毒身亡。这一后果自然引发了整个社会包括道教自身对外丹术的激烈批判和摒弃。不可否认，服食丹药中毒而亡的现象颇为普遍，如韩愈在《太学博士李君墓志铭》中云："初，（李）于以进士为鄂岳从事，遇方士柳泌，从授药法，服之，往往下血。比四年，病益急，乃死。其法以铅满一鼎，桉中为孔，实以水银，盖封四际，烧为丹砂云。"接着，韩愈以亲眼所见七位官僚服食丹药而死为例，痛陈外丹之弊："余不知服食自何世起，杀人不可计，而世慕尚之益至，此其惑也。在文书所记及耳闻目传者不说，今直取目见亲与之游，而以药败者六七公，以为世诫。"②唐代帝王服用外丹而死的现象更为闻名，据清人赵翼《廿二史札记》"唐诸帝多饵丹药"条统计，唐太宗、高宗、玄宗、宪宗、穆宗、敬宗、文宗、武宗、宣宗、懿宗、僖宗等均因"服药"致死。③除玄宗外，其他皇帝均因迷恋服饵金丹术而致英年早逝。

大致从中唐开始，社会上出现了较多反对外丹服食的言论。如卢仝《忆金鹅山沈山人》云："莫合九转大还丹，莫读三十六部大洞经。闲来共我说真意，齿下领取真长生。不须服药求神仙，神仙意智或偶然。自古圣贤放入土，淮南鸡犬驱上天。白日上升

---

① 金正耀：《唐代道教外丹》，载《历史研究》1990年第2期。
② （清）董诰等：《全唐文》卷564，第5709页。
③ （清）赵翼撰：《廿二史札记校证》，王树民校证，中华书局，1984年，第398—399页。

应不恶,药成且辄一丸药。暂时上天少问天,蛇头蝎尾谁安著。"①卢仝虽未彻底否定外丹成仙的可能性,但通过神学化解释来说明服食丹药的危险。然而,内、外丹兴替不能简单归之为外丹毒性问题,而有着更为普遍的社会、思想根源和更为强大的文化驱动力。正如任继愈所言:"世人论道教内丹之学,多认为它由外丹发展而来,这种说法不为无据,但还不能全面地说明问题。内丹说,实际上是心性之学在道教理论上的表现,它适应时代思潮而生,不能简单地认为内丹说的兴起是由于外丹毒性强烈,服用者多暴死,才转向内丹的。'内丹说'在道教,'佛性说'在佛教,'心性说'在儒教,三教的说法有差异,而他们所探讨的实际上是同样的问题。"②

道教史上的内丹之说一般认为始于隋代罗浮山道士苏玄朗所著《旨道篇》,"自此道徒始知内丹矣"③。但"内丹"作为一种具体方法或潜在的观念形式,或许久已存之。"内丹"概念在出现之初,其内涵并不规范和固定,正如张广保所言:"在道教史中,较早使用内丹一词时,大都习惯于将内丹、外丹并称……在相当长的一段时期内,人们对内丹、外丹二词意义的理解并不一致,有时甚至风马牛不相及。"④ 自"内丹"概念出现后,道教内部便相继地出现许多内丹道探索者,他们力求寻找到一种不同于以往传统方术的修炼模式。司马承祯以老庄思想为依据,力倡"坐忘说",对道教修炼术由外丹转向内丹,起了重要的理论推进作用。司马承祯《坐忘论》提出了自己的修炼方法,自称为"安心坐忘之法",其中心思想是守静去欲,对后来的道教理论有着十分重要

---

① (清)彭定求编,陈尚君补辑:《全唐诗》(增订本)卷388,第4394页。
② 任继愈:《中国道教史·序》(增订本),第5页。
③ (明)陈琏:《罗浮山志》,引自《古今图书集成》第51册,第62217页。
④ 张广保:《唐宋内丹道教》,上海文化出版社,2001年,第9页。

的影响。他首先明确规定了"坐忘"的内涵:"夫坐忘者,何所不忘哉!内不觉其一身,外不知乎宇宙,与道冥一,万虑皆遗。"①其《服气精义论》又云:"远取于天,近取于己,心闲自适,体逸无为,欣邀矣于百年,全浩然于一室,就轻举之诸术,真清虚之雅致欤。"②《坐忘论》全书分七部分,言说修道的七个步骤:"敬信""断缘""收心""简事""真观""泰定""得道"等七个层次,集中讲了坐忘收心、主静去欲等道教关于生命修炼的问题,反映了当时道教的理论水平。在推动道教"外丹"向"内丹"转化的理论建设方面,吴筠是一个关键性的历史人物。吴筠依据心性学理论构建的"神仙可学论",直接切入道教丹术层面,对传统外丹道进行了批判,为"内丹学"的建立和成熟提供了有力的理论支持。至晚唐五代,以钟离权、吕洞宾为代表的"钟吕"内丹道得以确立和盛行。北宋张伯端著《悟真篇》并开创道教"南宗"一脉,内丹道近趋成熟。与此相应,外丹术则渐次衰落。

当然,在隋唐五代,炼丹家在论述丹道理论过程中,也往往将"外丹"与"内丹"掺在一起,在炼丹实践中也主张内、外丹兼修,有着"内外一道"的信念。诚如《上洞心丹经诀》所云:"修道之士,有内丹者可以延年,得外丹者可以升天。内丹成而外丹不应,外丹至而内丹未克,皆未得升举。"③

第三,论争与融合:三教鼎立与三教合流。

自汉代佛教传入中土和道教骤然兴起后,儒、道、释三家一方面产生碰撞、冲突,一方面融合、互渗互补,从而构成了所谓的儒佛道三教关系。南北朝时期,"三教虽殊,劝善义一,涂迹诚

---

① 《道藏》第22册,第892页。
② 《道藏》第18册,第447页。
③ 《道藏》第19册,第401页。

异，理会则同"①成为当时比较流行的看法。隋唐统治者对待儒、释、道的基本政策都是"三教"并用，三教同时被国家承认合法性。经过三教长期的冲突与融合的积累，三教之"教"的色彩逐渐显露，教化的作用得以彰显，三种不同思想文化并存发展。由于统治者政策上的偏重，以及彼此间争夺政治地位的驱使，三教之间展开了错综复杂的论争和融合，形成了有别于前代的相互关系。这一时期，三教均取得了辉煌的成就，在基本教义、教理戒规、修行炼养等方面，都有不菲的成绩。尤其是道教，宗教形态得到极大完善，与儒、佛可轩轾抗衡，反映出三教鼎立的局面真正得以形成。

隋唐时期，三教论争现象大量出现。由于它们各有自己的一套宗旨和理论体系，都想为自己争夺更多的思想文化阵地，因此在理论上和利益上必然会引起摩擦；加之佛教是外来宗教，它与儒、道之间的异质文化冲突仍然存在，佛道之间为了政治地位的高低，经常展开激烈的争论，而儒家从维护统治出发，也经常站在道教一边，对佛教进行批判。所以这时期它们之间论争的典型特征表现在，以儒道联盟反佛为主流。由于儒道同为中土文化，有共同的文化基础，因此它们之间的冲突较为缓和。佛道之间争论的焦点主要有老子化胡之争、夷夏论辩、排列先后高低等问题。

为了平衡三教争端与调和三教，隋唐政权经常在宫廷举行三教论衡。一般由皇帝出面主持召集儒、佛、道三教，由三教的代表就某些问题展开辩论，一方提出问题，一方解答，相互申辩论难，让大臣列席听讲。如隋文帝召集僧道及大臣就"老子化胡说"论辩；显庆三年（658）至龙朔三年（663），唐高宗先后数次召集

---

① （北周）道安：《二教论》，《广弘明集》卷8，中华书局，1936年，第3页。

三教论对，就"道生万物""老子名义""说因缘义""六洞义""本际义"等进行理论辩论；开元十八年（730），唐玄宗召僧道氤与道士尹汗在兴庆宫花萼楼论辩，以定二教优劣；永泰二年（766），唐代宗集诸儒、道、僧论议；贞元十二年（796）德宗诞日，于麟德殿讲论儒、释、道三教，等等。这些谈论或辩论，虽难免有时互相排毁，但同时也有利于彼此吸收对方的优长，三教论衡可以说是隋唐时期三教关系的重要表现形式。三教论衡对当时学风影响很大[①]，对隋唐社会有着积极意义。首先，隋唐政权容忍各学术思想派别的论争，养成公开论衡思辨的社会风气，有利于学术思想间的交融，形成较为开放多元的文化政策，使得人们可以拥有较为自主的价值选择和不同的宗教信仰。其次，三教论衡促进了三教之间的调和与融合，扩大了佛、道的社会影响，使三教合流成为隋唐社会的主要思想文化潮流。再次，对于文人来说，他们普遍依据个人的理解和需要来接受和运用儒、佛、道，在"周流三教"时代风气的濡染下，文人的生活和思想受其影响，在他们的文学创作中，这一潮流往往会或隐或显地表现出来。

总之，隋唐时期国家统一、国力强盛、经济发达，为学术发展提供了有利的思想文化背景。中国学术思想自两汉独尊儒术调整完成诸子文化之后，从魏晋南北朝玄、道、佛兴起，至隋唐形成儒、释、道三教并存发展的局面。"三教"之间的关系已经开始从以对立为主，转向以相互吸收和相互融合为主，逐步以"三教合流"代替"三教鼎立"。

---

① 张弓：《隋唐儒释道论议与学风演变》，载《历史研究》1993年第1期。

# 第三章 隋唐五代道经的传播及对文人的影响

道经是道教义理的载体,又是道教文化的重要表现形式。道经高度浓缩了道教文化,是中华民族宝贵的文化遗产。狭义上的道经指道教创立后造作的各种道教之书。因道教始终以道家思想作为其教理教义的理论基础,故广义上的道经也包括被道教奉为经典的道家之书。阅读道经是文人接受道教文化的主要途径,文人的生活、心态和创作因此受到道教的影响。

## 第一节 隋唐五代道经的广泛传播

道经是道教信仰和道教文化的记录,源远流长。道教创立之初,道经数量众多,《隋书·经籍志·道经部》云:"汉时诸子,道书之流有三十七家,大旨皆去健羡,处冲虚而已,无上天官符箓之事。其《黄帝》四篇、《老子》二篇,最得深旨。"[①] 此处之"黄帝四篇"即《汉书·艺文志》所著录的《黄帝四经》。该经长期亡佚,直到1973年长沙马王堆三号汉墓出土,才知四经名称分别为《经法》《十大经》《称》与《道原》。"老子二篇"即《道德经》之《道经》与《德经》。也就是说,在两汉时期,这两部道经是道教最为重视的。两汉时期,有少量道书流传至今,这些道经对后世道

---

① (唐)魏征:《隋书》卷35,第4册,第1093页。

教和世俗社会均产生了深远的影响，如太平道经《太平经》、五斗米道经《老子想尔注》、道士魏伯阳所撰《周易参同契》等。

魏晋时期，随着道教由下层社会传播到上层社会，许多王公贵族开始信奉道教，并致力于道教文化的建设，道书也随之逐渐增多。魏晋南北朝时期，随着道教理论的深入，道经数量越来越多，如葛洪《抱朴子内篇》、三皇经派的《三皇文》与《五岳真形图》、成书于南朝宋齐之际的《度人经》、陶弘景《真诰》、魏华存《黄庭经》、楼观派《西升经》等。东晋葛洪在《抱朴子内篇·遐览》中介绍并著录了其师郑隐的藏书，其中记载了郑隐所藏道书二百零四种和符箓五十六种，共计一千二百九十九卷。郑隐晚好仙道，葛玄以炼丹秘术传授之。葛洪在郑隐门下求学，得以目睹、阅读郑隐的全部藏书，并将其藏书分为道经和诸符两大类。《抱朴子内篇·遐览》著录的道经卷帙浩繁，带有鲜明的"道藏"性质。然而，当时的道士往往自神其教，道书上既不署名，也不记年代，仅在道门内师徒间秘密传授，一般也不愿随便示人，故流传不广，影响不大，葛洪所记载的道书因此大多亡佚了。

南朝刘宋道士陆修静喜道术，入山修道，深受宋明帝礼敬，他借助皇帝之力搜取各地道书，搜集上清、灵宝、三皇三派经典，并进行了全面的整理工作，集经戒、方药、符图等一千二百二十八卷，分为三洞。陆修静继承张道陵、张衡、张鲁的五斗米道教义，发展葛玄、葛洪的理论，整理道教经典，首倡三洞之说。北周甄鸾《笑道论》云："修静，宋明帝时人，太始七年因敕而上经目。"①《道教义枢》卷二《三洞义》将这一经目称为《三洞经书目录》。也就是说，泰始七年（471），陆修静曾献给宋明帝《三洞经书目录》，据《笑道论》称："道士所上经目《陆修静目》中，

---

① （唐）释道宣：《广弘明集》卷9，第17页。

见有经书、药方符图，止有一千二百二十八卷。"① 陆修静所编制的《三洞经书目录》是道教史上第一部道经目录。他以三洞说整理道经，使道教科仪趋于统一和规范化，对后世《道藏》的编纂影响颇大。

魏晋南北朝时期，道教书籍开始大量增加，在书籍分类中也产生了影响，并占据了独立的地位。如南朝梁阮孝绪编《七录》的第七部分为"道录"。隋唐时期，佛藏、道藏成为独立浩大的典籍体系，成为专门的知识部类。编于唐初的《隋书·经籍志》在经、史、子、集四部分类之后，又附加了道经、佛经，关注到佛、道经典书籍的规模数量和独立地位。

《隋书·经籍志》在论及隋炀帝搜集整理抄写书籍时亦说："炀帝即位，秘阁之书，限写五十副本，分为三品：上品红琉璃轴，中品绀琉璃轴，下品漆轴……又于内道场集道、佛经，别撰目录。"② 按《通志》卷六十七所说："《隋朝道书总目》四卷。经戒三百一部，九百八卷。饵服四十六部，一百六十七卷。房中十三部，三十八卷。符箓十七部，百三卷。"③ 大约这个道书总目即《隋书·经籍志》所载炀帝于内道场集结的道经目录。这些都表明炀帝对道书建设的重视。

唐代是道经编纂史上的重要时期。唐高宗在位期间，长安昊天观主尹文操就曾编纂《玉纬经目》，著录道经七千三百卷。这些道经总集是北周武帝敕命编校道经的成果，应是在北周道经的基础上编成。北周玄都观道士上《玄都经目》，共六千三百六十三卷，通道观道士王延校《珠囊经目》，共八千零三十卷。历经隋末

---

① （唐）释道宣：《广弘明集》卷9，第19页。
② （唐）魏征：《隋书》，第4册，第908页。
③ （宋）郑樵：《通志》卷67，中华书局，1987年，第788页。

动乱后道经损毁遗失严重，或是唐初重新编修道经总集书目的重要原因。上元二年（675），高宗、武则天为他们的长子李弘编写《一切道经》三十六部，以此追荐冥福。汤用彤《从〈一切道经〉说到武则天》指出："为孝敬皇帝所写的道经则超过七万卷。"① 据此可知，当时为太子李弘写经祈福之事影响颇大，作为传世道经的总集，唐代《一切道经》的传写，大大加速了道教经典的传播。长安三年（703），武则天命宠臣张昌宗负责，集天下文士二十六人编纂《三教珠英》，汇集儒、释、道三教经典，保存了大量的道教典籍。

唐代对道经的搜集和整理主要出现在玄宗朝。唐玄宗曾命令诸宫观学识高深的道士和昭文馆、崇文馆学士一起讨论道经。后由太清观观主史崇玄领衔，编写了《一切道经音义》和《一切道经目》。唐玄宗御制《一切道经音义序》云："朕闻大道幽深，妙门虚寂。龟山之文不测，龙汉之旨难窥。况复记录渐讹，年龄浸远。黄庭妙简，或逢燕虒之疑；缥府真言，多有鲁鱼之失。遂令玉京后进，览秘篆而无从；金阙群游，习灵符而有误。恭惟老氏，国之本宗，虔述玄经，朕之夙好，详其乖舛，深可吁嗟。爰命诸观大德及两宫学士，讨论义理，寻绎冲微，披珠丛玉篇之众书，考《字林》《说文》之群籍，入其阃阈，得其菁华。所音见在一切经音义，凡有一百四十卷；其音义目录及经目不入此数之中。庶以宣阐青元，发挥碧落，毗助风化，训导甿黎。令其托志希夷，永绝陶阴之惑；归心徽妙，长祛晋亥之迷云尔。"②《新唐书·经籍志》曰："《道藏音义目录》一百一十三卷，崔湜、薛稷、沈佺期、

---

① 汤用彤：《汤用彤学术论文集》，中华书局，1983年，第350页。
② 《道藏》第24册，第720页。

道士史崇玄等撰。"① 关于《一切道经音义》的领衔者史崇玄，据唐人张鷟《朝野佥载》卷五载，其为金仙、玉真二公主尊师，后由于参与太平公主相关的宫廷党争而送命。由此推测，史崇玄整理《一切道经音义》的时间应在先天元年（712）或开元元年（713）。唐玄宗在开元年间敕命搜访天下道经，重修《道藏》。对各地搜访来的道经进行重新校勘。玄宗亲自校刊道经、著录经目，御制其名为《琼纲经目》，后世称之为《开元道藏》，是中国历史上的第一部道藏。其卷数在不同文献中有三种不同记载。杜光庭《太上黄箓斋仪》卷五十二载："玄宗著《琼纲经目》，凡七千三百卷。复有《玉纬》别目、记传疏论，相兼九千余卷。"② 马端临《文献通考》卷二百二十四引《宋三朝国史志》云："唐开元中，列其书为藏，目曰《三洞琼纲》，总三千七百四十四卷。"③《道藏阙经目录》书末附《道藏尊经历代纲目》又说："唐明皇御制《琼纲经目》，藏经五千七百卷。"④《新唐书·艺文志》和《崇文总目》将《三洞琼纲》三卷列于道士张仙庭名下，张仙庭可能是该道经总集的实际领衔编纂者。天宝七年（748）闰六月，"丙辰，诏曰：玄宗妙本，实备微言；垂范传学，将弘至化。朕所以发求道之使，远令搜访，因闻政之余，亲加寻阅。既刊讹谬，爰正简编，必有阐扬，以崇劝道。令内出一切道经，宜令崇玄馆即缮写，分送诸道采访使，令管内诸道转写。其官本便留采访，至郡，亲劝持诵"⑤。到天宝年间，玄宗诏令传写这部道藏。关于传写《开元道藏》的时间，陈国符《道藏源流考》认为："天宝七载，诏传

---

① （宋）欧阳修，宋祁：《新唐书》卷59，第1520页。
② 《道藏》第9册，第346页。
③ （元）马端临：《文献通考》卷224，中华书局，1986年，第1802页。
④ 《道藏》第34册，第516页。
⑤ （宋）谢守灏：《混元圣纪》卷9，《道藏》第17册，第867页。

写以广流布。"① 据李刚考证，应为天宝八年（749）。② 安史之乱中，《开元道藏》横遭兵火。

安史之乱后，唐代仍有道士和道教学者搜集和整理道经。据杜光庭记载："上元年中，所收经箓六千余卷，至大历年，申甫先生海内搜扬，京师缮写，又及七千卷。长庆之后，咸通之间，两街所写，才五千三百卷。"③《道藏尊真经历代纲目》亦载："唐文宗太和二年，太清宫使奏陈，止见五千三百定数。"④ 由此可知，重建《道藏》的卷数是五千三百卷，此为肃宗、代宗、穆宗、文宗、懿宗时期的道经数量。唐僖宗避难逃蜀，杜光庭也曾收集道经三千卷，他在《太上黄箓斋仪》卷五十二云："余属兹艰会，漂寓成都，扈跸还京，淹留未几，再为搜捃。备涉艰难，新旧经诰仅三千卷，未获编次。又属省方所得之经，寻亦亡坠。重游三蜀，更欲搜扬。累阻兵锋，未就前志。"⑤ 虽然杜光庭历经千辛万苦数次搜罗道经，但由于黄巢起义等唐末战争影响，道经在晚唐五代仍然损失严重。

隋唐时期，最受尊崇的道经是《老子》。隋炀帝时，道士讲经"以《老子》为本，次讲《庄子》及《灵宝》《升玄》之属。其余众经，或言传之神人，篇卷非一"⑥。唐代统治者为抬高自己的出身和神化其统治，攀附太上老君为先祖，将《老子》作为道教最基本、最重要的经典加以崇奉。贞观二十一年（647），蔡晃、成

---

① 陈国符：《道藏源流考》，中华书局，1963 年，第 114 页。
② 李刚：《唐玄宗诏令传写〈开元道藏〉的时间考辨》，载《宗教学研究》1994 年第 Z1 期。
③ 《道藏》第 9 册，第 346 页。
④ 《道藏》第 34 册，第 516 页。
⑤ 《道藏》第 9 册，第 346 页。
⑥ （唐）魏征：《隋书》卷 35，第 4 册，第 1094 页。

玄英等三十余名高道，集于长安五通观，"日别参议，详核《道德》"①。此次对《道德经》的核对整理，开创了唐代重玄学派解老的风气。唐高宗时，科举考试开始加试《老子》。"上元元年（674）十二月二十七日，天后上表曰：'伏以圣绪出自玄元，五千之文，实惟圣教，望请王公以下，内外百官，皆习老子《道德经》。其明经咸令习读，一准《孝经》《论语》。所司临时策试，请施行之。至二年正月十四日，明经咸试《老子》策二条，进士试帖三条。"②《资治通鉴》卷二〇二也有类似记载："天后上表，以为国家圣绪，出自玄元皇帝，请令王公以下皆习《老子》，每岁明经，准《孝经》《论语》策试。"③仪凤三年（678）三月，又规定"自今已后，《道德经》《孝经》并为上经，贡举皆须兼通，其余经及《论语》，任依恒式"④。唐玄宗对《老子》一书更是极其尊崇，作《御注道德经》，开了中国历史上以皇帝身份为《道德经》作注的先河。开元二十一年（733），玄宗诏令："士庶家藏《老子》一本，每年贡举人量减《尚书》《论语》两条策，加《老子》策。"⑤开元二十九年（741），颁发《令写玄元皇帝真容分送诸道并推恩制》云："自今已后，常令讲习《道德经》，以畅微旨。所置道学，须倍加敦劝，使有成益。是知真理深远，宏之在人，不有激扬，何由励俗？诸色人等，有能明《道德经》及《庄》《列》《文子》者，委所由长官访择，具以名闻，朕当亲试，别加甄奖。"⑥天宝二年（743），令每年三元日（正月十五日、七月十五日、十月十

---

① （唐）（宋）释道宣：《集古今佛道论衡》卷丙，《中华大藏经》（汉文部分）第60册，第814页。
② （宋）王溥：《唐会要》卷75，第1626—1627页。
③ （宋）司马光：《资治通鉴》卷202，第6374页。
④ （宋）王溥：《唐会要》卷75，第1627页。
⑤ （后晋）刘昫：《旧唐书》卷8《玄宗纪》，第199页。
⑥ （清）董诰等：《全唐文》卷31，第351页。

五日），"崇玄馆学士讲《道德》《南华》等诸经，群公百辟，咸就观礼"①。在如此隆重的场面宣讲道经，在中国历史上十分罕见。

唐人对《老子》的注疏也空前兴盛。② 古人对《老子》一书的诠释，始于战国时期韩非子所作《韩非子·解老》，历经汉代之河上公《老子注》、严遵《老子指归》、张道陵《老子想尔注》、魏晋六朝之王弼《老子注》、陶弘景《老子注》、孟智周《老子义疏》、顾欢《老子义疏》、臧矜《老子疏》、宋文明《道德义渊》等，至隋唐时期，《老子》注疏文献剧增，《隋书·经籍志》著录道家典籍共七十八部，其中注疏《老子》者四十七部。杜光庭在《道德真经广圣义序》中云："《道德经》自函关所授，累代尊行。哲后明君，鸿儒硕学，诠疏笺注，六十余家。"③《旧唐书·经籍志》著录道家典籍共一百二十五部，其中《老子》诠释文献六十部；《新唐书·艺文志》著录道家类文献一百三十七家，其中与《老子》密切相关的有六十八种。如陆德明《老子疏》、蔡子晃《老子注》、傅奕《老子音义》、魏征《老子要义》、成玄英《老子注》、李荣《老子道德经注》、孙思邈《老子注》、卢藏用《老子注》、陈廷玉《老子疏》、唐玄宗《道德经注》、尹愔《老子新义》、李含光《老子义略》、陆希声《道德经传》、白履忠《老子注》、刘应真《道德经解意》、安丘《老子指归》、赵坚《老子讲疏》、强思齐《道德真经玄德纂疏》、杜光庭《道德真经广圣义》、徐铉《三家老子音义》等。这些注疏《老子》的文献大致可分为三个阶段：第一阶段从唐初至武则天时期，受佛学思潮影响，这

---

① （清）董诰等：《全唐文》卷24《追尊玄元皇帝父母并加谥远祖制》，第281页。

② 可参看李申：《唐代的〈老子〉注疏》，陈鼓应：《道家文化研究》第二辑，上海古籍出版社，1992年，第301—319页。

③ （唐）杜光庭：《道德真经广圣义序》，《道藏》第14册，第309页。

些注疏带有浓厚的佛学色彩；第二阶段是唐玄宗开创的政治化诠释时代，将《老子》理解为治国理身的政治哲学著作；第三个阶段则是晚唐人试图对唐代《老子》注疏做一番总结工作，意在纠正唐前期和中期出现的宗教化和世俗化倾向，还其哲学思想论著的本来面目。①

道教及老子地位的上升，促使了作为道教经典的《庄子》继魏晋之后的再次兴盛。《庄子》在唐代被称为《南华真经》，唐玄宗天宝元年（742），"三月丙申，追号庄子为南华真人，所著书为《南华真经》"②。《册府元龟·帝王部·尚黄老》载玄宗天宝四年（745）诏："文字俾合大顺亦合礼经，其坟籍中有载玄元皇帝、南华等真人犹称旧号者，并宜改正。其余编录经义等书，亦宜以《道德经》列诸经之首。其《南华经》等不须编在子书。"③《庄子》在唐代由"子"升至"经"，受到了空前重视。"隋唐两代，关于庄子的著作可以考知的有二十多种。"④例如，魏征《庄子治要》、陆德明《庄子音义》、成玄英《庄子疏》、文如海《庄子正义》等。

书写是唐代道经的主要传播和接受方式。"隋唐时期，特别是6—7世纪，是中国写本书发展的鼎盛时期。"⑤ 在唐代，抄写是书籍流传的主要方式，因此，有唐一代，社会上传诵的道经多为写本。现存的敦煌遗书中，就有大量的唐代道教写经。当然，唐代道教典籍抄写的主体是官方。唐代帝王敕命传写道经，是他们提倡道教的重要举措。宋人俞文豹《吹剑四录》云："《黄帝阴符

---

① 董恩林：《唐代〈老子〉诠释文献研究》，齐鲁书社，2003年，第16—17页。
② （宋）王钦若：《册府元龟》，第597页。
③ （宋）王钦若：《册府元龟》，第601页。
④ 方勇：《庄子学史》，人民出版社，2008年，第34页。
⑤ 肖东发：《中国编辑出版史》第1册，辽宁教育出版社，1996年，第213页。

经》,唐太宗令长孙无忌写五十本,高宗又令写百二十本。"①《开元道藏》编成后,唐玄宗于天宝七年(748)下诏,令中央和地方逐级转抄:"令内出一切道经,宜令崇玄馆即缮写,分送诸道采访使,令管内诸道转写。其官本便留采访,至郡,亲劝持诵。"② 非官方的道经抄写活动也十分常见,道教重视道经的功用,宣扬抄写道经可以奉道而积累功德。因此,写经是道士道学修持的重要内容。唐代道士朱法满《要修科仪戒律钞》卷二《写经钞》云:"抄写经文,令人代代聪明,博闻妙赜,恒值圣代,当知今日明贤博达,皆由书写三洞尊经,非唯来生得益,及至现在获福。"③

## 第二节　道经对隋唐五代文人的影响

隋唐时期,道教经典往往是文人士大夫的必读之书,是他们获取道教知识的渊薮和思想的源泉之一。任继愈在《中国道教史·序》中曾云:"道教典籍中可供发掘的东西非常丰富,其重要性决不下于佛教,甚至更重要。"④ 道教作为知识系统、文化系统具有丰富的思想、文化内涵,同时道教又提供与儒家迥然不同的思想观念、生活方式、人生理想,从而对文人士大夫产生相当的吸引力。有些道经为了便于诵读和记忆,全部或部分采用了韵文形式书写而成。如《真诰》《周易参同契》《黄庭经》等,这些具有文学形式的道经往往被文人所喜爱和接受。唐代文人经常言及阅读道经,如王勃《游山庙序》所云"常学仙经,博涉道记"⑤;

---

① (宋)俞文豹:《吹剑录全编》,古典文学出版社,1958年,第129页。
② (宋)谢守灏:《混元圣纪》卷9,《道藏》第17册,第867页。
③ 《道藏》第6册,第925页。
④ 任继愈:《中国道教史·序》,第2页。
⑤ (清)董诰等:《全唐文》卷181,第1845页。

张说《道家四首奉敕撰》其二："金笾调上药，宝案读仙经。"①韦应物《开元观怀旧寄李二韩二裴四兼呈崔郎中严家令》："聊披道书暇，还此听松风。"② 马戴《寄云台观田秀才》："晚来漱齿敲冰渚，闲读仙书倚翠幢。"③

唐代文人在诗文中经常提及的主要道经有《道德经》《庄子》《周易参同契》《黄庭经》《抱朴子内篇》《真诰》《阴符经》《度人经》等。如白居易《读老子》："言者不如知者默，此语吾闻于老君。若道老君是知者，缘何自著五千文。"④ 白居易《读道德经》："玄元皇帝著遗文，乌角先生仰后尘。金玉满堂非己物，子孙委蜕是他人。世间尽不关吾事，天下无亲于我身。只有一身宜爱护，少教冰炭逼心神。"⑤ 姚合《武功县中作三十首》其十："斋心调笔砚，唯写五千言。"⑥ 唐代文人也喜读《庄子》，储光羲《献八舅东归》："门多松柏树，箧有逍遥篇。"⑦ 白居易《读庄子》："庄生齐物同归一，我道同中有不同。遂性逍遥虽一致，鸾凰终校胜蛇虫。"⑧ 白居易《赠苏炼师》："犹嫌庄子多词句，只读逍遥六七篇。"⑨ 齐己《湘江渔父》："曾受蒙庄子，逍遥一卷经。"⑩ 李九龄《写庄子》："圣泽安排当散地，贤侯优贷借新居。闲中亦有闲生计，写得南华一部书。"⑪ 贾岛《病起》："灯下南华

---

① （清）彭定求编，陈尚君补辑：《全唐诗》（增订本）卷87，第942页。
② （清）彭定求编，陈尚君补辑：《全唐诗》（增订本）卷187，第1918页。
③ （清）彭定求编，陈尚君补辑：《全唐诗》（增订本）卷556，第6506页。
④ （清）彭定求编，陈尚君补辑：《全唐诗》（增订本）卷455，第5173页。
⑤ （清）彭定求编，陈尚君补辑：《全唐诗》（增订本）卷460，第5272页。
⑥ （清）彭定求编，陈尚君补辑：《全唐诗》（增订本）卷498，第5703页。
⑦ （清）彭定求编，陈尚君补辑：《全唐诗》（增订本）卷136，第1377页。
⑧ （清）彭定求编，陈尚君补辑：《全唐诗》（增订本）卷455，第5173页。
⑨ （清）彭定求编，陈尚君补辑：《全唐诗》（增订本）卷443，第4979页。
⑩ （清）彭定求编，陈尚君补辑：《全唐诗》（增订本）卷840，第9545页。
⑪ （清）彭定求编，陈尚君补辑：《全唐诗》（增订本）卷730，第8445页。

卷，祛愁当酒杯。"① 施肩吾《访松岭徐炼师》："开经犹在松阴里，读到《南华》第几篇。"② 徐夤《西寨寓居》："闲读南华对酒杯，醉携筇竹画苍苔。"③ 唐代文人对《老子》《庄子》的喜爱和诵读更多注重它们在人生哲学方面对他们的启发和影响。

《周易参同契》在唐代社会受到重视主要体现在两个方面：其一，《旧唐书·经籍志》《新唐书·艺文志》对《周易参同契》均有著录。其二，现存最早的《周易参同契》注本也出现在唐代。④ 唐玄宗开元年间，诏求通丹药之士，曾为蜀地道士、时任绵州昌明（今属四川）县令的刘知古《进日月元枢论表》云："臣自幼年，与道合虚，情性守一，颇历岁月。至於留心药物，向此二纪，意谓无出《周易参同契》，但能寻究此书，即自见其道。"⑤ 其《日月元枢论》又云："古今修仙学道，藜莠蓬蒿，不啻多也，得之者麟凤鹏鸾，不亦稀乎？且道之至秘者，莫过还丹；还丹之近验者，必先龙虎；龙虎所自出者，莫若《参同契》。"⑥《昭德先生郡斋读书志》卷十六《神仙类》亦载："《日月元枢论》一卷：右唐刘知古撰。明皇朝，为绵州昌明令，时诏求丹药之士，知古谓神仙大药无出《参同契》，因著论上于朝。"⑦ 所献道论受到玄宗重用。唐玄宗《送玄同真人李抱朴谒潜山仙祠》诗中云："《参同》

---

① （清）彭定求编，陈尚君补辑：《全唐诗》（增订本）卷573，第6711页。
② （清）彭定求编，陈尚君补辑：《全唐诗》（增订本）卷494，第5651页。
③ （清）彭定求编，陈尚君补辑：《全唐诗》（增订本）卷709，第8237页。
④ 《四库全书总目》卷146称："诸家注《参同契》者，以此本（彭晓《周易参同契分章通真义》）为最古。"而陈国符考证认为，《道藏》所收托名阴长生注本和无名氏（容）注本均为唐人所为，是现存最早的注本。见陈国符：《道藏源流续考》，台湾明文书局，1983年，第356—357页。学界现多持陈说。
⑤ （清）董诰等：《全唐文》卷334，第3383页。
⑥ （清）董诰等：《全唐文》卷334，第3384页。
⑦ （宋）晁公武撰，孙猛校证：《郡斋读书志校证》，上海古籍出版社，1990年，第760页。

如有旨，金鼎待君烧。"① 此后，《参同契》开始被社会重视，为之作注、讲解的道士与文人士大夫明显增多，如薛能《送赵道士归天目旧山》说赵道士："道引图看足，《参同》注解精。"② 贯休《寄天台叶道士》说叶道士"注参同契未将出，寻柳栗僧多宿来"。③ 吕洞宾也推崇《参同契》："那个仙经述此方，《参同》大易显阴阳，须穷取，莫颠狂，会者名高道自昌。"④ 其《七言》又云："流俗要求玄妙理，《参同契》有两三行。"⑤ 隐居学道的中唐诗人牟融《题山房壁》："《参同》大块理，窥测至人心。"⑥ 晚唐方干《赠夏侯评事》亦云："讲论《参同》深到骨，停腾姹女立成银。"⑦ 《周易参同契》甚至成为当时中外交流的重要典籍。据《海东传道录》载，玄宗开元中，新罗人崔承佑等入唐留学，回国时带回的"五种仙典"就包括《周易参同契》。⑧

《黄庭经》也是广泛流行于唐代文人中的道教经典之一。⑨ 唐初，《黄庭经》在文人中的传播仍以临摹法帖形式为主，这也与帝王的喜好有关。"唐太宗喜王右军书，故一时学士、大夫皆好尚，以不能写字吟诗为可耻。"⑩ 褚遂良《晋右军王羲之书目》将《乐毅论》《黄庭经》分列正书第一、第二。武则天长安、神龙之际，

---

① （清）彭定求编，陈尚君补辑：《全唐诗》（增订本），第 33 页。
② （清）彭定求编，陈尚君补辑：《全唐诗》（增订本），第 6532 页。
③ （清）彭定求编，陈尚君补辑：《全唐诗》（增订本），第 9514 页。
④ （清）彭定求编，陈尚君补辑：《全唐诗》（增订本），第 9774 页。
⑤ （清）彭定求编，陈尚君补辑：《全唐诗》（增订本），第 9744 页。
⑥ （清）彭定求编，陈尚君补辑：《全唐诗》（增订本），第 5349 页。
⑦ （清）彭定求编，陈尚君补辑：《全唐诗》（增订本），第 7533 页。
⑧ （韩）韩无畏《海东传道录》，《藏外道书》第 31 册，巴蜀书社，1994 年，第 477 页。
⑨ 张振谦：《唐宋文人对〈黄庭经〉的接受》，载《暨南学报》（哲学社会科学版）2012 年第 3 期。
⑩ （元）胡祗遹：《紫山大全集》卷 14《跋褚遂良临〈黄庭经〉》，《文渊阁四库全书》第 1196 册，第 257 页。

《乐毅论》亡失，故唐开元年间《黄庭经》得列正书第一，在安史之乱中，《黄庭经》真迹也散佚。① 而这个书法史上的损失并未阻碍这部经典在社会中的传播。中唐以后，由上清派第九代宗师陶弘景开创的茅山宗成为道教最有影响的宗派，"茅山为天下道学之所宗"②，《黄庭经》包含的内修术吸收庄、儒、佛禅思想，流变为内丹炼养，成为唐宋道教养生方术的主流。精熟《黄庭经》是官方制定的道门准入条件之一。③ 于是，诵读《黄庭经》不仅成为道教徒的日常功课，也被视为得道成仙的途径。如女道士谢自然"常诵《道德经》《黄庭》内篇"，贞元十年（794）十一月十二日："于金泉道场白日升天，士女数千人，咸共瞻仰"。④节度使韦皋奏闻于朝，李坚又表闻，诏褒美之，并于金泉道场立碑，撰《东极真人传》一卷述其事迹。韩愈、刘商也均有诗言其轻举事。唐末吕洞宾《绝句》诗中说："肘传丹篆千年术，口诵《黄庭》两卷经。"⑤ 杜光庭《道教灵验记》记载姚生"幼而好道，持《黄庭经》"，并宣传诵读此经之灵验。⑥ 在这样的文化背景下，《黄庭经》在文人士大夫中间便广泛地传播开来。除临摹法帖外，他们开始以诵读道经的方式接受《黄庭经》。如白居易《独行》诗云："暗诵黄庭经在口，闲携青竹杖随身。"⑦ 韩偓《使风》亦云："茶

---

① （唐）张彦远：《法书要录》卷4《唐韦述叙书录》、卷3《唐徐浩古迹记》，人民美术出版社，1964年，第166、123页。
② （唐）颜真卿：《茅山玄静先生广陵李君碑铭并序》，《茅山志》卷23，《道藏》第5册，第647页。
③ （宋）王溥：《唐会要》卷50载："长庆二年五月敕：诸色人中，有情愿入道者，但能暗记《老子经》及《度人经》，灼然精熟者，即任入道。其《度人经》情愿以《黄庭经》代之者，亦听。"第1016页。
④ （宋）李昉等：《太平广记》卷66，中华书局，1961年，第412页。
⑤ （清）彭定求编，陈尚君补辑：《全唐诗》（增订本）卷858，第9756页。
⑥ （宋）张君房：《云笈七签》卷119，第2638页。
⑦ （清）彭定求编，陈尚君补辑：《全唐诗》（增订本）卷443，第4978页。

烟睡觉心无事，一卷黄庭在手中。"① 然而，由于《黄庭经》隐语密集、义旨艰涩，对非道士读者来说，是有阅读障碍存在的。《太平广记》卷四十六载："（唐）咸通壬辰岁，王屋令王琜，夙志崇道，常念《黄庭经》，每欲自为注解，而未了深玄之理，但日诵五六千遍。"② 在不理解的情况下记忆经文，往往事倍功半，同时也不利于《黄庭经》义理的传播。于是，《黄庭经》的传播方式发生了改变。如果说中唐以前主要通过恒诵的方式在道门内部秘传，通过临摹法帖的形式在文人间流布的话；那么，中唐以后，诵经则成了文人士大夫日常化的精神活动。

《抱朴子内篇》为东晋道士葛洪所撰，是魏晋南北朝神仙道教的代表性典籍，也是唐五代社会流传极广、影响较大的道教经典之一。葛洪在《抱朴子内篇》中明确指出，服食金丹是成仙最主要、最好的途径。《抱朴子内篇·金丹》云："余考览养性之书，鸠集久视之方，曾所披涉篇卷，以千计矣，莫不皆以还丹金液为大要者焉。然则此二事，盖仙道之极也。服此而不仙，则古来无仙矣。"③《抱朴子内篇·微旨》又云："九丹金液，最是仙主。"④《抱朴子内篇·勤求》亦云："不得金丹大法，必不得长生可知也。"⑤ 葛洪之所以将服食金液还丹作为长生成仙的最高途径，是因为"金丹之为物，烧之愈久，变化愈妙。黄金入火，百炼不消，埋之，毕天不朽。服此二物，炼人身体，故能令人不老不死"⑥ "服金者寿如金，服玉者寿如玉"。⑦ 这就是葛洪服丹成仙的理论逻

---

① （清）彭定求编，陈尚君补辑：《全唐诗》（增订本）卷682，第7894页。
② （宋）李昉等：《太平广记》卷46，第287页。
③ 王明：《抱朴子内篇校释》，中华书局，1985年，第70页。
④ 《抱朴子内篇·微旨》，王明：《抱朴子内篇校释》，第124页。
⑤ 《抱朴子内篇·勤求》，王明：《抱朴子内篇校释》，第259页。
⑥ 王明：《抱朴子内篇校释》，第71页。
⑦ 《抱朴子内篇·仙药》，王明：《抱朴子内篇校释》，第204页。

辑。自先秦神仙思想滥觞以降,服食就成为人们求仙的主要修炼方法之一。然而,之前的道典如《太平经》《老子想尔注》对炼丹事宜均语焉不详,葛洪《抱朴子内篇·金丹》以通俗浅显的语言详细说明了金丹的效用、品类和炼制方法。因此,《抱朴子内篇》中的服食金丹之术受到唐代社会的普遍接受。例如,李白神仙观念的形成与《抱朴子内篇》存在密切关系,从李白游仙诗中可知李白为葛洪金丹理论的服膺者、实践者和传播者。① 葛洪《抱朴子内篇》还提倡草木养生。《抱朴子内篇·仙药》云:"《仙经》曰:虽服草木之叶,已得数百岁,忽怠于神丹,终不能仙。以此论之,草木延年而已,非长生之药可知也。"② 草木药物虽不能长生成仙,但其增强体质、促进健康、祛病壮身的效用对于文人士大夫来说既简单又实用。《抱朴子内篇·仙药》云:"菖蒲生须得石上,一寸九节已上,紫花者尤善也。"③ 关于菖蒲的养生效用,唐人孙思邈《千金翼方》卷十二《养性·服昌蒲方》明确指出:"若欲延年益寿,求聪明益智者,宜须勤久服之……令人肤体肥充,老者光泽,发白更黑,面不皱,身轻目明,行疾如风,填骨髓,益精气,服一剂寿百岁。"④ 文人对此养生功效颇为相信,如李白《嵩山采菖蒲者》中云:"我来采菖蒲,服食可延年。"⑤ 其《送杨山人归嵩山》中亦云:"尔去掇仙草,菖蒲花紫茸。"⑥ 张籍《寄菖蒲》亦云:"石上生菖蒲,一寸十二节。仙人劝我食,令我头青面如

---

① 李乃龙:《李白与〈抱朴子内篇〉》,载《中国李白研究》,黄山书社,2002年,第169—178页。
② 王明:《抱朴子内篇校释》,第208页。
③ 王明:《抱朴子内篇校释》,第208页。
④ (唐)孙思邈:《千金翼方校释》,李景荣等校释,人民卫生出版社,1998年,第201页。
⑤ (清)彭定求编,陈尚君补辑:《全唐诗》(增订本)卷184,第1883页。
⑥ (清)彭定求编,陈尚君补辑:《全唐诗》(增订本)卷176,第1807页。

雪。逢人寄君一绛囊，书中不得传此方。君能来作栖霞侣，与君同入丹玄乡。"①

《抱朴子内篇》中提出的"地仙"观念也对唐代文人影响深远。葛洪在《抱朴子内篇》中首次将神仙分为三个品级："上士得道，升为天官；中士得道，栖集昆仑；下士得道，长生世间。"②又说："朱砂为金，服之升仙者，上士也；茹芝导引，咽气长生者，中士也；餐食草木，千岁以还者，下士也。"③"上士举形升虚，谓之天仙。中士游于名山，谓之地仙。下士先死后蜕，谓之尸解仙。"④这就是说，凡服食金丹大药举形升虚者，成为天仙；靠行气导引长生延年者，谓之地仙；服草木之药先死后蜕的叫作尸解仙。天仙虽等级最高，但仙境尊卑森严，地位较低的众仙要受很多苦楚，"天上多尊官大神，新仙者位卑，所奉事者非一，但更劳苦，故不足役役于登天"⑤。认为"求长生者……若幸可止家而不死者，亦何必求于速登天乎？"⑥"尸解仙"也可升天，但须死后蝉蜕，无法肉体成仙和今世成仙。相对于这两种神仙，"地仙"既能长生又可在人间享乐，将现实中的人拉入了神仙行列。《抱朴子内篇·仙药》云："（服）银但不及金玉耳，可以地仙也。"⑦《抱朴子内篇·金丹》亦云："可以入名山大川为地仙。"⑧《抱朴子内篇·对俗》曾描绘了"地仙"的生活构想："人道当食甘旨，服轻暖，通阴阳，处官秩，耳目聪明，骨节坚强，颜色悦怿，老而

---

① （清）彭定求编，陈尚君补辑：《全唐诗》（增订本）卷382，第4304页。
② 《抱朴子内篇·金丹》，王明：《抱朴子内篇校释》，第76页。
③ 《抱朴子内篇·黄白》，王明：《抱朴子内篇校释》，第287页。
④ 《抱朴子内篇·论仙》，王明：《抱朴子内篇校释》，第20页。
⑤ 王明：《抱朴子内篇校释》，第52页。
⑥ 王明：《抱朴子内篇校释》，第53页。
⑦ 王明：《抱朴子内篇校释》，第204页。
⑧ 王明：《抱朴子内篇校释》，第83页。

不衰，延年久视，出处任意，寒温风湿不能伤，鬼神众精不能犯，五兵百毒不能中，忧喜毁誉不为累，乃为贵耳。"① "地仙"观念正是由于其现实性和可亲近性而受到当时学道者的赞赏、向往和接受，《抱朴子内篇·祛惑》说蔡诞曾言"吾未能升天，但为地仙也"②。《抱朴子内篇·仙药》云，赵瞿"在人间三百许年，色如小童，乃入抱犊山去，必地仙也"③。葛洪所撰《神仙传》中也有很多宁为"地仙"而不愿升天的例子：如黄山君"亦治地仙，不取飞升"；马鸣生"不乐升天，但服半剂，为地仙矣"。天仙作为最高级神仙，也可选择世间游乐，成为"地仙"："上士先营长生之事，长生定可以任意。若未升玄去世，可且地仙人间。"④ 因此，"地仙"观念可以说是葛洪神仙观的核心内容。其实，《抱朴子内篇》中的"地仙"，不过是在世俗生活的延长线上，补充进道士的宗教理想而已，是道教世俗化的一个重要表现。"地仙"观念在唐五代非常流行。唐五代道书《钟吕传道集》曾载："吕曰：'所谓地仙者，何也？'钟曰：'地仙者，天地之半，神仙之才。不悟大道，止于小成之法。不可见功，惟长生住世，而不死于人间者也。'吕曰：'地仙如何下手？'钟曰：'始也法天地升降之理，取日月生成之数……五行颠倒，气传于母而液行夫妇也。三田反复，烧成丹药，永镇下田。炼形住世而得长生不死，以作陆地神仙，故曰地仙。'"⑤ 从吕洞宾和钟离权两位道士的问答中，我们知道，在道教的神仙世界中，"地仙"这种既能长生不死，又可在世上恣

---

① 王明：《抱朴子内篇校释》，第52—53页。
② 王明：《抱朴子内篇校释》，第349页。
③ 王明：《抱朴子内篇校释》，第207页。
④ 《抱朴子内篇·勤求》，王明：《抱朴子内篇校释》，第254页。
⑤ （唐）钟离权、（唐）吕洞宾：《钟吕传道集注译》，沈志刚注译，中国社会科学出版社，2004年，第10—11页。

情享乐不失"人道"的存在形态，易于修炼，逍遥自在，遂成为修道者乃至世俗人士最理想的生活目标和人生境界。《旧五代史》卷九十载：唐末海州人张筠"罢归之后，第宅宏敞，花竹深邃，声乐饮膳，恣其所欲，十年之内，人谓'地仙'"①。

"地仙"的神仙世界是现实与超现实的奇妙重合，是文人士大夫安逸自在生活理想在神仙世界里的投影。这种神仙境界在一定程度上解决了文人士大夫既贪恋世俗生活又想修道成仙的矛盾。《抱朴子内篇》"地仙"观念对文人的影响甚大。唐宋文人往往在作品中自称或称他人为"地仙"。在他们看来，隐居在山岳洞府修道的道士比较接近"地仙"。如杜荀鹤《送九华道士游茅山》云："忽起地仙兴，飘然出旧山。"② 这些具体化的人间神仙都是文人对世间的道士加以夸张、想象而成。有些诗人则把身藏名山大川的隐士喻为神仙。例如李频《游四明山刘樊二真人祠题山下孙氏居》云："久在仙坛下，全家是地仙。"③ 将孙氏一家的山居隐逸生活称为"地仙"生活，这种神仙形象实际上已经与传统隐士形象在精神上相一致了。更多的文人则是把"地仙"想象为与官务缠身的仕宦之人相对的清闲雅士，因此他们多把闲适无忧、致仕退休以后的生活称为"地仙"生活。例如，白居易《酬别微之》云："君归北阙朝天帝，我住东京作地仙。"④ 白居易《池上即事》云："身闲当贵真天爵，官散无忧即地仙。"⑤ 刘禹锡《酬乐天闲卧见寄》亦云："散诞向阳眠，将闲敌地仙。"⑥

---

① （宋）薛居正等：《旧五代史》卷90，中华书局，1976年，第1182页。
② （清）彭定求编，陈尚君补辑：《全唐诗》（增订本）卷691，第8004页。
③ （清）彭定求编，陈尚君补辑：《全唐诗》（增订本）卷589，第6892页。
④ （清）彭定求编，陈尚君补辑：《全唐诗》（增订本）卷451，第5113页。
⑤ （清）彭定求编，陈尚君补辑：《全唐诗》（增订本）卷450，第5100页。
⑥ （清）彭定求编，陈尚君补辑：《全唐诗》（增订本）卷358，第4043页。

《真诰》由南朝梁陶弘景撰录，唐代开始广泛流传。唐代道士吴筠认为正确的修道之路应该是："身居禄位之场，心游道德之府，以忠贞而奉上，以仁义而临下，宏施博爱。内莹清澈，外混嚣尘，恶杀好生……至孝至贞，至义至廉，按《真诰》之言，不待学修而自得。"① 加之《真诰》一书"从表述到语汇体现了丰富的文学性质，也为后人的文学创作提供了众多'人物'、故事、典故、语言和表现方法"②。因此，唐五代文人喜爱阅读《真诰》。③ 如韦应物《休暇东斋》云："怀仙阅《真诰》，贻友题幽素。"④ 白居易《味道》云："七篇《真诰》论仙事，一卷檀经说佛心。"⑤ 徐凝《回施先辈见寄新诗二首》其一云："此卷玉清宫里少，曾寻《真诰》读诗来。"⑥ 陆龟蒙《寄怀华阳道士》云："见买扁舟束《真诰》，手披仙语任扬舲。"⑦ 五代南唐人李建勋《题魏坛二首》其一云："不遇至真传道要，曾看《真诰》亦何为。"⑧《真诰》中包含的修炼成仙的故事往往成为文人诗歌取材的渊薮，如韦应物《学仙二首》就明显隐括《真诰》卷五"刘伟道学仙飞升"和"周君专心读道经而仙去"的故事。孟郊《列仙文》完全是诗人对

---

① （清）董诰等：《全唐文》卷926，第9651页。
② 孙昌武：《诗苑仙踪：诗歌与神仙信仰》，南开大学出版社，2005年，第262页。
③ 参阅葛兆光：《青铜鼎与错金壶——道教语言在中晚唐诗歌中的使用》，饶宗颐：《华学》第1期，中山大学出版社，1995年，第31页；孙昌武：《道教与唐代文学》（修订本），人民文学出版社，2001年，第198页；（日）深泽一幸：《李商隐と真诰》，吉川忠夫：《六朝道教の研究》，春秋社，1998年，第397—434页；赵益：《〈真诰〉与唐诗》，载《中华文史论丛》2007年第2期。
④ （清）彭定求编，陈尚君补辑：《全唐诗》（增订本）卷193，第1991页。
⑤ （清）彭定求编，陈尚君补辑：《全唐诗》（增订本）卷446，第5031页。
⑥ （清）彭定求编，陈尚君补辑：《全唐诗》（增订本）卷474，第5421页。
⑦ （清）彭定求编，陈尚君补辑：《全唐诗》（增订本）卷626，第7244页。
⑧ （清）彭定求编，陈尚君补辑：《全唐诗》（增订本）卷739，第8514页。

《真诰》诗歌的拟作。① 清纪昀评点李商隐《戊辰会静中出贻同志二十韵》诗时说"诗无风旨可采","杂之通明（陶弘景）《真诰》中，殆不可辨。然终恨有章咒气"。②

《阴符经》，又名《黄帝阴符经》，仅三百余字，旧本题黄帝撰。目前学界基本肯定《阴符经》出自后人伪托，但对于撰者和成书年代，尚未达成一致。初唐武德年间（618—626）成书之《艺文类聚》卷八十八《木部上》，对《阴符经》书名和经文做了征引。初唐有欧阳询、褚遂良手写本《黄帝阴符经》《阴符经》传世，宋人岳珂说欧阳询在贞观年间（627—649）书写过《阴符经》，岳氏跋曰："《阴符经》真迹一卷，楷庄而劲，严而有法，纸古以香，态险而绝，真欧笔也。"③ 唐代中期以后，有多种注本传世，其中以李筌注、张果注、太公等人集注三种较为著名。此后，《阴符经》逐渐受到道门内部和文人士大夫的重视，文人阅读、论及这部道经时，一方面强调其包含的兵法思想，如欧阳詹《许州送张中丞出临颍镇》云："心诵阴符口不言，风驱千骑出辕门。"④ 李洞《赠永崇李将军充襄阳制置使》云："拜官门外发辉光，宿卫阴符注几行。"⑤ 李白《门有车马客行》云："雄剑藏玉匣，阴符生素尘。"⑥ 杨巨源《述旧纪勋寄太原李光颜侍中二首》其二云："料敌知机在方寸，不劳心力讲《阴符》。"⑦ 曹唐《哭陷边许兵马

---

① 参阅赵益：《〈真诰〉与唐诗》，载《中华文史论丛》2007年第2期。
② 转引自周振甫、冀勤：《钱锺书〈谈艺录〉读本》，中央编译出版社，2013年，第348页。
③ （宋）岳珂：《宝真斋法书赞》卷5，中华书局，1985年，第54页。
④ （清）彭定求编，陈尚君补辑：《全唐诗》（增订本）卷349，第3921页。
⑤ （清）彭定求编，陈尚君补辑：《全唐诗》（增订本）卷723，第8372页。
⑥ （清）彭定求编，陈尚君补辑：《全唐诗》（增订本）卷164，第1700页。
⑦ （清）彭定求编，陈尚君补辑：《全唐诗》（增订本）卷333，第3727页。

使》云:"除却阴符与兵法,更无一物在仪床。"① 另一方面,将其视为传统道经,重视其中的隐逸思想,如钱起《幽居春暮书怀》云:"仙箓满床闲不厌,《阴符》在箧老羞看。"② 戴叔伦《奉天酬别郑谏议云逵、卢拾遗景亮见别之作》云:"从容九霄上,谈笑授阴符。"③ 贯休《赠信安郑道人》云:"仍闻得新义,便欲注阴符。"④ 齐己《读〈阴符经〉》诗云:"绕窗风竹骨轻安,闲借《阴符》仰卧看。绝利一源真有谓,空劳万卷是无端。清虚可保升云易,嗜欲终知入圣难。三要洞开何用闭,高台时去凭栏干。"⑤ 其《谢〈阴符经〉勉送藏休上人二首》又云:"事遂鼎湖遗剑履,时来渭水掷鱼竿。欲知贤圣存亡道,自向心机反覆看。""一林霜雪未沾头,争遣藏休肯便休。学尽世间难学事,始堪随处任虚舟。"⑥ 当然,晚唐人所作的长篇诗歌中,也有将二者融为一炉的,如陆龟蒙《读〈阴符经〉寄鹿门子》:"清晨整冠坐,朗咏三百言。备识天地意,献词犯乾坤。何事不隐德,降灵生轩辕。口衔造化斧,凿破机关门。五贼忽迸逸,万物争崩奔。虚施神仙要,莫救华池源。但学战胜术,相高甲兵屯。龙蛇竞起陆,斗血浮中原。成汤与周武,反覆更为尊。下及秦汉得,黩弄兵亦烦。奸强自林据,仁弱无枝蹲。狂喉恣吞噬,逆翼争飞翻。家家伺天发,不肯匡淫昏。生民坠涂炭,比屋为冤魂。只为读此书,大朴难久存。微臣与轩辕,亦是万世孙。未能穷意义,岂敢求瑕痕。曾亦爱两句,可与贤达论。生者死之根,死者生之根。方寸了十字,万化皆胚

---

① (清)彭定求编,陈尚君补辑:《全唐诗》(增订本)卷640,第7393页。
② (清)彭定求编,陈尚君补辑:《全唐诗》(增订本)卷239,第2666页。
③ (清)彭定求编,陈尚君补辑:《全唐诗》(增订本)卷273,第3063页。
④ (清)彭定求编,陈尚君补辑:《全唐诗》(增订本)卷831,第9450页。
⑤ (清)彭定求编,陈尚君补辑:《全唐诗》(增订本)卷845,第9623页。
⑥ (清)彭定求编,陈尚君补辑:《全唐诗》(增订本)卷847,第9658页。

腪。身外更何事，眼前徒自喧。黄河但东注，不见归昆仑。昼短苦夜永，劝君倾一尊。"①皮日休《奉和鲁望读〈阴符经〉见寄》也是如此："三百八十言，出自伊祁氏。上以生神仙，次云立仁义。玄机一以发，五贼纷然起。结为日月精，融作天地髓。不测似阴阳，难名若神鬼。得之升高天，失之沉厚地。具茨云木老，大块烟霞委。自颛顼以降，贼为圣人轨。尧乃一庶人，得之贼帝挚。挚见其德尊，脱身授其位。舜唯一鳏民，冗冗作什器。得之贼帝尧，白丁作天子。禹本刑人后，以功继其嗣。得之贼帝舜，用以平涤水。自禹及文武，天机嗒然弛。姬公树其纲，贼之为圣智。声诗川竞大，礼乐山争峙。爰从幽厉馀，宸极若孩稚。九伯真犬鼯，诸侯实虎兕。五星合其耀，白日下阙里。由是圣人生，于焉当乱纪。黄帝之五贼，拾之若青紫。高挥春秋笔，不可刊一字。贼子虐甚斨，奸臣痛于箠。至今千馀年，蚩蚩受其赐。时代更复改，刑政崩且陊。予将贼其道，所动多訾毁。叔孙与臧仓，贤圣多如此。如何黄帝机，吾得多坎踬。纵失生前禄，亦多身后利。我欲贼其名，垂之千万祀。"②

《度人经》，全称《灵宝无量度人上品妙经》，约成书于东晋末年，是灵宝派最具影响的道经。《度人经》倡行"仙道贵生，无量度人"③，被道士奉为"万法之宗，群经之首"。同时，它也是唐代取得官方认可道士资格考试时必备道经之一。《唐会要》卷五十《尊崇道教》："诸色人中，有情愿入道者，但能暗记《老子》经，及《度人经》灼然精熟者，即任入道。其《度人经》情愿以《黄庭经》代之者，亦听。"④ 唐代为《度人经》做注疏者甚多，以薛

---

① （清）彭定求编，陈尚君补辑：《全唐诗》（增订本）卷618，第7166页。
② （清）彭定求编，陈尚君补辑：《全唐诗》（增订本）卷609，第7086页。
③ 《道藏》第1册，第5页。
④ （宋）王溥：《唐会要》卷50，第867页。

幽栖、李少微和成玄英为代表，这三人的注疏连同六朝严东的注本被北宋道士陈景元集注为《元始无量度人上品妙经四注》。吴仁璧《读〈度人经〉寄郑仁表》云："身虽一旦尘中老，名拟三清会里题。二午九斋馀日在，请君相伴醉如泥。"① 唐诗常用的"碧落"一语以及韩愈《陆浑山火和皇甫湜用其韵》诗与《度人经》关系密切。② 唐代著名画家阎立本曾画《〈度人经〉变》，被宋人收藏。③ 唐代著名书法家柳公权也曾书写《度人经》，鱼又玄（一作虞有贤）《题柳公权书〈度人经〉后》云："卧云道士来相辞，相辞倏忽何所之。紫阁当春凝烟霭，东风吹岸花枝枝。药成酒熟有时节，寒食恐失松间期。冥鸿复见伤弓翼，高飞展转心无疑。满泻数杯酒，狂吟几首诗。留不住，去不悲，醯鸡蜉蝣可得知。"④

---

① （清）彭定求编，陈尚君补辑：《全唐诗》（增订本）卷690，第7992页。
② 葛兆光：《中国宗教、学术与思想散论》，复旦大学出版社，2010年，第5—6页。
③ （宋）陈思：《宝刻丛编》卷5《唐题度人经变相》，中华书局，1985年，第100页。
④ （清）彭定求编，陈尚君补辑：《全唐诗》（增订本）卷855，第9737页。

# 第四章 吴筠的文学创作

唐代道士数量众多,其中为数不少的能诗者不仅当时颇受欢迎,而且成为道教文学史上值得关注的重要群体。吴筠便是这个群体中极具代表性的一员。吴筠不仅是唐代道教理论由外丹派向内丹派转化过程中举足轻重的人物,也是道门中文学创作最为丰富、艺术成就最高的作家之一,在盛唐道士中诗名最盛,名噪一时。

## 第一节 吴筠的生平思想和交游

吴筠(716?—778),字贞节,华州华阴(今属陕西)人。其祖父吴玄因孝顺和清廉而受到举荐,父亲吴元亨曾任峡州(今属湖北)刺史①。据唐人权德舆言:"年十五,笃志于道,与同术者隐于南阳倚帝山,闳览古先,遐蹈物表,芝耕云卧,声利不入。"②可知,吴筠十五岁时就在南阳倚帝山(今属河南)隐居。其现存诗歌中留有《游倚帝山》二首、《秋日望倚帝山》等诗。吴筠自幼就喜爱道术,"每见道流,皆问无事,千说万别,互有多般"③。他天资聪颖,"少通经,善属文,举进士不第",落第后,便开始追求修道成仙之志,请度为道士,潜心道术。开元年间,吴筠曾

---

① (元)邓牧:《洞霄图志》卷5,中华书局,1985年,第40页。
② (唐)权德舆:《宗玄先生文集序》,《道藏》第23册,第653页。
③ 《道藏》第23册,第663页。

"南游金陵,访道茅山。久之,东游天台"①。

天宝初年,吴筠被"元纁鹤版,征至京师"②。《旧唐书》载:"(筠)性高洁,不奈流俗。乃入嵩山,依潘师正为道士,传正一之法。"③ 据詹石窗考证,吴筠由上清派潘师正度为道士,天宝初,于嵩山就冯齐整受"正一之法",冯齐整是道士潘师正的弟子,与司马承祯同为上清派陶弘景的四传弟子。④ 权德舆《宗玄先生文集序》亦载:"初梁陶弘景以其道授升玄王君,王君授体玄潘君,潘君授冯君。自陶君至于先生,凡五代矣。"⑤ 吴筠回到嵩山,师从冯齐整学习正一之法。天宝十三年(754),吴筠又被"召入大同殿,寻又诏居翰林","献《玄纲》三篇,优诏嘉纳"。⑥ 吴筠将其《玄纲论》上呈给唐玄宗,在《进玄纲论表》(因避玄宗讳,"玄"改为"元")中,吴筠自称为中岳嵩阳观道士,直到他去世都在使用这个名号。吴筠任待诏翰林期间,"帝问以道法,对曰:'道法之精,无如五千言,其诸枝词蔓说,徒费纸札耳。'又问神仙修炼之事,对曰:'此野人之事,当以岁月功行求之,非人主之所宜适意'"⑦。可见吴筠修道并不盲目,主张以《道德经》为本,讲求以功行修仙,不追求炼丹升仙之道,常以名教世务、微言大义劝谏玄宗行人主之宜。受到重用的吴筠自然招来佞臣的嫉妒和权贵的压制,且久居山林而不习惯宫廷生活,其诗《翰林院望终南山》

---

① (后晋)刘昫:《旧唐书》卷192,第5129页。
② (唐)权德舆:《宗玄先生文集序》,《道藏》第23册,第653页。
③ (后晋)刘昫:《旧唐书》卷192,第5129页。
④ 詹石窗:《吴筠师承考》,载《中国道教》1994年第8期。
⑤ (唐)权德舆:《宗玄先生文集序》,《道藏》第23册,第653页。
⑥ 《道藏》第23册,第653页。
⑦ (后晋)刘昫:《旧唐书》卷192,第5129页。

云:"迹系心无极,神超兴有余。何当解维絷,永托逍遥墟。"① 反映出他身居翰林时的心情。吴筠有鉴于"李林甫、杨国忠用事,纲纪日紊",洞察了即将爆发的朝廷危乱和社会动荡,"筠知天下将乱,坚求还嵩山,累表不许,乃诏于岳观别立道院"②。安史之乱爆发前吴筠便请辞嵩山,东下游居,先后避乱庐山,东游会稽,浮渡浙江,居于天柱山,并以剡中为主要活动区域,与一些文人、道士交游。大历十三年(778),吴筠卒于宣城,其弟子私谥为宗玄先生。

吴筠一生著述颇丰,《旧唐书》载:"文集二十卷。其《玄纲》三篇、《神仙可学论》等,为达识之士所称。"③ 据南宋郑樵《通志》卷六七载,吴筠有《心目论》《复淳化论》《形神可固论》《坐忘论》《明真辩伪论》《辅正除邪论》《契真刊谬论》《道释优劣论》《辩方正惑论》各一卷。其道教思想主要集中在《玄纲论》《神仙可学论》《形神可固论》《心目论》中。《道藏》收其《宗玄先生文集》,分上、中、下三卷,卷中载《神仙可学论》《心目论》《形神可固论》等,而《玄纲论》则独立成篇。这些著作均以老子之道为宗,认为"道"是宇宙万物的本源。在《玄纲论·长生可贵章》中,他将老庄之道与神仙学说联系起来:

> 或问曰:"道之大旨,莫先乎老庄,老庄之言不尚仙道,而先生何独贵乎仙者也?"愚应之曰:"何谓其不尚乎?……老子曰:'深根固蒂,长生久视之道。'又曰:'谷神不死。'庄子曰:'千载厌世,去而上仙,乘彼白

---

① (清)彭定求编,陈尚君补辑:《全唐诗》(增订本)卷888,第10110页。
② (后晋)刘昫:《旧唐书》卷192,第5129页。
③ (后晋)刘昫:《旧唐书》卷192,第5129—5130页。

云,至于帝乡。'又曰:'故我修身千二百岁,而形未尝衰。'又曰:'乘云气,驭飞龙,以游四海之外。'又曰:'人皆尽死,而我独存。'又曰:'神将守形,形乃长生。'斯则老庄之言长生不死神仙明矣,曷谓无乎。"①

吴筠以神仙学说阐发老庄之道的思想,作为道教的基本教义,对后世的道教思想产生了深远影响。

吴筠的思想复杂,在处理儒、道、释关系方面,他注重吸收了儒家纲常伦理,摆脱佛教影响,坚持道本儒末。②其《玄纲论·明本末章第九》云:"夫仁义礼智者,帝王政治之大纲也,而道家独云遗仁义、薄礼智者何也?道之所尚存乎本,故至仁合天地之德,至义合天地之宜,至礼合天地之容,至智合天地之辩,皆自然所禀,非企羡可及,矫而效之,斯为伪矣……故礼智者,制乱之大防也;道德者,抚乱之宏纲也。然则,道德为礼之本,礼智为道之末,执本者易而固,持末者难而危。故人主以道为心,以德为体,以仁义为车服,以礼智为冠冕,则垂拱而天下化矣。若尚礼智而忘道德者,所为有容饰而无心灵,则虽乾乾夕惕,而天下敝矣。"③由此观之,吴筠以道为本的同时,又主张道、儒结合,并不完全排斥儒家。但对于佛教思想,他竭力排斥,"筠在翰林时,特承恩顾,由是为群僧之所嫉。骠骑高力士素奉佛,尝短筠于上前,筠不悦,乃求还山。故所著文赋,深诋释氏"④。并认为佛教"务在乎噬儒吞道,抑帝掩王,夺真宰之柄,操元化之纲。

---

① (唐)吴筠:《玄纲论》,《道藏》第23册,第680—681页。
② (日)神塚淑子:《吴筠の生涯と思想》,载《东方宗教》1979年第54号;(日)麦谷邦夫:《吴筠事迹考》,载《东方学报》2010年第85期。
③ 《道藏》第23册,第676页。
④ (后晋)刘昫:《旧唐书》卷192,第5130页。

自古初以逮今，未有若斯之弊"①。在道教思想方面，吴筠继承了道家学说与葛洪"形神可固，神仙可学"的理念，主张虚无自然、守静去躁、凝神养形和神仙可学论。其《形神可固论》云："余常思大道之要，玄妙之机，莫不归于虚无者矣。虚无者，莫不归于自然矣。"②他通过举例来标举"神仙可学"："羲轩已来，广成、赤松、令威、安期之徒，何代不有？远则载于竹帛，近则接于见闻。古今得者，皎皎如彼；神仙可学，炳炳如此。凡百君子胡不勉之哉！"③（《神仙可学论》）宋人晁公武在《郡斋读书志》中曾评论吴筠《神仙可学论》："嵇康谓神仙不可以学致，筠意不以为然，故演修习之方，以勉学仙之士云。"④当然，吴筠在继承道家道教学说的同时，也在吸取儒家思想的基础上，改进了修道理论，相较于之前的仙道思想，吴筠更加突出了对心性的修炼。他认为："道不欲有心，有心则真气不集，又不欲苦忘心，苦忘心则客邪来舍。"修道在于心的"平和恬澹，澄静精微，虚明合元，有感必应，应而勿取，真伪斯分。故我心不倾，则物无不正，动念有属，则物无不邪，邪正之来，在我而已"⑤。心应物而不为物累，这是心静的表现之一。心静的主要标帜是"无为"。他说："夫形动而心静，神凝而迹移者，无为也。闲居而神扰，恭默而心驰者，有为也。无为则理，有为则乱。"⑥吴筠的道教哲学思想与唐代另一著名道教学者司马承祯的思想较为接近，体现了唐代道教主流派——上清派的理论水平。⑦

---

① 《道藏》第 23 册，第 657 页。
② 《道藏》第 23 册，第 663 页。
③ 《道藏》第 23 册，第 661 页。
④ （宋）晁公武撰，孙猛校证：《郡斋读书志校证》，第 750 页。
⑤ 吴筠：《玄纲论》，《道藏》第 23 册，第 677 页。
⑥ 吴筠：《玄纲论》，《道藏》第 23 册，第 678 页。
⑦ 李刚：《论吴筠的道教哲学思想》，载《中国哲学史》2000 年第 1 期。

吴筠与文人交往颇为频繁。在与他交往的文人中，以李白最为著名，记载也最多。正是由于吴筠的引荐，李白才被唐玄宗任命为翰林待诏。《旧唐书·隐逸传》亦云："（吴筠）尝于天台、剡中往来，与诗人李白、孔巢父诗篇酬和，逍遥泉石，人多从之。"① 然而，也有学者对吴筠推荐李白之说持怀疑态度。② 大历四年（769），吴筠在越州，与鲍防、严维、丘丹、谢良辅、杜奕、李清、刘蕃、谢良弼、郑概、陈元初、樊珣、范淹等作《中元日鲍端公宅遇吴天师联句》。其中，鲍防（722—790），襄阳人（另作洛阳人），天宝十二年（753）进士，曾任浙东观察使、殿中侍御史、御史大夫等职。严维，越州（今属浙江）人，至德二年（757）进士，后为秘书郎，德宗统治前期（779—784）去世。③ 谢良辅，天宝十一年（752）进士；李清，天宝十二年（753）进士；刘蕃，天宝六年（747）进士。陈元初是麻源（今属江西）人，曾任校书郎。丘丹是苏州人，曾任诸暨（今属浙江）刺史及尚书郎，与韦应物善。

大历七年（772），颜真卿任湖州刺史，在湖州期间，常常召集文人雅士吟诗联句，为诗酒之会，吴筠也是参加者之一。《登岘山观李左相石尊联句》就是在颜真卿的召集下，吴筠与颜真卿、刘全白、裴循、张荐、强蒙、范缙、王纯、魏理、王修甫、颜岘、左辅元、刘茂、颜浑、杨德元、韦介、皎然、崔弘、史仲宣、陆羽、权器、陆士修、裴幼清、柳淡、释尘外、颜颙、颜须、颜项、李崿等当时名士一起合作完成的。皎然也作有《奉同颜使君真卿清风楼赋得洞庭歌送吴炼师归林屋洞》一诗，写自己与时任吴兴

---

① （后晋）刘昫：《旧唐书》卷192，第5129页。
② 郁贤皓：《李白丛考》，陕西人民出版社，1982年，第65—78页。
③ 傅璇琮：《唐才子传校笺》，第1册，中华书局，1987年，第604—609页。

太守的颜真卿送别吴筠返回道教"十大洞天"之九的林屋洞之事。

除了这两首"联句"诗中提及的人物外,通过吴筠的其他作品,我们也可以搜寻与吴筠交往的其他友人。如吴筠在《舟中遇柳伯存归潜山因有此赠》二首中写道:

浇风久成俗,真隐不可求。何悟非所冀,得君在扁舟。目击道已存,一笑遂忘言。况观绝交书,兼睹箴隐文。

见君浩然心,视世如浮空。君归潜山曲,我复庐山中。形间心不隔,谁能嗟异同。他日或相访,无辞驭冷风。①

柳并,字伯存,大历年间先后担任河东府掌书记和殿中侍御史,此后双目失明直至去世。柳并曾对道教表现出浓厚的兴趣,与上文提及的柳淡(字中庸)同为古文先驱萧颖士的弟子。② 这两首诗是为纪念乘船旅行时与柳并的相遇而作,创作时间应在吴筠晚年隐居庐山时期。

此外,在李适之石尊联句中提及的刘全白的妹妹也曾师事吴筠,赵璘《因话录》卷三载:"刑部郎中元沛妻刘氏,全白之妹,贤而有文学。著《女仪》一篇,亦曰《直训》。夫人既寡居,奉玄元之教,受道箓于吴筠先生,精苦寿考。长子固,早有名,官历省郎、刺史、国子司业。次子察,进士及第,累佐使府,后高卧庐山。察之长子潾,好道不仕;次子充,进士及第,亦尚灵玄矣。"③

---

① (清)彭定求编,陈尚君补辑:《全唐诗》(增订本)卷853,第9712页。
② (宋)欧阳修,宋祁:《新唐书》卷202,第5771页。
③ (唐)赵璘:《因话录》卷3,上海古籍出版社,2000年,第853页。

从这段文字可知，吴筠的道教学说连续影响了刘氏一家三代，并使其中的两位家庭成员选择了隐居生活，元察甚至选择了吴筠曾修道的庐山作为自己的隐居地。

## 第二节　吴筠的诗歌创作

吴筠既是著名的道士，又是诗人，开元中，"与有名士相娱乐，文辞传京师"①。吴筠往往借助诗歌写道教哲学，将其道教理论进行了巧妙的文学转化，其修道和诗歌创作是相融相通的。吴筠的诗歌数量颇为可观，《全唐诗》卷八五三中存其诗一百一十八首，《全唐诗补遗》载其诗六首，《全唐诗补逸》补诗二首，《全唐诗续补遗》卷三中补诗一首，《全唐诗续拾》又辑其残诗四句，共计一百二十七首。唐人权德舆《中岳宗玄先生吴尊师集序》云："属词之中，尤工比兴。观其自古王化诗，与《大雅吟》《步虚词》《游仙》《杂感》之作，或遐想理古，以哀世道，或磅礴万象，用冥环枢，稽性命之纪，达人事之变，大率以啬神挫锐为本；至于奇采逸响，琅琅然若戛云璈而凌倒景，昆阆松乔，森然在目。近古游方外而言六义者，先生实主盟焉。"②关于他的诗歌成就，《新唐书·吴筠传》说他"通经谊，美文辞"，赞誉他的诗可与李白"相甲乙"③。《旧唐书·吴筠传》云："（筠）词理宏通，文采焕发，每制一篇，人皆传写。虽李白之放荡，杜甫之壮丽，能兼之者，其唯筠乎！"④赞许不免过分，但认为吴筠诗具有李诗超世飘逸的品格，又有杜诗立足现实的精神，还是有一定根据的。

---

① （宋）欧阳修，宋祁：《新唐书》卷196，第5604页。
② 《道藏》第23册，第653页。
③ （宋）欧阳修，宋祁：《新唐书》卷196，第5604—5605页。
④ （后晋）刘昫：《旧唐书》卷192，第5130页。

## 第四章　吴筠的文学创作

　　吴筠诗歌按题材内容可分为游仙诗（含步虚词）、怀古诗、山水诗三类。吴筠的游仙诗和步虚词，学界已有研究。① 其游仙诗共二十四首，主要描绘了诗人幻游仙境、超然物外、远离世俗的神思，对仙真道体的追慕和对修炼的精深体验。诗中整体表现了吴筠精湛的道学修养与深邃的文学造诣，也展露了他丰富的想象力。这类诗歌往往采取仙俗对照的手法，通过对神仙世界美好的描写，反衬出世俗生活的虚伪与污浊。如《游仙诗》其一云："启册观往载，摇怀考今情。终古已寂寂，举世何营营。悟彼众仙妙，超然含至精。凝神契冲玄，化服凌太清。心同宇宙广，体合云霞轻。翔风吹羽盖，庆霄拂霓旌。龙驾朝紫微，后天保令名。岂如寰中士，轩冕矜暂荣。"② 诗人面对仙经道书，浮想联翩，对比古往与今情，将仙人和凡夫进行了一番比较：仙人心胸宽广，凡夫目光短浅；仙人凌空轻举，逍遥无欲，俗子为荣耀声色所累，满目愁苦。这种对俗世的鄙夷和对仙人的企慕形成了强烈的反差与对立，在肯定前者而否定后者的过程中，突然感悟到神仙世界的超然神妙，也充分表露了其内心对道教神仙意识的追求和强化。吴筠在游仙诗中抒发个人宗教体验，区别于其他文人的游仙诗。颜进雄曾言："吴筠诗中再三申论的理念思维与虔诚的入道欣慰，赋予了仙乡中浓厚的宗教气息，这一点可说是一般文人游仙诗所缺乏的。"③ 吴筠的游仙诗往往通过对仙境的刻画和描写，来揭示神仙可学、仙界可信的思想。如其《游仙诗》第五首云："怡神在灵府，皎皎含清澄。仙经不吾欺，轻举信有征。畴昔希道念，而今

---

① 薛爱华（Edward H. Schafer）：《吴筠〈步虚词〉》，载《哈佛亚洲研究学报》1981 年第 41 期；薛爱华：《吴筠〈游仙〉诗》，载《华裔学志》第 35 期（1981—1983）。
② （清）彭定求编，陈尚君补辑：《全唐诗》（增订本）卷 853，第 9704 页。
③ 颜进雄：《唐代游仙诗研究》，文津出版社，1996 年，第 238 页。

果天矜。岂非阴功著,乃致白日生。焉用过洞府,吾其越朱陵。"①其《游仙诗》第十七首亦云:"晨登千仞岭,俯瞰四人居。原野间城邑,山河分里间……将期驾云景,超迹升天衢。"②

吴筠是唐朝较早创作步虚词的诗人,也是这一道教文体在初、盛唐时期唯一的创作者,而且其十首《步虚词》的内容也颇为可观。他的步虚词不再将道教术语和咒语化入其中,开拓了步虚词的创作形式。吴筠的步虚词内容仍不脱其游仙诗的窠臼,即运用比兴的手法,通过诗化的语言体式,阐述了个人对道教的深刻见解和体会。如其《步虚词》其一:"众仙仰灵范,肃驾朝神宗。金景相照曜,逶迤升太空。七玄已高飞,火炼生珠宫。余庆逮天壤,平和王道融。八威清游气,十绝舞祥风。使我跻阳源,其来自阴功。逍遥太霞上,真鉴靡不通。"③ 在庄严的气氛中拉开了登仙的序幕,接着诗人在绚丽的仙景中虔诚心悦,使人感受到置身于逍遥欢乐之境的旨趣。此后便是对天宫与仙境等奇观美景的精心刻画和细致描绘,充满了诗情画意,颇令人乐而忘返。

吴筠诗歌中,怀古题材占有较大比例,主要包括《览古》十四篇和《高士咏》五十篇两组诗。《览古》从思考个体生命角度出发,纵览历史,运用大量历史典故,借史实来告诫人们应该全身远害、合道出世。其一云:

圣人重周济,明道欲救时。孔席不暇暖,墨突何尝缁。
兴言振颓纲,将以有所维。君臣恣淫惑,风俗日凋衰。
三代业遽损,七雄遂交驰。庶物坠涂炭,区中若棼丝。秦

---

① (清)彭定求编,陈尚君补辑:《全唐诗》(增订本)卷853,第9705页。
② (清)彭定求编,陈尚君补辑:《全唐诗》(增订本)卷853,第9706页。
③ (清)彭定求编,陈尚君补辑:《全唐诗》(增订本)卷853,第9709页。

皇燎儒术，方册靡孑遗。大汉历五叶，斯文复崇推。乃验经籍道，与世同屯夷。弛张固天意，设教安能持。①

这首诗表达了诗人对儒家天道观的怀疑与驳斥。吴筠认为，孔子、墨子建立的儒、墨文化学说，以及设定的社会理想与历史的发展存在着巨大冲突，从而否定了儒、墨积极入世的行为、学说意义。并由此认为，历史与文化的兴替只能随世推移，并非由圣人先贤主观设定的教化学说所决定。吴筠最后发出了"弛张固天意，设教安能持"的感慨，认为儒墨如此教化，也是徒劳无益。如此一来，为士子所崇奉的儒家设教以佐时政的文化信念，也就被全面否定了。他认为自古以来的君主多荒淫纵欲，征战杀伐："矧乃恣所欲，荒淫伐灵根。金膏恃延期，玉色复动魂。征战穷外域，杀伤被中原"。(《览古》其六)即使历史上作为贤君代表的汉景帝也不辨贤愚，滥杀忠良："世主竟不辨，身戮宗且夷。汉景称钦明，滥罚犹如斯。"(《览古》其九)《览古》组诗的最后一首，吴筠则挑战了传统的修身齐家治国的观念："圣人垂大训，奥义不苟设。天道殃顽凶，神明祐懿哲。斯言犹影响，安得复回穴。鲧瞍诞英睿，唐虞育昏孽。盗跖何延期，颜生乃短折。鲁隐全克让，祸机遂潜结。楚穆肆巨逆，福柄奚赫烈。田常弑其主，祚国久罔缺。管仲存霸功，世祖成诡说。汉氏方版荡，群阉恣邪谲。謇謇陈蕃徒，孜孜抗忠节。誓期区宇静，爰使凶丑绝。谋协事靡从，俄而反诛灭。古来若兹类，纷扰难尽列。道邈理微茫，谁为我昭晰。吾将询上帝，寥廓讵跻彻。已矣勿用言，忘怀庶自悦。"② 全诗以十一个例子来阐释良善之人通常受到惩罚而非奖赏，而那些

---

① （清）彭定求编，陈尚君补辑：《全唐诗》（增订本）卷853，第9707页。
② （清）彭定求编，陈尚君补辑：《全唐诗》（增订本）卷853，第9709页。

并非君子的人却能在朝堂之上占据高位。吴筠用陈蕃与宦官之争来结束这一大段的咏史绝不是偶然。陈蕃是一位直言不讳的高官，在谏言君主应戒奢靡、偏私时被屡次降职。灵帝时，陈藩和他的同伴一起想要翦除宦官。但这个计划结果事与愿违，他被宦官关进监狱，蹂躏至死。毋庸置疑，吴筠使用这个典故，发泄了他自己对宦官的反感。可以说，吴筠在《览古》组诗中彻底否定儒家学说，从根本上揭露了统治阶级腐朽残暴的本质，否定了士子所醉心的政治理想与追求，这在之前的咏史作品中十分罕见。因此，可以说，吴筠对咏史诗思想广度、深度的拓展与深化，做出了一定的贡献。

而《高士咏》则通过对五十位隐士的咏叹来表达诗人内心对史上德行高尚、风范典雅人物的仰慕与崇敬。他在序中云：

> 《易》称君子之道，或出、或处、或默、或语。盖出而语者，所以佐时致理。处而默者，所以居静镇躁。故虽无言，亦几于利物，岂独善其身而已哉。夫子曰："隐居以求其志，行义以达其道。"所谓百虑一致，殊途同归者也。夫好同恶异，人之常情。予自弱年，窃尚真隐。远览先达，实怡我心。虽不见古人，而余风可仰。是则是效，其惟嘉遁之士乎！故企慕之不足，则师友之；师友之不足，则咏歌之。聊乐我员，于是乎在。昔玄晏先生皇甫谧因其所美而著《高士传》，梁伯鸾有《高士颂》。愚今有《高士咏》，亦各一时之志耳。太初渺邈，难得而详，洪崖之流，无迹可纪。故始于混元皇帝，终于陶征君。举其绝伦，明其标的。为五十首，以吟讽其

德音焉。①

序言介绍了此组诗的创作缘起、目的和基本编排。唐代崇奉道教，不少趋炎附势之徒纷纷入道，隐居山林，假借隐士之名博取名利，待时机成熟，便迫不及待地踏入仕途。正如《新唐书·隐逸传》所言："放利之徒，假隐自名，以诡禄仕，肩相摩于道，至号终南、嵩少为仕途捷径，高尚之节丧焉。"② 伪隐有损于素节高尚的真隐名誉，污染世风，必将给社会政治带来不良影响。在这种情况下，吴筠便借传说、历史上的真隐之士来匡正时俗。吴筠这组联章组诗中歌颂的五十位高士隐者，堪为后人典范。拥有道士身份的吴筠首先把歌咏对象指向了令人顶礼膜拜的道教先祖，如《混元皇帝》《南华真人》《冲虚真人》《洞灵真人》《通玄真人》等，分别咏赞老子、庄子、列子、庚桑子、文子等。这些作品往往采撷具有道家道教特征的词汇，反映道教教义和教理，具有浓重的道教文化色彩，如《南华真人》云："南华源道宗，玄远故不测。动与造化游，静合太和息。放旷生死外，逍遥神明域。况乃资九丹，轻举归太极。"③ 吴筠歌颂历史上道教人物的诗篇在我国古代咏史诗发展史上颇具创新价值，在此之前，我们没有发现专门吟咏道教人物的咏史诗。究其原因，一是咏史诗人大多深受儒家思想影响，具有强烈的功业价值观念，在创作时自然更多地把历史关怀对象指向儒家价值体系范围内的人物。二是咏史诗的文体特征是以历史人物、事件为题材，以史鉴今，具有很强的现实批判精神和入世情怀；道教人物冲虚无为、避世隐居与之相

---

① （清）彭定求编，陈尚君补辑：《全唐诗》（增订本）卷853，第9714页。
② （宋）欧阳修，宋祁：《新唐书》卷196，第5594页。
③ （清）彭定求编，陈尚君补辑：《全唐诗》（增订本）卷853，第9715页。

冲突，因此很难成为诗人的吟咏对象。吴筠咏史诗将历史上的道教人物纳入吟咏范围，大大拓展了咏史诗的创作空间和吟咏对象，并且表现出浓厚的道教特征，这应该引起我们关注。

除了道教人物外，吴筠还对历史上的著名隐士进行颂扬。他希望借此来批判当时社会上的伪隐之风，同时也在表明心迹，期许自己能够抵达他们的修持境界。如《高士咏》其三《许先生》云：

> 大名贤所尚，宝位圣所珍。皎皎许仲武，遗之若纤尘。弃瓢箕山下，洗耳颍水滨。物外两寂寞，独与玄冥均。①

东汉蔡邕《琴操·河间杂歌·箕山操》曾称："许由者，古之贞固之士也，尧时为布衣，夏则巢居，冬则穴处，饥则仍（依）山而食，渴则仍（依）河而饮，无杯器，常以手捧水而饮之。人见其无器，以一瓢遗之，由操饮毕，以瓢挂树，风吹树动，历历有声，由以为烦扰，遂取损之。"②西晋皇甫谧《高士传·许由》又载："尧让天下于许由……尧又召为九州长，由不欲闻之，洗耳于颍水滨。时其友巢父牵犊欲饮之，见由洗耳，问其故。对曰：'尧欲召我为九州长，恶闻其声，是故洗耳。'"③吴筠此诗引用许由传说，主要抓住"弃瓢"和"洗耳"两个典型情节，以寄托其出世的情操，并由此赞美像许由那样洁身自爱、不求名利、昂然归隐、安贫乐道的伟大而独立的人格和精神。《高士咏·韩康》则

---

① （清）彭定求编，陈尚君补辑：《全唐诗》（增订本）卷853，第9714页。
② （汉）蔡邕：《琴操》，中华书局，1985年，第13页。
③ （晋）皇甫谧：《高士传》，中华书局，1985年，第13—14页。

通过对道教修仙者的咏颂来反讽当时社会妄想走"终南捷径"的虚伪修道者:"伯休抱遐心,隐括自为美。卖药不二价,有名反深耻。安能受玄纁,秉愿终素履。逃遁从所尚,萧萧绝尘轨。"① 韩康是汉末隐士,以卖药为生,汉帝屡召而不赴,认为名利是累赘而宁愿白衣隐遁。其笔下的"臧丈人""接舆""子綦""向子平""严子陵""庞德公"等均是像许由、韩康那样不求闻达却名扬青史的隐逸高士。作者塑造和称颂这些具有独特形象和鲜明个性的历史人物,其目的在于阐释其对道教教义的精深体会,并衬托其内心树立且渴望达到的高道大德、神仙标准。

吴筠的山水诗往往着力表现他对俗世间功名的淡泊之感。在这类诗中,我们看不到作者对俗世的牵挂、对功名的眷恋,取而代之的是寄情山水、永谢人寰的决心。如其《游庐山五老峰》云:"彭蠡隐深翠,沧波照芙蓉。日初金光满,景落黛色浓。云外听猿鸟,烟中见杉松。自然符幽情,潇洒惬所从。整策务探讨,嬉游任从容。玉膏正滴沥,瑶草多芊茸。羽人栖层崖,道合乃一逢。挥手欲轻举,为余扣琼钟。空香清人心,正气信有宗。永用谢物累,吾将乘鸾龙。"② 诗中采取移步换景的写作方法,由远及近,先从湖面上的日出之色、云外的猿鸟之声、雾中松杉之貌入手,接着描绘苍翠欲滴的膏脂和沁人心脾的香草,最后将视点聚焦于屋崖修道的羽人,以道士形象点出仙境之美,从而生发出轻举飞升的道教之思。在写作思路和艺术特征方面,酷似谢灵运的山水诗。清人王夫之在《唐诗评选》卷二曾称此诗:"秀炼无懈笔。亦两折体也,而得纯净。'日初金光满',唐人极顶句也,乃正得二

---

① (清)彭定求编,陈尚君补辑:《全唐诗》(增订本)卷853,第9721页。
② (清)彭定求编,陈尚君补辑:《全唐诗》(增订本)卷853,第9711页。

谢余泽。"① 他的山水诗经常透露出诗人迫切想要远离人事，逍遥于自然万物间以及修炼升仙的愿望。如其《登北固山望海》云："云生蓬莱岛，日出扶桑枝。万里混一色，焉能分两仪。愿言策烟驾，缥缈寻安期。挥手谢人境，吾将从此辞。"②又如《秋日彭蠡湖中观庐山》："超然契清赏，目醉心悠哉。董氏出六合，王君升九垓。谁言旷暇祀，庶可相追陪。从此永栖托，拂衣谢浮埃。"③在吴筠的山水诗中，我们可以感受到他对自然山水的热爱之情，在心灵与自然山水不断融合下，他的身心都得到了极大的自由和放松。

关于吴筠诗歌的艺术特征，蒋寅曾指出："一是偏爱五言和古体，二是喜作联章组诗，三是浪漫的幻想色彩。"④纵览吴筠诗歌，均为五言诗，尤其偏爱五古与五律，吴筠五言古体诗共六十八首，占其诗歌总量的54%，五言律诗共五十二首，占其诗歌总量的41%。从题材上看，五古诗篇主要为游仙诗，五律诗篇主要为咏史诗，其中《高士咏》五十首全为五律。

在吴筠之前的咏史诗发展史上，联章组诗较为少见，主要有左思《咏史》八首、颜延之《五君咏》五首、陈子昂《蓟丘览古赠卢居士藏用》七首等。吴筠则大胆增加组诗的数量和篇幅，以五古、五律为体裁形式，分别写出了《览古》十四首、《高士咏》五十首等大型长篇组诗。尤其是《高士咏》以人名命题，一人一咏，体制庞大，规模前所未有。这对后世特别是晚唐大型咏史组

---

① （清）王夫之评选，五学太校点：《唐诗评选》卷2，文化艺术出版社，1997年，第67页。
② （清）彭定求编，陈尚君补辑：《全唐诗》（增订本）卷853，第9710页。
③ （清）彭定求编，陈尚君补辑：《全唐诗》（增订本）卷888，第10111页。
④ 蒋寅：《吴筠：道士诗人与道教诗》，载《宁波大学学报》1994年第2期。

诗的大量创作无疑具有开创之功。在其影响下，晚唐大型咏史组诗创作蔚为大观，如胡曾《咏史诗》一百五十首，孙元晏《六朝咏史诗》七十五首，汪遵《咏史》五十八首，周昙《咏史诗》一百九十五首等。而吴筠的诗歌表现出的浪漫想象和幻想色彩则集中体现在其游仙诗和步虚词中，他在这类诗歌中往往通过对仙界事物的细致刻画来展示仙境的绚丽美好和神仙之可学可信。

吴筠的诗歌是其体道的工具，带有鲜明的道教色彩。"吴筠主张'言有道'，即文学创作要以表现和承载道家、道教，甚至天地万物之'道'为使命、为职责。"① 权德舆曾在《宗玄先生文集·序》中云："道之为物，无不由也，无不贯也，而况本于玄览，发为至言。"并以"大率以啬神挫锐为本"来评价吴筠的诗歌特色。②"啬神挫锐"可谓吴筠道教修炼思想的精辟概括，主要指修道主体要做到爱惜精神，养精蓄锐，和光同尘，复归拙朴老成的状态。"啬神"是养生之第一要义，"少费即谓啬"，所谓啬神就是爱惜精神。韩非子在《老子》"治人、事天莫若啬"的观点影响下，提出了"啬神养生"，要求人们要适当运动和平静，不要思虑过多，要珍惜智慧，爱惜精神。"挫锐"指去除尖锋、抹平棱角，是一种趋于平和的心性修炼，语出《老子》第四章："道冲，而用之、或不盈。渊乎似万物之宗。挫其锐，解其纷，和其光，同其尘。湛兮，似或存。吾不知谁之子，象帝之先。"③ 吴筠将这一养生修道之方运用到诗歌创作之中，既注重作者写作构思过程中精神饱满、全神贯注，也标举文学作品老练沉稳、圆融娴熟的特征。吴筠的诗歌以"道"作为归宿，寻求自由无束的生活，怀抱自然山水，逍

---

① 蒋振华：《唐宋道教文学思想史》，岳麓书社，2009年，第167页。
② 《道藏》第23册，第653页。
③ 陈鼓应：《老子注译及评介》，中华书局，1984年，第75页。

遥于天地间，在山水间与道冥合。无论是在他的游仙诗、咏史诗还是山水诗中，都或多或少地带有他对道教的体会，对道教思想的理解。

最后，吴筠的诗歌富有强烈的主观色彩和自我意识。吴筠在哲学上极力反对儒家的天道观和命定观，主张道教"我命在我不在天"的命运观，这一观念在其诗歌创作中留下了深深的烙印。吴筠在诗歌中强调主观能动性，"我""予""吾"等字眼经常出现其中，尤其是游仙诗，如"真童已相迓，为我清宿雾"（《游仙诗》其八）；"导我升绛府，长驱出天杪"（《游仙诗》其九）；"使我跻阳源，其来自阴功"（《步虚词》其一）；"腾我八景舆，威迟入天门"（《步虚词》其九）；"予因诣金母，飞盖超西极"（《游仙诗》其十）；"予升至阳元，欲憩明霞馆"（《游仙诗》其十四）；"予招三清友，迥出九天上"（《游仙诗》其二十二）；"焉用过洞庭，吾其越来陵"（《游仙诗》其五）；"吾观太史公，可谓识道规"（《览古》其十一）；"吾将询上帝，寥廓讵跻彻"（《览古》其十四）；等等①。均以自我形象为中心，构建有"我"之境。

综上所述，吴筠作为唐代重要的道教诗人，他的诗歌对游仙诗、步虚词、联章咏史组诗等题材和形式均做出了一定贡献，且有着较高的艺术成就，在唐代诗歌史和道教文学史上应有其独特的地位。

## 第三节 吴筠的论体文与赋作

吴筠的文学创作除了颇为时人和后世称赞的诗歌作品外，还包括具有相当数量且富于一定形象性和文学色彩的论体文和辞赋。

---

① （清）彭定求编，陈尚君补辑：《全唐诗》（增订本）卷853，第9705、9705、9709、9710、9705、9706、9706、9705、9708、9709页。

## 一、吴筠的论体文

刘勰《文心雕龙·论说》:"论也者,弥纶群言,而研精一理者也。"① 吴筠的论体文严守刘氏所言的文体规范,对道教的义理阐释颇为精深。吴筠的论体文主要阐述其修道思想,散见于《道藏》中的《玄纲论》《心目论》《形神可固论》《神仙可学论》等是其主要代表。在这些作品中,吴筠综合了天道、人道和仙道三方面,构筑了较为完备的修道理论。

吴筠《玄纲论》共三十三章,分为上、中、下三篇。上篇九章,明道德,阐述道体。中篇十五章,辨法教,主要说明道教修炼方术。下篇九章,析凝滞,用问答体形式解答世人疑惑,申述神仙信仰之不诬。唐玄宗十分赞赏《玄纲论》,曾在《玄宗答吴筠进玄纲论批》中云:"尊师迹参洞府,心契冲冥,故能够词省旨奥、义博文精,足以宏阐格言、发明幽致。朕恭乘祖业,式播玄风,览此真筌,深符梦想,岂惟披玩无斁,将以启迪虚怀。其所进之文,用列于篇籍也。"② 吴筠《玄纲论》在艺术上不仅有"词省旨奥、文博义精"的特征,还采用比喻、象征等修辞手法,使其论述具有形象性,如《玄纲论》下篇《道无弃物章》中云:

> 龙之与鱼,同育于水,明之与暗,俱生于道,龙则兴云施雨,出有入无,鱼则在藻而乐,失泉而枯。龙则得水之妙而能化于水,鱼不得水之妙而不能化于水也。上士则栖神炼气,逸于霄汉之上;下士则伐性损寿,沦

---

① (南朝梁)刘勰,范文澜注:《文心雕龙注》,人民文学出版社,1958年,第327页。
② (清)陈鸿墀:《全唐文纪事》卷107,中华书局,1959年,第1303页。

乎幽壤之下。上士得道之妙而能化于道，下士不得道之妙而不能化于道也。故鱼不知水之生乎已而弃之，非水之弃鱼也。人不知道之生乎已而弃之，非道之弃人也。①

道教认为："一切众生，皆有成道之性。"②吴筠继承这一论断，提出了"物自道生，道无弃物"的主张，并用龙、鱼和水的关系巧妙地做了解释：龙和鱼同生长在水中，龙深解水于己的妙处，故能与水相融相即，而鱼不知水之妙处而弃之，恰似人由道生，解道之妙者修道成仙，弃道叛道者泯然众人。每个人都有成道的可能，即所谓道无弃物，但每个人对道的态度不同，结果也有差别，正如龙、鱼对于水的态度。不能得道的人，是因为自身抛弃了成仙的可能。当然，仅仅凭借先天的道性而忽视后天的修炼，同样不能得道成仙。"有骨而不学者，亦如有材而无工。故金藏于矿也，不冶而为石；道在于人也，不炼而为凡，虽无骨而不仙，亦不可恃骨而待轻举也。"③若只因天生有仙骨，就认为不用修炼就能成仙，无异于有金矿而不冶炼。上述论述采用文学化的修辞方法，使抽象、深奥的道教学说具体化、浅显化，给人留下深刻的印象，有利于学道者接受和体味。

《心目论》是一篇关于认识论与生命终极关怀问题的奇文。全文假托"心"与"目"的对话，来探究心与目在认识中的功用问题，以及认识主体的生理构造与认识有何关系的问题。吴筠认为："人之所生者神，所托者形。方寸之中，实曰灵府，静则神生而形和，躁则神劳而形弊，深根宁极，可以修其性情哉。"由此提出修

---

① （唐）吴筠：《玄纲论》，《道藏》第23册，第681页。
② （唐）佚名：《洞玄灵宝左玄论》，《道藏》第24册，第923页。
③ （唐）吴筠：《玄纲论》，《道藏》第23册，第681页。

炼时应处理好形神关系、心静与心躁的利弊问题，肯定心静则形神和谐协调，心动则形神分离凋零，标举其主静去动的认识论与修道论主张。又云"动神者心，乱心者目"，目乱心，心动神，"失真离本，莫甚于兹"，因此他借心与目的互辩达到"遣滞清神"：

> 心希无为，而目乱之，乃让目曰：予欲忘情而隐逸，率性而希夷，偃乎太和之宇，行乎四达之达，出乎生死之域，入乎神明之极，乘混沌以遐逝，与汗漫而无际。何为吾方止，若且视，吾方清，若且营，览万象以汩予之正，悦美色以沧予之精，底我邈邈于无见，熙熙于流眄，摇荡于春台，悲凉于秋甸。凝燕壤以情竦，望吴门而发变，瞻楚国以永怀，俯齐郊而泣恋，繄庶念之为感，皆寸眸之所眩。虽身耽美饰，口欲厚味，耳欢好音，鼻悦芳气，动予之甚，皆尔之谓，故为我之尤，职尔之由，非尔之怼，而谁之仇乎？①

心原本是清静无为、淡泊自然的，不料目却对外面的世界应接不暇，打乱了心的无为静止状态，引发心的贪欲，使其心猿意马。于是"心"大发雷霆，教训了"目"，表达对目总被外界吸引的不满。道教历来反对"多视"外界，老子早就提出"五色令人目盲"（《道德经》第十二章），陶弘景《养性延命录》卷上继承老子学说云："多视令人目盲。"其《真诰》卷二也持此论，反对眼睛多看："眼者身之镜……视多则镜昏。"② 杜光庭《仙传拾遗》

---

① （唐）吴筠：《心目论》，《道藏》第23册，第661—662页。
② （南朝梁）陶弘景：《真诰》，中华书局，1985年，第19页。

亦云："月支使者谓（汉）武帝曰：'眼多视则贪恣。'"① 由目所摄入的花花世界引起心的贪欲和烦乱，初看上去，确是如此，但心由平静转为波澜的结果也不能全部怪罪于目，于是，目开始反唇相讥：

> 目乃忿然而应之曰：子不闻一人御域，九有承式，理由上正，乱非下忒。故尧俗可封，桀众可殛，彼殊方而异类，犹咸顺乎帝则。统形之主，心为灵府，逆则予舍，顺则予取，嘉祥以之招，悔吝以之聚。故君人者制理于未乱，存道者克念于未散，安有四海分崩而后伐叛，五情播越而能贞观者乎？曷不息尔之机，全尔之徼，而乃辩之以物我，照之以是非，欣其荣，戚其辱，畅于有余，悲于不足，风举云逝，星奔电倏，纷沦鼓舞，以激所欲。既汨其真，而混其神，乖天心而悖天均，焉得不溺于造物之景，迷于自然之津哉？故俾予于役，应尔之适，既婴斯垢，反以我为咎。嗟乎嗟乎，何弊之有！②

目指责心本为统形之主，取舍皆在于心，却不能把握自己，"乖天心而悖天均"，"迷于自然之津"，反而推卸责任于目，难以令人信服。这是强调心在人体器官中居统治地位，一旦认识发生偏差，心负有不可推卸的责任。目是由心来规定的，感觉是由思维控制的。五色令人眼花缭乱，但是只要人心静观不动，则世俗杂念自然化去，与己无关。上述这番话后："心乃愀然久焉，复谓目曰：顾予与尔，谁明其旨，何隐见之隔，而玄同若此。既庶物

---

① （宋）陈葆光：《三洞群仙录》卷13，引《道藏》第32册，第319页。
② （唐）吴筠：《心目论》，《道藏》第23册，第662页。

之为患，今将择其所履，相与超尘烦之强，陟清寂之乡，餐颢气，吸晨光，咀瑶华，漱琼浆。斯将期灵化于羽翼，出云霞而翱翔，上升三清，下绝八荒，托松乔以结友，偕天地以为常，何毁誉之能及，何取舍之足忘，谅予图之若兹，其告尔以否臧。"① 此处之"物"指目所见的外物。在这个意义上说，吴筠探讨的心目论也可说是心物论，即内心与外物之间的关系，主张心的主导地位，以及不为物动的道心。这与司马承祯《坐忘论·收心》颇为相似："心不受外名曰虚心，心不逐外名曰安心，心安而虚，道自来居。"②

本文此后还有两段，前段写目进一步说明心必须"忘形静寂""泊然而常处"，以追求"希夷之体"；后段写心听了之后，"释然于众虑，凝澹于犹豫，澄之而徐清，用之而不遽"③，并由衷感谢目的教诲，决定要"与自然而作侣，将无欲以为朋"，与"道"合一。

就艺术形式而言，这篇一千四百余字的论体文具有较强的文学性，虽然主要论述道教认识论中"心"与"目"之关系，宣扬主静去躁的道教炼养心态，但由于采用了对话体的形式和拟人化的手法，增加了文章的形象性和生动性，少了几分说教气和晦涩色彩，由此具有一定的可读性和趣味性。在语言表达方面，该文大量采用骈偶句式，对仗工稳，排比整齐，再以变换韵脚呈现其变化之美，从而达到骈散结合、富有节奏的行文风格。总体来说，本文语言质朴无华，但作者通过植入典故，如"玄元挫锐以观妙，文宣废心而用形，轩帝得之于罔象，广成契之于杳冥，颜回坐忘

---

① （唐）吴筠：《心目论》，《道藏》第23册，第662页。
② 《道藏》第22册，第893页。
③ （唐）吴筠：《心目论》，《道藏》第23册，第662页。

以大通，庄生相天而能精"①，不仅提供了充分的论据，而且使文章语言趋于简练化和典雅化。

吴筠的论体文还具有强烈的现实色彩和社会功用。针对当时激烈而尖锐的佛、道斗争和论衡形势，吴筠在《形神可固论·养形》中云："有此形骸而不能守养之，但拟取余长之财，设斋铸佛，行道吟咏，祈祷鬼神以固形骸，还同止沸加薪，缉纱为缕，岂有得之者乎？"②显然，对于佛教设斋铸佛、吟诵佛经，吴筠是持贬抑态度的。他认为佛虚幻不真，参佛诵经不仅浪费钱财，且于长生无补。因此，他主张否定一切偶像，而应守养自身，发挥人自身的潜力，向内心去寻求精神解脱。他还在该书中强调形神合一："常念餐元精，炼液固形质，胎息静百关，寥寥究三便，泥丸洞明景，遂成金华仙。此可与天地齐寿，日月齐明矣"。"天地生万物，万物剖氤氲，一气而生矣。故天得一自然清，地得一自然宁，长而久也。人得一气，何不与天地齐寿。"③人如果能够得气合道，即可成为与天齐寿的仙人。由于道教外丹服食致人毒亡，时人对道教神仙学说产生了怀疑，吴筠继承葛洪《抱朴子内篇·勤求》"仙之可学致"的道教神仙思想，提出"神仙可学论"，为积学成仙理论提供了极大的可信度，扭转了早期道教外炼金丹追求长生的方法，而转向以炼养体内精、气、神为内容的路向。在唐代重视外丹、炼制长生仙药之风盛行之时，吴筠却重视内丹修炼，对后世内丹道教的发展有一定影响。吴筠在《神仙可学论》中还提出了修成仙道的基本原则，阐释了修道者登真离俗必备的观念和涵养，如"七近""七远"学说。"七近"指七种接近成仙

---

① （唐）吴筠：《心目论》，《道藏》第23册，第662页。
② （唐）吴筠：《形神可固论》，《道藏》第23册，第663页。
③ （唐）吴筠：《形神可固论》，《道藏》第23册，第663页。

的修炼境界,为修道成仙指明了方向,包括"清静无为""不慕荣华""精心修道""安贫乐道""静以安身""改过自新"和"忠孝真廉"。"七远"指七种远离仙道的情形,主要针对修道认识、方法、意志等方面的错误而言,包括"遗形论""有限论""存亡论""声色论""晚修论""金丹论""形式论"。他认为,学道者必须"放彼七远,取此七近",才能成为"表里兼济,形神俱超"① 的神仙。吴筠这些论体文所承载的学说代表了唐代道教上清派的理论水平,预示着当时道教修炼重心的转移,可谓内丹道的理论先驱。

### 二、吴筠的赋体创作

吴筠《宗玄先生文集》中收录了八篇赋作,分别为《岩栖赋》《逸人赋》《登真赋》《思还淳赋》《竹赋》《庐山云液泉赋》《玄猿赋》《洗心赋》。马积高先生《赋史》认为:"唐代释子、道士多能诗,赋则首推吴筠。"② 就写作目的而言,均是采用赋的形式宣传道教宗旨,歌咏道教人物和隐居求仙的生活,赞美仙境的华艳奇诡、虚无缥缈,以激励人们离世而求仙合道。就其题材内容而言,这些作品又大致可分为三类。

第一,企慕隐逸,追求仙道。这类作品包括《岩栖赋》和《逸人赋》。《岩栖赋》先描绘岩栖之处的自然环境:"缭崇峦,横峻谷,激泌泉,罗森木,后巍巍以萦纡,前参差而耸伏。"接着展现岩栖之生活状态:"追阴壑之夏凉,偃阳崖之冬燠,美劲节于松筠,玩幽芳于兰菊。虚籁清耳,闲云莹目,因海鹤以警夜,任鹍鸡以知旭,虑静于无扰,神恬于寡欲。"结尾进一步突出隐逸之主

---

① (唐)吴筠:《神仙可学论》,《道藏》第23册,第661页。
② 马积高:《赋史》,上海古籍出版社,1987年,第303页。

旨:"韵靡叶于当时,心常依于古人,仰巢由浩浩之逸轨,咏羲农默默之化淳。师黄老之玄奥,友松乔之道真,惭无功之逮物,良独善于吾身,祇所幸其自得,敢韬精于隐沦。"① 表达了作者希望解除尘世的束缚,向往澹心契道的隐居生活。在立意构思上,实有谢灵运《山居赋》之风范;在言志抒怀上,又有陶渊明《归去来兮辞》之精髓。② 吴筠赋作中篇幅最长的《逸人赋》则采用赋体常用的主客问答形式,借助真隐先生与玩世公子的对话,阐述了作者对隐逸的高度赞扬。真隐先生是一位"体旷容寂,神清气冲,迥出尘表,深观化宗","以道德为林囿,永逍遥于其中"的隐士。玩世公子向真隐先生询问出处异同,认为"静为物轨,动为人则。可见故不隐,可言故无默",反对隐逸山林。真隐先生的回答围绕"韬精保真"反复强调隐逸不仕。因为客观社会环境不适合士人入世,只能"守嘉遁之元吉,从少微之隐沦"。作者借此表达对当时社会的不满,对于"沽名于白贲,衔迹于青山,觊蒲轮于谷口,希束帛于云关"③ 的假隐士,也给予了严厉的批评。

第二,咏物写志的抒情小赋。主要有《竹赋》《庐山云液泉赋》《玄猿赋》。《竹赋》将竹子的生长特点、功能、品行人格和节操完美结合,既可见竹之情状,又可见人之品德。正所谓"契道合虚,表贞示节"。赋末"靡不劲坚其性,葱蒨厥色,不规而圆,不揉而直"④,采用比兴手法,更是将一个坚贞、刚毅、挺拔、清幽、有节的翠竹与坚韧不屈、高尚、正直、耿介的隐士形象混融为一。吴筠避乱庐山时写的《庐山云液泉赋》则描绘云液泉"沍寒不为之损,暑雨不为之增",在"汪汪洪波久已竭,耿耿瀑布今

---

① 《道藏》第23册,第654页。
② 蒋振华:《唐宋道教文学思想史》,第169—170页。
③ 《道藏》第23册,第655—656页。
④ 《道藏》第23册,第654页。

亦绝"① 的情况下也涌流不竭、自然流淌的情状和形态，借此象征为人处世泰然自若、处变不惊、舒卷自然的隐士心态。马积高先生也曾精辟地指出，此赋"颇多从容闲适之趣，文辞则清新自然，颇与李白相类"②。同样创作于此时的《玄猿赋》则以猿猴的形象为写作线索，通过对其居住环境和生存要求的描写凸显它的价值，玄猿春食英，秋食实，不犯稼穑，深栖山林，"寿同灵鹤，性合君子"③。刻画的是具有君子性情的玄猿，由此推演人类为生存而取舍的现象，揭示"无用乃大用"的老庄式人生观，表现了作者不慕名利、乐在山林、遁身避祸的处世理念。

第三，求仙倡道之作。这类作品有《登真赋》《思还淳赋》和《洗心赋》。《登真赋》主要通过叙述仰慕仙境、逍遥登真的遐想，呈现出一个五彩缤纷、绚丽多姿的神仙世界，借此表达神仙实有、仙学可致的道教思想。"悟世促而道永，知名疏而体亲。遂忘机而灭迹，方炼骨而清神……或跻绮合之榭，或宴圆华之房。蹑太漠之清迥，弄明霞之焜煌。仰瑶岭之嵯峨，俯碧津之汤汤。罗绛树之杳蔼，激神风之玲琅。何至乐之靡极，永逍遥以为常。"④ 通过对仙境的大量描绘，使人感觉到世间的一切浮名都不足为恃，只有"道"才值得永恒追求，同时，唯有坚持不懈地修炼，才能达到"神清心恬，羽化登仙"之境。《思还淳赋》则是一篇抨击佛教的战斗檄文。吴筠针对唐代日益激烈的三教斗争，以道教为本，并借助儒家思想，指出佛教自传入中国后，"噬儒吞道"，"华夏之礼废，边荒之风扇"，并从政治、经济、文化诸方面逐一列举了佛教带来的弊端。他还特别指出佛教"抑帝掩王"，历史上崇佛之主

---

① （清）董诰等：《全唐文》卷925，第9643页。
② 马积高：《赋史》，第304页。
③ 《道藏》第23册，第659页。
④ 《道藏》第23册，第658页。

"靡不兴之者灭，废之者昌"，由此，吴筠认为应该"荡遗袄于千载"，借助道教的威力，然后"人伦可以顺化，神道可以永贞，变讹僻之俗，为雍熙之旺"，因而提出了"还淳"于"道"的建议。① 吴筠《洗心赋》以"洗心"历程为线索，结合自己不寻常的人生经历，云："尝甄道以谋己，考往哲之所经。资忠孝与仁义，保存殁之令名。伊周功格于皇天，孔墨道济于生灵。始崇崇于可久，终寂寂而何成。唯闻松乔之高流，超乎世表以永贞。意禀受之使然，固修炼之所得。"吴筠在强调修身养性、超然脱俗思想的同时，指出修道之人与世俗之人审美观的不同："人耽厚味与华饰，吾不知其所美也。于是远尘境，栖云岑。洁其形，清其心。方冀睹杳冥之状，闻虚寂之音。真人居高以流惠，正气无远而见寻。鉴双景之皎皎，翼万灵之森森。莹丹宫之神光，漱玉池之灵液，修五纬以飞奔，蹈七元而纵历。阳晶晔以景萃，阴滓涣而冰释。体因用而弥和，心有存而转寂。味玄旨以永日，讽灵篇以自怡。虽天路之辽夐，庶通感而可期。"认为往圣先贤想通过修德立功而不朽，但结果却往往事与愿违。只有那些修炼有成的高士，才能超脱世俗，逸然物外而永贞。俗人以声色滋味之感受为美，修道者则以逍遥超脱、精神自由为美。赋末"哀众人沦胥以徂谢，吾方独务于长生"② 可谓画龙点睛之笔。作者认为，只有抛弃世俗之美，与道契合，才可能体悟和品尝到得道成仙之乐。

总之，吴筠八篇赋体作品，均以大量的铺排描写及精心描摹的艺术形象，包含或寄寓深刻的思想主旨：离世而修道，成仙而全身。就语言而言，吴筠赋体最大的特征是善于引用典故。如《玄猿赋》"前志称周穆王南征，君子变为猿鹤，小人变为虫鱼"，

---

① 《道藏》第23册，第657页。
② 《道藏》第23册，第657—658页。

化用葛洪《抱朴子内篇·释滞》"三军之众,一朝尽化,君子为鹤,小人成沙"。①《玄猿赋》"时哉时哉"则直接引用《论语·乡党》;《竹赋》"笙镛以间,鸟兽跄跄"也是直接引用《尚书·益稷》之语句;《岩栖赋》"于是歌《考槃》于诗人,讽嘉《遁》于大《易》"则引《诗经》篇名入赋。吴筠的赋体作品无论题材内容、文化意蕴还是艺术手法,均具有独特的个性,在唐代道教文学和赋体发展史中,应具有一席之地。

---

① 王明:《抱朴子内篇校释》,第154页。

# 第五章　施肩吾的文学创作

施肩吾是中晚唐时期著名的道士诗人，其人、其诗在当时诗坛都颇具影响。他于元和十五年（820）进士及第，但由于性格及时代环境等方面的原因，最终没能走上仕途，此后选择归隐山林长期学道。施肩吾的入道经历很大程度上影响着他的诗歌创作，其诗歌无论是在内容上，还是在艺术特色上，都呈现鲜明的个性特征。

## 第一节　施肩吾的生平事迹

唐代道士施肩吾，生卒年不详①，字希圣，号栖真子，睦州分水（今浙江桐庐）人。② 曾著有专论气神形之旨的道教养生典籍《三住铭》，已佚，今人据《道枢·三住篇》《全唐文·座右铭》

---

① 关于施肩吾的生卒年份，史籍并无明确记载，今人亦莫衷一是。吴企明笺、陶敏补正：《唐才子传校笺》据施肩吾《寄李补阙》诗推断其"生年当在贞元四年（788）以前"（第5册，中华书局，2000年，第311页），卒年未提及；詹飘飘：《〈唐〉施肩吾生卒年限推断》（载《宁波教育学院学报》2012年第1期）暂定其生卒年为"唐德宗建中元年（780）至唐懿宗咸通二年（861）之间"。

② 关于施肩吾的籍贯，流传较广的是睦州说和洪州说。《唐诗纪事》《全唐诗话》《全唐诗》《全唐文》等均认为施肩吾是洪州人，其实洪州仅为其长期隐居之地。相比洪州说，证明施肩吾是睦州人的材料更为丰富，自宋代董弅《严陵集》，郑瑶、方仁英撰《景定严州续志》《新唐书·艺文志》后，历代多持睦州说，今人亦多从此说。参见傅璇琮《唐才子传校笺·施肩吾传》。

《三洞群仙录·肩吾三住》辑出，略加疏订。① 在文学方面，施肩吾诗名早著，曾作《闲居遣兴诗》一百韵，大行于时，今仅余残句；又有诗集《西山集》十卷，自为之序，亦已散佚。今《全唐诗》存其诗一卷，《全唐文》收其文五篇。②

施肩吾出身寒门，和当时的许多寒门子弟一样，苦读诗书多年，指望一朝金榜题名，实现政治抱负。但是，他的科举之路走得十分不易。元和中，施肩吾赴京参加科举考试，不幸落第。其《下第春游》诗云："羁情含蘖复含辛，泪眼看花只似尘。天遣春风领春色，不教分付与愁人。"③ 诗人心中泛苦、泪盈于眶，无法领略一分春色，连繁花都只似尘土一般——其落第的失意惆怅溢于言表。但施肩吾并未因此而气馁，元和十五年（820）④，他再次赴京赶考，终以《早春残雪诗》《太羹赋》登进士第。但是，寒门出身的施肩吾在仕途中举步维艰，竟无法谋求一官半职。万般无

---

① 参阅汪登伟：《唐施肩吾〈三住铭〉小考》，载《中国道教》2011年第1期。
② 此据傅璇琮《唐才子传校笺》，《全唐文》原收施肩吾文九篇，其中四篇证伪，余《太羹赋》《象樽赋》《与徐凝书》《述灵响词序》《养生辨疑诀》五篇。
③ （清）彭定求编，陈尚君补辑：《全唐诗》（增订本）卷494，第5654页。
④ 关于施肩吾的及第时间，主要有元和十年说、元和十五年二说。（五代）王定保《唐摭言》卷8"及第后隐居"条："施肩吾，元和十年及第，以洪州之西山乃十二真君羽化之地，灵迹具存，慕其真风，高蹈于此。尝赋《闲居遣兴》诗一百韵，大行于世。"（上海古籍出版社，1978年，第92页。）《唐诗纪事》《全唐诗》《全唐文》均持此说。（宋）王谠《唐语林》卷6："元和十五年，太常少卿李建知举，放进士二十九人。时崔瑕舍人与施肩吾同榜。肩吾寒进。为瑕瞽一目，曲江宴赋诗，肩吾云：'去古成叚，著虫为瑕。二十九人及第，五十七眼看花。'"（周勋初校证：《唐语林校证》下册，中华书局，1987年，第578页。）（五代）钱易《南部新书》亦载："施肩吾与赵瑕同年，不睦。瑕旧失一目，以假珠代其睛，故施嘲之曰：'二十九人同及第，五十七只眼看花。'元和十五年也。"辛文房《唐才子传》也从此说。又据清人徐松《登科记考》，元和十五年庚子科，试《早春残雪诗》。时知贡举为太常寺少卿李建，放进士二十九人，卢储为状元，施肩吾、郑亚、姚康、裴乾馀、崔瑕等为同科进士。加之施肩吾今存《早春残雪诗》，因此，笔者依元和十五年说。

奈之下,他只得向元和十五年(820)庚子试主考官李建①两度献诗求助。一诗为《上礼部侍郎陈情》:

> 九重城里无亲识,八百人中独姓施。弱羽飞时攒箭险,蹇驴行处薄冰危。晴天欲照盆难反,贫女如花镜不知。却向从来受恩地,再求青律变寒枝。②

此诗首联即以鲜明的对比突出了施肩吾在京城中的孤立无援:偌大一座"九重城",一个亲朋好友也"无";济济"八百"人中,"独"自己一人姓施。他就像"弱羽""蹇驴"一般,在京中四面楚歌、孤寂无依,心中恐惧而无助。他是多么想要沐浴皇恩、为上位者所赏识啊,奈何出身寒门无晋升途径。只能求助于恩师,盼再次垂怜,助自己谋得官职。另有一诗《寄西台李侍御》:"二千余里采琼瑰,到处伤心瓦砾堆。唯有绣衣周柱史,独将珠玉挂西台。"③ 此诗亦是施肩吾艰难处境的写照。他几经努力终于及第,以为总算苦尽甘来,能一展抱负,却落得个走投无路、"到处伤心瓦砾堆"的结果。他道出"唯有绣衣周柱史,独将珠玉挂西台"的悲愤之言,固然有对自己一身才华只得李建赏识的无奈,更有对其知遇之恩的感激,以及渴求再次获得提携。

这两首诗的背后,实际上反映了中晚唐时期的政治乱局中,权贵横行、寒门无依的现实;其中暗寓对权贵打压寒门的控诉和批判,也暗示了个人的无能为力与无望。面对此种境况,施肩吾心生厌倦,亦感到心灰意冷,于是不待除授即东归故里。临行,

---

① 李建(764—821),字杓直,荆州石首(今湖北石首)人。元和十五年(820),李建以太常少卿知礼部贡举。
② (清)彭定求编,陈尚君补辑:《全唐诗》(增订本)卷494,第5629页。
③ (清)彭定求编,陈尚君补辑:《全唐诗》(增订本)卷494,第5644页。

友人赋诗为之饯别，张籍《送施肩吾东归》诗云：

> 知君本是烟霞客，被荐因来城阙间。世业偏临七里濑，仙游多在四明山。早闻诗句传人遍，新得科名到处闲。惆怅灞亭相送去，云中琪树不同攀。①

从诗中不难体会到，对"本是烟霞客"的施肩吾而言，及第后"到处闲"的窘境，只会更进一步促成他归隐山林的选择。事实上，他少时即有隐居之志，曾居四明山学道求仙，有诗《忆四明山泉》《同诸隐者夜登四明山》《宿四明山》。

在亲身体会官场腐败、出仕无望之后，施肩吾不再留恋仕途。因慕洪州（今江西南昌）西山为十二真君羽化之地，他就此隐居山中，修炼求道。施肩吾在《述灵响词序》中曾说："即以开成三年（838）戊午岁起，自正月一日庚申闭户自修，不交人事，克期百日，方出静堂。虽五谷并绝，而五气长修，幸免瘦羸。不知饥渴。未逾月而神光照目，百灵集耳，精爽不昧，此三者皆应，则知仙经秘典，（言）不虚设也。"② 他在《西山集》序言中亦云："二十年辛苦烟萝松月下，或时学龟息，饮而不食，肠胃无滓，形神益清，见天地六合之奥。"③ 由此可知，施肩吾在西山学道修炼的时间至少在二十年以上。

施肩吾交游广泛，与同时代诗人孟简、张籍、徐凝等皆有来

---

① （清）彭定求编，陈尚君补辑：《全唐诗》（增订本）卷385，第4349—4350页。
② （清）董诰等：《全唐文》卷739，第7634—7635页。
③ 施肩吾：《西山集序》，（清）余成教：《石园诗话》卷2，（清）吴嵩梁、舒佐、余成教撰：《石溪舫诗话二卷 瓶水斋诗话（不分卷）石园诗话二卷》，新文丰出版公司，1987年，第185页。

往，隐居西山之后又常与道士、僧人一同游山玩水，行迹遍布大江南北。其中，施肩吾与徐凝有同乡之谊，相互之间多有唱和。施肩吾有诗《春日宴徐君池亭》《西山即事奉寄故园徐处士》记二人交往，徐凝亦有诗《八月灯夕寄游越施秀才》《回施先辈见寄二首》予以赠答。施肩吾隐居之后，仍与友人保持联系。他曾给徐凝写了一封信，言辞恳切，谈及内心所想"仆虽幸忝成名，自知命薄，遂栖心元（玄）门，养性林壑"①。从中不难窥见施肩吾对自身"命薄"的不甘。实际上，面对个人之力难以挽回的时代困境，他的归隐未尝不是一种对现实的妥协与逃避。

施肩吾归隐之后事迹难寻。人们根据他的一首小诗《岛夷行》以及一些现存史料，认为施肩吾于唐中叶率族迁居澎湖，对当地的早期开发做出了积极贡献，堪称"民间开发澎湖第一人"。诗云："腥臊海边多鬼市，岛夷居处无乡里。黑皮年少学采珠，手把生犀照咸水。"诗中的"腥臊海边""鬼市""黑皮年少""采珠""咸水"等描写，似乎皆是海岛风情人事的写照，但这并不意味着诗人确实亲身去了台湾，更可能是他在游历浙东时，在明州等地的海边听到了一些传闻，于是根据这些传闻并掺以想象，创作了《岛夷行》。

---

① 施肩吾：《与徐凝书》，《全唐文》卷739，第7632页。

## 第二节　施肩吾诗歌的内在意蕴

施肩吾是"睦州诗派"的主要成员之一①，诗作颇多。《新唐书·艺文志》载"施肩吾诗集十卷"②，南宋晁公武《郡斋读书志·别集类中》称"施肩吾《西山集》五卷"③，《全唐诗》卷四百九十四收其诗歌一百九十八首，其中《西山静中吟》疑伪，计一百九十七首；《全唐诗续补遗》卷六据宋董棻《严陵集》补诗七首；《全唐诗续拾》卷二十七补诗三首，其中《太白经附颂》疑伪，计二首——存诗共计二百零六首。另《全唐诗》有十四残联二残句，《全唐诗逸》补一残联，《全唐诗续拾》补一残联。④

施肩吾才华横溢，对其文学作品颇为自负。如其《咏山魈》诗云："山魈本是伍家奴，何事今为圣者呼？小鬼不须乖去就，国家才子号肩吾。"⑤ 施肩吾诗歌题材十分丰富。在诗人笔下，有仕途生活的苦与乐，有隐逸修行的闲适与孤寂，有山川景物的壮美与幽谧，有即事即人的咏怀和讽喻，有友人间的赠别与酬唱，更

---

① （宋）谢翱《晞发集》卷10"睦州诗派序"："惟新定自元和至咸通间，以诗名凡十人，视他郡为最。施处士肩吾、方先生干、李建州频、喻校书凫，世并有集。翁征君洮，有集，藏于家。章协律八元、徐处士凝、周生朴、喻生坦之，并有诗，见唐《间气》及《文苑》诸书。皇甫推官以文章受业韩门。翱客睦，与学为诗者，推唐人以至魏汉，或解或否，无以答。友人翁衡取十先生编为集，名曰睦州诗派，以示翱。"明人宋濂《故诗人徐方舟墓铭》亦载："先是睦之诗人，唐有皇甫湜、方干、徐凝、李频、施肩吾，宋有高师鲁、滕元秀，世号为睦州诗派。"可参尹占华：《评睦州诗派》，载《贵阳学院学报》（社会科学版）2010 年第 1 期。

② （宋）欧阳修，宋祁：《新唐书》卷 60，第 1612 页。

③ （宋）晁公武撰，孙猛校证：《郡斋读书志校证》，第 904 页。

④ 此据版本为（清）彭定求编，陈尚君补辑：《全唐诗》（增订本），中华书局，1999 年。

⑤ 《全唐诗续拾》卷 27，第 11292 页。

有女儿们的纯情与闺怨。总体来看,其诗大致可分为赠答酬唱、游赏咏物、闺怨艳情、修道隐逸四大类。

其一,赠答酬唱诗。施肩吾与友人、僧道之间多有赠答酬唱。其交游诗共计五十余首,约占存诗的四分之一,是施诗中数量最多的一类作品。如其《酬张明府》诗云:"潘令新诗忽寄来,分明绣段对花开。此时欲醉红楼里,正被歌人劝一杯。"① 把友人比作西晋时才貌双全的潘岳,更赞颂友人之诗才如锦缎般华美。其《旅次文水县喜遇李少府》诗云:"为君三日废行程,一县官人是酒朋。共忆襄阳同醉处,尚书坐上纳银觥。"② 写旅途中友人相逢之惊喜、酒席上共忆往事之酣畅。其《喜友再相逢》诗云:"三十年前与君别,可怜容色夺花红。谁知日月相催促,此度见君成老翁。"③ 寥寥数语,写尽友人久违重逢的欣喜,以及因对方容颜老去而生出的伤感之情。更有诸多与道士、僧人的赠答之作,如其《春日题罗处士山舍》云:"乱叠千峰掩翠微,高人爱此自忘机。春风若扫阶前地,便是山花带锦飞。"④ 写诗人访罗处士山舍时所观之景,为其隐居环境之幽静而感到羡慕。其《寄四明山子》诗云:"高栖只在千峰里,尘世望君那得知。长忆去年风雨夜,向君窗下听猿时。"⑤ 写四明山隐士高栖山中、不染尘埃,诗人不禁心生向往,又回忆起与之一同修行的日子。

施肩吾的送别诗亦可见其对友人的敦厚之情。如其《送人南游》:"见说南行偏不易,中途莫忘寄书频。凌空瘴气堕飞鸟,解语山魈恼病人。闽县绿娥能引客,泉州乌药好防身。异花奇竹分

---

① (清)彭定求编,陈尚君补辑:《全唐诗》(增订本)卷494,第5657页。
② (清)彭定求编,陈尚君补辑:《全唐诗》(增订本)卷494,第5645页。
③ (清)彭定求编,陈尚君补辑:《全唐诗》(增订本)卷494,第5639页。
④ (清)彭定求编,陈尚君补辑:《全唐诗》(增订本)卷494,第5651页。
⑤ (清)彭定求编,陈尚君补辑:《全唐诗》(增订本)卷494,第5649页。

明看，待汝归来画取真。"① 诗人以诗寄情，对临别友人殷殷嘱咐：此去路途遥远难行，要常常寄书信报平安；多多注意防备岭南厚重的瘴气和顽劣的山魈；牢牢记住闽县的绿娥、泉州的乌药均能给你以便利；尽情观赏那儿的奇花异草吧，待你回来，我们再一同把岭南奇特的景色描画出来，细细欣赏。字字句句，皆可品出诗人对友人的关怀备至。此外，他也有送别方外人士的作品，如《送道友游山》云："欲驻如今未老形，万重山上九芝清。君今若问采芝路，踏水踏云攀杳冥。"② 写道友将要踏云登天，去寻那使人长生不老的灵药了。其《送僧游越》云："麻衣年少雪为颜，却笑孤云未是闲。此去若逢花柳月，栖禅莫向苎罗山。"③ 写诗人送别即将游越的僧人时，戏谑地叮嘱对方不要被苎罗山的佳人绊住脚步。

其二，游赏咏物诗。施肩吾时常出行游历，有时也爱独自观景赏物。他为此多有赋诗，以记旅游行迹，或以写景咏物。施肩吾曾与友人同游，如诗《同诸隐者夜登四明山》所记："半夜寻幽上四明，手攀松桂触云行。相呼已到无人境，何处玉箫吹一声。"④ 亦曾独自于早春时节游览曲江的美景："芳处亦将枯槁同，应缘造化未施功。羲和若拟动炉鞴，先铸曲江千树红。"⑤ 再如其诗《及第后过扬子江》：

忆昔将贡年，抱愁此江边。鱼龙互闪烁，黑浪高于

---

① （清）彭定求编，陈尚君补辑：《全唐诗》（增订本）卷494，第5628页。
② （清）彭定求编，陈尚君补辑：《全唐诗》（增订本）卷494，第5650页。
③ （清）彭定求编，陈尚君补辑：《全唐诗》（增订本）卷494，第5654页。
④ （清）彭定求编，陈尚君补辑：《全唐诗》（增订本）卷494，第5655页。
⑤ （唐）施肩吾：《早春游曲江》，《全唐诗》（增订本）卷494，第5652页。

天。今日步春草，复来经此道。江神也世情，为我风色好。①

作者及第后东归，途中经过扬子江，回忆起当年落第经过此地时"黑浪"翻滚、天气恶劣的境况；而今却连江神都恭恭敬敬，不敢兴风作浪，江畔一片美好风光。在此，诗人前后截然不同的遭遇对比鲜明，耐人寻味。南宋葛立方曾将结句与曹唐同时且同乡的曹邺《杏园即席上同年》诗句作比，认为："'白日探得珠，不待骊龙睡。匆匆出九衢，童仆颜色异'是生敬于童仆也。施肩吾《及第诗》云：'今日步春草，复来经此道。江神也世情，为我风色好'。是改观于江神也。盖其心之喜自生疑尔，童仆江神岂遽如是哉！"② 二者在立意构思方面有异曲同工之妙，将及第前后的心态鲜明地呈现出来，典雅而不失形象性，其中的"江神"与"童仆"作用颇为相似，一词看尽世情冷暖！明人谢榛曾评价此诗云："凡作诗要知变俗为雅，易浅为深，则不失正宗矣。因观于濆《沙场》诗：'士卒浣征衣，交河水流血。'施肩吾《及第后过江》诗：'江神亦世情，为我风色好。'二作如此。胡不云'战士浣征衣，忽变交河色'，'尚忆布衣归，江神亦风浪'，庶得稳帖。"③

施肩吾亦赋有多篇写景诗，风格奇丽。如其《晓光词》云："日轮浮动羲和推，东方一轧天门开。风神为我扫烟雾，四海荡荡无尘埃。"④《望晓词》又云："揽衣起兮望秋河，濛濛远雾飞轻

---

① （清）彭定求编，陈尚君补辑：《全唐诗》（增订本）卷494，第5627页。
② （宋）葛立方：《韵语阳秋》卷18，何文焕辑《历代诗话》，中华书局，2004年，第634—635页。
③ （明）谢榛：《四溟诗话》，丁福保辑：《历代诗话续编》，中华书局，1983年，第1227页。
④ （清）彭定求编，陈尚君补辑：《全唐诗》（增订本）卷494，第5634页。

罗。蟠桃树上日欲出，白榆枝畔星无多。"① 把日出景色的华丽壮美刻画得淋漓尽致。

施肩吾又常有咏花之词。如其《山石榴花》诗云："深色胭脂碎剪红，巧能攒合是天公。莫言无物堪相比，妖艳西施春驿中。"② 认为只有妖艳的西施能与山石榴花相比，极力描绘此花之美。又如其《杜鹃花词》云："杜鹃花时夭艳然，所恨帝城人不识。丁宁莫遣春风吹，留与佳人比颜色。"③ 赞叹杜鹃花的妖艳华美，更以花自比，暗寓己身才华不得赏识的愤恨之情。

其三，闺怨艳情诗。施肩吾的闺情诗是其作品的一大亮点。作为一名道士，他却写了不少描摹男女爱情的诗歌，主要包括两方面内容：一为男女艳情，二为思妇闺怨。

施肩吾的艳情诗多为后人所称道，甚或有称其高于元稹艳情诗者，如明人许学夷《诗源辩体》卷二九曰："施肩吾七言绝见《万首唐人绝句》，凡一百五十余首。中有艳词三十余篇，语多新巧，能道人意中事，较微之艳诗远为胜之。"④ 其中，有描摹香艳女子情态之作，如其《赠女道士郑玉华二首》其一云："玄发新簪碧藕花，欲添肌雪饵红砂。世间风景那堪恋，长笑刘郎漫忆家。"⑤ 诗中的女道士不同于传统的端庄形象，倒显出几分娇俏来。又如《观美人》云："漆点双眸鬓绕蝉，长留白雪占胸前。爱将红袖遮娇笑，往往偷开水上莲。"⑥ 诗中的美人不仅容貌娇美、肌肤如雪，更"爱将红袖遮娇笑"，像是一朵盛开的"水上莲"，十分可人。

---

① （清）彭定求编，陈尚君补辑：《全唐诗》（增订本）卷494，第5635页。
② （清）彭定求编，陈尚君补辑：《全唐诗》（增订本）卷494，第5638页。
③ （清）彭定求编，陈尚君补辑：《全唐诗》（增订本）卷494，第5634页。
④ （明）许学夷，杜维沫校点：《诗源辩体》，人民文学出版社，2001年，第282页。
⑤ （清）彭定求编，陈尚君补辑：《全唐诗》（增订本）卷494，第5643页。
⑥ （清）彭定求编，陈尚君补辑：《全唐诗》（增订本）卷494，第5649页。

也有对宴席上男女间互相调笑的描写,如《夜宴曲》:

> 兰缸如昼晓不眠,玉堂夜起沉香烟。青娥一行十二仙,欲笑不笑桃花然。碧窗弄娇梳洗晚,户外不知银汉转。被郎嗔罚琉璃盏,酒入四肢红玉软。①

在那玉堂之上,点灯焚香亮如白昼,烟雾缭绕仿如仙境,人们直到天亮还没有睡意。美丽动人的女子共有十二人,她们欲笑不笑的神态,恰似那含苞欲放的桃花一般。在你来我往的嬉笑中,女子被席上的儿郎罚饮酒,洁白如玉的肌肤因酒醉而染上绯红,浑身上下也变得软弱无力了。全诗充溢着绮艳之色,《竹庄诗话》对此感触很深:"方干与杭牧于郎中为砚席之知,因夜宴,与飞字韵,请赋一章。又李先辈宣古于澧阳陪杜惊司空宅宴,席上赋得桃字诗。又杜公镇荆渚日,夜宴,出歌姬送酒,李群玉校书飞笔献诗。又卢延让冬夜宴柳驸马陟宅,得更字诗。章先辈孝标于李使君筵赠歌妓刘小小,得娘字诗。并词多不录。已上五公之诗虽绮靡富艳,皆不及施肩吾《夜宴曲》云云。"②

施肩吾的闺怨诗数量亦不少。有写思妇望夫的,如《望夫词二首》云:"看看北雁又南飞,薄幸征夫久不归。蟢子到头无信处,凡经几度上人衣。""何事经年断书信,愁闻远客说风波。西家还有望夫伴,一种泪痕儿最多。"③征夫久久不归,独守家中的妻子日日盼望而不可得,心中惆怅难以言表。又如《望夫词》:"手爇寒灯向影频,回文机上暗生尘。自家夫婿无消息,却恨桥头

---

① (清)彭定求编,陈尚君补辑:《全唐诗》(增订本)卷494,第5627页。
② (宋)何汶撰,常振国、绛云点校:《竹庄诗话》,中华书局,1984年,第400—401页。
③ (清)彭定求编,陈尚君补辑:《全唐诗》(增订本)卷494,第5646页。

卖卜人。"① 女子长夜难眠，点燃寒灯，几番回望孤影，丈夫依旧未归。她多次织回文诗寄夫也杳无音讯，再也无心织布，以致机上落满灰尘。她怀着希望去问桥头的占卜人，却仍然没有丈夫的消息。女子焦急不安又无可奈何，只能盲目地迁怒于占卜之人。全诗婉转曲折，一位挂念丈夫、情真意切的思妇如在眼前，着实令人怜惜。

也有写怨妇被薄情郎抛弃后的凄凉，如其《佳人览镜》诗云："每坐台前见玉容，今朝不与昨朝同。良人一夜出门宿，减却桃花一半红。"② 妻子一日日年华老去，丈夫一夜夜流连花丛，何其可悲，何其可叹。再如《代征妇怨》：

> 寒窗羞见影相随，嫁得五陵轻薄儿。长短艳歌君自解，浅深更漏妾偏知。画裙多泪鸳鸯湿，云鬓慵梳玳瑁垂。何事不看霜雪里，坚贞惟有古松枝。③

以往情浓时形影相随，而今爱情逝去独守空闺。薄情郎流连于艳歌艳舞之中，空留妻子数着打更声一夜无眠。你看那极易消融的霜雪之中，唯有古松自始至终坚贞不移。全诗善用对比手法，把男主人公的薄幸与女主人公的坚贞刻画得入木三分，也表达了施肩吾对天下间可怜女子的理解与同情。

此外，施肩吾表现女儿纯情的诗作亦写得十分动人。如其广为人所称道的代表作《幼女词》："幼女才六岁，未知巧与拙。向夜在堂前，学人拜新月。"④ 此诗写女儿的纯真，妙趣横生，令人

---

① （清）彭定求编，陈尚君补辑：《全唐诗》（增订本）卷494，第5633页。
② （清）彭定求编，陈尚君补辑：《全唐诗》（增订本）卷494，第5652页。
③ （清）彭定求编，陈尚君补辑：《全唐诗》（增订本）卷494，第5628页。
④ （清）彭定求编，陈尚君补辑：《全唐诗》（增订本）卷494，第5630页。

回味无穷。你看,小女儿才六岁,正是最天真烂漫的年龄;她还不谙世事,不知道灵巧与笨拙。在新月刚出来的时候,她居然也学着大人的模样,郑重其事地在堂前拜月亮呢——仅寥寥数语,简单白描,就把一个纯真可爱的幼女形象生动地呈现在读者面前。明人周珽《唐诗选脉会通评林》云:"吴山民曰:细景。顾璘曰:意新。幼女无知,学人拜月。天然景趣,自觉悦人。于鹄有《古词》,俱述小儿女行径,语似古,殊不如此词浅而有致。"① 清代黄叔灿《唐诗笺注》亦云:"真情真景,无斧凿痕。'学人'二字,所谓道是无情却有情也。"②

就诗歌体裁而言,施肩吾的二百零六首诗歌,多为七绝,有一百六十余首;五绝次之,三十二首;律诗较少,七律五首,五律二首,其元和十五年(820)的省试诗《早春残雪》是现存唯一的五言排律。诗云:"春景照林峦,玲珑雪影残。井泉添碧甃,药圃洗朱栏。云路迷初醒,书堂映渐难。花分梅岭色,尘减玉阶寒。远称栖松鹤,高宜点露盘。伫逢春律后,阴谷始堪看。"③ 此诗共六联十二句,具有当时省试体的典型特征:平仄声调和谐,合乎韵律,一韵到底,对仗工整。该诗勾勒的画面颇为喜庆,选取欣欣向荣的初春景象,蕴含了一种积极向上、乐观正面的人生态度,表现出一种充满希望的勃勃生机之势。

其四,修道隐逸诗。就内容而言,这类诗歌大致又可分为两个部分:一写潜心修道,二写闲适生活。施肩吾自入道以来,一直潜心修行,二十年如一日。在现存诗歌中,有相当一部分是关于修道生活的,以《灵响词》五首最具代表性。他在《述灵响词

---

① 陈伯海:《唐诗汇评》,浙江教育出版社,1995 年,第 2254 页。
② 陈伯海:《唐诗汇评》,第 2254 页。
③ (清)彭定求编,陈尚君补辑:《全唐诗》(增订本)卷 494,第 5629 页。

序》中云:"余慕道年久,修持没功,夙夜自思,如负芒棘。尝因暇日,窃览《三静经》云:夫修炼之士,当须入三静关,陶炼神气,补续年命。大静三百日,中静二百日,小静一百日。愚虽不敏,情颇激切,神道扶持,遂发至恳,且试小静。即以开成三年戊午岁起,自正月一日庚申,闭户自修,不交人事,克期百日,方出静室。虽五谷并绝,而五气长修,幸免瘦羸,不知饥渴。未逾月而神光照目,百灵集耳,精爽不昧,此三者皆应。则知仙经秘典,不虚设也。人不修即不知,既不知,则信彼前后学,咸谓神仙之教,尽为诳诞之辞。"① 作者依照道教典籍《三静经》进行炼养后,深感内炼气功之功效。组诗其一云:"此响非俗响,心知是灵仙。不曾离耳里,高下如秋蝉。"其四云:"何以辨灵应,事需得梯媒。自从灵响降,如有真人来。"其五又云:"存念长在心,展转无停音。可怜清爽夜,静听秋蝉吟。"② 主要写诗人"小静"(百日)之后的修道体验,静坐时听到天籁之声,即仙乐时刻在耳畔缭绕。

施肩吾还有许多诗歌描述学道体验和修行生活。如其《洗丹沙词》就是他炼丹之实录:"千淘万洗紫光攒,夜火荧荧照玉盘。恐是麻姑残米粒,不曾将与世人看。"③ 诗人全身心投入于此,潜心炼丹,喜悦之情溢于言表。施肩吾常有延年益寿之愿,一如其诗《鄠县村居》所云:"欲住村西日日慵,上山无水引高踪。谁能求得秦皇术,为我先驱紫阁峰。"④ 为追求长生,施肩吾遍寻仙芝,其《修仙词》云:"丹田自种留年药,玄谷长生续命芝。世上漫忙

---

① (清)董诰等:《全唐文》卷739,第7634页。
② (清)彭定求编,陈尚君补辑:《全唐诗》(增订本)卷862,第9813页。作者署"无名氏",《全唐文》卷739收其序,作施肩吾文。
③ (清)彭定求编,陈尚君补辑:《全唐诗》(增订本)卷494,第5641页。
④ (清)彭定求编,陈尚君补辑:《全唐诗》(增订本)卷494,第5645页。

兼漫走，不知求己更求谁。"① 除此之外，他还在《仙客归乡词二首》中描绘仙凡时空错综的观念："六合八荒游未半，子孙零落暂归来。井边不认捎云树，多是门人在后栽。""洞中日月洞中仙，不算离家是几年。出郭始知人代变，又须抛却古时钱。"② 其他如《兰渚泊》《闻山中步虚声》《秋洞宿》《候仙词》《仙翁词》《金尺石》《玩手植松》《玩新桃花》等均是描绘修行之作。

施肩吾诗中往往植入仙人或古代神话人物，如在《弋阳访古》中的"葛仙人"："行逢葛溪水，不见葛仙人。空抛青竹杖，咒作葛陂神。"③《自述》中的"葛长官"："箧贮灵砂日日看，欲成仙法脱身难。不知谁向交州去，为谢罗浮葛长官。"④《候仙词》云："西归公子何时降，南岳先生早晚来。巡历世间犹未遍，乞求鸾鹤且裴回。"⑤ 此处西归公子即指仙人王子乔，而南岳先生即指梁南岳道士邓郁，曾辟谷三十余年。施肩吾还借用神话传说中驾驭日车的神仙羲和，如《晓光词》"日轮浮动羲和推，东方一轧天门开"，《春日美新绿词》"天公不语能运为，驱遣羲和染新绿"，《早春游曲江》"羲和若拟动炉鞴，先铸曲江千树红"⑥ 等。

施肩吾受道教影响，诗歌流露出"自适其适"（《庄子·骈拇》）的情怀。如《玩友人庭竹》："曾去玄洲看种玉，那似君家满庭竹。客来不用呼清风，此处挂冠凉自足。"⑦ 诗人以海外仙岛玄洲作为衬托，突出友人庭院景色的清幽宜人，表达了诗人陶陶乎

---

① （清）彭定求编，陈尚君补辑：《全唐诗》（增订本）卷494，第5639页。
② （清）彭定求编，陈尚君补辑：《全唐诗》（增订本）卷494，第5640页。
③ （清）彭定求编，陈尚君补辑：《全唐诗》（增订本）卷494，第5630页。
④ （清）彭定求编，陈尚君补辑：《全唐诗》（增订本）卷494，第5641页。
⑤ （清）彭定求编，陈尚君补辑：《全唐诗》（增订本）卷494，第5639页。
⑥ （清）彭定求编，陈尚君补辑：《全唐诗》（增订本）卷494，第5634、5635、5652页。
⑦ （清）彭定求编，陈尚君补辑：《全唐诗》（增订本）卷494，第5638页。

其中的悠闲心境。又其《夜岩谣》云:"夜上幽岩踏灵草,松枝已疏桂枝老。新诗几度惜不吟,此处一声风月好。"① 美丽的月色之下,诗人悠然地夜踏灵草,周围一片幽静安谧,令人不禁道一声"风月好"。又如《幽居乐》云:"万籁不在耳,寂寥心境清。无妨数茎竹,时有萧萧声。"② 隐居环境非常清幽、静谧,诗人居于其中,仿佛进入精神自由的理想世界,悠然闲适而自得其乐。

## 第三节 施肩吾诗歌的艺术特征

唐末诗人张为在《诗人主客图》中将施肩吾列为广大教化主白居易的及门弟子,这也意味着施肩吾诗歌的艺术特征有着与白派一脉相承之处。"从创作上看,施肩吾及白派之门有三个理由:①内容艳丽;②风格浅切;③乐府诗创作上具有新乐府精神。"③ 我们可以将施肩吾诗的艺术特征大致归纳为四个方面:第一,浅显平易;第二,内容艳情化;第三,诗风奇丽;第四,意境空灵玄妙。

第一,浅显平易。施肩吾善用白描手法,诗歌语言浅显平易,内容浅白易懂。前诗《幼女词》即为显例,又《效古词》云:"姊妹无多兄弟少,举家钟爱年最小。有时绕树山鹊飞,贪看不待画眉了。"④ 二诗语言皆近乎口语,极为质朴自然、浅易晓畅,使人读来朗朗上口,深感清新脱俗、别有意趣。又如《春游乐》:"一年三百六十日,赏心那似春中物。草迷曲坞花满园,东家少年西

---

① (清)彭定求编,陈尚君补辑:《全唐诗》(增订本)卷494,第5634页。
② (清)彭定求编,陈尚君补辑:《全唐诗》(增订本)卷494,第5630页。
③ 陈才智:《为什么施肩吾能够及白派之门》,载《河南教育学院学报(哲社版)》2005年第1期。
④ (清)彭定求编,陈尚君补辑:《全唐诗》(增订本)卷494,第5633页。

家出。"① 用词造句皆无用典修饰，平白如话，浅易畅达。再如诗《诮山中叟》："老人今年八十几，口中零落残牙齿。天阴伛偻带嗽行，犹向岩前种松子。"② 一个八十多岁的山中老人，口中只剩下几颗牙齿。在这个阴冷的天气里，他驼着背咳嗽着缓缓前行，到岩石前的山地上去种松子。全诗用语平实，意旨简单明了，恰似一幅白描画，毫无遮掩地展现在读者眼前。

即使援引典故的诗篇，也往往在经典文句的基础上进行变更，使之融化无迹，有如己出。如《效古兴》："金雀无旧钗，缃绮无旧裾。唯有一寸心，长贮万里夫。南轩夜虫织已促，北牖飞蛾绕残烛。只言众口铄千金，谁信独愁销片玉。不知岁晚归不归，又将啼眼缝征衣。"③ 虽用了曹植《美女篇》"头上金雀钗"和《国语·周语》"众口铄金"等语典，但仍浅白易懂。《杂古词》其四"不如山栀子，却能结同心"④ 化用南朝刘令娴《摘同心栀子赠谢娘》"同心何处切，栀子最关人"，也是如此。施肩吾植入事典的《大堤新咏》也无斧凿之痕："行路少年知不知，襄阳全欠旧来时。宜城贾客载钱出，始觉大堤无女儿。"⑤ 诗歌融化梁朝简文帝《大堤》诗句"宜城断中道，行旅亟流连"。原本言滞留襄阳城的行人之多，施肩吾反用之。那么，诗人为何说大堤无女儿呢？其《襄阳曲》给了我们答案："大堤女儿郎莫寻，三三五五结同心。清晨对镜理容色，意欲取郎千万金。"⑥ 意谓襄阳多娼妓，故作诗对此地钱色交易之现象进行了辛辣的讽刺。

---

① （清）彭定求编，陈尚君补辑：《全唐诗》（增订本）卷494，第5639页。
② （清）彭定求编，陈尚君补辑：《全唐诗》（增订本）卷494，第5637页。
③ （清）彭定求编，陈尚君补辑：《全唐诗》（增订本）卷494，第5627页。
④ （清）彭定求编，陈尚君补辑：《全唐诗》（增订本）卷494，第5630页。
⑤ （清）彭定求编，陈尚君补辑：《全唐诗》（增订本）卷494，第5656页。
⑥ （清）彭定求编，陈尚君补辑：《全唐诗》（增订本）卷494，第5646页。

第二，内容艳情化。艳情化倾向是中晚唐诗歌的重要特征，文人恋情诗具有浓重的仙道情韵。① 受当时诗坛习气影响，施肩吾诗歌也善于描摹女子情态。学仙而擅言情，有人以为似乎不合常理，如胡震亨《唐音癸签》卷七云："施肩吾学道西山，自诧群真之一；而诗句尚艳硕，乏韵致，未稔何以御风？"② 清人余成敎《石园诗话》亦云："（施肩吾）善于言情，哀艳宛转，绝不类隐者之语。施尝有诗曰：'若数西山得道者，连予便是十三人。'岂学仙不讳言情，而情之浅者，亦不足以成仙欤？"③ 但从施肩吾身上，可以见出学仙未必碍于言情。又从诗史角度观之，仙情与艳硕相结合成为晚唐诗风之一，除人们熟知的李贺、温庭筠、李商隐之外，施肩吾亦是开其先河者，正如清丁仪《诗学渊源》所云："人但知'三十六体'始于温、李，不知李贺是其所宗，而元和时施肩吾实已先之。"④

施肩吾擅长描画女子，其艳情诗更是展现了他纵情于诗酒、放浪多情的一面。如前举记录奢靡声色生活的《夜宴曲》，又如诗《及第后夜访月仙子》："自喜寻幽夜，新当及第年。还将天上桂，来访月中仙。"⑤ 至唐代，"仙"已不是"仙子"之类的美好代称，而多用作代指妖艳妇人、风流放荡的女道士，抑或是娼妓之流。此诗隐晦，实际上写的正是施肩吾金榜题名后宿妓的事。而其闺怨诗则多表现女主人公的深情厚谊。如前文所举三首《望夫词》，

---

① 黄世中：《论中晚唐文人恋情诗的仙道情韵》，载《文学遗产》2002年第5期。

② （明）胡震亨：《唐音癸签》，周本淳校点，上海古籍出版社，1981年，第70页。

③ 郭绍虞，富寿荪校点：《清诗话续编》第3册，上海古籍出版社，1983年，第1768页。

④ 陈伯海：《唐诗汇评》，第2252页。

⑤ （清）彭定求编，陈尚君补辑：《全唐诗》（增订本）卷494，第5632页。

皆表达了妻子对丈夫的殷殷深情与挂念。又如《夜笛词》："皎洁西楼月未斜，笛声寥亮入东家。却令灯下裁衣妇，误剪同心一半花。"① 在皎洁的月色下，阵阵清彻的笛声响起，传入邻家。灯下有位妇人本在裁衣，闻笛而心生感触、愁绪满怀，竟误剪出一朵同心结——在妇人下意识的行为中，满溢着对丈夫的一腔思念之情。通过闻笛而误剪同心之花这一举动将曲调之哀怨、思妇之情绪，表露得淋漓尽致。刘永济在《唐人绝句精华》中赞美此诗："设想甚工，闺怨诗之别开生面者。"②

第三，诗风奇丽。五代何光远《鉴诫录》卷八云："施肩吾先辈为诗奇丽，冠于当时。著百韵《山居》，才情富赡。如'荷翻紫盖摇波面，蒲莹青刀插水湄。'又'烟黏薜荔龙须软，雨压芭蕉凤翅垂。'又《赠边将》诗曰：'轻生奉国不为难，战苦身多旧箭瘢。玉匣锁龙鳞甲冷，金铃衬鹘羽毛寒。皂貂拥出花当背，白马骑来月在鞍。犹恐犬戎临庙塞，柳营时把阵图看。'又《上礼部侍郎陈情》云：'九重城里无亲识，八百人中独姓施。弱羽飞时攒箭险，蹇驴行处薄冰危。晴天欲照盆难反，贫女如花镜不知。却向从来受恩地，再求青律变寒枝。'又《赠友人下第闲居》云：'花眼绽红斟酒看，药心抽绿带烟锄。'如是之类，皆轻巧之极。"③ 清人余成教《石园诗话》卷二亦云："施希圣（肩吾）登元和进士，慕仙迹隐豫章西山，有《西山集》。其自序云：'二十年辛苦烟萝松月之下，或时学龟息，饮而不食，肠胃无滓，形神益清，见天地六合之奥。凡奇兆异状，阅乎心目者，锐思一搜，皆落我文字网

---

① （清）彭定求编，陈尚君补辑：《全唐诗》（增订本）卷494，第5647页。
② 陈伯海：《唐诗汇评》，第2255页。
③ 何光远：《鉴诫录》，中华书局，1985年，第62—63页。

中。'今读其诗,奇丽果如所自序。"①《全唐诗·施肩吾小传》亦云:"(施肩吾)为诗奇丽。"②

施诗中奇丽者,既有题材奇异的,如《冲夜行》:"夜行无月时,古路多荒榛。山鬼遥把火,自照不照人。"③《送人南游》:"见说南行偏不易,中途莫忘寄书频。凌空瘴气堕飞鸟,解语山魈恼病人。闽县绿娥能引客,泉州乌药好防身。异花奇竹分明看,待汝归来画取真。"④也有想象奇特的,如《宿南一上人山房》中:"青鬼来试人,夜深弄灯影。"⑤《岛夷行》:"腥臊海边多鬼市,岛夷居处无乡里。黑皮年少学采珠,手把生犀照咸水。"⑥更有奇异景象的描写,如此前提及的写景诗《晓光词》《望晓词》《海边远望》等。又如《过桐庐场郑判官》诗中的描写:"幽奇山水引高步,昈煜风光随使车。算缗百万日不虚,吏人丛里唯簿书。眼前横掣断犀剑,心中暗转灵蛇珠。有时退公兼退食,一尊长在朱轩侧。胡商大鼻左右趋,赵妾细眉前后直。醉来引客上红楼,面前一道桐溪流。登临山色在掌内,指点霞光随杖头。"⑦诗中所绘之景何其壮美,竟使观景人顿感心胸开阔。又《题山僧水阁》中:"山房水阁连空翠,沈沈下有蛟龙睡。"⑧《安吉天宁寺闻磬》:"玉磬敲时清夜分,老龙吟断碧天云。邻房逢见广州客,曾向罗浮山里闻。"⑨《忆四明山泉》:"爱彼山中石泉水,幽深夜夜落空里。至

---

① 杜松柏,(清)吴嵩梁,(清)舒佐,(清)余成教撰:《石溪舫诗话二卷瓶水斋诗话(不分卷)石园诗话二卷》,第185—186页。
② (清)彭定求编,陈尚君补辑:《全唐诗》(增订本)卷494,第5627页。
③ (清)彭定求编,陈尚君补辑:《全唐诗》(增订本)卷494,第5629页。
④ (清)彭定求编,陈尚君补辑:《全唐诗》(增订本)卷494,第5628页。
⑤ (清)彭定求编,陈尚君补辑:《全唐诗》(增订本)卷494,第5632页。
⑥ (清)彭定求编,陈尚君补辑:《全唐诗》(增订本)卷494,第5634页。
⑦ 《全唐诗续补遗》卷6,《全唐诗》(增订本),第10667页。
⑧ (清)彭定求编,陈尚君补辑:《全唐诗》(增订本)卷494,第5636页。
⑨ (清)彭定求编,陈尚君补辑:《全唐诗》(增订本)卷494,第5657页。

今忆得卧云时,犹自涓涓在人耳。"① 皆动静结合,形象而灵动,奇丽而轻巧。再如诗《瀑布》:

豁开青冥颠,泻出万丈泉。如裁一条素,白日悬秋天。②

首句起笔峥嵘,瀑布破开苍穹、直下万丈,气势何其宏伟,景观何其壮阔。远远望去,就像是天公裁了一条长长的白绢,悬挂在秋日的青冥之上。全诗充溢着诗人丰富的想象和大胆的夸张,辅以巧妙的拟人、比喻手法,先动后静、以静写动,为读者渲染出了一幅气势磅礴的奔流瀑布图。李长路《全唐绝句选释》评此诗:"写景不下李白庐山瀑布诗,只二十字,比二十八字诗不弱。"③

第四,意境空灵玄妙。施肩吾常用具有道教色彩的意象来营造空灵玄妙的诗歌意境。在他的诗歌中,"鹤"出现的频率颇高。如其《谢自然升仙》云:"分明得道谢自然,古来漫说尸解仙。如花年少一女子,身骑白鹤游青天。"④ 他希望像白日飞升的唐代女道士谢自然一样,骑鹤飞举。《山居乐》:"鸾鹤每于松下见,笙歌常向坐中闻。手持十节龙头杖,不指虚空即指云。"⑤ 眼前松柏、鸾鹤常伴,耳畔道乐飘扬,前两句透露修行的信念与执着的精神,后两句则表达了扶持龙头杖的作者渴望寿比天高、得道成仙的理想。其《闻山中步虚声》的意象和意境均与之类似:"何人步虚南

---

① (清)彭定求编,陈尚君补辑:《全唐诗》(增订本)卷494,第5633页。
② (清)彭定求编,陈尚君补辑:《全唐诗》(增订本)卷494,第5632页。
③ 李长路:《全唐绝句选释》,第669页,北京出版社,1987年。
④ (清)彭定求编,陈尚君补辑:《全唐诗》(增订本)卷494,第5651页。
⑤ (清)彭定求编,陈尚君补辑:《全唐诗》(增订本)卷494,第5646页。

峰顶，鹤唳九天霜月冷。仙词偶逐东风来，误飘数声落尘境。"①仙鹤卓尔不群的气质正是诗人清高心性的写照，诗人相信，终有一天仙鹤会带其步入仙境的。在《海边远望》中，诗人勾勒了一幅清闲修行图："扶桑枝边红皎皎，天鸡一声四溟晓。偶看仙女上青天，鸾鹤无多采云少。"②清晨诗人端坐于神树"扶桑"下，天鸡唱晓，打破宁静，诗人遥想着云端的仙女，身旁鸾鹤仿佛是自己的化身，而仙境成了他的心灵归宿和精神乐园。他的《秋夜山居二首》其一云："幽居正想餐霞客，夜久月寒珠露滴。千年独鹤两三声，飞下岩前一枝柏。"③诗人在寂静的月夜神思飞扬，仙鹤突然而至，既是大道之象征，又是修行的精神慰藉。此诗运用以动衬静的艺术手法，造就空灵玄妙的意境。

施肩吾深受道教思想熏染，在表达对神仙生活向往的同时，也抒发对现实社会的不满及壮志未酬的悲愤。如其《讽山云》云："闲云生叶不生根，常被重重蔽石门。赖有风帘能扫荡，满山晴日照乾坤。"④采用隐喻手法，表面在嘲讽无根之云遮蔽朗朗乾坤，实则暗喻那些把朝纲弄得乌烟瘴气，把国家弄得民不聊生的政客。结句则寄予了诗人对太平时政的希冀。又前引诗《诮山中叟》，表面上是讥诮山中叟，更深层面上却是在抨击使百姓老无所依的混乱时政。又《江南积雨叹》："人厌为霖水毁溪，床边生菌路成泥。雨师一日三回到，栋里闲云岂得栖。"⑤《江南怨》："愁见桥边荇叶新，兰舟枕水楫生尘。从来不是无莲采，十顷莲塘卖与人。"⑥

---

① （清）彭定求编，陈尚君补辑：《全唐诗》（增订本）卷494，第5637页。
② （清）彭定求编，陈尚君补辑：《全唐诗》（增订本）卷494，第5635页。
③ （清）彭定求编，陈尚君补辑：《全唐诗》（增订本）卷494，第5638页。
④ （清）彭定求编，陈尚君补辑：《全唐诗》（增订本）卷494，第5648页。
⑤ （清）彭定求编，陈尚君补辑：《全唐诗》（增订本）卷494，第5654页。
⑥ （清）彭定求编，陈尚君补辑：《全唐诗》（增订本）卷494，第5642页。

皆是诗人洞见民生疾苦之作。

  纵观施肩吾的一生,其前期抱有入仕之心,惜报国无门;后期隐居西山数十年,终老山林。其一生行迹在很大程度上影响着他的诗歌创作:无论是在内容上,还是在艺术特征上,皆呈现出鲜明的个人色彩。值得一提的是,五代时期亦有一施肩吾,或因与唐施肩吾同姓名,于是托名唐施肩吾,以表示自己年岁之长,已得仙道,世人信以为真。正是因此,后人多将两个施肩吾混而为一,自然也为关于此二人的研究考证带来诸多问题。①

---

  ① 早在南宋陈振孙《直斋书录解题》卷12"神仙类"《西山群仙会真记》条即云:"九江施肩吾希圣撰。唐有施肩吾,能诗,元和中进士也。而曾慥《集仙传》称吕岩之后有施肩吾者,撰《会真记》。盖别是一人也。"五代之施肩吾,生卒年不详,号华阳真人,又称华阳子,九江人,北宋初犹在,是钟吕一系的著名道士,著有《西山群仙会真记》《太白经》《修真太极混元图》《钟吕传道集》等作品。参阅丁培仁:《道史小考二则》,载《宗教学研究》1989年第Z2期。

# 第六章　杜光庭的文学创作

　　杜光庭是唐末五代著名道教学者，在宗教、文学、书法等众多领域均做出了杰出的贡献。他在入道前深受儒学熏陶，博学善属文，具有较高的文化素养，其道教文学创作，体裁众体兼备，诗歌、散文、小说等无所不善。同时，他的作品取材广泛，内容丰富，较为全面地展现了他慕道、学道、修道、研道、弘道的历程。在留存下来的创作中，他往往以精练的语言、鲜明的意象、丰富的想象和夸张的笔调，旁征博引道教故事，营造优美的神仙意境，抒发慕道之情和修道感悟，散发出浓郁的道教气息，其艺术风格在我国古代文学史上独具特色。

## 第一节　杜光庭的生平及著述

　　杜光庭（850—933）①，字宾圣（又作圣宾、宾至），号东瀛子（一作登瀛子），处州缙云（今属浙江丽水）人。咸通年间，杜光

---

　　① 关于杜光庭生卒年，相关史料记载不一。（宋）张唐英《蜀梼杌》卷上："卒于蜀，年八十五，颜貌如生，众以为尸解。"（清）吴任臣《十国春秋》卷47："奉行上清紫虚吞日月气法，年八十五卒，颜貌如生，人以为尸解，葬于清都观后。"（元）赵道一《历世真仙体道通鉴》卷40《杜光庭传》："后唐庄宗长兴四年癸巳十一月，光庭八十四岁。一旦披法服作礼辞天，升堂趺坐而化。"（《道藏》第5册，第331页）傅璇琮主编《唐五代文学编年史》、卿希泰《中国道教史》、罗争鸣《杜光庭道教小说研究》等均从赵说，认为生于大中四年（850），卒于长兴四年（933），享年八十四岁。

庭应明经科"九经举"①落第，遂入天台山学道。入道后以渊博的儒学基础研究道教学说，广泛搜集道书，"当时推服，皆曰：学海千寻，辞林万叶，扶宗立教，海内一人而已"②。他是晚唐五代著名道士、道教学者、文学家、书法家、哲学家、思想家。唐僖宗和前蜀王建视杜光庭为帝佐国师，并将他类比轩辕黄帝之师"广成子"，赐号"广成先生"。

杜光庭生长地缙云，道教氛围浓郁，自古就是江南道教的活动中心。境内的缙云山是道教三十六洞天中的第二十九洞天，传说黄帝在此铸鼎炼丹，筋百神，骑龙飞升。天宝七年（748），唐玄宗敕封缙云山为仙都山，敕建黄帝祠宇。魏晋南北朝及唐代，有许多著名的道士、文士来此活动，如葛玄、葛洪、陆修静、谢灵运、李邕、李白、白居易、段成式、皮日休、陆龟蒙等，这对他之后濡染道教、扬道天下有一定的影响。

咸通元年至十年（860—869），杜光庭入学上庠："博极群书，志趣超迈。唐懿宗朝，与郑云叟赋万言不中……相国徐光溥志学之年，执弟子礼事之。光庭尝谓曰：予初学于上庠，而国子监书籍皆备。先读天文神仙之书，次览经、史、子、集。一月之内分布定日而习之：一日诵经书，二日览子、史，三日学为（文），四日记故事，五日游息。凡五事，每月各六日。如此不五七年，经史备熟。"③杜光庭生于书香门第，一生博览群书，勤奋好学，为以后的成就打下了坚实的基础。咸通年间（860—874），杜光庭曾参加科举考试，不中，后入天台山学道。据《宣和书谱》卷五载，

---

① "九经"即《周易》《诗经》《尚书》《周礼》《仪礼》《礼记》《左传》《公羊传》《谷梁传》九部儒家经典。
② （元）赵道一：《历世真仙体道通鉴》卷40，《道藏》第5册，第330页。
③ （元）赵道一：《历世真仙体道通鉴》卷40，《道藏》第5册，第330—331页。

杜光庭参加万言科选士,"试其艺不中,乃弃儒衣冠入道"①。《历世真仙体道通鉴》也有类似的记载,说杜光庭"赋万言不中,乃奋然入道,事天台山道士应夷节"②。应夷节,字适中,唐代著名道士司马承祯的四传弟子(司马承祯传薛季昌,薛传田良逸,田传冯惟良,冯传应夷节)。唐僖宗闻其名声,召入宫廷,赐以紫袍,充麟德殿文章应制,为内供奉。广明元年(880),黄巢率军攻入长安,僖宗外逃。中和元年(881),杜光庭随僖宗入蜀③,以避黄巢之难。中和四年(884),黄巢起义失败,杜光庭写成《历代崇道记》,详细地记录了黄巢起义失败前的各类灵应事件。光启元年(885),杜光庭扈从僖宗还京,"时僖宗大驾还京,光庭获备扈卫"④。次年,李克用进逼长安,僖宗奔兴元(今陕西汉中),杜光庭跟随僖宗逃至兴元,之后又独自赴成都。后来,朱温篡唐,蜀王王建在成都称帝,在蜀主王建的多次邀请下,杜光庭曾以道士身份"除授光禄大夫、尚书户部侍郎,上柱国蔡国公"⑤,赐号为广成先生,封传真天师、崇真馆大学士。杜光庭虽为道士,但参与前蜀朝廷的政事,充当蜀主王建的顾问,"(后梁乾化三年六月)丙子,蜀主以道士杜光庭为金紫光禄大夫、左谏议大夫,封蔡国公,进号广成先生。(杜)光庭博学善属文,蜀主重之,颇与议政事"⑥。蜀主王建及大臣经常向他咨询,"(王)建用张格,乃唐相濬之子,其才术高于时而于故实未通,治蜀初,小大事,每

---

① (宋)佚名:《宣和书谱》卷5,中华书局,1985年,第130页。
② (元)赵道一:《历世真仙体道通鉴》卷40,《道藏》第5册,第330页。
③ 此前杜光庭就曾出游蜀地。参罗争鸣:《杜光庭道教小说研究》,巴蜀书社,2005年,第44—45页。
④ (唐)杜光庭:《道教灵验记》卷6,《道藏》第10册,第821页。
⑤ (清)董诰等:《全唐文》卷929,《谢恩除户部侍郎兼加阶爵表》,第9680页。
⑥ (宋)司马光:《资治通鉴》卷268,第8773页。

令咨禀",宰相及大臣还拜他为师,"相国徐光溥志学之年,执弟子礼事之"。① 杜光庭晚年辞官隐居四川青城山,潜心研道,长兴四年(933),卒于青城山白云溪旁,葬于青城山清都观。

　　杜光庭一生对道教学说的发展做出了巨大贡献,当时就曾被唐僖宗封为"道门领袖"②,可见其名望之高。潘尊师在向唐僖宗推荐杜光庭时就认为,掌教之士"非光庭不可"③。南宋金允中《上清灵宝大法》卷三十九称他"广成先生深于古经,致力于教门,不浅浅也"④,"所以著书立言,各有经据,天下后世,无不遵行"⑤。杜光庭提出了许多修道方法和理论学说,时人称他"扶宗立教,天下第一"⑥。为了打消世人对道教的疑虑,他在《太上老君说常清静经注》中论述了众生"皆有道性"的命题:"道本自然,无所不入,十方诸天,莫不皆弘至道。普天之内,皆为造化。蠢动含生,皆有道性。若能明解,即名为得道者也。"⑦ 这显然是借鉴了佛教"一切众生皆有佛性"而提出来的,认为世间众生均禀受"道气"而生,先天具有成仙的可能,只要勤奋修炼,方法得当,定能得道成仙。又云:"一切众生,不得真道者,皆为情染意动,妄有所思,思有所感。感者,感其情而妄动于意,意动其思而妄生于心。人若妄心不生,自然清静。又云,妄动者,亡也。皆亡失其道性,故逐境而感情妄动,其心固不得真道。"⑧ 杜光庭

---

　　① (元)赵道一:《历世真仙体道通鉴》卷40,《道藏》第5册,第330页。
　　② (宋)佚名:《宣和书谱》卷5,第130—133页。
　　③ (宋)陶岳:《五代史补》卷1,《文渊阁四库全书》史部第407册,第649页。
　　④ 《道藏》第31册,第608页。
　　⑤ 《道藏》第31册,第625页。
　　⑥ 《道藏》第32册,第8页。
　　⑦ 《道藏》第17册,第187页。
　　⑧ 《道藏》第17册,第188页。

顺应道教炼养由外丹到内丹的发展潮流，将修炼重点由外转向内，由炼丹服食转向修心，在其《太上老君说常清静经注》中提出了"修道即修心"的主张："圣人设法教人，修道即修心也，修心即修道也。心无所著即无心可观，既无心可观则无所用，无所修即凝然合道，故心无其心，乃为清静之道矣。"① "修道即修心"学说促进了内丹术在当时的迅速发展，受其影响，许多道派开始将道教的信仰目标进行调整，全真道就抛弃了肉体不死的说法，将长生不死解释为阳神升天，精神永存。因此，这一学说成为宋代以后道教仙学思想的主流。

  面对晚唐五代道经因战乱而焚毁殆尽的现状，杜光庭自天台山学道开始就致力于道经的搜集整理："事天台道士应夷节，常谓道法科教，自汉天师暨陆修静撰集以来，岁月绵邈，几将废坠，遂考真伪，条列始末，故天下羽褐，永远受其赐。"② 在成都期间，杜光庭继续搜寻道经，其《太上黄箓斋仪》卷五十二云："近属巨寇凌犯，大驾南巡，两都烟煤，六合榛棘。真宫道宇所在凋零，玉笈琅函十无三二。余属兹艰会，漂寓成都，扈跸还京，淹留未几，再为搜捃。备涉艰难，新旧经诰仅三千卷，未获编次。又属省方所得之经，寻亦亡坠。重游三蜀，更欲搜扬。累阻兵锋，未就前志。时大顺二年（891）辛亥八月三日庚辰，成都玉局化阅省科教聊记云耳。"③ 由此可知，杜光庭首次入蜀就搜访到三千多卷道经，可惜"寻亦亡坠"。在大顺之后，他仍旧不坠重整《道藏》之志。他虚心求访，最终编成《三洞藏》，惜早亡佚。杜光庭二次入蜀直至去世，都生活在蜀地。这一时期以出仕前蜀为界又可分

---

① 《道藏》第17册，第185页。
② （元）赵道一：《历世真仙体道通鉴》卷140《杜光庭传》，《道藏》第5册，第330页。
③ 《道藏》第9册，第346页。

为前后两个阶段。第一阶段，杜光庭的身份是成都玉局化的普通道士，除了继续编纂《太上黄箓斋仪》外，还完成了《洞天福地岳渎名山记》《道德真经广圣义》等道教著述；第二阶段，杜光庭作为皇室道士，继续编修道典，如《墉城集仙录》《王氏神仙传》《录异记》等均作于此时。

杜光庭一生著述颇丰，种类繁多，至今尚有作品百余卷。这些作品大致可分为经诰注疏（如《道德真经广圣义》）、斋醮科仪（如《太上黄箓斋仪》）、诗文（如《广成集》）、传记（如《神仙感遇传》）、图谱（如《二十四化图》）等类别。宋人张唐英《蜀梼杌》卷上称他"有文千余卷，皆本无为之旨"①。仅收入《道藏》的就有二十八种，其中的《太上灵宝玉匮明真大斋忏方仪》与《太上灵宝玉匮明真斋忏方仪》相同，实为二十七种，共计二百多卷。主要有《道德真经广圣义》五十卷、《太上老君说常清静经注》一卷、《墉城集仙录》六卷、《道门科范大全集》八十七卷、《道教灵验记》十五卷、《神仙感遇传》五卷、《录异记》四卷、《广成集》十七卷、《洞天福地岳渎名山记》一卷、《天坛王屋山圣迹记》一卷、《太上三五正一盟威阅录醮仪》一卷、《太上正一阅箓仪》一卷、《洞神三皇七十二君斋方忏仪》一卷、《太上洞神太元河图三元仰谢仪》一卷、《太上三洞传授道德经紫虚录拜表仪》一卷、《历代崇道记》一卷，此外还有《青城山记》《武夷山记》《西湖古迹事实》等，共计近二百卷。

杜光庭注重对道教教义、斋醮科范、修道方术的研究和整理，对后世道教影响很大。这些著作在贯通道教诸派，融合儒、佛、道三教，改革道教，推动道教理论和科仪发展等方面贡献甚巨。

---

① （宋）张唐英撰，王文才、王炎校笺：《蜀梼杌校笺》，巴蜀书社，1999年，第172页。

正如《宣和书谱》所云："（杜光庭）著道家书，颇研极至理。至条列科教，自汉张道陵暨陆修靖（注："靖"应为"静"）撰集以来，始末备尽。于今羽流咸宗之。"①如其《道德真经广圣义》五十卷，这是杜光庭根据唐玄宗注疏的《道德经》"圣义"进行发挥，大致按照《道德经》原文、唐玄宗注、唐玄宗疏、杜光庭释义的体例撰写，在博采众说的基础上，对汉唐道教思想做了较全面而系统的理论总结。在该书序言中，杜光庭对老子相关事迹和《道德经》产生的社会文化背景进行了介绍，对历代六十多家《老子》注疏的意旨做了梳理，尤其是对道教宇宙观、形神观、重玄学、心性论、修道论、经国理身等思想的论述，一定程度上提高了唐五代道教的理论水平，上承唐代的道教重玄哲学，下启宋金元时期道教内丹心性学思想，对后世产生深远影响。此书甚至传至日本，"日本有旧抄本《广圣义》三十卷，见日本森立之《经籍访古志》、岛田翰《古文旧书考》"②。其《太上黄箓斋仪》五十八卷，是杜光庭花费二十多年时间收集整理编撰而成的各类黄箓斋仪的汇编，主要包括宫廷及士庶常用庆贺、安宅、消灾、去病、度幽、散坛、礼灯诸科仪。全书每卷一仪，共五十八种斋仪，大致可分为四个组成部分：卷一至卷九为一般黄箓斋；卷十至卷四十为各种斋法的三时行道仪；卷四十一至卷四十八为忏悔仪；其余为其他杂仪。这些仪轨成为后世道士斋醮行道的范本和教科书。《上清灵宝大法》卷三十九称："至广成先生荐加编集，于是黄箓之科仪典格，灿然详密矣，后世遵行，莫敢越也。"③再如其道教地理著作《洞天福地岳渎名山记》一卷，卷首有杜光庭于天复辛

---

① （宋）佚名：《宣和书谱》卷5，第130—131页。
② 董恩林：《唐代〈老子〉诠释文献研究》，齐鲁书社，2003年，第210页。
③ 《道藏》第31册，第608页。

酉（901）所作序言。该书主要介绍了道教所构想的神仙所居住的名山胜境，包括仙山、五岳、五海、十大洞天、三十六靖庐、三十六洞天、七十二福地、二十四化等。如此系统全面地介绍道教仙境，在中国历史上尚属首次。其《历代崇道记》一卷，仅一万余字，记载了历代帝王崇奉道教，营建道教宫观之事，尤以唐代尊崇老子的事迹记述最详，具有一定的文献价值，是不可多得的道教盛衰史料。杜光庭试图运用历代崇道的史实扩大影响，弘扬道教，古为今用，振兴道教。

杜光庭在书法、音乐、文学等众多领域均有创获。魏晋以来，道教与书法结下了不解之缘，不少书法家本身就是道教信徒，如王羲之、王献之父子。一些道经经由书法作品在唐代社会流传，如王羲之《黄庭经》帖、褚遂良草书《阴符经》、虞世南楷书《道德经》、钟绍京小楷《灵飞经》等。《宣和书谱》收录了当时内府所藏的一百九十七位历代著名书法家的一千三百四十四件书法作品，其中就有杜光庭的作品。该书卷五称杜光庭"喜自录所为诗文，而字皆楷书。人争得之，故其书因诗文而有传。要是得烟霞气味，虽不可以拟伦羲、献，而迈往绝人，亦非世俗所能到也"[①]。杜光庭不仅在书法艺术上造诣极深，而且在书法理论方面也有一定成就。《全唐文》卷九百二十四收有杜光庭《隶书解》一文，以确凿的证据和严密的论证重新确定了隶书的起源问题，即不是兴于秦，而是兴于周。现在看来，这一结论是符合中国古代书法发展历史的。杜光庭作为道教斋醮科仪的集大成者，在其科仪著作《道门科范大全集》和《太上黄箓斋仪》等书中保存了大量由他创作和改编的道教斋醮音乐。就音乐理论而言，他十分重视音乐的教化功能："清浊、小大、短长、疾徐、哀乐、刚柔、迟速、高

---

① （宋）佚名：《宣和书谱》卷5，第130页。

下、出入、周疏，以相成也，以相济也。君子听之，以平其心；心平德和，而后几于道矣。舜作五弦之琴以歌《南风》，夔始制乐以赐诸侯，理国之道以音而知理乱，故吴公子季札历听三代古今之乐，而知其兴废也。"① 认为音乐通过声音之变化形成一定的节奏和旋律，从而感化人心，使人心平气和，与道合一，最终达到天下太平。

杜光庭的文学成就造诣更高，主要表现在数量巨大、体裁众多、内容丰富、艺术成就较高等方面。《道藏》中题名为杜光庭所做的著作有二十七种，其中与文学相关的主要有：《广成集》十七卷，主要包括表奏类和斋醮词；《太上宣慈助化章》五卷，主要是斋醮表章，书中收集了汉魏六朝天师道上章范文二十三通；《道教灵验记》十五卷，述老君、天师、真人、王母等神仙及宫观、尊像、符箓、钟磬法物等诸种灵验故事；《录异记》八卷，载录仙人、异人、鬼神、动物、忠孝、感应、异梦、异物、墓坟等奇事异闻故事一百余则；《神仙感遇传》五卷，多记唐五代间神仙故事。杜光庭作品收入《全唐文》的共三百二十篇（部分与《道藏》重复），主要包括杜光庭的表章奏文、功德记事、著作序录及斋醮词等。《全唐诗》收其诗三十二首，《全五代诗》收其诗十七首，陈尚君辑校《全唐诗补编》还收录其《题天坛》一首。② 此外，在杜光庭所编撰的道书中，共辑出诗歌一百五十多首。③ 在这些文学体裁中，最突出的是道教神仙传记。

---

① （唐）杜光庭：《道德真经广圣义》卷7，《道藏》第14册，第347页。
② 陈尚君：《全唐诗补编》，中华书局，1992年，第499页。
③ 陈尚君《全唐诗续拾》卷51录有诗歌一百五十四首又三句，列于杜光庭名下，并注云："以上从《道藏》中杜光庭编撰整理诸书中录出的诗歌，虽未必皆为杜光庭之作，但皆可信为唐或唐以前人之作，今姑录存于杜光庭名下，祈读者引用时有以注意之。"见陈尚君：《全唐诗补编》，第1535页。

## 第二节 杜光庭的神仙传记

杜光庭一生广泛搜集整理流传于民间的各种灵异故事，编撰了数部借以弘道宣教的神仙故事集，主要有《墉城集仙录》《神仙感遇传》两部。①

《墉城集仙录》十卷，今存六卷，专门记载女仙的故事，是中国道教史上现存最早的一部女性神仙传记。残存的六卷中，记载了圣母元君、金母元君、上元夫人、昭灵李夫人等三十七位女子得道成仙的故事。杜光庭在该书序言中云："女仙以金母为尊，金母以墉城为治……此传以金母为主，元君次之。"②"金母"即金母元君，也就是西王母。女性崇拜，是道教的重要特征之一。"从东汉以后，女性崇拜的传统主要是在道教中得到继承和发展的。首先，道教对女性崇拜的继承就表现在它不仅以秦汉之际女神崇拜和女仙崇拜的融合为起点，而且把原来社会上具有一定影响的女性神仙基本上搜罗并置于自己的体系中。"③《墉城集仙录》中的"墉城"指的是西王母在昆仑山上的宫阙，这部仙传以西王母为中心，借鉴道教传说、神话故事和相关史料记载，以文学的笔法对她们的形象和事迹进行了生动的描绘，建构了一个系统化的女仙谱系。《墉城集仙录》编撰了情节曲折、妙趣横生的女仙故事，刻

---

① 杜光庭所作道教色彩的传记类作品还有《仙传拾遗》《王氏神仙传》《洞玄灵宝三师记》《集仙传》《毛仙翁传》《青城山记》《武夷山记》等，参阅罗争鸣：《杜光庭道教小说研究》，巴蜀书社，2005年，第365—373页。国外学者的相关研究可参看：傅飞岚（F. Verellen），Encounter as revelation: A Taoist hagiographic tueme in medieval China, Bulletin de 1 École Francaised´Extreme—Orient 85 (1998); Shu as a hallowed land: Du Guangting´s Record of Marvels, Cahiersd´Extreme—Asie 10, 1998.

② （清）董诰等：《全唐文》卷932，第9705—9706页。

③ 詹石窗：《道教与女性》，上海古籍出版社，1990年，第28—29页。

画了很多生动传神、栩栩如生的女仙形象,其最终目的是宣扬道教信仰。如处于金母元君之后的"圣母元君(老子母亲)"一篇,尽管有"老子降生"等完整的故事情节,也有生动的人物形象与传神的细节描写,但更多的篇幅都是圣母元君向老子传授道术。在这里,文学文本往往是传达宗教思想的工具和载体,这也正是宗教文学的典型特征。

《神仙感遇传》是杜光庭编撰的一部神仙传记,《宋史·艺文志》著录为十卷,今《道藏》中仅存五卷,于卷五末注明"后有缺文"。《神仙感遇传》另有《云笈七签》节录本二卷,共记载四十四人遇仙事迹。《道藏》中的五卷本《神仙感遇传》共包括七十五个故事,每则故事题目均取自遇仙者名号。《神仙感遇传》的素材多来自唐人传奇、笔记以及野史,如《酉阳杂俎》《宣室志》《续仙传》《逸史》等。在这些原始材料的基础上,杜光庭植入道教观念,将文人传奇改造成为宗教故事,同时艺术性也有一定提高。"为了向世人宣传感遇的普遍存在,杜光庭侧重于动作性表现,把心灵之感转换成行动之感"①,这种笔法给人一种真实生动之感。在道教神仙信仰中,人仙感遇是重要主题之一,这一主题在《神仙感遇传》中得到了充分体现。在杜光庭的笔下,遇仙者的身份多种多样,有帝王、士大夫、武士、农夫、商人、工匠、和尚、道士等,他们处于不同的社会阶层,有着不同的人生理想和经历,因此有着不同的感遇方法和途径。大致说来,可分两种,其一为偶然遇仙,带有被动性质。如《蓬球》中,蓬球到玉女山中伐木,忽闻阵阵异香,"迎风寻之,此山廓然自开,宫殿盘郁,楼台博敞。球入门窥之,见五株玉树,复稍前,有四仙女弹棋于堂上"。仙女见到蓬球,十分诧异。王母见蓬球驻留仙境,便勒令

---

① 詹石窗:《道教文学史》,上海文艺出版社,1992年,第391页。

其远去。"球惧出门，回顾忽然不见。及还家，已是建平中矣，旧居间舍皆为墟墓。因复周游名山访道，不返。"① 蓬球因机缘巧合来到仙境，再返家时，世事已变，才开始了后来的求道访道生活。另一种是因学道而主动求仙，直至遇仙。如《谢璠》中讲述谢璠幼年好道，与三人结拜兄弟，游历群山，博采方术，后于峨眉山分道扬镳。"璠入木皮谷，曰五六里，逢四老人，会坐巨石之上，前有大盘，烹肉共食之。次召璠，令作揖，令食肉。璠告之曰：'某志神仙之道，游历名山，久绝荤血，非敢矫妄矣。'老人喜曰：'子既求道，但入此谷，当有所遇。'璠即诣谷中……一人（道士）熟视璠良久，引至大殿之上，像设俨然天尊，前有经书，委积案几。此人令璠闭目，信手探取一卷，因即授之曰：'此天文大篆也，行之可以长生度世，可以积功救人，此非汝久居之处，便可去矣。'"② 谢璠得神仙赠符后，无偿救济百姓，最后游历诸山，不知所往。他因崇道而遇仙，可视为必然结果。

《神仙感遇传》中的遇仙故事，情节生动，主题明确，语言质朴，心理刻画细腻，人物形象鲜明生动、栩栩如生。例如，其中的《杜晦》讲了这样一个故事：杜晦年少时身体不好，后遇一名道士哀其多疾，以丹砂一粒令其服食，并告之曰："此丹不独祛积冷，若不食肉，可致长生，慎无触秽也。"杜晦服用后，"即容状充悦，轻健不食，累官为商州刺史。绝粒三十年，人不知也……心自念曰：'仙师戒我不食肉，今欲却食五谷，先须食肉，必夺我药力矣。'遂啗肉少许。良久吐一物，大如鸡子，若新胶未干，割而视之，丹在其内，光色莹然，与初服时无异。复欲吞之，因失之，后惋恨久之。是夕，梦长白道士曰：'子不守吾戒，败于长

---

① （唐）杜光庭：《神仙感遇传》卷2，《道藏》第10册，第887页。
② （唐）杜光庭：《神仙感遇传》卷4，《道藏》第10册，第895页。

生,吾复得丹矣。'晦时年八十余,只如四十许人。失丹之后,旬日齿发变衰,颜色枯槁,数年而卒。"① 因为杜光庭将道教外丹服食的神奇效果贯穿于生动的细节描述中,所以相对于那些纪实性写作,更能引起读者心灵上的震撼。

  《神仙感遇传》的人仙感遇故事中,最著名、对后世影响最大的是《虬髯客传》,初名《虬须客》。宋初李昉编撰的《太平广记》卷一九三收入杜光庭《虬髯客》,与现在流传于世的《虬髯客传》文字基本相同,仅少数语句稍有差异。宋张君房《云笈七签》卷一一二收有杜光庭《神仙感遇传·虬须客》,又见于《道藏》。《虬髯客传》主要写隋末群雄并起,逐鹿中原。红拂女慧眼识英雄,夜奔李靖,一同去太原。路遇虬髯客,结为兄妹,去见李世民。一见李世民有天子气象,似更受天命眷顾,虬髯客便退出竞争,以家财资助李氏,独去海外称王了。故事的结尾写道:"乃知真人之兴,乃天受也,岂庸庸之徒,可以造次思乱者哉!"这可视为这篇故事的创作目的,即宣扬李唐王朝的神圣性及道教在唐朝建立过程中的作用。此故事不仅宣扬了真命天子的思想,更重要的是寄托了作者"内以治身,外以治国"的道教理想人生价值。杜光庭《道德真经广圣义》推崇"内则修身,外即理国"思想,包含"教诸侯"的内容。而其经历也是先为高道,后辅助王建治理蜀地,俨然为王者之师,发挥了经世济民的抱负。而这本就是道教教义中的基本部分。故虬髯客是其"内以治身,外以治国"道教理想的一个文学典型人物。杜光庭还运用道教"谶语"来显示人物的个性特征,以先验性的预言来传播道教的理念,从而使这部传奇具有浓厚的道教色彩。例如,虬髯客本有称王天下的政治抱负,并为实现这一抱负而做了充分准备。他与李靖、红拂相

---

① (唐)杜光庭:《神仙感遇传》卷5,《道藏》第10册,第900—901页。

识后,马上就问:"尝知太原之异人乎?"并借"望气者"的口吻说"太原有奇气",以此来邀请他们相赴太原,共谋大事。在政治动荡的时代,说有异人奇气,这就是天命真人出现的"谶语"。在杜光庭笔下,虬髯客在太原与李世民相会实际上就是"谶语"内容的具体展开,因而在描述当时还是"二郎"的李世民时就称其"神气扬扬,貌与常异",虬髯客见之非常惊异,称为"真天子也",但虬髯客并不甘心自己的失败,还要让"善相"的道兄再来见见李世民,看他是否真的具有王者之气。道士见到李世民"神清气爽,满坐风生,顾盼炜如",马上以棋局来谶告虬髯客:天下是李家的。故事末尾,杜光庭再次借虬髯客之口发布谶语"太原李氏,真英主也",断定"三五年内,即当太平"。正是基于对未来的这种预测,虬髯客才拿出自己的全部财产赠予李靖,要他辅助李世民打天下,自己则去海外另谋发展。这些"谶语"犹如一条红线贯穿于《虬髯客传》之中,由此而显示出道教传奇所具有的特点。

《虬髯客传》在中国文学史上有着重要地位。鲁迅曾言:"传奇之文,此外尚夥,其较显著者……他如柳珵(《广记》二百七十五《上清传》)、薛调(又四百八十六《无双传》)、皇甫枚(又四百九十一《非烟传》)、房千里(同上《杨娟传》)等,亦皆有造作。而杜光庭之《虬髯客传》(见《广记》一百九十三)流传乃独广,光庭为蜀道士,事王衍,多所著述,大抵诞谩,此传则记杨素妓人之执红拂者识李靖于布衣时,相约遁去,道中又逢虬髯客,知其不凡,推资财,授兵法,令佐太宗兴唐,而自率海贼入扶余国杀其主,自立为王云。后世乐此故事,至作画图,谓之三侠;在曲则明凌初成有《虬髯翁》,张凤翼、张太和皆有《红拂记》。"①《虬髯客传》对后世文学艺术影响深远,由于它已具备武侠小说的各种元素,可以说开创了后世武侠小说的先河。戏曲家将其改编为戏曲,如明张凤翼《红拂记》传奇、凌濛初《红拂三传》杂剧、冯梦龙《女丈夫》传奇均取材于此。近代程砚秋则将其改编为京剧《红拂传》,画家则将其创作为可视的侠客英雄形象,如任伯年《风尘三侠图》、徐悲鸿《风尘三侠》等。

今已亡佚的《仙传拾遗》和《王氏神仙传》也往往被视为杜光庭的神仙传记。②《仙传拾遗》,据《中兴馆阁书目》卷四"神仙家"类载,原书本四十卷,共收仙真四百二十九位,每一位神仙成一则故事。今人严一萍辑有辑佚本五卷,共辑九十九位仙真,收入《道教研究资料》第一辑。③此后,罗争鸣又加以补充,共辑一百二十四位仙真。④书中所载自上古至唐代众多仙真修道成仙事迹,表达了作者和唐人羽化登仙、飞行虚空、随心所欲、变化隐身的无限自由思想,其中的腾云驾雾、瞬息万里、移形易貌、点石成金、撒豆成兵、划地成河、撮土成山、装天缩地、移物搬运、冬日开花、旱地钓鱼、变无变有、变大变小等道教法术幻术,匪夷所思,令人叹为观止。《王氏神仙传》,宋人晁公武《郡斋读书志》卷九记载为四卷,认为"光庭集王氏男真女仙五十五人,以谄王建。其后又有王虚中续纂三十人,附于后"⑤。南宋郑樵《通志·艺文略》则著录为五卷,主要讲述了自上古到唐代王氏家族五十五人的修道事迹。原书已佚,严一萍辑佚本共录三十八人,

---

① 鲁迅:《中国小说史略》,上海古籍出版社,1998年,第56—57页。
② 参见王汝涛等:《太平广记选》,齐鲁书社,1980年,第427页。
③ 严一萍:《仙传拾遗》,载《道教研究资料》第1辑,艺文印书馆,1974年。
④ 参阅罗争鸣:《杜光庭记传十种辑校》,中华书局,2013年,第741—877页。
⑤ (宋)晁公武,孙猛校证:《郡斋读书志校证》,第389页。

也收入《道教研究资料》第一辑中。

　　杜光庭的神仙传记描绘了形形色色的人物形象。如修缮鹤鸣观上清宫的工匠谢贞，不喜读书、常戏耍玩乐的长安少年文铢，山中与乌鸦相契的道士毛意欢，因乱杀鱼类而暴毙的进士崔道纪，擅改《五厨经》而被砍去手指的僧行端，草庐中为父母守孝的阴玄之，等等。其中，女仙形象最具特色。如西王母在《山海经》中本是"戴胜、虎齿、豹尾、穴处"的凶神恶煞形象，《穆天子传》《淮南子》《真诰》等作品中的西王母形象逐渐被美化。在此基础上，杜光庭在《墉城集仙录》中提出："王母蓬发戴胜，虎齿善啸者，此乃王母之使金方白虎之神，非王母之真形也。"而是"乘紫云之辇，驾九色斑麟，带天真之策，佩金刚灵玺，黄锦之服，文彩明鲜，金光奕奕。腰分景之剑，结飞云大绶，头上大华髻，戴太真晨缨之冠，蹑方琼凤文之履，可年二十许，天姿晻蔼，灵颜绝世，真灵人也"。① 如此一来，容颜艳丽的西王母形象便跃然纸上。

　　总之，杜光庭神仙传记虽然富于一定的文学性，但更为浓厚的是其固有的宗教色彩。其中的故事往往借助鬼神信仰来宣传和维护道义；或利用流传已久的善恶果报观念来劝谏人们去恶向善，其宣道目的较为明显。《四库全书总目》曾云："故所述皆娴于文字，较他道家之书，词采可观，惜其纯为神怪之说，不足据为典要耳。"② 这虽然是一种非宗教立场的偏见，但对其文学色彩的评价还是较为客观的。

---

① （唐）杜光庭：《墉城集仙录》卷1，《道藏》第18册，第169页。
② （清）永瑢等：《四库全书总目》卷147，中华书局，1965年，第1259页。

## 第三节 杜光庭的道教灵验记

灵验是一种宗教心理现象，在佛、道两教典籍中常常会遇到"灵验"二字，其含义主要指神奇效应，灵验记指的是记叙世人神奇效应的宗教经验。"灵验记"之名最早出现于唐代段成式《酉阳杂俎续集》卷七提及的《金刚经灵验记》三卷，已佚。由于受佛教因果报应、生死轮回等思想的影响，佛教灵验记在晋唐时期颇为流行，学术界对其的研究也取得了令人瞩目的成绩。① 道教灵验记的材料主要保存在《道藏》《藏外道书》及历代笔记小说中，常以"真录""事实"等命名，以神迹印证灵验之可信、神道之不诬，作为灵验故事重要元素的时间、地点、人物往往比较具体，甚至融入历史事件和人物以凸显其真实性，在某种程度上说是道教信仰在当时社会文化中真实形态的反映。

杜光庭《道教灵验记》是现存较早且内容多样的道教灵验故事集，其中记载的故事大部分发生在唐朝末年，成书时间当在哀帝天佑元年（904）以后。② 杜光庭《道教灵验记》原本二十卷③，今存十五卷，不见单本流传，收于《正统道藏》洞玄部记传类，另宋代张君房《云笈七签》卷一一七至卷一二二《灵验部》节录六卷。这是现存最重要的两个版本。《道教灵验记》分宫观灵验

---

① 参阅孙昌武：《中国文学中的维摩与观音》，高等教育出版社，1996年；郑阿财：《敦煌灵应小说的佛教史学价值》，载《唐研究》第四辑，北京大学出版社，1998年；刘亚丁：《佛教灵验记研究——以晋唐为中心》，巴蜀书社，2006年。

② ［日］荒尾敏雄：《杜光庭〈道教灵验记〉の应报观について》，载《东方宗教》2001年第97期；（唐）杜光庭撰，罗争鸣辑校：《杜光庭记传十种辑校》，中华书局，2013年，第152页。

③ 《通志·艺文略》《宋史·艺文志》《文献通考·经籍考》《续唐书·经籍志》等均著录二十卷。杜光庭在《道教灵验记》序文亦言有二十卷。

（卷一至卷三）、尊像灵验（卷四至卷五）、老君灵验（卷六至卷七）、天师灵验（卷八）、真人王母将军神王童子灵验（卷九）、经法符箓灵验（卷十至卷十二）、钟磬法物灵验（卷十三）、斋醮拜章灵验（卷十四至卷十五）八大门类，共一百六十七则灵验故事。宋真宗赵恒评价说，此书"其事显而要，其旨实而详；今昔所闻，盈编而有次；殊尤之迹，开卷以斯存"，"广慎微之旨，以弘崇善之阶"。宋徽宗赵佶也曾为该书御制序言："朕顾惟寡昧，获纂隆平，荷祉福之咸臻，务斋明而匪懈。思扬妙理，普示群生。因览杜光庭所集《道教灵验记》二十卷，其事显而要，其旨实而详。今昔所闻，盈编而有次；殊尤之迹，开卷以斯存。冀永流传，俾刊方版，庶资训范，克畅淳风。"① 关于"灵验"的根源，杜光庭曾言："罪福报应，犹响答影随，不差毫末。岂独道释言其事哉？抑儒术书之，固亦久矣！"②

杜光庭《道教灵验记》在内容上大致包括维护道教文物、宣扬太上老君灵迹、塑造救苦天尊形象、凸显法术效应、抑佛扬道等方面，故事主题基本上可分为吉兆、消灾、解厄、疗疾、度幽等，在晚唐五代战乱频繁、佛道斗争激烈的社会文化背景下，这些内容容易得到人们的接受和信服。这些故事主要通过恶报、梦示、入冥、显灵等叙事模式写作而成，叙事时虽然情节单一，但事件的开端、发展、高潮、结局诸环节在文本中仍能大体完整呈现。

杜光庭《道教灵验记》依据道教罪福报应的伦理思想，宣扬道教灵验，维护道门利益，表达了善恶报应、赏善罚恶的正义观。善恶果报观念在杜光庭《道教灵验记序》中有集中的阐述，通过

---

① 《道藏》第10册，第801页。
② （唐）杜光庭：《道教灵验记》卷1，《道藏》第10册，第801页。

论述善恶果报观念，劝谏人们去恶为善。杜光庭的善恶果报思想，其根本目的是维护道教，宣扬李唐王朝的正统性，这在《道教灵验记》中有集中体现。"该书的主要话题显示出作者对信徒的苦难、道观的命运、圣像与圣经和9世纪晚期影响唐朝统治家族命运的当代事件——878—885年间黄巢叛乱，881—885年间朝廷流亡成都，以及后来唐朝由于皇家祖先和王朝保护者老君（被神化的老子）神奇地介入而得以暂时复兴——同样关注。"① 这些故事反映了历史的某些印记，如《上都昭成观验》在写及灵验事件前，先介绍了长安昭成观创建的时间、地理位置及相关建筑形式："上都昭成观，明皇为昭成太后所立，在颁政里南通坊内，北临安福门街，与金仙观相对。观有百尺老君像，在层阁之中，坐折三十尺。像设图缋，皆吴道子、王仙乔、扬退之亲迹。命天下道门使萧邈字玄俗，为使以董之。阁上觚棱，高八尺，两廊檐溜，去地三十余尺。京师法宇，最为宏丽，唯玄都观殿，可以亚焉。"② 描绘了这一宫观的宏丽景象，这对研究唐代长安道教宫观提供了可贵而准确的史料。

宫观作为道教宗教观念的载体，在道教文化体系中具有重要的地位。杜光庭《道教灵验记》中的宫观灵验故事占有很大比重。唐末佛教与道教之间相互斗争、排斥的现象在其中也有反映，如《道教灵验记》卷二《广州菖蒲观验》记载：

  古有观宇，岁久为僧所侵，以置禅院。虽人众同居，常多惊恐之事，不然则论讼殴击，亦时有杀伤。有老人

---

① （法）傅飞岚：《〈道教灵验记〉——中国晚唐佛教护法传统的转换》，《华学》第5辑，中山大学出版社，2001年，第38页。
② （唐）杜光庭：《道教灵验记》卷1，《道藏》第10册，第802页。

过之,谓僧曰:"此仙官所居,道家灵迹。僧虽护持,且非其类。若不移去,当有虎狼为灾,遭其啗食矣。"殊不信,旬月而虎暴尤甚,损伤者十余辈,掩蔽不敢言,稍稍逃去。时进士许三畏偶题七言长句于壁上,曰:本是安期烧药处,今为达么坐禅宫。数僧梵响满楼月,深谷猿声半夜风。金磬韵停松阁迥,浮云散尽海山空。我来不见修真客,却得真如问远公。节度使郑公愚因游兹院,僧徒寂寥,复闻有击兽之事,及老叟之言,顾见此诗,喟然叹曰:"此亦志之所之也。能无感动乎?"遂表奏改置菖蒲观焉。①

菖蒲观,是安期生修真的地方。故事中僧人恶有恶报的果报故事和进士许三畏之诗,是唐末五代时期佛道之争的鲜明的体现,不仅贬低了佛教,还有劝诫、约束广大民众的重要目的。道教灵验记正是通过这种方式扩大宣传、与佛教争夺其信徒的。《道教灵验记》中以宫观为依托的神异故事还有很多,如《饶州开元观验》《剡县白鹤观蝗虫不侵验》《刘瞻相梦江陵真符玉芝观验》《东川置太一观验》《郑畋相国修通圣观验》《果州开元观验》《段相国修仙都观验》等。神仙向人们提供帮助,但也要求人们饮水思源,修缮宫观,表现出道教信仰世俗化倾向的同时,弘道和护教色彩也颇为鲜明。

道经是道教义理的载体,具有至高无上的地位。杜光庭《道教灵验记》中出现了大量有关道教经籍灵验的神话故事。据《仙都观石函经验》记载,武德年间,刺史独孤晟企图获取忠州仙都观内的《太平经》,却遇到重重阻挠:"舟行半日,有二龙,一青

---

① (唐)杜光庭:《道教灵验记》卷2,《道藏》,第10册,第806页。

一白,横江鼓波,船不得进。舟人惊惧,复溯流还郡。晟即命所由垫江路,陆行进经。时山川之中,久无挚兽,至是蛇虎当道,经使恐惧,将经却回。"① 最终他只能虔诚地举行黄箓道场,用庄严的仪式向神灵上表祈请,方得到经书。道教认为,诵经能够得到神灵护佑、消灾弭祸、积德造福。如《姚生黄庭经验》中的姚生因诵经而维持生命和保全性命,他从小诵读上清派经典《黄庭经》。光启年间,僖宗逃亡陈仓,姚生"为贼所迫,夜走堕枯井中,伤足,求出未得。乃旁有窨穴,匿于其中,昼夜念经,因不饥渴,足疾亦愈"。后来,"有游军夜宿井侧,见井中有光,拯而出之"②。道教甚至宣称,一人诵经会使全家受惠。在《崔昼度人经验》中,崔昼每天均诵读唐代著名道士司马承祯送给他的《度人经》。某日,崔昼得到神秘使者送来的一封已故父亲的信:"先君亲札云:'感汝念诵《度人经》功德之力,累世之祖,尽得升天。'"③

杜光庭《道教灵验记》中的相当一部分故事表现出辞藻华丽、讲究对仗、描写精工的特征,具有一定的文学色彩。如卷一《饶州开元观验》云:"巨殿层楼,回轩广厦,枕湖有水阁,松径有虚亭,松竹森疏,花木秀茂。郡人避暑寻春,为一州胜赏之所。"④ 再如卷八《李瓘梦天师验》之仙境:"中夜而寐,梦入深山穷谷,栈阁萦折,流水潺湲,如此者不知其几千百里。又见阛阓杂沓,城闉爽垲,飞宇横楼,摩霄槩日,不知其几千万家。纵神游目,熙熙自得。又出郊甸,涉冈原,荒榛茂草,小松巨木,间以果林,厕以筠筱。山岭危峭,或汙或平,山回径尽,抵一小郡,茅栋纵横,

---

① 《道藏》第10册,第837页。
② 《道藏》第10册,第844页。
③ 《道藏》第10册,第833页。
④ 《道藏》第10册,第802页。

隘路欹侧。"① 运用华丽而古奥的词语极力渲染梦境之美好和浪漫。

《道教灵验记》利用宗教神话这一形象化的表达方式宣扬经符效验实有，吸引了普通民众，传播了道教观念，达到了弘教的目的。杜光庭具有出众的文采，虽然他在纂辑《道教灵验记序》时称："庶广慎微之旨，以匡崇善之阶，直而不文，聊记其事。"② 但相对于《墉城集仙录》《仙传拾遗》《神仙感遇传》《录异记》等叙事性作品而言，《道教灵验记》在人物形象塑造、遣词造句、情节安排及原创性等方面均有许多值得称许之处，在唐代仙道类小说中可谓佼佼者。其中包含大量曲折离奇的神仙故事，情节生动，语句流畅，文辞讲究，如卷一《青城山宗玄观验》、卷四《木文天尊验》、卷八《陵州天师井验》、卷十《王道坷天蓬咒验》等故事在情节设置上皆曲折往复、跌宕起伏，富有情致和趣味。

《录异记》在某种意义上也可视为道教灵验记，此书原本十卷，现《道藏》中残存八卷，共一百六十二则神异故事。以地理方位为基础，按照神仙、人、鬼、动物、自然地理的顺序排列记述各种怪异之事，共分为十七类，每一类故事的主题相近。该书主要介绍了种种奇异事物，表达了尊重生命、善待万物的大爱情怀及善恶报应、行善除恶的公正思想。杜光庭以鬼神世界来影射现实社会生活，宣扬的是恶鬼害人、善鬼助人的鬼神信仰。如其中的《元事壁山神》，崔令下令斩杀了盗拔寨木的健卒，健卒死后，其家里供奉的元事壁山神便经常到崔令家作祟："或见形往来，或空中诟骂。投掷火烛，损破器物，钱帛衣服无故遗失。箱箧之中，锁闭如初，其内衣服，多皆剪碎"。③ 崔令广求方术也未

---

① 《道藏》第10册，第828页。
② （唐）杜光庭：《道教灵验记·广成先生序》，（宋）张君房：《云笈七签》卷117，第2574页。
③ （唐）杜光庭：《录异志》卷4，《道藏》，第10册，第868—869页。

能奏效，只能罢官，远走他乡。《录异记》中的果报故事，多因亵渎神灵而得到报应。如其中《龙》故事如下：荆州当阳县有一口刘文龙井，内有刘文龙，在快要下雨时，井内就会出现云气。后来，有黄驯者将马系于井边，滓秽之物都流入井中。最后，此人和马均暴毙而亡。这则故事显示出了明显的果报意识。《录异记》中也有趣味性颇强的故事，如卷二载：有一个叫王法玄的信道之徒，虽然五官端正，但长了一条大舌头，说话吐字不清，经常遭人嘲笑。一晚，他做了个奇怪的梦，梦见太上老君用一把剪刀把他的舌头剪掉了一圈，醒来后，发现果然口齿伶俐，说话清楚动听。就艺术特征而言，这些故事在塑造人物形象、构思故事情节、运用语言辞藻等方面均有着较为浓重的文学色彩，正如侯忠义所言："（《录异记》）叙事、写景委婉曲折，描写人物生动形象……以散文笔法写景叙事，使整个作品舒徐流畅；文笔流而不乱，静而不滞，富有较高文学价值。"[1]

道教灵验记作为一种叙事文学，尽管其文学审美性往往被宗教色彩淹没，但它仍具有重要的文学价值。其中包含的灵验报应思想对宋元以降文人心态和各类白话小说创作发生了异乎寻常的深刻影响，不仅为后世小说提供了丰富的创作素材，而且其生动离奇、惊人耳目的构思和营造对文人来说，可刺激灵感，启发思维，为后世小说家开创了一种新的思维方式和认知逻辑。[2] 杜光庭《道教灵验记》作为道教灵验记这种道教文学体裁的集大成之作，其对仙道小说，以及宋元明清小说中的道教灵验叙事产生了或隐或显的影响，具有独特的文学价值。

---

[1] 侯忠义：《隋唐五代小说史》，浙江古籍出版社，1997年，第244—246页。
[2] 孙逊：《中国古代小说与宗教》，复旦大学出版社，2000年；韩云波：《唐代小说观念与小说兴起研究》，四川民族出版社，2002年。

## 第四节 杜光庭的诗歌创作

后蜀何光远《鉴戒录》称杜光庭"学海千寻，词林万叶，凡所著述，与乐天齐肩"①。认为杜光庭可与白居易齐肩。《全唐诗》卷八百五十四收录杜光庭诗歌三十二首及残句若干，包括《初月》、《题仙居观》、《题鸿都观》、《题都庆观》、《赠将军》、《题鹤鸣山》、《题空明洞》、《题北平沼》、《题平盖沼》、《题本竹观》、《题福汤观》二首、《题莫公台》、《读书台》、《赠人》、《赠属州刺史》、《题剑门》、《题龙鹄山》、《富贵曲》、《咏西施》、《伤时》、《题霍山秦遵师》、《偶题》、《思山咏》、《景福中作》、《招友人游春》、《山居》三首、《纪道德》、《怀古今》等。《全五代诗》卷四十六首录杜光庭的诗歌十九首，分别为《纪道德》《怀古今》《福唐观》《平盖诏》《仙居观》《初月》《题鸿都观》《题都庆观》《题鹤鸣山》《题空明洞》《题北平沼》《题本竹观》《题福汤观》《题莫公台》《题龙鹄山》《读书台》《赠人》《赠属州刺史》《题剑门》。《全唐诗外篇》收录《题天坛》一首。《补全唐诗拾遗》收录杜光庭《生死歌诀》、《通玄赞》八首、《真人赞》、《受送颂》、《投龙颂》、《六十甲子歌》等诗歌一百四十六首。

杜光庭诗歌取材范围广泛，主题十分丰富。其中，描写道教圣地或宫观之作在杜光庭诗歌中所占比例颇大。这些诗歌大多旁征博引道教典故，营造优美的神仙意境，抒发自己的慕道之情和修道感悟，散发出浓郁的道教气息。如杜光庭《题鹤鸣山》：

五气云龙下泰清，三天真客已功成。人间回首山川

---

① （五代）何光远：《鉴戒录》，《文渊阁四库全书》第1035册，第867页。

小,天上凌云剑佩轻。花拥石坛何寂寞,草平辙迹自分明。鹿裘高士如相遇,不待岩前鹤有声。①

鹤鸣山又称"鹄鸣山",位于四川大邑县,是道教的发源地,张道陵在此创立五斗米道。东晋常璩《华阳国志》卷二载:"汉末,沛国张陵学道于蜀鹤鸣山,造作道书,自称'太清玄元',以惑百姓……巴、汉夷民多便之。其供通限出五斗米,故世谓之'米道'。"② 诗中引用张道陵得道登仙之典,通过人间狭小与天上宏阔的对比,描写闲适的仙界生活,以及对鹤鸣山清静环境的赞美,表达诗人对修道升仙的坚信,以及自己对学道的满腔热忱和无限向往。又如其《题北平沼》:

桐柏真人曾此居,焚香崖下诵灵书。朝回时宴三山客,洞尽闲飞五色鱼。天柱一峰凝碧玉,神灯千点散红蕖。宝芝常在知谁得,好驾金蟾入太虚。③

"北平沼"即"北平治",为避唐高宗李治讳所致。"治"是道教早期的据点,为后世宫观的源头。据杜光庭《洞天福地岳渎名山记》载,北平治位于眉州彭山县境内,是王子乔升仙之地。诗中首句中的"桐柏真人"即王子乔,传说他常在山崖焚香诵读仙经。颔联描述朝拜天尊归来的仙人山中漫步和五色金鱼在溪涧任意遨游的闲适情态。颈联是说,青翠的山脉直插云霄,山顶道观正在举行的斋醮活动中,千万盏彩灯像红莲般随风飘动。尾联

---

① (清)彭定求编,陈尚君补辑:《全唐诗》(增订本)卷854,第9726页。
② (东晋)常璩:《华阳国志》卷2,商务印书馆,1939年,第16—17页。
③ (清)彭定求编,陈尚君补辑:《全唐诗》(增订本)卷854,第9726页。

运用王子乔潜心修道，食灵芝、驾金蟾而轻举飞升的典故，表达了作者对得道成仙的渴望。再如其《题仙居观》："往岁真人朝玉皇，四真三代住繁阳。初开九鼎丹华熟，继蹑五云天路长。烟锁翠岚迷旧隐，池凝寒镜贮秋光。时从白鹿岩前往，应许潜通不死乡。"①仙居观山林茂密，仿佛烟雾缭绕、寂静缥缈的人间仙境，乃隐居修行的绝佳圣地。诗人联想到某位真人曾经隐居在这里最后得道成仙，也希望自己能够坚持修行，直至长生不老。

杜光庭还作有一定数量的证道诗。这类诗歌主要描述炼丹体道的修炼过程及其宗教体验。

中唐之后，道教修炼由外丹转向内丹。杜光庭《山居百韵》残句即反映了这一重大转变：

丹灶河车休矻矻，蚌胎龟息且绵绵。驭景必能趋日域，骑箕终拟蹑星躔。返朴还淳皆至理，遗形忘性尽真铨。②

炼制外丹的炉灶、河车可以休矣，取而代之的是内丹提倡的胎息之术。只要坚持"蚌胎龟息"的内丹修炼之法，假以时日就一定能得道成仙。而"返朴还淳""遗形忘性"可谓修道真谛。正如后蜀何光远《鉴戒录》评价杜光庭时所言："为诗悉去浮游，迥为标准，区分理本，实契真筌。如《山居百韵》云：'丹灶河车休矻矻，蚌胎龟息且绵绵。驭景必能趋日域，骑箕终拟蹑星躔。'又'返朴还淳皆至理，遗形忘性尽真铨。'玄妙之门，实为奇句。"③

---

① （清）彭定求编，陈尚君补辑：《全唐诗》（增订本）卷854，第9725页。
② （清）彭定求编，陈尚君补辑：《全唐诗》（增订本）卷854，第9731页。
③ （五代）何光远：《鉴戒录》，《文渊阁四库全书》第1035册，第893页。

杜光庭这类言说教理的诗作还有体式上别具一格的《纪道德》和《怀古今》:

道,德。
清虚,玄默。
生帝先,为圣则。
听之不闻,抟之不得。
至德本无为,人中多自惑。
在洗心而息虑,亦知白而守黑。
百姓日用而不知,上士勤行而必克。
既鼓铸于乾坤品物,信充仞乎东西南北。
三皇高拱兮任以自然,五帝垂衣兮修之不忒。
以心体之者为四海之主,以身弯之者为万夫之特。
有皓齿青娥者为伐命之斧,蕴奇谋广智者为盗国之贼。
曾未若轩后顺风兮清静自化,曾未若皋陶迈种兮温恭允塞。
故可以越圆清方浊兮不始不终,何止乎居九流五常兮理家理国。
岂不闻乎天地于道德也无以清宁,岂不闻乎道德于天地也有逾绳墨。
语不云乎仲尼有言朝闻道夕死可矣,所以垂万古历百王不敢离之于顷刻。①

古,今。
感事,伤心。
惊得丧,叹浮沉。
风驱寒暑,川注光阴。
始衔朱颜丽,俄悲白发侵。
嗟四豪之不返,痛七贵以难寻。

---

① (清)彭定求编,陈尚君补辑:《全唐诗》(增订本)卷854,第9730页。

夸父兴怀于落照，田文起怨于鸣琴。

雁足凄凉兮传恨绪，凤台寂寞兮有遗音。

朔漠幽囚兮天长地久，潇湘隔别兮水阔烟深。

谁能绝圣韬贤餐芝饵术，谁能含光遁世炼石烧金。

君不见屈大夫纫兰而发谏，君不见贾太傅忌鹏而愁吟。

君不见四皓避秦峨峨恋商岭，君不见二疏辞汉飘飘归故林。

胡为乎冒进贪名践危途与倾辙，胡为乎怙权恃宠顾华饰与雕簪。

吾所以思抗迹忘机用虚无为师范，吾所以思去奢灭欲保道德为规箴。

不能劳神效苏子张生兮于时而纵辩，不能劳神效杨朱墨翟兮挥涕以沾襟。①

这两首均为宝塔诗。宝塔诗是杂体诗的一种，从一字句开始，后一句比前一句多出一字，正好形成一个宝塔形状。隋郑世翼始创此体，作三五七言诗，李白诗歌中也有三五七言体。《一七令》是古代宝塔诗中的主要代表，如白居易《一七令·赋诗字》、元稹《一字至七字诗·茶》、令狐楚《一七令·赋山》等。宝塔诗带有文字游戏的成分和性质，常常产生于文人之间以诗相戏的社交活动中，如《唐诗纪事》卷三十九载："乐天分司东洛，朝贤悉会兴化亭送别，酒酣，各请一字至七字诗，以题为韵。"② 参加者均为当时文坛名流，包括王起、李绅、令狐楚、元稹、魏扶、韦式、张籍、范尧佐、白居易九人。杜光庭将单句改为双句，形成意义相对的迭字句，使其形体更像宝塔，排列更形象和谐，还将一字句增至十五字句，堪称古体宝塔诗之最。这一改革是宝塔诗体发展史的一个里程碑，前无古人，后无来者，不仅增加了诗歌的视觉

---

① （清）彭定求编，陈尚君补辑：《全唐诗》（增订本）卷854，第9730—9731页。

② （宋）计有功：《唐诗纪事》卷39，中华书局，1965年，第590页。

感和建筑美,而且使诗歌的音乐美和排列美相得益彰。就内容而言,这两首诗都大量引经据典,无论是三皇五帝的历史史实和《论语·里仁》"朝问道、夕死可矣"的经典言论,还是四豪不返、七贵难寻、夸父兴怀、田文起怨、苏武牧羊、昭君远嫁、娥皇女英自投江湘、屈原发正直之言、贾谊作忧愁之赋、四皓二疏暮年归乡等名士逸事,均为弘扬道教服务。前者以质直的语言阐释《道德经》思想,说明道德的重要性;后者说明过往历史均为过眼烟云,唯"道"长存,在诗人感叹古今人事沉浮、追求与道相契合的同时,我们仍能看出其坚持的道教"经国理身"理想。杜光庭将弘扬道教之主题置于宝塔诗的轻松愉悦中,使高高在上的道德教化以喜闻乐见的形式传于世人,消弭阅读和接受的阻力,从而大大增强了人们对道教的认同感。

杜光庭还写了许多反映社会现实和抒写个人感伤的诗篇。杜光庭身份虽是道士,但以经世济民为己任,时刻关注着国家和人民,往往在作品中批判现实和揭露社会的黑暗。如其《景福中作》云:"闷见戈铤匝四溟,恨无奇策救生灵。如何饮酒得长醉,直到太平时节醒。"① 强烈批判了晚唐五代军阀混战、藩镇割据的社会现实,表达了期盼天下太平的美好愿望,以及愿望不能实现的苦闷心情。其《咏西施》云:"素面已云妖,更著花钿饰。脸横一寸波,浸破吴王国。"② 通过西施"红颜祸水"来映射统治者荒淫误国的现实。面对晚唐五代战乱纷争的现实,杜光庭功业未就,壮志难酬,在诗歌中往往表露出远离尘俗的归隐思想。如其《伤时》诗云:"帆力劈开沧海浪,马蹄踏破乱山青。浮名浮利过于酒,醉

---

① (清)彭定求编,陈尚君补辑:《全唐诗》(增订本)卷854,第9729页。
② (清)彭定求编,陈尚君补辑:《全唐诗》(增订本)卷854,第9728页。

得人心死不醒。"① 前两句描写世人乘船越海，骑马翻山，忙忙碌碌的现象。后两句点出忙忙碌碌的原因是为功名，为利禄，正所谓"天下熙熙，皆为利来；天下攘攘，皆为利往"。在诗人看来，功名利禄皆空皆虚，叹惜世人到死也不醒悟。其《招友人游春》："难把长绳系日鸟，芳时偷取醉功夫。任堆金璧磨星斗，买得花枝不老无。"② 面对时光飞逝，唯有超然闲适，坚持修炼，方能得道成仙，以诗化的语言将道教追求的终极目标予以凸显。其《偶题》诗亦云："似鹤如云一个身，不忧国家不忧贫。拟将枕上日高睡，卖与世间荣贵人。"③ 诗人以"似鹤如云"来描绘道教超然脱俗的人生态度，并希望将"枕上日高睡"的逍遥精神"卖"给世间那些热衷争名夺利之人。时人张令问《寄杜光庭》诗："试问中朝为宰相，何如林下作神仙。一壶美酒一炉药，饱听松风白昼眠。"④ 可谓杜光庭晚年隐居青城山生活的真实写照。

杜光庭诗歌中出现频率最高的意象是"月"，如"碑刊古篆龙蛇动，洞接诸天日月闲"（《题本竹观》）、"路通霄汉云迷晚，洞隐鱼龙月浸秋"（《题莫公台》）、"华月冰壶依旧在，青莲居士几时来"（《读书台》）⑤ 等等。杜光庭的《初月》一诗借助"初月"的阴晴圆缺变化来讲述道教哲理："始看东上又西浮，圆缺何曾得自由。照物不能长似镜，当天多是曲如钩。定无列宿敢争耀，好伴晴河相映流。直使奔波急于箭，只应白尽世间头。"⑥ 东上西浮，本是月亮运转的自然规律，但是作者却采用拟人手法，道出月亮

---

① （清）彭定求编，陈尚君补辑：《全唐诗》（增订本）卷854，第9728—9729页。
② （清）彭定求编，陈尚君补辑：《全唐诗》（增订本）卷854，第9729页。
③ （清）彭定求编，陈尚君补辑：《全唐诗》（增订本）卷854，第9729页。
④ （清）彭定求编，陈尚君补辑：《全唐诗》（增订本）卷760，第8725页。
⑤ （清）彭定求编，陈尚君补辑：《全唐诗》（增订本）卷854，第9727页。
⑥ （清）彭定求编，陈尚君补辑：《全唐诗》（增订本）卷854，第9725页。

不得自由的深意。这既是对万人瞻仰的月亮的感慨，也是对忙忙碌碌的世人的喟叹。又如其《题鸿都观》："亡吴霸越已功全，深隐云林始学仙。鸾鹤自飘三蜀驾，波涛犹忆五湖船。双溪夜月明寒玉，众岭秋空敛翠烟。也有扁舟归去兴，故乡东望思悠然。"① 诗中的"双溪"即今浙江省缙云县双溪乡。诗人游览鸿都观时思念故乡，欲乘鹤而往，驾扁舟而归，但由于年老体衰，加之战乱阻隔，只能在寂静的夜晚，以蜀地月光来照亮心中的故乡，与杜甫《月夜忆舍弟》中"月是故乡明"甚是相似！

就艺术形式而言，杜光庭诗歌往往明白晓畅、平易自然。何光远认为可与白居易媲美："凡所著述，与乐天齐肩。"② 杜光庭曾因为反对浮艳华靡的晚唐五代文风，拒绝为花间派词人、前蜀宰相韦庄文集作序："相国庄之文集请为序，光庭曰：相国富有文辞，若集中不删落小悼浮艳等诗，不敢闻命。"③ 由此可以窥见杜光庭的诗歌主张。

## 第五节　杜光庭的斋醮科仪文学

斋醮科仪文学作品，即道教在其斋醮仪式中大量使用的赞颂词章。斋醮，又称斋醮科仪，是指道教特有的一种祭神仪式。在早期的道教仪式中，斋、醮相互独立。斋指斋洁身心，以表敬神之意。正如杜光庭所言："斋者，所以斋洁心神，清涤思虑，专致其精而求神明也。"④ "醮者，祭之别名也。"⑤ 醮即备坛供奉，主要为谢神而设的祭祀仪式。后来斋醮并称，泛指道教的祭祀活动。

---

① （清）彭定求编，陈尚君补辑：《全唐诗》（增订本）卷854，第9725页。
② （五代）何光远：《鉴戒录》，《文渊阁四库全书》第1035册，第867页。
③ （元）赵道一：《历世真仙体道通鉴》卷40，《道藏》第5册，第331页。
④ （唐）杜光庭：《道门科范大全集》卷79，《道藏》第31册，第945页。
⑤ （宋）蒋叔舆：《无上黄箓大斋立成仪》卷15，《道藏》第9册，第464页。

杜光庭是道教科仪的集大成者，对斋醮科仪贡献甚大，宋人吕太古《道门通教必用集》卷一《杜天师传》指出："（杜光庭）尝谓道门科教，自汉天师、陆修静撰集以来，岁久废坠，乃考真伪，条列始末。故天下羽褐，至今遵行。僖宗召充麟德殿文章应制，当时推伏曰：词林万叶，学海千寻，扶宗立教，天下第一。"① 南宋金允中《上清灵宝大法》卷四十亦云："广成先生编集斋科之时，身居翰苑，任兼执正，朝廷典籍，省府图书，两街道官，二京秘藏，悉可指索，皆得搜扬。所以著书立言，各有经据，天下后世，无不遵行。"② 杜光庭将道教斋醮科仪分门别类，集其大成。一方面将道教主要道派不同的斋醮科仪统一规制，另一方面将科仪中的表奏、词章、疏启、颂赞、咒诀、愿念等内容加以文饰。他所制定的道门科仪，至今仍为道教沿用。杜光庭的斋醮科仪类著作主要有《道门科范大全集》《太上宣慈助化章》《太上黄箓斋仪》等，斋醮科仪文学作品体裁主要包括青词、启、表、忏文等，接下来分而述之。

一、杜光庭的青词创作

据《全唐文》《全唐文补遗》及《文渊阁四库全书》统计，检得唐人青词二百四十余首，其中杜光庭就有二百二十八篇。③ 阅读这些作品，可知青词在唐代已是一种有专门用途和独立形态的文章体裁。故徐师曾《文体明辨序说》等明、清文体学著作或文章总集中都特列青词一类。今人对这种文体的研究，有张泽洪

---

① 《道藏》第32册，第8页。
② 《道藏》第31册，第625页。
③ 其他包括崔致远11篇，封敖2篇，白居易、沈亚之、唐武宗、唐僖宗、陈敬瑄、吴融、张元晏各1篇。

《道教斋醮史上的青词》一文，对青词与道教的关系论述颇周详①。下面从文学的视角对青词的文体形成过程、文体形态，以及杜光庭青词的文学审美价值等问题做进一步探讨。

青词的形成与上古祭祀祝文有关。祭祀是人类期望与神灵沟通的重要方式，比较重要的祭祀通常要陈祈祝之文，祝告之意须写得简明扼要并适于诵读。先秦文献中已有许多祭祝文。在汉代，祭祝文略有分工：着重表达对亡灵赞美和哀伤之意的为祭文，着重表达对神明告飨祈求之意的为祝文。刘勰《文心雕龙·祝盟》指出了这种微妙的区别："若乃礼之祭祀，事止告飨。而中代祭文，兼赞言行，祭而兼赞，盖引神而作也。"② 刘勰说的"中代"就是汉代。徐师曾也据此进一步说："古之祭祀，止于告飨而已。中世以还，兼赞言行，以寓哀伤之意，盖祝文之变也。"③

汉代道教繁盛，道教祭祝活动继承先秦祭祀文化"斋戒以告鬼神"（《礼记·曲礼上》）的传统，形成了道教专用的祝文。它蕴涵着儒、道文化的双重基因。刘勰《文心雕龙·祝盟》已注意到这一点："汉之群祀，肃其旨礼，既总硕儒之仪，亦参方士之术。"④ 宋人吕元素《道门道教必用集·序》也谈到了道教科仪与儒家经典的关系："古者天子祀天地，格神明，皆具牺牲之礼，洁粢盛，备衣服，先散斋而后致斋，以成其祭……天师因经立教，而易祭祀为斋醮之科。"⑤ 此外，道教斋醮书写上章使用的材料和颜色，也与先秦祝盟有关。《文心雕龙·祝盟》说："盟者，明

---

① 张泽洪：《道教斋醮史上的青词》，载《世界宗教研究》2005年第2期。
② （南朝梁）刘勰著，范文澜注：《文心雕龙注》，第177页。
③ 吴纳、徐师曾著，于北山、罗根泽校点：《文章辨体序说 文体明辨序说》，人民文学出版社，1962年，第154页。
④ （南朝梁）刘勰著，范文澜注：《文心雕龙注》，第176页。
⑤ 《道藏》，第32册，第1页。

也……陈辞乎方明之下，祝告于神明者也。"① 《仪礼·观礼》："方明者，木也，方四尺，设六色，东方青，南方赤，西方白，北方黑，上玄下黄。"② 方明就是盟誓用的祝版，汉代道教祭祝仪式采用了先秦祝盟用的祝版，直到唐代才改用青藤纸。不论用祝版还是青藤纸，书写祝文都用朱色，这也和先秦盟书相类。郭沫若《侯马盟书试探》一文谈到上古以血书盟誓，"在战国时代或更早，血书便改用朱书代替了"③。朱色与血色接近，象征赤诚。而赤诚，是人类共同推重的美德，儒、道自然皆尚之。宋代道士吕元素说："盖青纸朱书，以代披肝沥血之谓也。"④

道教斋醮仪式所用祭祝之文在唐代以前称"章"。《隋书·经籍志》云：

> 消灾度厄之法，依阴阳五行数术，推人年命书之，如章表之仪，并具赞币，烧香陈读，云奏上天曹，请为除厄，谓之上章。⑤

斋醮上奏之章到唐玄宗天宝初年改称青词，初时或称清词，书写材料也由祝版改为青藤纸。李肇《翰林志》载："凡太清宫道观荐告词文，用青藤纸朱字，谓之青词。凡诸陵荐告上表，内道观叹道文，并用白麻纸。"⑥ 杜佑《通典》卷五十三载："自今（天宝四载）以后，每太清宫行礼官，宜改用朝服，兼停祝版，改

---

① （南朝梁）刘勰，范文澜注：《文心雕龙注》，第177页。
② （唐）贾公彦：《仪礼疏》卷27，阮元校刻《十三经注疏》，中华书局，1980年，第1092页。
③ 郭沫若：《侯马盟书试探》，载《文物》1966年第2期。
④ 《道藏》第31册，第655页。
⑤ （唐）魏征等：《隋书》，卷35，中华书局，1982年，第1092页。
⑥ （唐）李肇：《翰林志》，《文渊阁四库全书》第595册，第298页。

为清词于纸上。"① 祝版用木、竹或玉制成。"清词"之称或与"太清宫"专用有关，但这个名称未能通行，后来很快就因书写使用青藤纸而定名为"青词"了。宋岳珂《愧郯录》卷四亦载："独有唐天宝之后，用田同秀之言，立老子庙号曰太清宫……祀用青词。"② 宋谢守灏《混元圣记》卷六载："（天宝）四载四月癸巳诏曰：'……以祝版为青词，用青纸朱书，御署称嗣皇帝臣某，永为常式。'"③ 南宋吕元素《道门定制》卷六《青词》中云："唐天宝四载，敕太清宫行事官皆具冕服，停祝版，改为清词，书于纸上。逮及宋朝真宗皇帝，更以青纸谓之青词，清青之义各有攸始。"④

道教贵青色，用青藤纸书写青词，比用白麻纸、黄麻纸更表尊贵。梁陶弘景《登真隐诀》卷下载："上治邪病章，当用青纸，三官主邪君吏，贵青色也。"⑤ 唐朱法满《要修科仪戒律钞》亦载："三官君吏，贵在青色。"⑥ 宋祝穆《古今事文类聚》别集卷十二书法部"御书"条曰："诏多用白藤纸，抚军用黄麻纸，青词用青藤纸朱字。"⑦ 宋人程大昌《演繁露》卷九云："今世上自人主，下至臣庶，用道家科仪奏事于天帝者，皆青藤朱字，名为青词。"⑧

青词最初只限于太清宫使用。太清宫原为祭祀老子的玄元庙。李唐皇室尊老子为祖先，天宝二载（743），唐玄宗下诏"改西京玄元庙为太清宫，东京为太微宫，天下诸郡为紫极宫"，同年九月

---

① （唐）杜佑：《通典》卷53《老君祠》，第305页。
② （元）马端临：《文献通考》卷71"郊社四"，中华书局，1986年，第645页。
③ 《道藏》第17册，第867页。
④ 《道藏》第31册，第715页。
⑤ 《道藏》第6册，第620—621页。
⑥ 《道藏》第6册，第977页。
⑦ （宋）祝穆：《古今事文类聚》别集卷12，《文渊阁四库全书》第927册，第691页。
⑧ （宋）程大昌：《演繁露》卷9"朱书御札"，《演繁露正续外三种》，新文丰出版公司，1984年，第260页。

辛酉,"谯郡紫极宫改为太清宫"①。谯郡,即老子诞生地(今河南鹿邑与安徽亳州一带)②。太清宫里除供老子外,还有唐高祖、太宗、中宗、高宗、睿宗等五位先帝像,可见太清宫在道观中地位最高。中晚唐以后,青词渐渐不限于太清宫专用了。现存唐代青词中,仅有白居易与封敖所撰青词题目中含"太清宫",其他青词则不限于太清宫使用。观现存中晚唐青词,用于太清宫之外的青词越来越多。

最初的青词、斋词、醮词之间有一定的差别。现存杜光庭之前的青词中,用于太清宫的均以"青词"标示,例如封敖《太清宫祈雪青词》、吴融《上元青词》、张元晏《下元金箓道场青词》等,而用于太清宫之外斋醮场合的多以"斋词""醮词"标出,例如沈亚之《郢州修明真斋词》、陈敬瑄《青羊宫醮词》等。斋词、醮词也不相同。最初,"斋中青词,则求哀请宥,述建斋之所祷也;至于醮谢青词,则叙斋修有阙,祈请蒙恩陈谢之辞也"③。翻阅杜光庭以前的青词和斋词,内容只有祈福请愿,无感恩致谢,白居易、封敖、沈亚之等中唐青词无不如此。至晚唐,青词从注重斋词向注重醮词过渡,出现了"奏醮青词,只许谢过,不许祈福"④的写作规定。在这一转变过程中,杜光庭起了关键作用。晚唐以后遵行的科仪规范实始于杜氏,正如宋人蒋叔与《太上黄箓

---

① (后晋)刘昫:《旧唐书》卷9,第216—217页。
② (唐)杜光庭:《道教灵验记》卷2:"亳州真源县太清宫,圣祖老君降生之宅也……唐高祖、太宗、高宗、中宗、睿宗、明皇六圣御容,列侍于老君左右"(《道藏》第10册,第804页)。又(清)朱书《游濑乡记》:"古苦县濑乡,在今河南归德府鹿邑县境,太清宫在焉,祠老子也……尝考太清宫之祀,始盛于唐,再盛于宋,金元仍之,代有增饰,盖千年矣。"朱书:《小方壶斋舆地丛钞》第16册,第1690页,上海著易堂木刻本。
③ 《道藏》第31册,第498页。
④ (明)佚名:《道法会元》卷250,《道藏》第30册,第535页。

大斋立成仪》卷十五《醮说》云:"张清都黄箓仪无谢恩醮,杜广成仪始有之。"① 而在道教斋醮仪式改革方面,由于晋宋陆修静、唐张清都的斋法已有相当规模,杜光庭的最大贡献在于醮科的整理与创新。明人胡应麟《少室山房笔丛》卷四十二云:"科醮之说,始自杜光庭,宋世尤重其教,朝廷以至闾巷,所在盛行。"② 而现存第一篇醮词《灵宝道场设周天醮词》虽署名唐僖宗,实为杜光庭所撰,写作年代应在881年。③ 从词文"谨遣赐紫道士杜光庭等于宗元观修灵宝道场,丈人观设周天大醮"来看,斋仪、醮仪不在同一道观举行,"灵宝立斋而正一有醮"④ 的畛域仍然存在。醮仪安排在斋仪之后,是对众神灵谢恩的仪式。斋仪、醮仪过程中都宣读青词,"修斋设醮,谨奉醮主弟子臣某为斋意,其余诚恳,具载青词"⑤。但从其题目看,斋仪醮仪宣读的词文很可能是同一文字。而皇室斋主为了省时省力,也常常这样做。正如南宋金允中在《上清灵宝大法》卷二十五所说:"往往斋中青词祈一次,醮中青词又祈一次,间有善于作文者,不过形容斋之与醮而已。"⑥ 杜光庭为唐僖宗撰《灵宝道场设周天醮词》的背景是黄巢叛乱爆发,长安沦陷,唐僖宗入蜀躲避,故词中要表示有愧于祖

---

① 《道藏》第9册,第464页。
② (明)胡应麟:《少室山房笔丛》卷42,第580页,中华书局,1958年。
③ (唐)杜光庭《青城山记》:"僖宗幸蜀之年,山中修灵宝道场,周天大醮,神灯千余,辉灼林表"(《全唐文》卷932,第9710页)。又杜光庭《道教灵验记》卷14《僖宗封青城醮验》云:"僖宗皇帝中和元年(881)辛丑七月十五日,诏内臣袁易简、刺史王滋、县令崔正规与余(杜光庭)诣山修醮,封为五岳丈人希夷真君"(《道藏》第10册,第850页)。唐僖宗在位共十六年(873—888),黄巢叛乱爆发在875年,后来僖宗逃往四川。据此推测,这首醮词应作于881年。
④ 《道藏》第31册,第253页。
⑤ 《道藏》第18册,第338页。
⑥ 《道藏》第31册,第498页。

宗大业、悔过谢罪之情。另一方面，又要"祈天悔过，希保助于将来"①。这篇醮词表明斋词和醮词已经渐趋合二为一。此时杜光庭三十一岁。现存于《全唐文》的杜氏三十一篇斋词、一百八十七篇醮词大部分应作于此后②，其斋词与醮词并无明显区别。作为道教科仪的改革者，他把斋、醮同坛举行，"修黄箓宝斋，备罗天大醮"③（《罗天醮太一词》），使二者区别渐失。明人张萱《疑耀》卷七谈到明代道教仪式时也说："斋与醮，义异而事同，羽衣家鲜能辨之。"④

最后，从功用与类别的角度看，青词也是不断地发展趋于完善的。中唐青词主要用于国家斋醮，例如白居易的《季冬荐献太清宫词文》。至晚唐杜光庭，青词大部分仍用于皇室，但已出现在宫廷之外其他官员的生活中，如《张道衡常侍还愿醮词》，这表明青词有宫廷向民间扩散之势。

唐代早期青词专用于太清宫祭祀，主要由翰林学士撰写，文体格式有严格规定。唐杨矩在《翰林学士院旧规》的《道门青词例》录有青词案例：

> 维某年月岁次某月朔某日辰，嗣皇帝臣署仅差某衔威仪某大师赐紫，某处奉依科仪修建某道场几日。谨稽首上启虚无自然元始天尊、太上道君、太上老君、三清

---

① （清）董诰等：《全唐文》卷89，第938页。
② 《四库全书总目·广成集》："其（杜光庭）在唐末时为王建所作醮词，有称川主相公者、有称司徒者、有称蜀王者、有称太师者。考之于史，建以西川节度同平章事守司徒、封蜀王，一一皆合……光庭骈偶之文，词颇赡丽。"可见，杜氏所撰青词，尤其是醮词多为时任西川节度使、后蜀王建所作。（清）永瑢等：《四库全书总目》卷151，第1304—1035页。
③ 《道藏》第11册，第273页。
④ （明）张萱：《疑耀》卷7，中华书局，1985年，第139页。

众圣、十极灵仙、天地水三官、五岳众官、三十六部众经、三界官属、宫中大法师、一切众灵，臣闻云云，尾云谨词。①

按照这样的标准格式，就像填表一样写入举行斋醮的准确时间、主事者或祝祷者的名字（称臣某，多写明其人道阶或官位）、斋醮性质、设置道场的地点及时间期限、所奉天神的尊号，"臣闻"之下的"云云"说明具体斋事的缘由、愿望、盟誓等，结尾署"谨词"表示谦敬。

中唐白居易、吴融等人写的青词，形式大体和这篇《道门青词例》一致，只是"臣闻"有时换为"伏以"等词语。至晚唐杜光庭，青词文体发生了一些变化，其词题不用"青词"二字，而用"斋词""醮词""文词"等替代。"臣闻"以上的时间、地点、神明等固定格式都省略（这或许是编文集者省略了千篇一律的格式，斋醮现场书写未必省略），"臣闻"处或作"伏以""盖闻""伏闻"等语词，结束语"谨词"二字或有或无。但"臣闻云云"结束时增加了"无（不）任……之至"。

杜光庭作为继南朝陆修静后斋醮科仪的集大成者，对后世青词的写作影响甚大，正如宋人金允中所言："杜君斋科，世间遵用已四五百年。"② 宋代青词大体继承了杜氏青词的文体特征。青词的内容往往大体一致：先颂德，再言举行斋醮之动机，然后祈求神明除灾赐福，最后盟誓。唐及后世青词基本上循此程式。同时，青词也规定行数："前后不过十七行"；句数："不得过十六句"；

---

① （宋）洪迈：《翰苑群书》卷5，《文渊阁四库全书》第595册，第358—359页。
② 《道藏》第31册，第476页。

字数:"不过六七十字"①。这个字数规定仅指青词的正文,即文人可润色部分,但这只是一般的规定,事实上文人们所写青词未必都这么谨守规定。唐代青词的字数就多少不一,最少者三十六字,如杜光庭《黄帝为晋国夫人杜氏建拔九幽斋词》;最长者五百八十六字,如杜光庭《中和周天醮词》。

唐人有时在诗中称青词为"绿章",如李贺《绿章封事》诗曰:

青霓扣额呼宫神,鸿龙玉狗开天门。石榴花发满溪津,溪女洗花染白云。绿章封事谘元父,六街马蹄浩无主。虚空风气不清泠,短衣小冠作尘土。金家香巷千轮鸣,扬雄秋室无俗声。愿携汉戟招书鬼,休令恨骨填蒿里。②

此诗描写道教招神劾鬼禳灾仪式,以天界仙境之美反衬人间疫病流行之凄凉。"绿章封事"即指青词。诗中将青词称为绿章的例子还有五代钱易《芭蕉》:"绿章封事咸初启,青凤求凰尾乍开。"③ 此诗描写的是道教斋醮情况。但青词题目大概不能名为"绿章",我们尚未见现存文献中有题为"绿章"的青词。所以李贺那首诗显然不是青词。不过清龚自珍《乙亥杂诗》中有一首值得特别注意:"九州生气恃风雷,万马齐喑究可哀。我劝天公重抖擞,不拘一格降人才。"诗后作者自注:"过镇江,见赛玉皇及风

---

① (宋)吕元素:《道门定制》卷1,《道藏》第31册,第655页。
② (清)彭定求编,陈尚君补辑:《全唐诗》(增订本)卷390,第4409页。
③ 北京大学古文献研究所:《全宋诗》,北京大学出版社,1998年,第1189页。

神、雷神者，祷祠万数。道士乞撰青词。"① 龚自珍这样的大文士把诗称为青词，不知是否意味着青词"破体"了。

道教对青词写作的规定十分严格。《无上黄箓大斋立成仪》卷十一载：

> 青词须用上等青纸，勿令稍有点污穿破。如纸薄，即将两幅背之。高一尺二寸，只许用一幅，通前后不过十七行，行密无妨，当令后空纸半幅。自维字之后平头写之，上空八分，下通走蚁，逐行不拘字数，但真谨小楷为妙。如启圣后下文不得过十六句，当直指其事，务在简而不华，实而不芜，切不可眩文，瞻饰繁藻，惟质朴为上。书词纸不得令飞落床席及地上，仍不得令衣袖等沾拂词文。凡书词之时，当入静室，几案敷净巾，朱笔朱盏，勿用曾经淹秽之物，口含妙香，闭气书之，不得以口气冲文，写未乖，不得落笔，及与他人言语，仍不许隔日书。下臣字不得在行头，行内不得拆破人姓名，此为书词之格。②

青词具有鲜明的文学性，这和先秦祭祀祝文也有关系。刘勰《文心雕龙·祝盟》曰："若夫《楚辞·招魂》，可谓祝词之组丽也。"③ 他认为《招魂》就是一篇文采美丽的祝词。刘永济注云："郑注《周官》，谓有文雅辞令者，始作大祝。是知二者（祝与巫）

---

① （清）龚自珍，刘逸生、周锡䪖校注：《龚自珍诗集编年校注》，上海古籍出版社，2013年，第744页。
② 《道藏》第9册，第437—438页。
③ （南朝梁）刘勰，范文澜注：《文心雕龙注》，第176页。

乃先民之秀特，而文学之滥觞也。"① 先民时期的祭祝文具有美文性质，青词秉承了这种基因。

唐代公文多用骈体②，青词多属公文，自然也用骈体。朝廷青词通常由翰林学士撰写，即便不是朝廷用的青词，其作者往往也是士林中的名流或道流名士，总之，青词作者都是要力求文采的。这些因素都使青词具有一定的文学性。以下从三个方面进行论析。

首先，骈俪对偶以近文学。祭祝之文发展至六朝，骈俪之风日盛，青词直接受此影响。青词写作采用辞采声韵兼胜的骈体美文，对偶严整，辞藻华丽，既显示作者才情，又利于诵读和聆听。骈俪对偶的语言形式，并不单调死板，而是丰富多彩的，因为四六句式是青词的基本语体。《四库全书总目·广成集》："光庭骈偶之文，词颇赡丽，而多涉其教中荒诞之说，不能悉轨于正。"③ 杜光庭撰写青词时，往往运用一定的文学技巧来展现骈文特有的艺术形式。对偶是骈文的重要特征，杜光庭青词也表现出对偶工整的美文形式。如《莫庭义为安抚张副使生日周天醮词》云："香杂溪云，灯和岭月。"④ 以袅娜缭绕的香烟联想到飘浮不定的白云，以柔和的灯光联想到皎洁的明月，再加上潺潺的溪流和横亘连绵的山岭，一高一低，一动一静，相映成趣，短短八字，宛然勾勒出了一幅自然美景，与王维《山居秋暝》所云"明月松间照，清泉石上流"有异曲同工之妙。又如《邛州刺史张太傅敬周鹤鸣化枯柏再生修金箓斋词》："风来翠壁，重飘远近之香；月过华坛，

---

① （南朝梁）刘勰，范文澜注：《文心雕龙注》，第176页。
② （宋）陈振孙：《直斋书录解题》卷18汪藻《浮溪集解题》中云："四六偶俪之文，起于齐梁，历隋唐之世，表章、诏诰多用之。"中华书局，1985年，第497页。
③ （清）永瑢等：《四库全书总目》，第1035页。
④ 《道藏》第11册，第290页。

复睹扶疏之影。"① 二句不仅词性相同，而且在镜像的营造方面以嗅觉和视觉的美感形成不同感官的对比。其他如《飞龙使唐裔为皇太子降诞修斋词》"鲸钟凤磬，飘逸响于九天；鹤焰龙烟，达精诚于三境"、《中元众修金箓斋词》"焰九光之莲炬，下照冥津；飘三素之檀烟，上闻真域"、《大王初修葛仙化告真词》"熊经鸟伸之士，抗步不还；漱流枕石之人，拂衣长往"② 等。骈文虽以四六句型为主，但杜光庭斋醮词中，对偶句型不限四六或六四，而是变化不一，如《忠州谒禹庙醮词》"巴雨巫云，捧临瑶殿；岷江楚泽，莹荡琼阶"、《蜀王仙都山醮词》"凤札龙书，靡存于鲁壁；虎符龟箓，难访于秦坑"、《皇太子宴请诸将祈晴感应灵宝斋词》"群山晓碧，天高而屏翳收云；六合风清，日迫而羲和弄辔"、《莫庭乂周天醮词》"仰灵都于罔象之中，愿披丹恳；瞻玉相于烟霞之表，必降玄慈"③ 等，这些对偶句式的组合方式往往造成庄严感和整饬美。

其次，隶事用典以见文才。六朝以还，文人写作用典之风日甚，青词写作自然也感染了这种风气。隶事用典是杜光庭青词常用的手法，如其《川主大王为鹤降醮彭女观词》："所以丁令归时，曾窥丹顶；苏耽降日，亦显霜翎。流万古之美谈，标当年之瑞牒。"④ 征引了《搜神后记》"丁令威化鹤"和《神仙传》"苏耽随鹤飞升"的传说，不仅切合题旨，而且具有得道成仙的象征意义。以"丹顶"与"霜翎"之意象既可免与"鹤"重复之嫌，又能显示色彩对比的用语之工整。又如杜光庭为马尚书所作的《马尚书

---

① 《道藏》第 11 册，第 257 页。
② 《道藏》第 11 册，第 253、249、286 页。
③ 《道藏》第 11 册，第 272、256、261 页。
④ 《道藏》第 11 册，第 302 页。

醮词》:"常怀聚鹬之讥,每惧濡鹈之诮。"① 前后两句分别语出《左传》僖公二十四年:"郑子华之弟子臧出奔宋,好聚鹬冠。郑伯闻而恶之,使盗诱之。八月,盗杀之于陈宋之间。"②《诗经·曹风·候人》:"维鹈在梁,不濡其翼。彼其之子,不称其服。"以避免"聚鹬""濡鹈"的讥诮来表达作者对国君的忠心。再如杜光庭《蜀王青城山祈雨醮词》云:"驱肥遗于穷荒,舞商羊于中境。"③其中"肥遗"和"商羊"之典见于《山海经》和《孔子家语》,并且和"祈雨"密切相关。《山海经·西山经》云:"有蛇焉,名曰肥遗,六足四翼,见则天下大旱。"④《孔子家语·辩政》载:"齐有一足之鸟,飞习于宫朝,下止于殿前,舒翅而跳。齐侯大怪之,使使聘鲁问孔子。孔子曰:'此鸟名曰商羊,水祥也。昔童儿有屈其一脚,振讯两眉而跳。且谣曰:天将大雨,商羊鼓舞。'今齐有之,其应至矣。"⑤作者把象征大旱和大雨的两个典故恰当地用于祈雨青词中,显示文才。这完全是文学作品标志性的手法之一。

再次,青词注重使用优美的辞藻修饰文句,如杜光庭《莫庭乂为安抚张副使生日周天醮词》中的"香杂溪云,灯和岭月"⑥,由道教斋醮时用的香和灯两法器联想到缥缈不定的溪云和皎洁朦胧的岭月,自然天成,大增诗意。再如其《邛州刺史张太傅敬周为鹤鸣化枯柏再生修金箓斋词》中的"风来翠碧,重飘远近之香;

---

① 《道藏》第11册,第277页。
② 杨伯峻:《春秋左传注》(修订本),第一册,中华书局,1990年,第426页。
③ 《道藏》第11册,第296页。
④ 袁珂:《山海经校注》,上海古籍出版社,1980年,第22页。
⑤ (三国)王肃注:《孔子家语》,中州古籍出版社,1991年,第67页。
⑥ 《道藏》第11册,第290页。

月过华坛,复睹扶疏之影"①。其《皇太子宴诸将祈晴感应灵宝斋词》中的"群山晓碧,天高而屏翳收云;六合风清,日迫而羲和弄辔"②均颇富文采,置于六朝骈文中,毫不逊色。

杜光庭的青词创作具有的文学色彩对宋代青词讲究对仗工整、辞采赡丽影响颇大。宋代很多著名文人进行青词创作,如欧阳修、苏轼、苏辙、王安石、黄庭坚、秦观、陈师道、陆游、杨万里、张孝祥、叶适等均有青词传世。宋代青词的盛行和表现出的文学性都与杜光庭的影响有密切关系。③

## 二、杜光庭的步虚词、颂赞、咒语、奏表、启文、忏文

杜光庭《太上黄箓斋仪》是道教斋醮科仪的集大成之作。黄箓斋仪活动的程序中包括"步虚旋绕"环节,步虚词即存在于此。步虚词为娱神之辞,是道士在斋醮仪式中围绕醮坛做步虚旋绕时所诵唱的诗词乐章,以五言体为主。因为诵唱时往往伴有音乐旋律和舞蹈,边唱边跳,宛如众仙缥缈,轻举步行于虚空,因此步虚词也叫步虚声。杜光庭步虚词大约有二十多首,有描绘斋醮场面的,如《太上黄箓斋仪》卷一所载步虚词:

旋行蹑云纲,乘虚步玄纪。吟咏帝一尊,百关自调理。俯命八海童,仰携高仙子。诸天散香花,萧然灵风起。宿愿定命根,故致标高拟。欢乐太上前,万劫犹

---

① 《道藏》第11册,第257页。
② 《道藏》第11册,第256页。
③ 可参张海鸥、张振谦:《唐宋青词的文体形态和文学性》,载《文学遗产》2009年第2期;查庆、雷晓鹏:《宋代道教青词略论》,载《四川大学学报》(哲学社会科学版)2009年第4期。

未始。①

前四句描绘斋醮道坛行道时的形式,步虚旋绕的情形,按一定的仪式和步法,步罡踏斗,召请神灵。一方面通过诵唱步虚词赞颂天帝,虔诚信仰;另一方面通过步罡踏斗修炼精气神,强身健体。中间四句表现行道时的效应,尊神高仙纷纷降临的情形,有丰富的想象,如同亲眼所见亲身所感。在行道时,各礼师要存念如法,临目存见太上三尊乘空下降,左右龙虎,千乘万骑,三界尊灵群真,侍卫罗列在座,又要思青云之气,匝满斋堂,青龙狮子备守前后,仙童玉女、三界官属罗列左右。各处高仙携领仙童也降临道坛,伴随着满天的香花和八海的灵风。后四句归结到行道的目标,因消灾而得欢乐的情形。消除灾难,延长生命,是人们的美好愿望和最高追求,通过设斋行道,幸蒙太上三尊的护佑,得以脱离劫难,因而欢欣鼓舞,快乐放歌。行道者、参与者、旁观者均欢乐无比,不仅众人欢乐,更要太上老君也欢乐。有了欢乐,一切都好;有了欢乐,便见成效。

杜光庭步虚词中也有抒写斋醮时内心体验之作。如《太上黄箓斋仪》卷五"步虚"云:"控辔适十方,旋憩玄景阿。仰观劫仞台,俯盼紫云萝。逍遥太上京,相与坐莲华。积学为真人,恬然荣卫和。永享无期寿,万椿奚足多。"②描述了登仙成真后,心满意足的种种情态。前两句是说,本来可以自由自在到各处去观光游览,却急匆匆地赶到了玄都玉京山,表现出急于朝拜太上老君的迫切心情。第三句至第六句想象在天宫的礼遇。望天台之高,看紫云之袅,享受在天宫悠闲漫步之逍遥,领受与太上同坐莲花

---

① (唐)杜光庭:《太上黄箓斋仪》卷1,《道藏》第9册,第184页。
② 《道藏》第9册,第195页。

之奇妙。第七句至第十句写积学苦修,终成真人。

杜光庭不仅用步虚词来赞颂神仙轻举之美和斋醮时的内心体验,也希望通过神灵来消灾祛祸,希望通过宗教仪式为众生拔度苦难,保佑国民,这是其经世济民思想的重要表现。如:"宝箓修真范,丹诚奏上苍。冰渊临兆庶,宵旰致平康。万物消疵病,三晨效吉祥。步虚声已彻,更咏洞玄章。"① 此步虚词一般用于祈福谢恩,祈晴祷雨,道教神仙诞辰庆贺。音乐舒缓,庄严典雅。高功法师和班首清净肃穆地恭迎神仙,心虔意诚地上香礼拜,送神返回天宫时献供致谢,步虚赞颂声通达天上,万民康宁平安。此外,他的数首步虚词在结句都表达出了对国泰民安的美好祝愿,如:"至诚何以祝,多稼永丰穰","至诚何以祝,四海永澄澜","至诚何以祝,国祚永安荣"。② 这些祝语既含有杜光庭对社会时代、人民生活的殷切期盼,也是其写作斋醮词的最终目的。

杜光庭的步虚词艺术性也较高,突出表现在想象力丰富,充满了浓重的神圣色彩。如《步虚词》云:"嵯峨玄都山,十方宗皇一。岩岩天宝台,光明焰流日。炜烨玉林华,蒨璨耀朱实。常念餐元精,炼液固形质。金光散紫微,窈窕大乘逸。"③ 全诗以丰富的想象力描绘了天宫景象。以玄都玉京山的崇高形容天宫的尊贵,以各路神仙的朝拜形容天宫的感召力,以天地自然珍宝之众多形容天宫的富足,以大放光明形容天宫的纯洁,以鲜花美果形容天宫的活力和美丽。全诗最后提醒学道之徒要不断修炼,保持修道决心,并抒发了身处天宫的喜悦心情,似乎亲自闻见太上老君讲道的瑰丽图像。再如:"头脑礼金阙,携手遨玉京。骞树圆景园,

---

① (唐)杜光庭:《太上黄箓斋仪》卷28,《道藏》第9册,第259页。
② 杜光庭:《步虚词》其八、其九、其十,《道藏》第5册,第771页。
③ 《道藏》第9册,第184页。

焕烂七宝林。天兽三百名，狮子巨万寻。飞龙踯躅吟，神凤应节鸣。灵风扇奇华，清香散人襟。自无高仙才，焉能耽此心。"①"大道师玄寂，升仙友无英。公子度灵符，太一捧洞章。舍利耀金姿，龙驾倏来迎。天尊盼云舆，飘飘乘虚翔。香花若飞雪，氛霭茂玄梁。"②均以瑰丽的想象着力描绘了天宫仙境，如诗如画，令人向往。

除步虚词外，杜光庭的斋醮科仪文学还包括大量的颂赞、咒语和忏文。如其《太上黄箓斋仪》中的三启颂、焚词颂、投龙颂、送神颂、还戒颂、三途五苦颂、解坛颂、辞三师颂、宿命赞、密咒、七真赞、小学仙赞、明灯颂（以上五言）、卫灵咒、镇坛真文玉诀、上师咒、出水吟颂（以上四言）、发愿词（四言或六言）等。

颂赞是中国古代的传统文体，"颂"原为歌颂神的舞歌。《文心雕龙·颂赞》云："四始之至，颂居其极。颂者，容也，所以美盛德而述形容也。昔帝喾之世，咸墨为颂，以歌九韶。自商已下，文理允备。夫化偃一国谓之风，风正四方谓之雅，容告神明谓之颂。风雅序人，事兼变正；颂主告神，义必纯美。"③刘勰认为，"颂"源于《诗经》之"四始"，对象是先祖圣王，以称美其德为主。挚虞《文章流别志论》云："颂，诗之美者也。古者圣帝明王，功成治定而颂声兴。于是史录其篇，工歌其章，以奏于宗庙，告于鬼神。"④关于"赞"体，《文心雕龙·颂赞》云："赞者，明也，助也。昔虞舜之祀，乐正重赞，盖唱发之辞也。及益赞于禹，伊陟赞于巫咸，并扬言以明事，嗟叹以助辞也。故汉置鸿胪，以

---

① 《道藏》第 9 册，第 200 页。
② 《道藏》第 9 册，第 198 页。
③ （南朝梁）刘勰，范文澜注：《文心雕龙注》，第 156—157 页。
④ 穆克宏：《魏晋南北朝文论全编》，第 78 页，上海远东出版社，2012 年。

唱拜为赞，即古之遗语也。"① 由此可见，"颂""赞"在共通性与内容指向上均以称美为主。道教对道经的分类自六朝开始就有所谓三洞十二部的说法，而"赞颂"即属于十二部之一。②《洞玄灵宝玄门大义·释名第二》云："赞颂者如五真颂、九天旧章之例是也。赞以表事，颂以歌德，故《诗》云：'颂者，美盛德之形容。'"同书"释赞颂第十一"又云："此有本文赞颂，如九天生神之流，以三洞飞玄之气，是本文赞颂也。后诸经中或有道君、真人、诸天赞颂，此皆玄圣所作，共在经中。"③ 道教"赞颂"主要针对经法、真人、诸天等而发，依托于神仙所作，在斋醮仪式中普遍使用，以表达道士对仙真的敬仰之心。

杜光庭斋醮科仪文学中的颂赞，共有三十二种，分别为：《三皈依颂》三首、《启堂颂》、《三启颂》三首、《出堂颂》、《智慧颂》三首、《投龙颂》、《三涂五苦颂》八首、《焚词颂》、《辞三师颂》三首、《送神颂》、《十一方颂》十一首、《还戒颂》、《解坛颂》、《功德颂》、《向来颂》、《受送颂》、《明灯颂》、《送经颂》、《唱导赞》、《启经赞》、《华夏赞》、《请三师赞》、《解坐赞》、《宿命赞》、《七真赞》八首、《小学仙赞》、《学仙赞》、《通玄赞》八首、《授经赞》、《光明赞》、《真人赞》六首、《奉戒赞》，总计七十六首。其中，《送经颂》和《启经赞》仅存一句，《智慧颂》《向来颂》《功德颂》《华夏赞》《请三师赞》《学仙赞》则有题无文。这些颂赞的文体形式大部分是五言韵文，句数自六句至二十四句不等。如其《太上黄箓斋仪》卷四十九所载《投龙颂》：

---

① （南朝梁）刘勰，范文澜注：《文心雕龙注》，第158页。
② （唐）孟安排：《道教义枢》卷2《十二部义第七》，《道藏》第24册，第816页。
③《道藏》第24册，第739页。

　　　　祈真登紫府，告命诣灵坛。玉女谣梵响，金童奏香烟。书名通九地，列字上三天。永享无期寿，克成高上仙。

　　前两句描写道教投龙仪式，为了祈求上天保佑而以龙简告命；第三句、第四句想象在仙乐相伴、云雾缭绕的仙境中听见了玉女歌咏、金童传奏；最后四句表达身列仙籍、长生之愿实现后的愉悦心情。结构上，遵循律诗四联起、承、转、合的写作顺序，颔联、颈联对仗工整。就艺术而言，诗中虽有一些道教术语，但无生硬晦涩之感，准确生动地描写了投龙活动现场，想象丰富，富有文采，置于唐代文人游仙诗中，也毫不逊色。

　　再如见于《太上三洞传授道德经紫虚箓拜表仪》中的《奉戒赞》："奉戒为身宝，永劫享灵期。虚心会虚寂，精感在精思。九鸾陪玉軨，八凤荐金芝。青童歌妙曲，玄女唱清词。神尊示光景，太上湛希夷。天华杂香起，法雨散灵滋。勤苦修生道，翘想作仙基。精诚如不息，鹤驾自当之。"[①] 开篇即言奉戒精思的好处，甚似苏轼诗句"旧书不厌百回读，熟读深思子自知"（《送安敦秀才失解西归》）。中间八句以鸾凤栖息、青童仙女、仙歌道曲、天花杂香等物象来营造神仙境界。末四句规劝修道者勤奋不息、精诚专心，定能得道成仙。

　　咒语也是杜光庭斋醮科仪文学中的重要类别。咒语一般是作为巫术仪式的组成部分来施行。英国社会人类学家马林诺夫斯基曾言："咒是巫术底神秘部分，相传于巫士团体，只有施术的才知道。在土人看来，所谓知道巫术，便是知道咒；我们分析一切巫术行为的时候，也永远见得到仪式是集中在咒语底念诵的。咒语

---

　　① 《道藏》第18册，第330页。

永远是巫术行为底核心。"① 咒语具有命令性、自足性、固定性和保密性四个基本特征。②

杜光庭所作咒语主要有入户咒、出户咒、发炉咒、复炉咒、命魔咒、三简咒、上香咒、转经咒、礼灯咒、真文咒、遣鬼咒、十一方咒、卫灵咒等多种。这些咒诀主要见于《太上黄箓斋仪》，均为四言，句数不等。主要用于召请各方神灵，以达到消灭魔鬼奸佞、去除秽气的目的。因此，咒语往往先夸饰神气之光辉朗耀、普照四方的情景，并由此极力强调神威的显赫，接着以"魔王恐惧""万魔恐怖"等语词，塑造道长魔消之情境。如《太上黄箓斋仪》卷四"第二日清旦行道"条的《入户咒》："五星虚映，焕景神庭。包罗无象，合气群灵。潜形杳默，周游五经。扬威耀日，役使甲丁。却妖除祸，涤秽消氛。万魔恐怖，龙虎飞奔。紫云交覆，万气齐并。"③ 当然，这些咒语也并非都是杜光庭原创，其中一些是对此前道书咒语的简单加工，如《太上黄箓斋仪》卷六"第二日落景行道"条的《卫灵咒》："金真空降，神虎检营。玉帝披霞，诸天命灵。九晨回驾，万魔束形。九微进烟，神威摄精。流金掷火，百恶消并。神辉耀夜，洞杳长春。圣道荡荡，十方肃清。保制劫运，元亨利贞。"④ 就显然来源于大约成书魏晋时期的《太上洞渊神咒经》卷十二《玄真消灾辟祸颂》："金真乘空降，神虎检云营。玉帝披绿霞，诸天命神兵。九辰回霄驾，万魔束妖形。九微迅烟出，神将摄邪精。九元开云路，神威召诸灵。流金掷锋刃，

---

① （英）马林诺夫斯基，李安宅译：《巫术科学宗教与神话》，中国民间文艺出版社，1986年，第56页。

② 参阅黄涛：《咒语的本源、演变、基本特征以及与祷词、神谕的区别》，载《宗教学研究》2006年第3期。

③ （唐）杜光庭：《太上黄箓斋仪》卷4，《道藏》第9册，第191页。

④ （唐）杜光庭：《太上黄箓斋仪》卷6，《道藏》第9册，第196页。

百恶自消平。神辉耀天宿，除荡鬼王兵。五象风火发，灭毒金马呈。群灾敢有干，北帝收汝名。圣道正荡荡，神威戮鬼精。十方龙骑到，神霄绕鬼城。圣人教我诵，飞符任霄征。十方保劫运，使我亨利贞。"① 虽然道士"一向认为咒语具有神谕的性质，不容许文学中的虚构，不允许随意更改。但道教咒语的文学性却是客观存在的"②。从文学的角度来看，道教咒语是宗教形态的文学作品，具有自身独特的品格。它的语言具有明显的诗歌化倾向，是作者充沛的审美想象之结晶；篇幅虽然短小，但其中却蕴含着相对完整的叙事。③

杜光庭的斋醮科仪文类还包括一些散体文章体式，如表奏、启文、忏文等。"表"原是下以致上，以明心意的文书，后被佛、道二教作为斋会陈奏的体裁，明人徐师曾《文体明辨序说·道场榜·表》云："表者，释、道陈奏之词也。古今表词施于君臣之际，而二氏亦以表称，盖僭拟也。"④ 道经分类中专设"章表"一部，可见道教对表奏文书的重视。杜光庭所作表文主要见于《太上黄箓斋仪》卷四十九、《太上灵宝玉匮明真大斋言功仪》和《太上三洞传授道德经紫虚箓拜表仪》中。其形制源自章、奏、表等传统文书，一般首句称"稽首"，末句写时间及"臣某于某处拜上"等字样。"启"的运用在道教斋仪中属于法师口头启奏性质，不像章表、青词那样的正式文书。主要使用于各称法位之时，在正斋行道时读词程序之前。一般开首有包含"上启"字样的套语，然后列举开启神真对象，再说明为人修斋开启的理由，结尾有

---

① 《道藏》第6册，第43页。
② 林拓：《道教咒语的文学价值》，载《中国道教》2000年第4期。
③ 涂敏华、程群：《道教咒语的文学性品格》，载《广西师范大学学报》2011年第1期。
④ （明）吴讷、徐师曾：《文章辨体序说 文体明辨序说》，第171页。

"谨启以闻""所启玄感，上御至真无极道前"之类的格式用语。忏悔是道教斋仪的主要内容之一，与之相对应的文体是忏文。杜光庭的忏文主要存在于《金箓斋忏方仪》《太上黄箓斋仪》《太上灵宝玉匮明真斋忏方仪》《洞神三皇七十二君斋忏方仪》中。其文体格式一般是这样的：起首句"臣等伏闻""臣等奉（谨）为""臣等今故烧香"，结束语为"得道之后，升入无形，（和）与道合真"。从文学角度来看，忏文与青词同样具有四六骈文的特征，不乏对仗工整、语句凝练、植入典故的词句。

总之，由于杜光庭具有较高的文学素养，他撰写的这些原属道教科仪的应用文书呈现出文辞典雅骈俪的文学风貌，对道教文体的文学化自然具有催化作用。相对于此前的这些道教文类，杜光庭笔下的同类作品在遣词用字、抒情写意等方面均表现出典雅化的倾向和比较浓重的文学色彩，在一定程度上促进了道教科仪应用文体与传统文学的融通与结合。

# 第七章 吕洞宾的文学创作

　　吕洞宾在"八仙"中名气最大,被全真道奉为北五祖之一,历代备受尊崇。虽然吕洞宾相关的许多记载是其仙化的产物,但历史上实有其人是肯定的。他是一个少习儒术,但生逢乱世,功名仕途无望之后避世隐居、逍遥人间的道隐之士。吕洞宾是道教内丹学钟吕派的代表,他倡导的内丹说,在道教史上具有划时代的意义。钟吕派强调内丹炼养,创制内丹药物,采取火候之论,提倡和遵循炼精化气、炼气化神、炼神还虚、炼虚合道的内炼程序。他们以慈悲度世为得道成仙之途,改铅汞与黄白术为内丹术,以剑术来除却贪欲和烦恼,对后世社会产生了重大影响。他的文学作品作为其内丹炼养思想的重要载体和传播媒介,也具有一定的价值和意义。

## 第一节 吕洞宾的生平与著述

　　吕洞宾,名岩,号纯阳子,祖籍关中京兆(今陕西西安),生于河中府永乐(今山西永济),北宋以后道教八仙之一,世称吕祖或纯阳祖师。宋初,吕洞宾拜见张洎:"自言吕渭之后,渭四子,温、恭、俭、让。让终海州刺史,洞宾系出海州房。"[1] 据新、旧《唐书·吕渭传》,吕洞宾曾祖延之,仕唐,终河东节度使,祖渭,官至礼部侍郎。父让,官至太子右庶子。现知最早提及吕洞宾名

---

[1] (宋)杨亿:《杨文公谈苑》,上海古籍出版社,1993年,第104页。

字的资料见于五代陶穀所编的《清异录》，学界一般认为，吕洞宾大约生活于唐末五代。①

道教典籍大多认为吕洞宾生于唐德宗贞元十二年（796）或十四年（798）。如元代赵道一《历世真仙体道通鉴》卷四十五"吕岩"条云"贞元十二年丙子（796）四月十四日生"②。刘志玄等《金莲正宗仙源像传》亦持此说。陈致虚《上阳子金丹大要列仙志》说"一云生唐德宗贞元丙子"③。苗善时《纯阳帝君神化妙通纪》卷一则说生于"贞元十四年（798）四月十四日巳时"④。而元初秦志安《金莲正宗记》卷一引《岳州青羊观石壁记》称："先生讳岩，字洞宾，蒲州蒲坂永乐人也。唐德宗兴元十四年丙子四月十四日生于林檎树下。"⑤ 其中"兴元"当为"贞元"之误，因唐德宗兴元年号仅使用了一年。明《万历续道藏·吕祖志》、清乾隆年间刊刻《吕祖全书》均采用"贞元十四年"说。

吕洞宾是否进士及第，众说纷纭。宋人吴曾《能改斋漫录》

---

① 关于吕洞宾生平的考述，以下诸说颇具代表：浦江清认为吕洞宾传说兴起于北宋庆历年间，"至于有没有这样一个人，很难说"。见《八仙考》，载《清华学报》1936 年第 1 期。李裕民指出："吕洞宾是五代、北宋初年人，主要的活动年代在后周（951—960）和宋太祖（960—975 年在位）、宋太宗（976—997 年在位）在位时期。"见《吕洞宾考辨——揭示道教史上的谎言》，载《山西大学学报》（哲学社会科学版）1990 年第 1 期。詹石窗《道教文学史》中说："吕洞宾本河中府人，约生于公元 789 年……吕洞宾约卒于五代末。"见《道教文学史》，上海文艺出版社，1992 年，第 298 页。吴亚魁考察道教内外各种文献后，认定："吕洞宾的住世或活动年代，大致是在公元 8 世纪末至 10 世纪中叶，也就是惯常所说的唐末、五代。"见《吕洞宾学案》，齐鲁书社，2016 年，第 23 页。此外，史贞《吕洞宾生平著作考》（载《道韵》1997 年第 1 辑）、尹志华《吕洞宾生平事迹考》（载《中国道教》2007 年第 4 期）等均认为吕洞宾主要生活在唐末五代，具体生卒年有不同说法，待考。
② 《道藏》第 5 册，第 358 页。
③ 《道藏》第 24 册，第 74 页。
④ 《道藏》第 5 册，第 705 页。
⑤ 《道藏》第 3 册，第 346 页。

卷十八引《雅言系述》说他"咸通初,举进士不第",同卷又言"唐末,累举进士不第"。① 张邦基《墨庄漫录》卷二则载:"世传吕公得道之士,唐僖宗时进士。"② 金代袁从义《有唐纯阳吕真人祠堂记》说"当敬宗宝历元年(825),举进士甲科中选"③,元初秦志安《金莲正宗记》卷一称其"唐文宗开成六年丁酉岁(843)擢进士第,年二十有二岁也"。元赵道一《历世真仙体道通鉴》卷四十五"吕岩"条则既说其"至文宗开成二年丁巳(837)擢举进士",又载"一云武宗会昌(841—846)中两举进士不第"④。辛文房《唐才子传》卷十《吕洞宾传》则说吕洞宾"咸通初中第,两调县令"⑤。据《旧唐书·吕渭传》载:"长庆以后,李德裕党盛,吕氏诸子无至达官者。"⑥ 故谓其屡举不第,较符合历史事实。

  吕洞宾在长安(一说庐山,一说华山)遇钟离权,经过"十试",钟尽授吕以内丹妙诀。吕洞宾道成之后,以度尽众生为己任。元代苗善时《纯阳帝君神化妙通纪》卷三载:钟离权升天之日,嘱咐吕洞宾说:"吾去后,好住人间,功德圆时,亦当如吾升玉虚矣。"吕洞宾答曰:"弟子之志,则异于先生。必须度尽天下众生,方上升未晚。"⑦ 此后,吕洞宾信仰及相关事迹盛行于世,正如宋初张齐贤《洛阳缙绅旧闻记》所说,"时人皆知吕洞宾为神

---

① (宋)吴曾:《能改斋漫录》卷18,中华书局,1960年,第503—504页。
② (宋)张邦基:《墨庄漫录》卷2,中华书局,2002年,第76页。
③ 陈垣编撰,陈志超、曾庆瑛校补:《道家金石略》,文物出版社,1988年,第448页。
④ (元)赵道一:《历世真仙体道通鉴》卷45,《道藏》第5册,第358页。
⑤ (元)辛文房撰,傅璇琮:《唐才子传校笺》,第4册,第392页。
⑥ (后晋)刘昫:《旧唐书》卷137,第3770页。
⑦ (元)苗善时:《纯阳帝君神化妙通纪》卷3,《道藏》第5册,第711页。

仙"①。王旦、杨亿等人于真宗景德四年至大中祥符九年（1007—1016）修撰《国史》，记太祖、太宗两朝事，其中也有"关中逸人吕洞宾，年百余岁，而状貌如婴儿。世传有剑术，时至陈抟室"②的记载。由此可知，吕洞宾作为神仙的名声早在五代宋初就已在民间广为流传。

北宋中期，吕洞宾的仙迹明显增多，元丰、元祐年间郑景璧的《蒙斋笔谈》详细记载了"神仙吕洞宾"的事迹。陈师道《后山集·谈丛》也说南唐后主李煜曾访求得吕洞宾图像，又谓王安石曾于金陵见吕洞宾，叩请修道，而未蒙允许。《宣和画谱》载北宋李得柔画二十六真人像，其中就有钟离权真人像、吕岩仙君像。此外，王巩《闻见近录》、范致明《岳阳风土记》、张舜民《画墁集》、叶梦得《岩下放言》、陆元光《回仙录》等笔记小说都载有吕洞宾事迹。在民间信仰繁荣的基础上，信奉道教的宋徽宗于宣和元年（1119）封吕洞宾为"妙道真人"。吕洞宾由民间的神仙上升为正统道教中的神仙，为上层统治者所尊奉。这样，吕洞宾由晚唐五代的隐士到北宋前期民间信仰的神仙，再到徽宗时成为"真仙"，即由原来的"人"彻底变成了"仙"，完成了"仙化"过程。

吕洞宾著述主要存于《道藏》《藏外道书》《全唐诗》《吕祖全书》《道藏辑要》等典籍中。见存于《道藏》者主要有以下八种：（1）《纯阳吕真人药石制》，收入《道藏》洞神部，共收七言诗69首，前66首每首介绍一种药石的出产及特性，最后三首介绍采择药石的规制。（2）《纯阳真人浑成集》，收入《道藏》太玄

---

① （宋）张齐贤：《洛阳缙绅旧闻记》卷3，朱易安、傅璇琮，周常林等：《全宋笔记》第1编第2册，大象出版社，2003年，第176页。

② （宋）吴曾：《能改斋漫录》卷18引，第503页。

部，分上、下两卷，共收诗202首。卷上包括《劝世吟》七律29首，五律2首，七绝54首，无题诗17首，以及《戒酒》《戒色》《戒财》《戒气》《戒愁》《心剑》《心印》《心镜》《心灯》《心月》《心地》各1首，《最玄吟》26首，五言长篇古体1首，五律《自咏》1首，五绝4首，四言绝句8首，六言诗1首，《落魄歌》1首。卷下包括七律66首，七绝32首，五律3首。(3)《钟吕传道集》，收入《道藏》洞真部，以吕洞宾问、钟离权答的形式，阐释了道教炼养的核心内容，包括"论真仙""论大道""论天地""论日月""论四时""论五行""论水火""论龙虎""论丹药""论铅汞""论抽添""论河车""论还丹""论炼形""论朝元""论内观""论魔难""论证验"十八个阶段和步骤。(4)《道枢》卷五《百问篇》、卷十三《指玄篇》、卷二十五《肘后三成篇》、卷二十六《九真玉书篇》、卷三十《五戒篇》、卷三十五《众妙篇》、卷三十九至四十一《传道篇》（上、中、下）、卷四十二《灵宝篇》，收入《道藏》太玄部。(5)《诸家神品丹法》卷二《吕洞宾述长生九转金丹》，收入《道藏》洞神部。(6)《修炼大丹要旨》卷上《吕仙赐方》，收入《道藏》洞神部。(7)《黄帝阴符经集解》吕洞宾解释部分，收入《道藏》洞真部。(8)《诸真内丹集要》卷上《纯阳吕真人玄牝歌》《纯阳真人大丹歌》，收入《道藏》正一部。这些著作内容庞杂，有些为后人假托之作或扶乩降笔。

清人刘体恕汇辑的《吕祖全书》收录传世吕洞宾著作较为完备，全书共三十二卷，前二卷为吕祖本传及灵应事迹共103条。《文集》三卷，收诗歌、词曲共二百八十八首，前有宋乾道二年（1166）谷神子陈得一序、明永乐二十年（1422）四十四代天师张宇清序，后有明万历十一年（1583）杨良弼《吕祖文集》后序。《指玄篇》一卷，《忠诰》和《孝诰》各一卷，前、后《八品仙经》三卷,《五品仙经》一卷,《清微三品经》和《参同经》各三卷,《圣德诸品经》《金丹直指诸品经》和《醒心经》各一卷,《度厄、救劫、救苦、涤氛四神咒》一卷,《雪过修真仙忏》一卷,《玉枢宝经赞》一卷,《葫头集》二卷,《涵三杂咏》和《涵三语录》各一卷,《修真传道论》二卷,《敲爻歌》和《沁园春词》注解一卷,吕祖诸诰一卷。

  吕洞宾文集至迟在南宋初年已经流传,《吕祖全书·原刊文集序》云:"今偶得是集,不欲秘藏,愿与同志共之。"下署"时太岁丙戌乾道二年(1166)云日剑津谷神子陈得一序"①。明永乐二十年(1422),第四十四代天师张宇清《重刊文集序》亦云:"其(吕洞宾)所著诗文,宋乾道间延平陈谷神已尝印行,其板岁久不存。"②元人秦志安《金莲正宗记》言吕洞宾"平生述作数百篇,目之曰《传剑集》。"③元赵道一《历世真仙体道通鉴·吕岩传》载:"(吕洞宾)多有诗文留世,略见《真常集》,又著《丹诀演正论》《述剑集》,各有玄旨,以遗后学。"④《宋史·艺文志》子部道家类录《纯阳集》一卷。元代全真教道士何志渊将吕洞宾诗词编成《纯阳真人浑成集》二卷,收入《道藏》中。以上吕洞宾文集除《纯阳真人浑成集》外,余皆亡佚。今见吕洞宾文学作品大多源自《吕祖志·艺文志》和《吕祖全书·文集》。

## 第二节　吕洞宾的诗歌创作

  吕洞宾的诗歌数量共266首,包括《全唐诗》卷856至859收

---

① (清)刘体恕:《吕洞宾全集》,华夏出版社,2009年,第65页。
② (清)刘体恕:《吕洞宾全集》,第66页。
③ (元)秦志安:《金莲正宗记》卷1,《道藏》第3册,第346页。
④ (元)赵道一:《历世真仙体道通鉴》卷45,《道藏》第5册,第358页。

233首,《全唐诗补逸》卷18收5首,《全唐诗续补遗》卷17收28首。这些作品有相当一部分是后人托名吕洞宾所为①,而吕洞宾擅长诗歌,是他被大量托名的重要原因。

宋初杨亿曾记录吕洞宾诗,并指出当时流传的吕诗"大率词意多奇怪类此,世所传者百余篇,人多诵之"②。张邦基《墨庄漫录》亦言吕洞宾"能作诗,传者仅百首"③。宋人所言的百首当是吕洞宾作品的真实数量,但与现存署名"吕岩"之作有多少相合,难以确定。杨亿与吕洞宾生活时代接近,他所记录吕洞宾诗当属实,明人胡应麟曾言:"考吕之显迹五代,见于杂说者,其句有'饮海龟儿人不识,烧山符子鬼难看',见于诗话者,其句有'一粒粟中藏世界,半升铛里煮山川',似是本诗。"④杨氏所记二诗指的是无题诗"饮海龟儿人不识,烧山符子鬼难看。一粒粟中藏世界,二升铛内煮山川"和《自咏》:"朝辞百越暮三吴,袖有青蛇胆气粗。三入岳阳人不识,朗吟飞过洞庭湖"。⑤《道藏》有宋太宗

---

① 陈尚君认为《全唐诗》卷八五六至八五九所收吕岩四卷诗凡252首又2句:"皆出后人伪托""今存吕诗,从其事迹全出宋及宋以后人附会,可断定皆为宋及宋以后人伪撰"。并提示:"在各种地方文献及《道藏》所存的题为吕岩所作诗,不见收于《全唐诗》及《全唐诗外编》的约尚有二千首。其中仅《道藏辑要》本《吕帝诗集》就收有约一千五百首。"见《〈全唐诗〉误收诗考》,收入《唐代文学丛考》,中国社会科学出版社,1997年,第58—59页。马晓宏认为《吕祖全书》所收七律一百零七首、剑客相关的七绝若干首、《吕祖志》中的五律十八首,都可能是吕洞宾所作。见《吕洞宾诗词考——吕洞宾著作考略之三》,载《中国道教》1989年第1期。朱越利认为:"流传至今并且能够基本确定为吕洞宾本人撰写的,不过诗两首、丹诀两首、丹诀佚文两句与相术赋一篇而已。"见《托名吕洞宾作诗造经小史》,收入朱越利:《道教考信集》,齐鲁书社,2014年,第188页。本书主要依据《道藏》和《全唐诗》,在吸纳前人研究成果基础上,排除其明显伪作后,对吕洞宾诗词创作进行简要论述。
② (宋)杨亿:《杨文公谈苑》,第104页。
③ (宋)张邦基:《墨庄漫录》卷2,第76页。
④ (明)胡应麟:《少室山房笔丛》,上海书店,2009年,第464页。
⑤ (宋)杨亿:《杨文公谈苑》,第104页。

时人林太古撰《龙虎还丹诀颂》，其中亦载："吕先生名洞宾，盖近代得道也"，"吕先生诗云：'一粒粟中藏世界，半升铛内煮山川'"。① 这两首诗主要言其经历和善吟特征，以及道眼观世界的感受。其《七言》第四十三也有大致相似的表述："还丹功满未朝天，且向人间度有缘。拄杖两头担日月，葫芦一个隐山川。诗吟自得闲中句，酒饮多遗醉后钱。若问我修何妙法，不离身内汞和铅。"②

吕洞宾的诗歌更多为内丹修炼之诀，充斥着带有隐喻性质的炼养术语。抱腹山人杨在于宋仁宗皇祐四年（1052）辑《还丹众仙论》，辑吕洞宾《正阳篇》两首丹诀诗歌，分别为：

奼女住南方，身边产六阳。蟾宫烹玉液，坎户炼琼浆。过去神仙饵，今来到我尝。一杯延万纪，物外意翱翔。

顿了黄芽理，阴阳禀自然。乾坤炉里炼，日月鼎中煎。木产长生汞，金烹续命铅。如人明此道，立便返童颜。③

道教内丹学常搬用外丹修炼术语，自神其术，把内丹方术神秘化，并运用大量的隐名、异名，使人真伪莫辨。诗中的"奼女""黄芽"本指水银和铅，此处指精气。"太阳"即"金液"，《道枢·华阳篇》："太阳炼形者何也？以丹中驭气，焚于百骨，金液

---

① 《道藏》第 24 册，第 167 页。
② （清）彭定求编，陈尚君补辑：《全唐诗》（增订本）卷 856，第 9743—9744 页。
③ 《道藏》第 4 册，第 338—339 页。也见《吕祖志》卷 4，《道藏》第 36 册，第 470—471 页，文字稍异。

炼形者是也。"① 木代表东方青龙,喻为汞,金代表西方白虎,喻为铅。所谓"汞"与"铅",指运气练功时的肾气和心气,代指阳气和阴气,将此功法纳入阴阳化合的先天大道之中,正是内丹术的哲学基础。二诗论内丹之理,即遵循自然法则,以乾坤、阴阳为本,将人体视为一个大炉鼎,内炼精、气、神,掌握火候,调理阴阳,固精养气,护养丹田,就可长生不老,逍遥物外。与此类似的还有其《七言》第二十六首:"闭目存神玉户观,时来火候递相传。云飞海面龙吞汞,风击岩颠虎伏铅。一旦炼成身内宝,等闲探得道中玄。刀圭饵了丹书降,跳出尘笼上九天。"②

  吕洞宾还在诗中直接阐释内丹修炼的过程和效果,如其《七言》第六首和第七首:"水府寻铅合火铅,黑红红黑又玄玄。气中生气肌肤换,精里含精性命专。药返便为真道士,丹还本是圣胎仙。出神入定虚华语,徒费功夫万万年。""九鼎烹煎九转砂,区分时节更无差。精神气血归三要,南北东西共一家。天地变通飞白雪,阴阳和合产金花。终期凤诏空中降,跨虎骑龙谒紫霞。"③吕洞宾诗中还以夫妻交媾比喻内丹炼养,如《七言》其六十云:"玄门帝子坐中央,得算明长感玉皇。枕上山河和雨露,笛中日月混潇湘。坎男会遇逢金女,离女交腾嫁木郎。真个夫妻齐守志,立教牵惹在阴阳。"④

  吕洞宾倡导的内丹学继承道教"我命在我不在天"的思想,重视自我炼养,认为生命的存在关键在于自己,而不在于外界,只要善于修炼养生,安神固形,就可以长生久视。其《绝句》其

---

① 《道藏》第20册,第659页。
② (清)彭定求编,陈尚君补辑:《全唐诗》(增订本)卷856,第9741—9742页。
③ (清)彭定求编,陈尚君补辑:《全唐诗》(增订本)卷856,第9739页。
④ (清)彭定求编,陈尚君补辑:《全唐诗》(增订本)卷857,第9746页。

六诗云:"不用梯媒向外求,还丹只在体中收。莫言大道人难得,自是功夫不到头。"其二十四云:"精养灵根气养神,此真之外更无真。神仙不肯分明说,迷了千千万万人。"其三十一亦云:"先生先生莫外求,道要人传剑要收。今日相逢江海畔,一杯村酒劝君休。"①说的就是这个道理。

  钟吕派丹法主张"性命双修",以"炼心"为纲要,以"心息相依"为法门,认为心静念止即可调动体内的精、气、神,使之凝聚为内丹。炼心也称修心,指修炼心境,一心向道,保持心灵的纯洁。与之相应,吕洞宾诗词中经常吟咏修心之理。《道藏》中的《纯阳真人浑成集》卷上收录《劝世吟》七言律诗29首;另有《琴》《棋》《书》《画》五言律诗;《清》《静》《道》《德》四言绝句等。这些诗歌往往或言志、劝世,言世事多舛,生死无常,炼丹修仙可遁出红尘,表现了浓厚的出世思想,如《劝世吟》其二十一云:"真性元来得自由,莫教人事强拘囚。是非浪里宜缄口,名利场中好缩头。妻子冤亲还了了,死生途路得休休。逍遥碧嶂青松下,坐看残花逐水流。"②或言内丹旨要,以诗歌形式来阐述内丹养生理论和宗教理想,对钟吕金丹道的形成做出了贡献。如《劝世吟》其一:"为人不可恋嚣尘,幻化身中有法身。莫衒胸中摘锦绣,好于境上惜精神。回来便访仙家侣,迷即离逃俗眷亲。为告聪明英烈士,休教昧了本来真。"③只有驱除了生理、名利的欲望和外在的伪美,才能更靠近道美,从而使本性得以充分发挥,并与至道结合,最终铸就道教所崇尚的理想人格。其《绝句》十一云:"学道须教彻骨贫,囊中只有五三文。有人问我修行法,遥

---

① (清)彭定求编,陈尚君补辑:《全唐诗》(增订本)卷858,第9756、9757页。
② 吕洞宾:《纯阳真人浑成集》卷上,《道藏》第23册,第687页。
③ 吕洞宾:《纯阳真人浑成集》卷上,《道藏》第23册,第685页。

指天边日月轮。"① 泯灭名利之心,安心修炼内丹,安贫乐道,顺应自然,才是修习正道的前提。所以,吕洞宾在《七言》组诗中经常批判俗人的贪利之害,赞叹出世之利:"世上何人会此言,休将名利挂心田"(其九),"浮名浮利两何堪,回首归山味转甘。"(其二十一),"无名无利任优游,遇酒逢歌且唱酬。"(其四十一)"本志不求名与利,元心只慕水兼霞。"②(其四十五)。

当然,吕洞宾的诗歌中也强调修命的重要。正如其《敲爻歌》所言:"只修性,不修命,此是修行第一病。"③《纯阳真人浑成集》有大量诗歌描绘养生全身的生活,表达其闲适的情趣和长生久视的理想,如"云山道士任闲闲,门外黄尘总不干。心印一轮千里月,髻簪五岳七星冠。经开秘览焚香诵,琴少知音对影弹。鹤绕药炉朱顶动,只疑飞出紫金丹。"④

吕洞宾此类诗歌除了五七言律绝外,还包括一些长篇的古体杂言诗,如《窑头坯歌》《谷神歌》《修身诀》《直指大丹歌》《敲爻歌》《三字诀》《百字碑》等。如其《谷神歌》:

> 我有一腹空谷虚,言之道有又还无。言之无兮不可舍,言之有兮不可居。谷兮谷兮太玄妙,神兮神兮真大道。保之守之不死名,修之炼之仙人号。神得一以灵,谷得一以盈。若人能守一,只此是长生。本不远离,身还不见。炼之功若成,自然凡骨变。谷神不死玄牝门,出入绵绵道若存。修炼还须夜半子,河车般载上昆仑。

---

① (清)彭定求编,陈尚君补辑:《全唐诗》(增订本)卷858,第9756页。
② (清)彭定求编,陈尚君补辑:《全唐诗》(增订本)卷857,第9746、9747、9750页。
③ (清)彭定求编,陈尚君补辑:《全唐诗》(增订本)卷859,第9777页。
④ 吕洞宾:《纯阳真人浑成集》卷上,《道藏》第23册,第686页。

龙又吟，虎又啸，风云际会黄婆叫。火中姹女正含娇，
回观水底婴儿俏。婴儿姹女见黄婆，儿女相逢两意和。
金殿玉堂门十二，金翁木母正来过。重门过后牢关锁，
点检斗牛先下火。进火消阴始一阳，千岁仙桃初结果。
曲江东岸金乌飞，西岸清光玉兔辉。乌兔走归峰顶上，
炉中姹女脱青衣。脱却青衣露素体，婴儿领入重帏里。
十月情浓产一男，说道长生永不死。劝君炼，劝君修，
谷神不死此中求。此中悟取玄微处，与君白日登瀛洲。①

"谷神"出自《老子》第六章："谷神不死，是谓玄牝。玄牝之门，是谓天地根。绵绵若存，用之不勤。"② 谷神即生养之神，可称为原始母体，自然万物均由此产生。它绵绵不绝，似亡实存，永远不会穷尽。此谷虚之神，就是真正的大道，若能保全它而常守之，就能祛病延年。《老子》第四十二章又云："道生一，一生二，二生三，三生万物。"③ "一"就是万物根本，"守一"作为道教修养术语，指专一精思以通神。《庄子·在宥》云："我守其一以处其和，故我修身千二百岁矣，吾形未常衰。"④ 葛洪《抱朴子内篇·地真》亦云："守一存真，乃能通神。"⑤ 谷神乃金丹基础，存于身中，唯有正视丹田，勤加炼养，方能脱胎换骨。诗中接着用了大量的内丹术语：河车（铅）、昆仑（泥丸宫）、龙吟（真汞之气）、虎啸（真铅之气）、姹女（元神或真汞）、婴儿（元精或真铅）、金殿和玉堂（均指上丹田）、重楼（喉管），黄婆则是在炼

---

① （清）彭定求编，陈尚君补辑：《全唐诗》（增订本）卷859，第9772页。
② 陈鼓应：《老子注译及评介》，第85页。
③ 陈鼓应：《老子注译及评介》，第232页。
④ （东晋）郭象注：《庄子》，上海古籍出版社，1989年，第61页。
⑤ 王明：《抱朴子内篇校释》，第324页。

功中媒合元精与元神相合于脾脏。"金乌"指肾水中真汞,为日之喻,日有金乌,喻元神;"玉兔"即心火中真铅,为月之喻,月中有玉兔,喻元精。炼养者在黄婆的作用下交合阴(姹女)阳(婴儿)二气,经过后升泥丸宫,下降十二重楼至丹田气穴封固关锁。由于夫妻交媾,阴消阳长,元神出现,元精增长,如同桃花一般,经过炼气化神的大周天过程(十月怀胎),谨慎护养,使精化气,使气化神,鼓后气足胎圆,产下婴儿,结成一粒金丹。作者以男女相遇、交合、怀胎、诞婴一系列举动比喻炼养内丹的过程,形象而生动。

吕洞宾的某些诗歌中还蕴含哲思,具有一定的理性色彩。如其《朗州戏笔二首》其二:

数年不到鼎城游,反掌俄经八十秋。刘氏宅为张氏宅,谢家楼作李家楼。千金公子皆空手,三岁孩儿尽白头。惟有两般依旧在,青山长秀水长流。①

诗在今昔、人生与宇宙的对比中充满了哲理意味。作者以超世的形态写人间世相,以不变的主体观照变幻的人世,颇有刘禹锡《乌衣巷》"旧时王谢堂前燕,飞入寻常百姓家"和《西塞山怀古》"人世几回伤往事,山形依旧枕江流"之韵味。又如其《赐齐州李希遇诗》云:"少饮欺心酒,休贪不义财。福因慈善得,祸向奸巧来。"② 劝善之意甚明,颇能警醒痴迷的世人。道教虽主张男女双修、采阴补阳之术,但也戒除过分贪恋女色,其《警世》诗云:"二八佳人体似酥,腰间仗剑斩凡夫。虽然不见人头落,暗里

---

① 《全唐诗续补遗》卷17,《全唐诗》(增订本),第10804页。
② (清)彭定求编,陈尚君补辑:《全唐诗》(增订本)卷858,第9763页。

教君骨髓枯。"又如《题东都妓馆》壁:"一吸鸾笙裂太清,绿衣童子步虚声。玉楼唤醒千年梦,碧桃枝上金鸡鸣。"《题广陵妓屏二首》其一:"嫫母西施共此身,可怜老少隔千春。他年鹤发鸡皮媪,今日玉颜花貌人。"① 相对于女色易衰,红颜易老,大道是恒久的。因此,珍惜和护养生命更加重要,从这个层面上说,二诗的主旨是唤醒世人赶紧修道,以免为夭寿而悔恨。

"剑"是道门中常见的重要法器,吕洞宾一生与剑结下了不解之缘,道教中有纯阳剑法之说。在宋代吕洞宾相关的记载中,他往往是佩带宝剑的侠客。如吴曾《能改斋漫录》引《本朝国史》、阮阅《诗话总龟》引《雅言杂载》及范致明《岳阳风土记》均言吕洞宾有剑术。钟离权曾借助宝剑向吕洞宾传道,宋人王质曾明确指出:"吕晚得钟离剑诀。"② 金袁从义《有唐纯阳吕真人祠堂记》亦云:"真人倾心恳祷,(钟离权)乃口授内丹秘旨及天遁剑法。"③ 元代苗善时《纯阳帝君神化妙通纪》卷二《密印剑法》则详细记载了正阳祖师(钟离权)向吕祖传授"先天遁神剑法":"正阳师真宴坐间,而谓纯阳帝君曰:修真体道,全凭慧力坚持;入妙造玄,先要志刚决烈。所以极终极始,天地莫迁;大用大机,鬼神莫测。故圣人携宝剑倒斡璇玑,仗刚锋直摧魔怪,故有剑法之喻也。此剑也,采无极至精,合先天元气,假乾坤之炉鞴,运元始之钳锤,慧火煅成,灵泉磨利,以太极为环,刚中为柄,美利为刃,清净为匣,虚白灿烂,纯粹坚刚。运造化之机,秉仁威之令,举之无今古,按之无先后。六天神鬼,归降三界,妖魔乞

---

① (清)彭定求编,陈尚君补辑:《全唐诗》(增订本)卷858,第9764、9765页。
② (宋)王质:《雪山集》卷10,《文渊阁四库全书》第1149册,第442页。
③ 王新英:《全金石刻文辑校》,吉林文史出版社,2012年,第546页。

命，破烦恼障，绝贪爱缘。斩七情，诛六贼，断嗔怒，剿妄邪。事物来前，迎刃而解。藏之身，可以无生死体象先；挥之政，可以镇国家清天下。"① 吕洞宾在《真人自记》中从修行的角度也论及剑之功用："世多称吾能飞剑戮人者，吾闻之笑曰：'慈悲者佛也。仙犹佛尔，安有取人命乎？吾固有剑，盖异于彼。一断贪嗔，二断爱欲，三断烦恼，此其三剑也。'"②"剑"对于吕洞宾来说，兼有道教法器和清净身心之用，甚至成为其丹诀诗歌中广泛出现的意象之一，正如詹石窗所言："这把'剑'不仅是他修道传道的法宝，而且也成为他进行诗歌创作的一种原动力。"③

吕洞宾有剑术，传为剑仙，其诗中大量用及"剑"的意象。在他的笔下，"剑"不仅可以驱魔杀鬼，而且能够诛杀奸佞，其《化江南简寂观道士侯用晦磨剑》（一作《磨剑赠侯道士》）云：

欲整锋芒敢惮劳，凌晨开匣玉龙嗥。手中气概冰三尺，石上精神蛇一条。奸血默随流水尽，凶豪今逐渍痕消。削平浮世不平事，与尔相将上九霄。④

诗中侯道士路见不平、拔剑相助的侠客形象栩栩如生，跃然纸上。甚似贾岛《剑客》诗中所咏："十年磨一剑，霜刃未曾试。今日把示君，谁为不平事？"⑤ 在某种意义上说，神仙酷似侠客，都具有为人间铲除不平的胆魄和气概。吕洞宾《绝句》组诗中也

---

① （元）苗善时：《纯阳帝君神化妙通纪》卷2，《道藏》第5册，第710页。
② 佚名：《吕祖志》卷1，《道藏》第36册，第452页。
③ 詹石窗：《道教文学史》，第305页。
④ （清）彭定求编，陈尚君补辑：《全唐诗》（增订本）卷858，第9761页。
⑤ （清）彭定求编，陈尚君补辑：《全唐诗》（增订本）卷571，第6675页。

存在数量可观的类似诗作,如其二十八:"先生先生貌狞恶,拔剑当空气云错。连喝三回急急去,欻然空里人头落。"其二十九:"剑起星奔万里诛,风雷时逐雨声粗。人头携处非人在,何事高吟过五湖。"其三十二:"庞眉斗竖恶精神,万里腾空一踊身。背上匣中三尺剑,为天且示不平人!"①

在吕洞宾的诗歌中,"剑"更多是济世救人、净化心灵的道化符号,是用来象征断绝世俗欲望的。他在《得火龙真人剑法》诗中曾言及祝融君(火龙君)传授剑法时云:"昔年曾遇火龙君,一剑相传伴此身。天地山河从结沫,星辰日月任停轮。须知本性绵多劫,空向人间历万春。昨夜钟离传一语,六天宫殿欲成尘。"②《历世真仙体道通鉴》卷三十一"钟离权"条亦载:"(吕洞宾)首于庐山,遇火龙真人传剑法。"③无论是祝融还是钟离权,传剑在这里实际就是一种喻象,而剑法之喻在吕洞宾的诗歌创作中一定程度上代表着诗人的审美趋向和艺术风格,"吕洞宾以道剑为原动力的艺术思维在一定层次和范围内体现了对社会功利目的的超越和对审美客体的超越"④。吕洞宾的诗歌对象征大道之"剑"的吟咏比比皆是,如《仙乐侑席》:"腰下剑锋横紫电,炉中丹焰起苍烟。"《七言》其九十:"三尺剑横双水岸,五丁冠顶百神宫。"《七言》其九十一:"两卷道经三尺剑,一条藜杖七弦琴。"《七言》其九十五:"春尽闲闲过落花,一回舞剑一吁嗟。"《题凤翔府天庆观》:"得道年来八百秋,不曾飞剑取人头。"⑤

---

① (清)彭定求编,陈尚君补辑:《全唐诗》(增订本)卷858,第9757—9758页。
② (清)彭定求编,陈尚君补辑:《全唐诗》(增订本)卷856,第9738页。
③ 《道藏》第5册,第276页。
④ 詹石窗:《道教文学史》,第314—315页。
⑤ (清)彭定求编,陈尚君补辑:《全唐诗》(增订本)卷857,第9752、9749、9750、9750;卷858,第9759页。

吕洞宾的诗歌宋初已流传于民间，至两宋之际传吕洞宾灵应事迹的诗词最多，南宋初年始有人搜罗民间所传吕洞宾诗汇为一集，至元代尚存数种，可惜现在几乎亡佚殆尽。吕洞宾的诗歌，由于后世随着其信仰的繁盛而不断增补，时至今日，许多作品难以辨别真伪。尽管存在托名之作，但它仍可视为道教文化，尤其是内丹学的宝贵资料，是不容忽视的文化遗产。

## 第三节 吕洞宾的词作

吕洞宾词的数量远少于诗歌，《全唐诗》共收录58首，包括卷859收《渔父词》18首，卷900收30首，"续补遗"卷17收10首；《吕祖全书》卷五《文集下（诗余）》收录吕洞宾词55首；《全唐五代词》副编卷三收161首；《全宋词》附录二收15首。因《全唐五代词》"主要附录宋元人依托之吕岩词"[①]，又经比对检验，《全唐诗》包含《吕祖全书》和《全宋词》收录吕洞宾词，以此作为文献基础更接近吕洞宾创作的实况。

就形式而言，吕洞宾词作常以组词出现，如《渔父词》18首、《忆江南》11首、《西江月》8首、《沁园春》3首。其中，《渔父词》组词讲述炼养金丹的过程，分别为"入定""初九""玄用""神效""沐浴""延寿""瑞鼎""活得""灿烂""炼质""神异""知路""朝帝""方契理""自无忧""作甚物""疾瞥地""常自在"。《西江月》组词则告诫炼制内丹之注意事项、具体方法，以及丹成后的成果与境界。

吕洞宾现存词作中，《沁园春》一词最为后世推重：

---

① 曾昭岷等编：《全唐五代词》，中华书局，1999年，第1284页。

七返还丹，在我先须，炼己待时。正一阳初动，中宵漏永，温温铅鼎，光透帘帏。造化争驰，虎龙交媾，进火功夫牛斗危。曲江上，看月华莹净，有个乌飞。当时，自饮刀圭，又谁信无中就养儿。辨水源清浊，木金间隔。不因师指，此事难知。道要玄微，天机深远，下手忙修犹太迟。蓬莱路，待三千行满，独步云归。①

对于这首词的创作背景，宋人屡次言及。刘斧《青琐高议》前集卷8《吕先生记》之《续记》记叙曰：崔中游岳阳，有人唱《沁园春》，一补鞋人和一首《沁园春》，并自称"生于江口，长于山口，即今为守谷之客"②。太守李郎中由此分析认为补鞋人就是吕洞宾（"生于江口，长于山口"即"吕"字，"谷"暗示"洞"字，"客"暗示"宾"字）。补鞋人所和乃今之所传吕洞宾《沁园春》。曾慥《类说》卷46"吕洞宾《沁园春》"条也记叙此事，改为崔中唱吕洞宾《沁园春》。南宋胡仔《苕溪渔隐丛话》后集卷三十八云："回仙有《沁园春》一阕，明内丹之旨，语意深妙，惜乎世人但歌其词，不究其理，吾故表而显之。"③ 因此，对于这首词的注解成为历代丹道养生家接受钟吕派内丹学思想的重要方式。

南宋李简易《玉溪子丹经指要》内有咸淳二年（1266）通宁真人所注《解纯阳真人〈沁园春〉》，李简易序中称："纯阳妙道真人《沁园春》一词，诀尽还丹至理，天下播传。注释虽多，不免迂阔，岂知些子神仙法，不在三千六百门。如是则当以心会心，

---

① （清）彭定求编，陈尚君补辑：《全唐诗》（增订本）卷900，第10231—10232页。
② （宋）刘斧：《青琐高议》，上海古籍出版社，1983年，第82—83页。
③ （宋）胡仔：《苕溪渔隐丛话》后集卷38，人民文学出版社，1962年，第305页。

以意会意。倘到个中之趣，方信出于自然。可谓要道不繁，工夫容易；离诸疑网，入众妙门。"① 可知元代以前，吕洞宾的《沁园春》已流传于社会，且有许多人注释。现存于《道藏》中的就有五种，分别为：（1）俞琰《吕纯阳真人沁园春丹词注解》，至元甲申（1284）注此丹词，为晚年修持的总结。弟子三山王都中题云："大药无过精气神，要枢总在《沁园春》。先生深合纯阳意，尽把玄机说与人。"②（2）潜真子《还丹显妙通幽集》，有《沁园春解》与《何仙姑颂吕真人沁园春》述参同清修内丹术。潜真子真实姓名不明，何仙姑则传说为吕洞宾的弟子。（3）《道藏》第 24 册存有南宋道士，彭耜之再传弟子王庆升《爱清子至命篇》所附《注沁园春》。（4）《藏外道书》第 11 册收有傅金铨《吕祖沁园春注》。傅金铨字鼎云，号济一子，又号醉花道人，江西金溪珊城人，生卒年不详，生活于清嘉庆、道光年间。（5）《道藏》第 4 册《修真十书·金丹大成集》卷十三收有《解注吕公〈沁园春〉》。其中，南宋道士俞琰和萧廷芝对这首词的完整阐释，在历代注解中较有影响。

　　这首词对道教修真过程的叙述比较隐晦，整首词都是用传统的内丹术语写成的。我们在古代注解的基础上，对其内容和所表达的修真思想试做浅解。内丹修真文化有玉液小还丹和金液大还丹两个阶段，合称为七返九还的性命双修之功。词的上阕讲的是内丹的炼己筑基，是阴阳相合结成内丹的修命过程。"七返还丹"的意思就是通过反复修炼将人人具有的先天本真"失而复得"，也就是我们的道心被后天的贪欲所蒙蔽，故光辉不现，只有通过修

---

① 《道藏》第 4 册，第 419 页。
② （宋）俞琰：《吕纯阳真人沁园春丹词注解》，（清）刘体恕：《吕洞宾全集》，第 587 页。

炼，才能返还。这个道心就好比月亮之中的玉兔，太阳之中的金乌。接着言修习之时辰即子时开始，持续温养，待火候足时，内丹自成，正所谓："恍惚擒来得自然，偷他造化在其间。神鼎内，火烹煎，尽历阴阳结作丹"。（吕洞宾《渔父词·神效》）"位立三才属五行，阴阳合处便相生。龙飞踊，虎狌狞，吐个神珠各战争。"（吕洞宾《渔父词·活得》）① "龙虎"就是阴阳二气，通过黄婆的媾和来实现，"进火工夫"即内丹的火候。所谓月中乌飞，就是阳中有阴、阴中有阳的修真体验。词的下阕，主要讲九还之金液大还丹的修性阶段。要重视自身内心，强调内丹学的内转属性。当然，"金木间隔"这个道理，是不容易明白和做到的，既需要有老师的指点，还要有自己的实修。

吕洞宾这首词对后世的丹道养生家产生了重要影响。南宋陆思诚《悟真篇记》云："因取此书读之，始悟其说，又考世之所传吕公《沁园春》及海蟾诗词，无一语不相契者，是知渊源所来，盖有自矣。"② 张伯端《悟真篇》有诗："一阳才动作丹时，铅鼎温温照幌帏。受气之初容易得，抽添运用却防危。"③ 前两句显然从吕洞宾《沁园春》词中化出。南宋夏元鼎也曾作有和词《沁园春·和吕洞宾》："大道无名，金丹有验，工夫片时。似婴儿娇俊，不离门户，盈盈姹女，缓步深帏。二八当年，黄婆匹配，隔碍潜通势似危。须臾见，见灵明宝藏，一点星飞。其时。似执躬圭。深保护阴阳造化儿。转南辰北斗，回风混合，雷轰雨骤，只许天知。梦幻浮生，天长地久，云路著鞭休要迟。金不坏，合朋合德，三

---

① （清）彭定求编，陈尚君补辑：《全唐诗》（增订本）卷859，第9773、9774页。
② 《道藏》第2册，第969页。
③ 《道藏》第2册，第999页。

## 第七章　吕洞宾的文学创作

教同归。"①

　　吕洞宾也写有大量的劝道词，即劝人入道，炼制内丹的词作。他针对"目前咫尺长生路，多少愚人不悟"（《水龙吟》）、"凡间，"只恋尘缘，又谁信壶中别有天"②（《沁园春》）的现状，大力标举"百岁梦中看即过，劝君修炼保尊年。不久是神仙"（《忆江南》其十一）、"速觉悟。出迷津，莫使轮回受苦辛"③（《渔父词·疾瞥地》）的炼养口号，并在词中结合自己的亲身实践，指导世人按照正确的方式方法进行修炼。其《西江月》云：

　　　　著意黄庭岁久，留心金碧年深。为忧白发鬓相侵，仙诀朝朝讨论。秘要俱皆览过，神仙奥旨重吟。至人亲指水中金，不负平生志性。

　　　　任是聪明志士，常迷东灶黄庭。参同大易事分明，不晓醉眠难醒。若遇高人指引，都来不费功程。北方坎子是金精，认得黄牙方盛。④

　　"黄庭"即《黄庭经》，是唐五代文人中颇为流行的道教经典。⑤"金碧"即《周易参同契》之别名，陈国符在《道藏源流考》中说："《周易参同契》亦可称《金碧经》或《金碧潜通

---

①　唐圭璋：《全宋词》，中华书局，1999年，第2709页。
②　（清）彭定求编，陈尚君补辑：《全唐诗》（增订本）卷900，第10233、10232页。
③　（清）彭定求编，陈尚君补辑：《全唐诗》（增订本）卷900，第10231页；《全唐诗》卷859，第9775页。
④　（清）彭定求编，陈尚君补辑：《全唐诗》（增订本）卷900，第10231页。
⑤　参阅张振谦：《唐宋文人对〈黄庭经〉的接受》，载《暨南学报》（哲学社会科学版）2012年第3期。

经》。"① 东汉魏伯阳所著的《周易参同契》是最早系统论述炼丹的道教经典,全书托易象而论炼丹,参同"大易""黄老""炉火"三家之理而会归于一,以乾坤为鼎器,以阴阳为堤防,以水火为化机,以五行为辅助,以玄精为丹基等,从而阐明炼丹的原理和方法。钟吕内丹思想承袭《周易参同契》,相对于《黄庭经》,吕洞宾认为,长生延年之秘要更集中于《周易参同契》,内养精华在《周易参同契》中更明更甚。其《窑头坯歌》诗中云:"学人学人细寻觅,且须研究古金碧。金碧参同不计年,妙中妙兮玄中玄。"② 其《渔父词·知路》亦云:"那个仙经述此方,《参同》大《易》显阴阳。须穷取,莫颠狂,会者名高道自昌。"③ 当然,熟参《周易参同契》后,也需名师高人指点迷津,引导修行,如其《沁园春》(七返还丹)所云:"不因师指,此事难知。"④

吕洞宾在词中还规劝世人早日入道,坚定修炼信念。如《忆江南》其九、其十:"学道客,修养莫迟迟。光景斯须如梦里,还丹粟粒变金姿。死去莫回归。""治生客,审细察微言。百岁梦中看即过,劝君修炼保尊年。不久是神仙。"⑤ 其《沁园春》(诗曲文章)中云:"奈日推一日,月推一月,今年不了,又待来年。有限光阴,无涯火院,只恐蹉跎老却贤。"其《沁园春》(火宅牵缠)下阕亦云:"休休,及早回头,把往日风流一笔钩。但粗衣淡饭,随缘度日,任人笑我,我又何求?限到头来,不论贫富,著甚干忙日夜忧。劝年少,把家缘弃了,海上来游。"⑥

---

① 陈国符:《道藏源流考》,第287页。
② (清)彭定求编,陈尚君补辑:《全唐诗》(增订本)卷858,第9767页。
③ (清)彭定求编,陈尚君补辑:《全唐诗》(增订本)卷859,第9774页。
④ (清)彭定求编,陈尚君补辑:《全唐诗》(增订本)卷900,第10231页。
⑤ (清)彭定求编,陈尚君补辑:《全唐诗》(增订本)卷900,第10231页。
⑥ (清)彭定求编,陈尚君补辑:《全唐诗》(增订本)卷900,第10232页。

对于如何修炼，吕洞宾在词中又一次为世俗之人开具了"我命在我不在天"的自救药方，告诫人们内丹修炼在自己身体中进行，要依靠自身。这一点在吕洞宾词中屡次言说，如："修身客，莫误入迷津。气术金丹传在世，象天象地象人身。不用问东邻。""还丹诀，九九最幽玄。三性本同一体内，要烧灵药切寻铅。寻得是神仙。""长生药，不用问他人。八卦九宫看掌上，五行四象在人身。明了自通神。"（《忆江南》其七、其八、其九）"举世人生何所依，不求自己更求谁。"①（《渔父·方契理》）

吕洞宾一部分词中较少内丹术语，而是化用文学典故，将前人诗语植入词中。如其《忆江南》其十二："瑶池上，瑞雾霭群仙。素练金童锵凤板，青衣玉女啸鸾弦。身在大罗天。沉醉处，缥缈玉京山。唱彻步虚清燕罢，不知今夕是何年。海水又桑田。"②可视为一首艺术水准较高的游仙词，化用唐代佚名小说《周秦行纪》所载诗歌："香风引到大罗天，月地云阶拜洞仙。共道人间惆怅事，不知今夕是何年"③，和葛洪《神仙传·麻姑》"沧海桑田"之典事，上阕描绘奇丽的仙境，过片则由天上俯视人间，慨叹变化之快，构思颇类李贺名作《梦天》。再来看吕洞宾《促拍满路花》词：

西风吹渭水，落叶满长安。茫茫尘世里，独清闲。自然炉鼎，虎绕与龙盘。九转丹砂就，一粒刀圭，便成陆地神仙。任万钉宝带貂蝉，富贵欲熏天。黄梁炊未熟，

---

① （清）彭定求编，陈尚君补辑：《全唐诗》（增订本）卷900，第10230—10231页；《全唐诗》卷859，第9774页。
② （清）彭定求编，陈尚君补辑：《全唐诗》（增订本）卷900，第10231页。
③ （唐）佚名：《周秦行纪》，李时人编校：《全唐五代小说》，中华书局，2014年，第1173页。

梦惊残。是非海里，直道作人难。袖手江南去，白蘋红蓼，又寻湓浦庐山。①

该词首句显然承袭贾岛《忆江上吴处士》诗中名句"秋风吹渭水，落叶满长安"，吕洞宾将"秋"改为"西"，北宋周邦彦《齐天乐》词中"渭水西风，长安乱叶，空忆诗情宛转"，元代白朴《梧桐雨》杂剧中"伤心故园，西风渭水，落日长安"均化用此句而成，在某种程度上说，吕氏的改动加速了贾岛诗句的流传。"万钉宝带"是古代赏赐功臣的贵重物品，唐宋诗词中常以称美贵官的荣显。接着词人运用唐传奇沈既济《枕中记》中"黄粱一梦"之典，说明荣华富贵如梦一般，短促而虚幻；美好之事物，亦不过顷刻而已，转眼成空。进而揭示劝人归隐入道、持续修炼而成地仙的词作主旨。

吕洞宾还有一些词作描写世俗生活和自然风光，说理成分较少，且具有较强的形象性和审美性。如其《梧桐影》："落日斜，秋风冷。今夜故人来不来，教人立尽梧桐影。"②这首小词采用绘景寄情的写法描写苦等友人、秋夜无眠的感受，用背面敷粉的办法衬托出词人内心含而不露、孤独寂寞、无奈清冷的心境，情景交融、清新隽永、耐人寻味。读其词，不禁会使人联想到南宋赵师秀《约客》一诗的写法和意境。其他如"二月江南山水路，李花零落春无主"（《豆叶黄》）、"卷尽浮云月自明，中有山河影"③（《卜算子》）等均是吕洞宾词中颇具文采的作品和佳句。

---

① （清）彭定求编，陈尚君补辑：《全唐诗》（增订本）卷900，第10234页。
② （清）彭定求编，陈尚君补辑：《全唐诗》（增订本）卷900，第10230页。
③ （清）彭定求编，陈尚君补辑：《全唐诗》（增订本）卷900，第10233、10232页。

# 第八章 唐代女冠的文学创作

唐代诗歌史上活跃着一群女冠诗人,她们在唐朝自由宽松的时代环境和尊崇道教的浓烈氛围下,过着自由浪漫、放诞不拘的生活。唐代女冠人数众多、地位特殊、思想开放,与男性诗人展开了多维交往,进而直接参与诗歌创作,女冠创作诗歌的现象盛极一时。女冠诗人大量涌现于中唐时期,以李冶、鱼玄机为主要代表。她们以其特殊的身份和地位,诗作名重当世,在中国文学史上留下了不可磨灭的一笔。

## 第一节 唐代女冠现象概述

女冠,原意是指女性修道者所戴的帽子,后来逐渐代指女道士,到了隋唐时期,女道士改称女冠,又称女官。如《资治通鉴·隋纪》载:"(炀帝)在两都及巡游,常以僧、尼、道士、女官自随,谓之四道场。"① 女冠作为一个特殊群体,在唐代得到了极大发展,据《唐六典》卷四载,当时全国宫观总数为1687所,女冠观就达550所。

唐代女冠中最引人注目的是入道的公主。清人龚自珍曾言:"唐世武曌、杨玉环皆为女道士,而玉真公主奉张真人为尊师,一代妃主,凡为女道士,可考于传记者四十余人,其无考者,杂见

---

① (宋)司马光:《资治通鉴》卷181,第5649—5650页。

于诗人风刺之作；鱼玄机、李冶辈应之于下。"① 据粗略统计，有唐一代200多名公主中，入道者多达20余人。如高宗女太平公主，睿宗女金仙公主、玉真公主，玄宗女万安公主、寿春公主，代宗女华阳公主，德宗女文安公主，顺宗女得阳公主、平恩公主、邵阳公主，宪宗女永嘉公主、永安公主，穆宗女义昌公主、安康公主等都曾入道为女冠。众多公主相继入道，无疑具有榜样作用和示范效应。唐代贵族妇女也有不少入道的，如宰相李林甫之女李腾空出现在李白《送内寻庐山女道士李腾空二首》诗题中，曾居于长安平康坊嘉猷观；宰相李德裕之妻"中年于茅山燕洞宫传上清法箓"，得"大洞炼师"之号②；"刑部郎中元沛之妻刘氏，全白之妹，贤而有文学……奉道，受箓于吴筠先生"③，等等。

宫人入道也是唐代重要的社会现象，唐诗中因此出现了许多以"宫人入道"为题的诗篇，如韦应物、张籍、王建、白居易、李商隐、戴叔伦、于鹄、殷尧藩、项斯等均写过这一题目的作品。这些被度为女冠的宫女，一般安置在入道公主的宫观中，服侍公主。即使公主"飞升"后，她们仍不能获得自由，而必须供奉着公主的遗像终老。卢纶《过玉真公主影殿》云："夕照临窗起暗尘，青松绕殿不知春。君看白发诵经者，半是宫中歌舞人。"④ 正是入道宫女悲惨遭遇的真实写照。宫人入道的原因很多，有些是其侍奉的皇帝死后被迫入道，如刘长卿《故女道士婉仪太原郭氏挽歌词》诗中云："作范宫闱睦，归真道艺超。驭风仙路远，背日

---

① （清）龚自珍：《上清真人碑书后》，《龚自珍全集》，上海人民出版社，1975年，第297—298页。
② （唐）李德裕：《唐茅山燕洞宫大洞炼师彭城刘氏墓志铭并序》，载周绍良编《唐代墓志汇编》，上海古籍出版社，1992年，第2303—2304页。
③ （宋）王谠撰：周勋初校证《唐语林校证》卷4，中华书局，1987年，第407页。
④ （清）彭定求编，陈尚君补辑：《全唐诗》（增订本）卷279，第3165页。

帝宫遥。鸾殿空留处,霓裳已罢朝。淮王哀不尽,松柏但萧萧。"①有些是因为年老色衰而入道,如韦应物《送宫人入道》:"舍宠求仙畏色衰,辞天素面立天墀。金丹拟驻千年貌,宝镜休匀八字眉。公主与收珠翠后,君王看戴角冠时。从来宫女皆相妒,说著瑶台总泪垂。"②其中蕴含着宫女被遗弃的无奈与悲哀。又如于鹄《送宫人入道归山》:"十岁吹箫入汉宫,看修水殿种芙蓉。自伤白发辞金屋,许著黄衣向玉峰。解语老猿开晓户,学飞雏鹤落高松。定知别后宫中伴,应听缑山半夜钟。"③侍奉皇帝和公主的宫女往往受用于青春年华,一旦人老珠黄,就会被遣送道观,诗人对她们入道后的失落感和悲惨命运寄予同情,由此也会产生"同是天涯沦落人"之感。一些社会底层的女性也往往遁入道门,许多妓女在经历了那份繁华世相之后,就在道观了结此生。如杨巨源曾有诗《观妓人入道二首》云:"荀令歌钟北里亭,翠娥红粉敞云屏。舞衣施尽余香在,今日花前学诵经。""碧玉芳年事冠军,清歌空得隔花闻。春来削发芙蓉寺,蝉鬓临风堕绿云。"④昔年歌舞已罢,今日花前诵经;芳年舞衣施尽,今夕道观度余生。这是唐代妓女的主要归宿之一。

唐代女冠不乏清修之人,如刘禹锡《赠东岳张炼师》就刻画了一位高雅淡泊的女冠形象:"东岳真人张炼师,高情雅淡世间稀。堪为烈女书青简,久事元君住翠微。"⑤但其中也存在妖冶之风。唐高宗时期,女冠王灵妃就曾与东明观道士李荣相爱。李荣

---

① (清)彭定求编,陈尚君补辑:《全唐诗》(增订本)卷148,第1517页。
② (清)彭定求编,陈尚君补辑:《全唐诗》(增订本)卷195,第2014页。
③ (清)彭定求编,陈尚君补辑:《全唐诗》(增订本)卷310,第3502页。
④ (清)彭定求编,陈尚君补辑:《全唐诗》(增订本)卷333,第3742—3743页。
⑤ (清)彭定求编,陈尚君补辑:《全唐诗》(增订本)卷359,第4059页。

云游，王灵妃请骆宾王作《代女道士王灵妃赠道士李荣》表达相爱相思之情。诗云：

> 玄都五府风尘绝，碧海三山波浪深。
> 桃实千年非易待，桑田一变已难寻。
> 别有仙居对三市，金阙银宫相向开。
> 台前镜影伴仙娥，楼上箫声随凤史。
> 凤楼迢递绝尘埃，莺时物色正裴回。
> 灵芝紫检参差长，仙桂丹花重叠开。
> 双童绰约时游陟，三鸟联翩报消息。
> 尽言真侣出遨游，传道风光无限极。
> 轻花委砌惹裙香，残月窥窗觑幌色。
> 个时无数并妖妍，个里无穷总可怜。
> 别有众中称黜帝，天上人间少流例。
> 洛滨仙驾启遥源，淮浦灵津符远筮。
> 自言少小慕幽玄，只言容易得神仙。
> 佩中邀勒经时序，箫里寻思复几年。
> 寻思许事真情变，二八容华识少选。
> 漫道烧丹止七飞，空传化石曾三转。
> 寄语天上弄机人，寄语河边值查客。
> 乍可匆匆共百年，谁使遥遥期七夕。
> 想知人意自相寻，果得深心共一心。
> 一心一意无穷已，投漆投胶非足拟。
> 只将羞涩当风流，持此相怜保终始。
> 相怜相念倍相亲，一生一代一双人。
> 不投丹心比玄石，谁将浊水况清尘。
> 只言柱下留期信，好欲将心学松薜。
> 不能京兆画蛾眉，翻向成都骋骝引。
> 青牛紫气度灵关，尺素赪鳞去不还。
> 连苔上砌无穷绿，修竹临坛几处斑。
> 此时空床难独守，此日别离那可久。
> 梅花如雪柳如丝，年去年来不自持。
> 初言别在寒偏在，何悟春来春更思。
> 春时物色无端绪，双枕孤眠谁分许。
> 不忿娇莺一种啼，生憎燕子千般语。
> 朝云旭日照青楼，迟晖丽色满皇州。
> 落花泛泛浮灵沼，垂柳长长拂御沟。
> 御沟大道多奇赏，侠客妖容递来往。
> 宝骑连花铁作钱，香轮鹜水珠为

网。香轮宝骑竟繁华，可怜今夜宿倡家。鹦鹉杯中浮竹叶，凤凰琴里落梅花。许辈多情偏送款，为问春花几时满。千回鸟语说众诸，百过莺啼说长短。长短众诸判不寻，千回百过浪关心。何曾举意西邻玉，未肯留情南陌金。南陌西邻咸自保，还辔归期须及早。为想三春邪斜路，莫辞九折邛关道。假令白里似长安，肯使青牛学剑端。蘋风入驭来应易，竹杖成龙去不难。龙飙去去无消息，鸾镜朝朝减容色。君心不记下山人，妾欲空期上林翼。上林三月鸿欲稀，华表千年鹤未归。不分淹留桑路待，只应直取桂轮飞。①

此诗描写女冠王灵妃和道士李荣的爱情故事，表达了女冠同道士李荣大胆交往，迫切寻求情爱的愿望。由诗可知，王灵妃与李荣早就成双成对，同眠共枕，故而相思之情也特别缠绵悱恻。诗中大量出现的华丽香艳诗句，尺度之大令人惊异，比南朝宫体诗表现男女情爱露骨更甚。诗人借《古诗十九首》之成句"空床难独守"来表达对道士李荣的思念之情，又以"不自持"三字继其后，可谓石破天惊。虽是文人代言有所粉饰，但毕竟是得到主人王灵妃的首肯，其内容的真实毋庸置疑，所表现出的修道与恋情之矛盾也具有典型意义。

唐代女冠中那些颇具文化素养者，在社会交往中充分展现出了她们的才华和魅力，吸引了当时很多文人墨客的眼光。在他们频繁交流、往来酬唱之间，诗人们创作了大量与女冠有关的诗作。他们在描写女冠形象时，往往不再侧重于她们钟情宗教、潜心修

---

① （唐）骆宾王，陈熙晋笺注：《骆临海集笺注》，中华书局，1961年，第145—151页。

炼、清心自守等特征，而是重在表现她们的女性娇美和爱情生活，突出其美艳与多情。如李康成《玉华仙子歌》、武元衡《赠道者》、权德舆《戏赠张炼师》、白居易《赠韦炼师》、刘言史《赠成炼师四首》、施肩吾《赠女道士郑玉华二首》、段成式《牛尊师宅看牡丹》、陆龟蒙《怀仙三首》等。在这些作品中，我们也可大致管窥当时二者之间的关系。白居易《玉真张观主下小女冠阿容》云："绰约小天仙，生来十六年。姑山半峰雪，瑶水一枝莲。晚院花留立，春窗月伴眠。回眸虽欲语，阿母在傍边。"①诗中暗含戏谑调弄之意。李洞《赠庞炼师》一诗则呈现出更为露骨的调戏味道："家住涪江汉语娇，一声歌戛玉楼箫。睡融春日柔金缕，妆发秋霞战翠翘。两脸酒醺红杏妒，半胸酥嫩白云饶。若能携手随仙令，皎皎银河渡鹊桥。"②诗人用一种极其浓艳富丽、雕琢轻佻的语言细致地刻画了她的衣服、饰品和容貌，结尾处"携手""鹊桥"就自然流露出希望与庞炼师双宿双飞的愿望。

在唐代众多的女道士中，出现了一定数量的女冠诗人，在中国古代为数不多的女性文人中，她们不容忽视。《全唐诗》收录女冠诗人（含女仙）30多位，辑存她们的诗歌210首③，诗歌体式以近体为主。对于这种文坛现象，元人辛文房《唐才子传》卷二曾云：

> 历观唐以雅道奖士类，而闺阁英秀，亦能熏染，锦心绣口，蕙情兰性，足可尚矣。中间如李季兰、鱼玄机，皆跃出方外，修清净之教，陶写幽怀，留连光景，逍遥

---

① （清）彭定求编，陈尚君补辑：《全唐诗》（增订本）卷442，第4964页。
② （清）彭定求编，陈尚君补辑：《全唐诗》（增订本）卷723，第8375页。
③ 黄世中：《论〈全唐诗〉中所反映的女冠"半娼式"恋情》，载《许昌师专学报》1996年第2期。

闲暇之功，无非云水之念，与名儒比隆，珠往琼复。然浮艳委托之心，终不能尽，白璧微瑕，惟在此耳。薛涛流落歌舞，以灵慧获名当时，此亦难矣。三者既不可略，如刘媛、刘云、鲍君徽、崔仲容、道士元淳、薛缊、崔公达、张窈窕、程长文、梁琼、廉氏、姚月华、裴羽光、刘瑶、常浩、葛鸦儿、崔莺莺、谭意哥、户部侍郎吉中孚妻张夫人、鲍参军妻文姬、杜羔妻赵氏、张建封妾盼盼、南楚材妻薛媛等，皆能华藻，才色双美者也。①

唐代女冠诗人作为一个文人群体，以其特殊的社会身份、别样的生活方式，给唐代的文学带来了富有道教气息的文化意蕴。《全唐诗》中，先后出现的女诗人有130多位，其中属于女冠的李冶、鱼玄机存诗数量颇多，章学诚曾说："声诗盛之于三唐，而女子传篇亦寡。今就一代计之，篇什最富，莫如李冶、薛涛、鱼玄机三人，其他莫能并焉。"②薛涛虽"暮年屏居浣花溪，着女冠服"③，但难以女冠之名冠之。因此，接下来我们以李冶、鱼玄机两位著名女冠诗人为代表，分而论之。

## 第二节　李冶的诗歌创作

李冶（？—784）④，字季兰，乌程（今浙江吴兴）人。她六岁

---

① 傅璇琮：《唐才子传校笺》，第1册，第332—343页。
② 章学诚，仓修良编：《文史通义新编》，上海古籍出版社，1993年，第215页。
③ （清）彭定求编，陈尚君补辑：《全唐诗》（增订本）卷803，第9131页。
④ 李冶生年当在开元二十年（732）至二十三年（735），参阅贾晋华《〈瑶池新咏集〉与三位唐代女道士诗人：中国古代女性诗歌发展的新阶段》，载《华文文学》2014年第4期，第27页。

能诗,十一岁被送入玉真观做了女道士。刘长卿称她为"女中诗豪"①,高仲武《中兴间气集》共选录中唐26位诗人的130余首诗歌,其中就包括李冶诗六首,并称:"士有百行,女惟四德,季兰则不然也。形气既雄,诗意亦荡,自鲍昭以下,罕有其伦。"② 可见李冶当时诗名之大。"天宝间,玄宗闻其诗才,诏赴阙,留宫中月余,优赐甚厚,遣归故山。"③ 她自己也说"虚名达九重"(《恩命追入,留别广陵故人》)。她原有诗集,宋郑樵《通志·艺文略》卷七〇、王尧臣等《崇文总目》卷一二、陈振孙《直斋书录解题》卷一九等均著录"李季兰诗一卷",今佚。《全唐诗》卷805存诗16首、4断句,卷888补遗2首。李冶色艺双全:"美姿容,神情萧散,专心翰墨,善弹琴,尤工格律。当时才子颇夸纤丽,殊少荒艳之态。"④ 也正是因为她的早慧和艳丽,加之受到道教思想的侵染,她和众多男性文士交往频繁。而这一点似乎从小就被其父识破了:"李秀(季)兰以女子有才名,初五六岁时,其父抱于庭,作诗咏蔷薇,其末句云:'经时未架却,心绪乱纵横。'父恚曰:'此女子将来富有文章,然必为失行妇人矣。'竟如其言。"⑤ 从李父的言语中不难看出,李冶以后,尤其是入道后的"失行"。

李冶入道后的行为,《唐才子传》中有较为详细的记载:

> 时往来剡中,与山人陆羽、上人皎然意甚相得。皎然尝有诗云:"天女来相试,将花欲染衣。禅心竟不起,

---

① (宋)计有功:《唐诗纪事》卷78,第1124页。
② (唐)高仲武:《中兴间气集》,(唐)元结、殷璠等《唐人选唐诗(十种)》,上海古籍出版社,1978年,第292页。
③ 傅璇琮:《唐才子传校笺》,第1册,第330页。
④ 傅璇琮:《唐才子传校笺》,第1册,第327页。
⑤ (五代)王仁裕:《玉堂闲话》,(宋)李昉《太平广记》卷273,第2150页。

还捧旧花归。"其谑浪至此。又尝会诸贤于乌程开元寺,知河间刘长卿有阴重之疾,诮曰:"山气日夕佳"。刘应声曰:"众鸟欣有托。"举座大笑,论者两美之。①

上面皎然诗的诗眼应该是"天女",此处"天女"指仙女,本是借佛教"天女散花"之典。它的含义在唐代既指女仙,又内含"娼妓"之意,陈寅恪指出:"仙(女性)之一名,遂多用作妖艳妇人,或风流放诞之女道士之代称,亦竟有以之目倡伎者。"②这也说明唐代仙妓不分的有趣现象。而皎然称李冶为"天女(仙)",也从另一个侧面说明了李冶相貌的娇媚和她与道教联系之密切。而皎然见到李冶投花示爱后,"禅心竟不起",也说明此"天女"(李冶)对他这个佛教僧侣心仪已久。我们再来看上面刘长卿和李冶的对句,二人皆引用陶渊明诗句相戏弄,对于受道教思想影响颇深的李冶来说,道教的这些谐音、隐语是不可能不理解的,所以可从侧面说明道教文化影响下的李冶在两性关系方面是毫不避讳的。

在唐代,女冠与文人的交流成为一种时代风尚。李冶入道之后,除了和刘长卿、皎然嬉戏外,还与杜鸿渐、朱放、韩揆之、阎伯钧、萧叔子、崔涣等文人名士交往,留下了许多作品。从这些作品中我们不难看出他们之间的恋情和爱意,如其《湖上卧病喜陆鸿渐至》:"昔去繁霜月,今来苦雾时。相逢仍卧病,欲语泪先垂。强劝陶家酒,还吟谢客诗。偶然成一醉,此外更何之。"③与文人士子频繁交往,互相唱和,从中寻找精神上的寄托和感情上

---

① 傅璇琮:《唐才子传校笺》第1册,第328页。
② 陈寅恪:《元白诗笺证稿》,上海古籍出版社,1978年,第107页。
③ (清)彭定求编,陈尚君补辑:《全唐诗》(增订本)卷805,第9155页。

的安慰，同时也可以使自己的道教文化知识和能吟能唱能作诗的才华得到尽情的表露，这或许就是她入道后生活的最佳概括。李冶的爱情诗在艺术境界方面也有值得称道之作。《四库全书总目·薛涛李冶诗集提要》云："冶诗以五言擅长，如《寄校书七兄》诗、《送韩揆之江西》诗、《送阎二十六赴剡县》诗，置之大历十子之中，不复可辨。其风格又远在（薛）涛上，未可以篇什之少弃之矣。"① 如其写给恋人韩揆之的《寄校书七兄》（又作《送韩校书》）中云："远水浮仙棹，寒星伴使车。"② 从表面上看，诗句全是写景，但是从"远水"可知路途之迢迢，从"寒星"察觉奔波的艰辛，而这正表现了"为伊消得人憔悴"的痴情。这一联由于用了道教言语写不见情人的寂寞之思，获得时人后世的高度评价，如高仲武《中兴间气集》卷下指出："'远水浮仙棹，寒星伴使车'，盖五言之佳境也。"③ 明人胡应麟亦云："李季兰'远水浮仙棹'二语，幽闲和适，孟浩然莫能过，宁可以妇人童子忽之。"④ 可见，李冶熟练地运用道教典事入诗，不仅在内容上得仙骨道意，意境上朦胧飘忽，而且艺术上也炉火纯青。

当爱情破灭后，李冶诗中又表现出相思之苦。其《相思怨》云："人道海水深，不抵相思半。海水尚有涯，相思渺无畔。携琴上高楼，楼虚月华满。弹著相思曲，弦肠一时断。"⑤ 诗人用极度夸张的比喻，将自己的无限相思表达出来，字字透着哀怨与愁苦。全篇直抒胸臆，将追求恋情而不得的悔恨倾情吐出。钟惺《名媛

---

① （清）永瑢等：《四库全书总目》卷186，第1690页。
② （清）彭定求编，陈尚君补辑：《全唐诗》（增订本）卷805，第9155页。
③ （唐）高仲武：《中兴间气集》，《唐人选唐诗（十种）》，第292页。
④ （明）胡应麟：《诗薮》内编卷4，中华书局，1958年，第57页。
⑤ （清）彭定求编，陈尚君补辑：《全唐诗》（增订本）卷805，第9156页。

诗归》评曰:"直语能转,便生出情来。此全从灵气排宕耳。"① 与白居易《浪淘沙》"借问江湖与海水,何似君情与妾心。相恨不如潮有信,相思始觉海非深"② 有异曲同工之妙。

李冶诗中也不时流露出她所认同和坚守的道家志趣,如其《恩命追入留别广陵故人》云:"无才多病分龙钟,不料虚名达九重。仰愧弹冠上华发,多惭拂镜理衰容。驰心北阙随芳草,极目南山望旧峰。桂树不能留野客,沙鸥出浦谩相逢。"③ 诗人淡泊名利,无意于荣华富贵,对圣旨恭而不卑,不因入宫而欣喜,为告别隐逸生活而遗憾。通观全诗,可以发现道教的才用观、名利观奠定了李冶人生价值的基本取向。又如她在《道意寄崔侍郎》诗中劝导崔涣:"莫漫恋浮名,应须薄宦情。百年齐旦暮,前事尽虚盈。愁鬓行看白,童颜学未成。无过天竺国,依止古先生。"④ 诗中隐含了庄子齐物论思想,运用了老子化胡的道教传说,以此规劝世人了断俗世之念,抛却佛家经义,来参悟道家精髓。

李冶诗中还多次运用道教神仙典事和意象来表情达意。如《感兴》尾联"却忆初闻凤楼曲,教人寂寞复相思"⑤ 即用《列仙传》中萧史弄玉凤台吹箫成仙之事。《送阎二十六赴剡县》中"归来重相访,莫学阮郎迷"⑥ 二句运用了《幽明录》中阮肇、刘晨采药误入天台而遇仙的典故。《寄校书七兄》名句"远水浮仙棹,寒星伴使车"⑦ 则分别采撷《博物志·杂说》中乘仙棹渡海升天事、《后汉书·李郃传》李郃夜观星象知遣使事。神仙典故和意象的运

---

① 《四库全书存目丛书》集部第339册,齐鲁书社,1997年,第121页。
② (清)彭定求编,陈尚君补辑:《全唐诗》(增订本)卷28,第405页。
③ (清)彭定求编,陈尚君补辑:《全唐诗》(增订本)卷805,第9156页。
④ (清)彭定求编,陈尚君补辑:《全唐诗》(增订本)卷805,第9156页。
⑤ (清)彭定求编,陈尚君补辑:《全唐诗》(增订本)卷805,第9156页。
⑥ (清)彭定求编,陈尚君补辑:《全唐诗》(增订本)卷805,第9157页。
⑦ (清)彭定求编,陈尚君补辑:《全唐诗》(增订本)卷805,第9155页。

用，加深了诗歌内涵，增强了其艺术表现的浪漫色彩。

李冶诗歌中也包含艺术成就颇高的哲理篇章。如其《八至》云：

至近至远东西，至深至浅清溪。至高至明日月，至亲至疏夫妻。①

诗中出现了四对反义词："远近""东西""深浅""亲疏"，蕴涵着哲学思辨的意蕴和对世俗人情的感悟，是道家辩证法中对立转化观点的生动体现。首句讲的是方位哲理，如果以某一点为界，那么界两边有"东"和"西"就非常接近；但是如果放在无垠的空间中，"东"和"西"就会遥不可及。结句则暗含了《庄子·至乐篇》中"鼓盆而歌"的寓意与庄子所言"是其始死也，我独何能无概然察其始而本无生……今又变而之死……自以为不通乎命，故止也"。②作者从中可以平淡地看待情人、夫妻的相聚与分别。此句可谓包含深刻的生活哲理，生动地概括了人类爱情和亲情的相互转化——恋人、夫妻之间那种或相濡以沫、心心相印；或视同仇雠、恶语相加的复杂关系。我们知道，从生理学角度讲，包含哲理的逻辑思维能力不是女性的强项，李冶作为一个女诗人，在中唐的文坛上，能写出如此深邃简明的哲理诗，实在是难能可贵。此外，这首诗为六言，而唐代诗坛虽然众体皆备，诗星闪耀，但是六言诗极不发达，李冶能在六言诗领域开拓创新，独树一帜，并且含义隽永，实属罕见。

李冶《从萧叔子听弹琴赋得三峡流泉歌》是唐代较早通篇描

---

① （清）彭定求编，陈尚君补辑：《全唐诗》（增订本）卷805，第9157页。
② （东晋）郭象注：《庄子》，第94页。

绘音乐的诗歌:"妾家本住巫山云,巫山流泉常自闻。玉琴弹出转寥夐,直是当时梦里听。三峡迢迢几千里,一时流入幽闺里。巨石崩崖指下生,飞泉走浪弦中起。初疑愤怒含雷风,又似鸣咽流不通。回湍曲濑势将尽,时复滴沥平沙中。忆昔阮公为此曲,能令仲容听不足。一弹既罢复一弹,愿作流泉镇相续。"① 诗以泉水形容琴音,句句描绘三峡流泉,实际上均在摹写琴声,巧妙地将听觉感受化作了视觉形象。最后用阮籍善弹琴、阮咸妙解音律的典故,突出萧叔子演奏曲调的磊落不平之气和跌宕婉曲的心境。诗人将琴声所激发出的绮丽幻想、凌云壮志一气呵出,营造出如万江奔涌的强大气势,气象奇伟。整支乐曲有缓有急,节奏分明,似幽而实壮,情生而气动。钟惺《名媛诗归》评价该诗时指出:"观其情生气动,想见流美之度。"② 这首诗被收入《中兴间气集》,在唐人众多描写音乐的作品里也堪称上乘之作,与稍后的摹声名篇韩愈《听颖师弹琴》、李贺《李凭箜篌引》、白居易《琵琶行》对音乐的描写相比,也不逊色!

李冶以五言诗闻名于世,她的七绝亦堪称高妙。其《明月夜留别》诗云:"离人无语月无声,明月有光人有情。别后相思人似月,云间水上到层城。"③ 诗情缠绵而下,第三句转得极其轻灵妩媚。人与月连成一片,融为一体,那云间水上无所不在的月光是人的情思和化身,时时处处与君相伴,情景交融,意境优美。"层城"指昆仑山的最高处,即天庭。用如此广照天地的月光来比喻情意绵绵的相思,十分形象生动。全诗兴象玲珑,静谧凄美,酷似张若虚《春江花月夜》"此时相望不相闻,愿逐月华流照君"和

---

① (清)彭定求编,陈尚君补辑:《全唐诗》(增订本)卷805,第9156页。
② (明)钟惺:《名媛诗归》卷11,第121页。
③ (清)彭定求编,陈尚君补辑:《全唐诗》(增订本)卷805,第9157页。

李白《闻王昌龄左迁龙标遥有此寄》"我寄愁心与明月，随风直到夜郎西"之艺术构思。又如其《偶居》："心远浮云知不还，心云并在有无间。狂风何事相摇荡，吹向南山复北山。"① 将心情比作浮云，描写心绪的摇荡不安，联想和生发十分巧妙。表达也简洁明快，真情贯通，一气呵成。

综上所述，李冶作为女冠诗人，其诗才被当世及后世所认可。她诗中荡漾的情思和爽朗的笔致，体现出她丰富的才情和洒脱的秉性。尽管她的诗作流传下来的不多，但是她在诗歌创作上取得的艺术成就及影响是不容忽视的。

## 第三节　鱼玄机的诗歌创作

鱼玄机（844—868），字幼微，一字蕙兰，长安（今陕西西安）人，自称"布衣"出身。初为补阙李亿妾。大约宣宗大中十二年（858）至懿宗咸通七年（866），鱼玄机随李亿客寓湖北鄂州和山西太原，此后为李亿所抛弃，于长安咸宜观度为女道士。咸通九年（868），因私刑笞死侍婢绿翘事发，为京兆尹温璋所杀。她自幼聪明伶俐，能诗善文，有《唐女郎鱼玄机诗》一卷，今存影宋书棚本。唐末五代的诗歌选集韦庄《又玄集》和韦縠《才调集》均选录有鱼玄机诗歌，并同署其身份为"女道士"。《全唐诗》卷804收其诗一卷，凡50首，均为近体诗。今人陈文华校注《唐女诗人集三种》（上海古籍出版社1984年版）收其集。

关于鱼玄机的生平事迹，唐末皇甫枚《三水小牍》有较为详细的记载：

---

① （清）彭定求编，陈尚君补辑：《全唐诗》（增订本）卷805，第9157页。

唐西京咸宜观女道士鱼玄机，字幼微，长安里家女也。色既倾国，思乃入神，喜读书属文，尤致意于一吟一咏。破瓜之岁，志慕清虚，咸通初，遂从冠帔于咸宜，而风月赏玩之佳句，往往播于士林。然蕙兰弱质，不能自持，复为豪侠所调，乃从游处焉。于是风流之士，争修饰以求狎，或载酒诣之者，必鸣琴赋诗，间以谑浪，懵学辈自视缺然。①

咸宜观原由咸宜公主舍宅而建，旁边多上流社会宅第。加之"士大夫之家入道尽在咸宜"②，因此，美貌与才情兼具的鱼玄机很快就在当时的长安名噪一时，豪侠阔少、风流才子争相结交。

鱼玄机现存诗中，大部分是爱情诗，其表达情爱的对象，主要是其前夫李亿（字子安），以及在社会交往中产生了爱慕之情的其他异性。鱼玄机曾被进士李亿娶为外妻，但两三年之后，由于门第观念，李亿另娶正妻，鱼玄机深陷这段爱情夭折的痛苦之中，写下了许多发自肺腑的爱情诗篇。关于鱼玄机的爱情诗歌，前人褒贬不一。郑振铎指出："（鱼玄机）写着颇为大胆的情诗"③；明人胡震亨《唐音癸签》曰："鱼最淫荡，诗体亦靡弱。"④ 黄周星《唐诗快》说："鱼老师可谓教猱升木，诱人犯法矣。罪过！罪过！"⑤ 针对明清以来人们对鱼玄机爱情诗的严厉批评，今人贾晋华曾予以纠正："由于受'淫荡的娼妓'的偏见性标签的影响，不少学者或贬低或忽略鱼玄机的爱情诗。然而，根据我们的生平系

---

① （宋）李昉：《太平广记》卷130，第922页。
② （宋）钱易：《南部新书》卷戊，中华书局，2002年，第67页。
③ 郑振铎：《插图本中国文学史》，北京出版社，1999年，第408页。
④ （明）胡震亨：《唐音癸签》，第83页。
⑤ （清）黄周星：《唐诗快》，清康熙三十二年（1693）刻本。

年，鱼玄机的爱情诗大多数撰写于旅居湖北时，所抒发情感的对象是其丈夫李亿。这些诗篇并非'淫荡'，而是深情地表达了她对李亿的强烈恋情，呈现给我们一个主动欲求的主体形象及女性爱情体验的真实声音。"① 鱼玄机作为古代社会的一名女子，敢于把自己心中萌发的爱情意识及其对爱情的看法行诸诗歌之中，成为故事性很强的爱情生活史，在中国古代文学史中实属罕见，仅凭这一点，她的爱情诗就值得我们关注。

她的爱情诗，无论是表现对李亿的倾心痴情，还是抒发对他人的爱慕之心，基本上是悲剧性身世和欲爱不能之心境的真实反映，以情思深沉见长。李、鱼两人结合之初，曾有过一段情爱笃厚、平静欢喜的生活，其《打毬作》主要写二人惬意的生活。时过境迁，与李亿分离以后，鱼玄机在《情书寄李子安》中表达了她对李亿一往情深，"书信茫茫何处问"② 写出了她痴情盼望李亿的来信。《江陵愁望寄子安》诗中"忆君心似西江水，日夜东流无歇时"③ 则诉说着她对李亿无限的思念。这段遭遇留给鱼玄机的只有离情的痛苦、绝望的懊恼及梦一般的回忆，然而她对李子安仍是一如既往，渴望追回失去的爱，其《春情寄子安》："山路欹斜石磴危，不愁行苦苦相思。冰销远涧怜清韵，雪远寒峰想玉姿。莫听凡歌春病酒，休招闲客夜贪棋。如松匪石盟长在，比翼连襟会肯迟。虽恨独行冬日尽，终期相见月圆时。别君何物堪持赠，泪落晴光一首诗。"④ 这首七言排律，是她入道不久后所作，在这里，诗人愁苦的不是独行山路的崎岖和艰辛，而是不尽的相思之苦；难忘的是丈夫的玉姿和韵致，她情意深深地叮嘱丈夫不要过

---

① 贾晋华：《重读鱼玄机》，载《华文文学》2016 年第 1 期。
② （清）彭定求编，陈尚君补辑：《全唐诗》（增订本）卷 804，第 9147 页。
③ （清）彭定求编，陈尚君补辑：《全唐诗》（增订本）卷 804，第 9152 页。
④ （清）彭定求编，陈尚君补辑：《全唐诗》（增订本）卷 804，第 9147 页。

度饮酒和贪玩下棋，她希望过去的海誓山盟能够长存，她相信冬日会有尽头，相见总会有期。全诗写得大胆明白，情致婉转，深沉凄楚，表达了诗人热烈真挚的爱情和缠绵悱恻的相思，真切地反映了身为卑妾无权主宰自己命运的痛苦，也表达了她对情人的忠诚，读来使人动容。

孙光宪《北梦琐言》曾载："唐女道鱼玄机，字蕙兰，甚有才思。咸通中，为李亿补阙执箕帚，后爱衰下山，隶咸宜观为女道士。有怨李公诗曰：'易求无价宝，难得有心郎。'又云：'蕙兰销歇归春浦，杨柳东西伴客舟。'自是纵怀，乃娼妇也。"① 从现存寄给李亿的五首诗中，我们可以清晰看出她对丈夫由期待转向失望，乃至怨愤的情感变化。此外，与她交往的文人还有温庭筠、李郢等。鱼玄机作有《酬李郢夏日钓鱼回见示》《闻李端公垂钓回寄赠》《冬夜寄温飞卿》《寄温飞卿》等诗歌，关于鱼玄机与此二人的交往，《唐才子传》卷八中有更详细的记录：

> 与李郢端公同巷，居止接近，诗筒往反；复与温庭筠交游，有相寄篇什。尝登崇真观南楼，睹新进士题名，赋诗曰："云峰满目放春情，历历银钩指下生。自恨罗衣掩诗句，举头空羡榜中名。"观其意激切，使为一男子，必有用之才，作者颇怜赏之。时京师诸宫宇女郎，皆清俊济楚，簪星曳月，唯以吟咏自遣，玄机杰出，多见酬酢云。②

由于"布衣"出身，鱼玄机的美好婚姻生活犹如昙花一现，

---

① （五代）孙光宪，贾二强点校：《北梦琐言》，中华书局，1960年，第76页。

② 傅璇琮：《唐才子传校笺》第3册，第450—452页。

于是她就在和文人的交往流连之中寻找爱情的甜蜜，借此来忘却那段自己曾经真心付出但却遭到遗弃的爱情。她才华过人，虽然唐代妇女地位已经有了很大提高，但是在科举考试中仍没有参与的资格，所以只好"举头空羡"。因为"政治情结"在古代只能是男子的事情，而"爱情情结"就成了女子生命的全部。鱼玄机在无奈之后，就只好去寻找自己理想的真挚爱情了。因此，她不止和一个男子发生过恋情。除了李亿、李郢、温庭筠、左名场之外，还有所谓的"仙郎"："秦楼几夜惬心期，不料仙郎有别离。睡觉莫言云去处，残灯一盏野蛾飞"①（《送别》）；有李近仁："焚香出户迎潘岳，不羡牵牛织女家"②（《迎李近仁员外》）；还有刘尚书："小材多顾盼，得作食鱼人"③（《寄刘尚书》）；等等。难怪明人钟惺《名媛诗归》评价鱼玄机诗时指出："触处抹杀不得'多情'二字。"④ 如其《酬李学士寄簟》："珍簟新铺翡翠楼，泓澄玉水记方流。唯应云扇情相似，同向银床恨早秋。"⑤ 此诗表达了作者害怕对方的感情消失而感叹"春宵苦短"的心绪。钟惺评此诗说："绝句如此奥思，非真正有才情人，未能刻画得出；即刻画得出，而音响不能爽亮。辗转费解，亦使人不能豁然，则不如不刻画也。此其道在浅深隐显之间，尤需带有秀气耳。"⑥

再看她的另一首道教意蕴丰富的爱情诗歌，是多么大胆地表

---

① （清）彭定求编，陈尚君补辑：《全唐诗》（增订本）卷804，第9152—9153页。
② （清）彭定求编，陈尚君补辑：《全唐诗》（增订本）卷804，第9153页。
③ （清）彭定求编，陈尚君补辑：《全唐诗》（增订本）卷804，第9146页。
④ （明）钟惺：《名媛诗归》卷11，《四库全书存目丛书》集部，第339册，第129页。
⑤ （清）彭定求编，陈尚君补辑：《全唐诗》（增订本）卷804，第9146页。
⑥ （明）钟惺：《名媛诗归》卷11，《四库全书存目丛书》集部，第339册，第128页。

达自己内心对爱情的狂热追求:"无限荷香染暑衣,阮郎何处弄船归。自惭不及鸳鸯侣,犹得双双近钓矶。"①(《闻李端公垂钓回寄赠》)这首诗手法颇像王昌龄的宫怨诗《长信秋词》。诗中的"李端公"即是她的旧情人李郢。"阮郎"一句用的是刘晨、阮肇天台遇仙的典故,暗示自己想和李端公成为情侣。然而,这样率直大胆的表白并没有打动对方。于是,她痴心不改,又作《酬李郢夏日钓鱼回见示》:"住处虽同巷,经年不一过。清词劝旧女,香桂折新柯。道性欺冰雪,禅心笑绮罗。迹登霄汉上,无路接烟波。"② 这首诗含情脉脉,特别是颈联和尾联,写得如此大胆,暗示性极强。此诗再一次向李郢表露了作者非他不嫁的痴情,但是不知何故,对方心中的块垒终究没有被鱼玄机的求爱之水所融化。

　　鱼玄机爱情诗不但内容上敢于大胆创新,而且诗体形式上也有独到之处。这突出表现在其六言诗和七言排律创作上。我们知道,整个唐代六言诗都不多见,优秀的更是凤毛麟角,至于写爱情题材的优秀六言诗,除了前面提到过的李冶的《八至》外,恐怕只有鱼玄机的《寓言》硕果仅存了:"红桃处处春色,碧柳家家月明。楼上新妆待夜,闺中独坐含情。芙蓉月下鱼戏,螮蝀天边雀声。人世悲欢一梦,如何得作双成。"③ 这首诗准确地表现出了作者对爱情的执着追求。结句采用双关手法:董双成原本是王母娘娘的侍女,最后得道成仙,这里作者把成仙和恋人的成双成对恰当地结合起来。

　　鱼玄机的咏怀诗,则主要传达出一种不让须眉的自信情怀,表现出对自我价值的清醒认识与追求。如其《卖残牡丹》:

---

① (清)彭定求编,陈尚君补辑:《全唐诗》(增订本)卷804,第9149页。
② (清)彭定求编,陈尚君补辑:《全唐诗》(增订本)卷804,第9148页。
③ (清)彭定求编,陈尚君补辑:《全唐诗》(增订本)卷804,第9152页。

临风兴叹落花频，芳意潜消又一春。应为价高人不问，却缘香甚蝶难亲。红英只称生宫里，翠叶那堪染路尘。及至移根上林苑，王孙方恨买无因。①

诗以残败的牡丹花自况，隐喻自己得不到赏识，最终只能落得独自终老的际遇。诗中字字皆可读为既指牡丹，又指诗人，花即人，人即花，人花合一。"卖"字极为伤感，主动兜售都无人问津，一腔愤懑倾泻而出，读来荡气回肠，感人至深。同时，诗中也洋溢着踌躇满志的自信，自信如有用武之地，必能向世人大展才华。作者采用托物言志的手法，诉说自己知音难觅的无奈，正如钟惺所言："如此语，岂但寄托，渐说向愤恨上去。千古有情人，所托非偶，便有不能自持以正意，此岂其人之罪哉？亦有以使之者矣。"②

鱼玄机女性自我意识的增强，也表现在对女性存在价值的认识上。"（女冠诗人）和一般女道士不同，她们不仅仅是识字而已，她们都有她们自己的思想。她们一方面在生活中挣扎，另一方面又发现了人类社会对待女性的不平等。"③鱼玄机的咏史诗《浣纱庙》云："吴越相谋计策多，浣纱神女已相和。一双笑靥才回面，十万精兵尽倒戈。范蠡功成身隐退，伍胥谏死国消磨。只今诸暨长江畔，空有青山号苎萝。"④她一反前人赞颂勾践卧薪尝胆终成大业的成见，直接描写和肯定了西施自身在吴越战争过程中的贡献。在这里，西施不再是被玩弄的对象，而是美丽、智慧和力量

---

① （清）彭定求编，陈尚君补辑：《全唐诗》（增订本）卷804，第9146页。
② （明）钟惺：《名媛诗归》卷11，《四库全书存目丛书》集部，第339册，第125页。
③ 谭正璧：《中国女性文学史话》，百花文艺出版社，1984年，第146页。
④ （清）彭定求编，陈尚君补辑：《全唐诗》（增订本）卷804，第9146页。

的化身。钟惺《名媛诗归》评此诗结句："语气陡健，恰如实有其事。"① "陡健"一词言其诗中呈现出的男儿气。全诗立意新颖，构思巧妙，情调哀而不伤，怨而不怒，从女性自我审美角度对西施的自身价值和人格力量进行肯定和赞美的同时，也侧面讽刺了吴王夫差的荒淫误国。

鱼玄机遁入道门之后，不时在诗中以颇具道家道教色彩的意象来标示其身份，如大约作于咸通七年（866）的《愁思》云："落叶纷纷暮雨和，朱丝独抚自清歌。放情休恨无心友，养性空抛苦海波。长者车音门外有，道家书卷枕前多。布衣终作云霄客，绿水青山时一过。"② 试图以道典及成仙的目标安慰自己。再如《夏日山居》："移得仙居此地来，花丛自遍不曾栽。"③《题隐雾亭》："春花秋月人诗篇，白日清宵是散仙。"④ 道家这种超尘远世、自由逍遥的人生理想在其《情书寄李子安》中也有呈现："饮冰食檗志无功，晋水壶关在梦中。"⑤ 表达了颇类《庄子·逍遥游》"神人无功"式飘然出世的思想。其《江行》中"画舸春眠朝未足，梦为蝴蝶也寻花"⑥ 也将道家思想中最具艺术美感的"庄周梦蝶"提炼为诗并翻新出巧。其《暮春即事》结句"安能追逐人间事，万里身同不系舟"⑦ 则植入《庄子·列御寇》"饱食而遨游，泛若不系之舟，虚而遨游者也"之典，说自己早已谢绝人事，不再追逐繁华，只愿退居僻巷，过超越俗世的生活。在《次韵西邻

---

① （明）钟惺：《名媛诗归》卷11，《四库全书存目丛书》集部，第339册，第126页。
② （清）彭定求编，陈尚君补辑：《全唐诗》（增订本）卷804，第9149页。
③ （清）彭定求编，陈尚君补辑：《全唐诗》（增订本）卷804，第9151页。
④ （清）彭定求编，陈尚君补辑：《全唐诗》（增订本）卷804，第9149页。
⑤ （清）彭定求编，陈尚君补辑：《全唐诗》（增订本）卷804，第9146页。
⑥ （清）彭定求编，陈尚君补辑：《全唐诗》（增订本）卷804，第9149页。
⑦ （清）彭定求编，陈尚君补辑：《全唐诗》（增订本）卷804，第9151页。

新居兼乞酒》《闻李端公垂钓回寄赠》等诗篇中,鱼玄机运用刘阮遇仙、望夫化石、潇湘二女、牛郎织女等典故,以女性神仙比拟自己,将自己塑造为激情而极具诱惑的女仙形象,主动地追求爱情。

总之,鱼玄机诗歌主要抒写她不幸的身世和道家凄清孤寂的生活,悲诉难觅知音的痛苦,表现出对爱情和美好生活的热烈追求。艺术上,鱼玄机的诗具有语言绮丽、擅用典实、情致繁缛、兴象浑成的特征。她注重锤炼字句,讲究形式美,故佳句颇多,如"红桃处处春色,碧柳家家月明"(《寓言》)、"鸳鸯帐下香犹暖,鹦鹉笼中语未休"(《和新及第悼亡诗》)、"明月照幽隙,清风开短襟"(《狱中作》)、"诗咏东西千嶂乱,马随南北一泉流"①(《左名场自泽州至京,使人传语》)等等。后世对其诗评价甚高,明人徐献忠谓"其诗婉倩悲凄,有风人之调,女郎间求之,则兰英绮密,左芬充腴,生与同时,亦非廊庑间客也"。(《唐诗品》)钟惺《名媛诗归》卷十一亦云:"玄机盖才媛中之诗圣也。"②

## 第四节 其他女道士的诗歌创作

唐代诗坛中,除了李冶、鱼玄机外,元淳、卢眉娘、卓英英、崔仲容、葛鸦儿、杨监真、葛氏女等均属女冠诗人。《全唐诗》卷863至867所收女仙、女神、女鬼中,依据诗歌内容判断,南溟妇人、上元夫人、王仙仙、吴彩鸾等也应属于在家修道者。

女冠元淳的诗歌在《全唐诗》卷805仅存《寄洛中诸姊》《秦中春望》两首及四残句。然在俄藏敦煌唐人选唐诗残本《瑶池新

---

① (清)彭定求编,陈尚君补辑:《全唐诗》(增订本)卷804,第9152、9148、9154、9153页。
② (明)钟惺:《名媛诗归》卷11,《四库全书存目丛书》集部,第339册,第124页。

咏集》中，我们又发现了《感兴》《闲居寄杨女冠》《送霍师妹游天台》《寓言》的全诗，以及未见于传世文献的诗作《感春》。①值得注意的是，同李冶、鱼玄机诗作中大量同男性士人往来的诗作不同，元淳的诗歌体现出一种较为浓重的宗教生活氛围。从诗作的对象来看，既有洛中的姊妹，亦有同道的女冠，多为女性道教中人，她似乎更认同自身的女冠身份，亦在很大程度上满足于与同性道友、亲戚之间的交流与互动。元淳在诗中常塑造出远离尘嚣、杳远静谧的氛围，其《闲居寄杨女冠》云："仙府寥寥殊未传，白云尽日对纱轩。只将沉静思真理，且喜人间事不喧。青冥鹤唳时闻过，杏蔼瑶台谁与言。闻道武陵山水好，碧溪东去有桃源。"② 以人间作为天界的映照物，写及武陵山水、世外桃源、人间祥和，反衬天界的寂寥孤静。其《秦中春望》："凤楼春望好，宫阙一重重。上苑雨中树，终南霁后峰。落花行处遍，佳气晚来浓。喜见休明代，霓裳蹑道踪。"③ 则写出了一个女性修道者在春天雨后的大自然美景里悠然地寻觅"道踪"的情景。元淳在诗中还直接抒发思乡情怀，其《寄洛中诸姊》云："旧国经年别，关河万里思。题诗凭雁翼，望月想蛾眉。白发愁偏觉，归心梦独知。谁堪离乱处，掩泪向南枝。"④ 首联开门见山，表达了对处于战乱的远方家人的深切思念之情；颔联以雁翼对蛾眉，不仅工巧贴切，而且情感细腻。颈联抒写离愁促老、梦中归乡之感，真挚动人。尾联点出战乱背景，"南枝"典出《古诗十九首·行行重行行》："胡

---

① 荣新江、徐俊：《唐蔡省风编〈瑶池新咏〉重研》，载荣新江主编《唐研究》第七卷，北京大学出版社，2001年，第125—144页。
② 徐俊：《敦煌诗集残卷辑考》，中华书局，2000年，第683—684页。
③ （清）彭定求编，陈尚君补辑：《全唐诗》（增订本）卷805，第9158页。
④ （清）彭定求编，陈尚君补辑：《全唐诗》（增订本）卷805，第9158页。

马依北风,越鸟巢南枝。"① 借指故土,是古代思乡诗歌中的传统意象,诗歌经由这一意象将作者对洛阳姐妹的深情展现得淋漓尽致。

《瑶池集新咏集》中紧随李季兰、元淳及张夫人②之后的崔仲容事迹虽不可考,但从其诗中可知其道士身份,如《戏赠》云:"暂到昆仑未得归,阮郎何事教人非。如今身佩上清箓,莫遣落花沾羽衣。"③ 从诗中的仙山昆仑、佩带的上清法箓、穿着的道衣来看,崔仲容是一名较高层次的女冠。《全唐诗》中现存崔仲容三首及四残句。《又玄集》录崔仲容二诗分别为《赠所思》和《戏赠》。《才调集》亦收入她的两首诗,即《赠所思》与《赠歌姬》。这些诗篇多言恋情,表露作者对爱的主动追求,如《赠所思》云:"所居幸接邻,相见不相亲。一似云间月,何殊镜里人。丹诚空有梦,肠断不禁春。愿作梁间燕,无由变此身。"④ 叙写女子对邻里男子一往情深,但这份爱情好像镜中月、水中花,没有结果和回报,徒增悲伤,结尾诗人希望变成一只燕子,与心爱之人同居一室。蕴含同样情感的还有其《寄赠》断句:"妾心合君心,一似影随形";《春怨》断句:"梁燕无情困,双栖语此时。"⑤

女冠卢眉娘的事迹最早见于晚唐人苏鹗的《杜阳杂编·卢眉娘》,其中记载:"永贞元年,南海贡奇女卢眉娘,年十四。称本北祖帝师之裔。自大足中,流落于岭表。幼而慧悟,工巧无比……至元和中,宪宗皇帝嘉其聪慧而奇巧,遂赐金凤环,以束其腕。知眉娘不愿在禁中,遂度以黄冠,放归南海,仍赐号曰

---

① 逯钦立:《先秦汉魏晋南北朝诗》,中华书局,1983年,第329页。
② 张夫人为吉中孚之妻,《全唐诗》收张夫人诗5首及断句3联。吉中孚(766?—788),"大历十才子"之一,入仕前曾为道士,后官至中书舍人。
③ (清)彭定求编,陈尚君补辑:《全唐诗》(增订本)卷801,第9107页。
④ (清)彭定求编,陈尚君补辑:《全唐诗》(增订本)卷801,第9107页。
⑤ (清)彭定求编,陈尚君补辑:《全唐诗》(增订本)卷801,第9108页。

第八章　唐代女冠的文学创作

'逍遥'。"① 元赵道一《历世真仙体道通鉴后集》卷五《卢眉娘传》基本沿袭之。卢眉娘与成都才女卓英英为同时人，二人颇多酬唱之作。如卓英英《锦城春望》："和风装点锦城春，细雨如丝压玉尘。漫把诗情访奇景，艳花浓酒属闲人。"② 卢眉娘《和卓英英锦城春望》："蚕市初开处处春，九衢明艳起香尘。世间总有浮华事，争及仙山出世人。"③ 对比两首诗，前者重在描绘锦城春色和抒发爱春之情，后者虽也含有春天律动的信息，但对于尘世的态度是厌恶的、反感的，反而充斥着浓重的仙家韵味。

二人的唱和诗还有卓英英《理笙》："频倚银屏理凤笙，调中幽意起春情。因思往事成惆怅，不得缑山和一声。"④ 卢眉娘《和卓英英理笙》："但于闺阁熟吹笙，太白真仙自有情。他日丹霄骖白凤，何愁子晋不闻声。"⑤ 两首诗均运用《列仙传·王子乔》中王子乔吹笙升仙的故事："王子乔者，周灵王太子晋也。好吹笙，作凤凰鸣，游伊、洛之间，道士浮丘公接以上嵩高山。三十余年。后求之于山上，见桓良，曰：'告我家，七月七日待我于缑氏山巅。'至时，果乘白鹤驻山头。望之不得到，举手谢时人，数日而去。"⑥ 但相比之下，原作情调比较低沉，字里行间透露出寂寞、忧虑的愁绪，没有对王子乔升仙之事的称赞和学道慕仙的情怀；而和诗则颇具劝导功能，认为只要在闺阁中吹奏笙箫娴熟，太白真仙一定会传授仙术，待炼丹功成之后，自己必定骑鹤飞升。

与此同时或稍后，女冠杨敬真与四个女道友在华山相会赋诗，

---

① （唐）苏鹗：《杜阳杂编》，中华书局，1985年，第11—12页。
② （清）彭定求编，陈尚君补辑：《全唐诗》（增订本）卷863，第9819页。
③ （清）彭定求编，陈尚君补辑：《全唐诗》（增订本）卷863，第9820页。
④ （清）彭定求编，陈尚君补辑：《全唐诗》（增订本）卷863，第9819页。
⑤ （清）彭定求编，陈尚君补辑：《全唐诗》（增订本）卷863，第9820页。
⑥ （汉）刘向：《列仙传》，上海古籍出版社，1990年，第9页。

申述体道经验与修炼感悟。《全唐诗》卷八六三载：元和十二年（817），虢州女子杨敬真与"四女同夜成仙，会西岳云台峰。一马信真，宋州人。一徐湛真，幽州人。一郭修真，荆州人。一夏守真，青州人。相庆，各为诗道意"①。她们各自写下《会真诗》表明自己证道修真成仙的强烈愿望，表述超凡脱俗之志，歌咏逍遥自适之乐，颇有道教清虚之趣："人世徒纷扰，其生似梦华。谁言今昔里，俯首视云霞。"（杨敬真）"几劫澄烦思，今身仅小成。誓将云外隐，不向世间存。"（马信真）"绰约离尘世，从容上太清。云衣无绽日，鹤驾没遥程。"（徐湛真）"华岳无三尺，东瀛仅一杯。入云骑彩凤，歌舞上蓬莱。"（郭修真）"共作云山侣，俱辞世界尘。静思前日事，抛却几年身。"②（夏守真）这些诗篇表达的是女冠诗人对人世纷扰的厌倦、鄙夷，渴望离开尘世，进入仙境，证仙成真，从而自由自在地生活在至乐世界，比较全面地反映了女冠们对修道成仙理想的坚定追求。

杨监真事迹与杨敬真传说颇为类似，时间均为元和十二年（817），地点均为虢州，其配偶分别为王清和吴清，回归原因都是念父。或许二者最早来源为同一本事，后经敷衍改造，呈现如今之不同面目。杨监真作有《仙诗五首》，专门描写修道场景，反映修道体验。其一云："道启真心觉渐清，天教绝粒应精诚。云外仙歌笙管合，花间风引步虚声。"其五："摄念精思引彩霞，焚香虚室对烟花。道合云霄游紫府，湛然真境瑞皇家。"③ 诗中的"绝粒""精思"概指辟谷、存思等道教方术，在静坐入定中观想出许多神奇景象，以此进入一种精神的迷狂状态，仿佛听到了从云端传来

---

① （清）彭定求编，陈尚君补辑：《全唐诗》（增订本）卷863，第9822页。
② （清）彭定求编，陈尚君补辑：《全唐诗》（增订本）卷863，第9822页。
③ （清）彭定求编，陈尚君补辑：《全唐诗》（增订本）卷863，第9822—9823页。

的仙歌道曲——步虚声,从而获得心灵的安慰。在这样的心理需求作用下,唐代女冠诗人笔下往往产生自觉的崇道行为,如自幼好道的王氏女的临终诗《临化绝句》云:"玩水登山无足时,诸仙频下听吟诗。此心不恋居人世,唯见天边双鹤飞。"① 在道教中,鹤往往是羽化登仙的坐骑或象征符号,也是作者慕仙求道的情感寄托。相对于人世间的浮华与纷扰,她们早已做好准备,希望早日轻举飞仙。又如崔少玄《留别卢陲》:"得之一元,匪受自天。太老之真,无上之仙。光含影藏,形于自然。真安匪求,神之久留。淑美其真,体性刚柔。丹霄碧虚,上圣之俦。百岁之后,空余坟丘。"② 也包含着浓重的道教感悟。再如葛鸦儿《会仙诗》其二:"烟霞迤逦接蓬莱,宫殿参差晓日开。群玉山前人别处,紫鸾飞起望仙台。"③ 诗题中的"会仙"类似元稹《会真诗》之"会真",借道教神仙之名而实写爱意恋情之事。诗言在"群玉山"与恋人分别时的依依不舍,而"紫鸾"为道教传说中的"三鸟"之一,有传递情书的功能,类似于李商隐笔下的"青鸟"。

在儒家传统观念中,女性总是将对意中人的爱慕、不舍,甚至疑虑等感情深埋心底,唐代女冠则借道家道教之力突破传统,不受约束地自由表达真实情感。她们因性情直率、大胆泼辣,在诗作中对心上人表露心迹的可谓比比皆是,如卓英英《答玄士》:"数载幽栏种牡丹,裹香包艳待神仙。神仙既有丹青术,携取何妨入洞天。"④ 诗人以"裹香包艳"的牡丹自比,希望对方能携而取之,共入洞天。客观地说,这首诗并非上乘之作,但其热烈追求、大胆表白的真实性情,给人留下了深刻印象。诸如此类的作品在

---

① (清)彭定求编,陈尚君补辑:《全唐诗》(增订本)卷863,第9827页。
② (清)彭定求编,陈尚君补辑:《全唐诗》(增订本)卷863,第9818页。
③ (清)彭定求编,陈尚君补辑:《全唐诗》(增订本)卷801,第9110页。
④ (清)彭定求编,陈尚君补辑:《全唐诗》(增订本)卷863,第9819页。

女冠诗中还有很多，如上元夫人《赠封陟》的"为爱君心能洁白，愿操箕帚奉屏帏"①，嵩山女《书任生案》其二的"葛洪还有妇，王母亦有夫。神仙尽灵匹，君意合何如"②，等等，而这一点在其他女性诗作中颇为罕见。

她们的诗歌中还包含一定的哲思。如前文所引《会真诗》中郭修真的游仙诗："华岳无三尺，东瀛仅一杯。入云骑彩凤，歌舞上蓬莱。"居于天上仙境，以道眼俯视人间，巍峨的华山显得低矮，浩瀚的瀛洲变得渺小，与李贺《梦天》中"黄尘清水三山下，更变千年如走马。遥望齐州九点烟，一泓海水杯中泻"③的构思以及包含的辩证色彩颇为相似。

道教在一定程度上解放了唐代女冠的思想，道观为其提供了增强文化修养的宽松环境，使其有条件、有能力充分吸收唐诗发展取得的成果，女冠的整体人格和诗艺文采得到全面发展，形成了女冠诗歌创作的兴盛局面。唐代女冠兼有出家道士和女性的双重身份，其创作自然更具有一定的特色。女冠诗是其至纯真情的自然呈现与自由表达，以"情"取胜，以"理"标异。纵观唐代女冠诗人的诗作，我们会发现洋溢其中的不是女性传统的哀靡柔弱之音，而是较为鲜明的个体意识与理性精神的强劲之声。她们的诗歌超越了自古至今女子笔下的闺阁习气，表达情感大胆直率，泼辣狂热，风格豪放雄发，浪漫奇丽，具有情韵兼胜、事理皆备的典型特征。她们的作品无论是在道教史还是在文学史上都应该引起我们足够的重视。

---

① （清）彭定求编，陈尚君补辑：《全唐诗》（增订本）卷863，第9823页。
② （清）彭定求编，陈尚君补辑：《全唐诗》（增订本）卷863，第9826页。
③ （清）彭定求编，陈尚君补辑：《全唐诗》（增订本）卷390，第4409页。

# 第九章 唐代文人入道及其文学创作

唐代尊崇道教，文人入道现象颇为常见，如卢象《送贺秘监归会稽歌序》中所言"表请辞官，乞以父子入道"的贺知章；大历十才子之一的吉中孚，从道士入仕又由仕宦归为道士。卢纶《送吉中孚校书归楚州》诗自注"中孚自仙官入仕"，李嘉祐《晚春送吉校书归楚州》诗自注："吉中孚曾为道士。"中唐诗人刘商："性耽道术，逢道士即师资之，炼丹服气，靡不勤功。每叹光景甚促，筋骸渐衰，朝驰暮止，但自劳苦，浮荣世宦，何益于己。古贤皆随官以求道，多得度世。幸毕婚嫁，不为俗累，岂劣于许远游哉！于是以病免官入道"。① 中唐人韦渠牟也曾出家为道士，颜真卿和李德裕也都受过道箓。阎寀于贞元七年（791），到武陵桃源观做了道士，戎昱《送吉州阎使君入道》诗中"霞帔初朝五帝坛"的庐陵太守即是此人。以上举出的这些诗人，都有过道士养炼经历。而就文学成就而言，唐代入道文人中较为著名、影响比较大的是李白、顾况、李商隐。

## 第一节 李白的道教文学创作

在唐代著名诗人中，李白与道教的关系最为密切。其《酬王补阙惠翼庄庙宋丞泚赠别》云："学道三千春，自言羲和人。"② 其

---

① （五代）沈汾：《续仙传》卷中，《道藏》第5册，第87页。
② （清）彭定求编，陈尚君补辑：《全唐诗》（增订本）卷178，第1821页。

《安陆白兆山桃花岩寄刘侍御绾》亦云："云卧三十年，好闲复爱仙。"① 其实，道教文化贯穿李白一生。他生长于道教的发源地蜀中，自幼阅读道经、漫游道教名山、结交道士，并修仙学道、炼制丹药，后正式接受道箓而成为一名道士。由于道教对其人其诗产生了重要影响，因此，"谪仙""酒仙""诗仙"等称谓自古至今成了李白身上重要的文化代码和象征符号。

李白的家乡绵州昌明县西南的紫云山是一个著名的道教圣地，他在《题嵩山逸人元丹丘山居》诗中自称"家本紫云山，道风未沦落"②。唐初著名道士王玄览、王太霄、王仙卿、赵仙甫等都在蜀中传道，这种宗教环境对年轻的李白产生了较大的影响。李白从小喜读道家道教典籍，其《上安州裴长史书》中曾说"五岁诵六甲，十岁观百家"③，其中的"六甲"为道教术语。《神仙传·左慈》云："（左慈）学道，尤明六甲，能役使鬼神。"④《道藏》中也有《上清琼宫灵飞六甲左右上符》一书，是神仙方术之书。他少年时曾在戴天山访问道士，后又游青城山，并在此山与东严子一起学道修仙。⑤ 其《上安州裴长史书》中回忆云："昔与逸人东岩子隐于岷山之阳，白巢居数年，不迹城市，养奇禽千计，呼皆就掌取食，了无惊猜。广汉太守闻而异之，诣庐亲睹，因举二人以有道，并不起。"⑥ 李白还曾游玩道教氛围颇浓的峨眉山，其《登峨眉山》诗中云："蜀国多仙山，峨眉邈难匹。"⑦ 自此经常漫

---

① （清）彭定求编，陈尚君补辑：《全唐诗》（增订本）卷172，第1771页。
② （清）彭定求编，陈尚君补辑：《全唐诗》（增订本）卷184，第1881页。
③ （清）董诰等：《全唐文》卷348，第3532页。
④ （晋）葛洪：《神仙传》，中华书局，1991年，第36页。
⑤ 参阅刘友竹：《李白与青城山》，中国唐代文学学会：《唐代文学论丛》第九辑，陕西人民出版社，1987年，第158—162页。
⑥ （清）董诰等：《全唐文》卷348，第3533页。
⑦ （清）彭定求编，陈尚君补辑：《全唐诗》（增订本）卷180，第1839页。

游道教名山，正如其《感兴六首》第五首中所云："十五游神仙，仙游未曾歇。"①

开元十三年（725），李白仗剑去国，辞亲远游。经嘉州，历渝州，出三峡。在江陵，遇到了唐代著名道士司马承祯，司马承祯一见面就称赞他"有仙风道骨，可与神游八极之表"②（《大鹏赋序》），李白听后喜出望外，写下了《大鹏遇稀有鸟赋》（即《大鹏赋》），将自己和司马承祯分别比拟为大鹏和稀有鸟。开元二十三年（735），李白与道士元丹丘、元演一起到随州（湖北随县）拜访在仙城山修道的胡紫阳，有《题随州紫阳先生壁》《冬夜于随州紫阳先生餐霞楼送烟子元演隐仙城山序》记录其事。他在序文中说："吾与霞子元丹，烟子元演，气激道合，结神仙交，殊身同心，誓老云海，不可夺也。历行天下，周求名山，入神农之故乡，得胡公之精术。胡公身揭日月，心飞蓬莱，起餐霞之孤楼，练吸景之精气，延我数子，高谈混元，金书玉诀，尽在此矣。"③叙述三人随胡紫阳学道的情形。此后，李白在《忆旧游寄谯郡元参军》诗中也言及这次聚会："紫阳之真人，邀我吹玉笙。餐霞楼上动仙乐，嘈然宛似鸾凤鸣。"④胡紫阳是唐代道教上清派的著名道士，师从李含光，为司马承祯的再传弟子，死后，李白曾为他书写碑文《汉东紫阳先生碑铭》。

天宝初年，李白之所以被召入长安，与入道的玉真公主和道士吴筠的举荐关系颇大。魏颢《李翰林集序》："因持盈法师（注：玉真公主道号）达，白亦因之入翰林。"⑤《旧唐书·李白传》载：

---

① （清）彭定求编，陈尚君补辑：《全唐诗》（增订本）卷183，第1869页。
② （清）董诰等：《全唐文》卷347，第3523页。
③ （清）董诰等：《全唐文》卷349，第3539—3540页。
④ （清）彭定求编，陈尚君补辑：《全唐诗》（增订本）卷172，第1774页。
⑤ （清）董诰等：《全唐文》卷373，第3798页。

"天宝初,客游会稽,与道士吴筠隐于剡中。既而玄宗诏筠赴京师,筠荐之于朝,遣使召之,与筠俱待诏翰林。"① 李白来到长安,在紫极宫遇见贺知章,贺知章当面称他为"谪仙人",李白《对酒忆贺监二首并序》云:"太子宾客贺公,于长安紫极宫一见余,呼余为谪仙人,因解金龟换酒为乐。殁后对酒,怅然有怀,而作是诗。"② 其《金陵与诸贤送权十一昭夷序》中又强调:"吾稀风广成,荡漾浮世。素受宝诀,为三十六帝之外臣。即四明逸老贺知章呼余为谪仙人,盖实录耳。"③ 贺知章直呼李白"谪仙人",这唤醒了李白不同凡响的"谪仙"意识,此后,李白对这一称号自鸣得意,引以为豪,其《答湖州迦叶司马问白是何人》云:"青莲居士谪仙人,酒肆藏名三十春。"④ 这一称谓经贺知章首倡、李白标举后,时人经常言及,如魏颢《李翰林集序》:"故宾客贺公奇白风骨,呼为谪仙子。"⑤ 其《金陵酬李翰林谪仙子》云:"谪仙游梁园,爱子在邹鲁。"⑥ 杜甫《寄李十二白二十韵》中亦云:"昔年有狂客,号尔谪仙人。笔落惊风雨,诗成泣鬼神。"⑦ 并在《饮中八仙歌》中赞颂李白:"李白一斗诗百篇,长安市上酒家眠。天子呼来不上船,自称臣是酒中仙。"⑧ 崔成甫《赠李十二白》亦云:"天外常求太白老,金陵捉得酒仙人。"⑨ 这也促使李白的行为和诗歌此后朝着"谪仙人"的方向发展,"谪仙"称谓自李白使用后,

---

① (后晋)刘昫:《旧唐书》卷190,第5053页。
② (清)彭定求编,陈尚君补辑:《全唐诗》(增订本)卷182,第1865页。
③ (清)董诰等:《全唐文》卷349,第3542页。
④ (清)彭定求编,陈尚君补辑:《全唐诗》(增订本)卷178,第1818页。
⑤ (清)董诰等:《全唐文》卷373,第3798页。
⑥ (清)彭定求编,陈尚君补辑:《全唐诗》(增订本)卷261,第2898页。
⑦ (清)彭定求编,陈尚君补辑:《全唐诗》(增订本)卷225,第2432页。
⑧ (清)彭定求编,陈尚君补辑:《全唐诗》(增订本)卷216,第2260页。
⑨ (清)彭定求编,陈尚君补辑:《全唐诗》(增订本)卷261,第2899页。

对后人产生了深远影响。①

天宝三年（744），李白被唐玄宗赐金放还之后，在安陵（今属河南）乞请盖寰为其造真箓，有《访道安陵遇盖寰为予造真箓，临别留赠》一诗为证。后由道士高如贵授道箓于齐州（今山东济南）紫极宫，正式加入道教，成为一名真正的道士。李阳冰《唐李翰林草堂集序》云："天子知其不可留，乃赐金归之，遂就从祖陈留采访大使彦允，请北海高天师授道箓于齐州紫极宫。"② 李白《奉饯高尊师如贵道士传道箓毕，归北海》诗亦云："吾师四万劫，历世递相传。"③ 他曾在《草创大还赠柳官迪》诗中自豪地宣称"抑予是何者，身在方士格"④。

李白一生结交的道士颇多，如戴天山道士、吴筠、雍尊师、东严子、元演、胡紫阳、焦炼师、李腾空、褚三清、高如贵、盖寰等，其中，对李白产生较大影响的主要有隶属上清派的司马承祯、胡紫阳、元丹丘等人。司马承祯是玄宗朝最著名的道士，玄宗《赐司马承祯敕》中称"司马炼师以吐纳余暇，琴书自娱，潇洒白云，超驰元圃"⑤，曾两次召之入京，并亲授法箓。专门为其在王屋山建造阳台观，并御题观额。司马承祯死后被玄宗封为银青光禄大夫，号贞一先生。司马承祯在江陵称赞李白有仙风道骨，对李白的自信心和进一步走向道教有很大的促进作用。李白还曾向司马承祯的再传弟子胡紫阳学习内丹之术。司马承祯的三传弟子元丹丘与李白在蜀中已相识，在安陆时又相聚，其后又赴嵩山相

---

① 参阅张振谦：《宋代文人"谪仙"称谓及其内涵论析》，载《宁夏社会科学》2011年第1期。
② （清）董诰等：《全唐文》卷437，第4460页。
③ （清）彭定求编，陈尚君补辑：《全唐诗》（增订本）卷176，第1805页。
④ （清）彭定求编，陈尚君补辑：《全唐诗》（增订本）卷169，第1748页。
⑤ （清）董诰等：《全唐文》卷36，第401页。

会,更是与李白结下了生死之交,他们"投分三十载,荣枯同所欢"①(《秋日炼药院镊白发,赠元六兄林宗》),元丹丘也成为与李白结识时间最长、友谊最为密切的道友。

李白在许多诗中都表达了对炼丹服食的热情,采药炼丹相关的术语经常在他的诗文中出现,如《古风》其四:

> 吾营紫河车,千载落风尘。药物秘海岳,采铅青溪滨。时登大楼山,举手望仙真。羽驾灭去影,飙车绝回轮。尚恐丹液迟,志愿不及申。徒霜镜中发,羞彼鹤上人。②

大楼山在池州(今属安徽),青溪流经此地入长江。诗人攀山越岭,采铅的目的是烧炼紫河车。元人萧士赟《分类补注李太白诗》注"紫河车"云:"道家蓬莱修炼法:河车是水,朱雀是火。取水一斗铛中,以火炎之令沸,致圣石九两其中,初成姹女,次谓之玉液。后成紫色,谓之紫河车。"③ 李白诗中言及炼丹服食之处甚多,如"攀条摘朱实,服药炼金骨"(《天台晓望》)、"愿游名山去,学道飞丹砂"(《落日忆山中》)、"闭剑琉璃匣,炼丹紫翠房"(《留别曹南群官之江南》)、"愿随子明去,炼火烧金丹"(《登敬亭山南望怀古赠窦主簿》)、"弃剑学丹砂,临炉双玉童"(《流夜郎半道承恩放还兼欣克复之美书怀示息秀才》)、"终当遇安期,于此炼玉液"(《游泰山六首》其五)、"时命若不会,归应

---

① (清)彭定求编,陈尚君补辑:《全唐诗》(增订本)卷169,第1744页。
② (清)彭定求编,陈尚君补辑:《全唐诗》(增订本)卷161,第1674页。
③ (唐)李白,瞿蜕园、朱金城校注:《李白集校注》,上海古籍出版社,1980年,第101页。

炼丹砂"(《早秋赠裴十七仲堪》)①、"(吾)尝采姹女于江华,收河车于清溪,与天水权昭夷,服勤炉火之业久矣"②(《金陵与诸贤送权十一昭夷序》)。姹女即汞,河车是铅,这是炼丹的基本材料,而铅和汞均是带有毒性的物质,服食它们容易中毒,李白晚年身体急速衰弱,或许与服食丹药有关。

李白对道教经典的学习也相当认真,他在诗《游泰山》六首其四中写道:"清斋三千日,裂素写道经。"③ 其《早秋单父南楼酬窦公衡》亦云:"我闭南楼看道书,幽帘清寂在仙居。"④ 诗中也经常运用道经典故,如其《庐山谣寄卢侍御虚舟》"早服还丹无世情,琴心三叠道初成"⑤ 中的"琴心三叠"当指《黄庭内景经》所载"琴心三叠舞胎仙",梁丘子注:"琴,和也。三叠,三丹田,谓与诸宫重叠也。"⑥ 李白《玉真仙人词》云:"清晨鸣天鼓,飙欻腾双龙。"⑦ 清人王琦注"鸣天鼓"时引《云笈七签》卷四五所载《九真高上宝书神明经》:"叩齿之法,左相叩名曰打天钟,右相叩名曰搥天磬,中央上下相叩名曰鸣天鼓。"⑧《九真高上宝书神明经》已佚,《道藏》没有收入。但《上清紫精君皇初紫灵道君洞房上经》中有相似记载:"高上宝神明科经说曰:叩齿之法,左左相叩,名曰叩天钟,右右相扣,名曰椎天磬,中央上下对相扣,

---

① (清)彭定求编,陈尚君补辑:《全唐诗》卷180,第1840页;《全唐文》卷182,第1866页;《全唐文》卷174,第1785页;《全唐文》卷171,第1768页;《全唐文》卷170,第1759页;《全唐文》卷179,第1829页;《全唐文》卷168,第1734页。
② (清)董诰等:《全唐文》卷349,第3542页。
③ (清)彭定求编,陈尚君补辑:《全唐诗》(增订本)卷179,第1829页。
④ (清)彭定求编,陈尚君补辑:《全唐诗》(增订本)卷178,第1818页。
⑤ (清)彭定求编,陈尚君补辑:《全唐诗》(增订本)卷173,第1778页。
⑥ (宋)张君房:《云笈七签》卷11,第199页。
⑦ (清)彭定求编,陈尚君补辑:《全唐诗》(增订本)卷167,第1729页。
⑧ (宋)张君房:《云笈七签》卷45,第1016页。

名曰鸣天鼓……若存思念道，致真招灵，当鸣天鼓。"①"飚欻"是用上清经法来存思体内神时产生的双龙。《上清紫精君皇初紫灵道君洞房上经》云："存月中有两白气，径来入两足底跖心中，良久，足底各化生两白龙，在我之左右也。左龙名曰飚精，右龙名曰欻亭。二龙并吐白烟，入我鼻两孔中，径达肺。"②

李白也曾钻研过炼丹的理论，其炼丹诗《草创大还赠柳官迪》从头到尾都在运用道教炼丹的术语，其内容基本上是对《周易参同契》丹道理论的缩写。诗云：

> 天地为橐籥，周流行太易。造化合元符，交媾腾精魄。自然成妙用，孰知其指的。罗络四季间，绵微无一隙。日月更出没，双光岂云只。姹女乘河车，黄金充辕轭。执枢相管辖，摧伏伤羽翮。朱鸟张炎威，白虎守本宅。相煎成苦老，消铄凝津液。仿佛明窗尘，死灰同至寂。捣冶入赤色，十二周律历。赫然称大还，与道本无隔。白日可抚弄，清都在咫尺。北酆落死名，南斗上生籍。抑予是何者，身在方士格。才术信纵横，世途自轻掷。吾求仙弃俗，君晓损胜益。不向金阙游，思为玉皇客。鸾车速风电，龙骑无鞭策。一举上九天，相携同所适。③

诗题之"大还"即"大还丹"。《周易参同契》认为：炼丹之理与天地造化同途，而天地造化就是依照阴阳消长，坎离（龙虎）

---

① 《道藏》第6册，第547—548页。
② 《道藏》第6册，第546页。
③ （清）彭定求编，陈尚君补辑：《全唐诗》（增订本）卷169，第1748页。

交媾,气运流转的"太易"规律生成万物的。诗的头四句正是《周易参同契》这个基本原理的浓缩。因此,炼丹的丹鼎分为上下二层,以象天法地。用阴阳消长、五行生克、卦爻变化理论控制炼丹火候的抽添进退。丹成即道成,服食还丹即与道合一,故曰"赫然称大还,与道本无隔"。诗中描写精气神在三田中的返复过程,以及水银(姹女)、铅(河车)、丹砂(朱鸟)、磐石(白虎)烧炼过程中的作用变化。诗中大量引用《周易参同契》术语和句意。如"仿佛明窗尘,死灰同至寂"就直接取自《周易参同契》:"形体为灰土,状若明窗尘。"① 明人胡震亨云:"《草大还篇》'仿佛明窗尘,死灰同至寂。捣冶入赤色,十二周律历。赫然称大还,与道本无隔。'并用《参同契》语。"②

李白不仅引用《周易参同契》语意和其中的炼丹术语,而且借此来展开想象,构思诗歌。如其《早望海霞边》诗云:"四明三千里,朝起赤城霞。日出红光散,分辉照雪崖。一餐咽琼液,五内发金沙。举手何所待,青龙白虎车。"③ 描写的是作者在天台山早起看日出,以及朝霞映千里的美景。而其中的语意和术语明显来自《周易参同契》:"金砂入五内,雾散若风雨。"④ 讲的是人服用金丹后,丹砂入五脏四肢,流散如风雨。《周易参同契》借鉴了《周易》的象符号系统:"运用隐喻的思维和体悟的方式唤起符号接收者的感受,以达到一种可感的境界来传达符号的意义指向。在解译象符号的过程中,接收者可以通过充分想象,把握其广大

---

① (宋)朱熹:《周易参同契考异》,中华书局,1985年,第13页。
② (明)胡震亨:《唐音癸签》,第228页。
③ (清)彭定求编,陈尚君补辑:《全唐诗》(增订本)卷180,第1840页。
④ (宋)朱熹:《周易参同契考异》,第11页。

的意指范畴"。①李白对日出景象符号的使用便是如此,罗宗强先生指出,由于李白在天台山的时间不长,不可能服食金丹,"这里说的'咽琼液'与'发金沙',只是一种想象,登天台而想到如此美好之境界,定是仙人之所居,于是设想服金丹成仙之情状,如此而已"②。

  李白精通道家典籍,尤喜《庄子》。刘熙载《艺概·诗概》曾说:"太白诗以《庄》《骚》为大源。"③他在《赠宣州宇文太守兼呈崔侍御》诗中言:"过此无一事,静谈《秋水》篇。"④其《答长安崔少府叔封游终南翠微寺太宗皇帝金沙泉见寄》亦以《秋水》之理论阐发怀抱:"河伯见海若,傲然夸秋水。"⑤《秋水》篇中的主要观点与《齐物论》相近,主张齐物和相对:"以道观之,物无贵贱。以物观之,自贵而相贱。以俗观之,贵贱不在己。以差观之,因其所大而大之,则万物莫不大;因其所小而小之,则万物莫不小。"⑥齐物论意在泯灭世间万物之别,所谓"天地与我并生,而万物与我为一"(《庄子·齐物论》)。这种思想往往为后世者用来作为弱小者的生存依据,而被李白用来作为自大的理论根据,如其《冬夜于随州紫阳先生餐霞楼送烟子元演隐仙城山序》:"出则以平交王侯,遁则以俯视巢许。"⑦《少年行》:"府县尽为门下客,王侯皆是平交人。"《流夜郎赠辛判官》:"昔在长安醉花柳,五侯

---

① 苏智:《象与言:论〈周易〉的符号表意模式》,载《河南师范大学学报(哲学社会科学版)》2014年第3期。
② 罗宗强:《李白的神仙道教信仰》,见朱金城《中国李白研究》,江苏古籍出版社,1993年,第26页。
③ (清)刘熙载:《艺概》卷2,上海古籍出版社,1978年,第57页。
④ (清)彭定求编,陈尚君补辑:《全唐诗》(增订本)卷171,第1763页。
⑤ (清)彭定求编,陈尚君补辑:《全唐诗》(增订本)卷178,第1818页。
⑥ (东晋)郭象注:《庄子》,第88页。
⑦ (清)董诰等:《全唐文》卷349,第3540页。

七贵同杯酒。气岸遥凌豪士前，风流肯落他人后。"① 李白诗中也大量插入《庄子》一书的故事和人物，来表现自己的处世态度和对世界的看法，如《古风》其八中的"庄周梦胡蝶，胡蝶为庄周。一体更变易，万事良悠悠"② 用及《庄子·齐物论》"庄周梦蝶"之事；《古风》其三十五中的"安得郢中质，一挥成斧斤"③ 植入了《庄子·徐无鬼》中郢人妙斫的故事；《赠从弟南平太守之遥二首》其一中的"愿随任公子，欲钓吞舟鱼"④ 与《金陵望汉江》中的"今日任公子，沧浪罢钓竿"⑤ 则引《庄子·外物》"任公子钓鱼"的寓言故事。《赠刘都使》中的"饮冰事戎幕，衣锦华水乡"⑥ 典自《庄子·人间世》"今吾朝受命而夕饮冰"⑦；《当涂李宰君画赞》中的"若揭日月，昭然运行"⑧ 出自《庄子·山木》："昭昭乎如揭，日月而行。"⑨ 李白诗中还直接化用《庄子》中的人物形象，如庄周、任公子、郢人、匠石、轩辕黄帝、广成子、襄野童子、河伯、海若、丑女、西施、寿陵少年、大儒、罔象、善卷、务光、林回、伯成子高。所表现出来的志士形象、隐士形象、仙人形象正是李白一生复杂思想的反映，这些艺术形象就是李白自我的化身。

李白崇尚道家的代表人物庄子。他在自己的创作中常常借用庄子的思想资料和艺术想象，《庄子》中的大鹏形象可以说是李白

---

① （清）彭定求编，陈尚君补辑：《全唐诗》（增订本）卷165，第1714页；《全唐诗》卷170，第1754页。
② （清）彭定求编，陈尚君补辑：《全唐诗》（增订本）卷161，第1675页。
③ （清）彭定求编，陈尚君补辑：《全唐诗》（增订本）卷161，第1678页。
④ （清）彭定求编，陈尚君补辑：《全唐诗》（增订本）卷170，第1758页。
⑤ （清）彭定求编，陈尚君补辑：《全唐诗》（增订本）卷180，第1845页。
⑥ （清）彭定求编，陈尚君补辑：《全唐诗》（增订本）卷170，第1754页。
⑦ （东晋）郭象注：《庄子》，第25页。
⑧ （清）董诰等：《全唐文》卷350，第3544页。
⑨ （东晋）郭象注：《庄子》，第103页。

一生的图腾,是李白诗赋中常常借以自况的意象,它既是自由的象征,又是惊世骇俗的理想和志趣的象征。李白青少年时期作于蜀中的名篇《上李邕》中,首次以大鹏自喻:"大鹏一日同风起,抟摇直上九万里。假令风歇时下来,犹能簸却沧溟水。世人见我恒殊调,闻余大言皆冷笑。宣父犹能畏后生,丈夫未可轻年少。"①极其生动地描写了大鹏横绝四海、撼天动地的非凡气势,用以比喻自己卓绝的才华和宏大的抱负,以及对前途的无比自信。在《大鹏赋》中,李白对庄子描写的大鹏形象极为称赞,并在庄子描写的大鹏形象基础之上又加以变化。李白《古风》其三十三亦云:"北溟有巨鱼,身长数千里。仰喷三山雪,横吞百川水。凭陵随海运,焜赫因风起。吾观摩天飞,九万方未已。"②与庄子《逍遥游》之大鹏相比,李白笔下的大鹏是其摆脱世俗束缚、追求个性自由的象征。李白诗中还有一首《临路歌》:"大鹏飞兮振八裔,中天摧兮力不济。余风激兮万世,游扶桑兮挂石袂。后人得之传此,仲尼亡兮谁为出涕?"③ 据唐李华《故翰林学士李君墓志铭序》云,李白"赋《临终歌》而卒"。后人认为可能就是这首《临路歌》,"路"或为"终"之误写。因此,这可以说是李白的绝笔,也可看作是李白自撰的墓志铭。诗人以大鹏自比,浩叹一生壮志未酬的悲怆。由此可见,李白终生引大鹏自喻之意。大鹏精神的自足自大,以及由此表现出来的独立人格,正是李白放旷狂傲性格的最佳呈现。

道家道教主张的"功成身退"是李白的最高政治理想和贯穿一生的处世原则。他尊崇"为而弗恃,功成而弗居"(《道德经》

---

① (清)彭定求编,陈尚君补辑:《全唐诗》(增订本)卷168,第1742页。
② (清)彭定求编,陈尚君补辑:《全唐诗》(增订本)卷161,第1678页。
③ (清)彭定求编,陈尚君补辑:《全唐诗》(增订本)卷167,第1730页。

第二章)、"功遂身退，天之道也"(《道德经》第九章)、"为而不恃，功成而不处"(《道德经》第七十七章)、"为而不恃，长而不宰"(《庄子·达生》)的人生观，并在其诗文中屡次申述。如其《代寿山答孟少府移文书》中云："申管晏之谈，谋帝王之术，奋其智能，愿为辅弼，使寰区大定，海县清一，事君之道成，荣亲之义毕，然后与陶朱、留侯，浮五湖，戏沧洲，不足为难矣。"①即一条所谓"功成身退"的人生道路。又如《古风》其十六："功成身不退，自古多愆尤。"《侠客行》："事了拂衣去，深藏身与名。"《当涂赵炎少府粉图山水歌》："若待功成拂衣去，武陵桃花笑杀人。"《玉真公主别馆苦雨赠卫尉张卿二首》其二："功成拂衣去，摇曳沧洲傍。"《赠韦秘书子春二首》其二："终与安社稷，功成去五湖。"《驾去温泉后赠杨山人》："待吾尽节报明主，然后相携卧白云。"《赠别从甥高五》："成功解相访，溪水桃花流。"《在水军宴赠幕府诸侍御》："所冀旄头灭，功成追鲁连。"《登金陵冶城西北谢安墩》："功成拂衣去，归入武陵源。"《翰林读书言怀呈集贤诸学士》："功成谢人间，从此一投钓。"② 这些诗句均是李白"功成身退"处世原则的直接表达。在《行路难》其三中，李白更进一步写道："吾观自古贤达人，功成不退皆殒身。子胥既弃吴江上，屈原终投湘水滨。陆机雄才岂自保，李斯税驾苦不早。华亭鹤唳讵可闻，上蔡苍鹰何足道。君不见吴中张翰称达生，秋风忽忆江东行。且乐生前一杯酒，何须身后千载名。"③ 他以伍子胥、

---

① （清）董诰等：《全唐文》卷348，第3535页。
② （清）彭定求编，陈尚君补辑：《全唐诗》（增订本）卷161，第1676页；《全唐诗》卷162，第1690页；《全唐诗》卷167，第1726页；《全唐诗》卷168，第1736页、1738页；《全唐诗》卷169，第1746页；《全唐诗》卷170，第1752页；《全唐诗》卷180，第1842页；《全唐诗》卷183，第1871页。
③ （清）彭定求编，陈尚君补辑：《全唐诗》（增订本）卷162，第1686页。

屈原、陆机、李斯诸人的悲剧性结局为例，从反面强调"功成身退"的必要性。并倾慕和崇拜范蠡、吕尚、管仲、张良、鲁仲连、姜子牙、谢安等历史上"功成身退"的楷模。"功成身退"本身所含有的独立人格、自由精神内容，也是李白孜孜以求而不能舍弃的。作为一种人生理想，他追求的是既体现自身生命价值，又保持自身精神的自由、人格的独立。只有这二者的相互结合，才能构成他理想的人生图景。

道家道教美学思想的核心是自然与天真。"真"是道家美学的重要范畴，《庄子·渔父》云："真者，所以受于天也，自然不可易也。故圣人法天贵真，不拘于俗。"① 李白反对雕琢，提倡天真，主张道家的自然美。他在诗中多次引用《庄子·天运》"东施效颦"的故事来表达他的美学观。如其《古风》三十五："丑女来效颦，还家惊四邻。寿陵失本步，笑杀邯郸人。一曲斐然子，雕虫丧天真。"② 《玉壶吟》亦云："西施宜笑复宜颦，丑女效之徒累身。"③ 李白在文学主张方面也大力标举"清水出芙蓉，天然去雕饰"（《经乱离后天恩流夜郎忆旧游书怀赠江夏韦太守良宰》）。《古风》其一亦云："自从建安来，绮丽不足珍。圣代复元古，垂衣贵清真。"④ 这些美学风格是李白改革文学的理想目标，也是他自己诗歌特征的鲜明体现。

道教文化对李白的文学创作影响甚大，庞大的神仙体系为他的诗文提供了丰富的意象群体，道教的各类神仙故事成为李白笔下经常出现的素材，如许真人、魏夫人、丁令威、王子乔、西王母等。丰富而奇特的想象力，神奇而瑰丽的意象，既是道教制造

---

① （东晋）郭象注：《庄子》，第159页。
② （清）彭定求编，陈尚君补辑：《全唐诗》（增订本）卷161，第1678页。
③ （清）彭定求编，陈尚君补辑：《全唐诗》（增订本）卷166，第1718页。
④ （清）彭定求编，陈尚君补辑：《全唐诗》（增订本）卷161，第1674页。

神仙谱系、维系他人信仰的法宝,也是李白文学创作中奇美境界的重要渊薮。道教使李白的思维经常出乎意料、变化莫测、奇思妙想,在他身上及其诗歌中往往挟裹着一股势不可挡的豪气和仙气,表现出壮阔、飘逸、雄浑的诗歌境界。他吸取道教的某些观念拓展了自己的思维方式,不顾一切冲破尘世对他的束缚、追寻自己想要的生活状态,以及对生命价值的探索与肯定等表现都和道教有着间接的联系。总的来说,李白在诗歌艺术上是将道教思想广泛、深刻地向积极方面进行了发挥。①

李白在诗歌中往往借助道教的神仙体系,利用非凡的想象力营造出虚幻缥缈的神仙世界。如《古风》其十九:

> 西岳莲花山,迢迢见明星。素手把芙蓉,虚步蹑太清。霓裳曳广带,飘拂升天行。邀我登云台,高揖卫叔卿。恍恍与之去,驾鸿凌紫冥。俯视洛阳川,茫茫走胡兵。流血涂野草,豺狼尽冠缨。②

诗人想象自己登上华山莲花峰,远远看见手拿芙蓉的仙女凌空而行,遨游在太清之上。雪白的霓裳曳着宽广的长带,迎风飘扬,升入天际。美丽的仙女邀请李白神游云台峰,诗人与仙人卫叔卿作揖行礼,然后又一起飞往遥远的太空。诗歌的前半部分写升入仙境、不纠缠世事的超脱,后半部分则转向尘世的生灵涂炭,兼有虚拟和写实,纵横变幻,交织出许许多多令人心清神爽的优美意境和呼之欲出的生动形象。仙界与人间的强烈对比,使得批判现实的精神溢于言外。我们能够从中体察出诗人对当时社会的

---

① 孙昌武:《道教与唐代文学》,人民文学出版社,2001年,第216页。
② (清)彭定求编,陈尚君补辑:《全唐诗》(增订本)卷161,第1676页。

强烈不满和追求自由解放的热烈愿望。李白在赐金放还之后所作的一系列游仙诗中充满了对奸权当道、政治腐败的极度厌恶和强烈的抗争意识。如李白于天宝四年（745）从东鲁到吴越游历时的名作《梦游天姥吟留别》：

> 海客谈瀛洲，烟涛微茫信难求。越人语天姥，云霓明灭或可睹。天姥连天向天横，势拔五岳掩赤城。天台四万八千丈，对此欲倒东南倾。我欲因之梦吴越，一夜飞度镜湖月。湖月照我影，送我至剡溪。谢公宿处今尚在，渌水荡漾清猿啼。脚著谢公屐，身登青云梯。半壁见海日，空中闻天鸡。千岩万转路不定，迷花倚石忽已暝。熊咆龙吟殷岩泉，栗深林兮惊层巅。云青青兮欲雨，水澹澹兮生烟。列缺霹雳，丘峦崩摧，洞天石扉，訇然中开。青冥浩荡不见底，日月照耀金银台。霓为衣兮风为马，云之君兮纷纷而来下。虎鼓瑟兮鸾回车，仙之人兮列如麻。忽魂悸以魄动，恍惊起而长嗟。惟觉时之枕席，失向来之烟霞。世间行乐亦如此，古来万事东流水。别君去兮何时还？且放白鹿青崖间，须行即骑访名山。安能摧眉折腰事权贵，使我不得开心颜！[①]

诗人运用丰富奇特的想象和大胆夸张的手法，组成一幅亦虚亦实、亦幻亦真的梦游图。该诗通过梦游山水而畅游仙境，迷离彷徨，奇景迭出，现实与理想交织，想象丰富夸张，气势豪迈奔放，读来令人回肠荡气。这首诗写梦游奇境，不同于一般游仙诗，

---

① （清）彭定求编，陈尚君补辑：《全唐诗》（增订本）卷174，第1785页。

它感慨深沉，反抗激烈，并非真正依托于虚幻之中，而是在虚无缥缈的神仙世界中，依然着眼于现实。神游天上仙境，而心觉"世间行乐亦如此"，尤其是结句"安能摧眉折腰事权贵，使我不得开心颜"，以雷霆万钧之力表现出诗人不与腐朽统治集团合作的不屈精神与傲岸性格，从一个侧面间接表达了对现实生活的不满。

在《游泰山》组诗中，他想象神仙世界的出现："登高望蓬瀛，想象金银台。天门一长啸，万里清风来。玉女四五人，飘飖下九垓。含笑引素手，遗我流霞杯。""清晓骑白鹿，直上天门山。山际逢羽人，方瞳好容颜。扪萝欲就语，却掩青云关。遗我鸟迹书，飘然落岩间。"①李白借助泰山神话传说，在诗中幻化出一个情节生动、亦真亦幻的泰山仙境，大大丰富了诗的内容，拓展了诗的意境，增强了诗的艺术感染力。诗人登上南天门，东望蓬瀛仙岛，遐想联翩，似乎真的看到仙人居住的金银宫阙。心弦激荡，仰面长啸，回响遏云，打破了天宇的宁静。佩玉鸣环，皓齿微启，向李白亲切致意，状写出诗人与神仙玉女的亲密互动，描写得栩栩如生。大概酒仙大名已声闻仙界，玉女赠给李白一杯流霞仙酒品尝，又似乎是在探问：谪仙何故不再来修行，像我们一样自由自在！仙女的不期而至牵惹了李白的思绪。李白在泰山之巅边赏景边思索之际，偏偏又遇到了一位"方瞳"的羽衣仙人。仙人没有同他说话，只赠给他一卷仙书，即消逝在云霞之中了。诸如此类想象中的神仙世界在李白笔下经常出现，如《焦山望寥山》中的"安得五彩虹，驾天作长桥。仙人如爱我，举手来相招"②。《庐山谣寄卢侍御虚舟》中的"遥见仙人彩云里，手把芙蓉朝玉京"③

---

① （清）彭定求编，陈尚君补辑：《全唐诗》（增订本）卷179，第1828页。
② （清）彭定求编，陈尚君补辑：《全唐诗》（增订本）卷180，第1840页。
③ （清）彭定求编，陈尚君补辑：《全唐诗》（增订本）卷173，第1778页。

等等。

综上所述，李白浪漫奔放的情怀、变化莫测的思维、飘逸豪迈的诗风、傲世独立的人格，均深受道教文化的影响。道教之于李白，是摆脱世俗束缚、治愈内心痛苦的一剂良药，也是其文学创作中展现出来的强大想象力的催化剂。因此，在一定意义上说，没有道教经历的渲染和道教思想的熏陶，中国诗歌史上就很可能不会出现"笔落惊风雨，诗成泣鬼神"的"诗仙"李白。

## 第二节　顾况及其他道隐茅山的文人

茅山原名句曲山，又名地肺山，是中国道教名山，被道教列为"第八洞天，第一福地"。早在汉代，陕西咸阳人茅盈、茅固、茅衷三兄弟不远千里，来此修炼，得道成仙后被尊称为"三茅真君"，当地父老为了纪念他们，改句曲山为"茅君之山"，茅山因此而得名。东晋时又有许谧、许翙父子于茅山修道。南朝齐永明十年（492），陶弘景辞官隐居茅山，自称"华阳隐居"。他在此整理道教经典，撰《登真隐诀》《真诰》《养性延命录》《洞玄灵宝真灵位业图》等上清派典籍，使道教教理系统化，成为道教上清派的主要传承者。因上清派以茅山为本山，故又称茅山宗。

隋唐是茅山道教的兴盛期，至盛唐，茅山已成为首屈一指的道教圣地，颜真卿曾在碑记中言："自先生（李含光）距于隐居（陶弘景），凡五叶矣，皆总习妙门大正真法，所以茅山为天下道学之所宗矣。"[①] 五代徐铉亦云："华阳洞天，金陵福地，群仙之所都会，景福之所兴作，故其坛馆之盛，荐享之殷，樵牧之禁，冠

---

[①]（唐）颜真卿：《茅山玄静先生广陵李君碑铭并序》，《茅山志》卷23，《道藏》第5册，第647页。

于天下，其所由来旧矣。"①隋唐数位帝王对茅山高道尊崇有加，从入隋的王远知开始，之后的潘师正、司马承祯直至李含光，均被皇帝召入宫廷，赐予封号。如隋炀帝杨广"后幸涿郡，诏（王）远知见临朔宫，帝执弟子礼，咨质仙事，诏京师作玉清玄坛以处之"②。由此可见，隋炀帝与茅山宗及其宗主王远知有密切关系。司马承祯的活动备受时人关注，与文人名士多有往还，宋之问、张说、张九龄、李峤、沈佺期等均有诗歌相赠。睿宗朝入京还山竟有公卿百官、文人学士三百余人赋诗相送。常侍徐彦伯选三十余首编成《白云记》刊行于世，盛传一时。他还与陆余庆、赵贞固、卢藏用、陈子昂、杜审言、宋之问、毕构、郭袭微、释怀一结为"方外十友"，与陈子昂、卢藏用、宋之问、王适、毕构、李白、孟浩然、王维、贺知章合称"仙宗十友"。天宝七年（748），唐玄宗受上清经箓，以李含光为度师，赐号玄静先生。李含光隐居茅山数十年，清行修道，大兴坛馆，吸引全国道士来茅山修炼。茅山作为道教圣地，雄冠天下。李含光在当时文人中的影响也很大，如韦渠牟于大历四年（769）到茅山出家，拜李含光为师。皇甫冉《送张道士归茅山谒李尊师》诗中的"李尊师"即李含光。隐居茅山的秦系《题茅山李尊师山居》诗也是为李含光所题。颜真卿在乾元二年（759）为浙西节度使时，就曾致书李含光表达仰慕之意，李含光命弟子韦景昭回复。③李含光的弟子胡紫阳、殷淑，以及再传弟子元丹丘都与李白有颇为密切的交往。不仅如此，茅山宗道士还兼具文士身份，自陶弘景开始，茅山高道就有文化

---

① （五代）徐铉：《复三茅禁山记》，《茅山志》卷24，《道藏》第5册，第654页。

② （宋）欧阳修，宋祁：《新唐书》卷204《王远知传》，第5804页。

③ （唐）颜真卿：《有唐茅山元靖先生广陵李君碑铭》，《全唐文》卷340，第3446—3447页。

素养高、文艺水平佳的鲜明特征，唐代著名道士王远知、李含光、吴筠、司马承祯、徐灵府等莫不如此，这也在一定程度促进了茅山相关文学创作的繁荣。

顾况，字逋翁，自号华阳真人，海盐（今属浙江）人。他早年曾与亲族共居句容云阳里，并在附近的茅山元阳观读书。其《题元阳观旧读书房赠李范》中云："此观十年游，此房千里宿。还来旧窗下，更取君书读。"①《茅山志》卷十七载："元阳观，古观名，见唐顾况诗……今观在茅洞之上。"② 有着道教文化传统的居处和读书之所，无疑会对他的思想有所熏陶。唐肃宗至德二年（757）顾况进士及第，曾与崇奉道教的柳浑、李泌为知交，"素善于李泌，遂师事之，得其服气之法，能终日不食"③。宪宗元和年间，"顾况全家隐居茅山，竟莫知所止。其子非熊及第归庆，既莫知况宁否，亦隐于旧山。或闻有所遇长生之秘术也"④。

贞元九年（793），顾况归隐茅山。不久，顾况受上清道箓，正式归入道教。其《崦里桃花》诗云："崦里桃花逢女冠，林间杏叶落仙坛。老人方授上清箓，夜听步虚山月寒。"⑤ 桃花崦在句容东南，位于小茅峰北。《茅山志》卷六云："桃华崦在小茅北，林壑幽邃，春时花卉纷敷，不异武陵源也。"⑥ 元稹岳父韦夏卿《送顾况归茅山》诗云：

圣代为迁客，虚皇作近臣。法尊称大洞，学浅忝初

---

① （清）彭定求编，陈尚君补辑：《全唐诗》（增订本）卷267，第2951页。
② 《道藏》第5册，第626页。
③ 傅璇琮：《唐才子传笺校》卷3，第1册，第643页。
④ （五代）王定保：《唐摭言》卷8《入道》，上海古籍出版社，1978年，第93页。
⑤ （清）彭定求编，陈尚君补辑：《全唐诗》（增订本）卷267，第2963页。
⑥ 《道藏》第5册，第584页。

真。鸾凤文章丽，烟霞翰墨新。羡君寻句曲，白鹤是三神。①

这首诗从顾况贞元五年（789）自著作佐郎贬饶州司户讲起，称赞他皈依大道。接着赞扬他入道后作文面目一新，最后羡慕他到句容茅山后可以上接三茅君真神，与之遨游。三四句下各有一自注："著作已受上清毕法"，"夏卿初受正一。"② 说的是顾况已获得高级别的道教法箓，而自己却刚入道门。据《隋书·经籍志》载："受道之法，初受《五千文箓》，次受《三洞箓》，次受《洞玄箓》，次受《上清箓》。箓皆素书，纪诸天曹官属佐吏之名有多少，又有诸符，错在其间，文章诡怪，世所不识……弟子得箓，缄而佩之。"③ 可见，韦夏卿大约刚刚受了《五千文箓》，而顾况则获得了最高等级的《上清箓》。顾况以《奉酬茅山赠赐并简綦毋正字》答之："玉帝居金阙，灵山几处朝。简书犹有畏，神理讵能超。鹤庙新家近，龙门旧国遥。离怀结不断，玉洞一吹箫。"④ 诗中先赞道教尊神玉帝，次言自己心仪向往。过去由于尘缘未断，未能神理超越，现在已斩断俗缘情丝，感到与茅山道观新家近而与唐代京城旧国远了，流露出仕途的失意与失望。

顾况的友人綦毋诚《同韦夏卿送顾况归茅山》诗云："谪宦闻尝赋，游仙便作诗。白银双阙恋，青竹一龙骑。先入茅君洞，旋过葛稚陂。无然列御寇，五日有还期。"⑤ 说明顾况在贬官之后开始求仙入道。他的许多诗作都流露出游仙思想，多次提到道教圣

---

① （清）彭定求编，陈尚君补辑：《全唐诗》（增订本）卷272，第3052页。
② （清）彭定求编，陈尚君补辑：《全唐诗》（增订本）卷272，第3052页。
③ （唐）魏征等：《隋书》卷35，第1092页。
④ （清）彭定求编，陈尚君补辑：《全唐诗》（增订本）卷266，第2946页。
⑤ （清）彭定求编，陈尚君补辑：《全唐诗》（增订本）卷272，第3052页。

地,描述缥缈神奇的仙境和得道成仙的仙人,以此可以看出他对神仙世界的羡求。《望简寂观》《夜中望仙观》《题叶道士山房》等作品是诗人游览中对道教仙人仙境的种种想象,《悲歌六首》想象黄帝得道成仙之后的情景;《宫词五首》将玉屑想象为天上的"琼蕊",把跳舞的宫女比为天上的神仙;《题卢道士房》则描绘了道士炼丹的情景,神鼎前烟雾缭绕,道人手持麈尾、金铃,通过炼制丹药追求长生不老。大历中,顾况到滁州,时逢大水,作《龙宫操》:"龙宫月明光参差,精卫衔石东飞时。鲛人织绡采藕丝,翻江倒海倾吴蜀。汉女江妃杳相续,龙王宫中水不足。"① 想象奇特,极富浪漫色彩。《曲龙山歌》中的仙人夜宿阿母家,《古仙坛》中下错山的仙人拍手谈笑,《黄菊湾》中的酿酒喝醉的仙人,都是对神仙世界的世俗化。顾况以道教为题材的诗歌将人和仙的距离逐步拉近,把一种超经验的理念转化为一种具有合理性的客观实在,从而消解了神仙在人们头脑中最初所具有的神秘性。

顾况归隐入道之后,经常作诗赞美入道后的山居生活。如《山居即事》:"下泊降茅仙,萧闲隐洞天。杨君闲上法,司命驻流年。崦合桃花水,窗分柳谷烟。抱孙堪种树,倚杖问耘田。世事休相扰,浮名任一边。由来谢安石,不解饮灵泉。"② 诗人对大道的倾心,还见于《夜中望仙观》:"日暮衔花飞鸟还,月明溪上见青山。遥知玉女窗前树,不是仙人不得攀。"③ 既写月下仙观环境之清幽脱俗,又写自己急于追求成仙的境界。他在《寄上兵部韩侍郎奉呈李户部卢刑部杜三侍郎》一诗中也流露出当时的心迹:"得罪为何名,无阶问皇天。出门多歧路,命驾无由缘。伏承诸侍

---

① (清)彭定求编,陈尚君补辑:《全唐诗》(增订本)卷265,第2934页。
② (清)彭定求编,陈尚君补辑:《全唐诗》(增订本)卷266,第2950页。
③ (清)彭定求编,陈尚君补辑:《全唐诗》(增订本)卷267,第2959页。

郎，顾念犹迍邅。圣代逢三宥，营魂空九迁。"① 在《谢王郎中见赠琴鹤》中，诗人在清琴鹤姿的感召下，产生一种飘然欲仙、白日轻举之念："因想羡门辈，渺然四体轻。子乔翔邓林，王母游层城。忽如启灵署，鸾凤相和鸣。何由玉女床，去食琅玕英。"② 与此同时，顾况也往往赞颂道教和仙界、仙人的美好。如《步虚词·太清宫作》："迥步游三洞，清心礼七真。飞符超羽翼，焚火醮星辰。残药沾鸡犬，灵香出凤麟。壶中无窄处，愿得一容身。"③ 由游茅山二十六洞中著名的三洞（蓬壶、玉柱、华阳）说起，进而虔诚地顶礼膜拜茅山得道的仙人茅盈、茅固、茅衷、许迈、许谧、杨羲、郭崇兵等，接着上醮星君，下画灵符，期望在修成仙药后如淮南王刘安那样一人得道，鸡犬升天，又如壶公之得仙术可隐匿壶中。再如其《朝上清歌》：

洁眼朝上清，绿景开紫霞。皇皇紫微君，左右皆灵娥。曼声流睇，和清歌些。至阳无谖，其乐多些。旌盖飒沓，箫鼓和些。金凤玉麟，郁骈罗些；反风名香，香气遝些。琼田瑶草，寿无涯些。君著玉衣，升玉车些。欲降琼宫，玉女家些。其桃千年，始著花些。萧寥天清而灭云，目琼琼兮情感。珮随香兮夜闻，肃肃兮愔愔。启天和兮洞灵心，和为丹兮云为马。君乘之觞于瑶池之上兮，三光罗列而在下。④

---

① （清）彭定求编，陈尚君补辑：《全唐诗》（增订本）卷264，第2927—2928页。

② （清）彭定求编，陈尚君补辑：《全唐诗》（增订本）卷264，第2928页。

③ （清）彭定求编，陈尚君补辑：《全唐诗》（增订本）卷266，第2944页。

④ （清）彭定求编，陈尚君补辑：《全唐诗》（增订本）卷265，第2942—2943页。

诗人运用道教术语描述了道教人物和仙界景象，表现了他对梦幻般的神仙世界的向往。灵娥玉女，清歌妙曼，无限的洞天，耀目的紫霞，和谐的仙乐，阵阵的香风，处处充满仙界的缥缈朦胧与玄妙神秘。诗中运用色彩浓艳的辞藻描述仙境，使诗歌语言显得华丽神奇，把仙界建筑和道教仪式刻画得金碧辉煌、五彩缤纷。看到其中的仙子在洞天福地中无忧无虑、自在逍遥、享乐无限，作者顿生欣羡之心和向往之情。这首诗歌对仙境的刻画也得到了后人的高度评价，宋人朱熹云："其（顾况）《朝上清》者有曰'和为舟兮灵为马，因乘之，舫于瑶池之上兮，三光罗列而在下。'则意非（王）维所能及。"①

顾况之子顾非熊"住茅山十余年"②，其《成名后将归茅山酬群公见送》是他辞官归隐时所作，其中有云："此名谁不得，人贺至公难。素业承家了，离筵去国欢。"③ 到此时，他才算看到了官场的污浊，决意放弃儒业，回茅山修道。项斯《送顾非熊及第归茅山》云："吟诗三十载，成此一名难。自有恩门入，全无帝里欢。湖光愁里碧，岩景梦中寒。到后松杉月，何人共晓看。"④ 储嗣宗《和顾非熊先生题茅山处士闲居》亦云："归耕地肺绝尘喧，匣里青萍未报恩。浊酒自怜终日醉，古风时得野人言。鸟啼碧树闲临水，花满青山静掩门。唯有阶前芳草色，年年惆怅忆王孙。"⑤ 从这些作品来看，顾非熊也是仕途不顺后归隐茅山而入道的。其《赠茅山高拾遗》诗云："人皆贪利禄，白首更营营。若见无为理，

---

① （宋）朱熹：《楚辞集注》，上海古籍出版社，1979年，第268页。
② 傅璇琮：《唐才子传校笺》卷7，第3册，第355页。
③ （清）彭定求编，陈尚君补辑：《全唐诗》（增订本）卷509，第5827页。
④ （清）彭定求编，陈尚君补辑：《全唐诗》（增订本）卷554，第6476页。
⑤ （清）彭定求编，陈尚君补辑：《全唐诗》（增订本）卷594，第6941页。

兼忘不朽名。幽禽窥饭下，好药入篱生。梦觉岩泉滴，犹疑禁漏声。"① 诗以老庄"无为"思想起笔，记叙隐居生活的闲适，结处疑岩泉滴响为宫禁待漏之声，略露身在林下，心存魏阙之情。盛唐著名诗人储光羲曾孙、润州人储嗣宗也有赠高拾遗的作品。其《和茅山高拾到遗忆山中杂题五首》分咏《山泉》《巢鹤》《胡山》《小楼》《山邻》等，其中"柱史从来非俗吏，青牛道士莫相疑"②这样的句子仍关涉仕与隐的关系。

晚年退隐茅山的许浑也与高拾遗友善，其《赠茅山高拾遗》诗云："谏猎归来绮季歌，大茅峰影满秋波。山斋留客扫红叶，野艇送僧披绿莎。长覆旧图棋势尽，遍添新品药名多。云中黄鹄日千里，自宿自飞无网罗。"③ 末两句化用刘邦《鸿鹄歌》："鸿鹄高飞，一举千里。羽翼已就，横绝四海。横绝四海，又可奈何。虽有矰缴，尚安所施。"④ 刘邦此歌本为商山四皓辅助太子刘盈而发，显然，结处的"千里黄鹄"与起首的"绮里歌"相呼应。绮里季即商山四皓之一。其《祗命许昌自郊居移就公馆秋日寄茅山高拾遗》结尾亦云："中年未识从军乐，虚近三茅望少微。"⑤ 当仕途失意之后，许浑闲居茅山，身处困顿的他自然会滋生宗教追求，其（一说窦常）《茅山赠梁尊师》云："云屋何年客，青山白日长。种花春扫雪，看篆夜焚香。上象壶中阔，平生梦里忙。幸承仙籍后，乞取大还方。"⑥ 诗中表达了对修道生活的向往，表明自己已接受道箓，希望梁道士传授大还丹方。

---

① （元）刘大彬：《茅山志》卷28，《道藏》第5册，第681页。
② （清）彭定求编，陈尚君补辑：《全唐诗》（增订本）卷594，第6939页。
③ （清）彭定求编，陈尚君补辑：《全唐诗》（增订本）卷533，第6131页。
④ 逯钦立：《先秦汉魏晋南北朝诗》，第88页。
⑤ （清）彭定求编，陈尚君补辑：《全唐诗》（增订本）卷533，第6135页。
⑥ （清）彭定求编，陈尚君补辑：《全唐诗》（增订本）卷529，第6096页。

张祜是与许浑大约同时隐居茅山的一位诗人。其《江南杂题三十首》明确表露了他对道教的虔诚信仰，如其五云："野岸烟花好，东园自插篱。苽姑交宛叶，喜子抱游丝。尽日人稀到，终年井不窥。何当谢贞白，《真诰》是吾师。"① 又其《游仙》云："赤足一仙翁，耳毫垂两颈。摩挲雪毛项，骑上昆仑顶。顾我踪鹿蹄，去游邅寂境。洞门出昏黑，却望如侧井。行折青桂枝，隔云敲石屏。空岩响深彻，台观凝碧冷。风触琼树花，动摇天水影。端衣礼真貌，心目明耿耿。愿侣牧羊儿，休休在崖岭。"② 其《忆游天台寄道流》云："忆昨天台到赤城，几朝仙籁耳中生。云龙出水风声过，海鹤鸣皋日色清。石笋半山移步险，桂花当洞拂衣轻。今来尽是人间梦，刘阮茫茫何处行。"其《寄王尊师》云："天台南洞一灵仙，骨耸冰棱貌莹然。曾对浦云长昧齿，重来华表不知年。溪桥晚下玄龟出，草露朝行白鹿眠。犹忆夜深华盖上，更无人处话丹田。"③ 这些作品均可证明张祜思想深处的道教印痕。

"大历十才子"之一的吉中孚入道的地点也在茅山。李端《闻吉道士还俗因而有赠》云："闻有华阳客，儒裳谒紫微。旧山连药卖，孤鹤带云归。柳市名犹在，桃源梦已稀。还乡见鸥鸟，应愧背船飞。"④ 茅山又称"华阳洞天"。吉中孚后来由道士入仕，晚年又回家乡隐居。皇甫冉笔下也有数名文人士大夫去茅山入道，如其《酬权器》所云"回舟朝夕待春风，先报华阳洞深浅"⑤ 中的权器、《送郑员外入茅山》中的郑员外、《又送陆潜夫往茅山赋得华阳洞》中的陆邃等都是因怀才不遇而入茅山的。晚唐越州诗人

---

① 《全唐诗补逸》卷8，《全唐诗》（增订本），第10456页。
② 《全唐诗补逸》卷10，《全唐诗》（增订本），第10482页。
③ （清）彭定求编，陈尚君补辑：《全唐诗》（增订本）卷511，第5866页。
④ （清）彭定求编，陈尚君补辑：《全唐诗》（增订本）卷285，第3245页。
⑤ （清）彭定求编，陈尚君补辑：《全唐诗》（增订本）卷250，第2813页。

吴融《祝风三十二韵》诗中也声称："故隐茅山西，今来笠泽涘。"①

李德裕与茅山道教的关系也颇为密切。其祖父李栖筠《张公洞》诗云："我本道门子，愿言出尘笼。"② 其父撰有《唐仙都观王阴二真君碑》《景德观三真人碑》等道教碑记。③ 李德裕深受家庭氛围濡染，对道教有一定的信仰。五代何光远曾言："李德裕相公，性好玄门，往往冠褐，修彭祖房中之术，求茅君点化之功，沙汰缁徒，超升术士。"④ 李德裕于长庆二年（822）至大和三年（829）任润州刺史、浙西观察使期间，曾去茅山访问高道，长庆四年所上《奏银妆具状》中云："昨奉五月二十三日诏书，今访茅山真隐，将欲师处谦守约之道，敦务实去华之美。"⑤ 这里的"茅山真隐"就是李含光弟子黄洞元的弟子孙智清。⑥ 李德裕与茅山第十六代宗师孙智清交好，曾作《寄茅山孙炼师》云："何地最翛然，华阳第八天。松风清有露，萝月净无烟。乍警瑶坛鹤，时嘶玉树蝉。欲驰千里恋，惟有凤门泉。"⑦《又二绝》接着云："石上谿荪发紫茸，碧山幽蔼水溶溶。菖花定是无人见，春日惟应羽客逢。独寻兰渚玩迟晖，闲倚松窗望翠微。遥想春山明月曙，玉坛清磬步虚归。"⑧ 孙炼师死后，李德裕写诗悼念，有《遥伤茅山县孙尊师三首》为证。另有诗《尊师是桃源黄先生传法弟子，常见尊师称先师灵迹，今重赋此诗兼寄题黄先生旧馆》，诗中称："后

---

① （清）彭定求编，陈尚君补辑：《全唐诗》（增订本）卷685，第7940页。
② （清）彭定求编，陈尚君补辑：《全唐诗》（增订本）卷215，第2245页。
③ 傅璇琮：《李德裕年谱》，齐鲁书社，1984年，第34页。
④ （五代）何光远：《鉴诫录》卷2《耽释道》，第15页。
⑤ （唐）李德裕：《会昌一品集》，上海古籍出版社，1994年，第165页。
⑥ 参阅（日）砂山稔：《隋唐道教思想史研究》第十章李德裕与道教，平河出版社，1990年，第389—415页。
⑦ （清）彭定求编，陈尚君补辑：《全唐诗》（增订本）卷475，第5428页。
⑧ （清）彭定求编，陈尚君补辑：《全唐诗》（增订本）卷475，第5428页。

学方成市，吾师又上宾（原注：今茅山宫观道士并是先生弟子）。洞天应不夜，源树只如春（原注：此并述桃源事）。棋客留童子，山精避直神（原注：先生初至茅山，童子触法坐有声，先生疑山神所为，书符召至之，其灵异如此矣）。无因握石髓，及与养生人。"①李德裕以"吾师"称孙智清，可见二者关系非同一般。大约在此期间，李德裕接受孙智清所授的道箓，其《三圣记》载：

> 有唐宝历二年岁次丙午，八月丙申朔，十五日庚戌，玉清玄都大洞三道弟子、正议大夫、使持节润州诸军事、守润州刺史、兼御史大夫、充浙西道都团练观察处置等使、上柱国、赞皇县开国男、食邑三百户、赐紫金鱼袋李德裕，上为九庙圣祖，次为七代先灵，下为一切含识，于崇山崇玄都，敬宗老君殿院及造老君、孔子、尹真人象三躯，皆按史籍遗文，庶垂不朽。②

由上李德裕的称谓可知，他曾正式受过道箓，并且将这一身份标识置于首位，足见其重视程度。记文对茅山崇元观的老君殿建造及其老子、孔子、尹喜造像记载颇详。在李德裕的影响下，他的家人入道者也逐渐增多，不仅其妻刘氏"中年于茅山燕洞宫传上清法箓"，并取道号"致柔"③，妾徐氏和儿媳陈氏也出家为女道士。李德裕作为当地刺史，对茅山道教的发展也做出过突出贡献。据《茅山志》记载，李德裕曾为茅山道士周息元建造供奉之地："周隐遥，字息元，唐宝历崇元圣祖院在南洞者，即赞皇李公

---

① （清）彭定求编，陈尚君补辑：《全唐诗》（增订本）卷475，第5432页。
② 傅璇琮：《李德裕年谱》，第187页。
③ （唐）李德裕：《唐茅山燕洞宫大洞炼师彭城刘氏墓志铭》，周绍良：《唐代墓志汇编》，第2303—2304页。

德裕供养先生之所。"①

除入道文人外，更多的唐五代文人士大夫因为茅山道教具有的强烈的吸引力而走上茅山，形成一种社会文化潮流。这种现象表面上是一种宗教追求，但又包含更为丰富的社会意义，对文学创作产生了重要影响。在他们的作品中，送别茅山道友、题赠茅山宫观、描述茅山斋醮仪式等内容颇多。如陆龟蒙《送人罢官归茅山》云："呼僮晓拂鞍，归上大茅端。薄俸虽休入，明霞自足餐。暗霜松粒赤，疏雨草堂寒。又凿中峰石，重修醮月坛。"② 陆龟蒙《句曲山朝真词二首并序》又云："岁三月十八日，句曲山道士朝真于大茅峰上，学神仙有至自千万里者。余距华阳洞天，程止信宿，尘约不能遂去，驰神旦旦，忽若载升矣。因作朝真词迎送各二解，以自塞意。"③ 其中《迎真》诗云："九华磬答寒泉急，十绝幡摇翠微湿。司命旍旌未下来，焚香抱简凝神立。残星下照霓襟冷，缺月才分鹤轮影。空洞灵章发一声，春来万壑烟花醒。"《送真》诗又云："紫云凤髻飘然解，玉铖玄干俨先迈。朝真弟子悄无言，再拜碧杯添沉瀣。火铩跳跃龙毛盖，脑发青青霞淬淬。万象销沉一瞬间，空余月外闻残佩。"④ 五代人熊皎《怀三茅道友》诗云："尘事何年解客嘲，十年容易到三茅。长思碧洞云窗下，曾借黄庭雪夜抄。丹桂有心凭至论，五峰无信问深交。杏坛仙侣应相笑，只为浮名未肯抛。"⑤ 刘言史《题茅山仙台药院》诗云："扰扰浮生外，华阳一洞春。道书金字小，仙圃玉苗新。芝草迎飞燕，桃花笑俗人。楼台争耸汉，鸡犬亦嫌秦。愿得青芽散，长年

---

① （元）刘大彬：《茅山志》卷16《采真游》，《道藏》第5册，第620页。
② （清）彭定求编，陈尚君补辑：《全唐诗》（增订本）卷622，第7206页。
③ （清）彭定求编，陈尚君补辑：《全唐诗》（增订本）卷621，第7198页。
④ （清）彭定求编，陈尚君补辑：《全唐诗》（增订本）卷621，第7198页。
⑤ （清）彭定求编，陈尚君补辑：《全唐诗》（增订本）卷737，第8496页。

驻此身。"① 在这些作品中，道教更多地被当作精神的寄托，茅山则成为他们逃避现实的理想化场所。这些诗歌不仅体现了道教对文学的影响，而且在一定程度上增添了茅山道教的文化内涵。

## 第三节 道教与李商隐的诗歌创作

李商隐（813—858），字义山，号玉谿生、樊南生，怀州河内（今河南沁阳县）人。他生活于崇道的晚唐，年少时已有向道之心。其《梓州道兴观碑铭并序》云："载念弱龄，恭闻隐语。蕙镶兰佩，鸿俦鹄侣。"②《上河东公启》又云："兼之早岁，志在玄门。"③ 唐文宗大和九年（835），李商隐又一次应举，仍不中，曾经的学道情结挥之不去，怀着极度失意的心情写下《东还》诗："自有仙才自不知，十年长梦采华芝。秋风动地黄云暮，归去嵩阳寻旧师。"④ 这年李商隐二十四岁。

李商隐在进士及第和入仕之前，曾有过一段隐居玉阳山学道、亲入道门的经历。其《李肱所遗画松诗书两纸得四十韵》中自述道："忆昔谢四骑，学仙玉阳东。千株尽若此，路入琼瑶宫。口咏玄云歌，手把金芙蓉。浓蔼深霓袖，色映琅玕中。悲哉堕世网，去之若遗弓。形魄天坛上，海日高曈曈。终骑紫鸾归，持寄扶桑翁。"⑤ 这是诗人在观赏朋友的青松图时，勾起了他对学道生活的回忆。玉阳山，是"道教第一洞天"王屋山的分支，也是道教圣地和唐代著名的求仙学道之所，玉真公主曾在此修道。陶弘景

---

① （清）彭定求编，陈尚君补辑：《全唐诗》（增订本）卷468，第5352页。
② 刘学锴、余恕诚：《李商隐文编年校注》，中华书局，2002年，第2060页。
③ 刘学锴、余恕诚：《李商隐文编年校注》，第1902页。
④ （清）彭定求编，陈尚君补辑：《全唐诗》（增订本）卷539，第6225页。
⑤ （清）彭定求编，陈尚君补辑：《全唐诗》（增订本）卷541，第6295页。

《真诰》卷五云:"王屋山,仙之别天,所谓阳台是也。诸始得道者,皆诣阳台,阳台是清虚之宫也。"① 李商隐《寄永道士》有"共上云山独下迟,阳台白道细如丝"②之句。李商隐的故乡怀州河内就在王屋山的附近,他十五六岁时,曾奉母在此养炼。玉阳山分东西两山,在两山之间有溪水蜿蜒流经,即玉谿。其《奠相国令狐公文》云:"故山巍巍,玉谿在中。送公而归,一世蒿蓬。"③李商隐号玉谿生,即缘于这段在玉阳山玉谿畔的学道生活。其《送从翁从东川弘农尚书幕》叙述隐居学仙之经过:"早悉诸孙末,俱从小隐招。心悬紫云阁,梦断赤城标。素女悲清瑟,秦娥弄玉箫。山连玄圃近,水接绛河遥。"④诗中的"素女""秦娥"应指道观中的女冠,此处之"山"即玉阳山。李商隐之后下山入俗还作有《同学道士参寥》诗忆旧,又有《寄永道士》诗云:"共上云山独下迟,阳台白道细如丝。君今并倚三珠树,不记人间落叶时。"⑤诗人在《酬令狐郎中见寄》中自谓"句曲闻仙诀",句曲山即茅山,又其《郑州献从叔舍人褎》诗云:"不知他日华阳洞,许上经楼第几重。""茅君奕世仙曹贵,许掾全家道气浓。"⑥"华阳洞天"也代指茅山,再从李商隐诗中常用《真诰》《黄庭经》典故的特征来看,李商隐在玉阳山学道的内容,应为上清派,其仙道观深受上清派的影响。玉阳山的学道经历使李商隐有机会阅读到大量的道教经典,同时根据李商隐的无题诗、女冠诗和爱情诗的内容及抒发的情感来看,玉阳山的修道经历给他的情感生活抹

---

① (南朝梁)陶弘景:《真诰》,第67页。
② (清)彭定求编,陈尚君补辑:《全唐诗》(增订本)卷539,第6231页。
③ 刘学锴、余恕诚:《李商隐文编年校注》,第210页。
④ (清)彭定求编,陈尚君补辑:《全唐诗》(增订本)卷541,第6294页。
⑤ (清)彭定求编,陈尚君补辑:《全唐诗》(增订本)卷539,第6231页。
⑥ (清)彭定求编,陈尚君补辑:《全唐诗》(增订本)卷540,第6243页。

上了一道凄美无奈的悲情,对其以后文学创作的内容和艺术风格产生了深刻影响。

李商隐作于大中二年(848)的《戊辰会静中出贻同志二十韵》中写到亲自进行道教养炼的体验:

> 大道谅无外,会越自登真。丹元子何索,在己莫问邻。蒨璨玉琳华,翱翔九真君。戏掷万里火,聊召六甲旬。瑶简被灵诰,持符开七门。金铃摄群魔,绛节何袆袆。吟弄东海若,笑倚扶桑春。三山诚迥视,九州扬一尘。我本玄元胄,禀华由上津。中迷鬼道乐,沉为下土民。托质属太阴,炼形复为人。誓将覆宫泽,安此真与神。龟山有慰荐,南真为弥纶。玉管会玄圃,火枣承天姻。科车遇故气,侍香传灵氛。飘飘被青霓,婀娜佩紫纹。林洞何其微,下仙不与群。丹泥因未控,万劫犹逡巡。荆芜既以薙,舟壑永无湮。相期保妙命,腾景侍帝宸。①

从诗题来看,诗人刚刚于戊辰日做完道教修斋,因出静而作此诗以赠同道。《云笈七签》卷四十五《秘要诀法·朝真仪第九》云:"每月一日、十五日、三元日……并须朝礼。若其日遇值戊辰、戊戌、戊寅,即不须朝真,道家忌此日辰。"②"静"是道教徒入静仪式的简称,"道家所谓'入静',即与禅家入定稍异。入静者,静处一室,屏去左右,澄神静虑,无思无营,冀以接天神"③。

---

① (清)彭定求编,陈尚君补辑:《全唐诗》(增订本)卷541,第6291页。
② (宋)张君房:《云笈七签》卷45,第1011—1012页。
③ (宋)司马光:《资治通鉴》卷257"僖宗光启三年"胡三省注,第8370页。

道教入静法规定，"大静三百日，中静二百日，小静一百日"①。"入静"这一道教概念是在中唐才进入诗人的笔端并繁多起来的，如张籍《寻徐道士》："闻入静来经七日，仙童檐下独焚香。"王建《送宫人入道》："问师初得经中字，入静犹烧内里香。"于鹄《宿西山修下元斋咏》"脱屦入静堂，绕像随礼行。"陆龟蒙《奉和袭美怀华阳润卿博士》三首其一："眉间入静三辰影，肘后通灵五岳图。"②

再来分析诗歌内容。首句中的"会越"应指能越过道试。陶弘景《真诰·甄命授第一》曰："真人隐其道妙，而露其丑形，或衣败身悴，状如痴人，人欲学道，作此试人，卒不可识也。不识则为试不过。"又曰："仙道十二试，皆过而授此经。此十二事，大试也，皆太极真人临见之，可不慎哉！"③根据里面所讲规则，真人试人之事，能越过者可授"真人"，如试不过，仅能授"仙人"。诗中的"登真"即为登真人之位。接着征引《黄庭经》语典"心神丹元字守灵"，"真人在己莫问邻"④。李商隐认为，真神即在自身，无须外求的心神"丹元"，与"大道"相通相合，就可以得道成仙，体现了道教始终主张的"我命在我不在天"。此后主要描写入静养炼中通过存思对神秘的仙界生活的想象。"蕡粲"，《真诰》卷九有"草木多茂蔚，而华实多蕡粲"⑤之句。同书卷五又有"仙道有素奏丹符，以召六甲"⑥之句。他本来可以达到道教上层，但是在信道过程中沉溺于"鬼道之乐"而被贬为"沉下之民"。钱

---

① （宋）张君房：《云笈七签》卷99，第2150页。
② （清）彭定求编，陈尚君补辑：《全唐诗》（增订本）卷386，第4364页；卷300，第3404页；卷310，第3507页；卷625，第7228页。
③ （南朝梁）陶弘景：《真诰》，第62、61页。
④ （宋）张君房：《云笈七签》，第1册，第212、251页。
⑤ （南朝梁）陶弘景：《真诰》，第117页。
⑥ （南朝梁）陶弘景：《真诰》，第60页。

锺书说此处是"思凡"所致①，钱氏所谓"思凡"并不是指李商隐和民间女子恋爱，而是受道教房中之术的影响，和道观里的女冠有了越轨行为。"誓将"以下是说下决心补脑还精，保真安神，一定会飞升成仙。诗的最后部分十分晦涩，大多数注者避难就易，往往没有详细的说明。其实，这里用了很多道教典故："龟山"，《真诰》卷十二有"时或有龟山宾共集"之句，陶弘景注曰"龟山宾，即西王母"②；"南真"即南岳魏夫人；"玄圃"，《真诰》卷一有"问西宫所在。答云，是元圃北坛，西瑶之上台也。天真珍文，尽藏于此中"③；"火枣"乃房中仙药，具有强身健体的作用，传说吃了可以成仙，《真诰》卷二有"火枣事，未宜问也"④之句。由此可知，李商隐精修过上清派内炼之方。结尾他希望能升仙到昆仑玄圃，与群仙遨游，永远在天庭侍奉天帝。

李商隐诗中有相当一部分是表现女冠生活和情感的，如《圣女祠》《重过圣女祠》《嫦娥》《月夜重寄宋华阳姊妹》等。我们来看其《重过圣女祠》：

白石岩扉碧藓滋，上清沦谪得归迟。一春梦雨常飘瓦，尽日灵风不满旗。萼绿华来无定所，杜兰香去未移时。玉郎会此通仙籍，忆向天阶问紫芝。⑤

圣女祠在陈仓、大散关一带（今属陕西），大中九年（855），李商隐跟随东川节度使柳仲郢回长安，途中作此诗。颔联通过雨

---

① 钱锺书：《管锥编》，第2册，中华书局，1986年，第616页。
② （南朝梁）陶弘景：《真诰》，第157页。
③ （南朝梁）陶弘景：《真诰》，第6页。
④ （南朝梁）陶弘景：《真诰》，第26页。
⑤ （清）彭定求编，陈尚君补辑：《全唐诗》（增订本）卷539，第6195页。

水飘瓦和风卷旗幡，渲染神庙之荒凉、仙灵之幻化，境界全出，历来为人称道。接着多处用及道教典故，萼绿华、杜兰香皆是女仙名，陶弘景《真诰·运象篇第一》云："萼绿华者，自云是南山人，不知是何山也。女子年可二十上下，青衣，颜色绝整，以升平三年十一月十日夜降羊权。自此往来，一月之中，辄六过来耳。"① 干宝《搜神记》载："汉时有杜兰香者，自称南康人氏，以建业四年春，数诣张传……言：'本为君作妻，情无旷远。以年命未合，其小乖，犬岁东方卯，当还求君。'"② 诗人在抒写圣女沦谪遭遇的同时也在咏叹女冠和自己的身世，表面上句句写神女，实际暗含自己不甘沉沦下僚，想返回朝廷的急切愿望。"实则圣女、女冠与作者，乃三位而一体者。明赋圣女，实咏女冠。"③

再如《月夜重寄宋华阳姊妹》："偷桃窃药事难兼，十二城中锁彩蟾。应共三英同夜赏，玉楼仍是水精帘。"④ 前两句用东方朔"偷桃"指代男道士，嫦娥"窃药"指代女道士，求仙学道，男女不能同观，借之说明月下幽会的甜蜜爱情和道教修炼的艰苦生活很难共同完成，一定会有所舍。宋华阳姊妹常年在道观中，就像被禁锢在樊笼中一样，与外界隔绝。后两句说今夜的月色是多么美好，自己是多么希望和美人们在一起共赏月色。玉楼上的水精帘虽然光彩照人，但却像枷锁一样隔开了有情人。一个"锁"字写出了女冠因道教戒律的束缚而丧失爱情自由的状态。全诗表面上纯写爱情，其背后则是李商隐以及女冠内心的煎熬，这种可望而不可即、不可逾越的鸿沟加深了男女教徒之间的痛苦。

---

① （南朝梁）陶弘景：《真诰》，第1页。
② （晋）干宝撰，汪绍楹校注：《搜神记》，中华书局，1979年，第15—16页。
③ 刘学锴、余恕诚：《李商隐诗歌集解》，第1490页。
④ （清）彭定求编，陈尚君补辑：《全唐诗》（增订本）卷540，第6258页。

李商隐诗作中不时流露出对道教生活的向往,如《寓怀》:

彩鸾餐颢气,威凤入卿云。长养三清境,追随五帝君。烟波遗汲汲,矰缴任云云。下界围黄道,前程合紫氛。金书惟是见,玉管不胜闻。草为回生种,香缘却死熏。海明三岛见,天迥九江分。搴树无劳援,神禾岂用耘。斗龙风结阵,恼鹤露成文。汉岭霜何早,秦宫日易曛。星机抛密绪,月杼散灵氛。阳乌西南下,相思不及群。①

此诗直接书写学道升仙的理想之境,前四句说自己与鸾凤同俦,升入云天,养于仙境,追随神明。"烟波"四句说自己脱离尘世,不被矰缴所害;俯瞰下界,都在黄道之内,观望前程,紫天浩荡无边,尽在掌握之中。"金书"四句说所见都是金镂天书,所闻都是玉管仙乐,所种都是回生之草,所熏都是却死之香。"海明"四句说从天境向下看,能见海上三山,可辨茫茫九派,神树无须援引,神禾更不需耕耘,颇似李贺《梦天》后半部分:"黄尘清水三山下,更变千年如走马。遥望齐州九点烟,一泓海水杯中泻"。②最后两句更是说阳乌随夕阳而飞归巢林,而我的思绪仍在天上。

再如表现其好道、羡仙的《玄微先生》一诗:"仙翁无定数,时入一壶藏。夜夜桂露湿,村村桃水香。醉中抛浩劫,宿处起神光。药裹丹山凤,棋函白石郎。弄河移砥柱,吞日倚扶桑。龙竹裁轻策,鲛绡熨下裳。树栽嗤汉帝,桥板笑秦王。径欲随关令,

---

① (清)彭定求编,陈尚君补辑:《全唐诗》(增订本)卷541,第6304页。
② (清)彭定求编,陈尚君补辑:《全唐诗》(增订本)卷390,第4409页。

龙沙万里强。"① 诗中用了大量神话典故，涉及如下典籍：《后汉书·费长房传》："市中有老翁卖药，悬一壶于肆头，及市罢，辄跳入壶中。市人莫之见，惟长房于楼上睹之。"②《十洲记》："扶桑在东海之东岸……又有椹树，长者数千丈，大二千余围，树两两同根，偶生更相依倚，是以名为扶桑。"③《汉武故事》：西王母以仙桃与武帝食，帝欲留核种之，王母笑曰："此桃三千年一着子，非下土所植也。"④ 并涉及许多幻化、药物之类的法术，以此塑造了一位"仙翁"形象：自由自在，醉酒佯狂，无拘无束，笑傲王侯。而此处的"仙翁"其实是道流，作者实际上是在描绘一种理想的人生境界。

又如其《郑州献从叔舍人褎》诗云："蓬岛烟霞阆苑钟，三官笺奏附金龙。茅君奕世仙曹贵，许掾全家道气浓。绛简尚参黄纸案，丹炉犹用紫泥封。不知他日华阳洞，许上经楼第几重。"⑤ 李褎好道，曾"进受治箓，兼建妙斋"（《上郑州李舍人状二》）。"蓬岛""阆苑"代指李褎修道之处，全诗在对李褎修道的赞美中希望对方提携自己养炼得道。他甚至在梦中也借用神仙题材和境界书写自己对美丽世界的幻想，《七月二十八日夜与王郑二秀才听雨后梦作》诗云："初梦龙宫宝焰然，瑞霞明丽满晴天。旋成醉倚蓬莱树，有个仙人拍我肩。少顷远闻吹细管，闻声不见隔飞烟。逡巡又过潇湘雨，雨打湘灵五十弦。瞥见冯夷殊怅望，鲛绡休卖海为田。亦逢毛女无憀极，龙伯擎将华岳莲。恍惚无倪明又暗，

---

① （清）彭定求编，陈尚君补辑：《全唐诗》（增订本）卷539，第6209页。
② （南朝宋）范晔撰：（唐）李贤等注，《后汉书》卷82，中华书局，1965年，第2743页。
③ （汉）东方朔：《十洲记》，上海古籍出版社，1990年，第6—7页。
④ 刘学锴、余恕诚：《李商隐诗歌集解》，第2147页。
⑤ （清）彭定求编，陈尚君补辑：《全唐诗》（增订本）卷540，第6243页。

低迷不已断还连。觉来正是平阶雨,独背寒灯枕手眠。"① 这首诗运用湘灵、毛女、龙伯等神话人物之典事,以梦境隐喻身世之感,梦境的仙化与梦醒的失落形成鲜明的对比,侧面烘托他对仙界的无限向往。

　　李商隐也曾多次参与道教的宗教活动。早在十八岁那年,他就写了《天平公座中呈令狐令公时蔡京在做京僧为僧徒故有第五句》诗:"罢执霓旌上醮坛,慢妆娇树水晶盘。更深欲诉蛾眉敛,衣薄临醒玉艳寒。白足禅僧思败道,青袍御史拟休官。虽然同是将军客,不敢公然子细看。"② 描写了令狐楚家中设立道教斋醮仪式时女道士做法事的场面,优美的姿态与轻盈的身体就像赵飞燕在水晶盘上跳舞一样。诗中对醮坛场景和环境的细致刻画说明李商隐已经开始关注道教科仪了。此后他又相继作有《为马懿公郡夫人王氏黄箓斋文》三篇、《为相国陇西公黄箓斋文》等记叙道教活动的作品。黄箓斋是"灵宝六斋"之一,是道教设坛普祭天神、地祇、人鬼,追忏罪恨、冀开仙界的宗教仪式,从黄箓斋文中可以看出李商隐对道教的斋醮科仪制度的熟悉,以及对道教教义的精通。在梓州期间,他还作有《梓州道兴观碑铭》《道士胡君新井碣铭》,从中也可以看出他对道教活动的重视及其浓重的道教信仰。

　　道教故事、道典语汇对李商隐诗歌语言产生了较大影响。李商隐在诗歌创作中广泛地运用与道教有关的秘诀、隐语等词语,摄入仙道事象九百个左右,"几乎用尽道藏故事,摄取全部神天仙道的形象"③,如霓旌、桂宫、琼瑶宫、紫云阁、萧洞、天坛、刘

---

① (清)彭定求编,陈尚君补辑:《全唐诗》(增订本)卷539,第6206页。
② (清)彭定求编,陈尚君补辑:《全唐诗》(增订本)卷541,第6281页。
③ 黄世中:《唐诗与道教》,漓江出版社,1996年,第116页。

郎、星妃、素女、秦娥、月娥、青女、仙人、玉阳、清都、天梯、赤城标、萼绿华、扶桑翁、华胥梦等,这些词语不仅丰富了诗歌语言,扩大了诗歌的表达功能,而且构成其诗歌色彩斑斓、神奇瑰丽、缥缈朦胧的意境之美。如《无题》:"紫府仙人号宝灯,云浆未饮结成冰。如何雪月交光夜,更在瑶台十二层。"① 诗中"紫府仙人""宝灯""云浆""瑶台十二层"都是与道教有关的人物和事象,作者将它们组合在一起,主要是为了表现一种变化不定、虚幻缥缈、可望而不可即的意境。

李商隐诗文中经常植入或化用道教经典《真诰》《黄庭经》中的语汇。② 其《上李舍人状六》云:"实于浮泛之中,早有潜藏之愿。异时仰陪仙装,归从玄游,庶或收杨、许之灵文,篡成《真诰》;按乌、张之药法,薄驻流年。"③ 这说明李商隐将修道之事始终挂于心间,尤其是他对《真诰》颇为重视。其《赠华阳宋真人,兼寄清都刘先生》诗云:

> 沦谪千年别帝宸,至今犹谢蕊珠人。但惊茅许同仙籍,不道刘卢是世亲。玉检赐书迷凤篆,金华归驾冷龙鳞。不因杖屦逢周史,徐甲何曾有此身。④

由诗题看,此诗是赠给长安华阳观女道士宋氏(一说宋华阳)及玉阳山道士刘先生的。帝宸,指天帝居所。《真诰》卷二载林右英王夫人的诗中有"来寻冥中友,相携侍帝宸"等句。《黄庭内景

---

① (清)彭定求编,陈尚君补辑:《全唐诗》(增订本)卷539,第6217页。
② 参阅(日)深泽一幸,金育理译:《李商隐与〈真诰〉》,《中国文学研究》第三辑,江西教育出版社,2000年,第118—144页。
③ 刘学锴、余恕诚:《李商隐文编年校注》,第1154页。
④ (清)彭定求编,陈尚君补辑:《全唐诗》(增订本)卷540,第6238页。《黄庭内景

经》注:"蕊珠,上清境宫阙名。"蕊珠人,指仙女,此处是说沦谪尘世的宋道士,未返天上,犹与旧侣别离。"茅许"谓道教中的三茅君和许掾家族。其《郑州献从叔舍人褒》亦曾有类似表述:"茅君奕世仙曹贵,许掾全家道气浓。""仙籍",《真诰》卷十三有"唐公房主生死,赵威伯主仙籍"之句。"玉检",《真诰》卷一载有一侍女手持锦囊,囊中"书当有十许卷也,以白玉检检囊口"之句。"龙鳞",《真诰》卷十三郭四朝之歌中有"此敢灵凤羽,我藏华龙鳞"之句。尾联典出《神仙传》:老子在文王时为守藏史,武王时为柱下史。徐甲受雇于老子。老子出关,甲索偿不得,乃请人作辞,诣关令以言老子。老子曰:"汝久应死……故以太玄清生符与汝,所以至今日。"乃使甲张口向地,其太玄真符立出于地,甲成一丛枯骨矣。关令尹喜乃为甲叩头请命。老子复以符投之,甲立更生。此处以老子喻刘,以徐甲自喻,谓刘先生对自己有再造之恩。

"萼绿华"出自《真诰》(见前文),是道教女仙之一,曾降于羊权家中,并"致金、玉条脱各一枚"。除前文已引"萼绿华来无定所,杜兰香去未移时"(《重过圣女祠》)外,还有"闻道阊门萼绿华,昔年相望抵天涯"(《无题》)、"羊权虽得金条脱,温峤终虚玉镜台"(《中元作》)、"蛮丝系条脱,妍眼和香屑"(《李夫人》三首其三)等。义山文中也频繁出现《真诰》典故,如其《梓州道兴观碑铭》:"罗郁倘游,逮分条脱。安妃乍至,或送交梨。"《真诰》中有"是九疑山中得道女罗郁也",即指萼绿华。"安妃"是九华安妃,《真诰》卷一中"(安)妃手中先握三枣。色如干枣而形长大,内无核。亦不作枣味,似有梨味耳。妃先与(杨羲)一枚,次以一枚与紫微夫人,自留一枚"。再如《道士胡君新井碣铭》中的"日色九芒"句则来源于《真诰》"日有九芒,月有十芒,方诸有服日用法"。而"朱鸟含津",引用的是《黄庭内景经》"朱鸟吐缩白石源"故事。此外,"汤谷传经"(《上郑州李舍人状二》)及"太上七言"(《梓州道兴观碑铭》),分别来自《黄庭经》"扶桑太帝君命汤谷神仙王传魏夫人"和"太上大道玉晨君,闲居蕊珠作七言"。

  李商隐的思想深受道家道教思想影响。《老子》一书提出并数次强调的"功成身退"是李商隐人生观的基本准则和追求目标。开成三年(838),他在泾源(今属甘肃)节度使王茂元幕府任职时作的《安定城楼》诗中所云"永忆江湖归白发,欲回天地入扁舟"就是其人生观的诗意表达。春秋时范蠡辅佐越王勾践灭吴后,乘扁舟归隐五湖。李商隐用此典事,说自己总想着年老时归隐江湖,但必须等到把治理国家的事业完成,功成名就之后才行。大中二年(848),他在桂州幕府罢归时,又云:"向来忧际会,犹有五湖期"(《陆发荆南始至商洛》),也明显运用了功成归五湖之典。对于生死这个哲学命题,他在会昌四年(844)所作《重祭外舅司徒公文》中有集中而精彩的议论:

  呜呼哀哉!人之生也,变而往耶?人之逝也,变而来耶?冥寞之间,杳惚之内,虚变而有气,气变而有形,形变而有生。今将还生于形,归形于气,漠然其不识,浩然其无端,则虽有忧喜悲欢,而亦勿能措于其间矣。苟或以变而之有,变而之无,若朝昏之相交,若春夏之相易,则四时见代,尚动于情,岂百生莫追,遂可无恨?倘或去此,亦孰贵于最灵哉……昔泽怪既明,告敖释桓公之病;阴德未报,夏侯知丙吉不亡。何昔有其传,今无其证?岂人言之不当,将天道之或欺?虽北海悬定薨期,长沙前觉灾至,偃如巨室,去若归人,处顺不忧,得正之喜。在公之德斯盛,在物之痛何言!矧乎再轸虑居,屡垂理命,简子将战之誓,惟止桐棺;晏婴送死之文,宁思石椁。素车朴马,疏巾弊帷,成一代之清规,扬百年之休问。所谓有始有卒,高朗令终。①

可以说,文中观点皆本《庄子》而翻论之。《庄子·至乐》载庄子言:"察其始而本无生,非徒无生也而本无形,非徒无形也而本无气。杂乎芒芴之间,变而有气,气变而有形,形变而有生,今又变而之死,是相与为春秋冬夏四时行也。人且偃然寝于巨室,而我噭噭然随而哭之,自以为不通乎命,故止也。"② 这是庄子妻亡后惠子吊之,问庄子为何不哭竟鼓盆而歌,庄子对于生死看法的回答。在庄子看来,人从生到死就像是四时更替一样,是一个自然过程。李商隐接受了庄子的生死观,但又认为人作为万物之灵,对生死是不能忘情的。这段话中的"泽怪既明,告敫释桓公之病"和"处顺不忧,得正之喜"则明显化用了《庄子·达生》:"桓公田于泽,管仲御,见鬼焉。公抚管仲之手曰:'仲父何见?'对曰:'臣无所见。'公反,诶诒为病,数日不出。齐士有皇子告敖者曰:'公则自伤,鬼恶能伤公!夫忿滀之气,散而不反,则为不足;上而不下,则使人善怒;下而不上,则使人善忘;不上不下,中身当心,则为病。'桓公曰:'然则有鬼乎?'曰:'有。沈有履,灶有髻,户内之烦壤,雷霆处之;东北方之下者,倍阿、鲑蠪跃之;西北方之下者,则泆阳处之。水有罔象,丘有莘,山有夔,野有彷徨,泽有委蛇。'公曰:'请问委蛇之状何如?'皇子曰:'委蛇,其大如毂,其长如辕,紫衣而朱冠。其为物也,恶闻雷车之声,则捧其首而立。见之者殆乎霸。'桓公辴然而笑曰:

---

① 刘学锴、余恕诚:《李商隐文编年校注》,第956—957页。
② (东晋)郭象注:《庄子》,第94页。

'此寡人之所见者也。'于是正衣冠与之坐，不终日而不知病之去也"和《庄子·养生主》："适来，夫子时也；适去，夫子顺也。安时而处顺，哀乐不能入也。"①

李商隐诗文援引道家经典《老子》《庄子》之处也不在少数。其《道士胡君新井碣铭》："能持慈宝，不蠹元枢"就是借用了老子的语汇，《老子》第六十七章曰："吾有三宝，持而保之—曰慈，二曰俭，三曰不敢为天下先。"② "苟亏上善，或致中乾"③ 则借用了《老子》第八章"上善若水"之意境。再如《为李贻孙上李相公启》"陶冶于无形之外，优游于不宰之中"④，"不宰"来源于《老子》第十章："生而不有，为而不恃，长而不宰，是谓玄德。"⑤ 诗中亦然，其《安定城楼》中"不知腐鼠成滋味，猜意鹓雏竟未休"借用《庄子·秋水》中鸱得腐鼠，鹓雏过之而猜疑争食之故事；《锦瑟》中的"庄生晓梦迷蝴蝶，望帝春心托杜鹃"、《秋日晚思》中的"枕寒庄蝶去，窗冷胤萤销"、《偶成转韵七十二句赠四同舍》中的"战功高后数文章，怜我秋斋梦蝴蝶"⑥ 皆用《庄子·齐物论》"庄周梦蝶"事典。

李商隐诗中还有许多作品运用了神仙题材但别有寄托。这些诗歌由于使用了与道教相关的典故，就不能说与道教无关，但它们却明显不是宣扬道教神仙的，而是主旨模糊，难以确定。如其《辛未七夕》："恐是仙家好别离，故教迢递作佳期。由来碧落银河畔，可要金风玉露时。清漏渐移相望久，微云未接过来迟。岂能

---

① （东晋）郭象注：《庄子》，第99页、第22页。
② 陈鼓应：《老子注译及评介》，第318页。
③ 刘学锴、余恕诚：《李商隐文编年校注》，第2138页。
④ 刘学锴、余恕诚：《李商隐文编年校注》，第903页。
⑤ 陈鼓应：《老子注译及评介》，第96页。
⑥ （清）彭定求编，陈尚君补辑：《全唐诗》（增订本）卷539，第6194页；《全唐诗》卷540，第6271页；《全唐诗》卷541，第6296页。

无意酬乌鹊,惟与蜘蛛乞巧丝。"① 本诗从猜测仙家的心思入手,指出有离别之苦,才有佳期之乐。然后转到描写佳期的喜庆气氛,以及期盼团圆的心情。最后想到民间风俗,追问既奉出食品,让蜘蛛代为乞巧,怎么答谢搭鹊桥的乌鹊呢?诗写七夕鹊桥相会,但诗人没有表达珍惜佳会难得之情,反而说冲破艰难阻隔的爱情更加美好,得出"仙家好别离"之立意。其中的情意扑朔迷离,疑而不解,正反映出诗人苦闷难释的孤寂心态,语意感伤,心境难堪,或别有所指。又如《银河吹笙》诗云:"怅望银河吹玉笙,楼寒院冷接平明。重衾幽梦他年断,别树羁雌昨夜惊。月榭故香因雨发,风帘残烛隔霜清。不须浪作缑山意,湘瑟秦箫自有情。"②通过回忆与追念,一种莫名的愁绪和难言的感伤涌上心头,仿佛幽梦的破灭,惆怅而凄寒。而结尾笔锋一转,赞扬湘灵与弄玉对爱的执着。诸如此类,利用与道教相关的人物或事件表达其凄美神秘情感的作品有许多均是名作。梁启超曾指出:"义山集中近体的《锦瑟》《碧城》《圣女祠》等篇……他讲的什么事,我理会不着。拆开来一句一句的叫我解释,我连文义也解不出来。但我觉得他美,读起来令我精神上得一种新鲜的愉快。须知美是多方面的,美是含有神秘性的。"③ 李商隐由于植入道教语汇或典事而使作品带上神秘朦胧、奇丽虚幻色彩的例子还有很多,如:《无题》"蓬山此去无多路,青鸟殷勤为探看";《留赠畏之》"郎君下笔惊鹦鹉,侍女吹笙弄凤凰";《无题》"刘郎已恨蓬山远,更隔蓬山一万重";《常娥》"常娥应悔偷灵药,碧海青天夜夜心";《当句有

---

① (清)彭定求编,陈尚君补辑:《全唐诗》(增订本)卷539,第6220页。
② (清)彭定求编,陈尚君补辑:《全唐诗》(增订本)卷540,第6237页。
③ 梁启超:《中国韵文里头所表现的情感》,《饮冰室合集》,第4册,中华书局,1989年,第119—120页。

对》"三星自转三山远,紫府程遥碧落宽"①;等等。这些神仙人物、道教典故、道经语汇所具有的虚幻神秘、古奥华丽的色彩,对于李商隐诗歌迷离恍惚的景象、朦胧感伤的艺术风格影响颇大,他的学道经历和深厚的道教文化素养又是其独特审美趣味形成的重要因素。在某种意义上说,在李商隐的作品中,道教神仙观念和典故作为题材并最终形成的美学风格远远大于他个人的道教信仰。

李商隐对道教信仰也曾予以批判,写下许多讽刺、批判帝王求仙的诗作。如《海上》云:"石桥东望海连天,徐福空来不得仙。直遣麻姑与搔背,可能留命待桑田。"②前两句写秦始皇所作石桥向东遥望,海水连天,一望无际,徐氏入海求仙,却空无所获。后两句称即便能使麻姑仙子为其搔背,又如何能留她直到沧海变为桑田之日呢?其《华岳下题西王母庙》云:"神仙有分岂关情,八马虚随落日行。莫恨名姬中夜没,君王犹自不长生。"③此诗则用周穆王周游天下访问西王母的故事来讽刺唐武宗求仙崇道,"中夜殁"的"名姬"指的是为武宗殉身的王妃。其《碧城三首》云:"碧城十二曲阑干,犀辟尘埃玉辟寒。阆苑有书多附鹤,女床无树不栖鸾。星沉海底当窗见,雨过河源隔座看。若是晓珠明又定,一生长对水晶盘。""对影闻声已可怜,玉池荷叶正田田。不逢萧史休回首,莫见洪崖又拍肩。紫凤放娇衔楚佩,赤鳞狂舞拨湘弦。鄂君怅望舟中夜,绣被焚香独自眠。""七夕来时先有期,洞房帘箔至今垂。玉轮顾兔初生魄,铁网珊瑚未有枝。检与神方

---

① (清)彭定求编,陈尚君补辑:《全唐诗》(增订本)卷539,第6219、6218、6213页;卷540,第6250页、6260页。
② (清)彭定求编,陈尚君补辑:《全唐诗》(增订本)卷540,第6252页。
③ (清)彭定求编,陈尚君补辑:《全唐诗》(增订本)卷540,第6253页。

教驻景,收将凤纸写相思。武皇内传分明在,莫道人间总不知。"①碧城,道教传为元始天尊之所居,后引申指仙人、道隐、女冠居处。组诗以仙女喻入道的公主,从居处、服饰、日常生活等方面,写她们身虽入道,而尘心不断,情欲未除。清人何焯认为:"此以咏其时贵主事。唐初公主每自请出家,与二教人媟近。商隐同时如文安、浔阳、平恩、邵阳、永嘉、永安、义昌、安康诸主,皆先后丐为道士,筑观在外。史即不言他丑于防闲复行召入,颇著微词。味诗中'萧史'一联,及引用董偃水精盘故事,大指已明,非止为寻常闺阁写艳也。"② 此论颇有见地。再如《汉宫词》:"青雀西飞竟未回,君王长在集灵台。侍臣最有相如渴,不赐金茎露一杯。"③ 描写汉武帝一心追求长生不死,静候使者从仙界带来佳音,但"青雀""竟未回",借此委婉地揭示其求仙行为的失败,讽刺之意甚明。接着指出汉武帝对患有消渴症(糖尿病)的侍臣司马相如连一杯水也不给,其不识英才、只好求仙之荒唐做法极似李商隐另一首咏史名作《贾生》:"宣室求贤访逐臣,贾生才调更无伦。可怜夜半虚前席,不问苍生问鬼神。"④ 当然,咏史的目的在于讽今,诗人由此委婉含蓄地讽刺了当时迷恋神仙的统治者。像这样的诗歌还有不少,如《瑶池》:"瑶池阿母绮窗开,黄竹歌声动地哀。八骏日行三万里,穆王何事不重来。"《华山题王母祠》:"莲华峰下锁雕梁,此去瑶池地共长。好为麻姑到东海,劝栽黄竹莫栽桑。"《武夷山》:"只得流霞酒一杯,空中箫鼓几时回。武夷洞里生毛竹,老尽曾孙更不来。"《过景陵》:"武皇精魄久仙

---

① (清)彭定求编,陈尚君补辑:《全唐诗》(增订本)卷539,第6219页。
② (清)何焯:《义门读书记》卷57,中华书局,1987年,第1253页。
③ (清)彭定求编,陈尚君补辑:《全唐诗》(增订本)卷539,第6213页。
④ (清)彭定求编,陈尚君补辑:《全唐诗》(增订本)卷540,第6261页。

升,帐殿凄凉烟雾凝。俱是苍生留不得,鼎湖何异魏西陵。"① 这些诗句往往讥刺帝王求仙之虚妄,他们一味追求长生不老和纵欲,导致政治腐败,国势衰微。李商隐在诗中也表示对外丹服食的怀疑和否定,意识到"呜呼大贤苦不寿,时世方士无灵砂"②(《安平公诗》),可见他接受道教主要是赞赏其内丹养炼观念,对外丹并不信赖。从道教的时代特征来看,此时正处于重外丹到崇内丹的转变时期,外丹服食造成的严重后果从道教内部冲击了传统的神仙观念,身处这种环境中的李商隐自然不可能保持对服食飞升的坚定信心。

---

① (清)彭定求编,陈尚君补辑:《全唐诗》(增订本)卷539,第6233、6197页;卷540,第6242、6235页。

② (清)彭定求编,陈尚君补辑:《全唐诗》(增订本)卷541,第6308页。

# 第十章　唐五代文人游仙诗与步虚词

游仙传统在中国诗歌发展史上源远流长。曹植最早以"游仙"标明诗题，郭璞是文学史上第一位以游仙诗名世的文人，萧统《文选》将"游仙"列为诗歌体裁之一，使其具有了文体学意义。游仙诗作为中国古代诗歌创作的独特题材，经历了先秦的萌芽期和魏晋南北朝的确立发展期，至唐五代，随着道教的兴盛而进入繁荣时期。

## 第一节　唐五代文人游仙诗

《全唐诗》收录以游仙为题材的文人作品至少有400余首，其中的著名诗人除曾有入道经历的李白、顾况、李商隐外，还有王绩、卢照邻、王勃、陈子昂、韦应物、李贺、卢仝、李益、张祜、曹唐等。

初唐游仙诗继承了郭璞游仙诗的写法，以游山为游仙，诗中的仙境往往不是神仙聚集的天宫，而是名山宫观，重"游"而不重"仙"，难以见到天界神仙的踪影。即使出现一些仙人意象，也多呈现类型化的特征，而诗人自己多充当仙游的主人公。从创作构思特征来看，大多是作者游览道教名山宫观时的所见所闻与神仙传说的融合化成，如现存唐代最早的游仙诗王绩的《游仙四首》：

　　暂出东陂路，过访北岩前。蔡经新学道，王烈旧成仙。驾鹤来无日，乘龙去几年。三山银作地，八洞玉为天。金精飞欲尽，石髓溜应坚。自悲生世促，无暇待桑田。

上月芝兰径，中岩紫翠房。金壶新练乳，玉釜始煎香。六局黄公术，三门赤帝方。吹沙聊作鸟，动石试为羊。缑氏还程促，瀛洲会日长。谁知北岩下，延首咏霓裳。

结衣寻野路，负杖入山门。道士言无宅，仙人更有村。斜溪横桂渚，小径入桃源。玉床尘稍冷，金炉火尚温。心疑游北极，望似陟西昆。逆愁归旧里，萧条访子孙。

真经知那是，仙骨定何为。许迈心长切，嵇康命似奇。桑疏金阙迥，苔重石梁危。照水然犀角，游山费虎皮。鸭桃闻已种，龙竹未经骑。为向天仙道，栖遑君讵知？①

这组游仙诗本为道士而作，诗题也作《过山观寻苏道士不见题壁四首》。它们逐渐褪去了魏晋游仙诗"坎壈咏怀"的影子，也没有多少列仙之趣，几乎完全是道教术语和典故的堆积。尤其是第一、二、四首，诗中植入了"蔡经""王烈""黄公""三门赤帝"等类型化仙人，主要呈现他们炼丹服药、身怀异术、驾龙乘鹿等仙人群体的共性特征，而不注重个性刻画。这些特征除了代表仙人的神奇、隐喻苏道士的清高超俗外，别无寄托。第三首则完全以山为仙境，以"我"为主人公，重点描写仙游的过程，诗

---

① （清）彭定求编，陈尚君补辑：《全唐诗》（增订本）卷37，第485—486页。

第十章 唐五代文人游仙诗与步虚词

中并无仙人的影子。整体来看，它们缺少充沛的想象和深刻的主旨，作品显得比较板涩乏味，艺术上也没有多少值得称道之处。

王勃《怀仙》也以高山作为仙游的背景，以己为仙，让自己以诗中主人公的身份来完成仙游过程，并在仙游过程中表达感慨。《怀仙》序中说："客有自幽山来者，起予以林壑之事。而烟霞在焉，思解缨绂。永咏山水，神与道超。迹为形滞，故书其事焉。"诗云："鹤岑有奇径，麟洲富仙家。紫泉漱珠液，玄岩列丹葩。常希披尘网，眇然登云车。鸾情极霄汉，凤想疲烟霞。道存蓬瀛近，意惬朝市赊。无为坐惆怅，虚此江上华。"① 其《观内怀仙》就是从道观联想到仙界，观内的琼浆、石髓使诗人成仙的信心倍增，"自能成羽翼，何必仰云梯"②，既是诗人青云失路后的愤激之语，也是诗人从成仙中寻到寄托的表现。其《题玄武山道君庙》从仙人游仙写到诗人自己"浮云今可驾，沧海自成尘"③ 的游仙之想。陈子昂《春日登金华观》亦云："白玉仙台古，丹丘别望遥。山川乱云日，楼榭入烟霄。鹤舞千年树，虹飞百尺桥。还疑赤松子，天路坐相邀。"④ 将山林与仙境、道士与仙人融而为一，由人境羼入仙境。其《与东方左史虬修竹篇》则由修竹可制笛学凤鸣之声过渡到"常愿事仙灵"的抒写："驱驰翠虬驾，伊郁紫鸾笙。结交嬴台女，吟弄升天行。携手登白日，远游戏赤城。低昂玄鹤舞，断续彩云生。永随众仙逝，三山游玉京。"⑤ 这里的游仙寄托了他对未来的美好想象，将崭新的时代精神风貌及自己的理想通过游仙表达出来。在一定意义上说，初唐游仙诗承先启后，把道山写

---

① （清）彭定求编，陈尚君补辑：《全唐诗》（增订本）卷55，第673页。
② （清）彭定求编，陈尚君补辑：《全唐诗》（增订本）卷56，第679页。
③ （清）彭定求编，陈尚君补辑：《全唐诗》（增订本）卷56，第686页。
④ （清）彭定求编，陈尚君补辑：《全唐诗》（增订本）卷84，第906页。
⑤ （清）彭定求编，陈尚君补辑：《全唐诗》（增订本）卷83，第893页。

成仙山，将道士比为仙人，是对郭璞建立的仙道对应关系的直接继承，而把游山写成游仙则是对郭璞游仙诗的发展，影响深远。

李白热衷道教，一生遍游仙山，其《感兴八首》其五云："十五游神仙，仙游未曾歇。"①其《庐山谣寄卢侍御虚舟》又云："五岳寻仙不辞远，一生好入名山游。"②创作了大量游仙诗。宋人葛立方曾云："李太白《古风》两卷，近七十篇，身欲为神仙者，殆十三四。"③如《古风》其五塑造了太白山上一位绿发翁的仙人形象，说他"披云卧松雪""冥栖在岩穴"。当诗人向其求教时，他便"粲然启玉齿，授以炼药说"，最终李白下定决心说："吾将营丹砂，永与世人别。"④诗中的"绿发翁"实际上是诗人成仙理想的化身。又如《飞龙引二首》其一："黄帝铸鼎于荆山，炼丹砂。丹砂成黄金，骑龙飞上太清家。云愁海思令人嗟，宫中彩女颜如花。飘然挥手凌紫霞，从风纵体登鸾车。登鸾车，侍轩辕，遨游青天中，其乐不可言。"⑤在刻画黄帝形象时，诗人既提到了黄帝荆山铸鼎炼丹飞升的仙话故事，又以现实中的离别经验为蓝本，加上了自己的想象：黄帝辞别宫中美女，乘鸾车升天而去。如此描写，无疑使黄帝的形象更加丰满，更具个性。李白游仙诗中还曲折地传达了他盼望君王早日征用自己之愿。如《怀仙歌》云："一鹤东飞过沧海，放心散漫知何在。仙人浩歌望我来，应攀玉树长相待。尧舜之事不足惊，自余嚣嚣直可轻。巨鳌莫戴三山去，我欲蓬莱顶上行。"⑥元人萧士赟指出："此诗太白眷顾宗国，系心

---

① （清）彭定求编，陈尚君补辑：《全唐诗》（增订本）卷183，第1869页。
② （清）彭定求编，陈尚君补辑：《全唐诗》（增订本）卷173，第1778页。
③ （宋）葛立方：《韵语阳秋》卷11，（清）何文焕：《历代诗话》，中华书局，1981年，第565页。
④ （清）彭定求编，陈尚君补辑：《全唐诗》（增订本）卷161，第1674页。
⑤ （清）彭定求编，陈尚君补辑：《全唐诗》（增订本）卷162，第1685页。
⑥ （清）彭定求编，陈尚君补辑：《全唐诗》（增订本）卷167，第1729页。

君王,冀复进用之作也。一鹤自喻,仙比人君,玉树比爵位,时肃宗即位于灵武,明皇就逊位,时物议有非之者,太白豪侠旷达之士,亦曰法尧禅舜自古有之,何足惊怪,为是嚣嚣者不知古今,直可轻也。末句其拳拳安史之灭,宗社之安,或者用我乎!身在江湖,心存魏阙,白有之云。"①

李白最著名的游仙诗当是《梦游天姥吟留别》,一作《别东鲁诸公》。诗作于玄宗天宝四载(745),李白被"赐金还山"后南游越中(今浙江一带)作此诗向诸友表白心迹。诗借梦游形式,将神话传说、山水奇景与缥缈仙境杂糅铺叙,以极浪漫的笔法,将天姥山的高峻奇险、福地洞天的仙气弥漫,以及自己梦醒后的无限感慨表述得丰富多彩而惊心动魄,令人目不暇接,体现出诗人热烈向往神仙世界与鄙弃尘俗、蔑视权贵、追求自由的思想。全诗四言、五言、七言、九言交错杂用,铺陈仙境幻象,缀以"兮"字,与《楚辞·九歌》中的神仙景象与意境颇相仿佛。其中熊咆龙吟、山鸣谷应、烟水含情、日月同辉……景色壮丽,异彩缤纷,抒情浪漫,境界神奇,令人惊骇!结尾以"安能摧眉折腰事权贵,使我不得开心颜"②收束,发出了人生的最强音。一句神来之笔,点亮了全诗的主题:对于仙境的向往,是出于对权贵的抗争,它唱出了自古至今怀才不遇之人的心声。

李白的游仙诗突破了六朝以来一味升登求仙而企慕长生的游仙题材与颇为单纯的游仙意象,吸收《楚辞》游仙的精神内核与表达形式,结合自身遭遇,融合现实时事,在浓烈的性情中涂抹上个性化的梦幻色彩。同时又综合运用了以幻写仙、以梦写仙与以游写仙的三种抒写模式,呈现出丰富多彩的游仙面貌与优美意

---

① 瞿蜕园、朱金城:《李白集校注》卷8,第576—577页。
② (清)彭定求编,陈尚君补辑:《全唐诗》(增订本)卷174,第1785页。

境。在游仙诗歌史上具有里程碑式的诗学价值与审美意义。

游仙诗发展至中晚唐,又出现了一些值得注意的特征,主要表现在以下三个方面。

第一,以游仙诗来阐释和宣扬道教义理,如韦应物《学仙二首》:"昔有道士求神仙,灵真下试心确然。千钧巨石一发悬,卧之石下十三年。存道忘身一试过,名奏玉皇乃升天。云气冉冉渐不见,留语弟子但精坚。""石上凿井欲到水,惰心一起中路止。岂不见古来三人俱弟兄,结茅深山读仙经。上有青冥倚天之绝壁,下有飕飕万壑之松声。仙人变化为白鹿,二弟玩之兄诵读。读多七过可乞言,为子心精得神仙。可怜二弟仰天泣,一失毫厘千万年。"[①]诗中隐括《真诰·甄命授》中刘伟道和周氏三兄弟学仙的故事,表达了自己的学道思想。二诗中的仙人下凡,均为了考察学仙者的意志是否坚定,进而奉劝学道者要坚持不懈,精心修炼。

第二,以游仙表现现实。中唐游仙诗中首次出现了被诗人否定批判的丑恶仙人意象。如卢仝《忆金鹅山沈山人二首》其二曰:"君爱炼药药欲成,我爱炼骨骨已清。试自比校得仙者,也应合得天上行。天门九重高崔嵬,清空凿出黄金堆。夜叉守门昼不启,夜半醮祭夜半开。夜叉喜欢动关锁,锁声擘地生风雷。地上禽兽重血食,性命血化飞黄埃。太上道君莲花台,九门隔阔安在哉。呜呼沈君大药成,兼须巧会鬼物情,无求长生丧厥生。"[②]作者故意将本应在地府当值的鬼魅"夜叉"搬至天上,将其说成仙人,并言其白天不开仙门,只有接受了醮祭,才在半夜将仙门打开,从而塑造了一个丑恶的仙人意象。作者将本该仙童金女守门把关

---

① (清)彭定求编,陈尚君补辑:《全唐诗》(增订本)卷194,第2005—2006页。

② (清)彭定求编,陈尚君补辑:《全唐诗》(增订本)卷388,第4394—4395页。

的仙境写成由夜叉把守的鬼城世界，而且极力铺陈夜叉之凶悍弄威，仙境之血腥阴森，这在以前的游仙诗中绝无仅有。丑恶仙境在游仙诗中的出现是中唐社会的形象折射，也与卢仝崇尚险怪的创作心态相关。在其《月蚀诗》中，他又向人们展示了一个恐怖的仙界：洪水滔天，血流满地，天狗满身血丝，毒虫横行无忌。甚至民间传说中的牛郎织女也变成了"不肯勤农桑""徒劳含淫思"①的懒惰淫荡、令人厌恶的世俗卑琐之人。对仙人仙境的故意丑化透露出诗人对传统价值观受到毁坏的激愤。

相对地，游仙诗中对现实的反映还可以通过反衬的手法来实现。由于现实社会危机不断加深，政治日益腐败，中晚唐文人往往将美好的愿望寄托于仙境，以仙境之美好来反映现实之黑暗。如鲍溶《会仙歌》中："详玉字，多喜气，瑶台明月来堕地。冠剑低昂蹈舞频，礼容尽若君臣事"②就是通过对仙界君臣礼仪的赞美，寄寓诗人对人间君臣关系的深深失望。现实中无法达成的愿望，只能通过梦境和仙境来补偿和呈现。因此，以梦游仙成为这一时期游仙诗的一大特征。以梦游仙的诗歌在初唐已零星出现，如王勃《忽梦游仙》诗云："仆本江上客，牵迹在方内。窨寐霄汉间，居然有灵对。翕尔登霞首，依然蹑云背。电策驱龙光，烟途俨鸾态。乘月披金帔，连星解琼珮。浮识俄易归，真游邈难再。寥廓沉遐想，周遑奉遗诲。流俗非我乡，何当释尘昧。"③诗中说自己原本就是一个散淡的江湖之人，但为世俗生活诸事所羁绊，终于在梦中变成仙人，实现了自由自在的方外之游。讲述了作者对仙境的向往与喜爱，睡梦中的王勃求仙热情高涨，游仙活动历

---

① （清）彭定求编，陈尚君补辑：《全唐诗》（增订本）卷387，第4380页。
② （清）彭定求编，陈尚君补辑：《全唐诗》（增订本）卷485，第5539页。
③ （清）彭定求编，陈尚君补辑：《全唐诗》（增订本）卷55，第673页。

历在目:登霞首,蹑躁云背,手执电策,驱龙于太空;脚踏星月,控鸾于烟途。王勃的游仙梦,既是想象,也是其内心愿望的一种表露。

作为一种文学创作现象,直到中晚唐,才出现了大量梦中游仙之作。如李贺《梦天》、许浑《纪梦》、祝元膺《梦仙谣》、项斯《梦仙》和《梦游仙》、司空图《梦中》、韩偓《梦仙》、贯休《梦游仙》四首、李商隐《七月二十八日夜与王郑二秀才听雨后梦作》、李允《梦仙谣》、王毂《梦仙谣》二首、徐铉《梦游》三首、廖融《梦仙谣》等,这些作品写作套路大致相似,即诗人在梦中飞上仙界,得见仙人,遨游仙境,醒来后,回想梦中仙事,对比现实,惆怅万分。这鲜明地反映了人们的普遍心理状态:对现实无奈,就寄希望于仙界;在现实中破碎的,就在幻想中修补。这是一种精神的慰藉。如李贺《梦天》:

> 老兔寒蟾泣天色,云楼半开壁斜白。玉轮轧露湿团光,鸾珮相逢桂香陌。黄尘清水三山下,更变千年如走马。遥望齐州九点烟,一泓海水杯中泻。①

清人方扶南《李长吉诗集批注》中明确指出《梦天》是一首游仙诗:"此变郭景纯(郭璞)《游仙》之格,并变其题,其为游仙则同。"② 此诗写梦游月宫的情景,前四句写在月宫之所见,后四句写在月宫看人世的感觉。诗人的用意,主要不在于对月宫仙境的神往,而在于从非现实的世界冷眼反观现世。"李贺于此梦想

---

① (清)彭定求编,陈尚君补辑:《全唐诗》(增订本)卷390,第4409页。
② (唐)李贺著,(清)王琦注:《李贺诗歌集注》,上海古籍出版社,1978年,第503页。

追求的月宫天国，是一个通过神光折射了的充满欲望的世俗人间，也是基于他烦厌现实生活而幻想出来的精神乐园。这里可以摒绝现实生活中无法回避的一切缺憾，又随时都能得到凡俗人生中间各种乐趣和享受，凡是置身于尘寰所希求而不能实现的东西，到此一概都会如愿毕偿。"① 诗歌后四句历来为人们称颂，诗人以超尘绝世的神仙自比，从时间和空间两个维度挣脱了现实世界对他的羁绊，由是可以在无限的宇宙中追求生命绝对的自由。全诗想象丰富，构思奇妙，用喻新颖，鲜明地体现了李贺诗歌奇幻怪谲的艺术特色。李贺游仙诗中，构思立意和表现手法与《梦天》相似的还有《天上谣》：

> 天河夜转漂回星，银浦流云学水声。玉宫桂树花未落，仙妾采香垂珮缨。秦妃卷帘北窗晓，窗前植桐青凤小。王子吹笙鹅管长，呼龙耕烟种瑶草。粉霞红绶藕丝裙，青洲步拾兰苕春。东指羲和能走马，海尘新生石山下。②

作者为我们展现了一幅天国理想生活的美妙图景：月宫中桂枝飘香，花香袭人；仙女们正忙着采摘桂花做香囊；秦妃卷起珠帘，眺望窗外美景，梧桐树上的青凤鸟，娇小美丽，惹人喜爱。仙人王子乔吹着细如鹅管的笙，呼唤神龙耕犁云烟，播种瑶草。以彩霞作衣裙的仙女漫步仙洲，寻芳拾翠，悠闲自得。结句将永恒与短暂、博大与渺小并置其中，想象奇特，蕴含哲思，与其

---

① 陈允吉：《〈梦天〉的游仙思想与李贺的精神世界》，载《文学评论》1983 年第 1 期。

② （清）彭定求编，陈尚君补辑：《全唐诗》（增订本）卷 390，第 4412 页。

《梦天》颈联"黄尘清水三山下,更变千年如走马"① 有异曲同工之妙。

司空图《梦中》诗云:"几多亲爱在人间,上彻霞梯会却还。须是蓬瀛长买得,一家同占作家山。"② 诗人在梦中得道成仙,飞升仙境,但却不能割舍人间亲朋,于是又从天上返回人间。在这种不能两全的情况下,他幻想能将那海上的三座仙山买下来,一家都住在上面,得道成仙。其中融入了更多的世俗人情,具有更加强烈的人情味。

第三,以游仙表现艳情。中唐文人游仙诗仙人意象既有蔡经、王烈、韩众、安期生、王子乔这样的男性仙人,亦有西王母、嫦娥、上元夫人、萼绿华、麻姑、杜兰香、紫阳宫女、弄玉等女仙,而且数量绝不在男性仙人之下。韦应物《萼绿华歌》云:"有一人兮升紫霞,书名玉牒兮萼绿华。仙容矫矫兮杂瑶珮,轻衣重重兮蒙绛纱。云雨愁思兮望淮海,鼓吹萧条兮驾龙车。世淫浊兮不可降,胡不来兮玉斧家。"③ 写仙女萼绿华凝眸含愁之美,诗中的萼绿华美艳无比,腰带玉佩,身披轻纱,飘飘然有凌云之感。其中运用的巫山神女典故,暗示着萼绿华亦有相思之情。韦应物《玉女歌》中的玉女是道教神话中的商朝美女董双成,她于西湖畔修炼成仙,飞升后替王母掌管蟠桃园。李贺《兰香神女庙》写女神杜兰香的雍容华贵之美。张继《上清词》中则塑造了一个贪玩的"紫阳宫女"形象:"紫阳宫女捧丹砂,王母令过汉帝家。春风不肯停仙驭,却向蓬莱看杏花。"④

中晚唐时期,文人们往往将"艳遇"称为"遇仙",仙妓合流

---

① (清)彭定求编,陈尚君补辑:《全唐诗》(增订本)卷390,第4409页。
② (清)彭定求编,陈尚君补辑:《全唐诗》(增订本)卷633,第7309页。
③ (清)彭定求编,陈尚君补辑:《全唐诗》(增订本)卷194,第2006页。
④ (清)彭定求编,陈尚君补辑:《全唐诗》(增订本)卷242,第2713页。

成为此时重要的文学现象，呈现出"仙化艳情"或"妓化女仙"的倾向。① 士人多以狎妓、爱恋女冠为风流雅事，并在游仙诗中津津乐道，为游仙诗增添了艳情色彩。艳情化在中晚唐游仙诗中表现得十分明显。如李康成的《玉华仙子歌》：

> 紫阳仙子名玉华，珠盘承露饵丹砂。转态凝情五云里，娇颜千岁芙蓉花。紫阳彩女矜无数，遥见玉华皆掩嫮。高堂初日不成妍，洛渚流风徒自怜。璇阶霓绮阁，碧题霜罗幕。仙娥桂树长自春，王母桃花未尝落。上元夫人宾上清，深宫寂历厌层城。解佩空怜郑交甫，吹箫不逐许飞琼。溶溶紫庭步，渺渺瀛台路。兰陵贵士谢相逢，济北风生尚回顾。沧洲傲吏爱金丹，清心回望云之端。羽盖霓裳一相识，传情写念长无极。长无极，永相随。攀霄历金阙，弄影下瑶池。夕宿紫府云母帐，朝餐玄圃昆仑芝。不学兰香中道绝，却教青鸟报相思。②

诗中罗列大量女仙形象，用以突出玉华仙子之美，通过对女仙情态的描写，表达了自己的爱慕之情。对女仙的爱慕，源于她们的美丽多情与多才多艺，结句表明玉华仙子对爱情的向往。同

---

① 如张祜《纵游淮南》："十里长街市井连，月明桥上看神仙。人生只合扬州死，禅智山光好墓田。"施肩吾《及第后夜访月仙子》："还将天上桂，来访月中仙。"马戴《题女道士居》："共知仙女丽，莫是阮郎妻。"秦韬玉《吹笙歌》："便出燕姬再倾醑，此时花下逢仙侣。弯弯狂月压秋波，两条黄金闹黄雾。逸艳初因醉态见，浓春可是韶光与。纤纤软玉捧暖笙，深思香风吹不去。檀唇呼吸宫商改，怨情渐逐清新举。"分见《全唐诗》（增订本）卷511，第5887页；《全唐诗》卷494，第5632页；《全唐诗》卷556，第6511页；《全唐诗》卷670，第7725页。

② （清）彭定求编，陈尚君补辑：《全唐诗》（增订本）卷203，第2131页。

时也记述了作者与女冠郑玉华的恋情,将这段恋爱经历置于仙境之中,让原本普通的恋情具有了一种超现实的理想色彩。司空图《游仙二首》其二云:"刘郎相约事难谐,雨散云飞自此乖。月姊殷勤留不住,碧空遗下水精钗。"① 直接描写了暗中约会、卿卿我我之举。

李商隐《中元作》也借游仙写他与女冠宋华阳的初恋情景:

绛节飘飖宫国来,中元朝拜上清回。羊权须得金条脱,温峤终虚玉镜台。曾省惊眠闻雨过,不知迷路为花开。有娀未抵瀛洲远,青雀如何鸩鸟媒。②

诗的前半部分写二人在道教的重大节日中元法会相遇,后半部分写归后相思。诗人自比为仙女萼绿华赠予金条脱的羊权和赠玉镜台给所爱的温峤。"虽得""终虚"两词表明虽两情相悦,终不能喜结连理。接下来两句分别暗用巫山神女故事和刘阮天台桃花山遇仙故事。诗由两相爱慕却不能成婚,自然地归结到尾联空有青鸟传书而无良媒作合。

曹唐是晚唐游仙诗最重要的代表诗人。曹唐(797?—866?),字尧宾,桂州(今广西桂林)人。曹唐以游仙诗闻名于世,"京城咸颂曹唐游仙诗"③。《四库全书总目》卷一五一指出:"其(曹

---

① (清)彭定求编,陈尚君补辑:《全唐诗》(增订本)卷634,第7325页。
② (清)彭定求编,陈尚君补辑:《全唐诗》(增订本)卷540,第6240页。
③ (宋)计有功:《唐诗纪事》卷39,第599页。

唐)《游仙诗》最著名。"① 曹唐现存诗歌170首，其中游仙诗121首②，是中国古代游仙诗创作数量最多的诗人。

曹唐游仙诗的主要特点有两个：一是道教传说与游仙诗的结合。③ 从题材内容上看，他的《大游仙诗》全系据仙话传说故事改编而成，如《汉武帝将候西王母下降》与《汉武内传》，《玉女杜兰香下嫁张硕》《张硕重寄杜兰香》与《杜兰香别传》，《萼绿华将归九疑留别许真人》与《真诰》，《王远宴麻姑蔡经宅》与《神仙传》，《刘晨阮肇游天台》《刘阮洞中遇仙子》《刘阮出洞》《仙子洞中有怀刘阮》《刘阮再到天台不复见仙子》组诗与《幽明录》。他的《小游仙诗》虽也采用仙话的物象名目，但内容与仙话无直接关系，相对而言，更富有创造性。

二是曹唐游仙诗的恋情化。这一特征除元人方回与近人程千帆外，少有研究。④ 接下来，我们主要就曹唐游仙诗中出现的恋情倾向做一探究、剖析。施蛰存在其《唐诗百话·晚唐诗话·曹唐》中指出："到了唐代，'仙'字产生了新的意义。唐代文人常把美丽的女人称之为仙女、仙人。因此，又把狎妓称为游仙……曹唐

---

① （清）永瑢等：《四库全书总目》卷151，第1300页。
② 《全唐诗》收录151首、陈尚君《全唐诗补编》补10首，查屏球《新补〈全唐诗〉102首——高丽本〈十抄诗〉中所存的唐人佚诗考》（《文史》2002年第3期）中增补9首。曹唐曾作《大游仙诗》50首（《唐才子传》卷8《曹唐传》），现存17首；《小游仙诗》98首。
③ 参阅李丰楙：《曹唐大游仙诗与道教传说》，《唐代文学研究》第三辑，广西师范大学出版社，1992年，第442—475页。
④ （元）方回《瀛奎律髓》卷48云："曹唐专借古仙会聚离别之事，以寓写情之妙。"方回选评，李庆甲集评校点《瀛奎律髓汇评》，上海古籍出版社，2020年，第1913页。程千帆：《郭景纯、曹尧宾〈游仙〉诗辨异》一文认为尧宾游仙诗"假借天人情感之咏歌"。但认为曹唐游仙诗没有郭氏游仙诗的寄托之情而说其格调不高，故也略有提及。见程千帆：《古诗考索》，上海古籍出版社，1984年，第303—305页。

的《游仙》诗，便是从《游仙窟》发展而成。"① 道教房中术在中晚唐的盛行、女冠风流世俗化、道教故事中投合世俗趣味的男女欢会结成仙缘的内容等都刺激了文人追求世俗情欲，诚如任半塘在《唐戏弄·杂考·唐传奇与唐戏》中分析的那样："唐士子倘失意于科举，蹭蹬无聊，辄来绮思幻想；而访道游仙、入山遇艳等，乃触绪环生。"② 而据现有曹唐生平资料，曹唐屡举进士不第，沉郁下僚，很可能从失意到幻想，通过游仙诗中的恋情成分来表达自己内心的情感。而其道士生活经历，也为其恋情游仙诗提供了素材。例如其《小游仙诗》第二十三首："玉皇赐妾紫衣裳，教向桃源嫁阮郎。烂煮琼花劝君吃，恐君毛鬓暗成霜。"③ 写一位仙女穿着玉皇大帝御赐的漂亮衣服，到"桃源"（应指天台仙境）寻觅情郎阮肇，见面后，她奉劝对方多吃仙果"琼花"，这样就可以长生不老，就可以永伴自己享受美好爱情。据《册府元龟》卷五十四载，唐宝历二年（826）五月，唐敬宗"赐浙江送到绝粒女道士施子微紫衣一袭，绢六百匹，银器二百事"④。当时曹唐在严公素幕府做从事，当有所听闻。此事件应为"玉皇赐妾紫衣裳"诗句本事。作者把自己与女冠的交往想象为遇仙谈情，生成了具有时代特色的游仙诗。正如《唐才子传》卷八所云："（曹唐）始起清流，志趣澹然，有凌云之骨，追慕古仙子高情，往往奇遇而己，才思不减，遂作《大游仙诗》五十篇，又《小游仙诗》等，纪其悲欢离合之要，大播于时。"⑤

---

① 施蛰存：《唐诗百话》，上海古籍出版社，1987年，第644页。
② 任半塘：《唐戏弄》，（新1版）上海古籍出版社，2006年，第1096页。
③ （清）彭定求编，陈尚君补辑：《全唐诗》（增订本）卷641，第7398页。
④ （宋）王钦若等：《册府元龟》卷54，第607页。
⑤ （元）辛文房：《唐才子传》卷8，傅璇琮：《唐才子传校笺》，第3册，第492页。

此外，游仙诗发展至曹唐而大变的文学现象与晚唐的诗风、世风不无关系。晚唐的韩偓、李商隐、温庭筠等诗歌大都属于香艳一派，诗歌中多艳情描写，这在一定程度上对曹唐游仙诗产生了影响。晚唐国势不振，举国上下沉迷于纸醉金迷的生活之中，女冠凭借个人的才华容貌，在与文人交往过程中常产生爱慕之情、相思之意。加之当时的道教已经走上世俗化的道路，因而仙、妓不分的现象屡见不鲜，此时的文人对此也往往做一些隐秘化的描写。在这方面表现突出的是李商隐和曹唐，二者均把人生的道教体验反映在恋情诗中，正如清人薛雪所言："一样灵心，两般妙笔。"① 尽管二人在创作途径上各有独到之处，但他们共同将游仙诗引上晚唐香艳诗风轨道上的做法是很明显的。同时，闲适享乐、崇尚奢靡生活的社会思潮，宽松的文化环境导致的浪漫向上的文人心态，也促使了世人感官享乐的膨胀。这种追求世俗情欲的社会文化心理，也推动了曹唐游仙诗的产生、繁荣。

曹唐在晚唐道教世俗化、美女仙化的时代氛围下，其游仙诗表现出了明显的恋情倾向。其创作方法与郭璞以来诗坛长期遵循的"坎壈咏怀""列仙之趣"的游仙诗传统已大不相同。而是往往借助神仙道教掩饰人间情欲，使世俗恋情甚至狎妓行为大大雅化了。这正好满足了曹唐"平生之志激昂，至是薄宦，颇自郁悒"②思想深处所需求的"美人——羡仙"情结，同时也说出了广大文人的心声。正如程千帆《郭景纯、曹尧宾〈游仙〉诗辨异》文中所言："（曹唐）《大、小游仙诗》所咏之人，不尽女仙，而实以女仙为主；所咏之事，不尽情感，而实以情感为多。唐世所谓仙人，

---

① （清）薛雪：《一瓢诗话》，杜维沫校注，人民文学出版社，1979年，第148页。
② （元）辛文房：《唐才子传》卷8，傅璇琮：《唐才子传校笺》，第3册，第493页。

含义既或如此，则谓尧宾之作，虽用古代神仙故事为题材，实以当时女冠生活作影本，或非不根之谈。""尧宾尝为道士，于彼教典籍，窥览必多，加之唐代女冠，风气如此，则其假借天人情感之咏歌，以迎合当日社会之心理，'大播于时'，诚不足怪。"①

现存曹唐游仙诗包括十七首《大游仙诗》与九十八首《小游仙诗》。其《大游仙诗》用七律写成，除《紫河张休真》《皇初平将入金华山》二诗外，内容均写男女恋情，其情节模式或女仙下凡会见男子，或凡夫迷途遇女仙，或相恋之人双双修炼飞升，或男女仙人宴饮交游，均涉红尘恋情。曹唐可以完全在信仰的范围之内对道教神仙典故发生感悟，进而加以化用，剪裁入诗。如刘晨、阮肇天台山遇仙女的神话故事曾受到历代道教徒的喜爱，也被曾为道士的曹唐采撷而作为诗歌题材。曹唐《大游仙诗》中用五首组诗完整描绘了刘、阮故事。首先来看其一《仙子洞中有怀刘阮》：

不将清瑟理霓裳，尘梦那知鹤梦长。洞里有天春寂寂，人间无路月茫茫。玉沙瑶草连溪碧，流水桃花满涧香。晓露风灯零落尽，此生无处访刘郎。②

这首诗写和刘晨、阮肇分别以后，仙女心中产生了深深的相思和怀念，写得令人肝肠寸断。尤其是颔联，淋漓尽致地表现出了仙女无比孤独之感和无限相思之情，甚为动人。因为人间仙界阻隔，无路可通，相逢重聚已经没有可能，因此这里的爱情显得

---

① 程千帆：《郭景纯、曹尧宾〈游仙〉诗辨异》，载程千帆：《古诗考索》，第303—305页。
② （清）彭定求编，陈尚君补辑：《全唐诗》（增订本）卷640，第7388页。

越发可贵和真挚，相思也显得更加痛苦。因而清人黄子云《野鸿诗的》谈及"洞里有天春寂寂，人间无路月茫茫"时云："玉溪《无题》诗，千娇百媚，不如此二语缥缈销魂。"① 整首诗描写的是仙子在刘晨、阮肇回归人间后的离别之苦、相思之情。此外，还有《刘晨阮肇游天台》《刘阮洞中遇仙子》《仙子送刘阮出洞》《刘阮再到天台不复见仙子》等。曹唐《大游仙诗》的价值在于它是神仙故事与游仙诗的第一次结合。而曹唐把男女欢会、仙凡艳遇之类的仙道爱情故事用游仙组诗的形式写出来，具有完整的情节、鲜活的人物及人物活动的环境（一般是仙境），游仙诗至此而出现由神仙故事向传奇嬗变的趋势。正如任半塘《唐戏弄·杂考·唐传奇与唐戏》所言，曹唐游仙诗"可能为传奇小说，亦可能为说唱本"②。

除刘阮故事外，还有杜兰香下嫁张硕（《玉女杜兰香下嫁张硕》）、牵牛织女（《织女怀牵牛》）、萧史弄玉（《萧史携弄玉上升》）、萼绿华与许真人（《萼绿华将归九疑留别许真人》）、汉武西王母故事（《汉武帝于宫中宴西王母》）等，曹唐《大游仙诗》善于把这些故事加以演绎，发挥高超的艺术想象力，演化为仙人和仙境的美好而生动的情景，从而赋予这些已在道教经典和一般传说中被程式化的"人物"和爱情故事以新的生机，描绘出仙人、仙界的鲜活生动画面，给人以强烈的美感和深刻的印象。

曹唐所作九十八首《小游仙诗》是一组七言绝句，这组诗"前后虽无连系，而涉及情感，披文可见者，亦达三之一强"③。其

---

① （清）黄子云：《野鸿诗的》卷103，（清）王夫之：《清诗话》，上海古籍出版社，1978年，第865页。
② 任半塘：《唐戏弄》，第1098页。
③ 程千帆：《郭景纯、曹尧宾〈游仙〉诗辨异》，程千帆：《古诗考索》，第300页。

《小游仙诗》的内容写情者居多，主要写男女恋情或女子的怀春之情。如其二十二云："九天天路入云长，燕使何由到上方。玉女暗来花下立，手授裙带问昭王。"[1] 虽然借用巫山故事，但却着意渲染仙女的娇羞与多情，仿佛是一位追求爱情的人间少女。其五十九云："风动闲天清桂阴，水精帘箔冷沉沉。西妃少女多春思，斜倚彤云尽日吟。"[2] 描写了一位仙子的思春之情，可能在思念远处的情郎，或者渴望找到一位如意郎君。在诗人笔下，这些仙女宛如世间少女，自然亲切。此外，其七描写恋人别离时的惆怅："黄龙掉尾引郎去，使妾月明何处寻。"[3] 其三十三写少男的初恋："玉童私地夸书札，偷写云谣暗赠人。"[4] 其四十八写痴情男子薄情女："云鹤冥冥去不分，落花流水恨空存。不知玉女无期信，道与留门却闭门。"[5] 其六十二写痴情女子薄情郎："闻君新领八霞司，此别相逢是几时。妾有一觥云母酒，请君终宴莫推辞。"[6] 其九十八写少女的初恋："攀花笑入春风里，偷折红桃寄阮郎。"[7] 这些仙境恋情生活，写得情真意切，给游仙诗增添了一种仙道情韵的特有风致，既折射出诗人对爱情的重视和赞美，又反映了诗人心目中仙人的可亲可近。这是与魏晋、唐代中前期及宋后游仙诗的一个显著区别。

总之，曹唐游仙诗在道教神仙面纱的背后，隐藏的是男女之间刻骨铭心的相思之情。其《紫河张休真》《王远宴麻姑蔡经宅》虽写仙宴，实写人间欢情；至于那些写仙女与凡人相爱的题材，

---

[1] （清）彭定求编，陈尚君补辑：《全唐诗》（增订本）卷641，第7398页。
[2] （清）彭定求编，陈尚君补辑：《全唐诗》（增订本）卷641，第7400页。
[3] （清）彭定求编，陈尚君补辑：《全唐诗》（增订本）卷641，第7396页。
[4] （清）彭定求编，陈尚君补辑：《全唐诗》（增订本）卷641，第7398页。
[5] （清）彭定求编，陈尚君补辑：《全唐诗》（增订本）卷641，第7400页。
[6] （清）彭定求编，陈尚君补辑：《全唐诗》（增订本）卷641，第7401页。
[7] （清）彭定求编，陈尚君补辑：《全唐诗》（增订本）卷641，第7403页。

不言自明。和以往的游仙诗相比，曹唐借神仙故事入诗，名为游仙，实乃谈情说爱。曹唐游仙诗中所写仙女与凡夫之恋，表现了恋情的雅化。诗人托寓神仙相匹、人神相恋，或摄取神天仙道，世外传谈，或假借游仙、梦境，而以比兴、象征及暗示手法抒写一己之恋情。曹唐游仙诗把爱情诗和游仙诗很好地结合起来，达到了完美的统一，如朱光潜所言："从曹唐以后，游仙诗就与宫词合流了。"① 他认为游仙诗渐渐与男女之情的影射合二为一了。曹唐通过"游仙——恋情"的路径使游仙诗焕发生机，从"情"的角度赋予了游仙诗新的生命，再次创造出游仙、遇仙的神话，树立了游仙诗史新的典范。

在游仙诗发展史上，曹唐的主要贡献就是将游仙的"游"的趣味安置在新的神话世界中，将游仙的"仙"的特征转化为美丽多情的女子，让人与仙的接遇关系具有了世俗情趣和道教的宗教体验。更为重要的是，他不囿于原有神话故事的叙事模式，而借助诗歌的抒情功能，不仅抒发人仙之间的相思之情，而且增加了几分浪漫情怀。例如，现存的五首刘阮误入天台诗，曹唐的创作建立在大家熟知的神话故事框架上，但只提纲挈领地进行勾勒，并非复现刘阮遇仙的情节。他深入刘阮与仙女的情感世界中，化身为剧中人，描绘男女双方的内心戏份，达到类似诗剧的艺术效果。而这个组诗则是被作者俗化的新传说，表现出洞里春思，有怀刘郎的恋情倾向。而原来神话中的"忽复去，不知所以"也被作者改为《刘阮再到天台不复见仙子》，用"玉真"隐喻娼妓，用"洞中春"对照"人间路"的手法来写人间仙窟景象，活现了妓女与风流文人的关系。从初唐张文成的《游仙窟》到晚唐孙棨《北

---

① 朱光潜：《楚辞和游仙诗》，《艺文杂谈》，木铎出版社，1987年，第246页。

里志》,娼妓文化和游仙文化融为一体,这是刘阮故事流传的新社会文化背景。曹唐将这一文化现象摄入游仙诗创作之中,根据传说、故事改编而成,风格缠绵悱恻,完成了神仙故事和游仙诗的第一次结合,这是其游仙诗的主要价值所在。

  在道教房中术兴盛及仙妓合流的文化背景下,曹唐为游仙诗寻找出了一条特殊的创作方向:将散文化、小说化的神话故事重新处理并结合时人恋情心理赋予新意,采用具有强烈抒情功能的诗歌形式表达出缠绵悱恻之爱意,使其游仙诗出现了较为明显的恋情倾向,从而使其游仙诗在晚唐诗坛上独树一帜。《唐才子传》卷八载曹唐诗"大播于时","曹公诗,在唐、宋时尝显矣"。[①] 后人创作游仙诗也常以其作为模板,出现了大量仿作曹唐游仙诗的作品。如宋代曹勋《小游仙三首》、周密《小游仙七首》、王镃《游仙词三十三首》,元代张翥《小游仙词八首》、杨维桢《小游仙十首》、张昱《小游仙次韵四首》,明代徐𤊹《拟刘晨阮肇入天台效曹唐》等系列游仙诗,清代厉鹗《前后游仙诗百首咏》、龚自珍《小游仙词十五首》等等。清代冯继聪《论唐诗绝句·曹唐》曾云:"尧宾诗句半游仙,缥缈风情太守怜。未睹丰神疑驾鹤,谁知压倒水牛肩。洞中仙子别刘郎,尘梦那知鹤梦长。流水桃花香满涧,而今好句忆曹唐。天上人间两渺茫,不知谁是杜兰香。前番下嫁今番忆,赖有尧宾诗二章。萼绿华别许真人,王远麻姑开宴新。总是仙家相会处,凭将好句忆尧宾。"[②] 厉鹗《前后游仙诗百

---

  ① (元)辛文房:《唐才子传》卷8,傅璇琮:《唐才子传校笺》第3册,第492页、第495页。
  ② 转引自吴达志:《中华大典·文学典·隋唐五代分典·唐文学部·曹唐》,江苏古籍出版社,2000年,第73页。

咏》自序更直接说:"效颦郭璞,学步曹唐,前后所为,数凡三百。"① 可见游仙诗史中曹唐地位之重要。如果说郭璞游仙诗是借游仙写失意之悲,发内心之苦闷,那么曹唐的游仙诗则是借游仙写世俗男女之爱情,情真意切,乃是具有极高审美价值的抒情诗。

当然,曹唐的《大游仙诗》和《小游仙诗》除了诗歌体裁上,一为七律、一为七绝外,还有其他方面的差别:"首先,从结构上看,大游仙诗按题材来源分成若干首尾连贯有序的小组诗,小游仙诗就没有这种篇什之间的联章情况。其次,从题材上看,大游仙诗全系据仙话传说故事改编而成;小游仙诗虽也采用仙话的物象名目,但内容与仙话没有直接的关系,显示出更强烈的创造性。再次,从情调上看,大游仙诗缠绵悱恻,有如失恋中的男女;小游仙诗则闲散优游,颇类山林中的隐士。"②然而,无论是他的大游仙诗,还是小游仙诗,在中国古代游仙文学史和诗歌发展史上,均有独特的价值和意义。为了弥补七律篇幅短小的限制,使其能够叙述一个完整的传说故事,曹唐别出心裁地利用了组诗的形式,取若干仙道故事分题咏之,这样就扩大了诗歌的容量,使叙事首尾完整且结构严密。可以说,曹唐的《大游仙诗》作为叙事性组诗,是唐诗中罕见的道教神话组诗,具有不可忽视的文学价值。曹唐的《小游仙诗》共九十八首,它们虽然不具有其《大游仙诗》那样首尾连贯、先后有序的特点,也并非完成于一时一地,但也是以组诗形式出现,精心描绘了仙界众神像和如梦如幻的仙界生活。对于曹唐的《小游仙诗》,后世评价也颇高,明代陆时雍曰:"王建《宫词》百首,曹唐《游仙》九十八首,皆对境生情,令人

---

① (清)厉鹗撰,罗仲鼎、俞浣萍点校:《厉鹗集》,浙江古籍出版社,2016年,第640页。
② 李乃龙:《论曹唐小游仙诗的文学意义》,载《广西社会科学》1998年第6期。

有如在当年之趣。"① 明代许学夷则肯定了曹唐《小游仙诗》在游仙绝句方面的开创之功:"游仙诗,其来已久,至曹唐,则有七言绝九十八首。后人赋游仙绝句,实起于此。"②

"诗有游仙,词亦有游仙。"③ 唐五代词人继承了中晚唐艳情游仙诗,尤其是曹唐游仙诗将艳情与游仙合二为一的创作传统,将刘阮遇仙、汉武帝遇西王母、游仙窟之类的道教神仙故事搬进词体。如李珣《女冠子》二首:

> 星高月午,丹桂青松深处。醮坛开,金磬敲清露,珠幢立翠苔。步虚声缥缈,想象思徘徊。晓天归去路,指蓬莱。
>
> 春山夜静,愁闻洞天疏磬。玉堂虚,细雾垂珠佩,轻烟曳翠裾。对花情脉脉,望月步徐徐。刘阮今何处,绝来书。④

南宋黄升《唐宋诸贤绝妙词选》卷一云:"唐词多缘题,所赋《临江仙》则言仙事,《女冠子》则述道情,《河渎神》则咏祠庙,大概不失本题之意。"⑤《女冠子》咏女道士,始于温庭筠。此后,唐五代词人多依此例,李冰若云:"唐自武后度女尼姑,女冠甚众,其中不乏艳迹。如鱼玄机辈,多与文士往来,故唐人诗词咏

---

① (明)陆时雍:《唐诗镜》,吴文治:《明诗话全编》,第10册,江苏古籍出版社,1997年,第10776页。
② (明)许学夷:《诗源辩体》卷30,第293页。
③ (清)李调元:《雨村词话》卷1,唐圭璋:《词话丛编》,中华书局,1986年,第1391页。
④ 杨景龙校注:《花间集校注》,中华书局,2017年,第587—589页。
⑤ (宋)黄升:《唐宋诸贤绝妙词选》卷1,《花庵词选》,中华书局,1958年,第32页。

女冠者类以情事入辞。薛氏四词虽题《女冠子》，亦情词也。插入道家语，以为点缀，盖流风若是，岂可与咏高僧同格耶?"① 可见，在晚唐五代，借用道教化的词牌描写恋情的现象较为普遍。从词的内容来看，上阕描写午夜时分在道教斋醮活动现场，伴随道曲"步虚"而想象游仙的情景；下阕借用刘阮遇仙典故，将女冠仙化，并将女冠的淡淡哀愁形象地描写出来。

大体来说，处于粗成阶段的唐五代游仙词，虽然摄取仙道意象和传说进入词体，使其具有了艳情仙化倾向，但是，这种仙化往往是女冠和艳遇的仙化，而缺少"游"的成分。唐五代游仙词的"游"往往是与仙"交游"，而较少"遨游"仙界的情境。也就是说，从游仙的含义角度讲，唐五代游仙词重艳情行为及女冠仙化，而轻主体的"漫游"过程。

## 第二节　唐五代文人步虚词

道教对诗歌影响的另一表现是出现了专门配合道教音乐的游仙作品——步虚词。步虚词，又称步虚洞章、步虚歌、步虚子，简称"步虚"，是道家斋醮时娱神的乐章。步虚犹言飞升，道家指神仙缥缈虚步轻举之状。步虚词所配乐曲，由模拟仙人步行虚空诵经声而来。宋人郭茂倩《乐府诗集》卷七十八引《乐府解题》曰：《步虚词》，道家曲也，备言众仙缥缈轻举之美。"② 认为"步虚词"是配合道教音乐对道教进行宣传的诗歌，是一种典型的宗教文学。步虚词是道教诗歌体式之一，起源甚早，至迟在三国时期已经出现五言形式的步虚词。现存最早的步虚词出现在东晋，

---

① 李冰若：《花间集评注·栩庄漫记》，转引自王兆鹏：《唐宋词汇评》（唐五代卷），浙江教育出版社，2004年，第304页。
② （宋）郭茂倩：《乐府诗集》卷78，中华书局，1979年，第1099页。

往往以十首五言组诗形式在道门内部吟咏。由于步虚词配以特殊的经韵曲调，即所谓"步虚声"，六朝时已广泛运用于道教的斋醮科仪之中。道士演唱时按八卦、九宫方法，绕香案徐步而歌，象征众仙在玄都玉京斋会的情景。

魏晋南北朝时期，文人们开始模拟这一体制，写作表现仙界的作品，从而形成了一种诗体。文人创作的步虚词，其主题逐渐发生了变化。除了宣扬神仙旨趣外，诗人在创作中开始尝试加入个人的心路历程和人生况味，借题发挥，抒情咏怀。如现存最早的文人步虚词，即庾信的十首步虚词，主要描述了其信奉神仙、质疑道教、批判君主求仙、表达个人忧愤四种心路历程的转变，在写作功能上基本摆脱了道教斋醮仪式的束缚，呈现出与道门步虚词迥然不同的独特风格。隋唐五代，文人创作步虚词颇为流行，步虚词的内容题材、体式特征、创作目的也发生了较大变化。孙昌武曾言："由道教科仪的步虚声演化为文人创作的步虚词，是道教促进文学发展的又一典型事例。"①

**一、步虚溯源及文人初创**

关于步虚的起源，大约成书于南朝梁的道经《洞玄灵宝玉京山步虚经》载："太极左仙公葛真人讳玄字孝先，于天台山授弟子郑思远、沙门竺法兰、释道微、吴时先主孙权。后思远于马迹山中授葛洪，洪乃葛仙公之从孙，号'抱朴子'，著内外书典。郑君于时说仙师，仙公告曰：'我所授《上清三洞太真道经》，吾去世之日，一通付名山洞台，一通付弟子，一通付吾家门子弟，世世录传至人。'"②北宋徽宗年间编撰的《玉音法事》卷下也有类似

---

① 孙昌武：《道教的仙歌及其文学价值》，载《文学遗产》2012年第6期。
② 《道藏》第34册，第628页。

记载：

> 按《太上玉京山步虚经》云："太极左仙翁葛玄于天台山传授弟子郑思远，思远复传仙翁从孙葛洪，号'抱朴子'者是也。"郑君说仙翁去世时告思远曰："所受《上清大洞道经》付吾家门弟子，世世录传至人，勿闭天道。"信知琅函秘典，贵在流通，兼经首所载诸大圣、天尊、帝王、高仙、真人，各各持斋奉法，宗太上虚皇号，烧香，散花，旋绕七宝玄台三周匝，诵披《空洞大歌章》，太上称善，则歌咏步虚，其功德深妙，不可得而殚说也。①

上述引文中的《步虚经》同时被宋人晁公武《郡斋读书志》卷十六著录："《步虚经》一卷，右太极真人传左仙公，其章皆高仙上圣朝玄都、玉京，飞巡虚空之所讽咏，故曰'步虚'。"② 由此可见，《步虚经》的传播路径应为三国吴道士葛玄传给西晋道士郑隐（字思远），郑隐又传给道士葛洪。《步虚经》的内容是道教科仪中"高仙"步登玉京时伴随着乐舞而讽咏的章词。

现存最早关于步虚词的记载，见于东晋葛巢甫《太极真人敷灵宝斋戒威仪诸经要诀》③："斋人以次左行，旋绕香炉三匝，毕。是时亦当口咏《步虚》，蹑《无披空洞章》。所以旋绕香者，上法玄根无上玉洞之天，大罗天上太上大道君所治七宝自然之台，无

---

① 《道藏》第 11 册，第 140—141 页。
② （宋）晁公武撰，孙猛校证：《郡斋读书志校证》卷 16，第 746 页。
③ 参阅王小盾：《道教〈步虚舞〉——兼论道教歌舞与巫舞在宗教功能上的联系与区别》，载张荣明：《道佛儒思想与中国传统文化》，上海人民出版社，1994 年，第 69—89 页。

上诸真人持斋诵咏，旋绕太上七宝之台，今法之焉。"① 可见，东晋时期，吟咏《步虚词》是灵宝斋法科仪中较为重要的环节，但其中提及的《无披空洞章》步虚词，具体的篇目和歌词内容没有保存下来。现存最早的完整步虚词是《洞玄灵宝玉京山步虚经》中所载的十首，被称为《洞玄步虚吟》或《升玄步虚章》，简称《步虚词》，在录入《无上黄录大斋立成仪》时又名《步虚空洞之章十首》，后来南朝宋道士陆修静将这十首步虚词收入其撰写的《太上洞玄灵宝授度仪》。早期道门中的步虚词都是为宣扬神仙思想服务的，主要描述仙人生活的逍遥自在，强调仙道法术的神奇玄妙，表达渴望修道成仙享受极乐的羡仙意识。如《洞玄步虚吟》其三："嵯峨玄都山，十方宗皇一。岩岩天宝台，光明焰流日。炜烨玉华林，蒨璨耀朱实。常念餐元精，炼液固形质。金光散紫微，窈窕大乘逸。"②

关于道教科仪中的步虚吟唱，陆修静《洞玄灵宝斋说光烛戒罚灯祝愿仪》载：

> 五老侍卫，万帝朝真，玉女执巾，金童扬烟，焚百和合香，流熏紫庭，吐日精以却秽，散月华以拂尘，神灯朗照，炳烛合明，金风八散，庆云四陈。飞龙毒兽，备卫玉阙。十方至真，三千大千已得道，大圣众及自然妙行真人，皆一日三时，旋绕上宫，稽首行礼，飞虚浮空，散花，烧香，手把十绝，啸咏洞章，赞九天之灵奥，尊玄文之妙重也。今道士斋时所以巡绕高座，吟咏步虚者，正是上法玄根众圣真人朝宴玉京时也。行道礼拜，

---

① 《道藏》，第 9 册，第 868—869 页。
② 《道藏》第 34 册，第 626 页。

皆当安徐雅步，审整庠序，俯仰齐同，不得参差。巡行步虚，皆执板当心。冬月不得拱心，夏月不得把扇，唯正身前向，临目内视，存见太上在高座上，注念玄真，使心形同丹，合于天典，则为飞仙之所嗟叹，三界之所轨范，鬼神之所具瞻也。①

由上推知，步虚是道士对天上神仙巡行时吟诵经文之声音的模仿，步虚声的演唱应当与存思、礼拜、巡行等行为相呼应，具有沟通人与神，乃至三界的作用。道士们在举行步虚仪式时，必须精神专注，意念真诚，脑海中"存想"神灵真人，叩齿咽液，虔诚地以独有的腔调吟咏步虚词，切不可左顾右盼，言语笑谑。"安步徐行"并非简单地缓步前行，而是要依禹步之法行进，代表步虚词中的舞蹈要素。关于吟咏步虚的具体内容，陆修静《太上洞玄灵宝授度仪》中云："毕，次师起巡行，咏步虚，其辞曰：'稽首礼太上，烧香归虚无。流明随我回，法轮亦三周。玄愿四大兴，灵庆及王侯。七祖生天堂，煌煌曜景敷。啸歌观大漠，天乐适我娱。齐馨无上德，下仙不与俦。妙想明玄觉，诜诜乘虚游。"②这首《步虚词》与敦煌写卷P·2681号所录陆修静《原始旧经紫微金格目》所载《升玄步虚章》十首其一相同。而上述引文中"手把十绝，啸咏洞章"恰好与《升玄步虚章》步虚词数目一致。并且陆修静《原始旧经紫微金格目》卷目释"《太上说太上玄度（玉）京山经》"与《太上玉京山步虚经》颇为相似。因此，我们大致可以推测：三国两晋时期，道教科仪所吟咏的步虚词多为固定的十首。当然，也有例外，如《太上洞渊神咒经》卷十五《步

---

① 《道藏》第9册，第824页。
② 《道藏》第9册，第852—853页。

虚解考品》就收录了二十五首步虚词。① 这些步虚词均采用当时流行的五言诗体写作而成。因此，南朝宋刘敬叔在《异苑》卷五曾记载曹植传步虚声的传说："陈思王游山，忽闻空里诵经声，清远遒亮，解音者则而写之，为神仙声。道士效之，作步虚声也。"② 此虽为小说家言，但其中透露出步虚词初创阶段与文人诗歌相互影响的些许痕迹。

  北朝时期，随着周武帝抑佛崇道宗教政策的推行，步虚词得以广泛传播，文人开始效仿而作步虚词。现存最早、也是南北朝时期唯一留存的文人所作步虚词是庾信的《道士步虚词》十首。他的《步虚词》在形式上保持道内步虚的特征，也是一组十首，每句为五言，而每首句数多寡不定。十首中，十二句的四首，十句的五首，八句的一首。庾信大量地引用了修行成仙的典故，如西王母、上元夫人、黄帝、卢敖、若士、葛由等神仙人物和《汉武帝内传》《淮南子》《神仙传》等仙话的杂传和史料，宗教色彩颇为明显，如其一云："浑成空教立，元始正图开。赤玉灵文下，朱陵真气来。中天九龙馆，倒景八风台。云度弦歌响，星移空殿回。青衣上少室，童子向蓬莱。逍遥闻四会，倏忽度三灾。"③ 从元始天尊讲经开篇，接着写道士步虚，再写想象幻境，这完全就和道经中所记载的道教步虚仪式完全一致，最后点明道教科仪消灾祈福的宗教功能。同时，庾信的步虚词还描述了他微妙曲折的心路历程：从笃信求仙到批判帝王神仙信仰之荒谬，借此表达自己渴望归隐的愿望。如其九云："地境阶基远，天窗影迹深。碧玉成双树，空青为一林。鹄巢堪炼石，蜂房得煮金。汉武多骄慢，

---

① 《道藏》第 6 册，第 55—58 页。
② （南朝宋）刘敬叔：《异苑》卷 5，中华书局，1996 年，第 48 页。
③ 逯钦立：《先秦汉魏晋南北朝诗》，第 2349 页。

淮南不小心。蓬莱入海底，何处可追寻。"① 表达的是对汉武帝和淮南王刘安荒谬盲目的神仙崇拜的批评。他在其十中又表达了"麟洲一海阔，玄圃半天高。浮丘迎子晋，若士避卢敖。经餐林虑李，旧食绥山桃。成丹须竹节，刻髓用芦刀。无妨隐士去，即是贤人逃"② 的归隐愿望。这部分步虚词逐渐远离了道曲步虚的宗教内容，而注重对道家哲学观念的阐释、对游仙一事的理智思考、对自然和生命意识的流露，赋予了作品较深刻的思想内涵。再加上文学意境的营造，使其呈现出鲜明的文人化特点，即深厚的思想意蕴和鲜明的文学色彩。③ 隋炀帝杨广也创作有两首《步虚词》，如其二云："总辔行无极，相推凌太虚。翠霞承凤辇，碧雾翼龙舆。轻举金台上，高会玉林墟。朝游度圆海，夕宴下方诸。"④ 用神仙境界写帝王享乐生活，反映其神仙幻想。在艺术风格上与庾信步虚词颇为相似。

### 二、文人步虚词创作的繁荣

唐代，步虚词已经成为一种独立的诗体。文人步虚词至此已具规模，郭茂倩《乐府诗集》"杂曲歌辞"收录步虚词48首，除庾信的10首和隋炀帝的2首外，其余均为唐人所作，共36首。《全唐诗》所收步虚词包括顾况1首、韦渠牟19首、陈羽2首、吴筠10首、刘禹锡2首、苏郁1首、高骈1首、皎然1首、司空图1首、陈陶1首、徐铉5首，共计44首。曾昭岷、曹济平等编著《全唐五代词》收录唐代文人步虚词8首，包括李德裕1首，陈羽

---

① 逯钦立：《先秦汉魏晋南北朝诗》，第2351页。
② 逯钦立：《先秦汉魏晋南北朝诗》，第2351页。
③ 王志清：《论庾信"道士步虚词十首"的道曲渊源与文人化特点》，载《山西师大学报》（社会科学版）2007年第3期。
④ 逯钦立：《先秦汉魏晋南北朝诗》，第2662—2663页。

2首，苏郁1首，刘禹锡2首，高骈1首，司空图1首。去其重复，两书合计可得唐代文人步虚词45首。唐代文人所作步虚词的数量应该远不止此，如白居易《送萧炼师〈步虚词〉十首，卷后以二绝继之》云："欲上瀛洲临别时，赠君十首步虚词。天仙若爱应相问，可道江州司马诗。"① 可知，白居易曾作10首步虚词，现已亡佚。

唐代文人步虚词分化为靠近宗教的和靠近文学的两个方向。一方面，神仙主题有所回归，特别是具有道士身份的吴筠所作《步虚词十首》与道曲步虚十分类似。如第一首云："众仙仰灵范，肃驾朝神宗。金景相照曜，逶迤升太空。七玄已高飞，火炼生珠宫。余庆逮天壤，平和王道融。八威清游气，十绝舞祥风。使我跻阳源，其来自阴功。逍遥太霞上，真鉴靡不通。"② 将道士飞升仙境中讽咏步虚的情节描绘得宛然在目。时人权德舆评价吴筠作品时云："故属词之中，尤工比兴。观其《自古王化诗》与《大雅吟》《步虚词》《游仙》《杂感》之作，或遐想理古，以哀世道；或磅礴万象，用冥环枢。稽性命之纪，达人事之变，大率以啬神挫锐为本。至于奇采逸响，琅琅然若夏云璈而凌倒景，昆阆松乔，森然在目。近古游方外而言六义者，先生实主盟焉。"③ 此处对包括《步虚词》作品的评价或许有溢美之词，然而也可管窥吴筠这类作品的影响。顾况晚年好道，归隐茅山，其《步虚词》题下注"太清宫作"："迥步游三洞，清心礼七真。飞符超羽翼，焚火醮星辰。残药沾鸡犬，灵香出凤麟。壶中无窄处，愿得一容身。"④ 茅

---

① （清）彭定求编，陈尚君补辑：《全唐诗》（增订本）卷440，第4925页。
② （清）彭定求编，陈尚君补辑：《全唐诗》（增订本）卷853，第9709页。
③ （唐）权德舆：《唐故中岳宗元先生吴尊师集序》，《权德舆诗文集》卷33，上海古籍出版社，2008年，第514页。
④ （清）彭定求编，陈尚君补辑：《全唐诗》（增订本）卷266，第2944页。

山太清宫为朝廷御用道观，诗人参与斋醮，喜悦的同时遂引起出世之思。

中唐韦渠牟是唐代拟作步虚词最多的文人，共有十九首。韦渠牟早岁入道，对道教斋醮科仪十分熟悉，其学道、入道的经历使他渴望羽化成仙，其羡仙求道的思想在步虚词创作中有集中体现。韦渠牟《步虚词十九首》，形式采用五律，内容涉及渴望成仙、降神仪式、仙界景象，如其一云："玉简真人降，金书道箓通。烟霞方蔽日，云雨已生风。四极威仪异，三天使命同。那将人世恋，不去上清宫。"① 幻想自己得道升仙，脱离俗世，飞入三清。其十五云："西海辞金母，东方拜木公。云行疑带雨，星步欲凌风。羽袖挥丹凤，霞巾曳彩虹。飘飘九霄外，下视望仙宫。"② 诗中描绘了遨游天际的情景，运用神仙故事构造变化多彩的意境，形象逼真、灵活，情节生动、完整。韦渠牟的十九首步虚词的主题并不完全统一，前十七首都是羡仙、求仙、信仙的宗教信仰主题，最后两首由神仙信仰转向吟咏遁避归隐之趣，这种创作心理的转变与庾信步虚词颇为相似。就文学性而言，已在带有玄言意味的庾信步虚词基础上又有所加强。

晚唐五代的徐铉作有《步虚词五首》，字里行间透露出他对学仙学道的热情，诗中涉及道教主旨、修炼方术、道经典籍等，足见其对仙道的崇拜和虔诚之意。如其一云："气为还元正，心由抱一灵。凝神归罔象，飞步入青冥。整服乘三素，旋纲蹑九星。琼章开后学，稽首奉真经。"③ 直接引用道教修炼术语成诗，带有明显的道教烙印。从以上唐代步虚词作品来看，拥有学道经历或道

---

① （清）彭定求编，陈尚君补辑：《全唐诗》（增订本）卷314，第3530—3531页。
② （清）彭定求编，陈尚君补辑：《全唐诗》（增订本）卷314，第3532页。
③ （清）彭定求编，陈尚君补辑：《全唐诗》（增订本）卷755，第8672页。

士身份的文人所做的步虚词带有浓厚的宗教意味，体现的是虔诚的宗教情感。

另一方面，世俗文人也往往创作步虚词。"在写作功用上，步虚词创作本来只是用于道教神圣的斋醮仪式，但是在唐代文人那里，这一文体则被'日常化'了，步虚词创作频频出现在酬唱赠答、行旅吟唱等日常生活行为中……文人步虚词创作活动的日常化，一方面是道教对于唐代文人日常生活的影响渐深渐广，另一方面则是由于步虚词在唐代已经被视为多种诗歌体式的一种，褪去了其宗教文体的神圣光芒。这与步虚声韵在唐代官方和民间盛行的情况是相一致的。"① 据《太平广记》卷六十六载：女仙谢自然"每行常闻天乐，皆先唱《步虚词》，多止三首。第一篇、第五篇、第八篇，步虚讫，即奏乐。先抚云璈，云璈形圆似镜，有弦"。② 唐代道教兴盛，文人游览道观往往将步虚作为具有象征意义的元素。比如，项斯在其诗《送宫人入道》中云："旦暮焚香绕坛上，步虚犹作按歌声。"钱起《夕游覆釜山道士观因登玄元庙》云："鸣磬爱山静，步虚宜夜凉。"刘长卿《自紫阳观至华阳洞宿侯尊师草堂简同游李延年》云："萝月延步虚，松花醉闲宴。"许浑《宿咸宜观》云："步虚声尽天未晓，露压桃花月满宫。"司空图《步虚词》亦云："阿母亲教学步虚，三元长遣下蓬壶。云韶韵俗停瑶瑟，鸾鹤飞低拂宝炉。"③ 这说明这种斋醮音乐在道观里是经常演奏的。道教中的很多重要节日在唐代开始形成固定的时间

---

① 李程：《唐代文人的步虚词创作》，载《武汉大学学报》（人文科学版）2013年第6期。
② （宋）李昉等：《太平广记》卷66《谢自然》，第412页。
③ （清）彭定求编，陈尚君补辑：《全唐诗》（增订本）卷554，第6480页；卷238，第2657页；卷149，第1546页；卷538，第6191页；卷633，第7318页。

和规范，且与世俗生活相融合。每逢道教重要节日，文人往往前往道观聆听步虚声，如张仲素《上元日听太清宫步虚》云："仙客开金箓，元辰会玉京。灵歌宾紫府，雅韵出层城。磬杂音徐彻，风飘响更清。纡馀空外尽，断续听中生。舞鹤纷将集，流云住未行。谁知九陌上，尘俗仰遗声。"① 这首诗描写的是作者在道教重要节日上元日（即农历正月十五）聆听太清宫步虚声韵。诗人甚至参与其中，殷尧藩《中元日观诸道士步虚》就云："玄都开秘箓，白石礼先生。上界秋光净，中元夜气清。星辰朝帝处，鸾鹤步虚声。玉洞花长发，珠宫月最明。扫坛天地肃，投简鬼神惊。倘赐刀圭药，还留不死名。"② 置身其中，自然引发神仙幻想和长生之念。当然，唐代步虚词也流行于宫观之外。据宋人计有功《唐诗纪事》卷十一载："（李）行言，陇西人。兼文学干事，《函谷关》诗为时所许。中宗时，为给事中。能唱《步虚歌》，帝七月七日御两仪殿会宴，帝命为之。行言于御前长跪，作三洞道士音词歌数曲，貌伟声畅，上频叹美。"③ 帝王不仅在皇宫中命人吟唱步虚词，甚至亲自教授步虚声韵。《册府元龟》卷五十四载："（唐玄宗天宝十载）四月，帝于内道场亲教诸道士步虚声韵。道士玄辨等谢曰：'……陛下亲教步虚及诸声赞，以至明之独览，断历代之传疑。'"④

上有所好，下必甚焉。中唐王建《赠王处士》诗云："道士写将行气法，家童授与步虚词。"⑤ 唐代文人所作步虚词大部分摆脱了道曲步虚通过引领道众修炼心性而进入宗教境界的明确目的，

---

① （清）彭定求编，陈尚君补辑：《全唐诗》（增订本）卷367，第4148页。
② （清）彭定求编，陈尚君补辑：《全唐诗》（增订本）卷492，第5607页。
③ （宋）计有功：《唐诗纪事》卷11，第169—170页。
④ （宋）王钦若等：《册府元龟》卷54，第604页。
⑤ （清）彭定求编，陈尚君补辑：《全唐诗》（增订本）卷300，第3403页。

拓展了表现个体自由意识的文化空间，使之成为道曲形式和文人文学精神相结合的特殊艺术载体。如顾况《步虚词·太清宫作》云："迥步游三洞，清心礼七真。飞符超羽翼，焚火醮星辰。残药沾鸡犬，灵香出凤麟。壶中无窄处，愿得一容身。"① 其中的修仙学道更多是为结句升华主题做铺垫和渲染，遁世归隐成了诗人着重抒写的内容。高骈《步虚词》云："青溪道士人不识，上天下天鹤一只。洞门深锁碧窗寒，滴露研朱点《周易》。"② 则直接抒写逍遥神游的隐士情怀，活脱脱地画出一个"上天下天"的云游形象。司空图《步虚》云："阿母亲教学步虚，三元长遣下蓬壶。云韶韵俗停瑶瑟，鸾鹤飞低拂宝炉。"③ 抒写的就是作者日常生活中的心情，不假雕饰，朴质自然。在外在形式、作品内容、艺术成就上都与文人其他诗歌创作差别不大了。正如葛兆光所说："当步虚词不是由道士创作而是由文人创作的时候，它的内容便不再是宗教的诱惑而是人类的追求，它的情感也不再是宗教的情感而是现实世界中的俗人的情感了。"④

在诗歌体式方面，随着文人创作步虚词的流行，以及步虚词与一般诗歌创作区别的消融，步虚词也出现了七言绝句形式，如刘禹锡《步虚词》二首其二："华表千年一鹤归，凝丹为顶雪为衣。星星仙语人听尽，却向五云翻翅飞。"⑤ 通过丁令威的神话传说描绘虚幻的神仙世界。也有七言八句古体诗，如陈陶的《步虚引》："小隐山人十洲客，莓苔为衣双耳白。青编为我忽降书，暮雨虹霓一千尺。赤城门闭六丁直，晓日已烧东海色。朝天半夜闻

---

① （清）彭定求编，陈尚君补辑：《全唐诗》（增订本）卷266，第2944页。
② （清）彭定求编，陈尚君补辑：《全唐诗》（增订本）卷598，第6975页。
③ （清）彭定求编，陈尚君补辑：《全唐诗》（增订本）卷633，第7318页。
④ 葛兆光：《想象力的世界》，现代出版社，1990年，第120页。
⑤ （清）彭定求编，陈尚君补辑：《全唐诗》（增订本）卷365，第4120页。

玉鸡,星斗离离碍龙翼。"① 也在勾勒缥缈缤纷的仙境。唐代步虚词的创作目的并非单一,如陈羽《步虚词二首》其一:"汉武清斋读鼎书,内官扶上画云车。坛上月明宫殿闭,仰看星斗礼空虚。"② 主要讽刺帝王崇道求仙。苏郁《步虚词》:"十二楼藏玉堞中,凤凰双宿碧芙蓉。流霞浅酌谁同醉,今夜笙歌第几重。"③ 反映了道教中某些暧昧之事,其中韵味颇耐咀嚼,可谓将艳情诗并入步虚词了。

　　唐五代步虚词配乐歌唱,加之仙妓合流和内容的艳情化,使其渐渐向曲子词靠近。唐五代词体兴起后,明人董逢元《唐词纪》已将苏郁、刘禹锡、施肩吾、高骈、司空图的《步虚词》收录为"唐词"。任半塘在《唐声诗》下编第十三章将步虚词列为声诗,并说:"自唐代道家与俗家竞唱'步虚'后,其辞乃由齐言渐入杂言。此项杂言调在唐仍曰《步虚歌》,在宋已另创《步虚子令》,并曾流入高丽,亦有唱入《望江南》或《西江月》等调者。"④ 步虚词由齐言变为杂言,始于唐李德裕。宋人许顗《彦周诗话》载:"李卫公(李德裕)作《步虚词》云:'仙家女侍董双成,桂殿夜寒吹玉笙。曲终却从仙官去,万户千门空月明。''河汉女主能炼颜,云軿往往到人间。九宵有路去无迹,袅袅天风吹珮环。'呜呼,人杰也哉!"⑤ 这两首步虚词原初是以七绝形式出现的,但渐渐地,二者合二为一,句式、字数也发生了细微的变化,被《全唐五代词》收录的李德裕《步虚词》是这样的:"仙女侍,董双成。桂殿夜寒吹玉笙。曲终却从仙官去,万户千门空月明。河汉

---

① (清)彭定求编,陈尚君补辑:《全唐诗》(增订本)卷745,第8559页。
② (清)彭定求编,陈尚君补辑:《全唐诗》(增订本)卷29,第426页。
③ (清)彭定求编,陈尚君补辑:《全唐诗》(增订本)卷472,第5393页。
④ 任半塘:《唐声诗》,上海古籍出版社,1982年,第352页。
⑤ (宋)许顗:《彦周诗话》,(清)何文焕:《历代诗话》,第386页。

女,玉炼颜。云輧往往到人间。九霄有路去无迹,袅袅天风吹珮环。"① 关于句式上的变化,明人胡震亨认为,步虚词"唐以前多五言,其破为长短句,自李德裕始"②。看来自中唐李德裕起,就有了步虚词向"长短句"的转化趋势。这种长短句,为"三三七七七"句式,即与《桂殿秋》《捣练子》词调格式相同。清代沈雄《古今词话》云:"唐词载:李德裕《步虚词》,即双调《捣练子》。"③ 欧阳炯也曾写过一首颇类词体的《步虚词》:

月映长江秋水,分明冷浸星河。浅沙汀上白云多,雪散几丛芦苇。扁舟倒影寒潭,烟光远罩轻波。笛声何处响渔歌,两岸蘋香暗起。水上鸳鸯比翼,巧将绣作罗衣。镜中重画远山眉,春睡起来无力。细雀稳簪云髻,含羞时想佳期。脸边红艳对花枝,犹占凤楼春色。④

这首诗作不仅内容上抒写了对恋人的思念,想象情人的娇羞与姿态,接近花间一派,而且在结构上也和花间乃至后世词体的分阕有相似之处。若从诗的中间隔开来看,正好是互相对称的上下两阕,对于这首杂言诗,我们大概可以从中窥探其"诗非诗,词非词"的些许特征。五代鹿虔扆《女冠子二首》也已明显是词体《步虚词》,如其二"步虚坛上,绛节霓旌相向。引真仙,玉佩摇蟾影,金炉袅麝烟。露浓霜简湿,风紧羽衣偏。欲留难得住,却

---

① 曾昭岷等编:《全唐五代词》,第82页。
② (明)胡震亨:《唐音癸签》卷13,第142页。
③ (清)沈雄:《古今词话》,上海古籍出版社,2009年,第188页。
④ 杨景龙校注:《花间集校注》,第521页。又见《全唐诗》(增订本)卷896,第10191—10192页。

归天。"① 后人甚至将步虚词视为词体。② 步虚词之所以出现词体特征，除题材、结构、句式方面的原因外，还与其音乐性有关。步虚词本来是配合一定韵腔和声调的道教斋仪唱辞，诵咏、歌唱是步虚词的主要表演和传播方式。因此，它和乐府诗、乐、舞相结合的性质较为接近，往往被归入乐府诗中的"杂曲歌辞"一类。詹石窗认为，步虚词在内容上亦离不开神仙之事，在形式上，它属于曲调一类。如果说，游仙诗是一种诵诗，那么步虚词则是歌诗，是与音乐结合得十分密切的一种文学形式。③ 所以后人向来将步虚词归入乐府中。

综上所述，唐五代文人步虚词在许多方面摆脱了原来道教步虚词的很多限制，发生了一些变化，文人自觉地运用文学技巧来加强其艺术性，尽量褪去宗教枯燥的理论外衣，使得原本用于道教斋醮仪式中的步虚词在唐代文人手中逐渐被"日常化"了，频频出现在酬唱赠答、行旅吟唱等日常生活行为中。当然，文人步虚词虽然在许多方面都与文人日常创作的诗歌并无二致，但其题材、内容仍与道教神仙有密切关系。唐五代文人步虚词丰富了诗歌的意象宝库和表现领域，赋予了步虚词新的血液，使其日益成为独立、成熟的诗歌样式。

---

① （清）彭定求编，陈尚君补辑：《全唐诗》（增订本）卷894，第10172页。

② （宋）刘昌诗：《芦浦笔记》卷9云："《简斋集》有《水府法驾导引曲》，乃倚其体，作《步虚辞》六章，羽人有不俗者，使歌之，体同《望江南》。"（清）陈廷敬、王奕清《钦定词谱》云："《西江月》，唐教坊曲名。《乐章集》注'中吕宫'。欧阳炯有'两岸蘋香暗起'，名《白蘋香》。程玭名《步虚词》。"后人曾将步虚词与《望江南》《西江月》等词牌通用，并曾将南宋程泌《步虚词》、范成大《白玉楼步虚词六首》、无名氏的《步虚子令》均收入《全宋词》中。

③ 詹石窗：《道教文学史》，第103页。

# 第十一章　唐五代敦煌道教文学

敦煌自古是中原通往西域的必经之路，道教产生后不久就传播到了敦煌地区。"敦煌有文字记载的道教的历史可以上溯至汉代，比之敦煌有文字记载的佛教历史更为古老。"① 隋唐五代时期，统治者大力提倡的道教文化也波及敦煌地区。隋炀帝大业年间，隋炀帝主持张掖互市，丝绸之路河西段再次开通，为敦煌道教的传播奠定了基础。至唐，敦煌出现了一定数量的道教宫观，如神泉观、开元观、冲虚观、灵图观、龙兴观等。随着内地道教的繁荣和中西交流的频繁，河西地区道教的发展也逐渐兴盛，大批道经出现于敦煌。这些道教文献或出于宫廷、京城道观，如 P.2380《通玄真经》题记云："开元圣文神武皇帝上为宗庙、下为苍生，内出钱七千贯敬写。"或由当地道士传抄而来，如上海图书馆藏敦煌文书第181号题记曰："大周长寿二年（693）九月一日，沙州神泉观道士索玄洞，于京东明观，为亡妹写《本际经》一部。"②《本际经》是敦煌遗书中保存的一部重要的道教文献，写本多达百余件，占敦煌道教写经总数的四分之一。最初由隋代道士刘进喜撰《本际经》五卷，初唐道士李仲卿又续成十卷。唐高宗、武则天在为其亡子李弘所写的道经中就包含此经，玄宗更是两次敕令

---

① 姜伯勤：《道释相激：道教在敦煌》，《道家文化研究》第13辑，三联书店，1998年，第26页。
② 叶贵良：《敦煌本〈太上洞渊神咒经〉辑校》，中国社会科学出版社，2013年，第29页。

天下道观转写《本际经》，这说明这部隋唐时期出现的道经很早就传播到了敦煌地区了，甚至早于其他道观。敦煌遗书中保存下来的道教写经还有许多，如大业八年（612）王俦所写的 S.2295《老子变化经》，麟德元年（664）皇太子在灵应观写的 P.2444《洞渊神咒经》，如意元年（692）邬忠写的 S.0238《金真玉光八景飞经》，开元六年（718）神泉观道士马处幽、马抱一写的 S.0080《无上秘要》，天宝十年（751）开元观道士张玄辩写的 S.6453《老子道德经》，等等。

客观地说，在浩瀚的敦煌文献中，道教相关的写卷不多，敦煌道教文学远远比不上敦煌佛教文学。但是，从现存的敦煌作品来看，由于唐代帝王崇道，"自帝每修道者，敕命天下修造尊容，并及观舍殿，再崇道教"①，道教文化也在敦煌文学的内容题材、语言典故，以及艺术风格等方面留下了一定痕迹，应该引起我们的关注。

## 第一节　唐五代敦煌道教诗词

敦煌遗书中的道教诗词作品比佛教诗词少得多，其中最著名的是西晋道士王浮所撰的《老子化胡经》和唐人李翔的《涉道诗》。前者自元代被禁毁后久已失传，敦煌文献中保存了卷一、卷二、卷八、卷十等几种唐人写本。后者《全唐诗》未收，唐人选唐诗中也未记载，是只有在敦煌文献里才留下来的唐诗别集。

敦煌遗书收有李翔《涉道诗》（P.3866），王重民较早对其校

---

①　黄征、张涌泉校注，《叶净能诗》：《敦煌变文校注》，中华书局，1997年，第333页。

录，收入《〈补全唐诗〉拾遗》卷一①，徐俊《敦煌诗集残卷辑考》、张锡厚主编《全敦煌诗》均有新校本。陈尚君《全唐诗补编》称其为现存最早的道教诗集，虽然诗中反映的不是敦煌地区的道教活动，却也有着极为重要的意义。作者李翔②，生卒年不详，约懿宗咸通前后在世（一说中唐人）。李翔《涉道诗》共包括七言律诗28首，依照前后顺序分别为《看缙云山图》《百步桥》《投龙池》《顶湖》《石鹤》《谢公石》《童子山》《严尚书重浚横泉井》《许真君铁柱》《题麻姑山庙》《军山前马退石》《马明生遇王婉罗》《登临川仙台观南亭》《谢梁尊师见访不遇》《魏夫人归大霍山》《冯双礼珠弹云璈以答歌》《魏夫人受大洞真经》《卫叔卿不宾汉武帝》《献龙虎山张天师》《小有王君别西城总真》《寄题寻真观》《题金泉山谢自然传后》《宿西山凌云观》《秋日过龙兴观墨池》《寄麻姑仙喻供奉》《览炼师张殷儒诗》《西林寺焦炼师赋得阶下泉》《舞凤石》。这些诗歌的第一行题有"涉道诗"的标题以及作者李翔。其内容多为浅显的道教理旨，也夹杂一些山水洞府等景色描写，大致可分为三类：吟咏道教故事（7首）、游览道教胜迹（15首）、道友赠答唱和（6首）。

《涉道诗》中包含三首与南岳魏夫人相关的诗篇，分别是《魏夫人归大霍山》："受锡南归大霍宫，众真同会绛房中。裘披凤锦千花丽，筛绰龙霞八景红。羽帔俨排三洞客，仙歌凝韵九天风。元君未许人先起，更待云璈一曲终。"③《冯双礼珠弹云璈以答歌》：

---

① 朱东润等：《中华文史论丛》1981年第4辑，上海古籍出版社，1981年，第159—182页。

② 一说李翔为中唐著名文人"李翱"之误，参阅日本学者荒见泰史《论敦煌本〈涉道诗〉的作者问题》，《复旦学报》2001年第3期。一说为《新唐书·宗室世系表》中之李涉，曾官福建莆田尉，咸通中六十余岁，见吴其昱：《李翔及其涉道诗》，载《道教研究》第一册，昭森社，1965年。

③ 徐俊：《敦煌诗集残卷辑考》，第420页。

"王母词终荐碧桃,答歌仙子奏云璈。调凌空洞音初起,曲丽钧天韵更高。霞断已翔烟际鹤,风生欲抃海心鳌。瑶池侍女争回首,无限琅英坠节毛。"①《魏夫人受大洞真经》:"太极仙公降上清,为传三十九章经。先教稽首丞(承)明诏,次遣斋心向洞冥。妙句只令岩下读,真丈不许世间听。宝函钿轴披寻遍,始驾龙车谒帝庭。"② 从内容来看,组诗深受唐五代十分流行的道教上清派影响,其中的许多语汇出自《真诰》《道迹经》《黄庭经》《上清大洞真经三十九章》等上清派经典。作者对上清派创始人魏华存的事迹颇为熟悉。其中事迹当源自道典《无上秘要》卷二十引《道迹经》:"于是夫人受锡事毕,王母及金阙圣君、南极元君、后九微元君、龟山王母、三元夫人冯双礼朱、紫阳左仙公石路成、太极高仙伯延盖公子等,尔乃灵酣终日,讲寂研无,上真徊景,羽盖参差,各命侍女陈曲成之钩。"③敦煌遗书 BD01017《洞真上清诸经抄·道迹经》亦云:"王母歌毕,三元夫人凭双礼珠弹云璈而答歌曰:玉清出九天,神绾飞霞外……"这些仙迹故事在唐人颜真卿《晋紫虚元君领上真司命南岳夫人魏夫人仙坛碑铭》文中也可得到印证:"使治天台大霍山洞台之中,主下训奉道教授当真仙者,而男之高仙曰真人,女曰元君。于是夫人受锡事毕,王母及金阙圣君、南极元君各去。使夫人于王屋小有之中,更斋戒三日毕。九微元君、龟山王母、三元夫人冯双礼珠诸众仙并降夫人于小有清虚上宫绛房之中,时夫人与王君为宾主焉。神肴罗陈,金觞四奏,各命侍女陈曲成之钩。九云节,八音零粲,于是西王母击节而歌。歌毕,冯双礼珠弹云璈而答歌,余真人各歌。须臾,

---

① 徐俊:《敦煌诗集残卷辑考》,第 421 页。
② 徐俊:《敦煌诗集残卷辑考》,第 421 页。
③ 《道藏》第 25 册,第 52 页。

司命神仙请隶属及南岳神灵迎官并至，虎旗龙辇，激曜数百里中。西王母诸真乃共与夫人东南行，俱诣天台霍山台。又便道过句曲金坛茅叔申，宴会二日二夕。又共适于霍山，夫人安驾玉宇，然后各别。初王君告夫人曰：'学者当去疾除病。'因授甘草丸，所谓谷仙方也，夫人服之而仙。"①

《涉道诗》也有对当时流行的道教故事和道教胜迹的吟咏，如《题金泉山谢自然传后》：

> 暂谪归天固有程，虚皇还召赴三清。箫歌近向峰头合，羽驾低临洞口迎。自换玉衣期上帝，岂关金格注生名。门人未得随师去，云外空闻好住声。②

贞元十年（794），果州刺史李坚表奏本州女真人谢自然白日升天，德宗《敕果州刺史手书》云："李坚正亮守官，公诚奉国，典兹郡邑，正洽人心，所部之中，灵仙表异，玄风益振，治道弥彰。"③ 此事在唐代流传颇广，韩愈、卢纶、刘商、范传正、夏方庆、施肩吾等均有诗咏。其中以韩愈《谢自然诗》最为著名，此诗开篇就叙述了谢自然仙化的经过："果州南充县，寒女谢自然。童騃无所识，但闻有神仙。轻生学其术，乃在金泉山。繁华荣慕绝，父母慈爱捐。凝心感魑魅，慌惚难具言。一朝坐空室，云雾生其间。如聆笙竽韵，来自冥冥天。白日变幽晦，萧萧风景寒。檐楹暂明灭，五色光属联。观者徒倾骇，踯躅讵敢前。须臾自轻举，飘若风中烟。茫茫八纮大，影响无由缘。里胥上其事，郡守

---

① （清）董诰等：《全唐文》卷340，第3453页。
② 朱东润等：《中华文史论丛》1981年第4辑，第163—164页。
③ 龙显昭、黄海德：《巴蜀道教碑文集成》，四川大学出版社，1997年，第34页。

惊且叹。驱车领官吏，氓俗争相先。入门无所见，冠履同蜕蝉。皆云神仙事，灼灼信可传。"①《太平广记》卷六十六引《集仙录》云，贞元十年十一月"二十日辰时，（谢自然）于金泉道场白日升天，士女数千人咸共瞻仰"②。《新唐书》卷五十九《艺文志三》著录李坚《东极真人传》一卷，下注真人即"果州谢自然"，唐末杜光庭《墉城集仙录》对谢自然故事的记载当本于此。

诗歌内容较好理解，首联说谢自然白日飞升是谪仙归程，"虚皇"，道教神名，既虚皇上帝，早期《上清大洞真经》称"高上虚皇君"。《黄庭内景经·上清章》开篇即云："上清紫霞虚皇前，太上大道玉晨君。"③陶弘景《真灵位业图》第一神阶中位"虚皇道君应号元始天尊"，左位列"东明、西华、北玄、南朱高上虚皇道君"，右位列"太上虚皇道君"。刘商《谢自然却还旧居》诗亦云："仙侣招邀自有期，九天升降五云随。不知辞罢虚皇日，更向人间住几时。"④颔联引用《列仙传》中弄玉跟随萧史乘凤飞天仙去的典事，来比拟谢自然白日轻举。"金格"，上清派道经《九天生神章经》云："三宝尊重，九天至真，秘之大有，九重金格紫阳玉台。"元人华阳复注曰："按《七变伤天经》载：上清宝经三百卷，玉诀七千篇，符箓七千章，及自然之章，秘在九天之上大有之宫，此其一也。九重金格紫阳玉台，皆藏经之所。"⑤尾联描写刺史李坚及其率领的"士女数千人"对谢自然的祝愿和依依惜别之情。北京图书馆藏敦煌卷子"乃"字七四号《辞娘赞》（P.2919），是

---

① （清）彭定求编，陈尚君补辑：《全唐诗》（增订本）卷336，第3770页。
② （宋）李昉等：《太平广记》卷66《谢自然》，第412页。
③ （宋）张君房：《云笈七签》，第198页。
④ （清）彭定求编，陈尚君补辑：《全唐诗》（增订本）卷304，第3459页。
⑤ （元）华阳复：《洞玄灵宝自然九天生神章经注》，《道藏》第6册，第468页。

出家的青年辞别父母兄弟的唱辞，首两句云："儿欲入山修道去，好住娘，兄弟努力好看娘，好住娘。"① 谢自然飞升，弟子们不能随她去，在离别之际所唱的"好住"声，应与此处的"好住娘"类似。

《涉道诗》中与道友酬赠之作共有六首。其中的《寄麻姑山喻供奉》云："羽客乘风下九天，拨云亲自拣林泉。檜吞海魄迎真气，路绕岩根谒古仙。道胜早为三洞伏，诗成曾被六宫传。如今万事皆轻弃，只待还丹驻鹤年。"② 由诗可知，喻姓翰林供奉离开宫廷后去了江西道教名山麻姑山修仙学道。作者以夸张的手法写喻供奉从天而降，选择麻姑山修炼，日常从事服日月精华法的养生实践，并虔诚地拜谒麻姑古仙，接着写喻道士道行极高，为三洞（洞真、洞玄、洞神）折服，优美的诗篇更是曾为六宫传诵，最后言其远离尘世，炼丹延年。此诗语言生动、对仗工稳，诗风飘逸自然，将道友仙风道骨的形貌和情态描绘得栩栩如生、跃然纸上。诗人笔下的《觅炼师张殷儒诗》之"张殷儒"、《西林寺与樵炼师赋得阶下泉》之"樵炼师"、《谢梁尊师见访不遇》之"梁尊师"的道士身份和形象也多是如此。

王重民据敦煌残卷辑录而成的《补全唐诗》中也存在一定数量与道教相关的诗歌。如 P.2567 写卷中的李昂《题雍丘崔明府丹灶》诗云：

闻君小邑暂鸣弦，隐几灰心有岁年。白石既烧应化鹤，黄金未熟且烹鲜。炉中近染三花气，树里新飞五色

---

① 任二北：《敦煌曲校录》，上海文艺联合出版社，1955 年，第 98 页。
② 徐俊：《敦煌诗集残卷辑考》，第 423 页。

烟。伊尹即今须负鼎，王乔何事欲冲天。①

作者李昂，开元中考功员外郎，《全唐诗》卷一二〇存诗二首。题目中的"雍丘"指唐河南道汴州陈留郡的雍丘县，"崔明府"不可考，"明府"是当时对县令的称谓，唐诗中多次出现"崔明府"，如孟浩然《崔明府宅夜观妓》、耿湋《送崔明府赴青城》、杜甫《九日杨奉先会白水崔明府》、张祜《晚次荆溪馆呈崔明府》等，李白于天宝四载（745）游梁宋期间作有同题诗："美人为政本忘机，服药求仙事不违。叶县已泥丹灶毕，瀛洲当伴赤松归。先师有诀神将助，大圣无心火自飞。九转但能生羽翼，双凫忽去定何依。"②李白诗中表现出他喜好求仙访道、炼丹服药，对神仙世界有着极深切的向往，同时借《后汉书·方术传》中王乔为叶县令时朔望朝觐乘双凫飞来的典故，暗寓从政与成仙并非不可调和。字里行间也隐隐流露出李白壮志未酬、怀才不遇的不甘之情。李昂诗与李白此诗有许多相似之处，诗中不仅用及伊尹、王子乔、白石、仙鹤、黄金等道家人物和道教意象，而且针对崔明府炼丹用的炉灶，形象地讲述了炼制丹药之事，道教中的"三花五气"中的"三花"指的是人花、地花、天花，即精、气、神，也指炼精化气、炼气化神、炼神还虚的三个阶段。而用《老子》"治大国若烹小鲜"之语典，也有感叹为官与学道不妨兼顾相容的意味。

再看 S.76 写卷中收录的刘廷坚诗《寓止欢中因抒感怀》：

伯阳宫馆好烟霞，知换浮生几岁华。虽访灵芝身不远，未逢真诀道还赊。玉清难测无穷景，金露能摧有限

---

① 王重民等辑：《全唐诗外编》，中华书局，1982 年，第 24 页。
② （清）彭定求编，陈尚君补辑：《全唐诗》（增订本）卷 183，第 1875 页。

花。直待总抛荣辱了，始应亲近得仙家。"①

此诗被王重民收入《补全唐诗》中，原卷题有作者"前吉州馆释巡官将仕郎前守常州晋陵尉"的官衔署名。作者其他生平皆未详。伯阳，为老子字名。《文选·应璩〈与满公琰书〉》："西有伯阳之馆，北有旷野之望。"李善注："伯阳，即老子也。"② "浮生"语本《庄子·刻意》："其生若浮，其死若休。"③ "玉清"乃道教三清仙境之一，为元始天尊所居。诗中反映了当时道观中香火旺盛、道风盛行的情况，以及他对道教的崇信，皆是诗人的亲身感受和真情流露。此时在官任上的作者虽向往仙界，但仍眷恋世俗荣辱，这种矛盾思想在当时社会颇具代表性。

P.3197 卢茂钦《无题》则描写文人游览道教宫观时对美丽女冠的一见倾心："偶游仙院睹灵台，罗绮分明塑匠裁。高绾绿鬟鬓髻重，手垂罗袖牡丹开。容仪一见情难舍，玉貌重看意懒回。若表悃成心所志，愿将恣貌梦中来。"④ 女冠如此装扮，让我们容易想起白居易《玉真张观主下小女冠阿容》："绰约小天仙，生来十六年。姑山半峰雪，瑶水一枝莲。晚院花留立，春窗月伴眠。回眸虽欲语，阿母在傍边。"⑤ 韩愈《华山女》诗中："华山女儿家奉道，欲驱异教归仙灵。洗妆拭面著冠帔，白咽红颊长眉青。"⑥ 以及李商隐笔下数目不少的女冠诗。唐代女冠不仅容姿艳丽，而且通晓文墨，唐五代敦煌道教诗歌中就包含一定数量的女冠诗歌，

---

① 王重民等辑：《全唐诗外编》，第45—46页。
② （南朝梁）萧统：《文选》，上海古籍出版社，1986年，第1914页。
③ （东晋）郭象注：《庄子》，第83页。
④ 《补全唐诗》，《全唐诗》（增订本），第10332—10333页。
⑤ （清）彭定求编，陈尚君补辑：《全唐诗》（增订本）卷442，第4964页。
⑥ （清）彭定求编，陈尚君补辑：《全唐诗》（增订本）卷341，第3830页。

如 DX6654 + 6722v + 3861、DX3874 + 3927A + 3872、DX11050/11050v、P. 3216v《瑶池新咏集》残抄本，就为女道士李冶、元淳两人的诗集，被收入《俄藏敦煌文献》第 11、13、15 册中。敦煌抄本中所录李冶、元淳二女冠诗，大多见于《全唐诗》卷八〇五。但《全唐诗》有仅摘录诗句而不录全诗者，诗题及文句亦与抄本有所不同。虽因数件抄本都有残缺，但这本《瑶池新咏集》仍是迄今已知唐代女冠诗集的最早抄本，可补《全唐诗》文本的部分缺误，其文学和文献价值不容小觑。①

敦煌遗书 P. 3619 录有苏𫗦、郭元振（震）、刘希夷（夷）、崔颢等人的诗四十余首，可能是唐人诗选专卷，其中第一首为苏𫗦的《清明日登张女郎神庙》：

> 汧水北，陇山东，汉家神女庙其中。寒食尽，清明旦，远近香车来不断。飞泉直注涂道间，大岫横遮隐天半。花正新，草复绿，黄莺睍睆迁乔木。汧流活，古树攒，龙坂高高布云端。水清灵，竹蒙密，拂匣仙潭难延碧。淡楼阁，人画成，翠岭山花天绣生。尘冥漠，鸟盘桓，争奔陌上声散散。公子王孙一队队，管弦歌舞几般般。酌醇醑，舞锦筵，罗帷翠幕掩灵泉。堤上淹留不觉昧，归来明月满秦川。

此诗又见于敦煌遗书 P. 3885，《全唐诗》未录，后被收入《敦煌歌辞总编》，题为《失调名·清明日登张女郎神庙》，陈尚君《全唐诗续拾》卷五十四也予以收录。关于张女郎庙，北魏郦道元

---

① 王卡：《唐代道教女冠诗歌的瑰宝——敦煌本〈瑶池新咏集〉校读记》，载《中国道教》2002 年第 4 期。

《水经注》卷二十七"沔水"云:"其水南注汉,水南有女郎山,山上有女郎冢,远望山坟,嵬嵬状高,及即其所,裁有坟形。山上直路下出,不生草木。世人谓之女郎道。下有女郎庙及捣衣石,言张鲁女也。有小水北流入汉,谓之女郎水。"①北宋乐史《太平寰宇记》卷三十二《沔源县》载:"张女郎祠。故老相传云:'汉张鲁女死于此,时人为立祠,民祷有验。'"②张鲁是东汉末五斗米道的领袖之一,与其祖陵、父衡世称"三张"。张女郎庙即是道徒民众为张鲁女儿所建崇祀的祠庙。《全唐诗》卷五九二收录曹邺《题女郎庙》:"数点烟香出庙门,女娥飞去影中存。年年岭上春无主,露泣花愁断客魂。"③曹邺曾为洋州(今属陕西)刺史,故其所咏张女郎神庙和诗中所言为一地。敦煌遗书中也时常提及对张女郎神的祭祀,如 S.6315 祈雨文中"又持是福庄严张女郎神,江海河神等"、P.2814"门神、阿孃神、张女郎神",这些足以说明在敦煌地区,张女郎神崇奉已久。这首诗歌既写神庙周围恍如仙境的景致和地貌,记述清明时节士女结队春游赏花、歌舞饮酎的习俗,同时也暗含道教迎神曲的某些元素,对于我们了解唐代民间神灵崇祀情况有所裨益。

　　道教在敦煌歌辞中也留下了印记。敦煌《云谣集杂曲子》中的"云谣"出自《穆天子传》,是西王母在瑶池欢宴穆王时唱的歌谣《白云谣》,后省称云谣。晚唐曹唐在其游仙艳情诗《小游仙诗》中云:"玉童私地夸书札,偷写云谣暗赠人。"④欧阳炯《花

---

① (北魏)郦道元,陈桥驿点校:《水经注》,上海古籍出版社,1990 年,第 532 页。
② (宋)乐史:《太平寰宇记》卷 32,中华书局,2007 年,第 687 页。
③ (清)彭定求编,陈尚君补辑:《全唐诗》(增订本)卷 592,第 6920 页。
④ (清)彭定求编,陈尚君补辑:《全唐诗》(增订本)卷 641,第 7398 页。

间集序》所云"是以唱云谣则金母词清,挹霞醴则穆王心醉"①,明显是以西王母的云谣来指代《花间集》的艳情词。现在《云谣集》中具有道教色彩的作品有《内家娇》《天仙子》《别仙子》等曲名。如《内家娇》其一云:"丝碧罗冠,搔头坠鬓,宝妆玉凤金蝉。轻轻浮粉,深深长画眉绿,雪散胸前。嫩脸红唇,眼如刀割,口似朱丹。浑身挂异种罗裳,更熏龙脑香烟。屐子齿高,慵移步两足恐行难。天然有灵性,不娉凡间。招事无不会,解烹水银,炼玉烧金,别尽歌篇。除非却应奉君王,时人未可趋颜。"② 词中极力描写女冠色艺俱佳,头饰、衣着、容貌、姿态逐一呈现,甚是艳丽。结尾交代其皇家身份特征。因杨玉环曾有入道经历,任半塘先生考证其为杨妃所作,或是。

现存敦煌写卷中的道教歌辞有三调七首,包括《谒金门》两首、《临江仙》一首、《还京乐》四首。③ 我们来看 P.3821 所录的《谒金门·朝帝美》:

长伏气,住在蓬莱山里。绿竹桃花碧溪水,洞中常晚起。闻道君王诏旨。服裹琴书欢喜。得谒金门朝帝美,不辞千万里。④

唐教坊曲有《谒金门》与《儒士谒金门》。词乃咏调名本意。任半塘《敦煌曲初探》将其创作时间考订为盛唐,乃"道士自写

---

① 杨景龙校注:《花间集校注》,第 1 页。
② 周振甫:《唐诗宋词元曲全集》,第一册,黄山书社,1999 年,第 174 页。
③ 任半塘将这七首词归为"道家",《敦煌歌辞总编》,第 517—521、1031—1037 页。
④ 任半塘:《敦煌歌辞总编》,上海古籍出版社,2006 年,第 517 页。

其悻进心理",并云:"唐帝自信为老子之裔,多好神仙,故道儒并尊;而黄冠之幸进,殆与儒士相等。敦煌三辞,已说明《儒士谒金门》(亦唐教坊曲名)名称之由,正为有别于黄冠之《谒金门》耳。"① 《谒金门》曲很可能出自司马承祯这类"得谒金门"的道士之手而终为教坊所采用。词中"伏气"即服气,道家养生之术。该词主要写道士的洞居生活及其谒进事迹,透露出他们身在江湖、心存魏阙的心态,与李白奉诏入京时高唱的"仰天大笑出门去,我辈岂是蓬蒿人"②(《南陵别儿童入京》)志趣相似,同时侧面反映了他们的趋炎附势,对富贵荣华向往之俗态也刻画得栩栩如生。P.3821 还有《谒金门·仙境美》也生动描绘了道教所追求的理想境界:"仙境美,满洞桃花绿水。宝殿琼楼霞阁翠,六铢常挂体。闷即天宫游戏,满酌琼浆任醉。谁羡浮生荣与贵,临回看即是。"③ 表达了厌弃浮生荣贵的思想情感。S.2607 载《临江仙·求仙》词残篇,亦写"不处嚣尘千百年,我于此洞求仙""神方求尽愿为丹,夜深长舞炉前"④ 的求仙炼丹生活。

L.1465 卷载"曲子还京洛",任半塘《敦煌歌辞总编》卷三订为《还京乐·斫妖魅》四首,并认为是道家以剑驱鬼的唱词,文辞朴陋,当为民间道士装神弄鬼之作,应在下层民众流传。如其一、其二分别云:"知道终驱猛勇,世间专。能翻海,解移山。捉鬼不曾闲。""见我手中宝剑,刃新磨。斫妖魅,去邪魔。鬼了血汫波。"⑤ 写的就是通晓驱鬼道术者斩妖除魔的过程,从内容和

---

① 任二北:《敦煌曲初探》,上海文艺联合出版社,1954 年,第 482、29 页。
② (清) 彭定求编,陈尚君补辑:《全唐诗》(增订本) 卷 174,第 1792 页。
③ 任半塘:《敦煌歌辞总编》,第 519 页。
④ 任半塘:《敦煌歌辞总编》,第 521 页。
⑤ 任半塘:《敦煌歌辞总编》,第 1030—1031 页。

语言风格来看，当出自道士之手。其余两首残缺不全，但仍可看出是对道教法术场面及鬼妖活动的描写与表现。

敦煌遗书中也保存有依照道教音乐倚声填词的歌辞，如P.2467存《心本际经颂》，系道教劝人入道之作，里面有对丰都地狱惨怖情景的描绘，分为七节，每节8至24句不等，以五言和七言为主。北京图书馆8459《洞渊神咒斋仪》（即《道藏》本杜光庭编《太上洞渊神咒经》）卷十五《步虚解考品》中的《神咒步虚咏八首》，则是道教斋醮活动中咏唱的步虚声韵。其六云："虚无无常号，唯存志心形。天尊出幽冥，道亦此中生。智士学明教，可诣太上庭。"认为道家的一切主张都是虚无的，而其玄学奥旨也是建立于虚无认识与景仰之中的。其八又云："仙人寿万劫，千岁若一春。兆年谓今夕，俗号焉足论。若有神仙骨，尔乃应此心。"① 宣扬信道者享有千载万劫之寿，不是凡夫俗子可以比伦的。而具有神仙风骨的人，是可以通过明晓道教义理而得道成仙的。这组步虚词宣教色彩极其浓重，文学价值远不如一般的唐代文人步虚词，但其五言三韵的书写形式在步虚词发展史上值得我们重视。

## 第二节　唐五代敦煌道教叙事文学

敦煌遗书中的道教叙事文学主要包括小说和说唱文学。我国古代小说自古就有志怪的书写传统，从上古神话、传说、寓言到《搜神记》，再到《西游记》《聊斋志异》皆是如此，敦煌文学中的小说也不例外。说唱文学作品主要是为说唱技艺提供的文字底本，语言或散或韵，注重口头表达。

《唐太宗入冥记》（S.2630，首尾残失）的作者不可考，创作

---

① 《道藏》第6册，第58页。

时代大约在中唐元和、长庆年间至晚唐时期。原卷撕裂为三段，缺文甚多。标题原缺，鲁迅《中国小说史略》拟题为《唐太宗入冥记》，沿袭至今。这篇小说写唐太宗魂游地府，阎罗王判官崔子玉推勘其杀李建成、李元吉之事。崔子玉本为辅阳县尉，与太宗有君臣之旧，其友李乾凤为太宗请托说情。太宗告以太子年幼，对崔许以重金，求其通融，盼能回到人间。然而，崔自觉官卑，期望早日升迁，借机要挟，太宗又许以蒲州刺史兼河北二十四州采访使，官至御史大夫。崔拜谢后为之开脱，并告诫太宗还阳后要大赦天下。太宗入冥故事又见唐代张鷟的《朝野佥载》卷六："太宗至夜半，奄然入定，见一人云：'陛下暂合来，还即去也。'帝问：'君是何人？'对曰：'臣是生人判冥事。'太宗入见冥官，问六月四日事即令还。向见者又迎送引导出。淳风即观玄象，不许哭泣，须臾乃寤。至曙，求昨所见者，令所司与一官，送注蜀道一丞。上怪问之，选司奏，奉进止与此官。上亦不记，旁人悉闻，方知官皆由天也。"① 对比二者，笔记小说叙述粗疏简略，话本与之相比更加成熟，其中的两个人物——唐太宗、崔子玉形象生动，这应归功于作者成功运用了心理刻画的方法。写崔子玉初闻勘问皇帝是一种祸事，心想："若勘皇帝命绝，则万事绝言。若或有寿，回到长安，五百余口，则须变为鱼肉。"想到这里，"忧惶不已"，故不如趁此谋取官宦厚爵。唐太宗贪生怕死，急于求生，先已服软，继而又传信求情，后又贿赂收买。于是崔子玉以太宗与建成、元吉对质相胁迫，以增添太宗阳寿为诱饵，并以"不及再归生路"进行恐吓，最终使太宗答应赐崔子玉为"蒲州刺史，兼河北廿四州采访使，宦至御史大夫，赐紫金鱼袋，仍赐蒲阳县库钱二万贯"，崔判官才满意，由命禄五年加至十年，放还唐

---

① （唐）张鷟：《朝野佥载》卷6，中华书局，1985年，第85页。

太宗生路。

《唐太宗入冥记》具有深刻的现实意义。其中的冥间问罪,将千百年来贪官推案的黑幕揭露出来,形象塑造和心理刻画可谓入木三分。通过唐太宗和崔子玉的关系,说明在大唐帝国统治下,一方面,金钱、权力、人情不但在人间可以决定一切,即使在死后的阴曹地府也具有起死回生的魔力,这就更深刻地触及了唐代政治生活的实质。另一方面,也曲折地反映了唐代官吏的贪赃枉法和营私舞弊的现实情况。对于鬼判官崔子玉所作所为的揭露,批判了唐代封建士大夫阶层追求名利、不择手段追求做官的糜烂思想。

《唐太宗入冥记》这一故事对后世叙事文学产生了重要影响。王国维曾指出:"伦敦博物馆又藏唐人小说(按:《唐太宗入冥记》)一种,全用俗语为宋以后通俗小说之祖。"[①]《唐太宗入冥记》不仅是通俗小说之祖,也可以说是神魔小说的始祖。吴承恩《西游记》第十四回《唐太宗地府还魂》和褚人获《隋唐演义》第六十八回《证前盟阴司问案》中均有相似情节的演述。

在敦煌的道教俗讲作品中,最引人关注的是《叶净能诗》,现存敦煌遗书 S.6836 写卷中,原卷白纸,正面书写,存二百六十三行。前题已佚,收入王重民等人编校的《敦煌变文集》时据尾题定名。从作品体制来看,《叶净能诗》散说故事,末有韵语,与《大唐三藏取经诗话》相似。因此,一般认为它并非变文,而是话本小说。学术界相当一部分学者认为原卷尾题中的"诗"应系"话""传""书"或"诗话"之讹误。就思想内容而言,它很可能是道士自神其教,宣传教理的底本。全篇语句通俗易懂,采用

---

① 王国维:《敦煌发见唐朝之通俗诗及通俗小说》,《东方杂志》第 17 卷第 8 号,"民国"九年(1920)四月。

第三人称视角叙事。它也是敦煌讲唱文学中仅有的一篇道教思想浓重的叙事文学作品。

《叶净能诗》无作者署名，其作者也不可考。其创作时间，一般认为在沙州沦陷于吐蕃的晚唐五代时期。①《叶净能诗》中的叶净能，又称叶静能（？—710），是唐代栝州松阳（今属浙江）道士，大约生活于高宗至睿宗时期，曾为国子祭酒，神龙二年（706），加金紫光禄大夫。先后在唐高宗与中宗朝充任内道场道士，以擅长符禁法术而著名。文中云："朕之叶净能，世上无二。道教精修，清虚玄志。炼九转神丹，得长生不死。伏之一粒，较量无比。元始太一神府，印能运动天地；要五曹唤来共语，呼五岳随手驱使。造化须移则移，乾坤要止则止。"② 叶净能在政治上投靠韦皇后政治集团，景龙四年（710），在睿宗复位的这一场政变中，他因参与韦皇后一党的阴谋活动而被诛杀。《新唐书·艺文志·道家类》著录《叶静能太上北帝灵文》三卷，今佚。《全唐诗》中收录了叶净能诗三首。

叶净能从孙是唐代著名道士叶法善（616—720），在《道藏》所载叶法善传记《唐叶真人传》及《太平广记·叶法善传》指出：叶法善有一位叔祖，名静能，行胄三、号神龙，颇有神术，高宗时入直翰林，为国子监祭酒。③ 值得注意的是，当时或后世人常将

---

① 可参金荣华：《读〈叶净能诗〉札记》，载《敦煌学》第 8 辑，1984 年；张鸿勋：《敦煌话本〈叶净能诗〉考辨》《敦煌话本〈叶净能诗〉再探》，分别见《敦煌学论集》（兰州：甘肃人民出版社，1985 年）、《1994 年敦煌学国际研讨会文集——纪念敦煌研究院成立 50 周年·宗教文史卷》（甘肃民族出版社，2000 年）；陈炳良：《〈叶净能诗〉探研》，载《汉学研究》1990 年第 1 期等。

② 《叶净能诗》，黄征、张涌泉校注：《敦煌变文校注》，第 341 页。

③ 《唐鸿胪卿越国公灵见素真人传》（又名《唐叶真人传》），《道藏》第 18 册，第 79 页；《太平广记》卷 26《叶法善传》记叶静能为叶法善之叔祖。《唐叶真人传》文前附有"越国公叶真人世系之谱"，也将叶静能归为叶法善祖父叶国重之弟。

叶净能和叶法善混淆，如《叶净能诗》中明皇诏净能入宫为其求仙药，叶净能行经钱塘江斩恶蜃一事，《太平广记》卷二十六"叶法善"条引《集异记》及《仙传拾遗》云："钱塘江常有巨蜃，时为人害，沦溺舟楫，行旅苦之。投符江中，使神人斩之。"① 对于这种现象，唐人赵璘《因话录》卷五早就加以辩正："有人撰集怪异记传云：'玄宗令道士叶静能书符，不见国史。'不知叶静能，中宗朝坐妖妄伏法。玄宗时，有道术者，乃法善也。谈话之误差尚可，若著于文字，其误甚矣。"② 这从一个侧面说明叶净能传说的数量之多，流传之广。《叶净能诗》就是在这样的社会文化背景下出现的一篇专讲叶净能传说的话本。

《叶净能诗》以叶净能为中心人物，记叙其幼年学道会稽山、西赴长安、终赴大罗天的一生，包含书符而使河枯、华岳神处救张令妻、玄都观斩妖除病、为玄宗书符求长生药、幻化酒瓮为帝筵助乐、为玄宗斩龙取肉、为皇后求子、偕唐玄宗游月宫等十余个驱妖降魔、神异显现的故事。这些故事大多可以在唐传奇及笔记小说中找到相关记载。如其中录有叶净能斩狐除病的故事：

> 当时策贤坊百姓康太清有一女年十六七，被野狐精魅。或哭或笑，或走或坐；或出街中乱走，即恶口骂詈人。时有邻人报康太清曰："玄都观内有一客道士，解医野狐之病。"康太清闻说，与妻相随，同诣观中院内，礼拜净能，具论疾状："辄投尊师救疗，死不辜恩"！净能曰："此病是野狐之病，欲得除喻，但将一领毡来，大钉四枚，医之立差。"康太清当时便归，取毡一领及钉，并

---

① （宋）李昉等：《太平广记》卷26，第171页。
② （唐）赵璘：《因话录》卷5，中华书局，1985年，第35页。

引女子，同至观中。净能见女子，便知是野狐之病。净能当时左手持剑，右手捉女子，斩为三断，血流遍地。一院之人，无不惊愕。康太清夫妇号天叫地，高声唱："走投县门，告玄都观道士，把剑杀人"。净能都不忙惧，收毡盖着死女子尸，钉之内四角，血从毡下交流。看人无数，皆言："帝城之内，敢有此事，谁不叫呼！"净能却于房内，弹琴长啸，都不为事。须臾，捕贼官及捉事所由等，齐到净能院内，问："杀人道士何在？"净能于房内报之："在此！官人何必匆匆！净能疗野狐之病，闲人无知，妄说杀人。"官人回问，康太清启言官人曰："在毡底一人。"其官人见毡下血流傍地，语净能曰："杀人处目验见在，仍敢拒张！"净能语官人曰："何不揭毡看验之？取此行粗疏法令！"捕贼官遂处分所由，揭毡验之，曰："康太清女子与野狐并卧，女子宛然无损，野狐斩为三段。"捕贼官见人，情思愕然。康太清夫妻匍匐作礼。其女魅病，当时便除。①

这一故事在张鹭的《朝野佥载·叶道士》也有记载："唐陵空观叶道士，咒刀。尽力斩病人肚，横桃柳于腹上，桃柳断而肉不伤。后将双刀斫一女子，应手两段，血流遍地。家人大哭。道士取续之，喷水而咒。须臾，平复如故。"② 与之相比，《叶净能诗》的用语、对话、口吻等，均非常明显地表现出一种说话艺人特有的鲜明特征。

《叶净能诗》中唐明皇游月宫的故事，影响深远，在《龙城

---

① 《叶净能诗》，黄征、张涌泉校注，《敦煌变文校注》，第335页。
② （宋）李昉等：《太平广记》卷285《幻术》，第2269页。

录》《异闻记》《唐逸史》《明皇杂录》中都有著录,元代王伯成的《天宝遗事诸宫调》,白仁甫的杂剧《唐明皇游月宫》,明代无名氏传奇《龙凤钱》、凌蒙初《拍案惊奇》卷七"唐明皇好道集奇人",清代褚人获的《隋唐演义》八十回、八十五回都有这个故事情节。

《叶净能诗》通过许多故事情节的描写来表现其中人物传奇的一生。不仅如此,而且能够步步深入地把故事推向高潮。例如,《叶净能诗》写叶净能作法救张令妻一节,一波三折。话本先写叶净能取黑符化作"黑衣神人",岳神不理;再写叶净能书朱符化作朱衣使者,岳神仍是不理;最后写叶净能用符化作身穿金甲的将军,拔剑上殿,拟斩岳神,终于制服岳神。故事情节波澜起伏,引人入胜。

《叶净能诗》标榜"开元皇帝好道,不敬释门","百姓已来,皆崇道教","玄宗倾心好道,专意求仙,露胆披肝,思望长生"。道教宣扬和信奉的诸多方术在《叶净能诗》中得到了一定的呈现。如道教符箓能够役鬼使神、驱妖镇邪、祈福祛灾,葛洪《抱朴子内篇·遐览》云:"符出于老君,皆天文也。老君能通于神明,符皆神明所授。"①《叶净能诗》中记载了符箓的神奇和威力,净能年幼时,神人送符本一卷给他:"便开符读之,脚下分明,悉注鬼神名字,皆论世上精魅。不禁小邪,忽要拔地移山,即使一神符。净能便于会稽山内,精法上应天门,下通地理,天下鬼神,尽被净能招将,神祇无有不伏驱使。净能便于会稽内令人鬼神驱驰魅,无不遂心,要呼便呼,须使便使。若在道精熟,符箓最绝,宇宙之内,无过叶净能者矣"。这部话本中叶净能的许多行事,如斩龙、祈雨、问子嗣等普遍有符箓之应用。又如道士编造的神仙腾

---

① 王明:《抱朴子内篇校释》,第335页。

空飞遁之术——乘蹻术。《抱朴子内篇·杂应》载:"若能乘蹻者,可以周流天下,不拘山河。凡乘蹻……或服符精思,若欲行千里,则以一时思之。若昼夜十二时思之,则可以一日一夕行万二千里,亦不能过此。"①《叶净能诗》中夸饰净能:"一旦意欲游行,心事只在须臾。日行三万五万里。"还有伴随玄宗自长安忽至剑南观灯、游月宫瞬间即到,都是使用这一法术。再如分形之术,《抱朴子内篇·地真》说:"守玄一,并思其身,分为三人,三人已见,又转益之,可至数十人,皆如已身,隐之显之,皆自有口诀,此所谓分形之道。左君及蓟子训葛仙公所以能一日至数十处,及有客座上,有一主人与客语,门中又有一主人迎客,而水侧又有一主人投钓,宾不能别何者为真主人也。"②《叶净能诗》中所记"净能一身元在观,化为一身与陛下取仙药"事即显然在宣扬此术。再如辟谷服气,辟谷最早的记载源自《庄子·逍遥游》:"藐姑射之山,有神人居焉。肌肤若冰雪,绰约若处子,不食五谷,吸风饮露,乘云气,御飞龙,而游乎四海之外。"③作为一种延年益寿的养生法则,辟谷在很多古书典籍里也有记载。《抱朴子内篇·杂应》中说:"余数见断谷人三年二年者多,皆身轻色好。"④《抱朴子内篇·论仙》亦云:"仙法欲止绝臭腥,休粮清肠。"⑤辟谷服气主要是通过绝食、调整气息的方式来进行。《叶净能诗》记载叶净能在长安玄都观时:"徒经一月,不出院内,只是弹琴长啸,以畅其情。观家奴婢,往往潜看,不见庖厨,亦无餐啜之处。"讲的就是这种情况。《叶净能诗》中涉及的神仙法术还有很

---

① 王明:《抱朴子内篇校释》,第275页。
② 王明:《抱朴子内篇校释》,第325页。
③ (东晋)郭象注:《庄子》卷1,第6页。
④ 王明:《抱朴子内篇校释》,第268页。
⑤ 王明:《抱朴子内篇校释》,第18页。

多，如幻化、飞举、咒语、占卜等，作为敦煌遗书中现存的唯一道教话本，对其中所含方术进行探讨，有利于我们对古代小说和宗教的交融、影响等方面进行研究。

敦煌小说中包括神话传说故事（如《西王母东方朔故事》《壶公传》）、志怪小说（如《搜神记》）和唐人传奇小说。其中，唐人传奇小说数量不多，今知仅有的《周秦行纪》，见 P. 3741，首残尾全，无书题，存 61 行，每行 17 字左右，末署"清泰二年（935）十月十一日"，当是本卷的抄写时间。《周秦行纪》传本也收录于《太平广记》卷四八九中，作者署名为牛僧孺。但北宋贾黄中已辨其非是，并考其为韦瓘所作，后人多从之。① 韦瓘（789—873），字茂弘，京兆万年（今陕西西安）人，元和四年（809）进士及第，为李德裕之门生。《新唐书》卷一六二有传，《全唐诗》卷五〇七存其诗 1 首，《全唐文》卷六九五存其文 3 篇。《周秦行纪》以牛僧孺的口吻自述旅途奇遇。贞元年间，牛僧孺落第后，归途中夜行至尹阙南鸣皋山下，入一大宅，遇见汉文帝母亲薄太后，太后令戚夫人、王昭君出来相见，接着，唐杨玉环、南齐潘淑妃、晋代绿珠等绝色美人纷纷出来相见，设宴赋诗，热闹非凡。宴会结束后，太后问何人伴宿，戚、潘、杨、绿皆推辞，于是让王昭君侍寝。次日清晨分别，问当地人，说此处有已荒毁多年的薄太后庙。

敦煌文献中存录的唐传奇张鷟《游仙窟》假名"游仙"，实为述其艳遇、情爱之托词。在艳情仙化的社会文化背景下，文人或道徒编造仙女下嫁、人神相恋的故事渐趋增多，《太平广记》卷五十六至七十"女仙"类，收录刘阮遇仙、董永与仙女、青夫人与

---

① 李剑国：《唐五代志怪传奇叙录》，南开大学出版社，1993 年，第 529—537 页。

赵旭、白水素女与谢瑞等故事，就是这一现象的反映。此类故事虽然内容已世俗化，与道教关联不甚大，但其故事场景往往还有道教色彩，如《游仙窟》中云："行至一所，险峻非常：向上则有青壁万寻，直下则有碧潭千仞。古老相传云：'此是神仙窟也。人迹罕及，鸟道才通。每有香果琼枝，天衣锡钵，自然浮出，不知从何而至。'"① 李丰楙说："仙境传说为六朝笔记小说中有关仙道的重要题材之一，它承上启下而成为中国文学中游历仙境的典型，可与冥界游行、梦境幻游等类型，同是属于叙述文学中具有游历结构的一类。"② 因此，《游仙窟》开头一段"余"进入神仙窟，情景恍惚，带有神秘色彩，酷似志怪小说中某些人神相恋故事的场景，也带有诸如刘晨、阮肇入天台山遇仙女等情节的痕迹。在某种意义上说，产生于初唐的传奇《游仙窟》还带有六朝志怪小说的印记和一定的道教色彩。

敦煌遗书中的道教作品也包含故事性颇浓的赋作和词文。敦煌文学作品中，原卷篇题中标明为"赋"的有28篇，文人赋和俗赋各占一半。俗赋，又称白话赋、民间赋、故事赋等，主要指用通俗语言讲故事的写作方式。敦煌俗赋不仅有完整的故事框架，更有曲折的故事情节。其中的少数篇章因取材前代志怪小说而与道教文化联系较为密切。如 P.2653 佚名《韩朋赋》，长达两千余字，由四言韵语写成，语言通俗浅切，节奏感强。故事取材于《搜神记》卷十一"韩凭妻"条，但在吸收原有情节的基础上，又将原来故事中的韩凭、何氏、苏贺等人改名为韩朋、贞夫、梁伯，内容上也有所变化。先写少年丧父的韩朋迎娶美丽无比的贞夫，

---

① 李时人编校：《全唐五代小说》，第192页。
② 李丰楙：《六朝道教洞天说与游历仙境小说》，收入《误入与谪降：六朝隋唐道教文学论集》，学生书局，1996年，第93页。

婚后二人十分恩爱，贞夫"明解经书"，并且发誓"死事一夫"。接着写韩朋出游，六年不归，妻子思夫心切，修书问询，不料韩朋遗落书信，宋王得之，设计骗得贞夫入宫，封为王后，但贞夫仍系念韩朋。再写宋王依梁伯之计陷害韩朋，使之毁容为奴，贞夫见之，肝肠寸断，以箭寄书，以示坚贞。最后写韩朋得书后自杀，贞夫在其葬礼中跳进墓穴而亡，二人殉情后化为梧桐和桂树，根枝相连相交。宋王派人砍伐，血流汪汪，后两个木札又幻化为鸳鸯，其一根羽毛变为利剑，割下了宋王首级，报得大仇，而且"未至三年，宋国灭亡"。又如词文，词文是叙事韵文的唱本，一般以第三人称演唱故事，声腔流转而多变，是古代民间叙事歌谣不断发展的结果。S.2204 佚名《董永词文》由 134 句七言韵语构成，以颂说方式传播，其体制属于故事俗赋范畴，主要唱述董永和仙女的故事：孝子董永，因家贫卖身以葬父母，路遇仙女下凡，这位妙解织机的女子自许与董永成婚，帮助他还债赎身并为其生有一子后乘云而去。他们的儿子董仲长至七岁，得高人孙膑指点，于神湖阿耨池畔抱取天女澡浴时脱下的紫色衣裙，遂得与母亲相见，但终因天人相隔而不能久居，只得返回下界。

敦煌文献中还有一些道教斋醮文书，它们是道教斋醮活动的产物，多为祈福文、斋文、愿文、亡文、祭文等。如唐末归义军时期抄本 P.3652V《道教斋醮度亡祈愿文集》，马德拟名为《道家杂斋文范辑录》，内录文书按其内容排序，依次为斋愿文、邑愿文（一）、亡考妣文（一）、亡考妣文（二）、亡师文、女师亡文、僧尼亡文、邑愿文（二）、当家平安愿文、病差文、征回平安愿文、兄弟亡文、夫妻亡文、亡男女文、亡考文（一）、回礼席文、东行亡文、岁初愿文、亡考文（二）、亡孩子文、入宅文、造宅文、斋法、报愿文，共计 24 篇。① 该文书是敦煌地区的道士为了便于从事法事活动而逐渐抄录积累的、实用性的斋愿文汇集。唐代敦煌祭文对道教仙学思想也有体现，如 P.3556《高宗仙蜕哀祭文》云："盖闻玉台秘境，紫阳开大道之元；金洞真区，碧落启上仙之奥……伏愿以兹妙福，上奉仙舆紫绛扶神青翎圣，乘三清而转豫，驭八乘而常安；远洵四流，傍周万有；并出沙劫，咸登玉晨。"其他如天宝十三年（754）龙兴观道士杨神岳便麦契 P.4053《道士祭度亡师祈愿文》、S.3017《道家为皇帝祈福文》、S.4652《道家为皇帝皇后祈福文》等，还有《镇宅文》（S.2717）、《敦煌王曹镇宅疏》（S.4480）、《洪闰乡百姓高延晨祭宅文》（S.6094）、《归义军节度使南阳张某祭风伯文》（S.5747）、《谢土地太岁文》（S.3427）等，均是道教斋祭与民间信仰风俗相结合而生成的文书。这些文书大多完成于具体的斋醮活动之前，面向尊神与法众宣读（也可用于道教存思中默念），其写法和结构往往是以"伏以"开头，交代祈请的尊神，"上香"之后诵读或吟唱其中的主体部分，此后进行"散花"等科仪。② 由于它们是道教行仪中的实用文本，所以具有鲜明的程式和应用性，但大多缺乏形象性和审美性，文学价值不大。

甚至在受佛教影响很深的变文中也带有道教印记。如《伍子胥变文》（S.1328）就写到道教法术咒语。"咒语在道教中广泛使用，斋醮仪式上要念它，超度亡灵时要念它，施行法术时要念它，诵经礼忏时也要念它。"③《伍子胥变文》写伍子胥一路被楚王所派之人追杀，到其姐家匆匆吃完几口饭食，急忙赶路，此时他感觉

---

① 马德：《敦煌文书〈道家杂斋文范集〉及有关问题述略》，陈鼓应：《道家文化研究》第 13 辑，三联书店，1998 年，第 226—248 页。
② 详见李小荣：《敦煌道教文学研究》，巴蜀书社，2009 年，第 139—223 页。
③ 葛兆光：《道教与中国文化》，上海人民出版社，1987 年，第 94—95 页。

眼跳耳热，于是画地占卜，占见两个外甥赶来追捕。为了避灾，他"用水头上攘（禳）之，将竹插于腰下，又用木剧（屐）到（倒）着，并画地户天门，遂即卧于芦中，而言曰：'捉我者殃，趁我者亡，急急如律令。'"伍子胥外甥子永少解法术，画地占卜，占见其舅头上有水，腰间有竹，木屐倒着穿，认为他已落水身亡，于是停止追赶。变文中写子胥及外甥运用的法术是道士们常用的巫术，其中的咒语也是道士常常使用的。

综上所述，敦煌文学作品以其绮丽之想象、生动之描写让人感受到道教文化情调之浪漫。作品中那临风飘举的仙人和富丽堂皇的仙宫，令人羡慕和神往。敦煌文学中道教文化的大量存在也充分反映出唐五代道教的兴盛和这个时期、这个区域人们崇道的文化心理。

# 第十二章　道教与唐人小说、辞赋

"小说"和"志怪"二词最早均出自《庄子》,上古神话和寓言传说是我国小说的重要源头,古代小说一直有志怪的书写传统。《汉书·艺文志》收录的十五家小说约有三分之一属于方士小说。①唐人刘知几《史通·杂述》对小说分类时,将"论神仙之道"的作品归入杂记类;被誉为"小说之渊海"的《太平广记》首列神仙、女仙、道术、方士、异人五种反映道教题材的小说门类;《新唐书·艺文志》开始在子部道家类下设神仙一门。此后的《通志·艺文略》《宋史·艺文志》《文献通考·经籍考》均沿袭之,宋代罗烨《醉翁谈录》将小说分为八目,"神仙"也位列其中;明人钱希言《狯园》共分小说为十门,首列仙幻一门。许多古代选家在编纂小说丛书、类书、小说集时也通常将道教题材的小说单立门类,目录学者和选家的这种观念和做法反映了他们对道教类小说的重视和再认识,也说明我国历代小说中都包含许多以道教为题材或以道教思想为宗旨的作品。

小说在魏晋南北朝时期尚处于萌芽阶段,已有大量记述神灵鬼怪的志怪小说。这一时期的道教小说有《十洲记》《洞冥记》《汉武故事》《汉武内传》《博物志》《拾遗记》《述异记》《周氏

---

① 参阅袁行霈:《〈汉书·艺文志〉小说家考辨》,《文史》第七辑,中华书局,1979年;蔡铁鹰:《〈汉志〉"小说家"试释》,载《南京师大学报》(社会科学版)1988年第3期;孙逊:《中国古代小说与宗教》,复旦大学出版社,2000年,第37页。

冥通记》《神异记》等。这类作品，或专载一位神仙人物事迹，或将数位仙人事迹穿插汇缀，或广泛搜罗各种神仙传闻编辑成书。虽然语言质朴，篇幅简短，尚处于"粗陈梗概"阶段，但它们包含的神仙传说为唐传奇以及后世小说提供了丰富的故事原型和艺术想象天地。

唐人沿袭魏晋南北朝志怪小说，作意好奇，以新奇怪异、耸人听闻为好。唐人陆希声曾批评当时的小说创作风尚云："近日著小说者多矣。大率皆鬼神变怪荒唐诞妄之事，不然则滑稽诙谐以为笑乐之资。离此二者，或强言故事，则皆诋訾前贤，使悠悠者以为口实，此近世之通病也。"① 后人将唐代传述奇闻逸事的文言短篇小说称为唐传奇。唐代传奇的出现，标志着中国古代短篇小说的成熟。鲁迅《中国小说史略》云："传奇者流，源盖出于志怪，然施之藻绘，扩其波澜，故所成就乃特异，其间亦或托讽喻以纾牢愁，谈祸福以寓惩劝，而大归则究在文采与意想，与昔之传鬼神明因果而外无他意者，甚异其趣矣。"② 在某种意义上说，唐人小说中相当部分的作品是自古以来人们谈论鬼神习尚的延续，是志怪传统的高层次转化。唐人小说的发展过程一般分为三个时期：前期指唐代建立至肃宗时期（618—761）、中期指代宗至宣宗时期（762—859）、晚期指懿宗至唐末（860—907）。我们也在这一划分范围下讨论道教对唐人小说的影响。唐代初期，道教对小说的影响主要表现在因袭六朝志怪传统方面，以王度《古镜记》、无名氏《补江总白猿传》、张鷟《游仙窟》、戴孚《广异记》、牛肃《纪闻》为代表；中期也出现了段成式《酉阳杂俎》、李伉《独异志》、张读《宣室志》等志怪小说，同时也出现了诸如沈既济《枕

---

① （唐）陆希声：《北户录序》，《全唐文》卷813，第8552页。
② 鲁迅：《中国小说史略》，第44页。

中记》和《任氏传》、李朝威《柳毅传》、陈鸿《长恨歌传》、李公佐《南柯太守传》、沈亚之《秦梦记》等单篇传奇，以及牛僧孺《玄怪录》、李复言《续玄怪录》、薛渔思《河东记》、薛用弱《集异记》、郑怀古《博异志》、李玫《纂异记》等传奇集。晚期小说受道教影响较大的则主要有杜光庭《虬髯客传》，以及卢肇《逸史》、袁郊《甘泽谣》、裴铏《传奇》、康骈《剧谈录》、皇甫枚《三水小牍》等传奇集。晁公武《郡斋读书志》甚至称裴铏《传奇》"所记皆神仙怪谲事"。今检《传奇》，其中的《裴航》《崔炜》《文箫》《封陟》《颜睿》《张云容》《孙恪》《韦自东》《萧旷》《张无颇》等，均受到道教文化的影响。

　　道教对唐人小说影响甚大，"尽管在社会生活中佛教战胜道教，而在小说领域里道教的影响却比佛教更大"①。小说作者为了搜奇猎异，往往从道教文化中去寻找素材，利用其奇丽的意象、怪诞的想象、神异的法术来构思创作小说，许多作品因此打上道教的烙印。它们或者表现为以道教为内容或题材的小说，或者虽以世俗生活为题材内容，却表达了某些道教的观念和情感。道教的服食、炼丹、修养、轻举飞升、访仙、仙境、法术、符咒等内容都给唐人小说创作提供了大量素材，扩大了文人想象力发挥的空间。道教迷狂热的宗教气息和存想思神的想象力世界正好满足了唐人追求新奇刺激之需要，表现在唐人小说中就是构思奇特的故事情节、奇幻超凡的人物形象和奇丽诡异的仙境描写。

　　唐代文人仙道赋也蕴含了丰富的道教文化内容，其中的描写和叙述总是与仙灵融合在一起，其人物形象处于异方奇域，游览翱翔，逍遥自得。设置的场景往往是道家提倡的神仙世界，其核心思想是道的精神体现，其中反映的人生理想具有明显的道教色

---

① 程毅中：《唐代小说史》，人民文学出版社，2003年，第351页。

彩和浓郁的浪漫气息。

## 第一节　道教与唐人小说的故事类型

　　道教影响唐人小说的重要表现之一便是故事类型。唐人小说中不断出现凡人进入仙界、人神遇合的故事，形成了固定的模式，即仙女下凡——人神欢合——事泄分离。这种"神仙思凡"的情节模式中多呈现"女仙"和"凡男"的人物形象，仙女在带给人间男子爱情的同时，也体验到人间男女之爱的动人魅力，享受一次世俗欢娱的洗礼。如《太平广记》卷三二六《刘导》中，仙女西施因耐不住"久旷深幽"的仙宫生活，和女仙夷光结伴下凡，二女与儒生刘导、李士炯幽会，结成伴侣。戴孚《广异记》中的《李湜》和《华岳神女》、张荐《灵怪集·郭翰》、卢肇《逸史·任生》、裴铏《传奇·封陟传》、沈亚之《湘中怨解》等均属此类。

　　李朝威《柳毅传》中的柳毅从一个落第儒生到与龙女结合而成为神仙，其实质也是刘阮遇仙式的人神遇合模式，只不过山中仙女换成了洞庭湖龙女罢了。柳毅在赴泾阳途中遇到牧羊的龙女，听其诉说所适非人，备受贱辱的遭遇，便生恻隐之心和义愤之情，他对龙女言："吾义夫也。闻子之说，气血俱动，恨无毛羽，不能奋飞，是何可否之谓乎！"当柳毅将龙女之书送至洞庭，并将龙女现状告知洞庭君，被暴烈的钱塘君听到，擘青天而飞去救回龙女。后在清光阁宴请柳毅并强迫柳毅与龙女结合，刚毅正直、不屈威逼的柳毅毅然拒绝。柳毅仗义救人而不乘人之危的做法受到了龙庭神灵的敬佩，龙女更由感恩图报而真心喜爱柳毅。后几经波折，二人终成眷属，柳毅也沾染了神性，"龙寿万岁，今与君同之。水陆无所不适"。"春秋积序，容状不衰，南海之人，靡不惊异。"后入洞庭之龙庭,成为水府神仙。①

牛僧儒《玄怪录·崔书生》也是此种构思模式,这个婚恋故事发生在崔书生与王母第三个女儿玉卮娘子之间。崔书生具有隐士之风,与玉卮娘子一见钟情,欲罢不能,在大胆而直率地再三追求后,人神遇合。

人神之恋、人仙结合的小说鲜明地表现出了道教肯定人欲的宗教色彩。道教不同于佛教,佛教禁绝色欲,而道教提倡房中术,把男女交媾当作修炼内丹的手段。神仙常常是有配偶的,正如《传奇·封陟传》所谓"弄玉有夫皆得道,刘纲兼室尽登仙"②,《逸史·任生》所谓"葛洪亦有妇,王母亦有夫。神仙尽灵匹,君子意何如"③。《灵怪集·郭翰》写太原书生郭翰,风流倜傥,富有才华,织女降临他家,主动表白爱慕之情:"吾天上织女也。久无主对,而佳期阻旷,幽态盈怀。上帝赐命游人间,仰慕清风,愿托神契。"二人结合后,一次郭翰戏问"牵郎何在?那敢独行。"织女却答:"阴阳变化,关渠何事?且河汉阻隔,无可复知。纵复知之,不足为虑。"④织女对爱情勇敢追求,不惜背叛传统的礼教观念。对于纵欲的否定在唐人小说中也有反映,如《太平广记》卷五十三引《博异志·杨真伯》载"性耽玩书史""淫于典籍"的杨真伯面对仙女的求爱竟毫不动心,仙女只好留诗而去。⑤

裴铏《传奇·封陟》的情节与此相似,孝廉封陟"貌态洁朗,性颇贞端,志在典坟",引得"籍本上仙,谪居下界"的女仙上元

---

① (唐)李朝威《柳毅传》,李时人编校:《全唐五代小说》,第716—728页。
② 李时人编校:《全唐五代小说》,第2174页。
③ 李时人编校:《全唐五代小说》,第1880页。
④ 李时人编校:《全唐五代小说》,第684—686页。
⑤ (宋)李昉等:《太平广记》卷53,第329—330页。

夫人"体欺皓雪之容光，脸夺芙蕖之艳冶"的绝色女子上门求爱，封陟却"正色而坐"，断然拒绝。女仙留下情诗一首，并约定七日后重来。时至仙姝果来，言"自矜孤寝，转懵空闺"，希望与封陟结合，以慰孤寂之苦。然而封陟还是正色而言曰："某身居山薮，志已颛蒙，不识铅华，岂知女色？幸垂速去，无相见尤。"又坚决拒绝了她的哀求。仙姝又赠诗一首，约定七日后复来，而封陟依然"又不回意"。后七日夜，仙姝又至，打扮得更加妖娆多姿。这回女仙以人生易逝、容颜易老警醒他，以金丹长生之术诱惑他，封陟却"怒目而言"，说自己"心如铁石"。此时，就连仙姝的侍从都看不下去了，说封陟"此木偶人，不足与语。况穷薄当为下鬼，岂神仙配偶耶"，劝女仙不要再浪费时间。女仙三次降临封陟家，主动热烈地表白爱情，又以诗相赠；封陟却三次拒绝，甚至怒目相对，面对热情美丽的女仙，如同木偶人。女仙痛失良缘，长叹曰："况此时一失，又须旷居六百年"。三年后封陟染病而终，被上元夫人所救，延寿一纪，封陟复活后只能"后追悔昔日之事，恸哭自咎而已"①。

唐人小说中人神遇合模式也有凡男主动追求女仙的故事，如裴铏《传奇·裴航》主要描写了裴航追求并迎娶仙女云英的故事。中唐长庆年间，裴航落第漫游鄂湘，访旧友。得到友人崔相国的资助，返归京邑途中，与国色天香的樊夫人同舟，心生爱慕，以诗导之："同为胡越犹怀想，况遇天仙隔锦屏。倘若玉京朝会去，愿随鸾鹤入青云。"不料夫人反应冷淡。后又献珍果，终得夫人召见，屏帏内，只见夫人"云低鬟鬓，月淡修眉，举止烟霞外人"，但云已有夫婿，且"操比冰雪，不可干冒"，留一诗而去："一饮

---

① （唐）裴铏：《传奇》，李时人编校：《全唐五代小说》，第2173—2177页。

琼浆百感生，玄霜捣尽见云英。蓝桥便是神仙窟，何必崎岖上玉清？"裴航莫能洞达诗旨。后来裴航到蓝桥，遇到了云英，樊夫人诗中的含义便隐隐而出。裴航在蓝桥因渴求浆，云英捧琼液为饮，裴航见其色美而提出"愿纳厚礼而娶之"的请求，老妪云："我今老病，只有此女孙。昨有神仙遗灵丹一刀圭，但须玉杵臼捣之百日，方可就吞，当得后天而老。君约取此女者，得玉杵臼，吾当与之也。"① 裴航卖尽资财于虢州买玉杵臼后抵蓝桥，又在玉兔帮助下捣药百日，二人终成眷侣并得道成仙。结局的描写多涉道教，如裴航原来是裴真人的子孙，他见到的人均为神仙中人；樊夫人是云翘夫人，刘纲仙君的妻子，是玉皇之女吏；裴航和云英居玉峰洞，饵绛雪琼英之丹，裴航也曾修习不死之术、还丹之方；等等。

宣传道教的义理、观念、法术也造就了不少故事类型。修道成仙是道教徒追求的终极理想境界，若要实现它，必须持之以恒，经历千辛万苦和各种苛刻的宗教考验。道教非常强调"思仙养志者，先受成生五戒，又经七试九炼""学道积年，乃经十折九辱"②的严格考验，《真诰》卷五甚至举例说青乌公经太极真人"百四十事试之"才终登仙阶。唐人小说情节模式中往往包含修道成仙的宗教考验。《续仙传·元柳二公》写元彻、柳实二人省亲途中流落孤岛，遇玉虚尊师和南溟夫人，南溟夫人赠二人玉壶并授天机，二人得道成仙。牛僧孺《玄怪录·裴谌》讲述主人公裴谌的炼丹、服食、修仙的艰难历程，旨在说明看破红尘，清心寡欲，辛勤修炼，才能得道成仙。与此相近的《玄怪录·杜子春》可谓此类小说之翘楚。小说的主人公是穷苦的破落户杜子春，他遇到一位老

---

① （唐）裴铏：《传奇》，李时人编校：《全唐五代小说》，第2168页。
② 《洞真太上八素真经修习功业妙诀》，《道藏》第33册，第471—472页。

人，老人三次接济他，为了报答老人，他决心替老人看守药炉。老人告诫他不能说话，他经受了尊神、恶鬼、夜叉、猛兽的轮番恐吓及亲属受难种种险恶的考验，仍闭口不言。后来，一个大将军将他斩首，到地狱后他受尽折磨，但他还是不说话。最后，阎王将其投生在王家，转世为女子，嫁给了进士卢珪，生一子。卢珪为强迫他说话，竟把儿子摔死，他终于不忍爱子被摔死，叫喊了一声"噫"而前功尽弃。"吾子之心，喜怒哀惧恶欲，皆能忘也。所未臻者，爱而已。向使子无'噫'声，吾之药成，子亦上仙矣。"① 被亲子之"爱"击垮，反映了宗教义理与世俗伦理的尖锐矛盾，也说明了学仙的前提是否定人间的七情六欲，进入无欲无求的清虚状态。《续玄怪录·杨恭政》中的主人公杨恭政是虢州天仙村里的一个普通农妇，只因生性好"虚静，闲即凝神而生，不复俗虑得入胸中"，所以为神仙相中，被度为女仙。这个故事主要阐明了道教的虚静义理。《集异记·徐佐卿》则写青城山道士徐佐卿化鹤游荡被唐玄宗射中的故事，说明高道先知先觉的神异功能。《传奇·崔炜》写崔炜路助乞食老妪（鲍靓女、葛洪妻），后因坠入一口大枯井中，被一条白蛇驮着送入南越王赵佗的"皇帝玄宫"之中，遇诸仙真的故事，最后崔炜"散金破产，栖心道门。乃挈室住罗浮访鲍姑，后竟不知所适"②。讲的是神仙度人入道的故事。

道教重视名师或高人指点在修道中的作用，"至真之诀，或但口传，或不过寻尺之素，在领带之中，非随师经久，累勤历试者，不能得也"。修道者如果"不得明师，告之以度世之道，则无由免

---

① （唐）裴铏：《传奇》，李时人编校：《全唐五代小说》，第1028页。
② （唐）裴铏《传奇》，李时人编校：《全唐五代小说》，第2159页。

死"。① 神仙帮助学道者度世成仙也是唐人小说经常出现的重要情节。《传奇·江叟》记载:"开成中,有江叟者,多读道书,广寻方术。善吹笛,能作龙吟往来多在永乐县灵仙阁。"② 一日,他发现一槐神,遂虚心向他请教,并恳请槐神为他指条学道之明途。槐神告诉他荆山上有鲍仙师,遇之必可度世成仙。于是,他见到鲍仙师后,鲍仙师赠给他一只玉笛,并告诉江叟,三年后吹玉笛可召龙衔珠来观,吞下这颗珠子便会化为水仙。江叟终于达成愿望成为仙人。陈劭《通幽记·赵旭》借助人神遇合的情节模式,大量运用和穿插道教术语,如黄老、碧落、《玉皇》、《内景》、《隐诀》、《抱朴子》等。小说中主人公对话和活动的主题大多涉及修道成仙的内容,后赵旭求长生久视之道,青童即授予他修炼的《隐诀》,分别时还留下《仙枢龙常隐诀》等举动,都围绕修道成仙得道话题展开。这些作品的明道辅教意义非常明显,但就文学价值而言,其中浓厚的宗教色彩往往使整部小说显得枯燥乏味,审美性和形象性则大打折扣。

唐五代道教小说中,也出现了不少描述佛道之争的故事。试图通过佛道斗争的故事传达护教排佛的辅教主张,与佛教进行宗教竞争,更大范围内、更加快速地传播道教文化。凡是涉及僧道斗法的篇目,往往带有正邪之争的色彩,毫无例外地都以替天行道、除暴安良的道教大获全胜而告终。这是道教借助文学打击佛教的重要表现。《玄怪录·叶天师》写胡僧为夺取水底宝藏,苦练咒术三十年,术成后险恶用心即将得逞,护宝龙王化作白叟求助于叶天师,叶天师先后派遣青衣、黄衣门人持墨、朱道符应战,

---

① (晋)葛洪:《抱朴子内篇·勤求》,王明:《抱朴子内篇校释》,第255—256页。
② (唐)裴铏:《传奇》,李时人编校:《全唐五代小说》,第2238页。

法力均抵不过"婆罗门",正当海水"十涸七八"之际,叶天师又派朱衣门人持黄色道符以往,"投符于海,随手水复。婆罗门抚剑而叹曰:'三十年精勤,一旦术尽。何道士之多能哉!'拗怒而去"①。在佛道斗争相关的小说中,有时双方并不斗法,而是仅道士一方显示法术神通而使佛僧屈服。如《太平广记》卷三三《续仙传·马自然》载:道士马自然到越州游览经过洞岩禅院时,寺中和尚对马自然颇为傲慢,只给饭吃,但没有让出位子。马自然暗中使用法力令寺中和尚第二天起不了床,直至寺中来人求他解除法力才得以解脱。《太平广记》卷四一《会昌解颐录·黑叟》也是一篇抑佛扬道的作品。神仙黑叟把越州观察使皇甫政和其妻陆氏请画师在宝林寺所画的佛教壁画用手铲掉,又"自苇庵间,引一女子,年十五六,薄傅粉黛,服不甚奢,艳态媚人,光华动众。顷刻之间,到宝林寺。百万之众,引颈骇观,皆言所画神母,果不及耳。引至阶前,陆氏为之失色"。皇甫政恼羞成怒,准备捉拿黑叟之妻进献天子,渡江之时,黑叟夫妻"二人俱化为白鹤,冲天而去"②。故事发生在武宗"会昌灭佛"的社会文化背景下,小说中的皇甫政夫妇却佞佛成性,不仅用搜刮来的民脂民膏大建佛寺殿堂,彩画佛像,而且抢夺民女。黑叟作为道教神仙的化身,狠狠地打击和抹黑了佛教信众,具有明显的讽世之意。

唐五代文人小说中佛道相争的故事还散见于其他志怪集、笔记小说集,如戴孚《广异记》中《代州民》《长孙甲》《朱敖》,张读《宣室志》中《尹君》《孙思邈》《太白老僧》《贞卢犹子》《张秀才》,李亢《独异志·傅奕排佛》,沈氏《惊听录·韦老师》,尉迟偓《中朝故事·咸通幻术者》,陈邵《通幽记·东岩寺

---

① (唐)裴铏:《传奇》,李时人编校:《全唐五代小说》,第1134页。
② (宋)李昉等:《太平广记》卷41,第260页。

僧》，柳祥《潇湘录·王屋薪者》，皇甫氏《原化记·潘老人》，林登《续博物志·黄花寺壁》，王仁裕《玉堂闲话·东柯院》，李绰《尚书故实·李抱贞》，刘肃《大唐新语·褒赐》及《大唐新语·谐谑》，等等。

道教对现实人生否定的表现之一是人生如梦的观念，《庄子·齐物论》中云："梦饮酒者，旦而哭泣；梦哭泣者，旦而田猎。方其梦也，不知其梦也。梦之中又占其梦焉，觉而后知其梦也。且有大觉而后知此其大梦也，而愚者自以为觉，窃窃然知之。"在庄子看来，人生恍若梦境，只有"大觉"才能意识到。道教继承庄子所论，认为梦能够沟通神人。而梦中诸事皆顺的幻设正是现实生活困穷窘迫的折射和对比，这类作品既有宣扬道教思想的一面，也有批判现实的一面。沈既济《枕中记》写卢生在邯郸旅店中邂逅一位道士吕翁，并向道士诉生不逢时之叹，道士授予卢生一青瓷枕，卢生枕而入梦，梦中娶清河崔氏女，进士及第后任各种官职，直到官封燕国公，五子均得清要之官，有孙子十余人，八十岁而寿终正寝，荣耀一世，醒来发现主人所蒸黄粱尚未熟，此后卢生万念俱息，顿生出世之思。卢生心理情绪骤变，主要因为吕翁点化他的"人世之适，亦如是（梦）矣"之言，彻悟"宠辱之道，穷达之运，得丧之理，死生之情"。① 小说旨在表现道教"见素抱朴，少私寡欲"的人生哲学和"虚静恬淡，寂寞无为"的生活情趣。《枕中记》的故事情节"虽诡幻动人，而亦非出于独创，干宝《搜神记》有焦湖庙祝以玉枕使杨林入梦事，大旨悉同，当即此篇所本"②。《搜神记·杨林》载："宋世，焦湖庙有一柏枕，或云玉枕，枕有小坼。时单父县人杨林为贾客，至庙祈求，庙巫

---

① （唐）沈既济：《枕中记》，李时人编校：《全唐五代小说》，第678页。
② 鲁迅：《中国小说史略》，第47页。

谓曰：'君欲好婚否？'林曰：'幸甚！'巫即遣林近枕边，因人坼中，遂见朱楼琼室，有赵太尉在其中，即嫁女与林，生六子，皆为秘书郎。历数十年，并无思归之志。忽如梦觉，犹在枕傍，林怆然久之。"《太平广记》卷二八三题为《杨林》，注出刘义庆《幽明录》。① 其实，它通过道士赐枕以梦点化世人的命名和构思，或许与葛洪《抱朴子内篇·遐览》所载道经《枕中清记》《墨子枕中五行记》也有渊源。当然，《枕中记》对于入枕之后梦中醒来的荣辱兴替、风云变幻、大喜彻悟、酸甜苦辣的刻画和描写更加详细，其形象性和艺术感染力已远非道经和志怪小说可比。

　　李公佐《南柯太守传》的结构与《枕中记》颇为相似，叙述广陵郡游侠之士淳于棼，宅南有棵大槐树，常与群豪饮于槐树下。一天大醉，由二友扶卧于堂东庑之下，忽见二紫衣人，称奉槐安国王之命相邀，于是往古槐穴而去，入洞中，别有天地，与人间甚殊。此后被"大槐安国"招为驸马，出任南柯郡太守。"自守郡二十载，风化广被，百姓歌谣，建功德碑，立生祠宇。王甚重之。赐食邑，锡爵位，居台辅。周、田皆以政治著闻，递迁大位。生有五男二女。男以门荫授官，女亦聘于王族。荣耀显赫，一时之盛，代莫比之。"后御敌不利，公主去世，于是受疑遭谗，终被遣返回家。梦醒后，掘挖古槐树一蚁穴，群蚁隐聚其中，乃梦中槐安国也。"梦中倏忽，若度一世矣。"于是淳于棼"感南柯之浮虚，悟人世之倏忽，遂栖心道门，绝弃酒色"②。文中描写淳于棼新婚典礼时出现的"华阳姑""青溪姑"和上、下"仙子"等人物及人生如梦的意蕴，均可见道教文化影响的痕迹。汪辟疆曾言："此文

---

① （宋）李昉等：《太平广记》卷283，第2254页。
② （唐）李公佐：《南柯太守传》，李时人编校：《全唐五代小说》，第793页。

造意制辞,与沈既济《枕中记》,大略从同,皆受道家思想所感化者也。唐时道佛思想,最为普遍。其影响于文学者,随处可见。以短梦中历尽一生,此二篇足为代表,其他皆可略也。"① 此类唐人小说确实不少,如沈亚之《秦梦记》叙述了作者在去邠州的路上"客橐泉邸舍",后"昼梦入秦"。在梦中因辅佐西乞术伐河西立功,得晋五城,为秦穆公赏识,许以爱女,授以官职,成为朝中重臣。穆公之女弄玉本为萧史之妻,但由于萧史先死,沈亚之取而代之,成为弄玉后夫。婚后沈亚之与公主弄玉两情相悦,然而一年后,弄玉"忽无疾卒",沈亚之被遣回国。悲伤之际,大梦忽醒,发现自己尚在邸舍。次日,沈亚之将此梦告诉友人崔九万,崔说橐泉正是穆公墓所在,沈亚之进而"求得秦时地志",果"如九万云"。②《太平广记》卷二八一《樱桃青衣》讲的是天宝初年范阳卢子屡举不第,乘驴游行,在一精舍听讲经时倦然而睡,梦中遇从姑提携,科举高第,先后任丞相、御史达二十年,最后被人唤醒,方知是虚梦一场。卢子回味梦中情景,怅然叹曰:"人生荣华穷达,富贵贫贱,亦当然也。而今而后,不更求官达矣。""遂寻仙访道,绝迹人世。"③ 这些故事都沿用了梦中历尽人间繁华,醒后一无所有的套路,目的在于宣传人生如梦的意蕴。

　　法器作为道教徒施行道法时所用的道具,在唐人小说中也经常出现,从而形成了一种法器降妖模式的小说,这类小说最著名者莫过于初唐王度的《古镜记》。《古镜记》以王度的活动经历为故事走向,以古镜为中心线索,开头叙述古镜的形制来历,结尾叙述古镜离王度而去,中间描述古镜的种种异迹,构成了一个有

---

① 汪辟疆:《唐人小说》,上海古籍出版社,1978年,第90页。
② (唐)沈亚之:《秦梦记》,李时人编校:《全唐五代小说》,第865页。
③ (宋)李昉等:《太平广记》卷281,第2244页。

机的整体。其主要情节由十二个叙述古镜的神异小故事串联而成。"其文甚长，然仅缀古镜诸灵异事，犹有六朝志怪流风。"① 小说中言侯生所拿古镜乃黄帝所铸十五镜中的第八面，镜上的麒麟、龟龙凤虎、八卦、十二辰位等正是道教法镜的形制。该古镜具有一个重要的特异功能——照妖。道教认为镜子有照妖避邪、驱鬼逐怪的作用，并以之作为法器。魏晋六朝时期的道经《太清明鉴要经》《洞玄灵宝道士明镜法》就专讲镜的用法。镜的照妖作用可能源于《抱朴子内篇·登涉》："万物之老者，其精悉能假托人形，以眩惑人目而常试人，唯不能于镜中易其真形耳。是以古之入山道士，皆以明镜径九寸已上，悬于背后，则老魅不敢近人。或有来试人者，则当顾视镜中，其是仙人及山中好神者，顾镜中故如人形。若是鸟兽邪魅，则其形貌皆见镜中矣。"②《古镜记》"抑或有意综合六朝以来言镜异之说，以恢宏其文"，"古今小说纪镜异者，此为大观矣"。③ 曾经入道的唐代诗人李商隐《李肱所遗画松诗书两纸得四十韵》中云："我闻照妖镜，及与神剑锋。寓身会有地，不为凡物蒙。"说照妖镜的威力比得上神剑，不仅可以使精魅现形，而且能够直接击杀。《古镜记》中经宝镜临照的侍婢鹦鹉、芮城蛇妖、嵩山山公均现出原形受创而死。《古镜记》对唐代小说影响深远。《传奇·孙恪》所云"昔日君王携宝镜而照鹦鹉"直接引用《古镜记》故事，唐人小说以镜为题材者尤多，如张说《镜龙图记》、柳宗元《龙城录·任中宣梦水神持镜》、李肇《国史补·扬子江心镜》、皇甫枚《三水小牍·元稹烹鲤得镜》、陈翰《异闻录》所载真龙镜、苏鹗《杜阳杂编》卷上日林国仙人镜、李

---

① 鲁迅：《中国小说史略》，第45页。
② 王明：《抱朴子内篇校释》，第300页。
③ 汪辟疆：《唐人小说》，第10页。

绰《尚书故实》裴岳古镜、李濬《松窗杂录》秦淮古铜镜、王仁裕《开元天宝遗事》卷上《照病镜》、段成式《酉阳杂俎》前集卷十《物异·铁镜》等。

  投符念咒是道教基本法术之一,在唐代小说中比较常见。张读《宣室志·骆玄素》载小吏骆玄素曾向一老翁学习符咒之术,归家后"以符术行里中。常有孕妇,过期不产,玄素以符一道,令饵之,其夕即产,于儿手中得所吞之符"①。念咒也可以治病,甚至可以改变事物趋向,如张读《宣室志·王先生》载:当里中火起烧到庐舍时,有道之士王先生"厉声呼曰:'火且止!火且止!'于是火灭"②。裴铏《传奇·聂隐娘》中的聂隐娘在深山洞穴中服药一粒,身轻能飞,不仅剑术超人,还能变化多端,变为蠛蠓,钻入敌人腹中,用药化人为水而毛发不存等,这些变化之术明显出于道教之道术。

  幻化术也是道教常用法术之一,胡应麟曾言:"魏、晋好长生,故多灵变之说。"③唐五代小说这类法术不断摄入小说情节之中。《宣室志·周生》中周生能在昏暗的虚室中用数百根筷子做成梯子到天上把月亮摘下来。当中秋之夜客人们在庭院中时,"忽觉天地曛晦,仰而视之,即又无纤云。俄闻生呼曰:'某至矣'。因开其室。生曰:'月在某衣中耳,请客观焉。'因以举之,其衣中出月寸许,忽一室尽明,寒逼肌骨"④。皇甫枚《三水小牍》写樵夫侯元家道贫寒,遇到神君相助,教给他变化隐显之术,可以变化百物,驱使鬼魅,草木土石都可以被他变成武器、士兵。薛渔思《河东记》写板桥三娘子在箱中取木牛木人,耕床前一席地,

---

① (唐)张读:《宣室志》,李时人编校:《全唐五代小说》,第1987页。
② (唐)张读:《宣室志》,李时人编校:《全唐五代小说》,第1992页。
③ (明)胡应麟:《少室山房笔丛》卷29,上海书店,2001年,第283页。
④ (唐)张读:《宣室志》,李时人编校:《全唐五代小说》,第1994页。

让小木偶人种上荞麦:"须臾生,花发麦熟,令小人收割持践,可得七八升。又安置小磨子,硙成面。讫,却收木人子于箱中,即取面作烧饼数枚。"① 五代徐铉《稽神录》也载:"大梁逆旅中有客,不知所从来,恒卖皂荚百茎于世。其荚丰大,有异于常者。日获百钱,辄饮而去。有好事者,知其非常人,乃与同店而宿。及夜,穴壁窥之,方见锄治床前数尺之地,甚熟,既而出皂荚实数枚种之。少顷既生,时窥之,转复滋长。向晓,则已垂实矣。即自采掇,伐去其树,锉而焚之。及明,携之而去。自是遂出,莫知所之。"②

李复言《续玄怪录·薛伟》写一个人异化为鱼的离奇故事。肃宗乾元元年(758),蜀州青城县主簿薛伟患病昏迷二十余日,醒后自述:因为天气炎热,遂出城入山,游于江潭,心想"人浮不如鱼快也,安得摄鱼而健游乎",正在此时,鱼头人宣读河伯的诏书,允其为鱼:

听而自顾,即已鱼服矣。于是放身而游,意往斯到。波上潭底,莫不从容。三江五湖,腾跃将遍。然配留东潭,每暮必复。俄而饥甚,求食不得。循舟而行,忽见赵干垂钩,其饵芳香,心亦知戒,不觉近口。曰:"我人也,暂时为鱼,不能求食,乃吞其钩乎?"舍之而去。有顷,饥益甚。思曰:"我是官人,戏而鱼服。纵吞其钩,赵干岂煞我?固当送我归县耳。"遂吞之。赵干收纶以出。干手之将及也,伟连呼之。干不听,而以绳贯我腮,乃系于苇间。既而张弼来曰:"裴少府买鱼,须大者。"

---

① (唐)薛渔思:《河东记》,李时人编校:《全唐五代小说》,第1280页。
② (宋)徐铉:《稽神录》,中华书局,1996年,第116—117页。

干曰:"未得大鱼,有小者十余斤。"弼曰:"奉命取大鱼,安用小者?"乃自于苇间寻得伟而提之。又谓弼曰:"我是汝县主簿,化形为鱼游江,何得不拜我?"弼不听,提之而行,骂亦不已,弼终不顾。入县门,见县吏坐者弈棋,皆大声呼之,略无应者。唯笑曰:"可畏鱼,直三四斤余。"既而入阶,邹、雷方博,裴啖桃实,皆喜鱼大,促命付厨。弼言干之藏巨鱼,以小者应命。裴怒鞭之。我叫诸公曰:"我是公同官,而今见擒,竟不相舍,促杀之,仁乎哉?"大叫而泣。三君不顾,而付脍手王。士良者,方持刃,喜而投我于几上。我又叫曰:"王士良!汝是我之常使脍手也,因何杀我,何不执我白于官人?"士良若不闻者,按吾颈于砧上而斩之。彼头适落,此亦醒悟。①

这个奇异的故事,就是一场梦幻。平日作威作福的主簿在梦中化为一条大鱼,起初畅游无阻、自由自在,后来由于求食上了赵干的钓钩被捕捉,后又卖给张弼,送至于厨,放在砧板上头被砍下。其间他虽然百般提醒和辩解,但无人理睬。作者通过设想这样一个故事,让他亲身体验了人为刀俎我为鱼肉的滋味。类似的故事早在戴孚《广异记·张纵》中便已出现,"好啖脍"的晋江县县尉张纵在昏病中幻化为鱼,被渔人所获,送给县丞作脍被吃掉。

---

① (唐)李复言:《续玄怪录》,李时人编校:《全唐五代小说》,第1395—1396页。

## 第二节　道教与唐人小说的人物形象

自魏晋以来，道教神仙信仰出现了世俗化倾向，葛洪根据仙人品位不同，将仙人分为三等："上士举形升虚，谓之天仙。中士游于名山，谓之地仙。下士先死后蜕，谓之尸解仙。"① 将神仙从神秘莫测的天界拉回到了人间，把活动于人间的神仙称为地仙，其形貌完全等同于凡人。隋唐五代时期，神仙的形象更接近现实人生，当时的许多地仙、谪仙就活跃于凡人之间。如沈汾《续仙传序》所云："大哉神仙之事，灵异罕测。述云：初之修也，守一炼气，拘谨法度，孜孜辛勤，恐失于纤微。及其成也，千变万化，混迹人间，或藏山林，或游城市。其飞升者，多往海上诸山，积功已高，便为仙官，卑者犹为仙民。"②

唐人小说中许多作品都将道士作为人物形象，推动相关情节和故事的发展。薛调《无双传》写王仙客与其表妹刘无双相恋，后因兵乱而分手。无双后入宫，仙客悲痛欲绝，因访侠客古生诉其事。半年后，闻宋园陵处死了一名宫女，仙客派人往视，正是无双。夜半，古生抱无双尸至，教仙客灌注灵药，得复生，二人结为夫妇五十年。在这一故事中，有一个关键性的情节，就是古生求茅山道士之药，其药能使人停止呼吸，脉搏微弱，仿佛已死，但三天内能重新复活。古生用计处置了无双，又赎回了"尸体"，使有情人终成眷属。《玄怪录·齐推女》写李荣之妻齐推女在丈夫应试之时，因产子受恶鬼殴打致死，后在九华洞中仙官田先生的帮助下，齐推女回到人间，恶鬼受到惩处，夫妇得以团圆。《酉阳杂俎·玉格》载，晋时江东毒蛇成灾，道士吴猛欲除之，他与弟

---

① 王明：《抱朴子内篇校释》，第20页。
② （宋）张君房：《云笈七签》卷113，第2480—2481页。

子许逊一同行事,"及遇巨蛇,吴年衰,力不能制,许遂禹步敕剑登其首,斩之"。牛肃《纪闻·郗鉴》中的段碻"少好清虚,慕道,不食酒肉",年十六便"愿寻名山,访异人求道",后来成为山叟孟老的弟子,在山修道。柳珵《上清传》叙述丞相窦参家女奴上清为主洗雪冤情的故事,雪冤后,上清度为女道士。袁郊《甘泽谣·红线》中女婢红线的隐身术、飞行术,以及"额上书太一神名"都具有浓厚的道教色彩,最终红线本人功成身退,出家修道,皈依道门。

大量女仙形象的塑造是道教对唐人小说影响的另一重要表现。重视女性是道教的重要特征,在《列仙传》《神仙传》等道教神仙人物传记中就有不少女仙,陶弘景《真灵位业图》所列神仙谱系中第二"女真位"列举了西王母、魏华存等一大批女神。《太平广记》"女仙"门收录女仙故事八十六条,杜光庭《墉城集仙录》专门记载"古今女仙得道事"。道教中的这些女仙往往貌美如花、法术高超,同时具有爱恨情仇的世俗情感,但她们不用遵守人间女子的所谓妇道和男尊女卑的观念,可以大胆追求爱情和快乐。人世的快乐使得女仙难以忍耐太虚的寂寞,正所谓"常娥应悔偷灵药,碧海青天夜夜心"(李商隐《常娥》),于是,她们自愿降于下界,以配凡男。此时她们变成了活泼可爱、追欢逐乐的世间少女。《传奇·裴航》中描写女仙云英时云:"睹一女子,露裹琼英,春融雪彩,脸欺腻玉,鬓若浓云,娇而掩面蔽身,虽红兰之隐幽谷,不足比其芳丽也。"①

尤其值得注意的是,以前神话传说的女仙在唐五代小说中发生了重要变化,其人物形象日益饱满和世俗化。如织女形象在《诗经·大东》、刘向《孝子传》、《古诗十九首·迢迢牵牛星》等

---

① (唐)裴铏:《传奇》,李时人编校:《全唐五代小说》,第2168页。

古代诗文中都是以忠贞和助人著称的，但在唐人小说中，她的身上带有更浓的世俗色彩，如《灵怪集·郭翰》中写织女"久无主对，而佳期阻旷，幽态盈怀。上帝赐命游人间"，因仰慕郭翰其人，"乃携手升堂，解衣共卧。其衬体轻红绡衣，似小香囊，气盈一室。有同心龙脑之枕，覆双缕鸳文之衾。柔肌腻体，深情密态，妍艳无匹"。当郭翰关切地问"牵郎何在"，织女答曰："阴阳变化，关渠何事？且河汉隔绝，无可复知。纵复知之，不足为虑。"并笑说"天上那比人间"，要郭翰不要顾忌。① 在《太平广记》卷五十引李玫《纂异记·嵩岳嫁女》中，西王母一改《汉武内传》中威严呆板、凛然不可犯的女仙形象，在仙气中掺进了不少的凡俗之情，形象更加饱满。"在唐人的这些故事里，神仙多是作为'人'出现的，女仙则是女人；作品则着意描写人世间的关系和感情，其主旨完全是面向人间的。如此表现的神仙世界，已基本脱落了宗教的含义，而成了艺术构想的成果了。"② 在这些唐人小说中，作者更多是利用人们熟悉的神话传说中的人物形象来拉近与读者的距离，他们本身的神性和超凡脱俗的特征已慢慢褪去，只不过是道教话语环境中现实社会某些大胆追求情爱之女性的投射。

与女仙相似的还有女妖。古代小说中狐在女妖中颇为常见，纪昀曾言："人物异类，狐则在人物之间；幽明异路，狐则在幽明之间；仙妖异途，狐则在仙妖之间。"③ 最早从人性角度写狐妖的小说应是沈既济的《任氏传》。小说开头便交代说："任氏，女妖也。"她与"贫无家"的郑六相遇后，两情相悦，当郑六得知任氏为狐后仍坦然相悦，立誓赌咒，并不因她是狐妖而嫌弃，使得任

---

① （唐）张荐：《灵怪集》，李时人编校：《全唐五代小说》，第684页。
② 孙昌武：《道教与唐代文学》，第301页。
③ （清）纪昀：《阅微草堂笔记》卷10，上海古籍出版社，1980年，第216页。

氏"愿终已以奉巾栉",与郑六同居。后纨绔子弟韦崟惊其艳丽,欲行不轨,遭到任氏力拒,韦崟为任氏对郑六之忠贞所感,"敛衽而谢"。后来,郑六被授予槐里府果毅尉,"将之官,邀与任氏俱去",任氏预知此去有祸,但多方推诿不得,终在马嵬驿遇猎犬而死。结尾作者感言:"嗟乎,异物之情也有人道焉!遇暴不失节,徇人以至死,虽今妇人,有不如者矣。"① 作品描写了一个由狐狸幻化的女子任氏忠于爱情、不畏强暴的故事,塑造了一个聪明美丽、坚贞多情的狐妖形象。

唐玄宗是唐代著名的崇道皇帝,对道教神仙之术非常痴迷,因而成为唐五代道教小说中的典型人物。《玄怪录·开元明皇幸广陵》中记载:

开元十八年正月望夕,帝谓叶仙师曰:"四方之盛,陈于此夕。师知何处极丽?"对曰:"灯烛华丽,百戏陈设,士女争妍,粉黛相染,天下无逾于广陵矣。"帝曰:"何术可使吾一观之?"师曰:"侍御皆可,何独陛下乎?"俄而虹桥起于殿前,板阁架虚,阑栏楯若画。师奏:"桥成,请行,但无回顾而已。"于是帝步而上之,太真及侍臣高力士、黄旛绰、乐官数十人从行,步步渐高,若造云中。②

上述内容主要记述了唐玄宗请道士叶仙师作法术,并和侍臣等数十人一同游广陵仙境之事。《龙城录·明皇梦游广寒宫》中则

---

① (唐)沈既济:《任氏传》,李时人编校:《全唐五代小说》,第672页。
② (唐)牛僧孺:《玄怪录》,李时人编校:《全唐五代小说》,第1086—1087页。

讲述玄宗梦到自己请申天师、道士鸿都客作法同游广寒宫:"其间见有仙人道士,乘云驾鹤,往来若游戏。少焉,步向前,觉翠色冷光,相射目眩,极寒不可进。下见有素娥十余人,皆皓衣乘白鸾往来,舞笑于广陵大桂树之下。又听乐音嘈杂,亦甚清丽。上皇素解音律,熟览而意已传。"玄宗醒后,细味梦中舞曲,将其编律成音,成为《霓裳羽衣舞》。这则故事在郑处诲《明皇杂录》和郑綮《开天传信记》中均有记载。但在《逸史》中变为罗公远导引唐玄宗游月宫了:"罗公远八月十五日夜,侍明皇于宫中玩月。公远曰:'陛下莫要月宫中看否?'帝唯之。乃以挂杖向空掷之,化为大桥,桥道如银。与明皇升桥,行若十数里,精光夺目,寒色侵人,遂至大城。公远曰:'此月宫也。'见仙女数百,皆素练霓衣,舞于广庭。上问其曲名,曰:'《霓裳羽衣》也。'乃密记其声调,旋为冷气所逼,遂复蹑银桥回,返顾银桥,随步而灭。"①又《开元天宝遗事·游仙枕》载:"龟兹国进奉枕一枚,其色如玛瑙,温温如玉,其制作甚朴素。若枕之,则十洲三岛、四海五湖尽在梦中所见。帝因立名为'游仙枕',后赐与杨国忠。"②此枕犹如《枕中记》的青瓷枕,枕而入梦,梦中仙境浮现,与神仙交游,这不仅说明唐玄宗对该枕的喜爱,而且也表现了他对道教相关传说的熟悉。

唐五代社会其他阶层中的道教信徒也成为小说中塑造的典型人物。如李繁《邺侯外传》中的李泌是玄宗、肃宗、代宗、德宗四朝的"畸人",德宗时,官至宰相,封邺县侯,世人因称李邺侯。他爱好神仙,能在乱世之中用事朝堂,熟谙韬光养晦之道而

---

① (唐)卢肇:《逸史》,李时人编校:《全唐五代小说》,第1881—1882页。
② (五代)王仁裕:《开元天宝遗事》,中华书局,2006年,第14—15页。

避祸全身。小说中记述他应仙灵之命出世:李泌还未出生时,就显示出了种种灵异。甚至有道士断言:"年十五必白日升天。"年轻时"游衡山、嵩山,因遇神仙桓真人,羡门子、安期先生降之,羽车幢节流云神光照灼山谷。将曙乃去,仍授以长生、羽化、服饵之道,且戒之曰:'太上有命,以国祚中危,朝廷多难,宜以文武之道佐佑人主,功及生灵,然后可登真脱屣耳'"。说明李泌早年有过进山修道的经历。此后,李泌"多绝粒咽气,修黄光谷神之要"。在衡山期间,正式接受道箓而遁入道门,"泌自丁家艰,无复名宦之冀。服气修道,周游名山,诣南岳张先生受箓,德宗追谥张为玄和先生"。关于李泌去世之后的情况,小说最后云:"是岁三月薨,赠太子太傅。是月,中使林远于蓝关逆旅遇泌,单骑常服,言暂往衡山。话四朝之重遇,惨然久之而别。远到长安,方闻其薨。"① 这说明当时的人们相信他死后成仙了。这部小说虽然情节荒诞,但蕴含的政治意义显而易见,那就是将李泌当成神仙,试图寄托挽救危局的愿望,为李唐王朝复兴制造舆论。李复言《续玄怪录》中的杜子春、陈翰《异闻集》中的仆仆先生、谷神子《博异志》中的阴隐客、皇甫氏《原化记》中的采药民、戴孚《广异记》中的麻阳村人、李隐《潇湘录》中的益州父老、薛用弱《集异记》中的李清、段成式《酉阳杂俎》中的卢山人、张读《宣室志》中的章全素等社会下层人物;王仁裕《玉堂闲话》中的颜真卿、康骈《剧谈录》中的严士则、苏鹗《杜阳杂编》中的元藏几、牛僧孺《玄怪录》中的李绅等中层官僚和富商,他们大多身怀绝技,崇信道教,其趣闻逸事足以骇人听闻。因此,文人大加搜罗和润饰,不仅使这些具有特异功能的人物进入神仙队

---

① (唐)佚名:《邺侯外传》,李时人编校:《全唐五代小说》,第2616—2626页。

伍，而且使得传奇更加生动，从而增加了其传播的速度和广度。

## 第三节　道教与唐人小说的时空建构

在道教的观念中，时间、空间是可以通过一定的方式发生转换的，这种转换极大地丰富了人的想象力。在这种思维模式的驱使下，时空观念的任意建立往往让现实中的困难可以轻易克服，人的欲望得到无限满足。在道教思想的影响下，以"游仙"的方式促使人间和仙境的时空互换，从而建构了唐人小说中故事发生的舞台和环境。仙境是道教对理想世界的构想。"对神和仙及其统治的神仙世界的信仰和向往，乃是道教信仰的基础……自然是道教徒不容惑疑的根本教义。"[①] 由于道教的宗教精神具有强烈的生命意识，主要关注今生现世，具有强烈的此岸品格，所以仙境在道教不断发展过程中最重要的特征就是其与人境的同构与变异，来自人间又超越现世，凡人可以通过某些方式进入仙境。人境与仙境之间并非是鸿沟，而是可以填平和沟通。道教的理想世界可以说是一种此岸化的仙境。葛洪《抱朴子内篇·金丹》将中国境内的二十八座名山指认为"正神在其山中"的仙山。南北朝时期，随着上清、灵宝等道派的兴起，仙境进一步被落实到人间，出现了洞天福地的仙境格局。司马承祯《天地宫府图》中将仙境分为十大洞天、三十六小洞天和七十二福地，杜光庭《洞天福地岳渎名山记》对洞天福地的格局进行了系统整理和进一步完善，洞天福地这一人间仙境在道教信仰中逐渐取得了中心地位，围绕这一独具特色的道教思想形成了许多以凡人游历仙境为中心情节的唐人小说。

---

① 李养正：《道教概说》，中华书局，1989年，第237页。

## 第十二章 道教与唐人小说、辞赋

根据凡人进入仙境的方式不同，大致可分为误入仙境、被神仙引入仙境、访道进入仙境和梦入仙境等类型。在此类小说中，洞穴通常是其通道。《太平广记》卷二五《采药民》描写初入山洞一段云："忽旁见一穴，既入，稍大，渐渐匍匐，可数十步，前视，如有明状。寻之而行，一里余，此穴渐高，绕穴行可一里许，乃出一洞口。洞上有水，阔数十步。岸上见有数十人家村落，桑柘花物草木，如二三月中，有人男女衣服，不似今人，耕夫钓童，往往相遇。"① 与污浊的人间相对的洞穴另一端则是尽善尽美的理想世界，其绘制方法与陶渊明《桃花源记》异曲同工。卢肇《逸史·崔生》写书生崔伟因所乘之驴乱跑而进入山洞，洞中别有天地，接着是仙人款待崔伟，将其女嫁于崔伟，并赠予仙药令其服用，情节与《幽明录·刘晨阮肇》类同。后崔伟思乡，道士便给他一道隐形符令他回家。仗着隐形符，崔伟竟肆无忌惮地进入宫禁，并偷拿东西，终被罗公远所捉，在要被"笞死"时发仙翁之符，制服了罗公远而免祸，最后崔伟之妇以领巾作五彩桥度他成仙。薛渔思《原化记·陆生》误入仙境的原因也是"驴忽惊跃，断缰而走"，陆生追驴至一茅斋前，见茅斋前有葡萄架，其驴系在树下，陆生遂即叩门，良久，见一老人开门，后被老人引入仙境。陆生在神仙洞府中饮酒作乐，在辞行时，老人曰："授学师资之礼，合献一女。度君无因而得，今授君一术求之。"仙人派遣他去人间寻找此女，"生不知公卿第宅，已入数家，皆无女，而人亦无见其形者"。后陆生误入户部王侍郎宅，进入闺阁，正看到了一个女郎对着镜子梳妆，陆生就把竹杖扔到床上，拉着女郎就走。待到下台阶时回头一看，只见那竹杖已经变成了女郎的形体，僵卧在床上，全家人惊呼："小娘子卒亡！"当时道士叶天师在朝中，

---

① （宋）李昉等：《太平广记》卷25，第164页。

王侍郎速派人邀他屈驾光临，后陆生被叶天师抓获，最终在押送途中被仙人所救。①《疑仙传·刘简》写的则是好道的刘简在八公山遇到了仙人虚无子，并被虚无子带进仙境获得仙草种子，离开仙境回来后种植仙草，服之成仙。《博异志·阴隐客》讲述阴隐客凿井穿地穴进入地下仙境的故事，其中对不同层次仙境的描写与道教洞天福地的构架十分相似。

  山中仙境的描写最为独特的应属牛僧孺《玄怪录·柳归舜》："大风吹至君山下。因维舟登岸，寻小径，不觉行四五里，兴酣，逾越溪涧，不由径路。忽道傍有一大石，表里洞彻，圆而砥平，周匝六七亩，其外尽生翠竹，圆大如盎，高百余尺，叶曳白云，森罗映天，清风徐吹，戛为丝竹音。石中央又生一树，高百尺，条干偃阴，为五色。翠叶如盘，花径尺余，色深碧，蕊深红，异香成烟，箸物霏霏。有鹦鹉数千，丹嘴翠衣，尾长二三尺，翱翔其间，相呼姓字，音旨清越。有名'武游郎'者，有名'阿苏儿'者，有名'武仙郎'者，有名'自在先生'者，有名'踏莲露'者，有名'凤花台'者，有名'戴蝉儿'者，有名'多花子'者。"② 这里描绘了一个如诗如画的梦幻境界，所有的景物都是清亮奇妙，但有如隔着一层轻烟看到的世界，有缥缈灵动的韵致。作者以卓异超凡的才思与想象，清雅别致的情趣与品性，以及飘逸的辞章与文采，创造了一个奇幻优美的妙境。《太平广记·张老》篇中的张家庄也是一处山中仙境："初上一山，山下有水，过水连绵凡十余处，景色渐异，不与人间同。忽下一山，见水北朱户甲第，楼阁参差，花木繁荣，烟云鲜媚，鸾鹤孔雀，徊翔其间，

---

① （宋）李昉等：《太平广记》卷72，第448—449页。
② （唐）牛僧孺：《玄怪录》，李时人编校：《全唐五代小说》，第1052页。

歌管嘹亮耳目。"①《太平广记》卷五十《嵩岳嫁女》则写儒生田璆、邓韶于中秋节晚上被仙人卫符卿、李八百请到嵩山为山神嫁女做司仪,二人进入仙境时:"有异香迎前而来,则豁然真境矣。泉瀑交流,松桂夹道,奇花异草,照烛如昼,好鸟腾骞,和月阒。"② 这里对仙境自然景物的描写更加细致和生动,从味、色、光、声、形入手,对仙境进行了立体式的描绘,加强了典型环境的逼真性与仙气弥漫的氛围。

海岛也是道教仙境观念的理想之地。苏鹗《杜阳编·元藏几》载,隋大业元年(605),充任海判官的元藏几在海上遇到大风,船只毁坏,被海浪漂至名叫"沧浪洲"的海岛上,"其洲方千里,花木常如二三月,地土宜五谷,人多不死……所居或金阙银台,玉楼紫阁,奏箫韶之乐,饮香雾之醑"③。这个"沧浪洲"是个不死之国、神仙国度,其原型当是《十洲记·聚窟洲》所附"沧海岛"。裴铏《传奇·元柳二公》也写仙人自海岛将出的情景:"忽睹海面上有巨兽,出首四顾,若有察听,牙森剑戟,目闪电光,良久而没。逡巡,复有紫云自海面而涌出,漫衍数百步,中有五色大芙蓉,高百余尺,叶叶而绽,内有帐幄,若绣绮错杂,耀夺人眼。又见虹桥忽展,直抵于岛上。俄有双鬟侍女,捧玉合,持金炉,自莲叶而来天尊所,易其残烬,炷以异香。"④ 这些仙境往往以道教神仙洞府的幻想为基础,将理想社会的图景进行富有想象力的勾画,那里气候四时如春,人们熙熙而乐,生活和睦幸福,寿命长久,仙兽珍禽、琼楼玉宇,应有尽有。

---

① (宋)李昉等:《太平广记》卷16,第113页。
② (宋)李昉等:《太平广记》卷50,第309页。
③ (唐)苏鹗:《杜阳编》,李时人编校:《全唐五代小说》,第4326—4327页。
④ (唐)裴铏:《传奇》,李时人编校:《全唐五代小说》,第2148页。

人间仙境也可以隐于市朝。《玄怪录·裴谌》载：裴谌在白鹿山修炼成仙后，于高邮舟中见到奉使淮南、时任大理评事的故人王敬伯，裴谌告诉他，自己在广陵（今江苏扬州）青园桥东有一宅，关于这个神仙宅的描写，小说中云：

> 敬伯到广陵十余日，事少闲，思谌言，因出寻之。果有车门，试问之，乃裴宅也。人引以入，初尚荒凉，移步愈佳。行数百步，方及大门，楼阁重复，花木鲜秀，似非人境。烟翠葱茏，景色妍媚，不可形状。香风飒来，神清气爽，飘飘然有凌云之意，不复以使车为重，视其身若腐鼠，视其徒若蝼蚁。既而稍闻剑佩之声，二青衣出曰："阿郎来。"俄有一人，衣冠伟然，仪貌奇丽。敬伯前拜，视之乃谌也。裴慰之曰："尘界仕宦，久食腥膻，愁欲之火，焰于心中，负之而行，固甚劳困。"遂揖以入，坐于中堂。窗户栋梁，饰以异宝，屏帐皆画云鹤。有顷，四青衣捧碧玉台盘而至，器物珍异，皆非人世所有，香醪嘉馔，目所未窥。既而日将暮，命其促席，燃九光之灯，光华满坐。女乐二十人，皆绝代之色，列坐其前。①

小说中的宅第当然是作者幻设的"非人境"神仙洞府，环境之美丽、器皿之珍贵、女子之绝色，"非人间所有"。刚刚嘲讽裴谌"抛掷名宦而无成"的王敬伯也飘飘然有凌云之意，感喟自身的俗恶。

---

① （唐）牛僧孺：《玄怪录》，李时人编校：《全唐五代小说》，第1032—1033页。

幻化出来的仙境相当一部分来自道教的壶天观念。葛洪《神仙传》"壶公"条载，壶公卖药于市，"常悬一空壶于坐上，日入之后，公辄转足跳入壶中，人莫知所在"，其实壶中别有洞天，"但见楼观五色重门阁道"①。《云笈七签》卷二十八载："（施存）学大丹之道……常悬一壶如五升器大，变化为天地，中有日月如世间。夜宿其内，自号'壶天'，人谓曰'壶公'。"②壶天传说的空间幻想直接启发了唐人小说中神奇的仙境故事。皇甫氏《原化记》中的潘老人能够于空室中幻化出异常华丽的茵褥翠幕和丰盛的宴席，然后用拳头大的宝葫芦，把幻化出的"床席帐幕，凡是用度，悉纳其中"③。沈既济《枕中记》中吕翁授予卢生的枕两端有两窍，其中大有乾坤："其枕青瓷，而窍其两端。生俯首就之，见其窍渐大，明朗。乃举身而入。"④《玄怪录·巴邛人》中的仙境隐于橘中："因霜后，诸橘尽收，余有两大橘，如三斗盎。巴人异之，即令攀摘，轻重亦如常橘。剖开，每橘有二老叟，鬓眉皤然，肌体红润，皆相对象戏，身长尺余，谈笑自若。剖开后，亦不惊怖，但相与决赌。"⑤《玄怪录·张左》记载了耳中仙境的故事：占卜老者告诉张佐，他的前身是薛君曹，喜欢服食求仙。一日，高二三寸的两小童，自君曹耳中驾小车而出，自称从兜玄国来，兜玄国就在小童耳中，遂邀张佐共游兜玄国，"一童因倾耳示君曹。君曹觇之，乃别有天地，花卉繁茂，薨栋连接，清泉翠竹，萦绕香甸。因扪耳投之，已至一都会，城池楼堞，穷极瑰丽"⑥。君曹

---

① （晋）葛洪撰，胡守为校释：《神仙传校释》，中华书局，2010年，第307页。
② （宋）张君房：《云笈七签》卷28，第643页。
③ （宋）李昉等：《太平广记》卷75，第470页。
④ （唐）沈既济：《枕中记》，李时人编校：《全唐五代小说》，第676页。
⑤ （唐）牛僧孺：《玄怪录》，李时人编校：《全唐五代小说》，第1112页。
⑥ （唐）牛僧孺：《玄怪录》，李时人编校：《全唐五代小说》，第1094页。

在此拜见了仙尊蒙玄真伯，遇到了许多仙人，后忽然思乡，赋诗以示童子，童子将他送归人间。君曹在兜玄国数月而人间已经过去七八年了。

唐人小说在幻化空间的同时，对时间也进行大胆的变异。在六朝志怪小说中已有幻想仙凡两界时间逆差的描写，最著名的是刘义庆《幽明录》中刘晨阮肇入天台山之事，他们在天台山仅仅生活了半年，回到人间后见到的已是七世孙，其间相距三百余年。这种仙凡时间变异在唐人小说中十分常见，薛用弱《集异记·李清》载：李清是一染匠，"少学道，多延齐鲁之术士道流，必诚敬接奉之，终无所遇，而勤求之意弥切"。在六十九岁生日那天，乘筐下到云门山顶的裂豁，沿谷底进入一个"山川景象，云烟草树，宛非人世"的仙境，并在一处高台上的庄严殿宇中见到了一群神仙。只因他不听神仙劝告，推开殿堂北扉，望见青州，不得不返回人间。他在此处仅停留了不到半天，可回到老家时，"屋室树木，人民服用，已尽改变。独行尽日，更无一人相识者。即诣故居，朝来之大宅宏门，改张新旧，曾无仿像"[1]。见到的只是家道沦落的子孙，才知道自己由隋朝开皇四年（584）入山，而今已是唐高宗永徽元年（650），时间已过了近七十年。《传奇·元柳二公》中，元彻、柳实与玉虚尊师和南溟夫人相会一日，人间已逾十二载。郑还古《博异志·阴隐客》写阴隐客凿井从石穴中进入了仙境，随后仙人用"通天关钥匙"送其回家，"来此虽顷刻，已人间数十年矣"[2]。皇甫氏《原化记·采药民》写采药民因挖薯药根而落入深洞仙境，一年后的一天夜中，忽然感叹道："吾今虽得

---

[1] （唐）薛用弱：《集异记》，李时人编校：《全唐五代小说》，第984—986页。

[2] （唐）郑还古：《博异志》，李时人编校：《全唐五代小说》，第1210页。

道,本偶来此耳。来时妻产一女,才经数日,家贫,不知复如何?思往一省之。"回家后,同样出现了仙境与人间的时间对比,在仙境才"可一岁余",而人间已"至今九十年矣"。①《枕中记》写卢生在梦中娶妻、及第、升官,荣盛显赫五十年,醒来主人蒸黍未熟。《南柯太守传》也是将漫长的人生压缩为片刻一梦中。如此的时间处理,揭示出人生如梦的道教旨趣。

唐五代小说中还通过异代并置的方式变换时间,具有浓厚的穿越意味。《广异记·徐福》中有唐开元中士人为治身疾,去海上寻仙,竟遇秦时方士徐福,为其所治愈并得仙药。《嵩岳嫁女》将各个不同时代的历史人物和仙人(如西王母、周穆王、唐玄宗等)糅合在一起。《周秦行记》中,汉文帝的母亲薄太后、汉元帝的妃子王昭君、汉高祖的妃子戚夫人、唐玄宗的妃子杨贵妃、宋文帝的妃子潘淑妃等与主人公尽情欢乐。《秦梦记》中,作者沈亚之续娶秦穆公之女弄玉。

综之,道教的仙怪故事和神话传说为唐五代小说的创作提供了丰富素材和写作基础,激发了小说作者的想象力,给他们提供了更为广阔的想象空间,他们据此进行了别出心裁的艺术构思,生成了许多生动精彩、独具风格的佳作,这些作品无论是在故事情节设置、人物形象塑造、环境场景的构建上,还是在语言文辞、修辞手法运用等艺术技巧方面,都有许多值得称道之处,它们对后世的神仙道化剧、神魔小说等叙事文学创作产生了较为深远的影响。

---

① (唐)皇甫氏:《原化记》,李时人编校:《全唐五代小说》,第2644—2646页。

## 第四节　道教与唐五代文人仙道辞赋

辞赋是我国特有的文学体式，滥觞于先秦，定名于荀况，由楚辞衍化而来，盛于两汉。汉赋中不少作品涉及道教神仙内容，如司马相如《大人赋》，扬雄《甘泉赋》《羽猎赋》《太玄赋》，桓谭《仙赋》，班彪《幽通赋》，冯衍《显志赋》，傅毅《洛都赋》，班固《两都赋》，张衡《思玄赋》《二京赋》，王粲《白鹤赋》，等等。尤其是桓谭的《仙赋》通篇围绕神仙展开，可视为我国古代第一篇仙道辞赋。

唐代崇道，仙道赋数量增多。宋初李昉等编《文苑英华》收赋150卷，计43目，卷一百二十五"道释"收唐赋10篇，其中仙道赋8篇。清代陈元龙编纂《历代赋汇》，将赋划分为38类，其中第24类为"仙释"，收录仙道赋41篇，属于唐代的14篇。分别为纥干俞《列子御风赋》、吕铸《玉书赋》、张仲素《穆天子宴瑶池赋》、白居易《求玄珠赋》、赵宇《求玄珠赋》、薛逢《凿混沌赋》、沈亚之《梦游仙赋（并序）》、王延龄《梦游仙庭赋》、独孤及《梦远游赋（并序）》、谢观《恍惚中有象赋》、黄滔《白日上升赋》、王棨《玄宗幸西凉府观灯赋》与《诏遣轩辕先生归罗浮旧山赋》、佚名《鹤归华表赋》。其实，唐代文人的仙道赋不止于此，王勃《江曲孤凫赋》、李白《大鹏赋》等均应纳入。

纥干俞《列子御风赋》主要描写列子御风的情景："美夫应彼飘举，随乎屈伸。如假羽翼，回离埃尘。必俟乎转绿蕙，摇青蘋。穆以绝俗，清乎便人。摩九霄以骋望，遵一气而游神。"① 列子是先秦道家的代表人物之一，他终生潜心修道，能够御风而行。《庄

---

① （清）董诰等：《全唐文》卷723，第7437页。

子·逍遥游》云:"夫列子御风而行,泠然善也。"① 《列子·黄帝》亦云:"心凝形释,骨肉都融;不觉形之所倚,足之所履,随风东西,犹木叶干壳。竟不知风乘我邪?我乘风乎?"② 此后,往往以列子御风象征无拘无束、自由自在的人生状态。本篇也不离此旨,正如结尾所言:"想乎上下无间,乘凌有托。既冲天而轻举,亦观徼而惟寞。鄙箫史兰台之凤,轶王子缑山之鹤。道之云远,将自保于逍遥;时不再来,因以翔于寥廓。"③

黄滔《白日上升赋》虽然认为"较美古今,列子之乘风固劣。论功昼夜,姮娥之奔月非优",但仍详尽描写了修道成仙之人"一朝轻举"的飞升情景:

> 当其瑞景融融,圆虚碧穹,有烟霞兮蓊郁数处,有鸾凤兮盘旋半空。竞瞩尘眼,谁原道风?俄然乘轩后之龙,朝辞水上;忽尔控王乔之鹤,昼入云中。灭没孤飞,飘飘莫驻。数声如触于琼佩,一片渐高于彩雾。何门积学,换俗骨以轻轻;此日登真,蹑瑶池而步步。④

黄滔(840—911),字文江,莆田县(今属福建)人,乾宁二年(895)进士。上引作品描写飞仙"登真"之理想境界、阐发议论的同时,也抒发了求仙学道的决心:"爰脱屣于方厚,骤致身于苍昊。盖以研炼斯至,嚣烦克扫。愚将蹈妙域以叩元关,学取上

---

① (东晋)郭象注:《庄子》,第5页。
② 严北溟、严捷译注:《列子译注》,上海古籍出版社,1986年,第30—31页。
③ (清)董诰等:《全唐文》卷723,第7438页。
④ (清)董诰等:《全唐文》卷822,第8668页。

升之道。"①

　　道教以得道成仙为终极目标，轻举飞升是实现这个目标的最后一环，也是道教徒最期待和坚持不懈进行修炼的归宿。因此，像飞鸟一样在天空自由翱翔成了他们的迫切愿望。这一现象早在《庄子·逍遥游》中就有精彩呈现，唐代仙道赋中也有一些作品对其进行书写，其中最著名的是李白的《大鹏赋》。开元十三年（725），二十五岁的李白开始仗剑去国，辞亲远游。经巴渝，出三峡，抵江陵。在江陵，李白碰到了途经此地的著名道士司马承祯，司马承祯见到李白风神特异，与众不同，便大加赞赏。于是李白将自己喻为《庄子·逍遥游》中的"大鹏"，将司马承祯比作《神异经》中的昆仑山希有鸟，作《大鹏遇希有鸟赋》，后改为《大鹏赋》，其序中云："予昔于江陵见天台司马子微，谓予有仙风道骨，可与神游八级之表，因著《大鹏遇希有鸟赋》以自广。此赋已传于世，往往人间见之。"②魏颢《李翰林集序》甚至云："《大鹏赋》时家藏一本。"③可见其流传之广。

　　从内容上看，《大鹏赋》具有浓重的道家思想色彩。大鹏的形象，在庄子寓言中诞生，在李白赋中完成。从此，大鹏作为一个壮志凌云、搏击万里的巨大形象，彪炳于文学史册。大鹏"其动也神应，其行也道俱""盖乃造化之所为"，具有"怒而不搏，雄而不争"的道家品格。赋中李白对庄子赞赏曰："南华老仙，发天机于漆园；吐峥嵘之高论，开浩荡之奇言。"庄子赋予了大鹏"绝云气，负青天"、至大至刚的文化内涵，其宏大气魄与李白的浪漫个性非常契合。大鹏之形、气、神，已深深植根于李白的精神世

---

①（清）董诰等：《全唐文》卷822，第8669页。
②（清）董诰等：《全唐文》卷347，第3523页。
③（清）董诰等：《全唐文》卷373，第3798页。

界，成为象征体。李白"物化"大鹏，使其更趋于文学化、人格化：

> 脱鬐鬣于海岛，张羽毛于天门，刷渤澥之春流，晞扶桑之朝暾。炟赫乎宇宙，凭陵乎昆仑。一鼓一舞，烟蒙沙昏。五岳为之震荡，百川为之崩奔。尔乃蹶厚地，摩太清，亘层霄，突重溟。激三千以崛起，搏九万而迅征。背岌太山之崔嵬，翼举长云之纵横。①

李白笔下的大鹏是道气仙质的载体，具有睥睨天下、一往无前的气势和精神取向，用以自比，寄托了远大的志向。祝尧《古赋辨体》云："太白盖以鹏自比，而以希有鸟比司马子微。赋家宏衍巨丽之体，楚《骚》《远游》等作已然，司马、班、扬犹尚此。此显出《庄子》寓言，本自宏阔，太白又以豪气雄文发之，事与辞称，俊迈飘逸，去《骚》颇近。"②《大鹏赋》继承了庄子、屈原浪漫手法及扬雄、司马相如、班固、张衡排比铺陈的文风，以丰富的想象、大胆的夸张、优美的语言把大鹏描画得生动形象、雄奇有力，充分表现出了受道教文化影响的李白所特有的自信乐观格调和飘逸豪放之美。

王勃《江曲孤凫赋》以"孤凫"自喻："灵凤翔兮千仞，大鹏飞兮六月。虽凭力而易举，终候时而难发。不如深泽之鸟焉，顺归潮而出没。迹已存于江汉，心非系于城阙。呋红藻，翻碧莲。刷雾露，栖云烟。迫之则隐，驯之则前。去就无失，浮沉自然。尔

---

① （清）董诰等：《全唐文》卷347，第3523页。
② （元）祝尧：《古赋辨体》卷7，《文津阁四库全书》集部第457册，商务印书馆，2005年，第85页。

乃忘机绝虑,怀声弄影。乘骇浪而神惊,漾澄澜而趣静。耻园鸡之恋促,悲塞鸿之赴永。知动息而多方,屡沿洄而自省。故其独泛单宿,全真远致。反复幽溪,淹留胜地。伤云雁之婴缴,惧泉鱼之受饵。甘辞稻粱之惠焉,而全饮啄之志也。"[1] 此赋作于高宗总章二年(669),当时作者二十岁,因戏为《檄英王鸡》文被逐出王府。在简短的篇幅中屡次用及"自然""忘机绝虑""全真远致"等包含鲜明道家色彩的语汇,其思想核心源于道家"道法自然"(《老子》第25章)、"其精甚真"(《老子》第21章)、"全真"(《庄子·盗跖》)、"谨守而勿失,是谓反其真"(《庄子·秋水》)无为、清静的哲学观。作品字字句句以孤凫自况,借物咏情,期望像凫鸟一样,走出心灵的樊笼,优游自在,翱翔宇宙,表达了甘于淡泊、忘怀世俗、与世无争的隐逸之志。

《鹤归华表赋》中的作者化身为一只仙鹤,这只鹤非同一般,他虽然实现了荣登仙界的理想,但他却更加思念家乡和亲人,当他真正回到梦寐以求的家乡时,却早已是物是人非:"既而人事难寻,俄成古今。野径榛乱,烟墟草深。岐路之黄埃不已,桑榆之白日空沉。眷恋无穷,谁识孤高之貌;悲伤莫测,空闻嘹唳之音。至若似带烟霞,情深恨赊。"[2] 这篇赋作的题目和写作模式与丁令威化鹤传说甚是相似,在某种意义上说,是这一道教故事的赋体化。《搜神后记》卷一载:"丁令威,本辽东人,学道于灵虚山。后化鹤归辽,集城门华表柱。时有少年举弓欲射之,鹤乃飞,徘徊空中而言曰:'有鸟有鸟丁令威,去家千年今始归。城郭如故人民非,何不学仙冢累累!'遂高上冲天。"[3] 只不过赋中劝人学仙之

---

[1] (清)董诰等:《全唐文》卷177,第1805—1806页。
[2] (清)董诰等:《全唐文》卷762,第7917页。
[3] (晋)陶渊明:《搜神后记》卷1,中华书局,1985年,第13页。

意明显减弱,"人"的思想情感更加强烈,充满了悲苦、凄惨之情。李调元《赋话》评价其为"通篇情致苍凉,雅与题称"①。

仙道赋多游仙题材,通过"游仙"来描绘仙境。这类作品滥觞于屈原的《远游》,或神游天界,或梦见异境。唐人游仙类赋体主要以"梦游"的方式呈现。如沈亚之《梦游仙赋》、王延龄《梦游仙庭赋》、独孤及《梦远游赋》等。沈亚之《梦游仙赋》序云:"余昔夜梦寓游一方,乐态甚适。觉而作赋,题之《梦游仙》。"其辞曰:

> 杳漠漠兮升绝垠,云蛩九天兮越崇门。星靸晓以澹白,澜咽潾于锦砾。石榴笑而织娥喜,阍导余而就将止。袭烈蕙之芳风,送丽音于辽耳。目恣迈而多适,吾超超其乐此。银墉兮桂箱,差瑶踏兮上玉堂。卷红幕兮发绣户,中有人兮结清处。语嫣延兮情绰撱,命余荫于兰之厦。回秾颜以一顾,矕娇眸而融冶。烟津兮玉盘,火桂兮炮鸾。鼎娥司味和苦酸,嬴吹既调夏湘弦。合吾饮食兮乐吾后园。乃称诗曰:白日低兮春塘满,红华芬兮草芽短。菱结带兮荇含丝,设邀游兮遵佳期。又诗曰:秾光醉兮昏绵绵,焉与久兮乐万年。春留连兮其未央,吐芳意于荃言。忽发寤以无睹,魂迷念兮情率。既谅人生之皆梦,孰云夕非而昼是。驰咏想之悠悠兮,轴吾情于万里。②

作者开篇点题,在天亮前由仙人引导进入仙境,接着以简练而又华丽的语言铺陈仙境的美丽,先从触觉、视觉、听觉等方面

---

① (清)李调元:《赋话》,第32页,中华书局,1985年。
② (清)董诰等:《全唐文》卷734,第7573页。

描写百花争艳、风和煦暖、仙乐缥缈、富丽堂皇的游仙环境。之后将重心聚焦于仙女身上,其闺阁之香艳、语气之含情、容貌之秾丽、回眸之融冶写得生动形象、跃然纸上。继而从饮食和音乐两方面展示仙女高超的才艺,又以二诗表达游仙主体的乐此不疲、流连忘返之情。梦醒之后,感叹人生如梦的同时,对梦中游仙之事仍回味无穷,念念不忘。就艺术特点而言,具有模仿骚体赋的痕迹,用"兮"字句式,结尾有赋诗,颇似《离骚》等楚辞作品。王延龄《梦游仙庭赋》写作特点和结构模式与此相似,只是句式更加灵活,三言、四言、六言、散体、骚体句式交替使用。

独孤及《梦远游赋》虽也涉及梦中仙境,但主要是围绕"我"的困惑展开,以"人"的生存、生命状态为中心。其序言首先引述老子之言"吾所以有大患者,为吾有身"(《道德经》第十三章)来说明自己不能"逃形于声名之缰索,脱屣于冠冕之笼槛"的原因。面对污浊的尘世,"吾始未知六合揪隘之若此,孰与吾兮远游?岂无太清之路兮,夫何漫漫而迢递"①?颇有屈原"众人皆醉我独醒","路漫漫其修远兮,吾将上下而求索"的意味。因此,作者寄望于梦中神游仙境,借助仙人之口表达欲逃离现实的想法,结尾发出"优哉游哉,聊以穷年"的感喟。

张仲素《穆天子宴瑶池赋》虽不以"游仙"命题,但思想内容却也主要描写神游仙境,恍然如梦,只不过是以第三人称穆天子的视角写作而已。"绛宫元圃,异故乡之楼台;凤舞鸾歌,胜至乐之韶濩。澄光渺弥,极望瑶池。湛水容之漫㳽,荡日采以参差。远近洲沚,骈罗羽仪。荡荡五云,冒芝田而不散;翩翩三鸟,拂珠树以相随。金液是尝,玉杯是挹。桃杏之花竞秀,蓬瀛之侣遥集。游仙可恋,觉天路之日长;惟帝念归,惧人间之景急。嗟乎!

---

① (清)董诰等:《全唐文》卷384,第3900页。

道不可测，理难具形。且复淫神之与骄志，啄腐之与吞腥。固不可以长游仙境，久会众灵。于是回轻轩，反飞鞚。却瞻辽廓而无见，尚闻箫鼓之余弄。虽周文之歌镐燕，且异寻仙；秦穆之享钧天，常称在梦。"① 作品以"肆意远游"（《列子·周穆王》）的周穆王为游仙主体和视角，以《穆天子传》中周穆王与西王母宴饮酬酢的神话故事为引子，极力勾勒瑶池仙境之美好，最后点出游仙似梦，"惟帝念归"，宁愿"济群生于屯坎"，其思想观念表现出与众不同的一面。不仅如此，该赋严格按照题中所限"众仙护仪，灵感斯集"八韵，骈四俪六，精对工致，是一篇难得的律赋佳作。

唐代文人仙道赋中也包含一定数量以道家、道教哲学观念为重点描写对象的作品。这类作品通常以道典中语汇或故事命名，诠释其哲学内涵和文化意蕴，具有较为浓重的思辨色彩。如白居易《求玄珠赋》、赵宇《求玄珠赋》、谢观《恍惚中有像赋》、薛逢《凿混沌赋》。白居易和赵宇都以"玄珠"命篇。"玄珠"一词最早出自《庄子·天地》："黄帝游乎赤水之北，登乎昆仑之丘而南望，还归，遗其玄珠。"后来"玄珠"往往比喻道教的奥秘和真谛。白居易《求玄珠赋》前半部分主要解释何为"玄珠"，指出"玄珠之为物也，渊渊绵绵，不知其然。存乎视听之表，生乎天地之先。其中有象，与道相全"。后半部分写怎样才能得到玄珠，"然则处其心颐其神，韬其光保其真，虽无胫求之必臻；劳其智役其识，肆其志徇其惑，虽没齿而求之不得"。② 赵宇《求玄珠赋》与之类似，开篇即云："玄者道之真宗，珠者物之至宝……将依物以见真，故假名以喻道。"接着论述怎么才能求得："是捐聪塞明，离形去智，兀然而心无所适，漠然而体无所寄。在宥而同乎太和，

---

① （清）董诰等：《全唐文》卷644，第6515页。
② （清）董诰等：《全唐文》卷656，第6676—6677页。

守静而成乎简易，不自矜伐，而人受其赐。斯则不违黄屋之间，而得玄珠之义。"① 二人都认为只有绝圣弃智，顺乎自然才能获得象征道之真义的"玄珠"。谢观《恍惚中有像赋》题目化自《老子》第二十一章："道之为物，惟恍惟惚。惚兮恍兮，其中有象；恍兮惚兮，其中有物。"并围绕此言展开论述。薛逢《凿混沌赋》则化用《庄子·应帝王》中倏忽二帝促使天帝开七窍，日凿一窍，七日而混沌死的故事，以道家的宇宙生成论为主要描写对象。

  吕铸《玉书赋》主要论说唐代流行的道教经典《黄庭经》。《黄庭内景经·上清章》云："上清紫霞虚皇前，太上大道玉晨君。闲居蕊珠作七言，散化五形变万神……是曰玉书可精研，咏之万过升三天。"梁丘子注："此经亦曰玉书。"② 且此赋中有"仰《黄庭》之秘录，空自叹于尘泥"句。《黄庭经》深受唐人喜爱，唐诗中也往往称之"玉书"，如常建《张天师草堂》："时节开玉书，窅映飞天言。"韦应物《郡中西斋》："清觞养真气，玉书示道流。"李中《寄庐山简寂观重道者》："玉书闲展石楼晓，瑶瑟醉弹琪树春。"张贲《奉和袭美伤开元观顾道士》："惆怅真灵又空返，玉书谁授紫微歌。"罗隐《寄程尊师》："玉书分薄花生眼，金鼎功迟雪满须。"③ 吕赋首先夸饰《黄庭经》"妙哉灵诀，虚皇之说"。它不仅具有"清紫府之内，瑕瑜不藏；洗丹田之中，琼瑶比洁""保长生于气母，通不死于谷神"的功用，而且还可以与天地相终。《黄庭经》用七言诗形式书写而成，不仅易于诵读，而且"咏之万过升三天"，治国治身之道尽在其中："元（玄）览可寻，捧斯文而

---

① （清）董诰等：《全唐文》卷956，第9926页。
② （宋）张君房：《云笈七签》，第一册，第198—199页。
③ （清）彭定求编，陈尚君补辑：《全唐诗》（增订本）卷144，第1462页；《全唐诗》卷193，第1992页；《全唐诗》卷750，第8631页；《全唐诗》卷631，第7284页；《全唐诗》卷663，第7656页。

探赜。代所贵,人受益。不然,何道德并经于五千,灵仙自古而累百。虽羽化之独跻,于国理而无睽。用以修真,则致虚抱一。移于砥行,乃立节思齐。故炼质者,慕凌厉飞腾于碧落;致身者,以诗书礼乐为丹梯。"①

对于道士的叙写也是唐代文人仙道赋的重要内容。轩辕集是唐代著名道士,武宗好神仙,集以山人进。宣宗即位,流岭南,居罗浮山。大中十一年(857)复征至长安,召问长生术,寻归罗浮。王棨《诏遣轩辕先生归罗浮旧山赋》即写此事。作品采用对答体,以皇帝诏书与道士回答组织篇章结构,对天子的通情达理、宽广胸怀及其恩典做了歌颂,同时对道士虽居山林却心系天下,具有高尚品德却不自夸的品质加以称赞:"道尊而不顾名位,德重而如加黻冕。当九重之宫里,思山之意则深;及万里之途中,恋阙之诚不浅。"结尾表达了作者对道士生活的羡慕之情:"既臻萝洞,乃辟松轩。别后而岚光未老,来时之春色犹存。白鹿青牛,却放烟霞之境;玉芝瑶草,终承雨露之恩。"②"在晚唐律赋作家中,他(王棨)是存赋最多的,也是创作表现生活经历的抒情赋最多的。"③王棨《玄宗幸西凉府观灯赋》主要写崇道的唐玄宗畅游元夕人间仙境的盛况,抒发了作者渴望隐逸之情怀:"千条银烛,十里香尘。红楼迤逦以如昼,清夜荧煌而似春。郡实武威,事同仙境。彩摇金像之色,光夺玉蟾之影。一游一豫,忽此地以微行;不识不知,竟何人而望幸。"④王棨两篇仙道赋均属律赋,但却打破了科举试赋的范式,呈现出清新灵活、情景交融、意境优美的风格,清人李调元评价其为"情味浓至,晚唐有此好手,

---

① (清)董诰等:《全唐文》卷594,第6010页。
② (清)董诰等:《全唐文》卷769,第8006页。
③ 马积高:《赋史》,上海古籍出版社,1987年,第370页。
④ (清)董诰等:《全唐文》卷769,第8005页。

固文囿之两雄"①。

仙道辞赋是一种独特的艺术形式,它将赋体文学与神仙道教结合起来。唐代文人笔下的仙道辞赋为他们提供了一个得以满足自己自由欲望的理想世界,为他们苦难的生活提供了强有力的精神慰藉。作品中呈现出鲜明的道教哲学思想,是作者乐天知命、逍遥终生的人生理想的折射,流露出他们对得道成仙的渴望和隐逸生活的向往,具有浓郁的浪漫气息。

---

① (清)李调元:《赋话》卷4,中华书局,1985年,第34页。

# 参 考 文 献

一、书籍类（按书名音序排列）：

**B**

[1] 王明. 抱朴子内篇校释(修订本)[M]. 北京：中华书局,1985.

[2] 孙光宪. 北梦琐言[M]. 北京：中华书局,1960.

**C**

[1] 郑振铎. 插图本中国文学史[M]. 北京：北京出版社,1999.

[2] 唐圭璋. 词话丛编[M]. 北京：中华书局,1986.

**D**

[1] 张成权. 道家、道教与中国文学[M]. 合肥：安徽大学出版社,2010.

[2] 陈垣. 道家金石略[M]. 北京：文物出版社,1988.

[3] 李生龙. 道家及其对文学的影响[M]. 长沙：岳麓书社,1998.

[4] 王明. 道家和道教思想研究[M]. 北京：中国社会科学出版社,1984.

[5] 李炳海. 道家与道家文学[M]. 长春：东北师范大学出版社,1992.

[6] 黄勇. 道教笔记小说研究[M]. 成都：四川大学出版社,2007.

[7] 李养正. 道教概说[M]. 北京：中华书局,1989.

[8] 朱越利. 道教考信集[M]. 济南:齐鲁书社,2014.

[9] 陈耀庭. 道教礼仪[M]. 北京:宗教文化出版社,2003.

[10] 周西波. 道教灵验记考探:经法验证与宣扬[M]. 台北:文津出版社,2009.

[11] 潘显一,李斐,申喜萍. 道教美学思想史研究[M]. 北京:商务印书馆,2010.

[12] 许地山. 道教史[M]. 上海:上海古籍出版社,1999.

[13] [日]窪德忠. 道教史[M]. 萧坤华,译. 上海:上海译文出版社,1987.

[14] 中国道教协会研究室. 道教史资料[M]. 上海:上海古籍出版社,1991.

[15] 伍伟民,蒋见元. 道教文学三十谈[M]. 上海:上海社科院出版社,1993.

[16] 詹石窗. 道教文学史[M]. 上海:上海文艺出版社,1992.

[17] 杨建波. 道教文学史论稿[M]. 武汉:武汉出版社,2001.

[18] 刘守华. 道教与民俗文学[M]. 北京:燕山出版社,1993.

[19] 詹石窗. 道教与女性[M]. 上海:上海古籍出版社,1990.

[20] 王永平. 道教与唐代社会[M]. 北京:首都师范大学出版社,2002.

[21] 孙昌武. 道教与唐代文学[M]. 北京:人民文学出版社,2001.

[22] 黄世中. 唐诗与道教[M]. 桂林:漓江出版社,1996.

[23] 黄兆汉. 道教与文学[M]. 台北:台湾学生书局,1996.

[24] 陈撄宁. 道教与养生[M]. 2版. 北京:华文出版社,2000.

[25] 卿希泰. 道教与中国传统文化[M]. 福州:福建人民出版社,1990.

[26] 葛兆光. 道教与中国文化[M]. 上海:上海人民出版社,1987.

[27] 张泽洪. 道教斋醮科仪研究[M]. 成都:巴蜀书社,1999.

[28] 卢国龙. 道教哲学[M]. 北京:华夏出版社,1997.

[29] 罗争鸣. 杜光庭道教小说研究[M]. 成都:巴蜀书社,2005.

[30] 杜光庭. 杜光庭记传十种辑校[M]. 罗争鸣,辑校. 北京:中华书局,2013.

[31] 孙亦平. 杜光庭思想与唐宋道教的转型[M]. 南京:南京大学出版社,2004.

[32] 张宇初. 道藏[M]. 北京:文物出版社,上海:上海书店,天津:天津古籍出版社,1988.

[33] 朱越利. 道藏分类解题[M]. 北京:华夏出版社,1996.

[34] 潘雨廷. 道藏书目提要[M]. 上海:上海古籍出版社,2003.

[35] 任继愈. 道藏提要[M]. 北京:中国社会科学出版社,1991.

[36] 胡道静. 道藏要籍选刊[M]. 上海:上海古籍出版社,1995.

[37] 陈国符. 道藏源流考[M]. 北京:中华书局,1963.

[38] 王卡. 敦煌道教文献研究[M]. 北京:中国社会科学出版社,2004.

[39] 李小荣. 敦煌道教文学研究[M]. 成都:巴蜀书社,2009.

[40] 刘屹. 敦煌道经与中古道教[M]. 兰州:甘肃教育出版社,2013.

[41] 任半塘. 敦煌歌辞总编[M]. 上海:上海古籍出版社,2006.

[42] 项楚. 敦煌文学丛考[M]. 上海:上海古籍出版社,1991.

# F

[1] 李调元. 赋话[M]. 北京:中华书局,1985.

[2] 马积高. 赋史[M]. 上海:上海古籍出版社,1987.

# G

[1] 皇甫谧. 高士传[M]. 北京:中华书局,1985.

[2] 程千帆. 古诗考索[M]. 上海:上海古籍出版社,1984.

[3]钱锺书.管锥编[M].北京:中华书局,1986.

## H

[1]上清黄庭内景经[M].[唐]梁丘子,务成子,注.《云笈七签》本，北京:中华书局,2003.

## J

[1]孙康宜,宇文所安.剑桥中国文学史[M].刘倩,等译.北京:生活·读书·新知三联书店,2013.

[2]刘昫.旧唐书[M].北京:中华书局,1975.

[3]薛正居.旧五代史[M].北京:中华书局,1976.

[4]晁公武.郡斋读书志校证[M].孙猛,校证.上海:上海古籍出版社,1990.

## K

[1]王仁裕.开元天宝遗事[M].丁如明,辑校.北京:中华书局,2006.

[2]陈鼓应.老子注译及评介[M].北京:中华书局,1984.

[3]瞿蜕园,朱金城.李白集校注[M].上海:上海古籍出版社,1980.

[4]张璋,职承让,张骅,等.历代词话[M].郑州:大象出版社,2002.

[5]何文焕.历代诗话[M].北京:中华书局,1981.

[6]丁福保.历代诗话续编[M].北京:中华书局,1983.

[7]王水照.历代文话[M].上海:复旦大学出版社,2007.

[8]刘学锴,余恕诚.李商隐诗歌集解[M].北京:中华书局,2004.

[9]刘学锴,余恕诚.李商隐文编年校注[M].北京:中华书局,2002.

[10]严北溟,严捷.列子译注[M].上海:上海古籍出版社,1986.

[11]刘向.列仙传[M].上海:上海古籍出版社,1990.

[12]赵益.六朝隋唐道教文献研究[M].南京:凤凰出版社,2012.

[13]李丰楙.六朝隋唐仙道类小说研究[M].台北:学生书局,1996.

[14]刘体恕.吕洞宾全集[M].北京:华夏出版社,2009.

[15]吴亚魁.吕洞宾学案[M].济南:齐鲁书社,2016.

## M

[1]张邦基.墨庄漫录[M].孔凡礼,点校.北京:中华书局,2002.

## N

[1]钱易.南部新书[M].黄寿成,点校.北京:中华书局,2002.

[2]吴曾.能改斋漫录[M].北京:中华书局,1960.

## Q

[1]彭定求.全唐诗(增订本)[M].陈尚君,补辑.北京:中华书局,1999.

[2]陈尚君.全唐诗补编[M].北京:中华书局,1992.

[3]王重民,孙望,童养年,辑.全唐诗外编[M].北京:中华书局,1982.

[4]董诰,等.全唐文[M].北京:中华书局,1983.

[5]陈尚君.全唐文补编[M].北京:中华书局,2005.

[6]曾昭岷,曹济平,王兆鹏,刘尊明.全唐五代词[M].北京:中华书局,1999.

[7]李时人.全唐五代小说[M].北京:中华书局,2014.

## R

[1]洪迈.容斋随笔[M].孔凡礼,点校.北京:中华书局,2005.

[2]洪迈.容斋续笔[M].上海:上海古籍出版社,1996.

## S

[1] 深泽一幸. 诗海捞月: 唐代宗教文学论集[M]. 王兰, 蒋寅, 译. 北京: 中华书局, 2014.

[2] 朱光潜. 诗论[M]. 北京: 生活·读书·新知三联书店, 1984.

[3] 胡应麟. 诗薮[M]. 北京: 中华书局, 1958.

[4] 许学夷. 诗源辨体[M]. 杜维沫, 校点. 北京: 人民文学出版社, 1998.

[5] 孙昌武. 诗苑仙踪: 诗歌与神仙信仰[M]. 天津: 南开大学出版社, 2005.

[6] 东方朔. 十洲记[M]. 上海: 上海古籍出版社, 1990.

[7] 砂山稔. 隋唐道教思想史研究[M]. 东京: 平河出版社, 1990.

[8] 李大华, 李刚, 何建明. 隋唐道家与道教[M]. 广州: 广东人民出版社, 2003.

[9] 田晓膺. 隋唐五代道教诗歌的审美管窥[M]. 成都: 巴蜀书社, 2008.

[10] 熊礼汇. 中国文学史·隋唐五代文学史[M]. 武汉: 武汉大学出版社, 2009.

[11] 侯忠义. 隋唐五代小说史[M]. 杭州: 浙江古籍出版社, 1997.

[12] 罗宗强. 隋唐五代文学思想史[M]. 北京: 中华书局, 1999.

## T

[1] 辛文房. 唐才子传校笺[M]. 傅璇琮, 等, 校释. 北京: 中华书局, 1987.

[2] 徐翠先. 唐传奇与道教文化[M]. 北京: 中国妇女出版社, 2000.

[3] 林西朗. 唐代道教管理制度研究[M]. 成都: 巴蜀书社, 2006.

[4] 小林正美. 唐代的道教与天师道[M]. 王皓月, 李之美, 译. 济南:

齐鲁书社,2013.

[5] 董恩林.唐代《老子》诠释文献研究[M].济南:齐鲁书社,2003.

[6] 周绍良.唐代墓志汇编[M].上海:上海古籍出版社,1992.

[7] 段永升.唐代诗人接受道家道教思想史论[M].北京:中国社会科学出版社,2016.

[8] 陈尚君.唐代文学丛考[M].北京:中国社会科学出版社,1997.

[9] 程毅中.唐代小说史[M].北京:人民文学出版社,2003.

[10] 颜进雄.唐代游仙诗研究[M].台北:文津出版社,1996.

[11] 陈尚君.唐女诗人甄辨[M].北京:海豚出版社,2014.

[12] 汪辟疆.唐人小说[M].上海:上海古籍出版社,1978.

[13] 施蛰存.唐诗百话[M].上海:上海古籍出版社,1987.

[14] 陈伯海.唐诗汇评[M].杭州:浙江教育出版社,1995.

[15] 计有功.唐诗纪事[M].北京:中华书局,1965.

[16] 张松辉.唐宋道家道教与文学[M].长沙:湖南师范大学出版社,1998.

[17] 蒋振华.唐宋道教文学思想史[M].长沙:岳麓书社,2009.

[18] 张广保.唐宋内丹道教[M].上海:上海文化出版社,2001.

[19] 傅璇琮.唐五代文学编年史[M].沈阳:辽海出版社,1998.

[20] 程国赋.唐五代小说的文化阐释[M].北京:人民文学出版社,2002.

[21] 李剑国.唐五代志怪传奇叙录[M].天津:南开大学出版社,1993.

[22] 任半塘.唐戏弄[M].上海:上海古籍出版社,2006.

[23] 王谠.唐语林校证[M].周勋初,校证.北京:中华书局,1987.

[24] 胡震亨.唐音癸签[M].上海:上海古籍出版社,1981.

[25] 王定保,撰.唐摭言[M].上海:上海古籍出版社,1978.

[26] 李昉,等.太平广记[M].北京:中华书局,1961.

[27]太平经合校[M].王明,校点.北京:中华书局,1960.

[28]李昉.太平御览[M].北京:中华书局,1960.

[29]胡仔.苕溪渔隐丛话[M].北京:人民文学出版社,1962.

[30]钱锺书.谈艺录[M].北京:中华书局,1984.

## W

[1]马端临.文献通考[M].北京:中华书局,1986.

[2]刘勰.文心雕龙注[M].范文澜,注.北京:人民文学出版社,1958.

[3]陈引驰.文学传统与中古道教佛教[M].上海:复旦大学出版社,2015.

[4]闻一多.闻一多论古典文学[M].重庆:重庆出版社,1984.

[5]文渊阁四库全书[M].台北:台湾商务印书馆,1986.

[6]吴讷,徐师曾.文章辨体序说 文体明辨序说[M].于北山,罗根泽,校点.北京:人民文学出版社,1962.

[7]王士禛.五代诗话[M].北京:人民文学出版社,1989.

## X

[1]索安:西方道教研究编年史[M].吕鹏志,陈平,译.北京:中华书局,2002.

[2]安娜·赛德尔:西方道教研究史[M].蒋见元,刘凌,译.上海:上海古籍出版社,2000.

[3]葛兆光.想象力的世界:道教与唐代文学[M].北京:现代出版社,1990.

[4]欧阳修,宋祁.新唐书[M].北京:中华书局,1975.

[5]欧阳修.新五代史[M].北京:中华书局,1974.

## Y

[1]杨亿.杨文公谈苑[M].上海:上海古籍出版社,1993.

[2]洪迈.夷坚志[M].何卓,点校.北京:中华书局,1981.

[3]刘熙载.艺概[M].上海:上海古籍出版社,1978.

[4]赵璘.因话录[M].北京:中华书局,1985.

[5]李丰楙.忧与游:六朝隋唐游仙诗论集[M].台北:学生书局,1996.

[6]陈寅恪.元白诗笺证稿[M].上海:上海古籍出版社,1978.

[7]张君房.云笈七签[M].北京:中华书局,2003.

## Z

[1]胡道静.藏外道书[M].成都:巴蜀书社,1994.

[2]李丰楙.谪降与误入:六朝隋唐道教文学论集[M].台北:学生书局,1996.

[3]卢国龙.中国重玄学[M].北京:人民中国出版社,1993.

[4]卿希泰.中国道教[M].北京:知识出版社,1994.

[5]卿希泰.中国道教史[M].成都:四川人民出版社,1996.

[6]任继愈.中国道教史[M].北京:中国社会科学出版社,2001.

[7]卿希泰.中国道教思想史[M].北京:人民出版社,2009.

[8]马道宗.中国道教养生秘诀[M].北京:宗教文化出版社,2002.

[9]金正耀.中国的道教[M].北京:商务印书馆,1996.

[10]小南一郎.中国的神话传说与古小说[M].孙昌武译.北京:中华书局,1993.

[11]蒋寅.中国古代文学通论:隋唐五代卷[M].沈阳:辽宁人民出版社,2005.

[12]谭正璧.中国女性文学史话[M].天津:百花文艺出版社,1984.

[13] 吉川幸次郎,高桥和已. 中国诗史[M]. 章培恒,邵毅平,骆玉明,等译. 合肥:安徽文艺出版社,1986.

[14] 陈国符. 中国外丹黄白法考[M]. 北京:中华书局,1977.

[15] 陈文新. 中国文学编年史:隋唐五代卷[M]. 长沙:湖南人民出版社,2006.

[16] 鲁迅. 中国小说史略[M]. 上海:上海古籍出版社,1998.

[17] 汪涌豪,俞灏敏. 中国游仙文化[M]. 北京:法律出版社,1997.

[18] 熊晓燕. 中国游仙诗概论[M]. 太原:山西人民出版社,1996.

[19] 饶宗颐. 中国宗教思想史新页[M]. 北京:北京大学出版社,2000.

[20] 葛兆光. 中国宗教、学术与思想散论[M]. 上海:复旦大学出版社,2010.

[21] 马焯荣. 中国宗教文学史[M]. 北京:中国社会科学出版社,2014.

[22] 葛兆光. 中国宗教与文学论集[M]. 北京:清华大学出版社,1998.

[23] 胡孚琛. 中华道教大辞典[M]. 北京:中国社会科学出版社,1995.

[24] 何汶. 竹庄诗话[M]. 常振国,绛云,点校. 北京:中华书局,1984.

[25] 庄子[M]. 郭象,注. 上海:上海古籍出版社,1989.

[26] 蒋述卓. 宗教艺术论[M]. 广州:暨南大学出版社,1998.

## 二、期刊论文类(按发表时间顺序排列):

[1] 程千帆. 郭景纯、曹尧宾《游仙》诗辨异[J]. 国文月刊,1949(80).

[2] 陈撄宁. 黄庭经讲义[J]. 道协会刊,1980(01):24-38.

[3] 曹道衡. 郭璞和游仙诗[J]. 社会科学战线,1983(01):267-274.

[4] 陈飞之. 应该正确评价曹植的游仙诗[J]. 文学评论,1983(01):119-123,139.

[5] 陈允吉.《梦天》的游仙思想与李贺的精神世界[J]. 文学评论,1983(01):99-106.

[6] 古存云. 道教文学[J]. 宗教学研究,1983(04):22-27.

[7] 钟来因. 唐朝道教与李商隐的爱情诗[J]. 文学遗产,1985(3).

[8] 葛兆光. 道教与唐诗[J]. 文学遗产,1985(04):42-55,41.

[9] 葛兆光. 想象的世界:道教与中国古典文学[J]. 文学遗产,1987(04):21-30.

[10] 詹石窗,黄景亮. 中晚唐传奇小说与道教[J]. 宗教学研究,1990(21):19-26,43.

[11] 胥洪泉. 论道教对唐代传奇创作的影响[J]. 四川师范大学学报(社会科学版),1990(04):33-38.

[12] 罗宗强. 李白的神仙道教信仰[C]//中国李白研究——中国首届李白研究国际学术讨论会论文集,1991:32-45.

[13] 王小盾. 唐代的道曲和道调[J]. 中国音乐学,1992(02):15-23.

[14] 张泽洪. 敦煌文书中的唐代道经[J]. 敦煌学辑刊,1993(02):58-63.

[15] 詹石窗. 吴筠师承考[J]. 中国道教,1994(01):26-28.

[16] 蒋寅. 吴筠:道士诗人与道教诗[J]. 宁波大学学报(人文科学版),1994(02):29-35.

[17] 李大华. 道教"重玄"哲学论[J]. 哲学研究,1994(09):39-44.

[18] 葛兆光. 道教与唐代诗歌语言[J]. 清华大学学报(哲学社会科学版),1995(04):10-13,66.

[19] 刘尊明. 唐五代词与道教文化[J]. 社会科学战线,1997(03):

127-135.

[20] 王定璋.道教文化与唐代诗歌[J].文史哲,1997(03):76-81.

[21] 张松辉,刘雪梅.从三个女诗人看道教对唐诗的贡献[J].宗教学研究,1997(03):35-40.

[22] 汪泛舟.敦煌道教诗歌补论[J].敦煌研究,1998(04):88-95,184.

[23] 朱冠华.李白诗道教思想二题[J].宗教学研究,1999(01):23-28.

[24] 李刚.论吴筠的道教哲学思想[J].中国哲学史,2000(01):94-100.

[25] 张泽洪.唐代敦煌道教的传播[J].中国文化研究,2001(01):59-64.

[26] 黄世中.论中晚唐文人恋情诗的仙道情韵[J].文学遗产,2002(05):120-124.

[27] 刘敏.试论道教对唐传奇兴起的影响[J].宗教学研究,2003(04):109-113.

[28] 孙昌武.游仙诗与步虚词[J].文史哲,2004(02):92-98.

[29] 黄勇.济世体道教笔记小说初探[J].四川大学学报,2004(03):69-43.

[30] 张泽洪.道教斋醮史上的青词[J].世界宗教研究,2005(02):112-122.

[31] 丁放,袁行霈.唐玄宗与盛唐诗坛——以其崇尚道家与道教为中心[J].中国社会科学,2005(04):154-165.

[32] 罗争鸣.《道教灵验记》之文学、文献学考论[J].中国典籍与文化,2006(02):47-56.

[33] 成娟阳,刘湘兰.论杜光庭的斋醮词[J].中国文化研究,2006(04):148-155.

[34] 韦春喜,张影. 论唐代道士吴筠的咏史组诗[J]. 宗教学研究, 2006(04):41-46.

[35] 土屋昌明. 李白之创作与道士及上清经[J]. 四川大学学报(哲学社会科学版),2006(05):105-111.

[36] 赵益.《真诰》与唐诗[J]. 中华文史论丛,2007(02):97-112,361.

[37] 李小荣,王镇宝. 取象与存思:李白诗歌与上清派关系略探[J]. 福建师范大学学报(哲学社会科学版),2007(02):106-113.

[38] 张海鸥,张振谦. 唐宋青词的文体形态和文学性[J]. 文学遗产, 2009(02):46-53.

[39] 张振谦. 曹唐游仙诗恋情倾向探析[J]. 中南大学学报(社会科学版),2009,15(02):270-273,280.

[40] 张振谦. 道教对中唐"怪奇"诗风的影响[J]. 云南社会科学, 2010(01):156-160.

[41] 安敏. 李白及其诗歌的崇道倾向[J]. 武汉大学学报(人文科学版),2011,64(03):109-113.

[42] 张振谦. 唐宋文人对《黄庭经》的接受[J]. 暨南学报(哲学社会科学版),2012,34(03):106-113,163.

[43] 张振谦. 论唐宋游仙词[J]. 大连理工大学学报(社会科学版), 2012,33(03):86-91.

[44] 孙昌武. 道教的仙歌及其文学价值[J]. 文学遗产,2012(06):4-14.

[45] 李程. 唐代文人的步虚词创作[J]. 武汉大学学报(人文科学版),2013,66(06):114-118.

[46] 柏夷,吴恩远. 道教与文学:"碧落"考[J]. 华中师范大学学报(人文社会科学版),2014,53(03):123-130.

[47] 万晴川. 论道教上清派存思术对宋前小说创作的影响[J]. 文艺

理论研究,2016,36(03):178-189.

[48] 丁放.玉真公主、李白与盛唐道教关系考论[J].复旦学报(社会科学版),2016,58(04):18-27.

[49] 陶然,周密.唐宋步虚韵的词学观照[J].浙江大学学报(人文社会科学版),2017,47(02):20-29.

[50] 张振谦.唐宋文人士大夫与《周易参同契》[J].海南大学学报(人文社会科学版),2018,36(03):151-157.

[51] 朱佩弦.孟浩然道教信仰探微[J].浙江师范大学学报(社会科学版),2018,43(03):36-41.

# 后　　记

　　本书完成已经四年，终于要付梓了！记得 2016 年的某一天，吴光正教授电话询问我是否愿意加入他领衔的"中国宗教文学史"编写团队，负责撰写《隋唐五代道教文学》，我毫不犹豫就答应了，因为我觉得这项工作颇有意义。在此后的一年半时间里，我放下自己手头的科研项目，教学之余，便集中精力构思和写作这本书。

　　我虽然从事道教与文学关系研究已有十余年，但对"教内文学"较少触及。唐代文学在中国古代文学诸段中研究得最为成熟，道教文学也是如此。本书在写作过程中，广泛参考了前贤的研究成果，而由于 2018 年已基本写成，最近的相关成果又无法呈现出来，这是需要特别说明的。

　　本书在修改期间，曾得到武汉大学尚永亮教授、吴光正教授、陈顺智教授、余来明教授和四川大学张泽洪教授的指正，我门下的研究生闫景瑞、梁颖怡、谭智、郑雅匀、余慕原、蒲岚、彭序源、钟虹等不辞辛苦一次次完成了本书的校对任务，在此并致谢忱。同时，也要感谢师友们的关心与鼓励，感谢家人的支持和理解。

　　限于学识，书中的疏漏和错谬在所难免，敬请方家和读者赐教。

张振谦